中国古典文学
名篇精粹

张广明 ◎ 编著

内蒙古出版集团有限责任公司
内蒙古文化出版社

图书在版编目(CIP)数据

中国古典文学名篇精粹/张广明编著.—呼伦贝尔：内蒙古文化出版社，2010.4
ISBN 978-7-80675-796-3

Ⅰ.中… Ⅱ.张… Ⅲ.古典文学—文学欣赏—中国
Ⅳ.I206.2

中国版本图书馆CIP数据核字(2010)第060965号

中国古典文学名篇精粹
ZHONGGUO GUDIAN WENXUE MINGPIAN JINGCUI
张广明　编著

| 责任编辑 | 王　春 |
| 封面设计 | 博凯设计 |

出版发行　内蒙古文化出版社
地　　址　呼伦贝尔市海拉尔区河东新春街4－3号
直销热线　0470－8241422　　邮编　021008

排版制作　鸿儒文轩
印刷装订　三河市华东印刷有限公司
开　　本　710×1000毫米　1/16
字　　数　250千
印　　张　23
版　　次　2010年5月第1版
印　　次　2024年1月第2次印刷
书　　号　ISBN 978-7-80675-796-3
定　　价　68.00元

版权所有　侵权必究
如出现印装质量问题，请与我社联系。联系电话：0470-8241422

前　言

　　所谓经典,是历经岁月沉淀、时间淬炼的结果,是传承千年不灭的精华所在。中国绵延五千年的文明史,有无数这样的经典,历经风吹雨打,依然岿然屹立,影响着一代又一代的人。

　　文学赋予人类最典型的精神意义和价值,就是独具审美魅力又充满人文情怀的生命体验,古典文学的精华,丰富着几千年来人类的心灵世界,支撑着一代又一代人的思想灵魂。而古典文学正是中华文化的精彩亮点,它们犹如璀璨的明珠,闪耀在历史的星空,等待着人们去采摘、去收集。

　　阅读是对世界和人生的一种间接体验,好书是人一辈子的良师益友,好的文章能陶冶人的心灵,提升阅读品味,指引人走向成功。

　　我们试图踏上时间隧道,回到历史中,寻找那些曾经激励过我们、为我们的心灵提供智慧之源、休憩之地的文学篇章,也正因此,才有了这本《中国古典文学名篇精粹》。它内容丰富,体裁多样,包括诗词歌赋和散文,涵盖了上自先秦,下迄晚清的诸多脍炙人口的名篇佳作,是中国古典文学的瑰宝,更是历经几千年大浪淘沙沉淀的精华,绝对称得上是"百代之典范,不朽之伟作"。那些人人耳熟能详的名篇如《尚书》、《礼记》、《左传》、《战国策》、《滕王阁序》、《赤壁赋》、《阿房宫赋》、《岳阳楼记》……那些家喻户晓的名人如李白、杜甫、苏轼、王勃、杜牧、陶渊明、孟浩然、王安石……那些历代传颂的佳句"落霞与孤鹜齐飞,秋水共长天一色"、"举杯邀明月,对影成三人"、"会当凌绝顶,一览众山小"……让你重温经典,享受美感。

　　这些作品中蕴含着优美的语言,闪光的思想,独特的意境,能够传达更加深邃的人生哲理。它们衣被后人,彪炳千秋。作为有生命力的文学作品,它们的思想内涵是极其丰富深厚的,它们就像长江黄河,从遥远的历史深处流淌过来,至今仍滋润着每一个华夏儿女的心田。

　　阅读经典,能给人以美的享受,能让人真切地感受社会生活,丰富精神世界,开拓眼界,更好地规划人生。从这些千古流传的名篇佳作中,你一定会读出做人的滋味,做人的情趣,做人的智慧,做人的意义。

目　录

一、散文部分

《易经》　乾卦、坤卦(节选) ·· 1
《尚书》　虞书·尧典(节选) ·· 2
《礼记》　学记 ·· 3
　　　　　礼运(节选) ·· 11
《左传》　晏子不死君难 ·· 13
《国语》　召公谏厉王弭谤 ··· 15
《战国策》　苏秦始将连横 ··· 17
李　耳　《老子》(节选) ··· 21
孔　丘　《论语》(四则) ··· 22
孟　轲　《孟子》(二则) ··· 24
屈　原　渔父 ·· 26
李　斯　谏逐客书 ·· 28
司马迁　《史记·孔子世家赞》 ·· 32
　　　　《史记·游侠列传序》 ··· 33
　　　　《史记·项羽本纪》(节选) ··· 37
　　　　《史记·越王勾践世家》(节选) ··· 40
贾　谊　治安策(节选) ··· 44
晁　错　论贵粟疏 ·· 47
司马相如　上书谏猎 ··· 51
　　　　　子虚赋 ··· 53
班　固　《汉书·李陵传》(节选) ··· 58

001

王 粲	登楼赋	65
诸葛亮	出师表	67
	诫子书	71
曹 丕	《典论·论文》	72
嵇 康	与山巨源绝交书	76
陈 寿	《三国志·蜀书·张飞传》	83
范 晔	《后汉书·班超传》	85
江 淹	别赋	89
孔稚珪	北山移文	95
刘 勰	《文心雕龙·原道》(节选)	100
庾 信	枯树赋	101
王 勃	滕王阁序(并诗)	106
骆宾王	为徐敬业讨武曌檄	113
李 白	与韩荆州书	118
李朝威	柳毅传	121
韩 愈	进学解	133
柳宗元	梓人传	137
杜 牧	阿房宫赋	142
范仲淹	岳阳楼记	145
欧阳修	醉翁亭记	147
苏 洵	辨奸论	149
曾 巩	赠黎安二生序	152
张 载	横渠四句	154
王安石	读孟尝君传	155
苏 轼	刑赏忠厚之至论	156
	留侯论	159
	超然台记	163
	前赤壁赋	166
	后赤壁赋	169
苏 辙	上枢密韩太尉书	171
	黄州快哉亭记	174
洪 迈	《容斋随笔》(二则)	177

宋　濂	送天台陈庭学序	180
刘　基	司马季主论卜	182
方孝孺	深虑论	184
王守仁	尊经阁记	188
归有光	沧浪亭记	191
洪应明	菜根谭(六则)	194
陈继儒	小窗幽记(六则)	195
张　岱	湖心亭看雪	197
	西湖七月半	199
蒲松龄	聂小倩	201
袁　枚	黄生借书说	211
	子不语(三则)	213
纪　昀	阅微草堂笔记(三则)	216
姚　鼐	登泰山记	221
曾国藩	与弟书	224
王永彬	围炉夜话(六则)	226

二、诗词部分

《诗经》	桃夭	228
	鹤鸣	229
	击鼓	230
刘　邦	大风歌	233
汉乐府	上邪	234
	长歌行	235
左　思	咏史(八之二)	236
	娇女诗	238
陶渊明	饮酒(二十之五)	242
	归园田居(五之一)	243
谢灵运	泰山吟	245
鲍　照	拟行路难(十八之四)	246
谢　朓	玉阶怨	248

卢照邻	长安古意	250
杨　炯	从军行	254
张九龄	望月怀远	256
王　翰	凉州词	257
王之涣	凉州词	258
孟浩然	过故人庄	260
王　维	鹿柴	261
	阳关三叠	262
李　白	长干行	263
	宣州谢朓楼饯别校书叔云	265
	月下独酌（四之一）	267
常　建	破山寺后禅院	268
杜　甫	望岳	269
	茅屋为秋风所破歌	271
	无家别	273
岑　参	白雪歌送武判官归京	275
张　继	枫桥夜泊	277
刘禹锡	元和十年自朗州至京戏赠看花诸君子	278
	再游玄都观	279
白居易	长恨歌	280
元　稹	遣悲怀三首（之二）	285
贾　岛	剑客	286
卢　仝	走笔谢孟谏议寄新茶	287
杜　牧	秋夕	290
温庭筠	望江南	291
李商隐	锦瑟	292
罗　隐	自遣	294
李　煜	浪淘沙	295
	虞美人	296
柳　永	雨霖铃	297
	蝶恋花	298
	八声甘州	300

晏　殊	蝶恋花	301
晏几道	临江仙	303
宋　祁	木兰花	304
欧阳修	浪淘沙	305
	玉楼春	306
周敦颐	题春晚	307
程　颢	春日偶成	308
苏　轼	江城子	310
	水调歌头	311
	念奴娇·赤壁怀古	313
	洗儿	315
	定风波	316
秦　观	鹊桥仙	317
贺　铸	青玉案	319
李清照	凤凰台上忆吹箫	321
	声声慢	322
岳　飞	小重山	324
陆　游	钗头凤	325
	病起书怀	327
	冬夜读书示子聿	328
朱　熹	春日	329
辛弃疾	南乡子·登京口北固亭有怀	330
	水龙吟·登建康赏心亭	332
	青玉案·元夕	334
姜　夔	扬州慢	335
文天祥	过零丁洋	338
	念奴娇·水天空阔	340
关汉卿	一枝花·不伏老	342
马致远	天净沙·秋思	345
张养浩	山坡羊·潼关怀古	347
	山坡羊·骊山怀古	348
睢景臣	般涉调·哨遍·高祖还乡	349

朱元璋　不惹庵示僧 …………………………………………… 352
杨　慎　临江仙 ………………………………………………… 353
纳兰性德　蝶恋花 ……………………………………………… 355
郑板桥　沁园春·恨 …………………………………………… 356

一、散文部分

《易经》 乾卦、坤卦（节选）

【作者介绍】

《易经》，是我国一部最古老而深邃的经典，据说是由伏羲的言论加以整理概括而来（同时产生了易经八卦图），是一部凝结着远古先民睿智卓识的哲学著作，被誉为"群经之首，大道之源"。《易经》在古代是帝王之学，也是政治家、军事家、商家的必修之术。传说秦始皇焚书坑儒之时，此书险些被毁，因李斯将其列入医术占卜之书而得以幸免。

乾卦

【原文】

天①行健，君子以自强不息。

【注释】

①天：大自然，天道。

【译文】

天的运行刚强劲健，相应于此，君子应刚毅坚卓，发愤图强。

坤卦

【原文】

地势坤①，君子以厚德载物。

【注释】

①坤：柔顺。

【译文】

大地的气势厚实和顺，君子应增厚自己的美德，容载万物。

《尚书》 虞书·尧典（节选）

【作者介绍】

《尚书》是我国第一部上古历史文献和部分追述古代事迹著作的汇编，它保存了商周特别是西周初期的一些重要史料。《尚书》相传由孔子编撰而成，但有些篇章是后来儒家补充进去的。汉初存29篇，因用汉代通行的隶书抄写，称《今文尚书》。另有相传在汉武帝时期从孔子故宅壁中发现了另一部《尚书》，是用先秦六国时字体书写的，称为《古文尚书》（现只存篇目和少量佚文）。还有一部为东晋梅赜所献的伪《古文尚书》（较《今文尚书》多16篇）。现在通行的《十三经注疏》本《尚书》，就是《今文尚书》和伪《古文尚书》的合编本。《左传》等引《尚书》文字，分别称《虞书》、《夏书》、《商书》、《周书》，战国时总称为《书》，汉人改称《尚书》，意思是"上古帝王之书"。

【原文】

昔在帝尧，聪明文思，光宅①天下。将逊于位，让于虞舜，作《尧典》。

曰若稽古帝尧②，曰放勋③，钦、明、文、思、安安④，允恭克让⑤，光被四表⑥，格⑦于上下。克明俊⑧德，以亲九族⑨。九族既睦，平章⑩百姓。百姓昭明，协和万邦。黎民于变时雍⑪。

【注释】

①宅：拥有、充满。

②曰若：又写作"越落"、"粤落"，常用在追叙往事的开端。若，《尚书正义》中解释为："顺"。稽：考察。

③放勋：尧的名字。

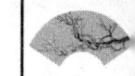

④钦：处事谨慎并且节约用度。明：明察。文：治理天下。思：果断，有计谋。安安："安安"通"晏晏"，温和，宽容。

⑤允：的确。恭：恭谨。克：能够。让：让贤。

⑥被：覆盖。四表：四方以外的地方。

⑦格：到达。

⑧俊：才智超过常人。

⑨九族：上至高祖，下及玄孙，是为九族，即高祖、曾祖、祖、父、自己、子、孙、曾孙、玄孙。一说是父族四、母族三、妻族二。

⑩平：分辨。章：彰明。

⑪黎：众。于：以。时：善。雍：和睦。

【译文】

从前尧称帝的时候，耳聪目明，治理天下有计谋，他的光辉充满天下。他打算把帝位禅让给虞舜。史官便根据这些情况写作了《尧典》。

稽考往事，尧帝的名字叫放勋，他处理政务谨慎节俭，明察四方，善于治理天下，思虑通达，宽容温和，他对人恭敬，能够让贤，他的光辉照耀四方上下。他发扬才智美德使家族亲密和睦。家族和睦后，又能辨明百官的善恶。百官的善恶辨明了，又能使万国协调和顺，天下的民众从此也就友好和睦地相处了。

《礼记》 学记

【作者介绍】

《礼记》中的《学记》一篇写作于战国晚期。不仅是中国古代也是世界上最早的专门论述教育、教学问题的论著。据郭沫若考证，作者为孟子的学生乐正克。《学记》文字言简意赅，喻辞生动，系统而全面地阐明了教育的目的及作用，教育和教学的制度、原则和方法。《礼记》是中国古代一部重要的典章制度书籍。《礼记》一书的编定者是西汉礼学家戴德和他的侄子戴圣。戴德选编的85篇本叫《大戴礼记》，后来其侄戴圣又将《大戴礼记》简化删除，得46篇再加上《月令》、《明堂位》和《乐记》一共49篇，被称为《小戴礼记》，即我们今日通行的《礼记》。这两种书各有侧重和取舍，各有特色。东汉末年，著名学者郑玄为《小戴礼记》作了出色的注解，后来这个本子便盛行不衰，并由解说经文的著作逐渐成为经典，成为士人必读之

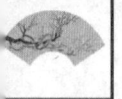

书。其中的《学记》篇是研究中国古代教育思想和实践的宝贵资料。书中在总结先秦儒家教学经验基础上提出的教学原理，教学原则与方法，以及尊师重道的思想，对中国教育学和心理学的发展，都产生了重大影响，是中国也是世界珍贵的教育遗产之一。

【原文】

发虑宪，求善良，足以謏①闻，不足以动众；就②贤体③远，足以动众，未足以化④民。君子⑤如欲化民成俗，其必由学乎⑥！

玉不琢，不成器；人不学，不知道⑦。是故古之王者建国君⑧民，教学为先。《兑命》⑨曰："念终始典⑩于学"。其此之谓乎！

虽有佳肴，弗食不知其旨⑪也；虽有至道，弗学不知其善也。是故学然后知不足，教然后知困⑫。知不足然后能自反也，知困然后能自强也。故曰：教学相长⑬也。《兑命》曰："学学半⑭"。其此之谓乎！

古之教者，家有塾，党有庠，术有序，国有学。

比年⑮入学，中年考校。一年视离经辨志；三年视敬业乐群；五年视博习亲师；七年视论学取友，谓之小成。九年知类通达，强立⑯而不反，谓之大成。夫然后足以化民易俗，近者说服而远者怀⑰之，此大学之道也。《记》曰："蛾子时术之⑱"。其此之谓乎！

大学始教，皮弁⑲祭菜，示敬道也。《宵雅》肄⑳三，官其始也。入学鼓箧㉑，孙㉒其业也。夏楚㉓二物，收其威也。未卜禘㉔不视学，游其志也。时观而弗语，存其心也。幼者听而弗问，学不躐㉕等也。此七者，教之大伦㉖也。《记》曰："凡学，官先事，士先志"。其此之谓乎！

大学之教也，时教必有正业，退息必有居学。不学操缦㉗，不能安㉘弦；不学博依㉙，不能安诗；不学杂服㉚，不能安礼。不兴其艺，不能乐学。故君子之于学也，藏焉修焉，息焉游焉。夫然，故安其学而亲其师，乐其友而信其道，是以虽离师辅而不反也。《兑命》曰"敬孙务时敏，厥修乃来㉛"，其此之谓乎！

今之教者，呻其占毕㉜，多其讯言，及㉝于数㉞进而不顾其安，使人不由其诚，教人不尽其材，其施之也悖㉟，其求之也佛㊱。夫然，故隐㊲其学而疾㊳其师，苦其难而不知其益也。虽终其业，其去之必速，教之不刑㊴，其此之由乎！

大学之法：禁于未发之谓豫；当其可之谓时；不凌节而施之谓孙㊵；相观而善之谓摩。此四者，教之所由兴也。

发然后禁，则扞格㊶而不胜；时过然后学，则勤苦而难成；杂施而不孙，则坏乱而

不修;独学而无友,则孤陋而寡闻;燕朋㊷逆其师,燕辟㊸废其学。此六者,教之所由废也。

君子既知教之所由兴,又知教之所由废,然后可以为人师也。故君子之教,喻㊹也。道㊺而弗牵,强㊻而弗抑,开㊼而弗达。道而弗牵则和,强而弗抑则易,开而弗达则思。和、易以思,可谓善喻矣。

学者有四失,教者必知之。人之学也,或失则多,或失则寡,或失则易,或失则止。此四者,心之莫同也。知其心然后能救其失也。教也者,长善而救㊽其失者也。

善歌者,使人继其声;善教者,使人继其志。其言也,约而达,微而臧㊾,罕譬而喻,可谓继志矣。

君子知至学之难易,而知其美恶,然后能博喻,能博喻然后能为师,能为师然后能为长,能为长然后能为君。故师也者,所以学为君也,是故择师不可不慎也。《记》曰"三王四代唯其师"。其此之谓乎!

凡学之道:严㊿师为难。师严然后道尊,道尊然后民知敬学。是故君之所以不臣于其臣者二:当其为尸(51),则弗臣也;当其为师,则弗臣也。大学之礼,虽诏于天子无北面(52),所以尊师也。

善学者,师逸而功倍,又从而庸(53)之。不善学者,师勤而功半,又从而怨之。善问者如攻坚木,先其易者,后其节目,及其久也,相说以解。不善问者反此。善待问者如撞钟,叩之以小者则小鸣,叩之以大者则大鸣,待其从容,然后尽其声。不善答问者反此。此皆进学之道也。

记问之学(54),不足以为人师,必也听语(55)乎!力不能问,然后语之,语之而不知,虽舍之可也。

良冶之子,必学为裘(56);良弓之子,必学为箕;始驾马者反之,车在马前。君子察于此三者,可以有志于学矣。

古之学者,比物丑(57)类,鼓无当于五声(58),五声弗得不和;水无当于五色(59),五色弗得不章;学无当于五官(60),五官弗得不治(61);师无当于五服(62),五服弗得不亲。

君子曰:大德不官,大道不器(63),大信不约,大时不齐。察于此四者,可以有志于本矣。三王之祭川也,皆先河而后海,或源也,或委(64)也,此之谓务本!

【注释】

①謏(xiǎo):同"小"。

②就:接近。

③体:亲近。

④化:教化。
⑤君子:古代称地位高的人,后来称品德高尚的人。
⑥乎:这里作感叹词用,相当于"啊"。
⑦道:古今异义,这里指儒家之道。
⑧君:作动词用,统治的意思。
⑨《兑(yuè岳)命》:《尚书》中的一篇。"兑",亦作"说"。
⑩典:主也。
⑪旨:味道。
⑫困:困惑。
⑬长:促进。
⑭学(xiào笑)学半:前一个"学"字,本字是"斆",是"教"的意思,后一个"学"字的意思是向别人学习。这句话的意思是说"教"和"学"各占一半。
⑮比年:隔一年。
⑯强立:坚强的意志。
⑰怀:向往。
⑱蛾子时术之:蛾,同"蚁"。术,效法。意为小蚂蚁学着不断地衔土,能堆土堆。
⑲皮弁(biàn便):天子或士的礼服。
⑳肄:学习。
㉑箧(qiè窃):竹箱。
㉒孙:同"逊"。恭敬。
㉓夏(jiǎ假)楚:夏圆和楚方,教杖,体罚学生用。夏同"槚"。
㉔卜禘(dì递):夏祭叫禘,禘前要卜问,故称卜禘。
㉕躐(liè列):超越。
㉖大伦:纲要。
㉗操缦:杂乐。
㉘安:善于。
㉙博依:音律,也作比喻讲。
㉚杂服:各种礼服,也作洒扫应对讲。
㉛厥修乃来:他的学业就会有成就。厥,他的;修,所修的学业。
㉜呻其占(chān掺)毕:朗读课文。呻,朗读。占,同"觇",注视。毕,竹简,古代的书刻在竹简上。

㉝及:急迫。

㉞数(shuò 朔):次数频繁。

㉟悖:违背。

㊱佛:通“拂”。拂逆。

㊲隐:痛恶。

㊳疾:怨恨。

㊴刑:成功。

㊵孙:顺应,合乎规律。

㊶扞(hàn 汉)格:互相抵触。

㊷燕朋:不正派的朋友。

㊸燕辟:淫邪的谈话。

㊹喻:启发诱导。

㊺道:同导,诱导。

㊻强:劝勉,勉励。

㊼开:指示门径。

㊽救:帮助克服。

㊾臧:完善。

㊿严:尊敬。

(51)尸:古时代表死者受祭祀的人。

(52)无北面:古时天子上朝面南而坐,臣子北面而朝。若天子到学校向老师请教,则面东,教师面西,不以臣子相待,以表示尊师重道。

(53)庸:归功的意思。

(54)记问之学:学习无心得。

(55)听语:根据学生的提问来解答。

(56)为裘:裘,皮袄;为裘,缝制皮袄,泛指当裁缝。

(57)丑:相同。

(58)五声:宫、商、角、徵、羽五个音阶。

(59)五色:青、赤、黄、白、黑。

(60)五官:耳、目、口、鼻、心。

(61)治:作用,功能。

(62)五服:表示血统亲属中亲疏等级关系的五种丧服。即斩衰(cuī 崔)、齐(zī 资)衰、大功、小功和缌麻。

㊻大道不器：大道，事物的共同规律。器，具体的事物。
㊽委：水的聚汇之处。

【译文】

发布一些精心谋划的法令，招揽品德善良的人士，这样会有一些小小的影响，但对大多数人是不会有什么触动的；亲近贤士，体恤偏远的劳苦民众，可能会感动不少的老百姓，但也很难达到教化民众改善社会风气的目的。社会的管理者，要想教化民众，形成良好的社会风气，就必须从办教育、学文化入手。

玉石虽好，但不经过雕琢，就不会成为精美的器物；虽然贵为人类，如果不学习、没文化，也不能明白做人的道理。因此，古代的统治者，建立制度，统治天下，管理老百姓，都把教育当作头等大事。《兑命》中说："始终要以设学施教为主。"大概说的就是这个意思吧！

尽管有美味佳肴，不吃就不会知道它的味道；尽管有高深完善的道理，不学习也不会了解它的好处。所以，通过学习才能知道自己的不足，通过教人才能感到困惑。知道自己学业不足，才能反过来严格要求自己；感到困惑后，才能不倦的钻研。所以说，教与学是互相促进的。《兑命》篇说："教与学是一个事情的两个方面。"就是这个道理啊！

古时设学施放，每二十五家的"闾"设有学校叫"塾"，每一"党"有自己的学校叫"庠"，每一"术"有自己的学校叫"序"，在天子或诸侯的国则都设立有太学。

学校里每年招收学生入学，每隔一年对学生考查一次。第一年考查学生断句与阅读，辨别其志向所趋，第三年考查学生是否专心学习和亲近同学，第五年考查学生是否在广博的学习和亲近老师，第七年考查学生讨论学业是非和识别朋友的能力，这一阶段学习合格叫"小成"。第九年学生能举一反三，推论事理，并有坚强的信念，不违背老师的教诲，达到这一阶段的学习标准叫做"大成"。唯其这样，才能教化百姓，移风易俗，周围的人能心悦诚服，远方的人也会来归顺他，这就是大学教人的宗旨。古书上说：求学的人应当效法小蚂蚁衔土不息而成土堆的精神，因为不倦地学习，可以由"小成"到"大成"。就是说的这个道理啊！

太学开学的时候，天子或官吏穿着礼服，备有祭菜来祭祀先哲，表示尊师重道，学生要吟诵《诗经·小雅》中的"鹿鸣"、"四牡"和"皇皇者华"三篇叙述君臣和睦的诗，使他们一入学就产生要作官的感受；要学生按鼓声开箱取出学习用品，使他们严肃地对待学业；同时展示戒尺，以维持整齐严肃的秩序；学生春季入学，教官在没有进行过夏祭时就不能去考查学生，让学生有充裕的时间按自己的志愿去学习。

学习过程中教师应先观察而不要事先告诉他们什么,以便让他们用心思考;年长的学生请教教师,年少的学生要注意听,而不要插问,因为学习应循序渐进,不能越级。这七点,是施教顺序的大纲。古书上说:"凡学习做官,先要学习管理技能,要做一个读书人,先要学习立志。"就是说的这个道理啊!

大学的教育活动,按时令进行,各有正式课业;休息的时候,也有课外作业。课外不学杂乐,课内就不可能把琴弹好;课外不学习音律,课内就不能学好诗文;课外不学好洒扫应对的知识,课内就学不好礼仪。可见,不学习各种杂艺,就不可能乐于对待所学的正课。所以,君子对待学习,课内受业要学好正课;在家休息,要学好各种杂艺。唯其这样,才能安心学习,亲近师长,乐于与群众交朋友,并深信所学之道,尽管离开师长辅导,也不会违背所学的道理。《兑命》篇中说:"只有专心致志谦逊恭敬,时时刻刻敏捷地求学,在学业上就能有所成就",就是说的这个道理啊!

现在的教师,单只依靠朗诵课文,大量灌输,一味赶进度,而不顾学生的接受能力,致使他们不能安下心来求学。教人不能因材施教,不能使学生的才能得到充分的发展。教学的方法违背了教学的原则,提出的要求不合学生的实际。这样,学生就会痛恶他的学业,并怨恨他的老师,苦于学业的艰难,而不懂得它的好处。虽然学习结业,他所学的东西必然忘得快,教学的目的也就达不到,其原因就在这里啊!

太学施教的方法:在学生的错误没有发生时就加以防止,叫做预防;在适当的时机进行教育,叫做及时;不超越受教育者的才能和年龄特征而进行教育,叫做合乎顺序;互相取长补短,叫做观摩。这四点,是教学成功的经验。

错误出现了再去禁止,就有乖张而不易攻破的趋势;放过了学习时机,事后补救,尽管勤苦努力,也较难成功;施教者杂乱无章而不按规律办事,打乱了条理,就不可收拾;自己一个人瞑思苦想,不与友人讨论,就会形成学识浅薄,见闻不广;与不正派的朋友来往,必然会违逆老师的教导;从事一些不正经的交谈,必然荒废正课学习。这六点,是教学失败的原因。

君子不但懂得教学成功的经验,又懂得教学失败的原因,就可以当好教师了。所以说君子对人施教,就是善于启发诱导。对学生诱导而不牵拉;劝勉而不强制;指导学习的门径,而不把答案直接告诉学生。对学生诱导而不牵拉,则师生融洽;劝勉而不强制,学生才能感到学习容易;启发而不包办,学生才会自己钻研思考。能做到师生融洽,使学生感到学习容易,并能独立思考,可以说是做到了善于启发诱导了。

学生在学习上有四种过失,是施教的人必须要了解的。人们学习失败的原因,或者是因为贪多,或者是知识面偏窄,或者是态度轻率,或者是畏难中止。这四点,

是由于学生的不同心理和才智所引起的。教师懂得受教育者的不同心理特点,才能帮助学生克服缺点。教育的作用,就是使受教育者能发挥其优点并克服其缺点。

会唱歌的人,不仅声音悦耳,动人心弦,还要使人情不自禁地跟着唱。会教人的人,不仅给人以知识,还要诱导学生自觉地跟着他学。教师讲课,要简单明确,精炼而完善,举例不多,但能说明问题。这样,才可以达到使学生自觉地跟着他学的目的。

君子要根据学生学习时感到难易不同,从而看出学生的资才的好坏,然后能做到分别情况,对学生多方面的启发诱导。能够多方面启发诱导,才能当好教师。能当好教师才能做官长,能做官长才能当人君。所以说,当教师的,就是教统治权术的人,所以选择教师不可不慎重。古书上说:"三王四代(虞、夏、商、周)的时候最重视师资的选择。"就是说的这个道理啊!

在教育的过程中,尊敬教师是难能可贵的。尊敬教师才能重视他传授的道。在上的君王能尊师重道,百姓才能专心求学。所以君王不以臣子相待的臣子有两种人:一是正在代表死者受祭祀的人,不以臣子相待;二是教师,不以臣子相待。根据礼制,这两种人虽被天子召见,可以免去朝见君王的礼节,这就是为了表示尊师重道的缘故。

善于学习的人,能使教师费力不大而效果好,并能感激教师;不会学习的人,即使老师很费力而自己收效甚少,还要埋怨教师。会提问的人,像木工砍木头,先从容易的地方着手,再砍坚硬的节疤一样,先问容易的问题,再问难题,这样,问题就会容易解决;不会提问题的人却与此相反。会对待提问的人,要回答得有针对性,象撞钟一样,用力小,钟声则小,用力大,钟声则大,从容不迫,让别人把问题说完再慢慢回答;不会回答问题的恰巧与此相反。以上这些,讲的都是有关教学的方法。

只靠死记一些零碎的知识,不能做个好教师,一定要有渊博的知识,随时准备根据学生的提问并给以圆满的回答才行。如果学生提不出问题,然后告诉他从某些方面钻研是可以的;告诉了他以后,仍不能理解,就不要再讲下去了。

要想学到父亲高超的手艺,高明的冶金匠的儿子,冶金匠一定要先去学缝皮袄;高明的弓匠的儿子,弓匠一定要先去学编撮箕,刚学驾车的小马,要放在车后跟着走。君子懂得了这三件事其中的道理,就可以搞好教学工作了。

古时求学的人,能够对同类事物进行比较,举一反三。鼓不等同于五声,而五声中没有鼓音,就不和谐;水不等同于五色,但五色没有水调和,就不能鲜明悦目;学习不等同于五官,但五官不经过学习训练就不会发生好的功能;师不等同于五服之亲,但没有教师的教导,人们不可能懂得五服的亲密关系。

君子们曾说,德行很高的人,不限于只担任某种具体的官职;普遍的规律,不仅仅适用于一件事物;有大信实的人,用不着他发誓后才信任他;天有四季变化,无须划一,也会守时。懂得了这四点,就可以领会到做事求学,也要抓住根本的道理了。古代的三王祭祀江河的时候,都是先祭河而后祭海,这是因为河是水的本源,而海是水的最终的归宿。只有这样才算是抓住了事理的根本!

礼运(节选)

【原文】

昔者仲尼与于蜡宾。事毕,出游于观之上,喟然而叹。仲尼之叹,盖叹鲁也。言偃在侧,曰:"君子何叹?"孔子曰:"大道之行也,与三代之英,丘未之逮也,而有志焉。大道之行也,天下为公。选贤与能①,讲信修睦②。故人不独亲③其亲,不独子其子。使老有所终,壮有所用,幼有所长,矜寡孤独废疾者④皆有所养。男有分⑤,女有归⑥。货,恶其弃于地也,不必藏于己⑦;力,恶其不出于身也,不必为己⑧。是故谋闭而不兴⑨,盗窃乱贼而不作⑩。故外户⑪而不闭⑫。是谓大同。今大道既隐,天下为家。各亲其亲,各子其子。货、力为己。大人世及⑬以为礼,城郭沟池以为固,礼义以为纪;以正君臣、以睦兄弟,以和夫妇,以设制度,以立田里,以贤勇智,以功为己。故谋用是作,而兵由此起,禹、汤、文、武、成王、周公由此其选也。此六君子者,未有不谨于礼者也。以著其义,以考其信。著有过,刑仁讲让,示民有常⑭。如有不由此者,在执⑮者去,众以为殃⑯。是谓小康。"

【注释】

①选贤与(jǔ举)能:把品德高尚的人、能干的人选拔出来。与,通"举"。

②讲信修睦(mù):讲求诚信,培养和睦的气氛。

③亲:用如动词,以……为亲。

④"矜(guān关)、寡、孤"句:矜,通"鳏",老而无妻的人。寡,老而无夫的人。孤,幼而无父的人。独,老而无子的人。废疾,残疾人。

⑤男有分(fèn):男子有职务。分,职分,指职业、职守。

⑥女有归:意思是女子有归宿。归,女子出嫁。

⑦"货恶(wù悟)其弃"句:意思是,对于财货,人们憎恨把它扔在地上的行为,却不一定要自己私藏。恶,憎恶。

⑧"力恶其不出"句:意思是,人们都愿意为公众之事竭尽全力,而不一定为自己谋私利。

⑨谋闭而不兴:奸邪之谋不会发生。

⑩"盗窃乱"句:盗窃、造反和害人的事情不发生。乱,指造反。贼,指害人。作,兴起。

⑪外户:从外面把门扇合上。

⑫闭:用门闩插门。

⑬世及:父亲死了儿子继承叫做"世";哥哥死了弟弟继承叫做"及"。

⑭示民有常:用规范来规范社会,用信义来润滑社会。

⑮执:通"势"。

⑯殃:灾祸。

【译文】

过去孔子曾参加过鲁国的蜡祭仪式。仪式结束后,他出来在宗庙门外的楼台上游览,不觉感慨长叹。孔子的感叹,是在慨叹鲁国的现状啊。言偃在他身边问道:"老师为什么而叹息呢?"孔子回答说:"大道实行的时代,跟夏商周三代杰出人物相比,我赶不上他们,却也有志于此啊!大道实行的年代,天下是属于公众的。选拔道德高尚的人,推举有才能的人。讲求信用,调整人与人之间的关系,使它达到和睦。因此人们不只是敬爱自己的父母,不只是疼爱自己的子女。使老年人得到善终,青壮年人充分施展其才能,少年儿童有使他们成长的条件和措施。老而无妻者、老而无夫者、少而无父者、老而无子者,都有供养他们的措施。男人有职份,女人有夫家。财物,人们厌恶它被扔在地上,但不一定都藏在自己家里。力气,人们恨它不从自己身上使出来,但不一定是为了自己。因此奸诈之心都闭塞而不产生,盗窃、造反和害人的事情不会出现,因此不必从外面把门关上。这样的社会就叫做大同世界。到了今天大道消隐不见,天下的人都是为了自己的家庭家族,各自孝敬各自的长辈,各自去爱护各自的儿子女儿,好东西也会尽力去争取,全是为了自己。统治者世代相传形成一种习惯,修筑高墙坚城,开沟蓄池,以此作为屏障。制定礼仪作为法纪,用以规范君臣,用以督促父子,用以和睦兄弟,用以亲爱夫妇,用以设立制度,用以建设乡村,用以激励勇士智者,用以奖勤罚懒。所以,计谋就开始兴盛起来,因而争斗也就开始普及。象大禹、汤王、文王、武王、成王、周公这些人,是其中的杰出代表。这六个堪称君子的人,没有说不崇尚礼的,以此来推行他们的主张,以此来衡量他们的诚信,以此来制定赏罚的标准,来促使人们追求仁义,彼此谦

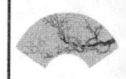

让,用规范来保证人民的日常生活。如果这些都做不到的话,就会大势将去,人们就会感到大难临头了。这就是小康社会!"

《左传》 晏子不死君难

【作者介绍】

《左传》原名为《左氏春秋》,汉代改称《春秋左氏传》,简称《左传》。旧时相传是春秋末年左丘明为解释孔子的《春秋》而作。它起自鲁隐公元年(前722年),迄于鲁悼公十四年(前453年),以《春秋》为本,通过记述春秋时期的具体史实来说明《春秋》的纲目,是儒家重要经典之一。它与《春秋公羊传》、《春秋谷梁传》合称"春秋三传"。《左传》实质上是一部独立撰写的史书。《左传》的作者,司马迁和班固都证明是左丘明,这是目前最为可信的史料。

本文选自《左传·襄公二十五年》。

【原文】

崔武子①见棠姜②而美之,遂取③之。庄公通焉④。崔子弑之。

晏子⑤立于崔氏之门外。其人⑥曰:"死⑦乎?"曰:"独吾君也乎哉,吾死也?"曰:"行乎?"曰:"吾罪也乎哉,吾亡⑧也?"曰:"归乎?"曰:"君死,安归⑨?君民者⑩,岂以陵民⑪?社稷是主⑫;臣君者,岂为其口实⑬?社稷是养⑭。故君为社稷死,则死之;为社稷亡,则亡之。若为己死,而为己亡,非其私暱⑮,谁敢任之?且人有君⑯而弑之,吾焉得死之,而焉得亡之?将庸何归?"

门启而入,枕尸股而哭;兴⑰,三踊⑱而出。人谓崔子:"必杀之。"崔子曰:"民之望也,舍之得民。"

【注释】

①崔武子:崔杼(zhù 住),齐国的执政大夫。
②棠姜:齐棠邑大夫棠公的遗孀,姓姜。
③取:通"娶"。
④庄公通焉:齐庄公,齐国国君,名光。通,通奸。
⑤晏子:晏婴,字平仲,曾任齐卿,历任灵公、庄公、景公三朝。节俭力行,谦恭下士,善于辞令,政绩卓著。

⑥其人：指晏子的随从。
⑦死：为他死，这里指为国君殉难。
⑧亡：与问话的"行"同意，指逃亡国外。
⑨安归：何归，回到哪里去。
⑩君民者：作民众君主的1人。君，用作动词，为君。
⑪陵：凌驾，居于……之上。
⑫社稷是主：即"主社稷"，主持国政。
⑬口实：口中之食物，指俸禄。
⑭社稷是养：即"养社稷"。社稷，指国家。养，供养，治理。
⑮私暱（ní 昵）：为个人宠爱的人。
⑯有君：立了国君。齐庄公为崔杼所立。㉚庸何：即"何"，哪里。
⑰兴：起来。
⑱三踊：三，多次。连连顿脚，表示哀悼。

【译文】

崔武子见到棠公的寡妇棠姜，觉得她很美，就娶了她。齐庄公与棠姜通奸。崔武子就杀了齐庄公。

晏子站在崔家门外。他的随从问他："您想为国君殉难吗？"晏子回答说："他只是我一个人的国君吗？我该为他去死吗？"随从又问："那么逃跑吗？"晏子回答说："他死是我的罪过吗？我干吗要逃跑？"随从又问："回去吗？"晏子说："国君已经死了，我回到哪里去呢？作为人民的君主，难道是用他来凌驾于人民之上的吗？不！是要他来主持国政的；作为君主的臣子，难道只是为了自己的俸禄吗？不！是让他来治理国家的。所以国君为国家而死，臣就应该为他而死；国君是为了国家而逃亡，臣子就该跟随他逃亡。如果国君是为自己而死，为自己而逃，除非是他私人极宠爱的人，谁敢承担这责任？而且别人立了国君而又杀了他，我岂能为他去死，又岂能为他而逃？可是我又能回到哪里去呢？"

崔家的大门一打开，晏子就进去了，枕着尸体的大腿号啕痛哭。然后站起来，连连地跺脚顿足，这才走出门去。有人对崔武子说："一定要杀了他。"崔武子说："他是人民敬仰的人，放过他才会得民心。"

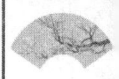

《国语》 召公谏厉王弭谤

【作者介绍】

《国语》是中国最早的一部国别史著作。关于国语的作者是谁,自古至今学界多有争论,现在还没有形成定论。司马迁最早提到《国语》的作者是左丘明(左丘失明,厥有《国语》),其后班固、李昂等都认为是左丘明所著,还把国语称为《春秋外传》或《左氏外传》。但是在晋朝以后,许多学者都怀疑国语不是左丘明所著。现在一般认为产生于战国初年,作者不详。

【原文】

厉王①虐。国人谤王。召公②告曰:"民不堪命矣!"王怒,得卫巫③,使监谤者。以告,则杀之。国人莫敢言,道路以目④。

王喜,告召公曰:"吾能弭谤矣,乃不敢言。"召公曰:"是鄣⑤之也。防民之口,甚于防川;川壅⑥而溃,伤人必多;民亦如之。是故为川者决之使导,为民者⑦宣之使言。故天子听政,使公卿至于列士献诗,瞽献曲,史献书,师箴,瞍赋,矇诵,百工谏,庶人传语。近臣尽规,亲戚补察,瞽、史教诲,耆、艾修之,而后王斟酌焉。是以事行而不悖。"民之有口,犹土之有山川也,财用于是乎出;犹其原隰之有衍沃也,衣食于是乎生。口之宣言也,善败⑧于是乎兴;行善而备败⑨,其所以阜⑩财用衣食者也。夫民虑之于心而宣之于口,成而行之,胡可壅也?若壅其口,其与⑪能几何?

王弗听,于是国人莫敢出言。三年,乃流王于彘。

【注释】

①厉王:周厉王,姬胡,周夷王的儿子,公元前878年至公元前841年在位。暴虐无道,在"国人暴动"中被逐出都城,逃亡于彘,公元前828年病死。

②召(shào 邵)公:一作"邵公",姬虎,谥穆公,周厉王的卿士,后辅佐周宣王。

③卫巫:卫国的巫者。

④道路以目:路上相遇,只能用眼睛彼此望一望,互相递个眼色。意即人们担心谤王的嫌疑,见了面连互相问候也不敢。

015

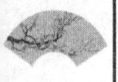

⑤鄣:同"障",防水堤。这里用作动词,阻挡,阻塞。
⑥壅(yōng拥):堵塞。
⑦为(wéi唯)民者:治理百姓的人。
⑧善败:好坏。
⑨备败:防备坏的。
⑩阜:丰富,增加。
⑪与:帮助。

【译文】

周厉王暴虐无道,国都里的人都在纷纷咒骂他。召公告诉厉王说:"老百姓已经忍受不了你的政令了!"厉王听了大怒。找来一些卫国的巫师,让他们去监视乱说话的人。只要卫巫一报告。厉王马上就把被告发的人杀掉。这一来,国都里的人谁也不敢再乱说话了,即使是亲友邻里在路上遇到,大家也只是互相递个眼神而已。

厉王很高兴,告诉召公说:"我能消除怨愤不满的言论了,今后他们再也不敢瞎议论了。"召公说:"你这只是堵住了他们的嘴巴。而堵塞众人的嘴,比堵塞江河还要危险:江河被堵塞久了就会溃决,而一旦溃决,伤害就更大,封堵民众的嘴巴的后果也是这样。因此,治理河道的人要疏浚河道使水流畅通,治理百姓的人要引导民众敢于讲话。所以,天子处理政事,让公卿、大夫直到普通知识分子都来献诗,乐官献乐章,史官献文献,少师进规箴,瞍者朗诵,矇者吟咏,各类工匠来规谏,民众的议论辗转上达,左右近臣尽心规劝,宗室姻亲补过纠偏,太师、太史教诲不倦,元老重臣劝诫不厌,然后由天子亲自斟酌裁断,因此,政事施行起来才不违背情理。人都有口,就像大地上有山河,财富、器物才从这里出产;又像大地上有高原、洼地、平川和沃野,衣服、食物从这里出产。民众用嘴巴发表意见,国家政务的成功或失败都能从这里反映出来;推行好的,防范坏的,这正是用以增加财富、器用和衣食的治国方法。民众心里怎么想,嘴里就怎么说,他们考虑成熟以后,就会自然流露出来,怎么能堵得住呢? 如果真的堵得住民众的嘴,那么,拥戴跟随的人还能有几个呢?"

周厉王不听召公的劝告,从此都城的民众都不敢讲话了。过了三年,厉王就被放逐到彘地去了。

《战国策》 苏秦始将连横

【作者介绍】

《战国策》是一部国别体的史书,是战国时游说之士的策谋和言论的汇编,另有《国策》、《国事》、《事语》、《短长》、《长书》、《修书》等名称,作者不详。西汉末年,经刘向编定为三十三篇。宋时已有缺失,由曾巩作了订补。书中保存了战国时代许多重要的史料。上世纪七十年代初,长沙马王堆出土的西汉帛书残本,记述战国时事,定名为《战国纵横家书》,与本书内容互有异同。

【原文】

苏秦始将连横,说①秦惠王②曰:"大王之国,西有巴、蜀、汉中之利,北有胡貉、代马之用,南有巫山、黔中之限,东有肴、函之固。田肥美,民殷富,战车万乘,奋击百万,沃野千里,蓄积饶多,地势形便,此所谓天府,天下之雄国也。以大王之贤,士民之众,车骑之用,兵法之教,可以并诸侯,吞天下,称帝而治。愿大王少留意③,臣请奏其效。"

秦王曰:"寡人闻之:毛羽不丰满者,不可以高飞;文章④不成者,不可以诛罚;道德不厚者,不可以使民;政教不顺者,不可以烦大臣。今先生俨然⑤不远千里而庭教之,愿以异日。"

苏秦曰:"臣固疑大王之不能用也。昔者神农伐补遂,黄帝伐涿鹿而禽蚩尤,尧伐驩兜,舜伐三苗,禹伐共工,汤伐有夏,文王伐崇,武王伐纣,齐桓任战而霸天下。由此观之,恶有不战者乎?古者使车毂⑥击驰,言语相结,天下为一。约纵连横,兵革不藏。文士并饰⑦,诸侯乱惑,万端俱起,不可胜理。科条既备,民多伪态。书策稠浊,百姓不足。上下相愁,民无所聊。明言章理,兵甲愈起。辩言伟服⑧,战攻不息,繁称文辞,天下不治。舌敝耳聋,不见成功。行义约信,天下不亲。于是乃废文任武,厚养死士,缀甲厉兵⑨,效胜于战场。夫徒处⑩而致利,安坐而广地,虽古五帝、三王、五霸,明主贤君,常欲坐而致之,其势不能,故以战续之。宽则两军相攻,迫则杖戟相撞,然后可建大功。是故兵胜于外,义强于内,威立于上,民服于下。今欲并天下,凌万乘,诎⑪敌国,制海内,子元元⑫,臣诸侯,非兵不可。今之嗣主⑬,忽于至道,皆惛⑭于教,乱于治⑮,迷于言,惑于语,沉于辩,溺于辞,以此论之,王固不能行也。"

说秦王书十上而说不行,黑貂之裘敝,黄金百斤尽,资用乏绝,去秦而归。嬴滕履蹻,负书担橐,形容枯槁,面目犁黑,状有愧色。归至家,妻不下纴⑯,嫂不为炊,父

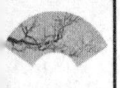

母不与言。苏秦喟然叹曰:"妻不以我为夫,嫂不以我为叔,父母不以我为子,是皆秦之罪也!"乃夜发书,陈箧数十,得太公《阴符》之谋,伏而诵之,简练以为揣摩。读书欲睡,引锥自刺其股,血流至足,曰:"安有说人主,不能出其金玉锦绣,取卿相之尊者乎?"期年⑰,揣摩成,曰:"此真可以说当世之君矣!"

于是乃摩燕乌集阙⑱,见说赵王于华屋之下,抵掌而谈。赵王大说,封为武安君,受相印。革车百乘,锦绣千纯⑲,白璧百双,黄金万镒,以随其后。约纵散横,以抑强秦。故苏秦相于赵而关不通⑳。当此之时,天下之大,万民之众,王侯之威,谋臣之权,皆欲决于苏秦之策。不费斗粮,未烦一兵,未战一士,未绝一弦,未折一矢,诸侯相亲,贤于兄弟。夫贤人在而天下服,一人用而天下从。故曰:"式㉑于政不式于勇;式于廊庙之内,不式于四境之外。"当秦之隆㉒,黄金万镒为用,转毂连骑,炫熿㉓于道,山东㉔之国,从风而服,使赵大重。

且夫苏秦,特穷巷掘门桑户棬枢㉕之士耳!伏轼撙衔㉖,横历天下,庭说诸侯之主,杜左右之口,天下莫之能伉㉗。

将说楚王,路过洛阳。父母闻之,清宫除道,张乐设饮,郊迎三十里。妻侧目而视,倾耳而听;嫂蛇行匍伏,四拜自跪而谢。苏秦曰:"嫂何前倨而后卑也?"嫂曰:"以季子位尊而多金。"苏秦曰:"嗟乎!贫穷则父母不子,富贵则亲戚畏惧。人生世上,势位富厚,盖㉘可忽乎哉?"

【注释】

①说(shuì 税):劝说。
②秦惠王:姓嬴名驷,秦孝公之子,公元前336年至公元前311年在位。
③少留意:稍加注意。
④文章:法令。
⑤俨然:庄重认真的样子。
⑥毂(gǔ 谷):车轮中心的圆木,周围与车辐的一端相接,中有圆孔,用来插轴。这一句是说车多而跑得急。
⑦文士并饰:文士,辩士。饰,指修饰文辞,进行游说。
⑧伟服:华贵的衣服。
⑨缀甲厉兵:缀:缝缀。厉:通"砺",磨砺。缝缀战甲,磨砺兵器。
⑩徒处:无所事事地坐等。
⑪诎:同"屈"。
⑫子元元:以广大百姓为子,指统一天下。元元,百姓。

⑬嗣主：继承王位的君主。

⑭悟：不明。

⑮乱于治：对于治理国家的工作，头脑混乱。

⑯绁：织布机的机头。这里是说妻子不下织机，依然纺织。

⑰期年：满一年。

⑱摩燕乌集阙：摩，接近。阙，宫阙。燕乌集，宫阙的名字。

⑲纯：匹。

⑳关不通：关，指函谷关，是六国通往秦国的要道。六国联合抗秦，因此函谷关的交通断绝。

㉑式：用。

㉒当秦之隆：秦，指苏秦。隆，兴盛。当苏秦尊显得意之时。

㉓炫熿：同"炫煌"，光辉闪耀。

㉔山东：崤山以东。

㉕掘门桑户棬（quān圈）枢：掘门，在墙上挖个洞为门。桑户：桑木做的门板。棬枢：把树枝弯曲作门轴。

㉖伏轼撙（zǔn）衔：轼，车前横木，作用相当于扶手。撙，节制，控制。衔，马勒头。伏在车前横木上，拉着马的勒头。

㉗伉：通"抗"，匹敌。

㉘盖：通"盍"，何。

【译文】

苏秦一开始用连横的策略游说秦惠王，说："大王的国家，西有巴、蜀、汉中的物产收益。北有胡貉、代马的物产供应，南有巫山、黔中的天然屏障，东有崤山、函谷关的坚固。田地肥美，百姓富足，战车万辆，雄兵百万，沃野千里，储备充足，地理形势便于攻守，这就是人们所说的天府，天下的强国啊。凭借大王的贤明，人民的众多，车马军需的充足，战阵兵法的训练得法，毫无疑问，是能够兼并诸侯，统一天下，称帝号而使天下大治的。希望大王稍费精神，允许我说明实现目标的根据。"

秦惠王回答说："寡人听说，羽毛还未丰满时，不能高高飞翔；法令还未完备时，不能使用刑法；恩德还不深厚时，不能役使百姓；政教还未顺畅时，不能烦劳大臣。如今先生不辞辛苦跋涉千里郑重地来到朝廷向我赐教，我想还是改日再领教吧。"

苏秦说："臣本来就怀疑大王不能采纳我的意见。从前，神农讨伐补遂，黄帝征战涿鹿而生擒蚩尤，唐尧征讨驩兜，虞舜征讨三苗，夏禹制服共工，商汤征服夏桀，

中国古典文学名篇精粹

周文王灭掉崇国，周武王消灭商纣，齐桓公凭借武力称霸天下，由以上可以看出，哪有不使用武力而能完成大业的呢？从前各国使者乘车往来奔驰于道，通过聘问缔结盟约，使天下统一。自从约纵连横之说盛行，战争也就不可避免，文人策士巧舌如簧，弄得诸侯晕头转向，各种事端层出不穷，以至于顾此失彼，理不出头绪。法律制度虽然完备，下面照样欺诈作伪。文书政令繁多混乱，百姓照旧啼饥号寒。君臣上下愁眉苦脸，百姓更觉无依无靠。策士讲说的道理越是冠冕堂皇，战争就越是接连不断发生。穿盛装而巧舌如簧的辩士越多，相互的攻战也就越无休无止。花言巧语越是说得天花乱坠，天下也就越难治理。说者说得口干舌燥，听者听得双耳欲聋，虽然如此，还是看不到有什么成效。尽管以仁义诚信订立了盟约，但是天下依然不能相善相亲。于是，弃文就武，优待敢死之士，置办盔甲，磨砺兵器，以图在战场上一决胜负。终日无所事事却想获得利益，无所事事地坐着却想扩大领土疆域。即使是古代的五帝、三王、五霸，明主贤君，也是办不到的，所以说，最终解决问题的根本方法还是要用战争。两军对垒，距离远的互用战车矢石相攻，距离近的则用剑戟冲刺，这样才能建立丰功伟绩。所以，军队在国外总打胜仗，国君在国内施行仁政，国君在上，权威树立；百姓在下，也就服从了。如今要想吞并天下，超越大国，制服敌国，控制海内，抚育万民，臣服诸侯，那就非用武力不可。只可惜当今在位的君主，都忽视了这个最根本的道理，政教不明，管理混乱，被花言巧语所迷惑，沉溺在无休止的诡辩之中。由此说来，大王本来就不会采纳我的意见。"

苏秦游说秦王的奏章呈送了十次，可是他的主张始终未被采纳。他来秦时穿的黑貂皮袍子破旧了，百斤黄金的路费也花光了，所有的生活费用已经用尽。只好离开秦国回家。他裹着绑腿布，穿着破草鞋，背着书，挑着行囊，形容憔悴，脸色黑黄，神情羞愧。回到家，妻子不下织机迎接，嫂子不给他做饭，父母不跟他说话。苏秦长叹一声说道："妻子不把我当做丈夫，嫂子不把我当做小叔子，父母不把我当做儿子，这都是我苏秦的罪过啊！"于是当天夜里就开始翻捡书籍，摆出几十只书箱的书找到了姜太公写的《阴符经》，埋头诵读，反复推敲，选择精要，揣摩领会。读到困倦时，就拿锥子刺自己的大腿，鲜血直淌到脚上。他对自己说："哪有游说君主而不能使他拿出黄金、美玉和锦缎，取得卿相高位的呢？"他如此坚持了整整一年，终于钻研成功，他情不自禁地说："这次是真能够说动当今天下的君主了！"

于是苏秦就出发，经过赵国的燕乌集阙，在华丽的宫室里拜见并游说了赵王，侃侃而谈，十分投机。赵王非常高兴，封他为武安君，并授予他相国的大印。又给他兵车百辆，锦缎千匹，玉璧百双，黄金万镒，让他带着这些财物去游说各国，联合六国加强"合纵"，离间他们与秦国的关系，瓦解"连横"，以此来削弱强秦的力量。

所以苏秦在赵国掌了相印以后,关东各国就断绝了与秦的来往。在这个时候,天下这样的大,百姓这样的多,王侯的威严,谋臣的权术,统统由苏秦的策略来支配决定。不费一斗军饷,不劳一兵一卒,没有一人打仗,没断一根弓弦,没折一支箭杆,就使列国诸侯相互亲善胜过兄弟。可见有才能的人发挥了作用普天下百姓就会顺从,一人被重用天下人就如影随形。所以说:"用心在德政上,而不靠蛮力起作用;用心在朝廷的决策上,而不靠对外用兵解决问题。"当苏秦得势的时候,黄金万镒听他使用,随从车马络绎不绝,一路上风风光光,威风显赫。崤山以东各国,如风吹墙上草一般的一致服从,使赵国大大受到各国的尊重。再说,苏秦原来不过是穷巷陋屋里的一个读书人而已!如今他手扶车前横木,控制着马的缰绳,驱车跃马周游列国,驰骋天下,在朝堂上游说各国君主,雄辩之辞使君主身边的大臣成了被堵住嘴的哑巴。此时此刻,天下人没有谁能与他抗衡的人了!

苏秦要去游说楚王,路过洛阳。他的父母听到这个消息,急忙清扫房屋,打扫道路,请来乐队,摆下酒席,跑出郊外三十多里去高接远迎。一家人见面时,妻子不敢正面看他,侧着耳朵听他说话;嫂子趴在地上像蛇一样爬行,向他拜了又拜。苏秦说:"嫂子,为什么你先前那么趾高气扬,现在又这么低三下四呢?"嫂子答道:"是因为您地位尊贵而且很有钱啊。"苏秦感慨地说:"唉!一个人贫穷潦倒时,连父母都不把他当儿子看待,而一旦有了钱有了势,连自己的亲戚都害怕他。人生在世,权势和金钱,怎么可以忽视呢?"

李耳 《老子》(节选)

【作者介绍】

李耳(约公元前571年—前470年之后),字伯阳,又称老聃,后人称其为"老子",我国古代伟大的哲学家和思想家,是道家学派创始人。老子生活在春秋时期,曾在周朝的国都洛邑任藏室史。他博学多才,孔子周游列国时曾到洛邑向老子问礼。老子晚年乘青牛西去,在函谷关写成了五千言的《道德经》。

【原文】

天下皆知美之为美,斯恶已;皆知善之为善,斯不善已。有无相生①,难易相成,长短相形,高下相倾,音声相和,前后相随,恒也。是以圣人②处无为之事,行不言③之教;万物作而弗始。生而弗有,为而弗恃④,功成而弗居。夫唯弗居,是以不去。

【注释】

①有无相生:"有"、"无",指对现象界事物的存在或不存在而言。
②圣人:居住在俗世的以自然无为而无不为的修行得道者。
③不言:不发号施令,不用政令。
④恃:依赖、仗着。

【译文】

天下的人如果都知道美的东西是美的,丑的观念也就随之产生了。都知道善的事物是善的,不善的观念也就产生了。有和无互相生成,难和易互相促就,长和短互为显示,高和下互为呈现,音和声彼此应和,前和后如影随形。所以,有道的人以无为的态度来处理世事,实行"不言"的教导。万物兴起而不造作事端,生养万物而不据为己有,生育万物而不自恃己能,成就万物而不自居有功。正因为不居功,所以他的功绩谁也夺不走。

孔丘 《论语》(四则)

【作者介绍】

孔子(公元前551年—前479年),名丘,字仲尼,春秋时期陬邑(今山东省曲阜市)人。孔子是我国古代伟大的思想家和教育家,儒家学派创始人。孔子三岁的时候,父亲病逝,之后,孔子的家境相当贫寒。由于种种原因,孔子在政治上没有过大的作为,但在治理鲁国的三个月中,足见孔子是一位杰出的政治家。政治上的失意,使孔子将很大部分精力用在教育事业上。孔子曾任鲁国司寇,后携弟子周游列国,最终返回鲁国,专心执教。孔子打破了当时教育的垄断,是开创私学的先驱。孔子弟子多达三千人,其中贤人七十二,有很多成为各国栋梁之材。孔子享年73岁,葬于曲阜城北泗水之上,即今日孔林所在地。孔子的言行思想主要载于语录体散文集《论语》中。

一

【原文】

子曰:"吾十有五而志于学,三十而立,四十而不惑,五十而知天命,六十而耳顺,七十而从心所欲,不逾矩①。"

【注释】

①矩(jǔ 举):法度,规则。

【译文】

孔子说:"我十五岁立志修学,三十岁能遵循礼法而有所立,四十岁就不再受外界迷惑,五十岁彻悟宇宙人生的真相,六十岁能平等地对待大家的意见,七十岁时,自己可以随心所欲而又不逾越道德的法度。"

二

【原文】

子贡问曰:"有一言而可以终生行之者乎?"子曰:"其恕乎!己所不欲①,勿②施③于人。"

【注释】

①欲:想做的事。
②勿:不要。
③施:施加。

【译文】

子贡问自己的老师孔子:"有可以终生奉行的一句话吗?"孔子回答:"那应该是'恕'道吧!自己不想去做的事情,不要施加在别人身上。"

三

【原文】

子曰:"学而不思则罔①,思而不学则殆②。"

【注释】

①罔:蒙蔽,欺骗。
②殆:疑惑。

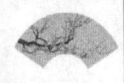

【译文】

孔子说:"只是读书却不动脑筋思考,就会受蒙蔽;只是冥思苦想却不认真读书,就会疑惑而无所得。"

四

【原文】

子曰:"温故而知新,可以为①师②矣。"

【注释】

①为:做。
②师:老师。

【译文】

孔子说:"温习旧的知识能有新的体会或发现,就可以做老师了。"

孟轲 《孟子》(二则)

【作者介绍】

孟子(公元前372年—前289年),名轲,字子舆,又字子车、子居。战国时期鲁国邹(今山东省邹城市)人。父名激,母仇氏。中国古代著名的思想家,教育家,战国时期儒家代表人物。孟子的字号在汉代以前的古书没有记载,但魏、晋之后却传出子车、子居、子舆等多个不同的字号,字号可能是后人的附会而未必可信。受业于孔子之孙子思的门人。有《孟子》七篇传世。孟子的地位在宋代以前并不很高。自中唐的韩愈著《原道》,把孟子列为先秦儒家中唯一继承孔子"道统"的人物开始,出现了一个孟子的"升格运动",孟子其人其书的地位逐渐上升。宋神宗熙宁四年(1071年),《孟子》一书首次被列入科举考试科目之中。元丰六年(1083年),孟子首次被官方追封为"邹国公",翌年被批准配享孔庙。以后《孟子》一书升格为儒家经典,南宋朱熹又把《孟子》与《论语》、《大学》、《中庸》合为"四书",其实际地位更在"五经"之上。元朝至顺元年(1330年),孟子被加封为"亚圣公",以后就称为"亚圣",地位仅次于孔子。

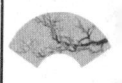

一

【原文】

孟子曰:"君子有三乐,而王天下不与存焉。父母俱存,兄弟无故①,一乐也;仰不愧于天,俯不怍②于人,二乐也;得天下英才而教育之,三乐也。君子有三乐,而王天下不与存焉。"

【注释】

①故:事故,指灾患病丧。
②怍(zuò 坐):惭愧。

【译文】

孟子说:"君子有三大快乐,以德服天下不在其中。父母都健在,兄弟们都平安无恙,这是人生的第一大快乐;上不愧对于天,下不愧对于人,这是人生的第二大快乐;能得到天下优秀的人才而又能对其进行教育,这是人生的第三大快乐。君子有这三大快乐,而以德征服天下不在其中。"

二

【原文】

(公孙丑问曰):"敢问夫子恶乎长?"
曰:"我知言,我善养吾浩然①之气。"
"敢问何谓浩然之气?"
曰:"难言也。其为气也,至大至刚,以直养而无害,则塞于天地之间。其为气也,配义与道;无是,馁也。是集义所生者,非义袭而取之也。行有不慊②于心,则馁矣。我故曰,告子③未尝知义,以其外之也。必有事焉而勿正④,心勿忘,勿助长也。无若宋人然。宋人有闵⑤其苗之不长而揠⑥之者,芒芒然⑦归。谓其人曰:'今日病⑧矣,予助苗长矣。'其子趋而往视之,苗则槁矣。天下之不助苗长者寡矣。以为无益而舍之者,不耘苗者也;助之长者,揠苗者也。非徒无益,而又害之。"

【注释】

①浩然:盛大而流动的样子。
②慊(qiè 窃):满足,满意。

③告子：名不详，可能曾受教于墨子。
④正：通"止"。"而勿正"即"而勿止"。
⑤闵：担心，忧愁。
⑥揠（yà 亚）：拔。
⑦芒芒然，疲倦的样子。
⑧病，疲倦，劳累。

【译文】

公孙丑说："请问老师您哪一方面比较特长呢？"

孟子说："我善于分析别人的言语，我善于培养自己的浩然之气。"

公孙丑说："请问什么叫浩然之气呢？"

孟子说："这很难用一两句话说清楚。这种气，极其浩大，极其有力量，用坦荡之胸怀去培养它而不加以伤害，就会充满天地之间。不过，这种气必须与仁义道德相配，否则就会缺乏力量。而且，必须要不断地用仁义道德蓄养才能生成，而不是靠偶尔的正义行为就能获取的。一旦你的行为问心有愧，这种气就会缺乏力量了。所以我说，告子不懂得义，因为他把义看成心外的东西。我们一定要不断地培养义，心中不要忘记，但也不要一厢情愿地去帮助它生长。不要像那个宋人一样，宋国有个人嫌他种的禾苗老是长不高，于是到地里去用手把它们一株一株地拔高，累得气喘吁吁地回家，对他家里人说：'今天可真把我累坏啦！不过，我总算让禾苗一下子就长高了！'他的儿子赶忙跑到地里去一看，禾苗已经全部枯死了。天下人不犯这种拔苗助长错误的是很少的。认为养护庄稼没有用处而不去管它们的，是只种庄稼不除草的懒汉；一厢情愿地去帮助庄稼生长的，就是这种拔苗助长的人，不仅没有帮助禾苗，反而把禾苗全都害死了。"

屈原　渔父

【作者介绍】

屈原（约公元前 340 年—约前 278 年），芈姓屈氏，名平，字原，又自云名正则，字灵均，战国末期楚国丹阳（今湖北秭归）人。楚武王熊通之子屈瑕的后代。自称颛顼的后裔。屈原早年受楚怀王信任，任左徒、三闾大夫，常与怀王商议国事，主张楚国与齐国联合，共同抗衡秦国。后来由于自身性格耿直，加之他人谗言与排挤，

屈原逐渐被楚怀王疏远,开始了流放生涯。屈原是中国最伟大的浪漫主义诗人之一,也是我国已知最早的著名诗人,世界文化名人。他创立了"楚辞"这种文体,也开创了"香草美人"的传统。屈原的作品,根据刘向、刘歆父子的校定和王逸的注本,有25篇,即《离骚》1篇,《天问》1篇,《九歌》11篇,《九章》9篇,《远游》、《卜居》、《渔父》各1篇。其中《渔父》、《卜居》和《远游》三篇作品的归属,后世学者有不同的看法。

【原文】

屈原既放,游于江潭,行吟泽畔,颜色憔悴,形容枯槁。

渔父见而问之曰:"子非三闾大夫①欤?何故至于斯?"

屈原曰:"举世皆浊我独清,众人皆醉我独醒,是以见放。"

渔父曰:"圣人不凝滞于物,而能与世推移。世人皆浊,何不淈②其泥而扬其波?众人皆醉,何不哺其糟而歠其醨③?何故深思高举④,自令放为?"

屈原曰:"吾闻之,新沐者必弹冠,新浴者必振衣;安能以身之察察⑤,受物之汶汶⑥者乎?宁赴湘流,葬于江鱼之腹中。安能以皓皓之白,而蒙世俗之尘埃乎!"

渔父莞尔而笑,鼓枻⑦而去,乃歌曰:"沧浪之水清兮,可以濯吾缨;沧浪⑧之水浊兮,可以濯吾足。"遂⑨去,不复与言。

【注释】

①三闾大夫:楚国官职名。掌管楚国王族屈、景、昭三大姓事务。
②淈(gǔ 古):搅浑。
③哺(bǔ 补):吃。歠(chuò 啜):饮。醨(lí 离):薄酒。
④高举:高出世俗的行为。
⑤察察:洁净、清白。
⑥汶(mén 门)汶:玷辱。
⑦鼓枻(yì 义):打桨。
⑧沧浪:水名,汉水的支流,在湖北省境内。
⑨遂:于是。

【译文】

屈原在被放逐之后,有一天在江湖间游荡。他沿着水边边走边唱,脸色憔悴,形容枯槁。渔父看到屈原便问他说:"您不就是三闾大夫吗?为什么会落到这种地

步?"

屈原说:"世上全都肮脏只有我清白,人人都醉了唯独我清醒,所以才被放逐。"

渔父说:"通达事理的人对时势不拘泥执著,而是能随顺世道与时俱进。既然世上的人都肮脏,那您为什么不也搅浑泥水而推波助澜呢?既然人人都醉生梦死,那您为什么不也跟着吃那酒糟喝那酒汁呢?为什么您偏要忧国忧民,行为超出一般民众之上,而使自己遭到了放逐呢?"

屈原说:"我曾经听说过:刚沐浴过的人一定要拍打掉帽子和衣服上的的尘土。哪里能让洁净的身体去接触污浊的外物呢?我宁可投身在湘水之中,葬身在鱼鳖的肚子,也不愿让美玉一般的东西去蒙受世俗尘埃的沾染。"

渔父听后微微一笑,拍打着船板离屈原飘然而去,口中唱着:"沧浪的水清啊,可以洗我的帽缨;沧浪的水浊啊,可以洗我的双脚。"边唱边离开了,不再与屈原交谈。

李斯 谏逐客书

【作者介绍】

李斯(公元前280年—前208年),楚国上蔡(今河南省上蔡县)人,是秦朝著名的政治家、文学家和书法家。在诸子百家中,李斯和韩非师从荀子学习帝王之术,后来都成为法家学说的代表人物。司马迁著《史记》,将李斯和赵高并写于《李斯列传》。

【原文】

臣闻吏议逐客,窃以为过矣。

昔穆公求士,西取由余①于戎,东得百里傒②于宛,迎蹇叔③于宋,来邳豹④、公孙支⑤于晋。此五子者,不产于秦,而穆公用之,并国二十,遂霸西戎。孝公用商鞅之法,移风易俗,民以殷盛,国以富强,百姓乐用,诸侯亲服,获楚、魏之师,举地千里,至今治强。惠王用张仪之计,拔三川之地⑥,西并巴、蜀,北收上郡,南取汉中,包九夷⑦,制鄢、郢,东据成皋⑧之险,割膏腴之壤,遂散六国之从,使之西面事秦,功施⑨到今。昭王得范雎⑩,废穰侯⑪,逐华阳⑫,强公室,杜私门,蚕食诸侯,使秦成帝业。此四君者,皆以客之功。由此观之,客何负于秦哉!向使四君却客而不内⑬,疏士而不用,是使国无富利之实而秦无强大之名也。

今陛下致昆山之玉,有随、和之宝⑭,垂明月之珠,服太阿⑮之剑,乘纤离⑯之马,建翠凤之旗⑰,树灵鼍⑱之鼓。此数宝者,秦不生一焉,而陛下说⑲之,何也?必秦国之所生然后可,则是夜光之璧不饰朝廷,犀象之器⑳不为玩好,郑、卫之女不充后宫,而骏良駃騠㉑不实外厩,江南金锡不为用,西蜀丹青㉒不为采。所以饰后宫充下陈㉓娱心意说耳目者,必出于秦然后可,则是宛珠之簪㉔,傅玑之珥㉕,阿缟㉖之衣,锦绣之饰不进于前,而随俗雅化㉗佳冶窈窕赵女不立于侧也。夫击瓮叩缶弹筝搏髀㉘,而歌呼呜呜快耳者,真秦之声也;《郑》、《卫》、《桑间》、《昭》、《虞》、《武》、《象》者,异国之乐也。今弃击瓮叩缶而就《郑》、《卫》,退弹筝而取《昭》、《虞》,若是者何也?快意当前,适观而已矣。今取人则不然。不问可否,不论曲直,非秦者去,为客者逐。然则是所重者在乎色乐珠玉,而所轻者在乎人民也。此非所以跨海内制诸侯之术也。

臣闻地广者粟多,国大者人众,兵强则士勇。是以太山㉙不让㉚土壤,故能成其大;河海不择㉛细流,故能就其深;王者不却㉜众庶,故能明其德。是以地无四方,民无异国,四时充美,鬼神降福,此五帝、三王之所以无敌也。今乃弃黔首㉝以资敌国,却宾客以业㉞诸侯,使天下之士退而不敢西向,裹足不入秦,此所谓"借寇兵而赍㉟盗粮"者也。

夫物不产于秦,可宝者多;士不产于秦,而愿忠者众。今逐客以资敌国,损民以益雠㊱,内自虚而外树怨于诸侯,求国无危,不可得也。

【注释】

①由余:亦作"繇余",戎王的臣子,是晋人的后裔,入秦后,受到秦缪公重用,帮助秦国攻灭西戎众多小国,称霸西戎。

②百里傒:原为虞国大夫。晋灭虞被俘,后作为秦缪公夫人的陪嫁臣妾之一送往秦国。逃亡到宛,被楚人所执。秦缪公用五张黑公羊皮赎出,用为上大夫,故称"五羖大夫"。是辅佐秦缪公称霸的重臣。

③蹇叔:百里傒的好友,经百里傒推荐,秦缪公把他从宋国请来,委任为上大夫。

④邳豹:晋国大夫邳郑之子,邳郑被晋惠公杀死后,邳豹投奔秦国,秦缪公任为大夫。

⑤公孙支:字子桑,秦人,曾游晋,后返秦任大夫。

⑥三川之地:指黄河、雒水、伊水三川之地,在今河南西北部黄河以南的洛水、

伊水流域。

⑦九夷：此指楚国境内西北部的少数部族，在今陕西、湖北、四川三省交界地区。

⑧成皋：邑名，在今河南荥阳县汜水镇，地势险要，是著名的军事重地。春秋时属郑国称虎牢。

⑨迤(yì 易)：蔓延，延续。

⑩范雎：一作"范且"，亦称范叔，魏人，入秦后改名张禄，受到秦昭王信任，为秦相，对内力主废除外戚专权，对外采取远交近攻策略。

⑪穰(ráng 瓤)："穰侯"，即魏冉，楚人后裔，秦昭王母宣太后之异父弟，秦武王去世，拥立秦昭王，任将军，多次为相，受封于穰(今河南邓县)，故称穰侯。

⑫华阳：即华阳君芈戎，楚昭王母宣太后之同父弟，曾任将军等职，与魏冉同掌国政，先受封于华阳(今河南新郑县北)，故称华阳君，后封于新城(今河南密县东南)，故又称新城君。

⑬内：同"纳"，接纳。

⑭随、和之宝：即所谓"随侯珠"和"和氏璧"，传说中春秋时随侯所得的夜明珠和楚人卞和所得的美玉。

⑮太阿：亦称"泰阿"，宝剑名，相传为春秋著名工匠欧冶子、干将所铸。

⑯纤离：骏马名。

⑰翠凤之旗：用翠凤羽毛作为装饰的旗帜。

⑱鼍(tuó 驼)：亦称扬子鳄，俗称猪婆龙，皮可蒙鼓。

⑲说：通"悦"，喜悦，喜爱。

⑳犀象之器：指用犀牛角和象牙制成的器具。

㉑駃騠(jué tí 决提)：骏马名。

㉒西蜀丹青：蜀地出产的丹青。

㉓下陈：殿堂下陈放礼器、站立侯从的地方。"充下陈"，泛指将财物、美女充实府库后宫。

㉔宛珠之簪：指用宛(今河南南阳市)地出产的珍珠作装饰的发簪。

㉕傅：附着，镶嵌。玑：不圆的珠子。此泛指珠子。珥：耳饰。

㉖阿(ē 婀)：地名，指齐国东阿(今山东东阿县)。缟(gǎo 搞)：未经染色的绢。

㉗随俗雅化：随合时俗而雅致不凡。

㉘瓮(wèng)：陶制的容器，古人用来打水。缶(fǒu 否)：一种口小腹大的陶器。秦人将瓮、缶作为打击乐器。搏：击打，拍打。髀(bì 必)：音，大腿。搏髀，拍打大

腿,以此来掌握音乐唱歌的节奏。

㉙太山:即泰山。

㉚让:辞让,拒绝。

㉛择:通"释",舍弃,抛弃。

㉜却:推却,拒绝。

㉝黔首:无爵平民不能服冠,只能以黑巾裹头,故称黔首。此处泛指百姓。

㉞业:从业,从事,事奉。

㉟赍(jī 迹):送,送给。

㊱雠:通"仇",仇敌。

【译文】

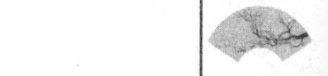

我听说官吏在商议驱逐客卿这件事,我私下里认为是错误的。

记得从前秦穆公寻求贤士,西边从西戎得到由余,东边从宛地得到百里傒,又从宋国迎来蹇叔,还从晋国招来丕豹、公孙支。这五位贤人,都不是出生在秦国,而秦穆公重用了他们,吞并周围的国家二十多个,于是称霸西戎。秦孝公采用商鞅的新法,移风易俗,人民因此殷实,国家因此富强,百姓乐意为国效力,诸侯亲附归服,战胜楚国、魏国的军队,攻取土地上千里,至今政治安定,国力强盛。秦惠王采纳张仪的计策,攻下三川地区,西进兼并巴、蜀两国,北上收得上郡,南下攻取汉中,席卷九夷各部,控制鄢、郢之地,东面占据成皋天险,割取肥田沃土,于是拆散六国的合纵同盟,使他们朝西事奉秦国,功绩一直延续到今天。昭王得到范雎,废黜穣侯,驱逐华阳君,加强、巩固了王室的权力,堵塞了权贵垄断政治的局面,蚕食诸侯的领土,使秦国成就帝王大业。这四位君主,都依靠了客卿的功劳而获得成功。由此看来,客卿哪有什么对不住秦国的地方呢!倘若四位君主拒绝客卿而不予接纳,疏远贤士而不加任用,这就会使国家没有丰厚的实力,而让秦国没有强大的威名了。

现如今,陛下得到昆山的美玉,拥有随侯珠、和氏璧一类的宝物,悬挂夜明珠,佩带太阿剑,驾乘纤离马,建置翠凤旗,树立灵鼍鼓。这么多的宝贝,秦国不出产一样,而陛下却喜欢它们,是什么缘故呢?倘若一定要秦国出产的东西才可以使用,那么就是夜光玉璧不能装饰宫廷,犀角、象牙制成的器具不能作为玩物,郑、卫之地的美女不能进入后宫,而駃騠好马不能充实宫外的马圈,江南的金锡不能使用,西蜀的丹青也不会作为彩饰。倘若用来装饰后宫、充任堂下、赏心快意、悦人耳目的一切,必须是出产于秦国的才可以用的话,那么用宛珠装饰的簪子、缀有珠玑的耳饰、细缯素绢的衣裳、织锦刺绣的服饰,就不能进呈到大王面前,而时髦优雅、艳丽

多姿的赵国女子就不能侍立在身旁。那击瓮敲缶,弹筝拍腿,同时歌唱呼喊发出呜呜之声能快人耳目的,才是真正地道秦国的声乐,而郑卫之地的民间俗乐、《昭》、《虞》、《武》、《象》之类,则是异国它邦的音乐。现在舍弃击瓮敲缶而追求郑国卫国的音乐,撤下敲击瓦器的音乐而采取《昭》、《虞》之乐,像这样做为什么呢?只不过是图眼前称心如意,适合观赏罢了。现在用人却不这样。不问青红皂白,不论是非曲直,不是秦人就得离去,是客卿就得驱逐。这样做,所重的是女色、声乐、珍珠、美玉,而所轻的是人民啊。这可不是统一天下降服诸侯的办法啊。

我听说田地广粮食就多,国家大人口就众,武器精良将士就骁勇。因此,泰山不拒绝点滴泥土,所以能成为那样高大;江河湖海不舍弃细流,所以能变得那样深邃;有志建立王业的人不嫌弃民众,所以能彰明他的德行。因此,土地不分东西南北,百姓不论异国它邦,那样便会一年四季富裕美好,天地鬼神降赐福运,这就是五帝、三王无可匹敌的缘故。现在却抛弃百姓使之去帮助敌国,拒绝宾客使之去事奉诸侯,使天下的贤士退却而不敢西进,裹足止步不入秦国,这就叫做"把武器借给盗寇,把粮食送给盗贼"啊。

物品中不出产在秦国,而宝贵的却很多;贤士中不生长于秦,愿意效忠的却不少。如今驱逐宾客来资助敌国,减损百姓来充实对手,在内部把自己造成空虚,而在外部与诸侯结怨,这样一来,要国家没有危难,那是不可能的事情啊。

司马迁 《史记·孔子世家赞》

【作者介绍】

司马迁(公元前145年—前86年),字子长,西汉夏阳(今陕西韩城,一说山西河津)人。我国西汉伟大的史学家、思想家、文学家,他以"究天人之际,通古今之变,成一家之言"的史识撰写的《史记》(又称《太史公书》),记载了上自中国上古传说中的黄帝时代,下至汉武帝太初四年(公元前100年),共3000多年的历史。成为中国历史上第一部纪传体通史,对后世的影响极为巨大,被鲁迅誉为"史家之绝唱,无韵之离骚"。

【原文】

太史公曰:《诗》①有之:"高山仰止,景行行止②。"虽不能至,然心乡往③之。余读孔氏书,想见其为人。适④鲁,观仲尼⑤庙堂、车服、礼器,诸生⑥以时习礼其家,余祗回留之，不能去云。

天下君王至于贤人众矣，当时则荣，没则已焉。孔子布衣，传十余世，学者宗之。自天子王侯，中国言六艺⁷者，折中⁸于夫子，可谓至圣矣！

【注释】

①《诗》：指《诗经》，是我国最早的诗歌总集。
②"高山"二句：出自《诗经·小雅》。高山，比喻高尚的德行。景，大。景行，大路，比喻行为正大光明。两句中的"止"字，是语助词，表示确定的语气。
③心乡往之：对某人或某些事物心里很仰慕。
④适：去，往。
⑤仲尼：孔子的字。
⑥诸生：众儒生。
⑦六艺：即"六经"，指《诗》、《书》、《易》、《礼》、《乐》、《春秋》。
⑧折中：取正，用以断定事物正确与否的标准。

【译文】

太史公说：《诗经》中有这样的诗句："巍峨的高山，人们仰望它；宽广的大道，人们沿着它前进。"我虽然不能达到这种境界，但内心一直在向往着它。我读了孔子的书，便想见他的为人。后来我来到鲁地，参观了孔子的庙堂、车子、衣服和祭祀用的礼器，众儒生按时在他家里演习礼仪，使我恭敬地徘徊留恋，舍不得离去。

天下的君主以至于历代贤人，实在很多，他们在世时非常荣耀，死后就什么也没有了。孔子只是个一般平民，他的学说却流传至今十余代了，读书人都尊崇他。从天子王侯开始，中国讲"六艺"的人，都把孔子的学说作为准则，孔子真的可以说是至高无上的圣人了！

《史记·游侠列传序》

【原文】

韩子①曰："儒以文乱法，而侠以武犯禁。"二者皆讥，而学士多称于世云。至如以术取宰相、卿、大夫，辅翼其世主，功名俱著于《春秋》②，固无可言者。及若季次、原宪③，闾巷人也，读书怀独行君子④之德，义不苟合当世，当世亦笑之。故季次、原

宪,终身空室蓬户,褐衣疏食不厌。死而已四百余年,而弟子志之不倦。今游侠,其行虽不轨于正义,然其言必信,其行必果,已诺必诚⑤,不爱其躯,赴士之厄困,既已存亡死生矣,而不矜其能。羞伐其德。盖亦有足多者焉。

且缓急,人之所时有也。太史公曰:昔者虞舜窘于井廪⑥,伊尹负于鼎俎⑦,傅说匿于傅险⑧,吕尚困于棘津⑨,夷吾桎梏⑩,百里饭牛⑪,仲尼畏匡,菜色陈、蔡⑫。此皆学士所谓有道仁人也,犹然遭此灾,况以中材而涉乱世之末流乎?其遇害何可胜道哉!鄙人有言曰⑬:"何知仁义,已享其利者为有德。"故伯夷丑周,饿死首阳山,而文、武不以其故贬王⑭;跖、蹻⑮暴戾,其徒诵义无穷。由此观之,"窃钩者诛,窃国者侯;侯之门,仁义存⑯。"非虚言也。今拘学或抱咫尺之义,久孤于世,岂若卑论侪俗⑰,与世浮沉而取荣名哉!而布衣之徒,设取予然诺,千里诵义,为死不顾世。此亦有所长,非苟而已也。故士穷窘而得委命,此岂非人之所谓贤豪间者邪?诚使乡曲之侠,予季次、原宪比权量力,效功于当世,不同日而论矣。要以功见言信,侠客之义,又曷可少哉!

古布衣之侠,靡得而闻已。近世延陵⑱、孟尝、春申、平原、信陵之徒,皆因王者亲属,藉于有土卿相之富厚,招天下贤者,显名诸侯,不可谓不贤者矣。比如顺风而呼,声非加疾,其势激也。至如闾巷之侠,修行砥名,声施于天下,莫不称贤,是为难耳!然儒、墨皆排摈不载。自秦以前,匹夫之侠,湮灭不见,余甚恨之。以余所闻,汉兴,有朱家、田仲、王公、剧孟、郭解之徒⑲,虽时扞当世之文罔,然其私义,廉洁退让,有足称者。名不虚立,士不虚附。至如朋党宗强比周⑳,设财役贫,豪暴侵凌孤弱,恣欲自快,游侠亦丑之。余悲世俗不察其意,而猥以朱家、郭解等,令与豪暴之徒同类而共笑之也。

【注释】

①韩子:韩非,战国时期韩国人,法家代表人物,著有《韩非子》,下文引自《韩非子·五蠹》。

②春秋:这里泛指史书。

③季次:公皙哀,字季次,齐国人,孔子弟子。原宪:字子思,鲁国人,孔子弟子,七十二贤人之一。这个子思不是与其同字的孔子的嫡孙孔伋。

④独行君子:指独守个人节操,而不随波逐流的人。

⑤已诺必诚:已经答应人家的事情,一定要兑现。

⑥虞舜窘于井廪:是指虞舜被其父瞽叟和其弟象所迫害的事,他们让舜修米仓,企图把舜烧死;后来又让舜挖井,两人填井陷害舜,然而舜都逃脱了。

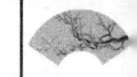

⑥"伊尹"句：伊尹乃商汤的旧臣，据传说，当初伊尹为了接近汤，曾到汤的妻子有莘氏家里当奴仆，后又以"媵臣"的身份，背负着做饭的锅和砧板见汤，用做菜的道理阐释他的政治见解，终于被汤所重用。

⑧"傅说"句：傅说乃商代武丁的名臣，在未遇武丁时，是一个奴隶，在傅岩筑墙服役。匿：隐没。傅险：即傅岩（在今山西省丰陵县东）。

⑨吕尚：吕尚即姜子牙，相传他在70岁时，曾在棘津以屠牛和卖饭谋生。棘津，古水名，故道在今河南省延津东北。

⑩"夷吾"句：夷吾，管仲的字。管仲曾因箭射齐桓公，而被鲁国当做囚犯押送回齐国。桎梏，脚镣与手铐，此指被囚禁。

⑪"百里"句：百里，即百里奚，春秋时秦国大夫，入秦前曾卖身为奴，替人喂牛。

⑫"仲尼"二句：孔子字仲尼，曾由卫国到陈国，路经匡，被匡地人错认为曾经侵犯过他们的阳货，结果孔子被围困，险遭杀害。此后孔子又想去楚国。陈、蔡两国惧怕孔子去楚国对自己不利，就发兵把孔子围困起来，使他绝粮七天。匡，春秋时卫国的地名，在今河南省长垣县西南。菜色，不吃粮食，仅吃野菜形成的饥饿面色。

⑬鄙人：居住在郊野的普通人。

⑭文、武：指周文王、周武王。贬王，降低他们作为王者的声誉。

⑮跖、蹻：即盗跖与庄蹻，古代著名的起义军领袖。

⑯"窃钩"四句：出自《庄子·胠箧》。钩：衣带钩。

⑰侪俗：混同于流俗。

⑱延陵：春秋时吴国公子季札，封于延陵。

⑲朱家、田仲、王公、剧孟、郭解：此五人均为汉代初年著名的游侠，其事迹见传文。

⑳比周：互相勾结，狼狈为奸。

【译文】

韩非子说："儒者利用文章来扰乱国家的法度，而游侠则使用暴力来违犯国家的禁令。"这两种人都曾受到讥评，然而儒者还是多受到世人的称道。至于那些用权术取得宰相、卿、大夫等高官的人，辅佐当世的君主，其功名都记载在史书上了，本来就不必多说什么。至于像季次、原宪二人，均为民间百姓，他们一心读书，具有独善其身、不随波逐流的君子节操，坚持正义，不与世俗苟合，而当世的人们也讥笑他们。所以季次、原宪终生都住在家徒四壁的蓬室之中，就连布衣粗食也得不到满足。他们逝世已有四百余年了，但他们的弟子却依然不断地纪念他们。现在的游

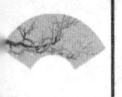

侠，他们的行为虽然不合乎当时的国家法令，但是他们说话一定守信用，办事求结果，答应人家的事一定兑现，不吝惜自己的生命，去解救别人的危难。做到了使危难的人获生，施暴的人丧命，而从来不夸耀自己的本领，以称道自己对他人的恩德为耻。为此，他们也有值得称颂的地方。

况且急事是人们经常会遇到的。太史公说：从前虞舜曾被困于井底粮仓，伊尹曾背着鼎锅和砧板当过厨师，傅说也曾隐没在傅险筑墙，吕尚也曾受困于棘津，管仲亦曾遭到囚禁，百里奚曾经喂过牛，孔子曾在匡地受惊吓，并遭到陈、蔡发兵围困而饿得面带菜色。这些人都是儒者所说的有道德的仁人，他们尚且遭到如此的灾难，何况那些仅有中等才能而处在乱世末朝的人们呢？他们所遭受的灾祸又如何能说得完呢！乡下的人有这样的话："谁知道什么仁义不仁义，凡是给我好处的人，便是有道德的人。"因此，伯夷认为侍奉周朝是可耻的，终于饿死在首阳山上，但周文王、周武王的声誉，并没有因此而降低；盗跖、庄蹻残暴无忌，他们的党徒却没完没了地称颂他们的义气。由此看来，庄子所说的："偷衣钩的人要杀头，盗窃国家的人却做了王侯；只要是王侯的门庭之内，那就总是有仁义存在。"这话一点都不假。如今拘泥于教条的那些学者，死抱着那一点点仁义，长久地在世上孤立，还不如降低论调，接近世俗，与世俗共浮沉去猎取功名呢！那些平民出身的游侠，很重视获取和给予的原则，并且恪守诺言，义气传颂千里，为义而死，不顾世人的议论。这正是他们的长处，不是随随便便就可以做到的。所以有些士人，到了穷困窘迫时，就把自己的命运委托给游侠，这些游侠难道不也是人们所说的贤人、豪杰一类的人物吗？如果把乡间的游侠与季次、原宪等比较，看他们对当时社会的贡献，那是不能相提并论的。但是，从办事见功效，说话守信用来看，游侠的义气又怎么能缺少得了呢！

古代民间的游侠，已经不得而知了。近代的延陵季子、孟尝君、春申君、平原君、信陵君等人，都因为是国君的亲属，凭借着卿相的地位以及封地的丰厚财产，招揽天下贤能之士，在诸侯中名声显赫，这不能说不算贤能的人。这就如同顺风呼喊，声音本身并没有加快，是风势激荡罢了。至于像乡里的游侠，修养品德，砥砺名节，扬名天下，没有人不称赞他们的贤能，这才是很难得的啊！然而，儒家、墨家都排斥游侠，不记载他们的事迹。秦朝以前，民间的游侠，均被埋没而不见于史籍，我常常引以为憾事。就我所知，汉朝建国以来有朱家、田仲、王公、剧孟、郭解等人，尽管他们时常触犯当时的法网，然而他们个人的品德廉洁谦让，有值得称道的地方。他们的名不是虚传，士人也不是凭空依附于他们。至于那些结党营私的人和豪强互相狼狈为奸，依仗钱财，奴役穷人，依仗势力侵害欺凌那些势孤力弱的人，纵情取乐，游侠们也是颇为憎恨的。我感到痛心的是世俗不了解游侠的心意，却随便将朱家、郭解等人与那些豪强横暴之徒，混为一谈，并加以讥笑。

《史记·项羽本纪》（节选）

【原文】

　　章邯已破项梁军，则以为楚地兵不足忧，乃渡河击赵，大破之。当此时，赵歇为王，陈余为将，张耳为相，皆走，入巨鹿城。章邯令王离、涉闲围巨鹿，章邯军其南，筑甬道①而输之粟。陈余为将，将卒数万人而军巨鹿之北，此所谓河北之军也。

　　楚兵已破于定陶，怀王恐，从盱台之彭城，并项羽、吕臣军自将之。以吕臣为司徒，以其父吕青为令尹。以沛公为砀郡长，封为武安侯，将砀郡兵。

　　初，宋义所遇齐使者高陵君显在楚军，见楚王曰："宋义论武信君之军必败，居数日，军果败。兵未战而先见败征，此可谓知兵矣。"王召宋义与计事而大说之，因置以为上将军，项羽为鲁公，为次将，范增为末将，救赵。诸别将皆属宋义，号为卿子②冠军。行至安阳，留四十六日不进。项羽曰："吾闻秦军围赵王巨鹿，疾引兵渡河，楚击其外，赵应其内，破秦军必矣。"宋义曰："不然。夫搏牛之虻不可以破虮虱③。今秦攻赵，战胜则兵罢，我承其敝；不胜，则我引兵鼓行而西④，必举秦矣。故不如先斗秦赵⑤。夫被坚执锐，义不如公；坐而运策，公不如义。"因下令军中曰："猛如虎，很⑥如羊，贪如狼，强不可使者，皆斩之。"乃遣其子宋襄相齐，身送之至无盐，饮酒高会⑦。天寒大雨，士卒冻饥。项羽曰："将戮力⑧而攻秦，久留不行。今岁饥民贫，士卒食芋菽，军无见粮，乃饮酒高会，不引兵渡河因赵食⑨，与赵并力攻秦，乃曰'承其敝'。夫以秦之强，攻新造之赵，其势必举赵。赵举而秦强，何敝之承！且国兵新破，王坐不安席，埽⑩境内而专属于将军，国家安危，在此一举。今不恤士卒而徇其私，非社稷之臣。"项羽晨朝上将军宋义，即其帐中斩宋义头，出令军中曰："宋义与齐谋反楚，楚王阴令羽诛之。"当是时，诸将皆慴服，莫敢枝梧⑪。皆曰："首立楚者，将军家也。今将军诛乱。"乃相与共立羽为假⑫上将军。使人追宋义子，及之齐，杀之。使桓楚报命于怀王。怀王因使项羽为上将军，当阳君、蒲将军皆属项羽。

　　项羽已杀卿子冠军，威震楚国，名闻诸侯。乃遣当阳君、蒲将军将卒二万渡河⑬，救巨鹿。战少利，陈余复请兵。项羽乃悉引兵渡河，皆沉船，破釜甑⑭，烧庐舍，持三日粮，以示士卒必死，无一还心。于是至则围王离，与秦军遇，九战，绝其甬

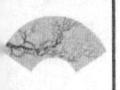

道,大破之,杀苏角,虏王离。涉闲不降楚,自烧杀。当是时,楚兵冠诸侯。诸侯军救巨鹿下者十余壁⑮,莫敢纵兵。及楚击秦,诸将皆从壁上观。楚战士无不一以当十,楚兵呼声动天,诸侯军无不人人惴恐。于是已破秦军,项羽召见诸侯将,入辕门⑯,无不膝行而前⑰,莫敢仰视。项羽由是始为诸侯上将军,诸侯皆属焉。

【注释】

①甬道:两旁筑墙的通道。

②卿子:当时对人的尊称。冠军:颜师古注:"言其在诸军之上。"

③"夫搏"句:颜师古注:"言以手击牛之背,可以杀其上虻,而不可以破其内虱,喻今将兵方欲灭秦,不可尽力,与章邯即战,或未能禽,徒费力也。"

④鼓行而西:敲着鼓行进,向西攻秦。

⑤斗秦、赵:使秦国和赵国互相争斗。

⑥很:同"狠",不听从,执拗。

⑦高会:大会宾客。

⑧戮力:合力,并力。"戮"通"勠"。

⑨因赵食:依靠赵国的粮食来食用。"因",凭借。

⑩埽:同"扫",尽,这里是全部集中的意思。

⑪枝梧:本指架屋的小柱与斜柱,枝梧相抵,引由为抵抗、抗拒之意。

⑫假:代理。

⑬河:这里指漳河。

⑭釜甑(zèng,憎):釜,锅。甑,做饭用的一种瓦器。

⑮壁:壁垒,营垒。

⑯辕门:即营门。古时军营用两辆兵车竖起车辕相对为门,所以叫辕门。

⑰膝行而前:跪着向前走。"膝行",用膝盖行走。

【译文】

章邯击败了项梁的军队以后,就认为楚国的兵力没有什么可忧虑的,于是引兵渡过黄河攻打赵国,大败赵兵。这时,赵歇作赵王,陈余为大将,张耳任相国,都逃进了巨鹿城。章邯命令王离、涉闲包围巨鹿,章邯自己驻军在巨鹿南面,修筑通道,给驻军运送粮食。陈余为大将,率军几万人驻扎在巨鹿北面,这就是所谓河北之军。

在定陶被楚兵攻破之后,怀王很恐惧,从盱台来到彭城,合并项羽、吕臣二支军

队,亲自担任统帅。以吕臣为司徒,以吕臣的父亲吕青为令尹。以沛公为砀郡守,封为武安侯,统率砀郡的军队。

起初,宋义所遇到的齐国使者高陵君显恰好在楚军中,见了楚王说:"宋义断定武信君兵必败,过了几天,果然失败了。军队还没有出战,就看到了兵败的征兆,这真可以说是懂得用兵之人。"于是,楚王召见宋义,与他议事,非常喜欢他。因此任命他为上将军,项羽为鲁公,为次将,范增为末将,出兵救赵。其他将领都为宋义部属,号为卿子冠军。行军到安阳,停留四十六天,不再前进。项羽对宋义说:"我听说秦军在巨鹿围住赵王,我们应该尽快带兵渡过漳河,楚军攻打他们的外围,赵军在里面响应,必定可以击破秦军。"宋义说:"不对。拍击牛身上的虻虫,不可以消灭毛里藏的虮虱。现在秦国进攻赵国,打胜了,军队一定疲惫,我们可以趁他们的疲惫之机来发动进攻;打不胜,我们就率领大军,擂鼓长驱西向,必定推翻秦朝,所以不如先让秦赵相斗。披甲胄,执兵器,宋义我不如你,但坐下来运用策略,你不如我宋义。"于是给军中下达命令说:"势如猛虎,违逆如羊,性贪如狼,倔强不听指挥的,一律斩首。"于是派遣他的儿子宋襄去辅助齐王,亲自送到无盐,大宴宾客。当时天寒大雨,士兵冻饿交加。项羽说:"正当合力攻秦,我们却久留而不前进。今年收成不好,百姓穷困,士卒只能吃芋头、豆子,军中无存粮,他却大宴宾客,不肯引兵渡漳河从赵国取粮食,与赵国合力攻打秦国,却说'等着他们疲惫再说'。凭秦朝的强盛,攻打新建立的赵国,势必破赵。赵国破灭,秦更强大,还有什么秦兵疲惫的机会可乘?况且我们楚兵新近失败,楚王坐不安席,把全国兵力集中起来交给上将军。国家安危在此一举。现在上将军不体恤士卒,却去钻营私利,不是安定社稷的臣子。"项羽早晨去见上将军宋义,就在帐中斩下了宋义的头,在军中发布命令说:"宋义与齐国同谋反楚,楚王密令我杀掉他!"这时,诸将都畏服,不敢有异议。大家都说:"首先拥立楚王的,是你们将军家,现在又是将军你诛杀了乱臣贼子。"于是拥立项羽为代理上将军。项羽派人去追宋义的儿子,追到齐国,杀了他。又派桓楚去向楚怀王报告。怀王于是传令让项羽担任上将军,当阳君、蒲将军都归项羽属下。

项羽杀死卿子冠军以后,威名传遍楚国,并在诸侯中传颂。就派遣当阳君、蒲将军带领两万兵渡过漳河去救巨鹿。战斗取得了一些胜利,陈余又请兵出战。项羽就引兵全部渡过漳河,把船沉入河中,砸破做饭的锅,烧了住处,只带三天的干粮,用以表示一定战死,决不准备再回来。在这时就包围了王离,与秦军相遇,打了多次战斗,断绝了他们的通道,打败了他们,杀死苏角,活捉了王离。涉间不肯投降楚军,自己把自己烧死了。这时,楚兵成为诸侯军中最强大的。在城下的有十余支救钜鹿的诸侯军,没有敢出战的。等到楚军进攻秦军时,诸将领都在城上观看。楚

军战士没有一个不是以一当十的,楚兵呼声震动天地,诸侯军人人都恐慌不安。在攻破了秦军之后,项羽召见诸侯军的将领,他们进入辕门后,不自觉地跪在地上前行,都不敢抬头仰视项羽。于是项羽从此就开始成为诸侯中的上将军,诸侯都自然而然地听从他的指挥了。

《史记·越王勾践世家》(节选)

【原文】

范蠡浮海出齐,变姓名,自谓鸱夷子皮①,耕于海畔,苦身戮力,父子治产。居无几何,致产数十万。齐人闻其贤,以为相。范蠡喟然叹曰:"居家则致千金,居官则至卿相,此布衣之极也。久受尊名,不祥。"乃归相印,尽散其财,以分与知友乡党,而怀其重宝,间行②以去,止于陶,以为天下之中,交易有无之路通,为生可以致富矣。于是自谓陶朱公。复约要③父子耕畜,废居④,候时转物,逐什一之利。居无何,则致赀⑤累巨万。天下称陶朱公。

朱公居陶,生少子。少子及壮,而朱公中男杀人,囚于楚。朱公曰:"杀人而死,职⑥也。然吾闻千金之子不死于市。"告其少子往视之。乃装黄金千溢⑦,置褐器中,载以一牛车。且遣其少子,朱公长男固请欲行,朱公不听。长男曰:"家有长子曰家督⑧,今弟有罪,大人不遣,乃遣少弟,是吾不肖。"欲自杀。其母为言曰:"今遣少子,未必能生中子也,而先空亡长男,奈何?"朱公不得已而遣长子,为一封书遗故所善庄生。曰:"至则进千金于庄生所,听其所为,慎⑨无与争事。"长男既行,亦自私赍⑩数百金。

至楚,庄生家负郭⑪,披藜藋到门,居甚贫。然长男发书进千金,如其父方。庄生曰:"可疾去矣,慎毋留!即弟出,勿问所以然。"长男既去,不过⑫庄生而私留,以其私赍献遗⑬楚国贵人用事者。

庄生虽居穷阎⑭,然以廉直闻于国,自楚王以下皆师尊之。及朱公进金,非有意受也,欲以成事后复归之以为信耳。故金至,谓其妇曰:"此朱公之金。有如病不宿诫⑮,后复归,勿动。"而朱公长男不知其意,以为殊无短长⑯也。

庄生间时⑰入见楚王。言"某星宿某,此则害于楚"。楚王素信庄生,曰:"今为奈何?"庄生曰:"独以德为可以除之。"楚王曰:"生休矣,寡人将行之。"王乃使使者封三钱之府⑱。楚贵人惊告朱公长男曰:"王且赦。"曰:"何以也?"曰:"每王且赦,常封三钱之府。昨暮王使使封之。"朱公长男以为赦,弟固当出也,重千金虚弃庄生,无所为也,乃复见庄生。庄生惊曰:"若不去邪?"长男曰:"固未也。初为事弟,弟今议自赦,故辞生去。"庄生知其意欲复得其金,曰:"若自入室取金。"长男即自入室取金持去,独自欢幸。

庄生羞为儿子[19]所卖,乃入见楚王曰:"臣前言某星事,言欲以修德报之。今臣出,道路皆言陶之富人朱公之子杀人囚楚,其家多持金钱赂王左右,故王非能恤楚国而赦,乃以朱公子故也。"楚王大怒曰:"寡人虽不德耳,奈何以朱公之子故而施惠乎!"令论杀朱公子,明日遂下赦令。朱公长男竟持弟丧归。

至,其母及邑人尽哀之,唯朱公独笑,曰:"吾固知必杀其弟也!彼非不爱其弟,顾有所不能忍者也。是少与我俱。见苦,为生难,故重弃财。至如少弟者,生而见我富,乘坚驱良[20]逐狡兔,岂知财所从来,故轻弃之,非所惜吝。前日吾所当欲遣少子,固为其能弃财故也。而长者不能,故以杀其弟,事之理也,无足悲者。吾日夜固以望其丧之来也。"

【注释】

①鸱(chī吃)夷子皮:子胥自杀,吴王用鸱夷(一种革囊)装了他的尸体,投入江中。范蠡自以为罪同子胥,所以用"鸱夷子皮"自称。

②间(jiàn建)行:潜行,从小路上走。

③约要:约束,约定。

④废居:指商人见货物价贱则买进,价贵则卖出,以求厚利。废,出卖。居,停蓄。

⑤赀:通"资"。

⑥职:常,常理。

⑦溢:通"镒"。古时金二十两为一镒。

⑧家督:旧时长子管理家事,故称长子为"家督"。

⑨慎:千万。

⑩赍(jī,基):携带。

⑪负郭:靠近城郭。

⑫过:访,探望。

⑬献遗:赠送。

⑭阎:巷门,这里指里巷。

⑮病不宿诫:自己哪一天生病不能预先告知别人。

⑯短长:过或不及。意思是说效果无法预料。

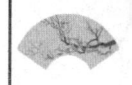

⑰间时:适当时机。
⑱封三钱之府:封闭储存钱币(金、银、铜)的仓库。
⑲儿子:小儿辈,这里指范蠡的大儿子。
⑳坚:好车。良:好马。

【译文】

范蠡乘船漂洋过海到了齐国,改换姓名,自称"鸱夷子皮",在海边的田地上耕作,吃苦耐劳,努力生产,父子齐心合力治理家业。住了不久,积累的财产就达到了几十万。齐人听说他贤能,便让他做了国相。范蠡叹息说:"住在家里就积累千金财产,做官就达到卿相高位,这是平民百姓能达到的最高地位了。长久享受尊贵的名号,不是好的兆头。"于是归还了相印,散尽了自己的家产,送给知音好友同乡邻里,携带着贵重财宝,秘密离去,到陶地住下来。他认为这里是天下的中心,交易买卖的道路通畅,经营生意可以发财致富。于是自称陶朱公。又约定好父子都要耕种畜牧,买进卖出时都等待时机,以追求获得十分之一的利润。过了不久,家资又积累到了万万。天下的人都称道陶朱公的事迹。

陶朱公住在陶地时生了小儿子。小儿子成人时,朱公的二儿子因为在楚国杀了人而被楚国拘捕。朱公说:"杀人者偿命,这是常理。可是我听说家有千金的儿子不会被杀在闹市中。"于是告诫小儿子探望二儿子。便打点好一千镒黄金,装在不起眼的褐色器具中,用一辆牛车载运。将要派小儿子出发办事时,朱公的长子坚决请求去,朱公不同意。长子说:"家里的长子叫家督,现在弟弟犯了罪,父亲不派长子去,却派小弟弟,这说明我是不肖之子。"长子说完想自杀。他的母亲又替他说:"现在派小儿子去,未必能救二儿子命,却先丧失了大儿子,怎么办?"朱公不得已就派了长子,写了一封信要大儿子送给旧日的好友庄生,并对长子说:"到楚国后,要把千金送到庄生家,一切听从他去办理,千万不要与他发生争执。"长子走时,也私自携带了几百镒的黄金。

长子到了楚国,看见庄生家靠近楚都的外城,披开野草才能到达庄生家的门,庄生居住的条件十分贫穷。可是长子还是打开信,向庄生进献了千金,完全照父亲所吩咐过的做。庄生说:"你可以赶快离去了,千万不要留在此地!等弟弟释放后,不要问原因。"长子已经离去,不再探望庄生,但却私自留在了楚国,把自己携带的黄金送给了楚国主事的达官贵人。

庄生虽然住在穷乡陋巷,可是由于廉洁正直在楚国很闻名,从楚王以下无不尊奉他为老师。朱公献上黄金,他并非有心收下,只是想事成之后再归还给朱公以示讲信用。所以黄金送来后,他对妻子说:"这是朱公的钱财,以后再如数归还朱公,但哪一天归还却不得而知,这就如同自己哪一天生病也不能事先告知别人一样,千万不要动用。"但朱公长子不知庄生的意思,认为把那么多的黄金送给贫穷的庄生不会起什么作用。

庄生找了个机会入宫会见楚王,说:"某某星宿移到了某某处,这将会对楚国有危害。"楚王平时十分信任庄生,就问:"那现在怎么办?"庄生说:"只有实行仁义道德才可以免除灾害。"楚王说:"先生,您不用多说了,我将照办。"楚王就派使者查封贮藏三钱的仓库。楚国达官贵人吃惊地告诉朱公长子说:"楚王将要实行大赦。"长子问:"怎么知道呢?"贵人说:"每当楚王大赦时,常常先查封贮藏三钱的仓库。昨晚楚王已派使者查封了。"朱公长子认为既然大赦,弟弟自然可以释放了,一千镒黄金等于白白地扔给了庄生,没有发挥作用,于是又去见庄生。庄生惊奇地问:"你没有离开吗?"长子说:"始终没有离开。当初我为弟弟一事而来,今天楚国正商议大赦,弟弟自然得到释放,所以我特意来向您告辞。"庄生知道他的意思是想拿回黄金,说:"你自己到房间里去取黄金吧。"陶朱公的大儿子便入室取走了黄金,私自庆幸黄金的失而复得。

庄生感到被小孩子们耍了,深感羞耻,就又入宫会见楚王说:"我上次所说的某星宿的事,您说想用做好事来回报它。现在,我在外面听路人都说陶地富翁朱公的儿子杀人后被楚囚禁,他家派人拿出很多金钱贿赂楚王左右的人,所以君王并非体恤楚国人而实行大赦,却是因为朱公儿子才大赦的。"楚王大怒道:"我虽然无德,可怎么会因为朱公的儿子而布施恩惠呢!"就下令先杀掉朱公儿子,第二天才下达赦免的诏令。朱公长子竟然携带弟弟尸体回家了。

回到家后,母亲和乡邻们都十分悲痛,只有朱公苦笑着说:"我本来就知道长子一定救不了弟弟!他不是不爱自己的弟弟,只是有不能忍心放弃的东西。他年幼就与我生活在一起,经受过各种辛苦,知道生活的艰难,所以把钱财看得很重,不敢轻易花钱。至于小弟弟呢,一生下来就看到我十分富有,乘坐上等车,驱驾千里马,到郊外去打猎,哪里知道钱财从何处来,所以把钱财看得极轻,弃之也毫不吝惜。原来我打算让小儿子去,本来就是因为他舍得弃财,但长子不能弃财,所以终于害了自己的弟弟,这很合乎事理,不值得悲痛。我本来日日夜夜都在预料二儿子的尸首什么时候会被送回来。"

贾谊 治安策（节选）

【作者介绍】

贾谊（公元前200年—前168年），西汉时期洛阳（今河南省洛阳市东）人。18岁即有才名，20余岁被文帝召为博士。不到一年就被破格提升为太中大夫。但是在23岁时，因遭群臣忌恨，被贬为长沙王的太傅。后被召回长安，为梁怀王太傅。梁怀王因坠马而死后，贾谊深自歉疚，直至33岁忧伤而死。他的著作主要有政论散文和辞赋两类。政论散文如《过秦论》、《论积贮疏》、《治安策》等都很有名；辞赋则以《吊屈原赋》和《鵩鸟赋》最为有名。

【原文】

臣窃惟事势，可为痛哭者一，可为流涕者二，可为长太息者六，若其它背理而伤道者，难遍以疏举。进言者皆曰天下已安已治矣，臣独以为未也。曰安且治者，非愚则谀，皆非事实知治乱之体者也。夫抱火厝①之积薪之下而寝其上，火未及燃，因谓之安，方今之势，何以异此！本末舛逆②，首尾衡决，国制抢攘，非甚有纪，胡可谓治！陛下何不一令臣得熟数之于前，因陈治安之策，试详择焉！

夫射猎之娱，与安危之机孰急？使为治劳智虑，苦身体，乏钟鼓之乐，勿为可也。乐与今同，而加之诸侯轨道，兵革不动，民保首领，匈奴宾服，四荒乡风，百姓素朴，狱讼衰息。大数既得，则天下顺治，海内之气，清和咸理，生为明帝，没为明神，名誉之美，垂于无穷。《礼》祖有功而宗有德，使顾成之庙称为太宗，上配太祖，与汉亡极。建久安之势，成长治之业，以承祖庙，以奉六亲，至孝也；以幸天下，以育群生，至仁也；立经陈纪，轻重同得，后可以为万世法程，虽有愚幼不肖之嗣，犹得蒙业而安，至明也。以陛下之明达，因使少知治体者得佐下风，致此非难也。其具可素陈于前，愿幸无忽。臣谨稽之天地，验之往古，按之当今之务，日夜念此至孰也，虽使禹舜复生，为陛下计，亡以易此。

夫树国固，必相疑之势，下数被其殃，上数爽③其忧，甚非所以安上而全下也。今或亲弟④谋为东帝，亲兄之子⑤，西乡而击，今吴⑥又见告矣。天子春秋鼎盛⑦，行义未过，德泽有加焉，犹尚如是，况莫大诸侯，权力且十此者乎？然而天下少安，何也？大国之王幼弱未壮，汉之所置傅相⑧方握其事。数年之后，诸侯之王大抵皆冠，血气方刚，汉之傅相称病而赐罢，彼自丞尉⑨以上，遍置私人，如此，有异淮南济北之为邪?此时而欲为治安,虽尧舜不治。黄帝曰:"日中必熭⑩,操刀必割。"今令此道顺而全安甚易。不肯早为,已乃堕骨肉之属而抗刭⑪之,岂有异秦之季世⑫乎?

【注释】

①厝(cuò 措):放置。

②舛(chuǎn 喘)逆:颠倒;悖逆。

③爽:太过。

④亲弟:指文帝异母弟淮南厉王刘长。他在文帝六年谋反称东帝。

⑤亲兄之子:指文帝胞兄齐悼惠王刘肥的儿子济北王刘兴居。他在文帝三年谋反,兵败自杀。

⑥吴:指汉高祖刘邦兄刘仲的儿子吴王刘濞。

⑦春秋鼎盛:年富力强。

⑧傅相:朝廷派往诸侯国的辅佐官员。

⑨丞尉:各级文武官员的副职。此处泛指诸侯国的官吏。

⑩日中必熭(huì 汇):熭,晒干。太阳到中午正好晒东西。比喻做事应该当机立断,不失时机。

⑪抗刭:举头而割。

⑫季世:末世。

【译文】

我私下考虑现在的局势,应该为之痛哭的有一项,应该为之流泪的有两项,应该为之大声叹息的有六项,至于其他违背情理而伤害大道的事,很难在奏疏中一一列举。向陛下进言的人都说现在天下已经安定了,已经治理得很好了,我却认为还不是那么回事。说天下已经安定已经大治的人,不是愚昧无知,就是阿谀奉承,都不是真正了解什么是治乱大体的人。有人拿着火种放在堆积的木柴之下,自己睡在这堆木柴之上,火还没有燃烧起来的时候,他便认为这是安宁的地方,现在国家的局势,与此有什么不同!本末颠倒,首尾冲突,国制混乱,不合理的现象严重,怎么能够说是大治!陛下为什么不让我对您详细地说明这一切,因而提出使国家真正大治大安的方策,以供陛下仔细斟酌选用呢?

射箭打猎之类的娱乐与国家安危的关键相比,哪一样更急迫?假若所提的治世方法,需要耗费心血,摧残身体,缺少享受钟鼓所奏音乐的乐趣,可以不

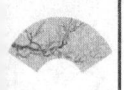

加采纳。我的治国方策，能保证使陛下所享受的各种乐趣不受影响，却可以带来封国诸侯各遵法规，战争不起，平民拥护首领，匈奴归顺，纯朴之风响彻边陲，百姓温良朴素，官司之类的事情减少乃至停止。大的气数已定，那么，全国便会顺应而治理得好，四海之内，一派升平的气象，万物都符合事理，陛下在生时被称为明帝，死后成为明神，美名佳誉永垂青史。《礼》的书上说宗庙有功德，使您的顾成庙被尊称为太宗，得以与太祖共享盛名，与大汉天下共存亡。创建长久安定的形势，造成永久太平的业绩，以此来承奉祖庙和六亲，这是最大的孝顺；以此来使老百姓得到幸福，使芸芸众生得到养育，这是最大的仁；创设准则，标立纪纲，使大小事物各得其所，对后代可以为万世子孙树立楷模，即使是后世出现了愚鲁、幼稚、不肖的继承人，由于他继承了您的鸿业和福荫，还可以安享太平，这是最明智的办法。凭陛下的精明练达，再有稍微懂得治国之道的人辅佐，要达到这一境界并不困难。其内容全都可以原本地向陛下陈述，希望陛下不要忽视。我谨慎地用它来考察过天地的变化，应验过往古的情况，核对过当今的事情，日夜思考而详细地知道了它的内容，即使是禹和舜再生，为陛下考虑，也不能加以改变。

封立起来的诸侯国一旦国力强大，在天子与诸侯之间一定会产生相互猜疑的局面，在下的诸侯经常遭殃，在上的朝廷也经常为此而忧虑，这实在不是安定朝廷，保全诸侯的妥善办法。现在就有皇上的胞弟谋自立为东帝，亲兄的儿子发兵向西攻击朝廷，眼下吴王谋反又被告发了。皇上年富力强，处理得体而无过失，恩德普施于天下，尚且如此，更何况最大的诸侯国，权力比上述各国要超过十倍呢？然而天下局势暂时还算安定，是什么原因呢？这是由于大国的诸侯王还幼小未成年，朝廷安插的太傅与相国，正在掌握政事。几年之后，各诸侯王大都进入成年，血气方刚，朝廷派去的太傅、相国则上了年纪，不得不称病请求免职，国中丞尉以上的职位都要安排诸侯王的亲信，这样，和淮南王、济北王有什么不同呢？到了这时再想国家得到治理安定，即使尧舜再世也无法实现。黄帝说："日上中天，一定要曝晒东西；刀子拿在手里，一定要宰割牲畜。"现在如依此道理行事，下安上全就很容易做到。不肯及时行动，等到毁弃骨肉亲情而以兵刃相见的事发生，那与秦末之乱有什么两样吗？

晁错　论贵粟疏

【作者介绍】

晁错(公元前约200年—前154年),颍川(今河南禹县城南晁喜铺)人,是西汉初年著名政治家,散文家。汉文帝时,晁错任太子家令(太子老师),被太子刘启(即后来的景帝)尊为"智囊"。汉景帝时出任御史大夫,提出《削藩策》,试图改变汉初各刘姓王割据、威胁中央朝廷的局面。前154年,吴王刘濞聚集七国,以"诛晁错,清君侧"为名,起兵叛乱。汉景帝听信袁盎等人的建议,将晁错处死,希望平息叛乱,但是七国并不退兵,最终汉朝廷不得不出兵才平息叛乱。《汉书·艺文志》记载,晁错有文31篇,多佚,今存较完整8篇,以《论守边备塞疏》和《论贵粟疏》最为著名。

【原文】

圣王在上而民不冻饥者,非能耕而食①之,织而衣之也,为开其资财之道也。故尧、禹有九年之水,汤有七年之旱,而国亡②捐瘠者,以畜积多而备先具也。今海内为一,土地人民之众不避禹汤,加以亡天灾数年之水旱,而畜积未及者,何也?地有余利,民有余力,生谷之土未尽垦,山泽之利未尽出也,游食之民未尽归农也。民贫则奸邪生。贫生于不足,不足生于不农,不农则不地著③,不地著则离乡轻家。民如鸟兽,虽有高城深池,严法重刑,犹不能禁也。夫寒之于衣,不待轻暖;饥之于食,不待甘旨;饥寒至身,不顾廉耻。人情一日不再食④则饥,终岁不制衣则寒。夫腹饥不得食,肤寒不得衣,虽慈母不能保其子,君安能以有其民哉?明主知其然也,故务民于农桑,薄赋敛,广畜积,以实仓廪⑤,备水旱,故民可得而有也。

民者,在上所以牧⑥之,趋利如水走下,四方无择也。夫珠玉金银,饥不可食,寒不可衣,然而众贵之者,以上用之故也。其为物轻微易藏,在于把握,可以周海内而亡饥寒之患。此令臣轻背其主,而民易去其乡,盗贼有所劝⑦,亡逃者得轻资也。粟米布帛,生于地,长于时,聚于力,非可一日成也。数石⑧之重,中人⑨弗胜,不为奸邪所利,一旦弗得,而饥寒至。是故明君贵五谷而贱金玉。

今农夫五口之家,其服役者不下二人,其能耕者不过百亩,百亩之收不过百石。春耕,夏耘,秋获,冬藏,伐薪樵,治官府,给徭役。春不得避风尘,夏不得避暑热,秋不得避阴雨,冬不得避寒冻,四时之间,无日休息。又私自送往迎来,吊死问疾,养

孤长幼在其中。勤苦如此,尚复被水旱之灾,急政暴虐,赋敛不时,朝令而暮改。当其有者,半贾⑩而卖,亡者取倍称之息。于是有卖田宅、鬻子孙以偿债者矣。而商贾大者积贮倍息,小者坐列贩卖,操其奇赢⑪,日游都市,乘上之急,所卖必倍。故其男不耕耘,女不蚕织,衣必文采,食必粱肉,亡农夫之苦,有阡陌之得。因其富厚,交通王侯,力过吏势,以利相倾,千里游敖,冠盖相望,乘坚策肥,履丝曳缟。此商人所以兼并农人,农人所以流亡者也。今法律贱商人,商人已富贵矣;尊农夫,农夫已贫贱矣。故俗之所贵,主人所贱也;吏之所卑,法之所尊也。上下相反,好恶乖迕⑫,而欲国富法立,不可得也。

方今之务,莫若使民务农而已矣。欲民务农,在于贵粟,贵粟之道,在于使民以粟为赏罚。今募天下入粟县官⑬,得以拜爵,得以除罪。如此,富人有爵,农民有钱,粟有所渫⑭。夫能入粟以受爵,皆有余者也。取于有余以供上用,则贫民之赋可损,所谓损有余,补不足,令出而民利者也。顺于民心,所补者三:一曰主用足,二曰民赋少,三曰劝农功。今令民有车骑马一匹者,复卒⑮三人。车骑者,天下武备也,故为复卒。神农之教曰:"有石城十仞,汤池百步,带甲百万,而亡粟,弗能守也。"以是观之,粟者,王者大用,政之本务。令民入粟受爵,至五大夫⑯以上,乃复一人耳,此其与骑马之功相去远矣。爵,上之所擅,出于口而无穷;粟者,民之所种,生于地而不乏。夫得高爵与免罪,人之所甚欲也。使天下人入粟于边,以受爵免罪,不过三岁,塞下之粟必多矣。

【注释】

①食(sì 寺):拿东西给人吃。
②亡:同"无"。
③地著:附著于土地,不离开家乡。
④再食:吃两顿饭。
⑤廪(lǐn 凛):粮仓。
⑥牧:管理。古时将管理百姓称作"牧"。
⑦劝:鼓励,勉励。
⑧石(dàn 弹):重量单位,一百二十斤。
⑨中人:中等体力的人。
⑩贾:同"价"。
⑪操其奇(jī 姬)赢:牟取余利。奇,余物。赢,余财。
⑫乖迕(wǔ 午):相违背。

⑬县官：官府。
⑭澥(xiè谢)：疏通，散出。
⑮复卒：免除兵役。
⑯五大夫：汉朝沿袭秦朝制度，爵位自侯爵以下共分二十五级，五大夫是第九级的爵号。

【译文】

　　当圣明的君主在位的时候，老百姓可以不受饥寒的痛苦，这并不是因为君主耕种粮食给他们吃，纺织衣服给他们穿，而是由于他能为老百姓开辟创造财富的道路。因此尧和禹的时代连续发生九年的水灾，商汤时代也连续七年的干旱，然而国家却没有因灾荒饿死、饿瘦的人，这是因为粮食储备多，而事先做了准备的缘故。现在国家统一，国土之大，百姓之多并不亚于夏禹、商汤的时代，加上没有连续几年的水灾与旱灾，而国家的储备却还比不上禹、汤的时候，这是什么原因呢？这是因为土地有余而未开发，百姓有余力还未得到发挥，生产粮食的土地尚未完全开垦，山林河川的资源也未能全部开发出来，外出游荡求食之人还没有全部回乡从事农业生产。百姓贫困了，就会产生奸邪的念头。贫困产生于物资不足，物资不足产生于不从事农业生产，不从事农业生产，就不能安居乡土，不安居乡土就会背井离乡不看重自己的家园。老百姓们就会像鸟兽那样四处奔散，就算是有高城深池和严法重刑，也还是不能禁止他们。人在寒冷时，对于衣着不会奢求轻暖舒适；在饥饿时，对食物不会奢求鲜美可口；假如饥寒交至，人们就顾不得廉耻了。人们通常的情况是一天吃不上两顿饭就会感到饥饿，整年里不做衣裳就会因为缺少衣物而受冻。肚子饿了得不到食物，身上寒冷得不到衣服，就算是慈祥的母亲，也不能保全自己的儿子，如此以来，国君又如何保全他的百姓呢？贤明的君主明白上述的道理，因此鼓励老百姓致力于种田养蚕，减轻老百姓的赋税，增加他们的储备，以充实粮仓，防备有水旱灾害的年头，如果这样做的话就能得到民心而拥有人民。

　　对于老百姓，要看君主怎么样来管理他们，他们追逐利益，就好像水向低处流一样，是不选择东西南北的。那些珠玉金银，饿了不能充饥，冷了不能御寒，然而人们都珍贵它，为什么会这样呢？都是因为君主需要它们的缘故。这些物件的重量轻，体积小，易于收藏，拿在手里就可以周游天下，而不受饥寒的威胁。这样便会使臣子轻易地背离他们的君主，百姓轻易地离开他们的故乡，盗贼则会受到鼓励。逃亡者便有了便于携带的资财。粮食和布匹，生长在土地里，要按季节成长，同时又要花很大力气，不是一天就能长成的。几石重的粮食，中等体力的人是扛不动的，

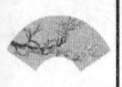

因此它不会被坏人所贪图，然而只要有一天少了它，马上就会受到饥寒之苦。因此贤明的君主，是贵重五谷而轻贱金玉的。

如今五口之家，其中服劳役的不少于两人。能耕种的田地不超过一百亩，一百亩地的收成，不超过一百石。春天耕种，夏天除草，秋天收成，冬天收藏，还要砍柴伐薪，听官府调遣，供给徭役。春天不能躲避风尘，夏天不能躲避暑热，秋天不能躲避阴雨，冬天不能躲避寒冷，一年四季没有一天能够休息。此外，还要应酬私人之间的交际往来，吊祭死者，探望病人，赡养孤老，养育幼儿。如此的辛勤劳苦，还要遭受水灾旱灾。官府急征暴敛，不停地征收赋税，早上下的命令，晚上就又更改。在农民有粮食的时候，只能半价卖出用来缴税；在没有粮食时，又只好以加倍的利息去借贷纳税。于是就发生了出卖田地房产、儿子孙子来还债的事情了。那些商人，大商人就囤积货物，获取成倍的利息；小商人就开店设摊，赚取差价，整天在集市里游逛，乘朝廷需用急迫，所卖的货物必定以加倍的价格出售。为此，他们男的不耕种田地，女的不养蚕织布，但穿的却是华美的衣服，吃的却是细粮和肉食，没有农民的劳苦，却占有田地的收成。他们凭借着富足的家财，与王侯交结，其权势超过了官吏，凭借资产相互倾轧，千里之间，四处遨游，一路之上冠服和车盖相望不绝，乘着坚固的车子，骑着肥壮的马匹，脚穿丝鞋，身披绸衣。上述就是商人掠夺农民，农民破产流亡的原因。如今的法律是轻贱商人，然而商人已经富贵了；法律尊崇农民，农民却已经陷入了贫贱。因此世俗所尊贵的，正是君主所轻贱的；官吏所轻贱的，正是法律所尊贵的。朝廷的想法和社会上的现实刚好相反，提倡的与所做的相违背，如此一来，要想国家富强、法制建立是根本不可能实现的。

当前需要做的事情，再没有比使百姓从事农业生产更为重要的了。要想让老百姓从事农业，关键是提高粮食的价格，提高粮食价格的主要办法，在于让百姓可以用粮食来求赏免罚。如今募集天下的粮食向官府交纳，谁交到一定的份额便能得到爵位，或者是赎免罪行。这样一来，富人有爵位，农民有钱，粮食也能得到合理的疏通。那些能够交纳粮食得到爵位的人，均为资财富裕的人。从富人那里索取粮食，供给朝廷使用，那么贫苦农民的赋税就能减轻，这就是常说的"损有余以补不足"，这种命令一旦出来，老百姓便能得到实实在在的好处。这样做能顺应民心，对社会有三个方面的好处：第一是国家所需用的物资得到充实，第二是农民的赋税可以因此而减少，第三是鼓励了老百姓安分守己地从事农业生产。现在应该下命令规定，凡是老百姓有一匹战马的，可以免除家中三个人的兵役。战马是国家的战备物资，因此可以免除兵役。神农氏曾经说："有十仞高的石头城墙，有百步宽的灌满沸水的护城河，再加上一百万穿铠甲的士兵，如果没有粮食的话，这样坚固的城池照样还是守不住的。"从这里可以看出,粮食是国家最重要、最基本的物资,是国家执政的根本所在。让老百姓多交纳粮食而受封爵位,封到五大夫爵以上,不过才免除一个人的兵役,这与一匹战马的功用相差得太多了。爵位是国君所专有的,只要从嘴里说出就行了,可以无穷无尽地封给人家;而粮食是由农民耕种的,在田地里生长也不会缺乏。得到高的爵位和赎买罪行,是人们非常渴望的事。假使让全国的老百姓都向政府交纳粮食用到边防上,让他们来接受封爵,或免去罪行,这样不超过三年,边塞的军粮就一定会多起来的。

司马相如　上书谏猎

【作者介绍】

司马相如(约前179年—前127年),字长卿,蜀郡(今四川省成都人)。景帝时做过武骑常侍。因《子虚赋》受到武帝赏识,召用为郎。后来拜为孝文园令,不久因消渴疾(糖尿病)免官居家,死于茂陵。他的代表作品为《子虚赋》和《上林赋》,词藻富丽,结构宏大,被扬雄誉为"长卿赋不似从人间来"。他是汉赋的代表作家,后人称之为"赋圣"。他与卓文君的私奔故事也广为流传。

【原文】

相如从上①至长杨②猎。是时天子方好自击熊豕,驱逐野兽。相如因上疏谏曰:"臣闻物有同类而殊能者,故力称乌获③,捷言庆忌④,勇期贲、育⑤。臣之愚,窃以为人诚有之,兽亦宜然。今陛下好陵阻险,射猛兽,卒⑥然遇逸材之兽,骇不存之地,犯属车之清尘,舆不及还辕,人不暇施巧,虽有乌获、逢蒙⑦之技不得用,枯木朽株尽为难矣。是胡、越起于毂下,而羌、夷接轸也,岂不殆哉?虽万全而无患,然本非天子之所宜近也。且夫清道而后行,中路而驰,犹时有衔橛之变⑧。况乎涉丰草,骋丘墟,前有利兽之乐,而内无存变之意,其为害也不难矣!夫轻万乘⑨之重,不以为安,乐出万有一危之途以为娱,臣窃为陛下不取。盖明者远见于未萌,而知者避危于无形,祸固多藏于隐微,而发于人之所忽者也。故鄙谚曰:'家累千金,坐不垂堂⑩。'此言虽小,可以喻大。臣愿陛下留意幸察。"

【注释】

①上:皇上。此处指汉武帝刘彻。

②长杨：汉行宫名。故址在今陕西周至县东南。因宫中有垂杨数亩，故名。
③乌获：战国时期秦国力士。
④庆忌：春秋时吴王僚的儿子。《吴越春秋》说他有万人莫当之勇，奔跑极速，能追奔兽、接飞鸟，驷马驰而射之，也不及射中。
⑤贲(bēn 奔)育：孟贲、夏育。两人均为战国时的卫国勇士。
⑥卒(cù 促)：卒同"猝"。
⑦逄(páng 庞)蒙：夏代善于射箭的人。相传学射于羿。
⑧衔橛之变：衔，马嚼。橛(jué 决)，车的钩心。泛指行车中的事故。
⑨万乘：指皇帝。
⑩垂堂：靠近屋檐下，坐不垂堂是防万一屋瓦坠落伤身。《史记·袁盎传》中也有"千金之子，坐不垂堂"的语句。

【译文】

司马相如跟随皇帝到长杨宫一带打猎。这时天子正喜欢亲身搏击熊和野猪，乘车追逐野兽。于是司马相如上疏劝谏说："我听说在同一类东西之中，总是有具有特殊本领、特别优秀的，所以就人类来说，论力气要数乌获，论敏捷要数庆忌，论勇敢当数孟贲、夏育。我本人很愚昧，私底下认为人类诚然有这种情况，估计野兽中也应该是这样。如今陛下喜欢亲自登涉险峻难行之地，射击猛兽，倘若突然遭遇到野兽中的杰出者，当它们在无法存活的处境中被惊骇，恐怕它们会侵犯了圣驾，使车子来不及掉头，跟随的人也没有时间和机会施展技能。真要出了这种情况，就怕有乌获、逄蒙的本领，也派不上用场了，到时候就连枯树朽株也都会成为灾祸之物了。这就像胡人、越人从车轮下窜出，羌人、夷人紧跟在后面一样，这难道不是很危险的事情吗？即便非常安全而没有危险，然而这事情本来就不是天子应该接近的啊。即便是清除道路出行，在大路中间驱驰，还常常会发生拉断马嚼、滑出车辙一类的小事故。何况行进在丰茂的草地，驰骋在荒丘之中，眼前有着猎取野兽的乐趣，内心却毫无突然事故发生的思想准备，这样便很容易造成灾难了！轻视万乘之尊的高贵，不安于此，却乐于外出到可能发生危险的道路上去，并以为有趣，我私自认为陛下这样做是不可取的。大凡明智的人，在事故发生之前就有了预见，有智慧的人在危害尚未形成时就能避开它，灾祸原本都是潜藏在细小隐蔽的地方，而发生在人们疏忽大意的时候。还是俗话说得好：'家积有千金财产的人，是不会坐在靠近屋檐的地方的。'这话虽然说的是小事，却可以比喻大道理。我请求陛下能够留心这一点。"

子虚赋

【原文】

　　楚使子虚于齐，王悉发车骑与使者出畋①。畋罢，子虚过姹②乌有先生，亡是公存焉。坐安，乌有先生问曰："今日畋，乐乎？"子虚曰："乐。""获多乎？"曰："少"。"然则何乐？"对曰："仆乐齐王之欲夸仆以车骑之众，而仆对云梦之事也。"曰："可得闻乎？"子虚曰："可"。

　　王车架千乘，选徒万乘，畋于海滨。列卒满泽，罘③网弥山。掩兔辚鹿，射麋脚麟。骛于盐浦，割鲜染轮④。射中获多，矜而自功。顾谓仆曰："楚亦有平原广泽游猎之地，饶乐若此者乎？楚王之猎，孰与寡人乎？"仆下车对曰："臣楚国之鄙人也。幸得宿卫，十有余年，时从出游，游于后园，览于有无，然犹未能遍睹也，又焉足以方其外泽乎？"齐王曰："虽然，略以子之所闻见而言之。"仆对曰："唯唯"。

　　"臣闻楚有七泽，尝见其一，未睹其余也。臣之所见，盖特其小小者耳，名曰云梦。云梦者，方九百里，其中有山焉。其山则盘纡弗郁，隆崇嵂崒⑤，岑崟⑥参差，日月蔽亏。交错纠纷，上干青云。罢池陂陀⑦，下属江河。其土则丹青赭垩⑧，雌黄白坿⑨，锡碧金银。众色炫耀，照烂龙鳞。其石则赤玉玫瑰，琳珉昆吾⑩，瑊玏玄厉⑪，碝石碔砆⑫。其东则有蕙圃：蘅兰芷若⑬，芎藭菖蒲⑭，江蓠蘼芜⑮，诸柘巴苴⑯。其南则有平原广泽：登降陁靡⑰，案衍坛曼，缘似大江，限以巫山；其高燥则生葴菥苞荔⑱，薛莎青薠⑲；其埤湿则生藏莨蒹葭⑳，东蘠雕胡。莲藕觚卢㉑，菴闾轩芋㉒。众物居之，不可胜图。其西则有涌泉清池：激水推移，外发芙蓉菱华，内隐巨石白沙；其中则有神色蛟鼍㉓，瑇瑁鳖鼋㉔。其北则有阴林：其树楩楠豫章，桂椒木兰，蘗离朱杨，楂梨樗栗，橘柚芬芬；其上则有鹓鶵孔鸾㉕，腾远射干㉖；其下则有白虎玄豹，蟃蜒䝙犴㉗。"

　　于是乎乃使专诸㉘之伦，手格此兽。楚王乃驾驯交之驷，乘雕玉之舆，靡鱼须之桡旃㉙，曳明月之珠旗，建于将之雄戟，左乌号之雕弓，右夏服之劲箭。阳子骖乘，纤阿㉚为御，案节未舒，即陵狡兽；蹴蛩蛩㉛，辚距虚。轶野马㉜，惠陶駼㉝，乘遗风，射游骐。倏眒倩浰㉞，雷动猋至，星流霆击，弓不虚发，中心决眦，洞胸达掖，绝乎心系。获若雨兽，把草蔽地。于是楚王乃弭节徘徊，翱翔容与，览乎阴林，观壮士之暴怒，与猛兽之恐惧。徼郄受诎㉟，殚睹众兽之变。

　　"于是郑女曼姬，被阿锡㊱，揄纻缟㊲，杂纤罗，垂雾縠，襞积褰绉㊳，郁桡溪谷。

衿衿裶裶，扬施戌削，蜚襳垂髾。扶舆猗靡，翕呷萃蔡；下靡兰蕙，上指羽盖；错翡翠之葳蕤，缪绕玉绥。眇眇忽忽，若神仙之仿佛。"

于是乃相与獠于蕙圃，媻珊敦窣㊴，上乎金隄。揜翡翠，射䴔䴕㊵。微矰㊶出，孅缴㊷施。弋白鹄，连驾鹅。双鸧下，玄鹤加。怠而后发，游于清池。浮文鹢，扬旌栧。张翠帷，建羽盖。罔瑇瑁，钩紫贝。摐㊸金鼓，吹鸣籁。榜人歌，声流喝。水虫骇，波鸿沸。涌泉起，奔扬会。礧石㊹相击，硍硍磕磕，若雷霆之声，闻乎数百里之外。将息獠者，击灵鼓，起烽燧。车按行，骑就队。纚乎淫淫，般乎裔裔。

"于是楚王乃登云阳之台，怕乎无为，詹㊺乎自持，芍药之和具，而后御之。不若大王终日驰骋，曾不下舆，脟割轮淬㊻，自以为娱。臣窃观之，齐殆不如。于是齐王无以应仆也。"

乌有先生曰："是何言之过也！足下不远千里，来贶㊼齐国：王悉发境内之士，备车骑之众，与使者出畋，乃欲戮力致获，以娱左右，何名为夸哉？问楚地之有无者，愿闻大国之风烈，先生之余论也。今足下不称楚王之德厚，而盛推云梦以为高，奢言淫乐，而显侈靡，窃为足下不取也。必若所言，固非楚国之美也；无而言之，是害足下之信也。彰君恶，伤私义，二者无一可，而先生行之，必且轻于齐而累于楚矣！且齐东陼巨海，南有琅邪，观乎成山，射乎之罘，浮渤澥，游孟诸。邪与肃慎为邻，右以汤谷为界。秋田乎青邱，徬徨乎海外，吞若云梦者八九于其胸中，曾不蒂芥。若乃俶傥瑰玮，异方殊类，珍怪鸟兽，万端鳞崒，充牣其中，不可胜记，禹不能名，卨㊽不能计。然在诸侯之位，不敢言游戏之乐，苑囿之大；先生又见客，是以王辞不复，何为无以应哉？"

【注释】

①畋(tián 田)：打猎。

②过诧(chà 岔)：访问。

③罘(fú 服)：捕鸟的网。

④割鲜染轮：宰杀猎物，染红车轮。

⑤嶐崒(lù zú 绿足)：高耸险危。

⑥岑崟(cén yín 涔银)：高峻不平。

⑦罢池陂陀(pí tuó 皮驼)：山坡宽广。

⑧赭垩(zhě è 者饿)：红土、白土。

⑨雌黄白坿(fù 负)：黄土、灰土。

⑩琳珉(lín mín 林民)昆吾：玉石、矿石。

⑪瑊玏(jiān lè 间乐)玄厉:次玉石、磨刀石。

⑫碝(ruǎn 软)石碱砆(wǔ fū 午夫):美石、白纹石、

⑬蘅(héng 衡)兰芷(zhǐ 指)若:杜蘅、泽兰、白芷、杜若。

⑭芎藭(qiōng qióng 穹穷)菖蒲:两种香草名。

⑮江蓠(lí 离)蘪芜(mí wú 迷无):香草名。

⑯诸柘(zhè 这)巴苴(jū 居):甘蔗、芭蕉。

⑰陂(yǐ 以)靡:斜坡。

⑱葴(zhēn 真)蒳(xī 西)苞荔(lì 丽):马蓝、蒳草、苞草。

⑲薛莎(suō 梭)青薠(fān 翻):两种野草。

⑳藏莨(zāng làng 赃浪)蒹葭(jiān jiā 间家):荻草、芦苇。

㉑觚(gū 骨)卢:葫芦。

㉒菴闾(ān lǘ 安驴)轩芋(xuān yú 宣于):两种水草。

㉓鼍(tuó 驼):扬子鳄。俗称猪婆龙。

㉔鼋(yuán 圆):像龟的动物。

㉕孔鸾(luán 峦):凤凰、孔雀。

㉖腾远射(yè 页)干:猿猴、小狐。

㉗蟃蜒(wàn yán 万言)貙犴(chū àn 出暗):蟃蜒,似狸而长的兽。貙犴,比狸大的猛兽。

㉘专(tuán 团)诸:勇士名。

㉙桡旃(náo zhān 挠沾):曲柄旗。

㉚纤(xiān 先)阿:驾车名师。

㉛蛩蛩(qióng 穷):一种巨兽。

㉜轶(yì 易):超过。

㉝陶駼(táo tú 逃图):良马。

㉞倏眒(shū shùn 书顺)倩浰(qiàn lì 歉利):迅速奔驰。

㉟徼郄(yāo jù 腰巨)受诎(qū 曲):拦住并收拾疲乏绝路之野兽。

㊱被阿锡(xì 戏):披薄绸。

㊲揄纻缟(yú zhù gǎo 鱼祝搞):拖着麻绢裙。

㊳襞(bì 必)积褰(qiān 迁)绉:裙褶衣皱。

㊴媻(pán 盘)姗敦窣(bèi sù 倍速):慢慢地行走。

㊵鵔鸃(jùn yí 郡宜):锦鸡。

㊶徽矰(zēng 增):短箭。

㊷ 蠰缴：箭上细绳。

㊸ 摐（chuāng 窗）：敲。

㊹ 礌（lèi 类）石：众石。

㊺ 詹（dàn 淡）：保持。

㊻ 胹（luán 峦）割轮焠（cuì 脆）：切小块肉在车轮旁烤吃。

㊼ 贶（kuàng 矿）：赐教。

㊽ 卨（xiè 谢）：尧的贤臣"契"。

【译文】

　　楚王派子虚出使齐国，齐王调遣境内所有的车马，与使者一同出外打猎。打猎完毕，子虚前去拜访乌有先生，并向他夸耀此事，恰巧无是公也在场。落座后，乌有先生向子虚问道："今天打猎快乐吗？"子虚说："快乐"。"猎物很多吧？"子虚回答道："不多。""既然如此，乐从何来？"子虚回答说："我在乐齐王想向我夸耀他的车马众多，而我却用楚王在云梦泽打猎的事回答他。"乌有先生说道："可以说出来听听吗？"子虚说："可以"。

　　齐王指挥千辆兵车，选拔上万名骑手，到海滨打猎。士卒排满草泽，捕兽的罗网布满山岗，兽网罩住野兔，车轮辗死大鹿，射中麋鹿，抓住麟的小腿。车骑驰骋在海边的盐滩，宰杀禽兽的鲜血染红车轮。射中猎获的禽兽很多，齐王便骄傲地夸耀自己的功劳。他回头看着我说："楚国也有供游玩打猎的平原广泽，可以使人这样富于乐趣吗？楚王游猎与我相比，谁更壮观？"我下车回答说："小臣我只不过是楚国一个鄙陋的人，有幸在楚宫中担任了十余年的侍卫，常随楚王出游，游于王宫的后苑，看到了周围的一些景色，但还不能遍览后苑的全部，又哪里能谈论宫禁外面的湖泽呢？"齐王说："虽然如此，还是请大略地谈谈你的所见所闻吧！"我回答说：'是，是。'

　　臣听说楚国有七个大泽，我曾经见过一个，其余的没见过。我所看到的这个，只是七个大泽中最小的一个，名叫云梦。云梦方圆九百里，其中有山。山势迂回曲折，高耸险峻，峥嵘峭拔，参差不齐；日月或被遮半，或被全隐；群山错落，重叠无序，直上青云；山坡倾斜连绵，下连江河。那土壤里有朱砂、石青、赤土、白垩、雌黄、石灰、锡矿、碧玉、黄金、白银、种种色彩，光辉夺目，像龙鳞般地灿烂照耀。那里的石料有火齐珠玉、玫瑰宝石、琳、珉、琨珸、瑊玏、黑石可以磨刀、碝石白中带赤，碱砆红地白文。东面有蕙草的花圃，其中生长着杜衡、兰草、白芷、芎藭、菖蒲、茳蓠、蘼芜、甘蔗、芭蕉。南面有平原大泽，地势高低不平，倾斜绵延，低洼的土地，广阔平坦，沿

着大江延伸,直到巫山为界。那高峻干燥的地方,生长着马蓝、形似燕麦的草、还有苞草、荔草、艾蒿、莎草及青薠。那低湿之地,生长着狗尾巴草、芦苇、东蔷、菰米、莲花、荷藕、葫芦、菴䕡、茳草,众多草木,数不胜数。西面则有奔涌的泉水、清澈的水池、水波激荡,后浪冲击前浪,滚滚向前;水面上开放着荷花与菱花,水面下隐伏着巨石和白沙。水中有神龟、蛟蛇、扬子鳄、玳瑁、鳖和鼋。北面则有森林和巨大的树木:黄梗树、楠木、樟木、桂树、花椒树、木兰、黄檗树、山梨树、赤茎柳、山楂树、黑枣树、桔树、柚子树、芳香远溢。那些树上有赤猿、猕猴、鹓鶵、孔雀、鸾鸟、猿猴和射干。树下则有白虎、黑豹、蝘蜓、貙豻。"

于是就派专诸之类的勇士,徒手击杀这些野兽。楚王就驾御起被驯服的杂毛之马,乘坐着美玉雕饰的车,挥动着用鱼须作旄穗的曲柄旌旗,摇动缀着明月珍珠的旗帜。高举锋利的三刃戟,左手拿着雕有花纹的乌嗥名弓,右手拿着夏箙中的强劲之箭。伯乐做骖乘,纤阿当御者。车马缓慢行驶,尚未尽情驰骋时,就已踏倒了强健的猛兽。车轮辗压邛邛、践踏距虚,突击野马,轴头撞死骒騱,乘着千里马,箭射游荡之骐。楚王的车骑迅疾异常,有如惊雷滚动,好似狂飙袭来,像流星飞坠,若雷霆撞击。弓不虚发,箭箭都射裂禽兽的眼眶,或贯穿胸膛,直达腋下,使连着心脏的血管断裂。猎获的野兽,像雨点飞降般纷纷而落,覆盖了野草,遮蔽了大地。于是,楚王就停鞭徘徊,自由自在地缓步而行,浏览山北的森林,观赏壮士的暴怒,以及野兽的恐惧。拦截那疲倦的野兽,捕捉那精疲力竭的野兽,遍观群兽各种不同的姿态。

于是,郑国漂亮的姑娘,肤色细嫩的美女,披着细缯细布制成的上衣,穿着麻布和白娟制做的裙子,装点着纤细的罗绮,身上垂挂着轻雾般的柔纱。裙幅褶绉重叠,纹理细密,线条婉曲多姿,好似深幽的溪谷。美女们穿着修长的衣服,裙幅飘扬,裙缘整齐美观;衣上的飘带,随风飞舞,燕尾形的衣端垂挂身间。体态婀娜多姿,走路时衣裙相磨,发出噏呷萃蔡的响声。飘动的衣裙饰带,摩磨着下边的兰花蕙草,拂拭着上面的羽饰车盖。头发上杂缀着翡翠的羽毛做为饰物,颌下缠绕着用玉装饰的帽缨。隐约缥缈,恍恍忽忽,就像神仙般地若有若无。

于是楚王就和众多美女一起在蕙圃夜猎,从容而缓慢地走上坚固的水堤。用网捕取翡翠鸟,用箭射取锦鸡。射出带丝线的短小之箭,发射系着细丝绳的箭。射落了白天鹅,击中了野鹅。中箭的鸧鸹双双从天落,黑鹤身上被箭射穿。打猎疲倦之后,拨动游船,泛舟清池之中。划着画有鹢鸟的龙船,扬起桂木的船桨。张挂起画有翡翠鸟的帷幔,树起鸟毛装饰的伞盖。用网捞取玳瑁,钓取紫贝。敲打金鼓,吹起排箫。船夫唱起歌来,声调悲楚嘶哑,悦耳动听。鱼鳖为此惊骇,洪波因而沸

腾。泉水涌起，与浪涛汇聚。众石相互撞击，发出硠硠礚礚的响声，就象雷霆轰鸣，声传几百里之外。

"夜猎将停，敲起灵鼓，点起火把。战车按行列行走，骑兵归队而行。队伍接续不断，整整齐齐，缓慢前进。于是，楚王就登上阳云之台，显示出泰然自若安然无事的神态，保持着安静怡适的心境。待用芍药调和的食物备齐之后，就献给楚王品尝。不像大王终日奔驰，不离车身，甚至切割肉块，也在轮间烤炙而吃，而自以为乐。我以为齐国恐怕不如楚国吧。'于是，齐王默默无言，无话回答我。"

乌有先生说："这话为什么说得如此过分呢？您不远千里前来赐惠齐国，齐王调遣境内的全部士卒，准备了众多的车马，同您外出打猎，是想同心协力猎获禽兽，以使大家快乐，怎能称作夸耀呢！询问楚国有无游猎的平原广泽，是希望听听楚国美好的风俗与光辉的事业，以及先生的美言高论。现在先生不称颂楚王丰厚的德政，却畅谈云梦泽以为高论，大谈淫游纵乐之事，而且炫耀奢侈靡费，我私下以为您不应当这样做。如果真像您所说的那样，那就算不上是楚国的美好之事。不用说这样是有损你的形象的。楚国若是有这些事，您把它说出来，这就是张扬国君的丑恶；如果楚国没有这些事，您却说有，这就有损于您的声誉。张扬国君的丑恶，损害自己的信誉，这两件事没有一样是可做的，而您却做了。这必将被齐国所轻视，而楚国的声誉也会受到牵累。况且齐国东临大海，南有琅琊山，在成山观赏美景，在之罘山狩猎，在渤海泛舟，在孟诸泽中游猎。东北与肃慎为邻，左边以汤谷为界限；秋天在青丘打猎，自由漫步在海外。像云梦这样的大泽，纵然吞下八九个，胸中也丝毫没有梗塞之感。至于那超凡卓异之物，各地特产，珍奇怪异的鸟兽，万物聚集，好像鱼鳞荟萃，充满其中，不可胜记，就是大禹也辨不清它们的名字，契也不能计算它们的数目。然而，齐王处在诸侯的地位上，不敢陈说游猎和嬉戏的欢乐，苑囿的广大。先生又是被以贵宾之礼接待的客人，因此齐王没有回答您任何言辞，你又怎么能说他无话可答呢！"

班固 《汉书·李陵传》（节选）

【作者介绍】

班固（公元32年—92年），字孟坚，扶风安陵（今陕西咸阳）人。东汉史学家班彪之子。东汉史学家、文学家。建武二十三年(47年)前后入洛阳太学，博览群书，穷究九流百家之言。在班彪续补《史记》之作《后传》基础上开始编写《汉书》，

至汉章帝建初中基本完成。汉明帝时,升迁为郎,负责校定秘书。汉章帝建初三年(78年)升为玄武司马。由于章帝喜好儒术文学,赏识班固的才能,因此多次召他入宫廷侍读。章帝出巡,常随侍左右。章帝后期,班固辞官回乡为母亲服丧。汉和帝永元元年(89年),大将军窦宪奉旨远征匈奴,班固被任为中护军随行,参与谋议。窦宪大败北单于,登上燕然山(今蒙古境内的杭爱山),命班固撰写了著名的燕然山铭文,刻石记功而还。永元四年(92年),窦宪在政争中失败自杀,洛阳令对班固积有宿怨,借机罗织罪名,捕班固入狱,同年死于狱中,终年61岁。

【原文】

陵①于是将其步卒五千人出居延②,北行三十日,至浚稽山③止营,举图所过山川地形,使麾下骑陈步乐还以闻。步乐召见,道陵将率得士死力,上甚说,拜步乐为郎。

陵至浚稽山,与单于④相直,骑可三万围陵军。军居两山间,以大车为营。陵引士出营外为陈⑤,前行持戟盾,后行持弓弩,令曰:"闻鼓声而纵,闻金声而止。"虏见汉军少,直前就营。陵搏战攻之,千弩俱发,应弦而倒。虏还走上山,汉军追击,杀数千人。单于大惊,召左右地兵八万余骑攻陵。陵且战且引,南行数日,抵山谷中。连战,士卒中矢伤,三创者载辇,两创者将车,一创者持兵战。陵曰:"吾士气少衰而鼓不起者,何也?军中岂有女子乎?"始军出时,关东群盗妻子徙边者随军为卒妻妇,大匿车中。陵搜得,皆剑斩之。明日复战,斩首三千余级。引兵东南,循故龙城⑥道行四五日,抵大泽葭苇中,虏从上风纵火,陵亦令军中纵火以自救。南行至山下,单于在南山上,使其子将骑击陵。陵军步斗树木间,复杀数千人,因发连弩⑦射单于,单于下走。是日捕得虏,言:"单于曰:'此汉精兵,击之不能下,日夜引吾南近塞,得毋有伏兵乎?'诸当户君长⑧皆言:'单于自将数万骑击汉数千人不能灭,后无以复使边臣,令汉益轻匈奴。'复力战山谷间,尚四五十里得平地,不能破,乃还。"

是时,陵军益急,匈奴骑多,战一日数十合,复伤杀虏二千余人。虏不利,欲去,会陵军候管敢为校尉所辱,亡降匈奴,具言:"陵军无后救,射矢且尽,独将军麾下及成安侯校各八百人为前行,以黄与白为帜,当使精骑射之即破矣。"成安侯者,颍川人,父韩千秋,故济南相,奋击南越战死,武帝封子延年为侯,以校尉随陵。单于得敢大喜,使骑并攻汉军,疾呼曰:"李陵、韩延年趣降!"遂遮道急攻陵。陵居谷中,虏在山上,四面射,矢如雨下。汉军南行,未至鞮汗山,一日五十万矢皆尽,即弃车去。士尚三千余人,徒斩车辐而持之,军吏持尺刀,抵山入峡谷。单于遮其后,乘隅下垒石,士卒多死,不得行。昏后,陵便衣独步出营,止左右:"毋随我,丈夫一取单于

耳!"良久,陵还,大息曰:"兵败,死矣!"军吏或曰:"将军威震匈奴,天命不遂,后求道径还归,如浞野侯⑨为虏所得,后亡还,天子客遇之,况于将军乎!"陵曰:"公止!吾不死,非壮士也。"于是尽斩旌旗,及珍宝埋地中,陵叹曰:"复得数十矢,足以脱矣。今无兵复战,天明坐受缚矣!各鸟兽散,犹有得脱归报天子者。"令军士人持二升糒,一半冰,期至遮虏鄣者相待。夜半时,击鼓起士,鼓不鸣。陵与韩延年俱上马,壮士从者十余人。虏骑数千追之,韩延年战死。陵曰:"无面目报陛下!"遂降。军人分散,脱至塞者四百余人。

陵败处去塞百余里,边塞以闻。上欲陵死战,召陵母及妇,使相者视之,无死丧色。后闻陵降,上怒甚,责问陈步乐,步乐自杀。群臣皆罪陵,上以问太史令司马迁,迁盛言:"陵事亲孝,与士信,常奋不顾身以殉国家之急。其素所畜积也,有国士之风。今举事一不幸,全躯保妻子之臣随而媒其短,诚可痛也!且陵提步卒不满五千,深輮戎马之地,抑数万之师,虏救死扶伤不暇,悉举引弓之民共攻围之。转斗千里,矢尽道穷,士张空拳,冒白刃,北首争死敌,得人之死力,虽古名将不过也。身虽陷败,然其所摧败亦足暴于天下。彼之不死,宜欲得当以报汉也。"

初,上遣贰⑩师大军出,财令陵为助兵,及陵与单于相值,而贰师功少。上以迁诬罔,欲沮贰师,为陵游说,下迁腐刑。久之,上悔陵无救,曰:"陵当发出塞,乃诏强弩都尉令迎军。坐预诏之,得令老将生奸诈。"乃遣使劳赐陵余军得脱者。

陵在匈奴岁余,上遣因杅将军公孙敖⑪将兵深入匈奴迎陵。敖军无功还,曰:"捕得生口,言李陵教单于为兵以备汉军,故臣无所得。"上闻,于是族陵家,母弟妻子皆伏诛。陇西士大夫以李氏为愧。其后,汉遣使使匈奴,陵谓使者曰:"吾为汉将步卒五千人横行匈奴,以亡救而败,何负于汉而诛吾家?"使者曰:"汉闻李少卿教匈奴为兵。"陵曰:"乃李绪,非我也。"李绪本汉塞外都尉,居奚侯城,匈奴攻之,绪降,而单于客遇绪,常坐陵上。陵痛其家以李绪而诛,使人刺杀绪。大阏氏⑫欲杀陵,单于匿之北方,大阏氏死乃还。

单于壮陵,以女妻之,立为右校王,卫律为丁灵王,皆贵用事。卫律者,父本长水胡人。律生长汉,善协律都尉李延年,延年荐言律使匈奴。使还,会延年家收,律惧并诛,亡还降匈奴。匈奴爱之,常在单于左右。陵居外,有大事,乃入议。

昭帝立,大将军霍光、左将军上官桀辅政,素与陵善,遣陵故人陇西任立政等三人俱至匈奴招陵。立政等至,单于置酒赐汉使者,李陵、卫律皆侍坐。立政等见陵,未得私语,即目视陵,而数数自循其刀环,握其足,阴谕之,言可还归汉也。后陵、律持牛酒劳汉使,博饮,两人皆胡服椎结。立政大言曰:"汉已大赦,中国安乐,主上富于春秋,霍子孟、上官少叔用事。"以此言微动之。陵墨不应,孰视而自循其发,答曰："吾已胡服矣！"有顷，律起更衣，立政曰："咄，少卿良苦！霍子孟、上官少叔谢女。"陵曰："霍与上官无恙乎？"立政曰："请少卿来归故乡，毋忧富贵。"陵字立政曰："少公，归易耳，恐再辱，奈何！"语未卒，卫律还，颇闻余语，曰："李少卿贤者，不独居一国。范蠡遍游天下，由余去戎入秦，今何语之亲也！"因罢去。立政随谓陵曰："亦有意乎？"陵曰："丈夫不能再辱。"

陵在匈奴二十余年，元平元年病死。

【注释】

①陵：即李陵，字少卿，陇西郡名将李广的孙子。
②居延：汉县名，在今甘肃省酒泉市。
③浚稽((jùn jī 郡姬)山：在今蒙古喀尔喀境内。
④单于(chán yú 缠鱼)：匈奴的君主。
⑤陈：同"阵"。
⑥龙城：为匈奴祭天之处，其故地在今蒙古人民共和国鄂尔浑河西侧的和硕柴达木湖附近。一说为卢龙城，在今河北省喜峰口附近一带，为汉代右北平郡所在地。
⑦连弩：将两张弓并在一起，以加强弓力延长射程。
⑧当户、君长：都是匈奴官名。
⑨浞(zhuó 浊)野侯：名赵破奴，九原人，武帝时为骠骑将军司马，因击楼兰有功，封浞野侯。
⑩贰师：即贰师将军李广利，武帝所宠爱的李夫人的哥哥，武帝遣其伐大宛，因大宛境内有贰师城，故号为贰师将军。无功而还。后因其兄李延年犯罪被诛，害怕连坐而降匈奴。
⑪公孙敖：义渠人，景帝时任郎官，武帝时为骑将，出击匈奴，因部属逃亡太多，当斩，逃隐民间五六年，后被发现，入狱，因其妻卷入巫蛊案而被杀。
⑫阏氏(yān zhī 焉知)：匈奴君主的正妻。这里的大阏氏是单于的母亲。

【译文】

李陵于是率领步兵五千人，从居延出发，向北行军三十天，到达了浚稽山并安营扎寨，把所经过的山川地形绘制成图，让自己的部下陈步乐返回朝廷汇报。汉武帝召见了陈步乐，汇报说李陵正率领部下与匈奴奋勇作战。武帝听了很高兴，授予陈步乐郎官的职位。

在浚稽山李陵与匈奴单于相遇,匈奴骑兵大约三万人,围住李陵的军队。李陵的军队驻扎于两山之间,以大车为营,李陵带领士兵在营外结阵,前面的拿着戟和盾,后面的拿着弓和箭。李陵下令说:"听到鼓声就出战,听到锣声就撤退。"匈奴看到汉军人数少,径直逼到营前。李陵下令攻击,千弩俱发,匈奴人应弦而倒,其他的退向山上,汉军追击,斩杀了数千人。单于大为震惊,召集附近兵力八万余骑一同进攻李陵。李陵且战且退,向南边走了几天,到达一个山谷中,连续作战,士兵大多中了箭伤,受三处伤的载在车上,受两处伤的管理车辆,受一处伤的仍拿着武器作战。李陵问:"我们的士气不振,敲起鼓来声音也不响亮是怎么回事?难道我们的军队中藏有女人吗?"军队刚开始出发时,关东一些因罪流放边疆的有家小的罪犯把自己的女儿嫁给了某些士兵,而这些士兵就把她们藏在了大车里。李陵让人把她们全都搜出来,用剑砍杀了她们。第二天再与匈奴人作战,斩杀敌人三千多人。带领部队往东南方向顺着龙城的老路走,走了四五天,到了一个大湖的芦苇丛中,匈奴人在上风放火,李陵便也下令士兵放火,烧掉附近的草木,使匈奴人放的火无法烧到自己的部队。再向南行到了一座山下,单于在南山上,派他的儿子带领骑兵攻击李陵,李陵的军队徒步与他们在树林中格斗,又杀死匈奴几千人,趁胜发连弩射单于,单于向山下逃避。这一天捕得的匈奴人说:"单于说道:'这是汉朝的精兵,攻打他不能取胜,日夜引我们向南接近边塞,难道有伏兵?'各位当户、君长都说:"单于你亲自带领数万骑兵,攻击汉军几千人,却不能消灭掉他们,以后还怎么驱使边臣呢?这分明是让汉朝更加轻视匈奴。应当再尽力战于山谷之中,若再走四五十里路,到了平地,仍不能攻破他,才可引兵回去。"

当时李陵军中越发危急,匈奴骑兵很多,一天作战几十次,又杀伤匈奴两千多人,匈奴认为形势于己不利,打算退兵,恰逢李陵手下的哨探管敢被校尉羞辱,逃降到匈奴军中,详细地陈述说:"李陵军没有后援,箭将要用完了,只有将军自己和成安侯韩延年军校各八百人,在前为先锋,用黄旗白旗做标识,你们应当派精骑去攻击他们,立刻就可以攻破。"成安侯这个人,是颍川人,他的父亲是原先的济南相韩千秋,在与南越的战斗中战死了,于是武帝封他的儿子韩延年为成安侯,这次是以校尉的身份跟随李陵的部队。单于得了管敢。非常高兴,马上派骑兵去攻打汉军,大呼道:"李陵、韩延年,你们快快投降吧!"于是阻住去路加紧攻击李陵。李陵的军队在山谷中,匈奴人在山上向他们射箭,四面的箭如雨一般纷纷射下。汉军向南退,还没到鞮汗山,一天之内,50万枝箭都射尽了,于是就抛掉车辆行军,士兵还有三千多人,都空手握了斩断的车轮直木作为武器,军吏持有短刀。到达了一个峡谷中,单于抄袭他们的后路,顺着山势滚下石块,士卒很多都被砸死,不能前行,只好就地扎营。夜里，李陵便衣独自出营，制止左右人说："不要随着我，大丈夫当一身独取单于！"过了很久，李陵回来，叹息说："兵已败，只有死了！"军吏有的劝说道："将军威震匈奴，失败是因为天意，不要死，以后可以寻路回去，像以前浞野侯被匈奴擒获，后来逃回来，天子尚且以宾礼待他，何况将军你呢！"李陵说："你不要说了！我李陵若不死，便不是壮士！"于是将旗帜全都斩断，连同珍宝埋藏在地下。李陵叹息说："如果每人还有几十枝箭，就可以脱身了。可惜如今没有兵器作战，等到天亮，只有坐而受缚了。你们各自逃生，作鸟兽散，或者还有人能逃脱，得以归报天子。"于是命令军吏士卒每人带二升干粮，一大块冰，约定到遮虏鄣那里集合。半夜时分，准备击鼓起兵，鼓却不响，李陵和韩延年便都上马，壮士跟从他们的有十多人，匈奴数千骑在后追击，韩延年战死。李陵说："我没有面目回报陛下了！"于是投降。军人们分散突围，逃脱到边塞的有四百多人。

　　李陵最终失败投降的地方离汉朝的边关只有一百多里路，所以边塞上的人都知道了这件事。武帝想让李陵拼死作战，把李陵的母亲和妻子召来，让看相的人看了后说，李陵不会死的。后来听说李陵投降了，十分震怒，问责先前汇报情况的陈步乐，陈步乐因为害怕自杀了。大臣们都归罪于李陵，武帝就这件事问太史令司马迁。司马迁极力辩护说道："李陵孝顺父母，与士人交往又有信义，常奋不顾身，以赴国家的急难，他平时的修养很有国士的风采。现在出师不利，为了保住自己生命的部下又乘机劝他投降敌寇，终致酿成现在的局面，确实是令人痛惜啊！但是李陵带领不满5000步兵，深入北方，抵挡敌人数万军队，匈奴救死扶伤的应接不暇，尽起可以征战之民，一同来围攻他，转战千里，箭尽路绝，士兵们还张起空弩，冒着白刃，北向争先和敌人死战。能得许多人为之尽死效力，就是古代的名将也不过如此。自身虽失败而陷于敌中，但是他所杀死击伤的匈奴军士，也足以向天下表白自己了。李陵之所以不死，应当是想将来立功赎罪，报答汉室的恩德吧。"

　　当初的时候，武帝派遣贰师将军李广利带领军队出击，让李陵作为辅助，等到李陵与单于的军队打起来后，李广利的军队就所获甚少。武帝认为司马迁信口胡说，是想压低一同出兵而无功劳的贰师将军，为李陵游说辩护，便给司马迁施以腐刑。时间久了，武帝后悔当初李陵没有救兵，说："李陵当初带兵出塞，我曾经下诏让强弩都尉接应他，因为预先部署了，而被老将生诈上奏，致使李陵失救。"于是便派人犒劳赏赐李陵军中逃回来的人。

　　李陵在匈奴呆了一年多后，武帝派因杆将军公孙敖带兵深入匈奴境内，迎接李陵。公孙敖之军无功而还，说："捕获俘虏，说李陵教单于练兵来防备汉军，所以我没有战功。"武帝听说了，便把李陵全家灭了族李陵的母亲；弟弟，妻子等都被杀死

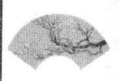

散文部分

063

了。陇西郡的士大夫自此以李氏为羞愧。后来汉朝派使者出使匈奴,李陵对使者说:"我为汉朝带领步兵五千人,横行匈奴之地,因为没有救兵而兵败,有什么对不起汉室的地方,竟然诛灭我的全家?"使者说:"汉朝听说李少卿教匈奴练兵。"李陵说:"那是李绪,不是我。"李绪本来是汉朝边塞的都尉,守奚侯城,匈奴攻打他,他就投降了匈奴,单于很看重李绪对他很好,经常待遇超过李陵。李陵痛恨自己全家因李绪而被杀,派人刺杀了李绪。大阏氏要处死李陵,单于便把他藏到北方去。大阏氏死后,才回来。

　　单于认为李陵是壮士,就把女儿嫁给他,封他为右校王。当时卫律是丁零王,两个人都是匈奴朝中说了算的显贵。卫律这个人,他父亲原本是长水的东胡人。卫律生长在汉朝,与李广利的哥哥协律都尉李延年私交很好,有一年李延年推荐卫律出使匈奴,出使回来后,正赶上李延年家被抄家,卫律害怕受李延年的牵连被一起杀掉,于是逃亡到了匈奴。匈奴人很喜欢他,得以经常陪伴在单于的身边。李陵不住在匈奴的金帐,有要紧的大事才进入金帐议事。

　　昭帝册立,大将军霍光、左将军上官桀辅政,他们两人一向与李陵友好,便派李陵旧时好友陇西人任立政等三人,一同到匈奴召李陵回来。任立政等人到了后,单于设酒宴款待他们,李陵和卫律都参加了宴会。任立政等人见到了李陵,但没有机会说悄悄话,就用眼睛给李陵递眼色,并多次顺着自己的刀环握自己的刀鞘,暗示李陵,现在可以回归汉朝了。后来李陵与卫律宴请任立政等人,两人都穿匈奴的服装参加宴会。任立政高声说:"汉朝已经大赦天下,现在国人都安居乐业,新皇帝正值盛年,而(你的朋友)霍光、上官桀是说了算的大臣。"用这些话挑动李陵。李陵沉默不应,自己慢慢看着自己的衣服和发式说:"哎!我已经穿了匈奴的服装了!"过了一会儿,卫律出去上厕所,任立政说:"哎!吃苦了,李陵!霍光、上官桀问你好。"李陵说:"霍光、上官桀还好吗?"任立政说:"他们请你回归汉朝,富贵的事不必担心。"李陵回答任立政说:"回去容易,但害怕再次受辱,这怎么办?"话还没说完卫律从厕所回来了,听到了他两人后边的谈话,说:"李陵是一个贤能的人,不会独处一个国家,当年范蠡遍游天下,就曾离开西戎进入秦国,现在你们咋谈话这么亲切啊!"接着就退席走了。任立政随后对李陵说:"你还有回归汉朝的意思吗?"李陵说:"大丈夫不能受第二次羞辱。"

　　李陵在匈奴呆了二十多年,在公元前74年的汉昭帝元平元年因病死去。

王粲　登楼赋

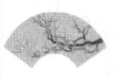

【作者介绍】

王粲(公元177年—217年),字仲宣,山阳高平(今山东邹城)人。三国时曹魏名臣,也是著名文学家。其祖为汉朝三公。献帝西迁时,王粲徙至长安,左中郎将蔡邕见而奇之。后到荆州依附刘表。刘表以王粲其人貌不副其名而且躯体羸弱,不甚见重。刘表死后,王粲劝刘表次子刘琮,令归降于曹操。曹操辟王粲为丞相掾,赐爵关内侯。王粲是"建安七子"之一,由于其文才出众,被称为"七子之冠冕"。有《王侍中集》。

【原文】

登兹楼①以四望兮,聊暇②日以销忧。览斯宇之所处兮,实显敞而寡仇。挟清漳之通浦③兮,倚曲沮④之长洲。背坟衍⑤之广陆兮,临皋隰之沃流。北弥陶牧⑥,西接昭邱⑦。华实蔽野,黍稷盈畴。虽信美而非吾土兮,曾何足以少留!

遭纷浊而迁逝兮,漫逾纪⑧以迄今。情眷眷而怀归兮,孰忧思之可任?凭轩槛以遥望兮,向北风⑨而开襟。平原远而极目兮,蔽荆山⑩之高岑。路逶迤而修迥兮,川既漾而济深。悲旧乡之壅隔兮,涕横坠而弗禁。昔尼父⑪之在陈兮,有归欤之叹音。钟仪⑫幽而楚奏兮,庄舄⑬显而越吟。人情同于怀土兮,岂穷达而异心!

惟日月之逾迈兮,俟河清⑭其未极。冀王道之一平兮,假高衢而骋力。惧匏瓜之徒悬兮⑮,畏井渫之莫食⑯。步栖迟以徙倚兮,白日忽其将匿。风萧瑟而并兴兮,天惨惨而无色。兽狂顾以求群兮,鸟相鸣而举翼,原野阒其无人兮,征夫行而未息。心凄怆以感发兮,意忉怛⑰而憯恻⑱。循阶除而下降兮,气交愤于胸臆。夜参半而不寐兮,怅盘桓以反侧。

【注释】

①兹楼:指麦城城楼。关于王粲所登何楼,说法不一:《文选》李善注引盛弘之《荆州记》,以为是当阳城楼;《文选》刘良注则说为江陵城楼。

②暇:通"假",借。

③漳:漳水,在今湖北当阳县境内。浦:大水有小口别通曰浦。

④沮(jū居):沮水,也在当阳境内,与漳水会合南流入长江。

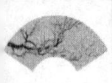

⑤坟衍:地势高起为坟,广平为衍。

⑥陶:乡名,传说是陶朱公范蠡的葬地。牧:郊野。

⑦昭邱:楚昭王坟墓,在当阳县郊。

⑧纪:一纪为十二年。

⑨向北风:王粲家乡山阳高平在麦城之北,故云。

⑩荆山:在今湖北省南漳县,漳水发源于此。

⑪尼父,即孔子。孔子在陈绝粮,曾叹息说:"归欤!归欤!"

⑫钟仪,楚国乐官,被晋所俘,晋侯使之弹琴,仍操楚国乐调。

⑬庄舄(xì细)句:据《史记·陈轸传》,越人庄舄在楚国做大官,病中思乡,仍发出越国的语音。

⑭河清:据《左传·襄公八年》,逸《诗》有云:"俟河之清,人寿几何?"古人以黄河水清比喻天下太平。

⑮"惧匏(páo 袍)瓜"句:《论语·阳货》:"(子曰)吾岂匏瓜也哉,焉能系而不食?"以匏瓜徒悬比喻不为世用。

⑯"畏井渫(xiè 卸)"句:《周易·井卦》:"井渫不食,为我心恻。"渫,除去井中污浊。井渫莫食喻己虽洁其志而不为世用。

⑰忉(dōo 刀)怛(dó 答):悲痛。

⑱憯(cǎn 惨)恻:悽伤。

【译文】

　　登上这麦城的城楼向四处眺望啊,暂借此日来排遣忧愁。遍观这楼所处的环境啊,实在是明亮宽敞、世间稀有。一边挟带着清澄的漳水的通道啊,一边倚靠着弯曲的沮水的长洲。背靠着高而平的大片陆地啊,面对着低湿原野中的沃美水流。北面可到达陶乡的郊野,西面连接着楚昭王的坟丘。花卉果实遮蔽了田野,小米高粱长满了垅头。这里虽然真美却不是我的家乡啊,又哪里值得作片刻的停留!

　　遇到这混乱的世道而迁徙流亡啊,悠悠忽忽超过十二年而到了今天。情怀深切总想着返回故乡啊,谁能承受住沉重的感情负担? 靠着栏杆向远方瞭望啊,迎着北风敞开了衣衫。平原广阔我极目远望啊,却被高高的荆山挡住了视线。道路曲折而漫长啊,河流悠长,渡口深远。悲叹故乡的阻塞隔绝啊,止不住泪水纵横满面。当初孔子困在陈国啊,曾发出"回去吧"的哀叹。钟仪被囚禁仍演奏楚国的乐曲啊,庄舄显达了仍操着越国的乡言。人情在怀念故乡上是一样的啊,难道会因受困或显达而把心思改变!

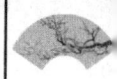

日月如流水一般一天天地过去啊,黄河水清不知等要到何日。希望国家能统一平定啊,凭借大道可以施展自己的才力。担心有才能而不被任用啊,井淘干净了,却无人来取水饮用。在楼上徘徊漫步啊,太阳将在西边落下。萧瑟的风声从四处吹来啊,天暗淡而无色。野兽惊恐四顾寻找伙伴啊,鸟惊叫着张开双翼。原野上静寂无人啊,远行的人匆匆赶路来停息。内心凄凉悲怆啊,哀痛伤感而凄恻。循着阶梯下楼啊,闷气郁结,填塞胸臆。到半夜难以入睡啊,惆怅难耐,辗转反侧。

诸葛亮　出师表[①]

【作者介绍】

诸葛亮(公元181年—234年),字孔明,号卧龙(也作伏龙),琅琊阳都(今山东沂南县)人,蜀汉丞相,三国时期杰出的政治家、外交家、发明家、军事家。曾隐居躬耕于南阳卧龙岗十年,常以管仲、乐毅自比,后辅佐刘备,建蜀汉政权。刘备死,受托辅助后主刘禅。在世时被封为武乡侯,谥曰忠武侯。后来的东晋政权为了推崇诸葛亮的军事才能,特追封他为武兴王。有《诸葛亮集》。

【原文】

臣亮言:先帝[②]创业未半而中道崩殂[③]。今天下三分,益州疲弊,此诚危急存亡之秋也。然侍卫之臣不懈于内,忠志之士忘身于外者,盖追先帝之殊遇,欲报之于陛下也。诚宜开张圣听[④],以光先帝遗德,恢弘[⑤]志士之气,不宜妄自菲薄,引喻失义[⑥],以塞忠谏之路也。

宫中府中,俱为一体;陟罚臧否[⑦],不宜异同;若有作奸犯科及为忠善者,宜付有司论其刑赏,以昭陛下平明之理;不宜偏私,使内外异法也。

侍中、侍郎郭攸之、费祎、董允等[⑧],此皆良实,志虑忠纯,是以先帝简拔[⑨]以遗[⑩]陛下。愚以为宫中之事,事无大小,悉以咨[⑪]之,然后施行,必能裨补阙漏[⑫],有所广益。

将军向宠[⑬],性行淑均[⑭],晓畅军事,试用于昔日,先帝称之曰能,是以众议举宠为督。愚以为营中之事,悉以咨之,必能使行陈[⑮]和睦,优劣得所。

亲贤臣,远小人,此先汉所以兴隆也;亲小人,远贤臣,此后汉所以倾颓也。先帝在时,每与臣论此事,未尝不叹息痛恨于桓、灵[⑯]也。侍中、尚书[⑰]、长史[⑱]、参军,此悉贞良死节[⑲]之臣,愿陛下亲之信之,则汉室之隆,可计日而待也。

臣本布衣㉑,躬耕于南阳㉑,苟全性命于乱世,不求闻达㉒于诸侯。先帝不以臣卑鄙㉓,猥㉔自枉屈,三顾臣于草庐之中,咨臣以当世之事,由是感激,遂许先帝以驱驰。后值倾覆㉕,受任于败军之际,奉命于危难之间,尔来㉖二十有一年矣。

先帝知臣谨慎,故临崩寄臣以大事㉗也。受命以来,夙夜忧叹,恐托付不效,以伤先帝之明,故五月渡泸㉘,深入不毛㉙。今南方已定,兵甲已足,当奖率三军,北定中原,庶竭驽钝㉚,攘除奸凶,兴复汉室,还于旧都㉛。此臣所以报先帝而忠陛下之职分也。至于斟酌损益,进尽忠言,则攸之、祎、允之任也。

愿陛下托臣以讨贼兴复之效,不效,则治臣之罪,以告先帝之灵。若无兴德之言,则责攸之、祎、允等之慢,以彰其咎。陛下亦宜自谋,以咨诹善道,察纳雅言,深追先帝遗诏㉜。臣不胜受恩感激。

今当远离,临表涕零㉝,不知所言。

【注释】

①表:是古代一种文体,是大臣向皇上陈请、请愿的一种奏折。

②先帝:指刘备。因刘备此时已死,故称先帝。

③崩殂(cú 徂):死。崩,古时指皇帝死亡。殂,死亡。

④开张圣听:扩大圣明的听闻。意思是要后主广泛听取别人的意见。开张,扩大,与下文"塞"相对。

⑤恢弘:发扬扩大。恢,大。弘,大,宽。这里是动词,也做"恢宏"。

⑥引喻失义:讲话不恰当。

⑦陟(zhì 制):提升。罚:惩罚。臧(zāng 赃)否(pǐ 痞):善恶。这里作为动词,意思是奖励好的惩罚坏的。

⑧侍中、侍郎:都是官名,皇帝的近臣。郭攸之:南阳人,当时任刘禅的侍中。费祎(yī):字文伟,江夏人,刘备时任太子舍人,刘禅继位后,任黄门侍郎,后升为侍中。董允:字休昭,南郡枝江人,刘备时为太子舍人,刘禅继位,升任黄门侍郎,诸葛亮出师时又提升为侍中。

⑨简:同"拣"挑选。拔:提升。

⑩遗(wèi 位):给予。

⑪咨(zī 兹):询问,征求意见。

⑫裨(bì 补)补阙漏:弥补缺点和疏漏之处。裨:补。阙,通"缺"缺点,缺失。

⑬向宠:三国时襄阳宜城人,刘备时任牙门将,刘禅继位,被封为都亭侯,后任中都督。

⑭性行淑均：性情品德善良平正。淑，善。均，平。

⑮行(háng杭)陈：指部队。陈，"阵"的古字。

⑯桓、灵：东汉末年的桓帝和灵帝。

⑰尚书：这里指陈震，南阳人，建兴三年(225年)任尚书，后升为尚书令。

⑱长(zhǎng掌)史：这里指张裔，成都人，当时任参军。诸葛亮出驻汉中，留下蒋琬、张裔统管丞相府事，后又暗中上奏给刘禅："臣若不幸，后事宜以付琬"。

⑲死节：为国而死的气节，能够以死报国。

⑳布衣：平民。

㉑躬：亲自，耕：耕种。南阳：指隆中，在湖北省襄阳城西。当时隆中属南阳郡管辖。

㉒闻达：显达扬名。

㉓卑鄙：地位、身份低微，见识浅陋。卑，身份低下。鄙，见识短浅。

㉔猥(wěi委)：辱，这里有降低身份的意思。

㉕后值倾覆：以后遇到危难。建安十三年(208年)刘备在当阳长坂坡被曹操打败，退至夏口，派诸葛亮去联结孙权，共同抵抗曹操。本句，连同下句即指此事。

㉖尔来：从那时以来。

㉗大事：指章武三年(223年)刘备临终前嘱托诸葛亮辅佐刘禅，复兴汉室，统一国家的大事。

㉘五月渡泸：建兴元年(223年)云南少数民族的上层统治者发动叛乱，建兴三年(225年)诸葛亮率师南征，五月渡泸水，秋天平定了这次叛乱。下句"南方已定"即指此。泸水即金沙江。

㉙不毛：不长草木，此指不长草木的荒凉地区。

㉚驽(nú奴)钝：比喻自己的才能低劣。

㉛旧都：指东都洛阳或都城长安。

㉜先帝遗诏：刘备给后主的遗诏中说："勿以恶小而为之，勿以善小而不为。惟贤惟德，能赋于人。"

㉝临表涕零：面对着《表》落泪。涕零，落泪。

【译文】

臣诸葛亮上奏：先帝开创的事业还没有完成一半，就在中途去世了。现在天下分裂成了三个部分，蜀汉民力困乏，这实在是危急存亡的时候啊。但是，宫廷里侍奉守卫的臣子，不敢稍有懈怠；疆场上忠诚有志的将士，舍身忘死地作战，这都是追

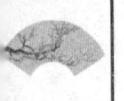

念先帝的特殊恩遇而想报答给陛下的缘故。陛下确实应该广开言路听取群臣意见，发扬光大先帝遗留下来的美德，振奋鼓舞志士们的勇气，绝不应随便看轻自己，说不恰当的话，以至于堵塞了人们忠诚进谏的道路。

皇宫里您身边的近臣和丞相府统领的官吏，本都是一个整体，升赏惩罚，扬善除恶，不应有不同的标准。如有做坏事违犯法纪的，或尽忠心做善事的，应该一律交给主管部门加以惩办或给予奖赏，以显示陛下在治理方面公允明察，切勿私心偏袒，使宫廷内外施法不同。

侍中和侍郎如郭攸之、费祎、董允等人，都是些品德善良诚实、志向与心思忠诚无二的人，因而先帝才选留下来辅佐陛下。我认为宫内的事情，无论大小，应当征询他们的意见，然后再去施行。这样一定能够补正疏失，增益实效。

将军向宠，性情德行平和公正，了解通晓军事，当年试用，先帝曾加以称赞，说他能干，因而经众人评议荐举任命为都督。我认为军营里的事情，事情无论大小，都要征询他的意见，就一定能够使军伍团结和睦，德才高低的人各有合适的安排。

亲近贤臣，远避小人，这是汉朝前期所以能够兴盛的原因；亲近小人，远避贤臣，这是汉朝后期所以衰败的原因。先帝在世的时候，每次跟我谈论起这些事，对于桓帝、灵帝的做法，没有不哀叹和憾恨的。侍中郭攸之、费祎，尚书陈震，长史张裔，参军蒋琬，这些都是忠贞、坦直，能以死报国的节义臣子，诚愿陛下亲近他们，信任他们，那么汉王室的兴盛，就时间不远了。

我诸葛亮本来只是个平民百姓，在南阳郡务农耕种，在乱世间只求保全性命，不求在诸侯那里达官显贵。先帝不因为我身份低微，见识短浅，他降低身份，委屈自己，接连三次到草庐来探访我，向我询问当时天下的大事，我有所感而情绪激动，就答应为先帝奔走效劳。后来正遇危亡关头，在战事失败的时候我接受了任命，在危机关头我奉命出使东吴，从那时到现在已有二十一年了。

先帝深知我诸葛亮做事比较谨慎，所以临去世时把国家大事嘱托给我了。接受遗命以来，我日夜担忧长叹，只恐怕托付给我的大任不能完成，从而损害先帝的英明。所以我五月率兵南渡泸水，深入荒芜之境。如今南方已经平定，武库兵器充足，应当奖励和统率全军，北伐平定中原地区，我希望竭尽自己低下的才能，消灭奸邪凶恶的敌人，复兴汉朝王室，迁归旧日国都。这是我用来报答先帝，并尽忠心于陛下的职责本分。至于掂量利弊得失，毫无保留地进献忠言，那就是郭攸之、费祎、董允的责任了。

希望陛下让我去讨伐奸贼并取得成效，如果不取得成效，那就惩治我失职的罪过，用来上告先帝的神灵。如果没有发扬圣德的言论，那就责备郭攸之、费祎、董允

等人的怠慢,公布他们的罪责。陛下也应该自己思虑谋划,征询治国良策,明察和接受正直的进言,深切追念先帝给后主的遗诏,我因为受到恩惠有所感动而情绪激动了。

如今就要离开您远征了,流着眼泪写了这篇表文,不知道究竟应该说些什么话。

诫子书

【原文】

夫君子之行,静以修身,俭以养德,非澹泊①无以明志,非宁静无以致远②。夫学须静也,才须学也,非学无以广才③,非志无以成学。慆慢④则不能励精⑤,险躁则不能治性⑥。年与时驰,意与日去,遂⑦成枯落,多不接世⑧,悲守穷庐⑨,将复何及⑩!

【注释】

①澹泊:也写做"淡泊",安静而不贪图名利。
②致远:实现远大目标。
③广才:增长才干。
④慆(tāo 涛)慢:过度的享乐与怠惰。
⑤励精:奋发向上。
⑥治性:治通"冶",陶冶性情。
⑦遂:于是。
⑧接世:对社会没有接济和帮助。
⑨穷庐:破房子。
⑩将复何及:怎么还来得及。

【译文】

德才兼备的人的品行,是依靠内心安静精力集中来修养身心的,是依靠俭朴的作风来培养品德的。不清心寡欲就不能使自己的志向明确坚定,不安定清静就不能实现远大理想。要学得真知必须使身心在宁静中研究探讨,人们的才能是从不断的学习中积累起来的;如果不下苦功学习就不能增长与发扬自己的才干;如果没有坚定不移的意志就不能使学业成功。纵欲放荡、消极怠慢就不能勉励心志使精

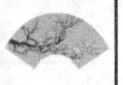

神振作;冒险草率、急躁不安就不能陶冶性情使节操高尚。如果年华与岁月虚度,志愿和时日一起消磨,人最终就会像枯枝落叶般一天天衰老下去。这样的人不会为社会所用而有益于社会,只有悲伤地困守在自己的穷家破舍里,到那时就算是再后悔也来不及了。

曹丕 《典论·论文》

【作者介绍】

曹丕(公元187年—226年),字子桓,三国时期著名的政治家、文学家,魏朝的开国皇帝。公元220年—226年在位,庙号世祖,谥为文皇帝(魏文帝),葬于首阳陵。沛国谯(今安徽省亳州市)人。魏武帝曹操与武宣卞皇后的长子。由于文学方面的成就而与其父曹操、其弟曹植并称为"三曹"。曹丕在继承权的争夺中战胜了弟弟曹植,被立为王世子。曹操逝世后,曹丕逼迫汉献帝禅位,代汉称帝,终结了汉朝四百多年的统治,改国号大魏,为魏朝的开国皇帝,也是三国时代中第一个称皇帝的君主。

【原文】

文人相轻[1],自古而然[2]。傅毅[3]之于班固[4],伯仲之间耳;而固小[5]之,与弟超书曰:"武仲以能属文为兰台令史,下笔不能自休。"夫[6]人善于自见[7],而文非一体[8],鲜能备善,是以各以所长,相轻所短。里语曰:"家有弊帚,享之千金[9]。"斯不自见之患也。今之文人:鲁国孔融文举、广陵陈琳孔璋、山阳王粲仲宣、北海徐干伟长、陈留阮瑀元瑜、汝南应玚德琏、东平刘桢公干,斯七子者,于学无所遗,于辞[10]无所假,咸自以骋骐骥[11]于千里,仰齐足而并驰[12]。以此相服,亦良难[13]矣!盖君子审己以度人,故能免于斯累,而作论文。

王粲长于辞赋,徐干时有齐气[14],然粲之匹[15]也。如粲之初征、登楼、槐赋、征思,干之玄猿、漏卮、圆扇、橘赋,虽张、蔡[16]不过也。然于他文,未能称是。琳、瑀之章表书记,今之隽也。应玚和而不壮;刘桢壮而不密。孔融体气[17]高妙,有过人者;然不能持论,理不胜辞,以至乎杂以嘲戏;及其所善,扬、班俦[18]也。

常人贵远贱近[19],向声背实[20],又患闇于自见,谓己为贤。夫文本同而末异,盖奏议宜雅,书论宜理,铭诔尚实,诗赋欲丽。此四科[21]不同,故能之者偏[22]也;唯通才能备其体。

　　文以气为主,气之清浊有体,不可力强而致㉓。譬诸音乐,曲度虽均,节奏同检㉔,至于引气不齐,巧拙有素,虽在父兄,不能以移子弟。

　　盖文章,经国之大业,不朽之盛事。年寿有时而尽,荣乐止乎其身,二者必至之常期,未若文章之无穷。是以古之作者,寄身于翰墨㉕,见意于篇籍,不假良史之辞㉖,不讬飞驰之势㉗,而声名自传于后。故西伯㉘幽㉙而演易,周旦㉚显㉛而礼,不以隐约㉜而弗务㉝,不以康乐而加思㉞。夫然,则古人贱尺璧而重寸阴,惧乎时之过已。而人多不强力;贫贱则慑于饥寒,富贵则流于逸乐,遂营目前之务,而遗千载之功。日月逝于上,体貌衰于下,忽然与万物迁化㉟,斯志士之大痛也!融等已逝,唯干著论㊱,成一家言。

【注释】

①轻:轻蔑,瞧不起。

②自古而然:从古代以来就是这个样子。

③傅毅:字武仲,东汉扶风茂陵人,东汉将军傅育之子,学问很渊博。

④班固:字孟坚,扶风安陵(今陕西咸阳)人,《汉书》的作者。

⑤小:轻视。

⑥夫:发语词。

⑦善于自见:喜欢自我炫耀和表现。

⑧体:体裁。

⑨家有敝帚,享之千金:自己家的破扫帚,却看作价值千金的宝贝。比喻极为珍惜自己的事物。

⑩辞:文字,引申为文章。

⑪骥騄:古代的两个骏马名。

⑫仰齐足而并驰:自恃其才而并驾齐驱、互不相让。

⑬良难:实在是很不容易。良,是"很"、"甚"的意思。

⑭齐气:指文章风格舒缓。

⑮匹:实力相当。

⑯张:张衡。蔡:蔡邕。

⑰体气:气质、风格。

⑱俦:匹敌。

⑲贵远贱近:推崇古代的事物,而轻贱当今的事物。

⑳向声背实:注重虚名而不求实学。

㉑科：类别、项目。

㉒能之者偏：写文章的人各有所长。

㉓力强而致：勉强达到。

㉔检：法度、法式。

㉕翰墨：比喻文章。

㉖假良史之辞：借着优秀史官的文章好评。

㉗讬飞驰之势：依靠权贵的势力。飞驰，本指飞快奔驰，引申为富贵人家。

㉘西伯：本指西方诸侯之长。因商王曾任命周文王为西伯，所以后世常用来指代周文王。

㉙幽：囚禁。

㉚周旦：就是周公。周公名旦。

㉛显：有名望、有地位的。

㉜隐约：穷困不得志

㉝弗务：不努力。

㉞加思：更改想法。

㉟迁化：这里暗示死亡。

㊱干著论：徐干写了《中论》一书。

【译文】

文人互相轻视，自古以来就是如此。傅毅和班固两人文才相当，不分高下，然而班固轻视傅毅，他在写给弟弟班超的信中说："傅武仲因为能写文章当了兰台令史的官职，但是却下笔千言，不知所止。"大概人总是善于看到自己的优点，然而文章不是只有一种体裁，很少有人各种体裁都擅长的，因此人总是以自己所擅长的轻视别人所不擅长的，乡里俗话说："家中有一把破扫帚，也会看它价值千金。"这是看不清自己的毛病啊。

当今的文人，也不过有鲁人孔融孔文举、广陵人陈琳陈孔璋、山阳人王粲王仲宣、北海人徐干徐伟长、陈留人阮瑀阮文瑜、汝南人应玚应德琏、东平人刘桢刘公干等七人而已。这"七子"，于学问可以说是兼收并蓄，没有什么遗漏的，自铸伟辞没有借用别人的，他们在文坛上都各自像骐骥一样，千里奔驰，并驾齐驱，要叫他们互相钦服，也实在是困难的啊。我审察自己的才力，认为有能力来衡量别人，所以能够免于文人相轻这种拖累，而写作了这篇文章。

王粲擅长于辞赋，徐干的文章有舒缓之气，然而也是可以与王粲相匹敌的。如

王粲的《初征赋》、《登楼赋》、《槐赋》、《征思赋》,徐干的《玄猿赋》、《漏卮赋》、《圆扇赋》、《橘赋》,虽是张衡、蔡邕也是超不过的。然而其他的文章,却不能与此相称。陈琳和阮瑀的章、表、书、记这几种体裁的文章是当今的经典之作。应玚的文章平和但气势不够雄壮,刘桢的文章气势雄壮但文理不够细密。孔融的文章风韵气度高雅脱俗,有过人之处,然而却不善于立论,词采胜过说理,甚至于夹杂着玩笑戏弄的辞句。至于说他所擅长的体裁,是可以归入扬雄、班固一流的。一般人看重古人,轻视今人,崇尚名声,不重实际,又有看不清自己的弊病,总以为只有自己是贤能的。

一般来说,文章用文辞表达内容的本质是共同的,而具体的体裁和形式的末节又是各不相同的,所以奏章、驳议适宜文雅,书信、论说适宜说理,铭文、诔文崇尚事实,诗歌、赋体应该华美。这四种科目文体不同,所以善于写文章的人常常有所偏好;只有全才之人才能擅长写各种体裁的文章。

文章是以"气"为主导的,气又有清气和浊气两种,不是可以出力气就能获得的。用音乐来作比喻,音乐的曲调节奏有统一的衡量标准,但是运气行声不会一样整齐,平时的技巧也有高低优劣之分,即使是父亲和兄长,也无法把它传授给儿子和弟弟。

写作文章是关系到治理国家的伟大功业,是可以流传后世而不朽的盛大事业。人的年龄寿夭有时间的限制,荣誉欢乐也只能终于一生,二者都终止于一定的期限,不能像文章那样永久流传,没有穷期。因此,古代的作者,投身于写作,把自己的思想意见表现在文章书籍中,就不必借史家的言辞,也不必托高官的权势,而声名自然能流传后世。所以周文王被囚禁,而推演出了《周易》,周公旦显达而制作了《礼经》,周文王不因困厄而放弃事业,周公旦不因显达而更改志向。

因此,古人不重视一尺的碧玉而重视一寸的光阴,这是惧怕时间流逝过去啊。多数人都不愿努力,贫穷的则害怕饥寒之迫,富贵的则沉湎于安逸之乐,于是只知经营眼前的事务,而放弃能流传千载的功业,太阳和月亮在天上流移转动,而人的身体面貌在地下一天天地逐渐衰老,忽然间就与万物一样,随着时间的推移而死亡,这是有志之士所痛心疾首的事情啊!孔融等人已经去世了,只有徐干著有《中论》,成为了一家之言。

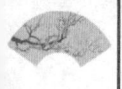

嵇康　与山巨源绝交书

【作者介绍】

嵇康(公元223年—262年),字叔夜,谯郡铚县(今安徽省宿县西南)人。"竹林七贤"之一。曾为中散大夫,故世称嵇中散。史称嵇康"早孤,有奇才,远迈不群,身长七尺八寸,美词气,有风仪。"他是曹魏宗室的女婿,学问渊博,而性格刚直,疾恶如仇。因拒绝与当时掌权的司马氏合作,对他们标榜的虚伪礼法加以讥讽和抨击,直接触犯了打着礼教幌子以谋夺曹氏政权的司马昭及其党羽,结果遭诬被处死。在他临刑的时候,有三千名太学生请求以他为师,可见他在当时社会上的声望。有《嵇康集》。

【原文】

康白:足下昔称吾于颍川①,吾常谓之知言。然经怪此,意尚未熟悉于足下,何从便得之也？前年从河东②还,显宗、阿都③说足下议以吾自代,事虽不行,知足下故不知之。足下傍通,多可而少怪④；吾直性狭中⑤,多所不堪,偶与足下相知耳。间⑥闻足下迁,惕然不喜,恐足下羞庖人之独割,引尸祝以自助⑦,手荐鸾刀⑧,漫⑨之膻腥,故具为足下陈其可否。

吾昔读书,得并介之人⑩,或谓无之,今乃信其真有耳。性有所不堪,真不可强。今空语同知有达人无所不堪,外不殊俗,而内不失正,与一世同其波流,而悔吝不生耳。老子、庄周,吾之师也,亲居贱职；柳下惠、东方朔⑪,达人也,安乎卑位,吾岂敢短⑫之哉！又仲尼兼爱,不羞执鞭；子文无欲卿相,而三登令尹⑬,是乃君子思济物⑭之意也。所谓达则兼善而不渝,穷则自得而无闷。以此观之,故尧、舜之君世⑮,许由⑯之岩栖,子房之佐汉,接舆⑰之行歌,其揆⑱一也。仰瞻数君,可谓能遂其志者也。故君子百行⑲,殊途而同致,循性而动,各附所安。故有处朝廷而不出,入山林而不返之论⑳。且延陵高子臧㉑之风,长卿慕相如㉒之节,志气所托,不可夺也。

吾每读尚子平、台孝威㉓传,慨然慕之,想其为人。加少孤露㉔,母兄见骄㉕,不涉经学。性复疏懒,筋驽肉缓,头面常一月十五日不洗,不大闷痒,不能沐㉖也。每常小便而忍不起,令胞㉗中略转乃起耳。又纵逸来久,情意傲散,简与礼相背,懒与慢相成,而为侪类㉘见宽,不攻其过。又读《庄》、《老》,重增其放,故使荣进之心日颓,任实㉙之情转笃。此犹禽鹿,少见驯育,则服从教制；长而见羁,则狂顾顿缨㉚,

076

赴蹈汤火；虽饰以金镳③，飨以嘉肴，愈思长林而志在丰草也。

阮嗣宗②口不论人过，吾每师之而未能及；至性过人，与物无伤，唯饮酒过差耳。至为礼法之士所绳，疾之如仇，幸赖大将军保持③之耳。吾不如嗣宗之贤，而有慢弛之阙；又不识人情，暗于机宜③；无万石⑤之慎，而有好尽之累。久与事接，疵衅日兴，虽欲无患，其可得乎？又人伦有礼，朝廷有法，自惟至熟，有必不堪者七，甚不可者二：卧喜晚起，而当关呼之不置，一不堪也。抱琴行吟，弋钓草野，而吏卒守之，不得妄动，二不堪也。危坐一时，痹不得摇，性复多虱，把搔无已，而当裹以章服③，揖拜上官，三不堪也。素不便书，又不喜作书，而人间多事，堆案盈机③，不相酬答，则犯教伤义，欲自勉强，则不能久，四不堪也。不喜吊丧，而人道以此为重，已为未见恕者所怨，至欲见中伤者；虽瞿然③自责，然性不可化，欲降心顺俗，则诡故③不情，亦终不能获无咎无誉如此，五不堪也。不喜俗人，而当与之共事，或宾客盈坐，鸣声聒耳，嚣尘臭处，千变百伎，在人目前，六不堪也。心不耐烦，而官事鞅掌④，机务缠其心，世故烦其虑，七不堪也。又每非汤④、武而薄周、孔，在人间不止，此事会显④，世教所不容，此甚不可一也。刚肠疾恶，轻肆直言，遇事便发，此甚不可二也。以促中小心④之性，统此九患，不有外难，当有内病，宁可久处人间邪？

又闻道士遗言，饵④术黄精，令人久寿，意甚信之；游山泽，观鱼鸟，心甚乐之；一行作吏，此事便废，安能舍其所乐，而从其所惧哉！

夫人之相知，贵识其天性，因而济之。禹不逼伯成子高，全其节也；仲尼不假盖于子夏⑤，护其短也；近诸葛孔明不逼元直⑥以入蜀，华子鱼不强幼安⑥以卿相，此可谓能相终始，真相知者也。足下见直木不可以为轮，曲木不可以为桷⑧，盖不欲枉其天才，令得其所也。故四民⑨有业，各以得志为乐，唯达者为能通之，此足下度内⑩耳。不可自见好章甫⑪，强越人以文冕也；已嗜臭腐，养鸳雏⑫以死鼠也。吾顷学养生之术，方外⑬荣华，去滋味，游心于寂寞，以无为为贵。纵无九患，尚不顾足下所好者。又有心闷疾，顷转增笃，私意自试，不能堪其所不乐。自卜已审，若道尽途穷则已耳。足下无事冤之，令转于沟壑⑭也。

吾新失母兄之欢，意常凄切。女年十三，男年八岁，未及成人，况复多病。顾此恨恨⑮，如何可言！今但愿守陋巷，教养子孙，时与亲旧叙离阔，陈说平生，浊酒一杯，弹琴一曲，志愿毕矣。足下若嬲⑯之不置，不过欲为官得人，以益时用耳。足下旧知吾潦倒粗疏，不切事情，自惟亦皆不如今日之贤能也。若以俗人皆喜荣华，独能离之，以此为快；此最近之，可得言耳。然使长才广度，无所不淹⑰，而能不营，乃可贵耳。若吾多病困，欲离事自全，以保余年，此真所乏耳，岂可见黄门⑱而称贞哉！若趣⑲欲共登王途，期于相致，时为欢益，一旦迫之，必发狂疾。自非重怨，不至于此

也。

野人⑩有快炙背而美芹子者,欲献之至尊㉖,虽有区区㉒之意,亦已疏矣。愿足下勿似之。其意如此,既以解足下,并以为别㉓。嵇康白。

【注释】

①颍川:指山嵚。是山涛的叔父,曾经做过颍川太守,故以代称。古代往往以所任的官职或地名等作为对人的代称。

②河东:地名。在今山西省夏县西北。

③显宗:公孙崇,字显宗,谯国人,曾为尚书郎。阿都:吕安,字仲悌,小名阿都,东平人,嵇康好友。

④多可而少怪:多有许可而少有责怪。

⑤狭中:心地狭窄。

⑥间:近来。

⑦"恐足下"二句:语本《庄子·逍遥游》:"庖人虽不治庖,尸祝不越樽俎而代之。"意思是说即使厨师不做菜,祭师也不应该越职代替他。这里引用这个典故,说明山涛独自做官感到不好意思,所以要荐引嵇康出仕。

⑧鸾刀:刀柄缀有鸾铃的屠刀。

⑨漫:沾污。

⑩并介之人:兼济天下而又耿介孤直的人。山涛为"竹林七贤"之一,曾标榜清高,后又出仕,这里是讥讽他的圆滑处世。

⑪柳下惠:即展禽。名获,字季,春秋时鲁国人。东方朔:字曼卿,汉武帝时人,常为侍郎。二人职位都很低下,所以说"安乎卑位"。

⑫短:轻视。

⑬令尹:楚国官名。

⑭济物:救世济人。

⑮君世:为君于世。"君"用作动词。

⑯许由:尧时隐士。尧想把天下让给他,他不肯接受,到箕山隐居。

⑰接舆:春秋时楚国隐士。

⑱揆(kuí 奎):原则,道理。

⑲百行:各种不同的行为。

⑳"故有"二句:语出《韩诗外传》卷五:"朝廷之人为禄,故入而不出;山林之士为名,故往而不返。"

㉑延陵:名季札,春秋时吴国公子。居于延陵,人称延陵季子。子臧:一名欣时,曹国公子。曹宣公死后,曹人要立子臧为君,子臧拒不接受,离国而去。季札的父兄要立季札为嗣君,季札引子臧不为曹国君为例,拒不接受。

㉒长卿:汉司马相如的字。相如:指战国时赵国人蔺相如。《史记·司马相如传》载:"(司马)相如既学,慕蔺相如之为人,更名相如。"

㉓尚子平:东汉时人。他在儿女婚嫁后,即不再过问家事,恣意游五岳名山,不知所终。台孝威:名佟,东汉时人。隐居武安山,以采药为业。

㉔露:羸弱。

㉕兄:指嵇喜。见骄:指受到母兄的骄纵。

㉖不能(nài耐):不愿。能,通"耐"。沐:洗头。

㉗胞:原指胎衣,这里指膀胱。

㉘侪(chái柴)类:指同辈朋友。

㉙任实:指放任本性。

㉚狂顾:疯狂地四面张望。顿缨:挣脱羁索。

㉛金镳(biǎo标):金属制作的马笼头,这里指鹿笼头。

㉜阮嗣宗:阮籍,字嗣宗,与嵇康等同为"竹林七贤"。

㉝大将军:指司马昭。保持:保护。

㉞暗于机宜:不懂得随机应变。

㉟万石:汉朝的石奋。他和四个儿子都做到领二千石俸禄的官,共一万石,所以汉景帝称他为"万石君"。一生以谨慎著称。

㊱章服:冠服。指官服。

㊲机:同"几",小桌子。

㊳瞿然:惊惧的样子。

㊴诡故:违背自己本性。

㊵鞅(yāng央)掌:职事忙碌。

㊶非:非难。汤:成汤。

㊷此事:指非难汤武鄙薄周孔的事。会显:会当显著,为众人所知。

㊸促中小心:指心胸狭隘。

㊹饵(ěr耳):服食。

㊺子夏:孔子弟子卜商的字。

㊻元直:徐庶的字。

㊼华子鱼:三国时华歆的字。幼安:管宁的字。两人为同学好友,魏文帝时,华

歆为太尉,想推举管宁接任自己的职务,管宁便举家渡海而归,华歆也不加强迫。

㊽桷(jué 决):屋上承瓦的橡子。

㊾四民:指士、农、工、商。

㊿度内:意料之中。

㈤章甫:古代一种须绾在发髻上的帽子。

㈥鸳雏(chú 除):传说中象凤凰一类的鸟。

㈦外:疏远,排斥。

㈧转于沟壑:流转在山沟河谷之间。指流离而死。

㈨悢(liàng 亮)悢:悲恨。

㈩嬲(niǎo 鸟):纠缠。

㈦淹:贯通。

㈧黄门:宦官。

㈨趣(cù 促):急于。

㈩野人:居住在乡野的人。

㈥至尊:指君主。

㈦区区:形容感情恳切。

㈧别:告别。这里是绝交的委婉说法。

【译文】

嵇康谨启:过去您曾在山嵚面前称说我不愿出仕的意志,我常说这是知己的话。但我感到奇怪的是您对我还不是非常熟悉,不知是从哪里得知我的志趣的?前年我从河东回来,显宗和阿都对我说,您曾经打算要我来接替您的职务,这件事情虽然没有实现,但由此知道您以往并不了解我。您遇事善于应变,对人称赞多而批评少;我性格直爽,心胸狭窄,对很多事情不能忍受,只是偶然跟您交上朋友罢了。近来听说您升官了,我感到十分忧虑,恐怕您不好意思独自做官,要拉我充当助手,正象厨师羞于亲自割肉,要拉祭师来帮忙一样,这等于使我手执屠刀,也沾上一身腥臊气味,所以向您陈说一下可否这样做的道理。

我过去读书,看到有一种所谓既能兼济天下而且又是耿介孤直的人,有的人曾说不可能有这样的人,现在才相信这样的人真是会有的。一个人性格上所不能容忍的事情,真不能勉强他去接受。现在大家都说有一种于世无所不堪的通达的人,表面上跟一般的俗人没有两样,而内心却能保持自己的正确主张,能够随波逐流而又一生没有遗憾,但这只是一种空话而已。老子,庄周,是我的老师,而他们本身却

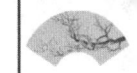

都居于低贱的官职,柳下惠和东方朔都是通达的人,他们都能安于自己卑微的职位,我怎么能因为他们未做大官而轻视他们呢? 还有孔子因为博爱无私,因而不以担任执鞭的贱职为羞,楚国的子文本来不想做卿相,却做上了三次令尹的大官,这是因为君子有着济世的意向啊。这就是我们所说的:当自己显达了的时候就能兼济万物而并不因为显达就改变自己原来的志向,自己遭到困厄的时候也能怡然自得而心里没有什么苦闷。从这种观点看来,尧、舜的为君于世,许由的隐居山林,张良的辅佐刘邦,接舆的边走边歌,行迹虽有不同,而道理全是一样的,都是顺乎本性之所至的。仰头瞻望一下这几位可尊敬的人,他们可以说是能实现自己志愿的人了。所以君子的各种行为,走的道路虽然不同但所得到的结果是一样的,随着自己的本性行动,各都傍依于自得的事物安居无闷,因而有了"有的人为了做官入了朝廷就再也不想出来,有的人为了求名走向山林再也不想回来"的论调。而且像公子季札以子藏的作风为高,司马相如仰慕蔺相如的气节,这是说一个人的志向所寄托的趋向,是无法强迫他改变的。

  每次我阅读尚子平、台孝威的传记,都会感慨地对他们产生仰慕之情,怀念他们的为人。加以少年就失却严父,孤苦无依,因而受到同母兄的娇纵,没有涉猎五经之书,自己的性格又散漫懒惰,弄得筋肉钝驰,头和脸常常一月半月地不洗一次,不到太闷痒的程度,就不肯洗发。每次小便,常常忍着不愿起来,一直憋得使膀胱都颤动起来,才起来方便。又放纵已久,情意高傲散漫,行为简略失礼,懈怠和散漫互为作用,却为朋辈所宽容,不指责自己的过错。又因为读了老、庄之书,就更增加我的放荡,所以使得自己追求荣华进取的心意日益衰退,放任本性的念头转而日益深厚。这就像捉到的一匹小鹿,假如在幼小的时候使它受到驯服养育,它就会服从人们的教导管制,假如不是从小,而是等到大了才看见马络头,它就要急遽地转头张望,毁坏了所拴的缰绳,不顾一切地狂奔起来,那时虽然用黄金的马衔来打扮它,用精美的饭菜来喂养它,它还是越发想念森林草原,全部的心都在丰美的牧草上。

  阮嗣宗口里从来不议论别人的过失,我常常效法他,但未能赶得上,他纯真的天性超过一般人,与外物互不伤害,只是喝酒有些过量罢了。但即使这样,也还受到礼教之士的纠弹,恨他像仇人似的,幸而赖有司马昭把他保护下来罢了。我赶不上阮籍那样的贤德,却有着怠慢松懒的缺点,又不通人情,不懂得随机应变,见风使舵,不会像石奋那样谨慎而有说话不留余地的毛病。这样日久天长地与外事接触,就会同外人日益不合,虽然想不遭灾祸,又哪能办得到呢? 又在人与人的关系上有规定的一定的礼节,在朝廷上有规定的一定法度,自己极为仔细地考虑过后,感到有一定忍受不了的事有七件,会招致很大坏处的事有两种。倒下身来就喜欢晚起,

但守门的人又招呼不止,这是第一件忍受不了的事。抱着琴边走边唱,在草野间或猎鸟或钓鱼,但一做了官吏就守着自己的岗位,使自己不得随便行动,这是第二件忍受不了的事。做了官端正地跪坐多时,即使腿脚麻痹了也不许动一动。但是我生来又好生虱子,爬搔起来就没个完,做了官就得裹上官服,向上官作揖跪拜,这是第三件忍受不了的事。平时不练习写信,又不喜欢写信,而人与人之间的事情很多,不写信应酬吧,就犯了教伤了义,想自己勉强一下自己吧,还不能持久下去,这是第四件忍受不了的事。不喜欢吊丧之类的事,而人事却以此为重,因而已经被不原谅我的人所怨恨,以至有想对我加以陷害的人,我虽然因此惊恐地受到了指责,但本性难移,想压抑自己的情意顺从世俗,那就违背本性不合实情,归根到底也不能不受到谴责。这样,就成了第五件忍受不了的事。本不喜欢俗人,但还得同他们共事,弄得有时客人满座,呼叫的声音都要把耳朵吵聋,器声和尘土把这个地方弄得非常污浊,这些俗人为了应酬使用出一切伎俩,在人眼前表现出一切令人作呕的丑态,这是第六件忍受不了的事情。心本不耐烦,官事却很烦乱,官府事务纠缠着自己的心胸,世故人情扰乱着自己的思想,这是第七件忍受不了的事。又常常非难商汤、周武王和轻视周公和孔子,在人面前不住嘴,这件事定会暴露出来为众人所知,为礼教所不容,这是最大的坏处之一。有着一付直肠最痛恨坏人坏事,不在意而放肆地就径直地说出口来,一遇事就发作。这是最大的坏处之二。以我这种心胸狭窄的性格,处理这九患,即使没有发生外面来的灾难,也一定要有身内的疾病,哪里还能久在人世呢?

同时我还听到道士说的一种遗言,说服用白术和黄精就能使人长寿,我心里很相信实有其事。游玩山川,观赏鱼鸟,我特别喜欢过这样的生活。可是一旦做上了官吏,上述的这几件事便须废止,我又怎能抛弃自己之所乐而从事于自己之所惧的事呢?

人与人之间的相互了解,重要的是了解彼此的天性,从而成全彼此的天性。夏禹不逼迫伯成子高一定要做诸侯,是因为要成全伯成子高的气节,孔子不向子夏借雨伞,是为了不暴露子夏的短处。近来诸葛亮不强迫徐庶非到蜀国不可,华子鱼不勉强管宁出来做大官,这些人可以说对朋友的了解和爱护能始终如一,真是互为知己了。您要见到一块挺直的木头一定不用它做车轮,见到一块弯曲的木头一定不用它做屋椽,这是因为不想改变它的本性,想使他们各得其所的缘故吧。以此类推,士农工商各有其业,都是以能达到自己的志向为快乐,这种心理只有通达事理的人才能了解,而您是一定能想得到的。不能自己见到一顶好帽子,就一定要强迫他人也要戴这有文采的冠冕,自己喜欢吃烂肉,就用死老鼠来喂养鸳雏吧!我刚在

学习养生之术,正在屏除荣华富贵,不饮酒食肉,要心里清净淡泊,贵于寂寞无为。即使没有上述的"九患",也不会理睬您所喜欢的东西。何况我还有心闷病,刚转加重,私下扪心自问,委实忍受不了自己所不乐于从事的事,自己盘算得已经十分明确了,假如真的被逼得走投无路,也就只得拼却一切了,因而希望您不要委屈我,使我入于死地吧。

我的同胞兄新近逝世,心情常常感到凄痛,姑娘年龄刚刚十三,男孩的年龄刚刚八岁,还都未达到成人的年龄,况且我还多病。想到这些悲恨的事情,怎能一言说尽!现在只能是守在自己的茅舍里,教养自己的子孙,经常同自己的亲属谈叙一下久别之情,叙说一下自己的生平过去,喝上浊酒一杯,弹上清琴一曲,我的志愿就满足了。您如果非要缠住我不放,也不过就是要替官家找到适当的人选,以补助时世的需要罢了。您早就知道我放任散漫,不懂世故,我自己想一切都赶不上今天的在朝做官的人。如果您因为一般人都喜欢荣华富贵,而独我能离开它,以远离荣华认为快乐,这样讲最接近我的真实情况,在我可以说的也就是这一点。但是假如真是才高虑远,无所不通,而又能不钻营仕进,那才是可贵的,如果像我这样是因为多病,想离开事务多活几天,以保全自己的余年,那么这种不求荣华的行动却只能说明我真是一个没有才能的人罢了。怎么可以见到宦官就称赞他有贞节呢?假如您一定强迫我同您一道登上仕途,希望一定把我弄进官场,那时您才能快心,一旦这样逼迫我,我就一定要发作疯病,如果不是对我有深仇,我想,您是不会把我逼到这种田地的。

山野里的人以太阳晒背为最愉快的事,以芹菜为最美的食物,因此想把它献给君主,虽然出于一片至诚,但却太不切合实际了。希望您不要象他们那样。我的意思就是上面所说的,写这封信既是为了向您把事情说清楚,并且也是向您告别。嵇康谨启。

陈寿 《三国志·蜀书·张飞传》

【作者介绍】

陈寿(公元233年—297年),字承祚,巴西安汉(今四川省南充市)人。他小时候好学,师事同郡学者谯周,在蜀汉时曾任卫将军主簿、东观秘书郎、观阁令史、散骑黄门侍郎等职。因不愿曲附权宦黄皓,所以屡遭谴黜。蜀汉亡后,晋司空张华十分赏识陈寿的才华,所以举其为孝廉,除佐著作郎,出补阳平令。在此期间,陈寿编

撰了《蜀相诸葛亮集》上奏朝廷，因此功而除著作郎，领本郡中正。公元280年，晋灭东吴，结束了分裂局面，陈寿当时四十八岁，开始致力于编写魏吴蜀的历史，遂成《三国志》，共六十五篇，在当时即为人称颂。

【原文】

张飞字翼德，涿郡人也，少与关羽俱事先主。羽年长数岁，飞兄事之。先主从曹公破吕布，随还许①，曹公拜飞为中郎将。先主背②曹公依袁绍、刘表。表卒，曹公入荆州，先主奔江南。曹公追之，一日一夜，及于当阳之长坂。先主闻曹公卒③至，弃妻子④走，使飞将⑤二十骑拒后。飞据水断桥，瞋目横矛曰："身是张翼德也，可来共决死！"敌皆无敢近者，故遂得免。先主既定江南，以飞为宜都⑥太守、征虏将军，封新亭侯，后转在南郡。先主入益州，还攻刘璋，飞与诸葛亮等溯流⑦而上，分定郡县。至江州⑧，破璋将巴郡⑨太守严颜，生获颜。飞喝颜曰："大军至，何以不降而敢拒战？"颜答曰："卿等无状⑩，侵夺我州，我州但有断头将军，无有降将军也。"飞怒，令左右牵去斫头，颜色不变，曰："斫头便斫头，何为怒耶！"飞壮而释之，引为宾客。飞所过战克，与先主会于成都。益州既平，赐诸葛亮、法正、飞及关羽金各五百斤，银千斤，钱五千万，锦千匹，其余颁赐各有差⑪，以飞领巴西⑫太守。

【注释】

①许：指许昌。

②背：背弃。

③卒(cù)：通"猝"，突然。

④妻子：老婆、孩子。

⑤将：率领。

⑥宜都：郡名，三国时刘备以临江郡改置，治所在今湖北省宜都县。

⑦溯流：逆流。

⑧江州：地名。在今四川省重庆市北嘉陵江北岸。

⑨巴郡：郡名，治所在江州。

⑩无状：无礼。

⑪差：差别，等级。

⑫巴西：郡名，治所在阆中（今四川省阆中县）。

【译文】

张飞，字翼德，是涿郡人，年轻时和关羽一起侍奉先主刘备。关羽年龄比张飞

大几岁,张飞像对待兄长那样对待他。先主跟随曹操击败了吕布,随同曹操回到许都,曹操任命张飞为中郎将。先主背离曹操去依附袁绍、刘表。刘表死后,曹操进入荆州,先主逃往江南。曹操追击他,一天一夜,在当阳县的长坂追上了。先主听说曹操突然赶到,就抛弃妻子儿女逃跑了,命令张飞率领二十名骑兵在后面抵抗。张飞占据河岸,拆毁桥梁,生气地睁大眼睛,把矛一举,说:"我是张翼德,你们可以过来和我决一死战!"敌人都不敢靠近,因此先主等人才幸免于难。先主刚刚平定了江南,就任命张飞为宜都太守、征虏将军,封新亭侯,后来调任到南郡。先主进入益州,回军攻打刘璋,张飞和诸葛亮等人都逆江而上,分别平定各个郡县。张飞到了江州,打败了刘璋的部将巴郡太守严颜,活捉了严颜。张飞呵斥严颜说:"我们大军到此,你为什么不投降,竟然还敢抵抗?"严颜回答说:"你们无礼,竟然侵夺我们益州,我们益州只有断头的将军,没有投降的将军。"张飞发怒了,命令身边的人把他带下去砍头,严颜面不改色,说道:"砍头就砍头,发什么火啊!"张飞佩服他的勇敢,就释放了他,并以宾客之礼对待他。张飞所过的地方都攻下来了,在成都与先主会师。平定益州后,先主赐给诸葛亮、法正、张飞和关羽黄金各五百斤,白银千斤,铜钱五千万,蜀锦千匹,其他的将士也颁发了各自不同数量的赏赐,并任命张飞兼任巴西太守。

范晔 《后汉书·班超传》

【作者介绍】

范晔(公元398年—445年),字蔚宗,南朝刘宋顺阳(今河南南阳淅川县)人。先后出任吏部尚书,镇军长史,左卫将军,太子詹事等。宋文帝元嘉九年(432年),范晔因为"左迁宣城太守,不得志,乃删众家《后汉书》,为一家之作",开始撰写《后汉书》,至元嘉二十二年(445年)以谋反罪被杀止,写成了十纪,八十列传。原计划作的十志,未及完成。今本《后汉书》中的八志三十卷,是南朝萧梁刘昭从司马彪的《续汉书》中抽出来补进去的。《后汉书》被列为"四史"之一,其价值是多方面的,举世公认。

【原文】

班超字仲升,扶风平陵人①,徐令彪之少子也。为人有大志,不修细节。然内孝谨,居家常执勤苦,不耻劳辱。有口辩,而涉猎书传。永平五年,兄固被召诣校书

郎②，超与母随至洛阳。家贫，常为官佣书以供养。久劳苦，尝辍业投笔叹曰："大丈夫无它志略，犹当效傅介子、张骞③立功异域，以取封侯，安能久事笔研④间乎？"左右皆笑之。超曰："小子安知壮士志哉！"其后行诣相者，曰："祭酒⑤，布衣诸生耳，而当封侯万里之外。"超问其状。相者指曰："生燕颔虎颈，飞而食肉，此万里侯相也。"久之，显宗问固："卿弟安在？"固对："为官写书，受直以养老母。"帝乃除超为兰台令史⑥。后坐事免官。

十六年，奉车都尉窦固出击匈奴，以超为假⑦司马，将兵别击伊吾⑧，战于蒲类海⑨，多斩首虏而还。固以为能，遣与从事郭恂俱使西域。

超到鄯善⑩，鄯善王广奉超礼敬甚备，后忽更疏懈。超谓其官属曰："宁觉广礼意薄乎？此必有北虏使来，狐疑未知所从故也。明者睹未萌，况已著邪。"乃召待胡诈之曰："匈奴使来数日，今安在乎？"侍胡惶恐，具服其状。超乃闭侍胡，悉会其吏士三十六人，与共饮，酒酣，因激怒之曰："卿曹与我俱在绝域，欲立大功，以求富贵。今虏使到裁⑪数日，而王广礼敬即废；如令鄯善收吾属送匈奴，骸骨长为豺狼食矣。为之奈何？"官属皆曰："今在危亡之地，死生从司马。"超曰："不入虎穴，不得虎子。当今之计，独有因夜以火攻虏，使彼不知我多少，必大震怖，可殄尽也。灭此虏，则鄯善破胆，功成事立矣。"众曰："当与从事议之。"超怒曰："吉凶决于今日。从事文俗吏，闻此必恐而谋泄，死无所名，非壮士也！"众曰："善。"初夜，遂将吏士往奔虏营。会天大风，超令十人持鼓藏虏舍后，约曰："见火然⑫，皆当鸣鼓大呼。"余人悉持兵弩夹门而伏。超乃顺风纵火，前后鼓噪。虏众惊乱，超手格杀三人，吏兵斩其使及从士三十余级，余众百许人悉烧死。明日乃还告郭恂，恂大惊，既而色动。超知其意，举手曰："掾虽不行，班超何心独擅之乎？"恂乃悦。超于是召鄯善王广，以虏使首示之，一国震怖。超晓告抚慰，遂纳子为质。还奏于窦固，固大喜，具上超功效，并求更选使使西域，帝壮超节，诏固曰："吏如班超，何故不遣而更选乎？今以超为军司马，令遂前功。"超复受使，固欲益其兵，超曰："愿将本所从三十余人足矣。如有不虞，多益为累。"

是时，于阗⑬王广德新攻破莎车⑭，遂雄张南道⑮，而匈奴遣使监护其国，超既西，先至阗。广德礼意甚疏。且其俗信巫。巫言："神怒何故欲向汉？汉使有騧马⑯，急求取以祠我。"广德乃遣使就超请马。超密知其状，报许之，而令巫自来取马。有顷，巫至，超即斩其首以送广德，因辞让⑰之。广德素闻超在鄯善诛灭虏使，大惶恐，即攻杀匈奴使者而降超。超重赐其王以下，因镇抚焉。

【注释】

①扶风平陵：扶风，在今陕西西安市。平陵，在今陕西咸阳市。

②校书郎：主管校勘典籍，订正讹误的官吏。

③傅介子、张骞：傅介子，西汉北地（今甘肃庆阳西北）人，昭帝时，奉命出使楼兰，在宴席上刺杀与汉为敌的楼兰王，后封义阳侯。张骞，西汉汉中成固（今陕西成固）人，曾两次出使西域，联合中亚各国共同对付匈奴，发展了汉朝与中亚各国的友好关系，促进了经济文化的交流与发展。

④笔研：即笔砚。

⑤祭酒：古代飨宴时醉酒祭神的长者。此处是对班超的尊称。

⑥兰台令史：官名。兰台是汉代宫廷的藏书处，设御史中丞掌管。兰台令史则负责朝廷奏疏及印工文书之事。

⑦假：代理。

⑧伊吾：在今新疆哈密一带。

⑨蒲类海：即今新疆东北部的巴里坤湖。

⑩鄯(shàn善)善：西域国名，即楼兰国。汉昭帝时改为鄯善。都扜泥城，即今新疆若羌县汾卡克里克。

⑪裁：同"才"。

⑫然：同"燃"。

⑬于阗：古代西域王国，中国唐代安西四镇之一。地处塔里木盆地南沿，东通且末、鄯善，西通莎车、疏勒，盛时领地包括今和田、皮山、墨玉、洛浦、策勒、于田、民丰等县市，都西城（今和田约特干遗址）。

⑭莎车：西域国名，在今新疆莎车县一带。

⑮雄张南道：雄张，炽盛、称雄。南道，自玉门关、阳关出西域有两条道路，从鄯善傍南山北波河西行，至莎车，为南道。

⑯騧(guā 瓜)马：古代指黑嘴黄马。

⑰让：责备。

【译文】

班超字仲升，扶风郡平陵人，是徐县县令班彪的小儿子。他为人素有大志，不拘小节；但是对父母孝顺，为人恭谨，在家中长久操持辛勤劳苦，一点不感到劳苦羞辱。班超能言善辩，读书多而不专精。汉明帝永平五年，班超的哥哥班固被招聘赴任校书郎，班超和母亲跟随哥哥来到洛阳。家中贫寒，常作为受官府雇用的抄书人来谋生，长期劳苦，他曾经停止做事并扔下笔说："大丈夫没有别的志向谋略，总应该效法傅介子、张骞立功在异域，以取得封侯，怎么能长久地与笔墨纸砚打交道

呢?"周围的同事们听了这话都笑他。班超说:"凡夫俗子怎能理解志士仁人的襟怀呢?"此后到相术师那里去,相师说:"先生,其他诸位都是普通百姓罢了,可您日后一定会封侯于万里之外。"班超问为什么? 相术师指着他说:"你生了一个燕子一样的下巴,老虎一样的脖子;像燕子则要远飞,像虎则能食肉、享受富贵,这是个万里之外封侯的命相。"过了好久,汉明帝问班固:"你弟弟现在在哪里?"班固回答说:"在为官府抄书,获得工钱得来供养老母亲。"汉明帝于是任命班超为兰台令史;后来因犯错误而被免了官。

永平十六年,奉车都尉窦固带兵出击匈奴,任命班超为代理司马,让他率领一支军队另外攻打伊吾。双方交战于蒲类海,斩得很多匈妈头领的首级回来。窦固认为他很有才干,派遣他与从事郭恂一起出使西域。

班超到了鄯善国,鄯善国王广接待他们的礼节非常完备,而后忽然变得疏远懈怠。班超对他的随从人员说:"大家可曾感觉到到广的礼节变得淡漠了么? 这一定是有匈奴使者到来,使他犹豫不决,不知道该服从谁好的缘故。目光锐利的人能看到未曾萌生的苗头,何况已经很明显了呢?"于是唤来一个服侍汉使的鄯善人,套他的话说:"我知道匈奴的使者来好些天了,他们现在住在哪里?"这个侍者慌张害怕起来,完全承认了班超所揭示的情况。班超于是关押了这个侍从,召会与他一起出使的全部三十六个人,与大家一同喝酒。等喝到非常痛快的时候,顺势用话煽动他们说:"你们诸位与我都身处极边远的地方,大家想通过立大功求得富贵荣华。现在匈奴的使者来了才几天,而鄯善国王广对我们的礼待就没有了;如果让鄯善王把我们缚送到匈奴去,我们的尸骨将成为豺狼口中的食物了。面对这情况怎么办呢?"随从都说:"我们现在身处危亡境地,生死听从司马决定!"班超说:"不入虎穴,不得虎子。现在的办法,只有乘夜晚用火进攻匈奴使者。他们不知我们有多少人,必定大感震惊恐怖,可以消灭他们! 只要消灭这些人,鄯善王广就会吓破胆,我们大功就告成了。"众人提议道:"应当和郭从事商量一下。"班超发怒地说:"吉凶决定于今日一举;郭从事是个平庸的文官,听到这事必定会因为害怕而使计划暴露,我们死了却成就不了声名,就不是壮士了。"大家说:"好。"天一黑,班超就带领兵士奔袭匈奴使者营地。正好当天刮大风,班超吩咐十个人拿了军鼓隐藏在匈奴使者屋后,约定说:"见到火焰燃烧,都应擂鼓大声呼喊。"其余人都带上刀剑弓弩,埋伏在门的两旁。班超于是顺风点火,前后擂鼓呼喊,匈奴人一片惊慌。班超亲手击杀三人,官兵斩杀匈奴使者及随从人员三十多颗人头,剩余一百多人都被烧死。次日,才回去告诉郭恂。郭恂大惊,一会儿又由于思路变换而脸色改变,班超看透他的心思,举手说:"你虽未一起行动,但我班超又怎么忍心独揽功劳呢?"郭恂于是

高兴起来。班超于是把鄯善王广请来,将匈奴使者的头给他看,鄯善举国震恐。班超明白地告诉他情况并安抚宽慰他,于是鄯善王交纳王子作为人质。众人回去向窦固汇报。窦固十分高兴,详细向朝廷报告班超的功劳,并请求另行选派使者出使西域。汉明帝赞许班超的节概,下达指令对窦固说:"像班超这样的使臣,为什么不派遣他,而要另选别人呢?现在任命班超作为军司马,让他完成类似先前的功劳。"班超再次接受使命,窦固想增加他的人马,班超说道:"希望给予原本跟从我的三十多个人就足够了。如果有预料不到的事变,人多反而成为累赘。"

这时,于阗国王广德刚刚攻破了莎车国,在西域南道称雄。而匈奴派了使者监护他们的国家。班超西行,首先到达于阗国,广德对他很冷淡,礼仪很不周到。而且这个国家的风俗很迷信巫术。巫师说:"天神发怒了,你们为什么想要亲向汉朝?汉使有一匹黑嘴黄的马,赶快牵来祭祀我!"广德于是派使者向班超要求那匹马。班超暗中知道这一阴谋,回报同意献出此马,但要巫师亲自来取马。一会儿,巫师来了,班超当即砍下他的头来送给广德,并用言辞责备他。广德早听说班超在鄯善国消灭匈奴使者的情况,非常害怕,便击杀匈奴使者向班超投降。班超重赏广德及其下属,就此把于阗震慑安抚下来。

江淹　别赋

【作者介绍】

江淹(公元444年—505年),字文通,济阳考城(今河南民权)人。南朝诗人和辞赋家。历仕宋、齐、梁三代。少年时以文章著名,江淹在被权贵贬黜到浦城当县令时,相传有一天他漫步浦城郊外,歇宿在一座小山上。睡梦中,有神人授他一支闪着五彩的神笔,自此文思如涌,成了一代文章魁首,当时人称为"梦笔生花",晚年才思减退,传为梦中还郭璞五色笔,尔后作诗,遂无美句,世称"江郎才尽"。赋作30余篇,尤以《别赋》、《恨赋》脍炙人口。有《江文通集》传世。

【原文】

黯然销魂①者,唯别而已矣。况秦吴兮绝国②,复燕宋兮千里。或春苔兮始生,乍秋风兮暂起。是以行子肠断,百感凄恻。风萧萧而异响,云漫漫而奇色。舟凝滞于水滨,车逶迟③于山侧,棹容与④而讵⑤前,马寒鸣而不息。掩金觞而谁御,横玉柱⑥而沾轼。居人愁卧,怳若有亡⑦。日下壁而沉彩⑧,月上轩而飞光。见红兰之受

露,望青楸之罹霜。巡层楹而空掩,抚锦幕而虚凉。知离梦之踯躅,意别魂之飞扬⑨。故别虽一绪,事乃万族。

至若龙马⑩银鞍,朱轩绣轴,帐饮东都⑪,送客金谷⑫。琴羽张兮⑬箫鼓陈,燕赵歌兮伤美人;珠与玉兮艳暮秋,罗与绮兮娇上春。惊驷马之仰秣⑭,耸⑮渊鱼之赤鳞。造分手而衔涕,感寂漠而伤神。

乃有剑客惭恩⑯,少年报士⑰,韩国赵厕⑱,吴宫燕市⑲,割慈忍爱,离邦去里,沥泣共诀⑳,抆血㉑相视。驱征马而不顾,见行尘之时起。方衔感㉒于一剑,非买价于泉里㉓。金石震而色变㉔,骨肉悲而心死㉕。

或乃边郡未和,负羽㉖从军。辽水无极,雁山参云。闺中风暖,陌上草薰。日出天而耀景㉗,露下地而腾文㉘,镜朱尘之照烂㉙,袭青气之烟煴㉚。攀桃李兮不忍别,送爱子兮沾罗裙。

至如一赴绝国,讵相见期。视乔木兮故里,决北梁㉛兮永辞。左右兮魄动,亲宾兮泪滋。可班荆兮赠恨㉜,惟尊酒兮叙悲。值秋雁兮飞日,当白露兮下时。怨复怨兮远山曲,去复去兮长河湄㉝。

又若君居淄㉞左,妾家河阳㉟。同琼佩之晨照,共金炉之夕香㊱,君结绶㊲兮千里,惜瑶草㊳之徒芳。惭幽闺之琴瑟,晦高台之流黄㊴。春宫闷㊵此青苔色,秋帐含兹明月光,夏簟㊶清兮昼不暮,冬釭凝㊷兮夜何长!织锦曲兮泣已尽,迴文诗兮影独伤㊸。

傥有华阴上士㊹,服食㊺还山。术既妙而犹学,道已寂㊻而未传。守丹灶而不顾㊼,炼金鼎而方坚㊽,驾鹤上汉㊾,骖㊿鸾腾天。暂游万里,少别千年。惟世间兮重别,谢主人兮依然㊿。

下有芍药之诗㊿,佳人之歌。桑中卫女㊿,上宫陈娥㊿。春草碧色,春水绿波,送君南浦,伤如之何!至乃秋露如珠,秋月如珪㊿,明月白露,光阴往来,与子之别,思心徘徊。

是以别方不定,别理千名,有别必怨,有怨必盈,使人意夺神骇,心折骨惊。虽渊、云㊿之墨妙,严、乐㊿之笔精,金闺㊿之诸彦,兰台㊿之群英,赋有凌云之称㊿,辩有雕龙之声㊿,谁能摹暂离之状,写永诀之情者乎!

【注释】

①黯然销魂:形容别恨之深。黯然,心神沮丧的样子。销魂,失魂落魄。

②绝国:隔离绝远之域。

③逶迟:行进缓慢的样子。

④容与:迟疑不前的样子。
⑤讵(jù据):岂,表示反问。
⑥玉柱:用玉做的琴瑟一类的弦柱。
⑦亡,失。
⑧沉彩:失掉落日的余辉。
⑨飞扬:形容心神不安。
⑩龙马:古代称八尺以上的马为龙马。
⑪帐饮东都:西汉疏广、疏受告老回乡,公卿大夫故旧数百人为其饯行于长安东都门外。帐饮,于郊野张帷设酒食饯行。
⑫金谷:西晋豪门贵族石崇在金谷修建别馆,极其奢华,世称"金谷园"。金谷在洛阳西北。
⑬琴羽张兮:琴中发出羽声。羽声比较慷慨。羽,古代五音之一。
⑭仰秣(mò默):本来正在进食的马,因听到美妙的音乐声而仰起头来。秣,喂马。
⑮耸:惊动。
⑯惭恩:意谓受人之恩,愧而未报。
⑰报士:报恩之士。
⑱韩国赵厕:指战国时韩国的聂政刺侠累和赵国的豫让刺赵襄子两件事。韩大夫严仲子与韩相侠累有仇,以百金结交刺客聂政,请求帮助报仇。聂政感其知遇之恩,至韩国刺杀了侠累。赵国的豫让为了替智伯报仇,藏在厕所里,欲刺杀赵襄子。
⑲吴宫燕市:指春秋时专诸替吴公子光刺杀王僚和荆轲替燕太子丹谋刺秦王两件事。
⑳沥泣共诀:挥泪诀别。沥泣,流泪。诀,别。
㉑抆(wěn稳)血:拭血。抆,擦拭。
㉒衔感:衔恩感遇。
㉓泉里:黄泉之下。
㉔金石震而色变:这里指荆轲与秦武阳见秦王时,秦王使卫士持戟夹陛而立。既而钟鼓并发,武阳大恐,面如死灰色。金石,指钟、磬一类的乐器。
㉕骨肉悲而心死:指聂政既刺杀侠累,即自破面决眼剖腹出肠而死。韩取尸暴于市,下令能识其人者与千金。久之,莫能识。其姐悲弟身死而名不扬,即于尸旁宣布聂政姓名,随即自杀。骨肉,指聂政的姐姐。

㉖羽：箭尾上的羽毛，这里代指箭。

㉗耀景：发光。

㉘腾文：闪着华丽的光彩。

㉙照烂：明亮灿烂的样子。

㉚烟熅（yūn 晕）：通"氤氲"，云气笼罩的样子。

㉛北梁：北边的桥。

㉜可班荆兮赠恨：可以席地而坐以诉离别之苦。班荆，折荆铺地而坐。赠恨，向对方倾诉离别之苦。

㉝湄：水边。

㉞淄：淄水，在今山东境内。

㉟河阳：黄河北边。

㊱夕香：晚上烧的香。

㊲结绶：指做官。绶，系官印的带子。

㊳瑶草：香草。妇人用以自喻。

㊴流黄：一种精细的丝织品。

㊵閟（bì 毕）：关闭。

㊶簟（diàn 店）：竹席。

㊷釭（gāng 钢）凝：灯光凝聚。釭，油灯。凝，光聚集不动的样子。

㊸织锦曲兮泣已尽，回文诗兮影独伤：为织锦中的曲流尽了眼泪，持回文诗独自顾影悲伤。织锦、回文，据《晋书·列女传》载，苻秦时秦州刺史窦韬被徙沙漠，与妻苏蕙别。苏氏思之，织锦为回文诗以寄赠。织锦曲，即回文诗。回文诗是古代的一种文体，其文从正反两方读之意义皆通。苏蕙的回文诗则正反、横直、旁斜皆可诵读。

㊹傥有华阴上士：或有华阴山下石室中的求仙之士。傥，通"倘"。华阴，即华山，在今陕西境内。《列仙传》载，魏人修芊于华阴山下石室中食黄精，后不知所往。上士，指求仙之士。

㊺服食：服食丹药。

㊻道已寂：这里是说道法已达到了非常高超的境界。道，道法。寂，安静。

㊼守丹灶而不顾：一心守着炼丹灶而不问世事。丹灶，炼丹的灶。不顾，不管世事。

㊽炼金鼎而方坚：炼丹于金鼎内而意志坚定。金鼎，炼丹的鼎。

㊾汉：天汉，即银河。

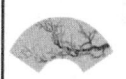

(50)骖(cān 参):乘。

(51)依然:依依不舍。

(52)芍药之诗:此指爱情之诗。《诗经·郑风·溱洧》有"维士与女,伊其相谑,赠之以芍药"的句子。

(53)桑中卫女:《诗经·鄘风·桑中》:"期我乎桑中,要我乎上宫,送我乎淇之上矣。"淇为卫地,故称诗中的女子为卫女。

(54)陈娥:实际上也是指卫女,取其不与上句的卫女重复而已。

(55)珪:上尖下方的玉。

(56)渊、云:即王褒、扬雄,褒,字子渊,雄,字子云。皆为西汉著名的辞赋家。

(57)严、乐:即严安、徐乐,皆西汉文人。

(58)金闺:指汉代的金马门,汉武帝使学士待诏金马门以备顾问。

(59)兰台:东汉中央藏书的地方。设兰台令史,掌典校图籍治理文书。

(60)凌云之称:指司马相如。《汉书·司马相如传》说,司马相如奏《大人赋》,武帝大悦,飘飘乎有凌云之气。

(61)雕龙之声:指驺奭。《史记·孟子荀卿列传》载,战国时齐人驺奭"采邹衍之术以纪文。"裴骃集解引刘向《别录》:"驺奭修衍之术文饰之,若雕镂龙文,故曰雕龙。"

【译文】

最能使人心神沮丧、失魂落魄的,大概没有超过别离的了吧。何况秦国吴国啊是相去极远的国家,更有燕国宋国啊相隔千里。有时春天的苔痕啊刚刚滋生,蓦然间秋风啊萧瑟初起。因此游子离肠寸断,各种感触凄凉悱恻。风萧萧发出与往常不同的声音,云漫漫而呈现出奇异的颜色。船在水边滞留着不动,车在山道旁徘徊而不前,船桨迟缓怎能向前划动,马儿凄凉地嘶鸣不息。盖住金杯吧谁有心思喝酒,搁置琴瑟啊泪水沾湿车前轼木。居留家中的人怀着愁思而卧,恍然若有所失。映在墙上的阳光渐渐地消失,月亮升起清辉洒满了长廊。看到红兰缀含着秋露,又见青楸蒙上了飞霜。巡行旧屋空掩起房门,抚弄锦帐枉生清冷悲凉。想必游子别离后梦中也徘徊不前,别家后的魂魄正飞荡飘扬。所以离别虽给人同一种意绪,但具体情况却有着千差万别的不同。

比如说,像高头骏马配着镶银的雕鞍,漆成朱红的车驾饰有采绘的轮轴,在东都门外搭起蓬帐饯行,送别故旧于金谷名园。琴弦发出羽声啊箫鼓杂陈,燕赵的悲歌啊令美人哀伤;明珠和美玉啊艳丽于晚秋,绫罗和纨绮啊娇媚于初春。歌声使驷

马惊呆地仰头咀嚼,深渊的鱼也跃出水面聆听。等到分手之时噙着泪水,深感孤单寂寞而黯然神伤。

还有那自惭未报答主人恩遇的剑客,和志在报恩的少年侠士,如聂政击杀韩相侠累、豫让欲刺赵襄子于宫厕,专诸杀吴王、荆轲行刺秦王,他们舍弃慈母娇妻的温情,离开自己的邦国乡里,哭泣流泪地与家人诀别,甚至擦拭泪血互相凝视。骑上征马就不再回头,只见路上的尘土不断扬起。这正是怀着感恩之情以一剑相报,并非为换取声价于黄泉地底。钟磬震响吓得儒夫脸色陡变,亲人悲恸得尽哀而死。

或者是边境发生了战争,挟带弓箭毅然去从军。辽河水一望无际,雁门山高耸入云。闺房里风晴日暖,野外道路上绿草芬芳。旭日升临天际灿烂光明,露珠在地上闪耀绚丽的色彩,照得红色的雾霭分外绚烂,映入春天草木的雾气烟霞弥漫。手攀着桃李枝条啊不忍诀别,为心爱的丈夫送行啊泪水沾湿了衣裙。

更有那一旦到达绝远的国度,哪里还有相见的日期。望着高大的树木啊记下这故乡旧里,在北面的桥梁上啊诀别告辞。送行的左右仆从啊魂魄牵动,亲戚宾客啊落泪伤心。可以铺设树枝而坐啊把怨情倾诉,只有凭借杯酒啊叙述心中的伤悲。正当秋天的大雁啊南飞之日,正是白色的霜露啊欲下之时,哀怨又惆怅啊在那远山的弯曲处,越走越远啊在那长长的河流边。

还比如郎君住在淄水西面,妾家住在黄河北岸。曾佩带琼玉一起浴沐着晨光,晚上一起坐在香烟袅袅的金炉旁。郎君结绶做官啊一去千里,可惜妾如仙山琼草徒然芬芳。惭对深闺中的琴瑟无心弹奏,重帷深掩遮暗了高阁上的流黄。春天楼宇外关闭了青翠的苔色,秋天帷帐里笼罩着洁白的月光;夏天的竹席清凉啊白日迟迟未暮,冬天的灯光昏暗啊黑夜那么漫长!为织锦中曲啊已流尽了泪水,组成迥文诗啊独自顾影悲伤。

抑或有华山石室中修行的道士,服用丹药以求成仙。道术已很高妙而仍在修炼,道已至"寂"但尚未得到真传。一心守炼丹灶不问世事,炼丹于金鼎而意志正坚。想骑着黄鹤直上霄汉,欲乘上鸾鸟飞升青天。一刹那可游行可万,天上小别人间已是千年。唯有世间啊看重别离,虽已成仙与世人告别啊仍依依不舍。

在下界有男女咏"芍药"情诗,唱"佳人"恋歌。卫国桑中多情的少女,陈国上宫美貌的春娥。春草染成青翠的颜色,春水泛起碧绿的微波,送郎君送到南浦,令人如此哀愁情多!至于深秋的霜露象珍珠,秋夜的明月似玉珪,皎洁的月光珍珠般的霜露,时光逝去又复来,与您分别,使我相思徘徊。

因此,尽管别离的双方并无一定,别离也有种种不同的原因,但有别离必有哀怨,有哀怨必然充塞于心,使人意志丧失神魂滞沮,心理、精神上受到巨大的创痛和震惊。虽有王褒、扬雄绝妙的辞赋,严安、徐乐精深的撰述,金马门前大批俊彦之士,兰台上许多文才杰出的人,辞赋有"凌云"的美称,"文章有"雕龙"的美誉,然而又有谁能描摹出分离时瞬间的千情万状,抒写出生离死别时那难舍难分的感情呢!

孔稚珪 北山移文

【作者介绍】

孔稚珪(公元447年—501年)南朝齐骈文家。一作孔珪,字德璋。会稽山阴(今浙江绍兴)人。刘宋时,曾任尚书殿中郎。齐武帝永明年间,任御史中丞。齐明帝建武初年,上书建议北征。东昏侯永元元年(499年),迁太子詹事。死后追赠金紫光禄大夫。孔稚珪文享盛名,曾和江淹同在幕中"对掌辞笔"。豫章王萧嶷死后,他的儿子请沈约和孔稚珪写作碑文,可见他在上层社会中的地位。史称他"不乐世务,居宅盛营山水","门庭之内,草莱不剪"。其代表作《北山移文》是一篇成熟的骈体文,四六句式已基本定型。文中假借北山神灵的口吻,用移檄的形式,深刻揭露了当时的名士周颙隐居时道貌岸然,应诏时志变神动,出仕后趋名嗜利的虚伪面貌,辛辣地嘲讽了当时那些表面上故作清高、实际上醉心利禄的假隐士。文章工丽诙奇,尖锐泼辣,具有强烈的讽刺性和现实性,历来为人传诵。

【原文】

钟山之英[1],草堂之灵,驰烟驿路,勒移[2]山庭。夫以耿介[3]拔俗之标,潇洒出尘之想,度白雪以方洁,干[4]青云而直上,吾方知之矣。若其亭亭物表,皎皎霞外[5],芥千金而不眄,屣万乘其如脱。闻凤吹於洛浦[6],值薪歌於延濑[7],固亦有焉。岂期终始参差,苍黄反复,泪翟子[8]之悲,恸朱公[9]之哭。乍回迹以心染。或先贞而后黩,何其谬哉。呜呼!尚生[10]不存,仲氏[11]既往,山阿寂寥,千载谁赏?

世有周子[12],雋俗之士;既文既博,亦玄亦史。然而学遁东鲁[13],习隐南郭;偶吹[14]草堂,滥巾[15]北岳[16]。诱我松桂,欺我云壑。虽假容於江皋[17],乃缨请[18]於好爵。其始至也,将欲排巢父,拉[19]许由,傲百氏,蔑王侯。风情张日,霜气横秋。或叹幽人[20]长往,或怨王孙[21]不游。谈空空[22]於释部,核玄玄於道流[23]。务光[24]何足比,涓子[25]不能俦。

及其鸣驺[26]入谷,鹤书[27]赴陇。形驰魄散,志变神动。尔乃眉轩席次,袂耸筵上,焚芰制[28]而裂荷衣,抗尘容而走俗状。风云凄其带愤,石泉咽而下怆。望林峦而

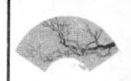

有失,顾草木而如丧。

至其纽金章[29],绾墨绶[30],跨属城之雄,冠百里之首,张英风於海甸,驰妙誉於浙右[31]。道帙[32]长殡,法筵[33]久埋。敲扑[34]喧嚣犯其虑,牒诉倥偬[35]装其怀。琴歌既断,酒赋无续。常绸缪[36]於结课,每纷纶於折狱。笼张赵[37]於往图[38],架卓鲁[39]於前录。希踪[40]三辅[41]豪,驰声九州牧。

使我高霞孤映,明月独举,青松落荫,白云谁侣。涧户摧绝[42]无与归,石径荒凉徒延伫[43]。至於还飚[44]入幕,写[45]雾出楹,蕙帐空兮夜鹄怨,山人去兮晓猿惊。昔闻投簪逸海岸,今见解兰缚尘缨。於是,南岳献嘲,北陇腾笑,列壑争讥,攒峰[46]竦[47]诮。慨游子之我欺,悲无人以赴吊。故其林惭无尽,涧愧不歇,秋桂遣[48]风,春萝罢月,骋西山之逸议,驰东皋之素谒。

今又促装下邑,浪拽上京。虽情投於魏阙[49],或假步於山扃[50]。岂可使芳杜厚颜,薜荔蒙耻,碧岭再辱,丹崖重滓[51],尘游躅[52]於蕙路,污渌池[53]以洗耳。宜扃岫幌[54],掩云关,敛轻雾,藏鸣湍,截来辕於谷口,杜妄辔[55]於郊端。於是丛条瞋胆,叠颖怒魄。或飞柯以折轮,乍低枝而扫迹[56]。请回俗士驾,为君[57]谢逋客[58]。

【注释】

①英:神灵。

②移:古代文体的一种。

③耿介:光明正直。

④干:犯,凌驾。

⑤霞外:天外。

⑥"闻凤吹"句:《列仙传》:"王子乔,周灵王太子晋,好吹笙作凤鸣,常游于伊、洛之间。"

⑦"值薪歌"句:《文选》吕向注:"苏门先生游于延濑,见一人采薪,谓之曰:'子以终此乎?'采薪人曰:'吾闻圣人无怀,以道德为心,何怪乎而为哀也。'遂为歌二章而去。"

⑧翟子:墨翟。他见练丝而泣,为其可以黄可以黑。

⑨朱公:杨朱。杨朱见歧路而哭,为其可以南可以北。

⑩尚生:尚子平,西汉末隐士,入山担薪,卖之以供食饮。

⑪仲氏:仲长统,东汉末年人,每州郡命召,辄称疾不就,尝叹曰:"若得背山临水,游览平原,此即足矣,何为区区乎帝王之门哉!"

⑫周子:周颙(yóng 喁)。

⑬东鲁:指颜阖(hé 合)。《庄子·让王》:"鲁君闻颜阖得道人也,使人以币先焉。颜阖守陋闾,使者至曰:'此颜阖之家与?'颜阖对曰:'此阖之家。'使者致币。颜阖对曰:'恐听者谬而遗使者罪,不若审之。'使者反审之,复来求之,则不得已。"

⑭偶吹:杂合众人吹奏乐器。

⑮巾:隐士所戴头巾。滥巾,即冒充隐士。

⑯北岳:北山。

⑰江皋:江岸。这里指隐士所居的长江之滨钟山。

⑱缨情:系情,忘不了。

⑲拉:折辱。

⑳幽人:隐逸之士。

㉑王孙:指隐士。《楚辞·招隐士》中有"王孙游兮不归,春草生兮萋萋。"的句子。

㉒空空:佛家义理。佛家认为世上一切皆空,以空明空,故曰"空空"。

㉓道流:道家之学。

㉔务光:《列仙传》:"务光者,夏时人也……殷汤伐桀,因光而谋,光曰:'非吾事也。'汤得天下,已而让光,光遂负石沉寥水而自匿。"

㉕涓子:《列仙传》:"涓子者,齐人也。好饵术,隐于宕山。"

㉖鸣驺(zōu 邹):指使者的车马。鸣,喝道;驺,随从骑士。

㉗鹤书:指征召的诏书。

㉘芰(jì 技)制:以荷叶做成的隐者衣服。《离骚》中有:"制芰荷以为衣兮,集芙蓉以为裳。"

㉙金章:铜印。

㉚墨绶:黑色的印带。

㉛浙右:今浙江绍兴一带。

㉜道帙(zhì 秩):道家的经典。

㉝法筵:讲佛法的几案。

㉞敲扑:鞭打。

㉟倥偬(kōng zǒng 空总):事务繁忙迫切的样子。

㊱绸缪(chóu móu 愁谋):纠缠。

㊲张赵:张敞、赵广汉。两人都做过京兆尹,是西汉的能吏。

㊳往图:过去的记载。

㊴卓鲁:卓茂、鲁恭。两人都是东汉的循吏。

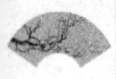

㊵希踪：追慕踪迹。

㊶三辅：汉代称京兆、左冯翊、右扶风为三辅。

㊷摧绝：崩落。

㊸延伫(zhù 助)：长久站立有所等待。

㊹还飙(biāo 标)：回风。

㊺写：同"泻"，吐。

㊻攒(cuán)峰：密聚在一起的山峰。

㊼竦：同"耸"，跳动。

㊽遣：一作"遗"，排除。

㊾魏阙：高大门楼。这里指朝廷。

㊿山扃(jiōng 坰)：山门。指北山。

(51)重滓(zǐ 子)：再次蒙受污辱。

(52)躅(zhú 烛)：足迹。

(53)渌池：清池。

(54)岫幌(xìu huǎng 袖谎)：犹言山穴的窗户。岫，山穴。幌，帷幕。

(55)妄辔：肆意乱闯的车马。

(56)扫迹：遮蔽路径。

(57)君：北山神灵。

(58)逋客：逃客。指周颙。

【译文】

钟山的英魂，草堂的神灵，如烟云似地奔驰于驿路上，把这篇移文镌刻在山崖。有些隐士，自以为有耿介超俗的标格，潇洒出尘的理想；品德纯洁，象白雪一样；人格高尚，与青云比并。我只是知道有这样的人。至于亭亭玉立超然物外，洁身自好志趣高洁，视千金如芥草，不屑一顾，视万乘如敝屣，挥手抛弃，在洛水之滨仙听人吹笙作凤鸣，在延濑遇到高人隐士采薪行歌，这种人固然也是有的。但怎么也想不到他们不能始终如一，就象青黄反覆，如墨翟之悲素丝，如杨朱之泣歧路。刚到山中来隐居，忽然又染上凡心，开始非常贞介，后来又变而为肮脏，多么荒谬啊！唉，尚子平、仲长统都已成为过去，高人隐居的山林显得非常寂寞，千秋万年，还有谁来欣赏！

现在有位周先生，是俗人中的俊杰。博学能文，通晓老庄之道，也了解历史源流。于是他学着颜阖遁世避俗，仿效南郭子綦那样坐以忘身，在草堂冒充隐士，滥

竽充数；在北山随便穿戴隐士的衣服头巾，诱惑我的松林桂树，欺骗我的彩云沟壑。他虽然装模作样，身在隐居，内心却向往高官厚禄。他刚到北山的时候，要胜过巢父、许由，傲视诸子百家，蔑视王侯将相。那风度情致，遮天蔽日；气度凛冽，像爽气充满了秋天。他有时感慨隐者长去不归，有时埋怨贵族公子贪恋富贵不来隐居。他大讲空空的佛教义理；钻研《老子》、《庄子》，寻究道家的微言大义。务光哪能和他相比，涓子更不能与他同列。

等到那皇帝的使者带着前呼后拥的随从进入山谷，皇帝征召的诏书送到山中，他便受宠若惊，神情恍惚。于是就在征召的筵席上，眉飞袖举。焚烧芰裳，撕裂荷衣，完全显露出尘世的仪容，表现出世俗的举止。北山的风云因此哀痛愤恨，石上的流泉也呜咽悲伤。只见那树林山岗，花草乔木都若有所失一样。

后来他佩着铜印墨绶，成了一郡之中各县令中的雄长，声势之大冠于各县令之首，威风遍及海滨，美名传到浙东。道家的书籍久已扔掉，讲佛法的坐席也早已抛弃。鞭打罪犯的喧嚣之声干扰了他的思虑，文书诉讼之类急迫的公务装满了胸怀。弹琴唱歌既已断绝，饮酒赋诗也无法继续，常常被综核赋税之类的事牵缠，每每为判断案件而繁忙，只想使官声政绩笼盖史书记载中的张敞和赵广汉，凌架于卓茂和鲁恭之上，希望能成为三辅令尹或九州刺史。

他使我们山中的朝霞孤零零地映照在天空，明月孤独地升起在山巅，青松落下绿荫，白云有谁和它作伴？磵户崩落，没有人归来，石径荒凉，白白地久立等待。以至于迥风吹入帷幕，云雾从屋柱之间泻出，蕙帐空虚，夜间的飞鹤感到怨恨，山人离去，清晨的山猿也感到吃惊。昔日曾听说有人脱去官服逃到海滨隐居，今天却见到有人解下了隐士的佩兰而为尘世的绳缨所束缚。于是南岳嘲讽，北陇耻笑，深谷争相讥讽，群峰讥笑，慨叹我们被那位游子所欺骗，伤心的是连慰问的人都没有。因此，我们的山林感到非常羞耻，山涧感到非常惭愧，秋桂不飘香风，春萝也不笼月色。西山传出隐逸者的清议，东皋传出有德者的议论。

听说此人目前正在山阴整理行装，乘着船往京城来，虽然他心中想的是朝廷，但或许会到山里来借住。如果是这样，岂可让我们山里的芳草蒙厚颜之名，薜荔遭受羞耻，碧岭再次受侮辱，丹崖重新蒙污浊，让他尘世间的游踪污浊山中的兰蕙之路，使那许由曾经洗耳的清池变为浑浊。应当锁上北山的窗户，掩上云门，收敛起轻雾，藏匿好泉流。到山口去拦截他的车，到郊外去堵住他乱闯的马。于是山中的树丛和重叠的草芒勃然大怒，或者用飞落的枝柯打折他的车轮，或者低垂枝叶以遮蔽他的路径。请你这位俗客回去吧，我们为山神谢绝你这位逃客的再次到来。

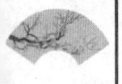

刘勰 《文心雕龙·原道》(节选)

【作者介绍】

刘勰(公元约465年—约539年),字彦和,南朝齐、梁时期文学理论批评家。祖籍东莞郡莒县(今属山东省日照市莒县)。永嘉之乱,其先人避难渡江,世居京口(今江苏镇江)。刘勰的家族并非高门。他的祖父无官,父亲刘尚曾任越骑校尉,去世较早。刘勰家境清贫,不婚娶。后入上定林寺居处十余年。这一时期,自幼"笃志好学"的刘勰在深研佛理的同时,又饱览经史之书和历代文学作品,"深得文理"。于齐和帝中兴元、二年(501年~502年)间,写成了《文心雕龙》。这部《文心雕龙》奠定了他在中国文学史上和文学批评史上不可或缺的地位。

【原文】

文①之为德也大矣,与天地并生者,何哉?夫玄黄②色杂③,方圆④体分,日月叠璧⑤,以垂丽天⑥之象;山川焕绮⑦,以铺理地之形:此盖道之文也。仰观吐曜⑧,俯察含章⑨,高卑定位,故两仪⑩既生矣。惟人参之,性灵所钟,是谓三才⑪。为五行之⑫秀,实天地之心,心生而言立,言立而文明,自然之道也。

【注释】

①文:原指文采或文饰,这里指包括文章在内的人文范畴。
②玄黄:指天和地的颜色。
③色杂:指颜色驳杂灿烂。
④方圆:古人认为天圆地方。
⑤叠璧:重叠的璧玉,形容日月之美。
⑥丽天:附着在天上。
⑦焕绮:焕发出锦绣般的光彩。
⑧吐曜:指日月星辰之光发出光彩。
⑨含章:指山川万物所蕴藏的美。
⑩两仪:指天地。
⑪三才:天、地、人。
⑫五行:金木水火土。古人认为世界是由这五种元素组成的。

【译文】

　　文作为"道"的表现,它的意义是很重大的,它与天地同生,为什么这么说呢? 天和地的颜色驳杂灿烂,天圆地方,宇宙的多样性生成了美的多姿多彩。日月之美就像重叠的璧玉,附着在天上。山川焕发出锦绣般的光彩,条理分明。这就是"道"的文啊。抬头看日月星辰发出的光彩,低头看山川万物所蕴藏的美,天高高在上,地宽厚在下,所以天地就这样生成了。

　　聪慧的人类生于天地之间,体悟天地之道,与天地一起构成了"三才"。集聪慧于一身的人类实在是五行的杰作,是天地的灵魂。人的思想产生后就会形成话语,话语明晰了,文章就会产生,这是自然而然的事情。

庾信　枯树赋

【作者介绍】

　　庾信(公元513年—581年)字子山,南阳新野(今属河南)人。他自幼随父亲、梁代诗人庾肩吾出入于萧纲的宫廷,后来又与徐陵一起任萧纲的东宫学士,成为宫体文学的代表作家;他们的文学风格,也被称为"徐庾体"。侯景叛乱时,庾信逃往江陵,辅佐梁元帝。后奉命出使西魏,在此期间,梁为西魏所灭。北朝君臣一向倾慕南方文学,庾信又久负盛名,因而他既是被强迫,又是很受器重地留在了北方,官至车骑大将军、开府仪同三司;北周代魏后,更迁为骠骑大将军、开府仪同三司,封侯。时陈朝与北周通好,流寓人士,并许归还故国,唯有庾信与王褒不得回南方。所以,庾信一方面身居显贵,被尊为文坛宗师,受皇帝礼遇,与诸王结布衣之交,一方面又深切思念故国乡土,为自己身仕敌国而羞愧,因不得自由而怨愤。如此至老,死于隋文帝开皇元年。有《庾子山集》。

【原文】

　　殷仲文①风流儒雅,海内知名;世异时移,出为东阳②太守;常忽忽不乐,顾庭槐而叹曰:

　　"此树婆娑,生意尽矣。至如白鹿贞松,青牛文梓③;根柢盘魄④,山崖表里⑤。桂何事而销亡,桐何为而半死? 昔之三河⑥徙植,九畹⑦移根;开花建始⑧之殿,落实睢阳⑨之园。声含嶰谷,曲抱《云门》⑩;将雏集凤,比翼巢鸳。临风亭⑪而唳鹤,对

月峡⑫而吟猿。乃有拳曲拥肿,盘坳反覆;熊彪顾盼,鱼龙起伏;节⑬竖山连,文横水蹙⑭。匠石⑮惊视,公输⑯眩目。雕镌始就,剞劂⑰仍加;平鳞铲甲⑱,落角摧牙⑲;重重碎锦,片片真花;纷披草树,散乱烟霞。若夫松子、古度、平仲、君迁⑳,森梢百顷,搓枒㉑千年。秦则大夫受职㉒,汉则将军坐焉㉓。莫不苔埋菌压,鸟剥虫穿;或低垂于霜露,或撼顿于风烟。东海㉔有白木之庙㉕,西河㉖有枯桑之社,北陆㉗以杨叶为关㉘,南陵㉙以梅根作冶㉚。小山㉛则丛桂留人㉜,扶风㉝则长松系马。岂独城临细柳㉞之上,塞落桃林㉟之下。若乃山河阻绝,飘零离别;拔本垂泪,伤根沥血。火入空心,膏流断节。横洞口而敧㊱卧,顿山腰而半折,文斜者百围冰碎㊲,理正者千寻瓦裂㊳。载瘿衔瘤㊴,藏穿抱穴㊵,木魅睒睗㊶,山精妖孽㊷。况复风云不感,羁旅无归;未能《采葛》㊸,还成食薇;沉沦穷巷,芜没荆扉,既伤摇落㊹,弥嗟变衰。《淮南子》㊺云'木叶落,长年悲'㊻,斯之谓矣。"

乃歌曰:"建章㊼三月火㊽,黄河万里槎㊾;若非金谷㊿满园树,即是河阳(51)一县花。"

桓大司马(52)闻而叹曰:"昔年种柳,依依汉南(53);今看摇落,凄怆江潭(54);树犹如此,人何以堪(55)!"

【注释】

①殷仲文:东晋人,曾任骠骑将军、咨议参军、征虏长史等职,才貌双全,颇有名望。

②东阳:郡名,在今浙江金华一带。

③青牛文梓:唐徐坚等辑《初学记》引《录异传》载,春秋时"秦文公伐雍州南山大梓木,有青牛出走丰水矣。"

④盘魄:又作"盘薄"、"盘礴",通"磅礴",根深牢固。

⑤山崖表里:枝叶覆盖山崖之表里。

⑥三河:河东、河内、河南,今山西、河南一带。

⑦畹(wǎn 晚):有说十二亩为畹,有说三十亩为畹。这里是说大面积的移植。

⑧建始:洛阳宫殿名。

⑨睢(suī 虽)阳:在今河南商丘,汉为梁国,有梁孝王所建梁园。

⑩《云门》:黄帝时的舞乐。

⑪风亭:指风。

⑫月峡:指月。此句是说猿猴常立树上对月长鸣。

⑬节:树木枝干交接处。此句是说树节竖立之多,有如山山相连。

⑭水鼋(cù 促):水面出现波纹。鼋:皱。这句是说树木的花纹横生,有如水面波纹。

⑮匠石:古代有名的木匠,名石,字伯说。

⑯公输:公输般,即鲁班。

⑰刲劂(jī jué 基觉):雕刻用的刀子。

⑱鳞、甲:指树皮。

⑲角、牙:指树干上的疤痕、节杈。

⑳松子:即赤松子。古度:即根木。平仲:疑是银杏树。君迁:也称君迁子。以上四树均生长在南国。

㉑搓:斜砍树木。栟(niè 聂):树木砍后重生的枝条。此句是说这些新芽也会生长千年。

㉒大夫受职:受封大夫之职。秦始皇到泰山封禅时,风雨骤至,避于松树下,乃封其树为"五大夫"。后来"五大夫"便成为松的别名。

㉓将军坐焉:东汉将领冯异佐刘秀兴汉有功。诸将并坐论功,他常独坐树下,军中称其为"大树将军"。上句说秦松,此句说汉树。

㉔东海:东部临海的地方。

㉕白木之庙:相传为黄帝葬女处的天仙宫,在今河南密县。其地栽种白皮松,故称。

㉖西河:西方黄河上游地区。

㉗北陆:泛指北方地区。

㉘以杨叶为关:以"杨叶"为关卡之名。

㉙南陵:南方丘陵地区。一说指安徽南陵县。

㉚梅根作冶:据说当地以梅树根作冶炼金属时用的燃料,日久习称其地为"梅根冶"。

㉛小山:西汉淮南王刘安。

㉜丛桂留人:淮南小山《招隐士》有"桂树丛生兮山之幽……攀援桂枝兮聊淹留"的句子。

㉝扶风:郡名。治所在今陕西泾阳县。

㉞细柳:细柳城。汉文帝时周亚夫屯军处。在今陕西咸阳市西南。

㉟桃林:桃林塞。在今河南灵宝以西、潼关以东地区。

㊱敧(qī 期):倾斜。

㊲冰碎:像冰一样被敲碎。

103

㊳瓦裂：像瓦一样被击裂。

㊴瘿（yīng 婴）、瘤：树木枝干上隆起似肿瘤的部分。

㊵藏：指在树上的虫子。穿：咬穿。抱：环绕。指整天环绕树木飞行的飞鸟。穴：作动词用，作窝。

㊶木魅：树妖。睗睒（shì shǎn 是陕）：目光闪烁的样子。亦作"睒睗"。

㊷山精：山妖。妖孽：危害，扰乱。

㊸采葛：完成使命。《诗经·王风·采葛》本是男女的爱情诗，汉郑玄解作"以采葛喻臣以小事使出"。庾信是出使北朝时被迫留下的，他以此典比喻自己未能完成使命。

㊹摇落：喻衰老。宋玉《九辩》："悲哉，秋之为气也。萧瑟兮，草木摇落而变衰。"

㊺《淮南子》：西汉淮南王刘安及其门客所撰。

㊻"木叶落，长年悲"句：引自《淮南子·说山训》，原文为"桑叶落而长年悲也"。

㊼建章：西汉宫殿名，汉武帝时修建。

㊽三月火：指东汉建武二年时被焚。语用《史记·项羽本纪》：项羽引兵"烧秦宫室，火三月不灭"。

㊾槎（chá 茶）：木筏。晋张华《博物志》："年年八月，有浮槎往来不失期。"此句是说，建章宫被焚烧时，灰烬在万里黄河中漂流，有如浮槎。

㊿金谷：金谷园。在今河南洛阳市东北。晋石崇所筑。园中有清泉，遍植竹柏，树木十分繁茂。

(51)河阳：在今河南孟县西。晋潘岳任河阳令时，全县到处都种桃树。这二句是说，黄河里漂流的灰烬，都是昔日的绿树红花。

(52)桓大司马：指东晋桓温，简文帝时任大司马。

(53)汉南：汉水之南。

(54)江潭：江水深处。此指江汉一带

(55)堪：忍受。《晋书·桓温传》载，桓温自江陵北伐，行经金城，见年轻时"所种柳皆已十围，慨然曰：'木犹如此，人何以堪！'攀枝执条，泫然流涕"。

【译文】

殷仲文风流倜傥，气度不凡，学识渊博，声名传遍海内。因为世道变异，时代更替，他不得不离开京城改作东阳太守。因此常精神恍惚，忧愁不乐，望着院子里的

槐树叹息说:

"这棵树曾婆娑多姿,现在却没有一点生机了!至于白鹿塞耐寒的松树,藏有树精青牛的文梓,根系庞大,遍布山崖内外。桂树为什么而枯死?梧桐又为什么半生半死?过去从河东、河南、河内这些地方移植,从广大遥远的田地迁徙。虽然花开在建始殿前,却在睢阳园中结果。树声中含有嶰谷竹声的情韵,声调合于黄帝《云门》乐曲的律吕之音。带领幼雏的凤凰曾来聚集,比翼双飞的鸳鸯常来巢居。内心深处像陆机那样,渴望在故乡临风的亭上一听鹤鸣,现在却只能飘落异地对着明月峡听猿声长啸。有的树枝卷曲如拳,根部磊块隆起肥大,曲里拐弯,形状有的像熊虎回头顾盼,有的像鱼龙起伏游戏,隆起的树节像群山相连,木纹横看像水池里泛起的波纹。灵巧的木匠惊奇地观看,有名的鲁班也惊讶得目瞪口呆。粗坯雕刻刚就绪,再用曲刀、圆凿精雕细刻:削出鱼、龙密鳞,铲出龟、鳖硬甲,刮出麒麟尖角,挫出虎、豹利牙;层层像彩纹密布的织丝,片片有如真实的花朵。而被砍削的树林,却草木纷披,笼罩在烟霭云霞中,狼籍散乱。至于松梓、古度、平仲、君迁这些树木,也曾茂盛劲健,覆盖百亩,斜砍后继续发芽抽枝,千年不死。秦时有泰山松被封五大夫职衔,汉代有将军独坐大树之下。它们现在也无不埋没于青苔,覆盖上寄生菌类,无不被飞鸟剥啄蛀虫蠹穿;有的在霜露中枝叶低垂,有的在风雨中摇撼颠踬。东方大海边有白松庙,西方河源处有枯桑社,北方有用"杨叶"命名的城关,南方有用"梅根"称呼的冶炼场。淮南小山曾有咏桂的辞赋留于后人,晋代刘琨写下"系马长松"的佳句。又何止是见于记载的细柳营、桃林塞呢?至于山河险阻,道路隔绝,飘零异地,离别故乡。树被拔出根茎泪水垂落,损伤本根就滴沥鲜血。火烧入朽树的空处,树脂流淌,枝节断裂。横亘在山洞口的斜卧躯干,偃仰在山腰上的躯干中段折曲。纹理斜曲干粗百围者也如坚冰破碎,纹理正直高达千寻的也如屋瓦破裂。背负树瘿如长着赘瘤,被蛀穿的树心成了鸟的巢穴。树怪木精睒眼灼灼,山鬼妖孽暗中出没。况且我遭遇国家衰亡,羁居异邦不归。不能吟咏思人深切的《采葛》诗篇,又怎能如伯夷、叔齐的食薇不辱?沉沦在穷街陋巷之中,埋没在荆木院门之内,既伤心树木凋零,更叹息人生易老。《淮南子》说'树叶飘落,老人生悲'就是说这个意思呀!"

于是有歌唱道:"建章宫三月大火之后,残骸如筏在黄河上漂流万里。那些灰烬,不是金谷园的树木,就是河阳县的花果。"

大司马桓温听后感叹道:"当年在汉水之南种下的柳树,曾经是那样的枝条飘拂依依相惜;可如今却看到它枝叶摇落凋零,一片凄清伤神的景象。树尚且如此,更何况是人呢?"

王勃 滕王阁序（并诗）

【作者介绍】

王勃（公元650年—676年），字子安，绛州龙门（今山西河津）人。与杨炯、卢照邻、骆宾王以诗文齐名，并称"初唐四杰"。王勃的祖父王通是隋末著名的学者，号文中子，父亲王福畤历任太常博士、雍州司功等职。王勃才华早露，未成年即被司刑太常伯刘祥道赞为神童，向朝廷表荐，对策高第，授朝散郎。乾封初（666年）被沛王李贤征为王府侍读，两年后因戏为《檄英王鸡》文，被高宗怒逐出府。随即出游巴蜀。咸亨三年（672年）补虢州参军，因擅杀官奴当诛，遇赦除名。其父亦受累贬为交趾令。上元二年（675年）或三年（676年），王勃南下探亲，渡海溺水，惊悸而死。有《王子安集》

【原文】

南昌故郡，洪都新府①；星分翼轸②，地接衡庐③；襟三江而带五湖④，控蛮荆而引瓯越⑤。物华天宝，龙光射牛斗之墟⑥；人杰地灵，徐孺下陈蕃之榻⑦。雄州雾列⑧，俊彩星驰⑨。台隍枕夷夏之交⑩，宾主尽⑪东南之美。都督阎公之雅望⑫，棨戟⑬遥临；宇文新州之懿范⑭，襜帷暂驻⑮。十旬⑯休暇，胜友如云；千里逢迎，高朋满座。腾蛟起凤，孟学士之词宗⑰；紫电清霜，王将军之武库⑱。家君作宰⑲，路出名区⑳，童子㉑何知，躬㉒逢胜饯。

时维九月。序属三秋㉓；潦水㉔尽而寒潭清，烟光凝而暮山紫。俨骖騑㉕于上路，访风景于崇阿；临帝子之长洲㉗，得仙人之旧馆㉘。飞阁流丹㉙，下临无地㉚。鹤汀凫渚，穷岛屿之萦回㉛；桂殿兰宫，列冈峦之体势㉜。

披绣闼，俯雕甍㉝，山原旷其盈视，川泽盱其骇瞩㉞。闾阎扑地㉟，钟鸣鼎食㊱之家；舸舰迷津，青雀黄龙之轴㊲。虹销雨霁，彩彻云衢㊳。落霞与孤鹜齐飞，秋水共长天一色。渔舟唱晚，响穷彭蠡㊵之滨；雁阵惊寒，声断衡阳之浦㊶。遥吟俯畅，逸兴遄㊷飞。爽籁发而清风生，纤歌凝而白云遏。睢园㊸绿竹，气凌彭泽之樽；邺水朱华㊹，光照临川㊺之笔。四美㊻具，二难㊼并；穷睇眄于中天㊽，极㊾娱游于暇日。天高地迥㊿，觉宇宙之无穷；兴尽悲来，识盈虚之有数㉛。望长安于日下，指吴会于云间㉜。地势极而南溟深，天柱高而北辰远㉝。关山难越，谁悲失路㉞之人？萍水㉟相逢，尽是他乡之客。怀帝阍㊱而不见，奉宣室㊲以何年？

呜呼！时运不齐[58]，命途多舛[59]；冯唐[60]易老，李广[61]难封。屈贾谊于长沙，非无圣主[62]；窜梁鸿于海曲，岂乏明时[63]？所赖君子安贫，达人[64]知命。老当益壮，宁[65]知白首之心？穷且益坚，不坠青云之志。酌贪泉[66]而觉爽，处涸辙[67]以犹欢。北海虽赊，扶摇可接[68]；东隅已逝，桑榆非晚[69]。孟尝高洁，空怀报国之心[70]；阮籍猖狂，岂效穷途之哭[71]？

勃，三尺微命[72]，一介[73]书生。无路请缨[74]，等终军之弱冠[75]；有怀投笔，慕宗悫之长风[76]。舍簪笏于百龄，奉晨昏于万里[77]；非谢家之宝树，接孟氏之芳邻[78]。他日趋庭，叨陪鲤对[79]；今晨捧袂[80]，喜托龙门[81]。杨意不逢，抚凌云而自惜[82]；钟期既遇，奏流水以何惭[83]？

呜呼！胜地[84]不常，盛筵难再；兰亭[85]已矣，梓泽[86]丘墟。临别赠言，幸承恩于伟饯[87]；登高作赋，是所望于群公。敢竭鄙诚[88]，恭疏短引[89]。一言均赋，四韵俱成[90]。请洒潘江，各倾陆海云尔[91]。

滕王高阁临江渚，佩玉鸣鸾罢歌舞。

画栋朝飞南浦云，朱帘暮卷西山雨。

闲云潭影日悠悠，物换星移几度秋。

阁中帝子今何在？槛外长江空自流！

【注释】

①"南昌"二句：指出滕王阁所在的地方是洪州。南昌旧为豫章郡治所，故称故郡，唐代改豫州郡为洪州，设大都督府，故称新府。现在的江西南昌。

②翼轸：二十八宿中的二星。古人以天上二十八宿与地上州的位置相对应，叫某星在某地的分野。翼轸为楚地的分野，洪州位于旧楚地，故有此称。分，分属。

③衡庐：即衡山和庐山。

④三江：泛指长江中下游。古时大江流过彭蠡湖（即今鄱阳湖），分成三道入海，故称三江。五湖：指太湖、鄱阳湖、青草湖、丹阳湖、洞庭湖。

⑤控：控制，镇守。瓯越：泛指今浙江南部及福建一带。洪州在古楚地，与古闽越相接。

⑥"物华"二句：写洪州有珍贵之物。相传晋代张华看到斗牛两星宿之间，常有紫气；他派雷焕到半城（属洪州）掘得双剑，一名龙泉，一名太阿，紫气即不再出现。后来双剑入水化为双龙。龙光，指剑气。墟，地域。

⑦"人杰"二句：写洪州有杰出之人。徐孺，徐穉，字孺子，东汉高士，豫章南昌人。陈蕃，字仲举，为豫章太守，不接待宾客，但特为徐穉设一榻（床），徐穉来则放

下,去则悬起。这里称徐孺子为"徐孺",是骈体文讲究上下句字数对称所致。下文称杨得意为"杨意",称钟子期为"钟期",同此。

⑧雄州:指洪州。雄,伟盛。雾列:如雾之弥漫充塞。

⑨俊彩:俊才。星驰:如星般流动飞驰。

⑩台隍:亭台城池,指洪州。夷夏之交:古代将东南地区称为夷蛮之地,中原称为华夏,洪州正处于两地之间,所以用这句话来形容洪州地位的重要。

⑪尽:都是。

⑫雅望:崇高的名望。

⑬棨(qǐ启)戟:有衣套的戟,用作官吏出行时的仪仗。此处借指阎都督。

⑭宇文新州:一个姓宇文的新任州牧。名字及事迹未详。有的认为新州为州名,在今广东省新兴县。懿范:美德的楷模。

⑮襜帷:车子的帷幔。此处借指宇文的车马。暂驻:暂时停留,指参加宴会。

⑯十旬:唐制,官员十天休息一天,称旬休。此处指适逢十日休息一天。

⑰"腾蛟"二句:此赞扬孟学士文采飞扬。《西京杂记》:"董仲舒蛟龙入怀,乃作《春秋繁露》词"。为此称有高才、能著述者为"腾蛟起凤"。孟学士,名未详。词宗,文章高手。

⑱"紫电"二句:此赞扬王将军的武略。紫电,宝剑名。清霜,形容宝剑锋利。王将军,名未详。武库,兵器库,此处借指富于谋略。

⑲家君作宰:家君,对人称自己的父亲。作宰,指王勃的父亲当时正在交趾任地方长官。

⑳名区:指洪州。

㉑童子:当时王勃很年轻,故自称童子。

㉒躬:亲身。

㉓三秋:秋季的三个月,此处指秋季的第三个月,到九月。

㉔潦(lǎo老)水:雨后路面的流水、积水。

㉕骖騑:骖,车辕两旁的马。騑,骖旁的马。

㉖崇阿:高的山陵。崇,高。

㉗帝子:皇帝之子,此指滕王。长洲:阁前之长洲。

㉘仙人:此指滕王。旧馆:犹故居,此指滕王阁。

㉙飞阁:高阁腾空飞起。流丹:泛指红色。因阁用红色油漆所涂饰。

㉚下临无地:因为滕王阁建在江边上,所以登阁下望江面,不见陆地。此乃形容阁的高峻。

㉛萦回：纡回曲折。

㉜列冈峦之体势：建筑群构成的山峦的起伏连绵之状。

㉝披：推开。闼（tà 踏）：阁门。甍（méng 盟）：屋脊。

㉞盱（xū 须）：张目望。骇瞩：对着看到的景物感到吃惊。

㉟闾阎：里巷的门。扑地：遍地。

㊱钟鸣鼎食：古时贵族吃饭时要奏乐列鼎，鼎中盛食物。为此钟鸣鼎食之家常用来指富贵人家。

㊲"舸舰"二句：谓渡口停满大船。舸，大船。舰，板屋船，即船四周加木板以防矢石。青雀黄龙，指船身上的鸟、龙图案。轴，通"舳"，船端，此指船只。

㊳云衢：指天空。云朵交错纵横，有如衢道。

㊴鹜：野鸭。

㊵彭蠡：鄱阳湖的古名。

㊶浦：水滨。

㊷遄（chuán 船）：急速。

㊸睢园：汉梁孝王在睢水旁修筑的竹园，他常和一些文人在此聚会。彭泽：指东晋末年著名诗人陶渊明。他好饮酒，做过彭泽令。樽：酒杯。

㊹邺水朱华：邺（今河北临漳县）是曹操兴起的地方。曹操父子在这里常和文人聚会。朱华，即荷花。曹植《公谳诗》："秋兰被长坂，朱华冒绿池。"王勃借用"邺水朱华"来比喻滕王阁的盛会。

㊺临川：指南朝人谢灵运，曾任临川内史，故称。

㊻四美：指良辰、美景、赏心（快乐之情）、乐事（快乐的事）。具：齐备。

㊼二难：指贤主、佳宾难以齐聚。

㊽睇眄：斜视，指目光向上下左右观览。中天：半空中。

㊾极：尽。

㊿迥：远。

(51)盈虚：指盛衰、成败。数：运数。

(52)"望长安"二句：谓西望长安，东指吴会，辽远开阔。长安，唐代京都，今陕西西安。日下，指京师。吴会，吴郡和会稽郡，今江浙一带。云间，旧日亭县（今上海松江）的别称。上述指东南地区名胜之地。

(53)"地势极"二句：谓南通南海，北仰北极，高远广大。南暝，指南方的大海。天柱，古代神话中说昆仑山上有铜柱，高耸入天，即称天柱。北辰，北极星。

(54)失路：比喻不得志。

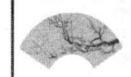

(55)萍水:喻偶然相遇。

(56)帝阍:原指天帝的守门者。此处指皇帝的宫门。

(57)宣室:汉代未央宫前的正室。贾谊曾在此被汉文帝召见,汉文帝向他问鬼神的事。

(58)时运不齐:命运不好。

(59)舛(chuǎn 喘):错乱,此处指不幸、不顺利。

(60)冯唐:西汉人。文帝时年老官低,武帝访求人才,有人推荐冯唐,他已九十余岁了。

(61)李广:西汉名将。抗击匈奴几十年,身经百战,功劳很大,却终身不得封侯。

(62)“屈贾谊”二句:汉文帝本想重用贾谊,但因听信了谗言而疏远了他,让他离开朝廷,去做长沙王太傅。

(63)“窜梁鸿”二句:梁鸿,东汉人。曾作歌讽刺朝政。汉章帝派人去找他,他改名换姓,和妻子住在齐、鲁、吴等地。窜,隐匿。海曲,岛。齐鲁之地三面环海,所以称海曲。章帝号称明主,故称明时。

(64)达人:通达、达观的人。

(65)宁(nìng 佞):难道。

(66)贪泉:古代传说广州有贪泉,人喝了这里的水就会贪婪。爽:神志清爽。晋时廉吏吴隐之过此,饮贪泉水并赋诗云:“古人饮此水,一歃杯千金,试使夷齐饮,终当不易心。”王勃在这里正是引此典故,意思是说,虽饮贪泉,但仍神清气爽。

(67)涸辙:干涸的车辙。《庄子·外物篇》有一则寓言说,有一条鱼在干涸的车辙里奄奄待毙,哀求一个过路的人给一瓢水,而那人却许诺它引西江的水来救它。它生气说,那样,还不如到卖干鱼的地方找我的尸体。此处用鱼处涸来比喻处境困难。

(68)赊:远。扶摇:旋风。

(69)“东隅”二句:东隅,东方日出处,指早晨。桑榆,日落时余光照在桑树、榆树的顶端,因用桑榆喻黄昏,也用来比喻人的晚年。

(70)“孟尝”二句:孟尝,字伯周,东汉时一个贤能的官吏,但不被重用。

(71)“阮籍”二句:阮籍,魏晋间人,性旷达不羁。不满司马氏专权,为避免政治迫害,就借饮酒来掩护自己。经常驾车出游,当前面遇到障碍,不能前进时,就痛哭而回。

(72)三尺微命:绅(衣带)长三尺,官位卑微。三尺,指衣带下垂的长度。微命,周代任官从一命到九命,一命最低微。

⑬一介:一个,谦词。

⑭请缨:缨,系在马颈上用以驾车的皮条。请缨,请求赐给长缨,意为请求赐予杀敌的命令。

⑮终军:西汉人。二十岁时出使南越,上书请缨,要求缚南越王而回。弱冠:二十岁。

⑯"有怀"二句:谓美慕宗悫之壮志,有投笔从戎之心。《后汉书·班超传》记载:班超家贫,为人抄书度日,曾投笔慨叹说,大丈夫当为国立功,岂可终日在笔砚间讨生活。

⑰"舍簪笏"二句:谓舍去一生的功名利禄,到万里之外去侍奉父亲。簪笏,古代社会所用的冠簪和手板,借指官职。百龄,百年,一生。

⑱"非谢家"二句:谢家之宝树,指谢玄。《世说新语·语言》载:谢安问他的子侄,为什么人们总希望子弟好?侄子谢玄回答:"譬如芝兰玉树,欲使其生于阶庭耳。"旧时因此用"芝兰玉树"喻贵家子弟,也用于指有文才的人。孟氏之芳邻:孟子的母亲三次搬家,为了要找个好邻居,以便让儿子得到良好的成长环境。

⑲"他日"二句:趋庭,"趋"为古时下对上的一种礼节。鲤,孔鲤,孔子的儿子。"鲤对"指孔鲤在父亲面前回答提问,接受教导。

⑳捧袂(mèi妹):抬起衣袖,表示谒见时的恭谨。

㉑喜托龙门:谓以受到接待为荣幸。龙门,在山西、陕西二省间黄河中。传说鲤鱼登龙门则化为龙。

㉒杨意:杨得意,汉人,司马相如的邻人。因为他的推荐,司马相如才做官。凌云:本意是超出尘世,这里是指司马相如的《大人赋》,因为汉武帝读到《大人赋》后,感到"飘飘有凌云之气"。

㉓钟期:即钟子期,春秋时楚人。据《列子·汤问》:伯牙善鼓琴,只有钟子期能知音。伯牙鼓琴,志在高山,钟子期说:"善哉,巍巍乎若泰山!"后来志在流水,子期说:"善哉,洋洋乎若江河!"钟子期死后,伯牙碎琴绝弦不复鼓琴。

㉔胜地:名胜之地,此指洪州。

㉕兰亭:在今浙江绍兴,东晋群贤在此宴集,王羲之写了《兰亭集序》。

㉖梓泽:在今河南省洛阳北,晋石崇的金谷园在此。

㉗"临别"二句:谓此次饯别宴会,承蒙阎公之恩得以参加为荣幸。赠言,送别。

㉘敢竭鄙诚:写出鄙陋的心意。

㉙疏:陈述。短引:小序。

㉚"一言"二句:谓写了四韵八句诗。

111

⑨"请洒"二句：钟嵘《诗品》卷上："余常言：陆(机)才如海，潘(岳)才如江。"洒潘江，倾陆海，意思是说尽量地抒发文才，写成诗篇。

【译文】

南昌是旧时豫章郡的郡治，如今是新置的洪州都督府。星座中属于翼星和轸星的分野，地面上连接着衡山与庐山。以三江为衣襟，五湖为衣带，控制蛮荆，连接瓯越。此处物有光华，天产珍宝，宝剑的剑气直射牛斗二宿之域；人有俊杰，地有灵气，徐孺子使陈蕃为他专设卧榻。雄伟的州城耸立在云雾之中，杰出的人才像繁星般活跃飞驰。楼台池壕处在少数民族与华夏族交接的地区，宾客与主人都是东南地区的美才。都督阎公享有崇高的声望，仪仗远临此处；宇文新州是美好风范的楷模，车驾在此暂停。正逢十天休假，胜友如云；迎接千里来宾，高朋满座。龙翔凤舞，孟学士是文坛宗匠；紫电清霜，王将军乃武库权威。家父远在交趾任县令，我因省亲而路过宝城，年轻无知，却荣幸地躬逢盛会。

时当九月，秋高气爽。积水消尽，潭水清澈，天空凝结着淡淡的云烟，暮霭中山峦呈现一片紫色。在高高的山路上驾着马车，在崇山峻岭中访求风景。来到昔日帝子的长洲，找到仙人居住过的宫殿。这里山峦重叠，青翠的山峰耸入云霄。凌空的楼阁，红色的阁道犹如飞翔在天空，从阁上看不到地面。白鹤，野鸭停息的小洲，极尽岛屿的纡曲回环之势，雅浩的宫殿，跟起伏的山峦配合有致。披开雕花的阁门，俯视彩饰的屋脊，山峰平原尽收眼底，湖川曲折令人惊讶。遍地是里巷宅舍，许多钟鸣鼎食的富贵人家。舸舰塞满了渡口，尽是雕上了青雀黄龙花纹的大船。正值雨过天晴，虹消云散，阳光朗煦，落霞与孤雁一起飞翔，秋水和长天连成一片。傍晚渔舟中传出的歌声，响彻彭蠡湖滨，雁群感到寒意而发出的惊叫，回荡在衡阳的水边。

放眼远望，胸襟刚感到舒畅，超逸的兴致立即兴起，排箫的音响引来的徐徐清风，柔缓的歌声吸引住飘动的白云。象睢园竹林的聚会，这里善饮的人，酒量超过彭泽县令陶渊明，象邺水赞咏莲花，这里诗人的文采，胜过临川内史谢灵运。(音乐与饮食，文章和言语)这四种美好的事物都已经齐备，(良辰美景，赏心乐事)这两个难得的条件也凑合在一起了，向天空中极目远眺，在假日里尽情欢娱。苍天高远，大地寥廓，令人感到宇宙的无穷无尽。欢乐逝去，悲哀袭来，我明白了兴衰贵贱都由命中注定。西望长安，东指吴会，南方的陆地已到尽头，大海深不可测，北方的北斗星多么遥远，天柱高不可攀。关山重重难以越过，有谁同情不得志的人？萍水偶尔相逢，大家都是异乡之客。怀念着君王的宫门，但却不被召见，什么的候才能够去侍奉君王呢？

啊，各人的时机不同，人生的命运多有不顺。冯唐容易衰老，李广难得封侯。使贾谊遭受委屈，贬于长沙，并不是没有圣明的君主，使梁鸿逃匿到齐鲁海滨，难道不是政治昌明的时代？只不过由于君子安于贫贱，通达的人知道自己的命运罢了。年纪虽然老了，但志气应当更加旺盛，怎能在白头时改变心情？境遇虽然困苦，但节操应当更加坚定，决不能抛弃自己的凌云壮志。即使喝了贪泉的水，心境依然清爽廉洁；即使身处于干涸的主辙中，胸怀依然开朗愉快。北海虽然十分遥远，乘着羊角旋风还是能够达到，早晨虽然已经过去，而珍惜黄昏却为时不晚。孟尝君心地高洁，但白白地怀抱着报国的热情，阮籍为人放纵不羁，我们怎能学他那种穷途的哭泣！

我地位卑微，只是一个书生。虽然和终军一样年已二十一，却无处去请缨杀敌。我羡慕宗悫那种"乘长风破万里浪"的英雄气概，也有投笔从戎的志向。如今我抛弃了一生的功名，不远万里去朝夕侍奉父亲。虽然称不上谢家的"宝树"，但是能和贤德之士相交往。不久我将见到父亲，聆听他的教诲。今天我饶幸地奉陪各位长者，高兴地登上龙门。假如碰不上杨得意那样引荐的人，就只有抚拍着自己的文章而自我叹惜。既然已经遇到了钟子期，就弹奏一曲《流水》又有什么羞愧呢？

啊！名胜之地不能常存，盛大的宴会难以再逢。兰亭宴集已为陈迹，石崇的梓泽也变成了废墟。承蒙这个宴会的恩赐，让我临别时作了这一篇序文，至于登高作赋，这只有指望在座诸公了。我只是冒昧地尽我微薄的心意，作了短短的引言。在座诸位都按各自分到的韵字赋诗，我已写成了四韵八句。请在座诸位施展潘岳、陆机一样的才华，各自谱写优美的诗篇吧！

滕王阁高高地耸立在江边，佩玉丁当，客人散去，歌舞停止。早晨，画栋间飞舞着南浦飘来的云彩，傍晚，卷起的朱帘上飞溅着西山的雨。悠闲的云彩在潭中留下倒影，日日总是清闲安静，景物变换岁月转移，不知经过了多少春秋？阁中的皇子如今在哪里？槛外的赣江水空自奔流！

骆宾王　为徐敬业讨武曌檄

【作者介绍】

骆宾王(约公元640年—不详)，婺州义乌(今浙江省义乌市)人。早年随父游学于齐鲁一带，以诗文著称，与当时著名文士王勃、杨炯、卢照邻并称为"初唐四

113

杰"。曾在道王李元庆幕府中供职,后又历任武功、长安两县主薄。此间曾随军到过西域,及宦游于蜀滇一带。唐高宗永徽年间官至侍御史,因上书言政事而获罪入狱,并贬为临海县丞,乃怏怏弃官而去。光宅元年(684年)武则天称制,徐敬业在扬州(今江苏省扬州市)起兵反对武氏。他投在徐敬业幕下,专撰军中书檄。讨武失败后,下落不明,有说投水而死,有说在灵隐寺出家为僧。有《骆临海集》。

【原文】

伪①临朝武氏者,性非和顺,地②实寒微。昔充太宗下陈③,曾以更衣入侍。洎④乎晚节,秽乱春宫⑤。潜隐先帝之私,阴图后房之嬖⑥。入门见嫉,蛾眉不肯让人;掩袖工谗⑦,狐媚⑧偏能惑主。践元后于翚翟⑨,陷吾君于聚麀⑩。加以虺蜴⑪为心,豺狼成性。近狎邪僻⑫,残害忠良。杀姊屠兄,弑君鸩母。神人之所共嫉,天地之所不容。犹复包藏祸心,窥窃神器⑬。君之爱子,幽之于别宫⑭;贼之宗盟⑮,委之以重任。呜呼!霍子孟⑯之不作,朱虚侯⑰之已亡。燕啄皇孙⑱,知汉祚之将尽。龙漦帝后⑲,识夏庭之遽衰。

敬业皇唐旧臣,公侯冢子⑳。奉先帝㉑之成业,荷本朝之厚恩。宋微子㉒之兴悲,良有以也;桓君山㉓之流涕,岂徒然哉!是用气愤风云,志安社稷。因天下之失望,顺宇内㉔之推心。爰举义旗,以清妖孽。

南连百越㉕,北尽三河㉖;铁骑成群,玉轴㉗相接。海陵㉘红粟,仓储之积靡穷;江浦㉙黄旗,匡复之功何远!班声㉚动而北风起,剑气冲而南斗平。喑呜则山岳崩颓,叱咤㉛则风云变色。以此制敌,何敌不摧?以此图功,何功不克?

公等或家传汉爵㉜,或地协周亲㉝;或膺㉞重寄于话言,或受顾命于宣室㉟。言犹在耳,忠岂忘心。一抔之土㊱未干,六尺之孤㊲何托?倘㊳能转祸为福,送往事居㊴,共立勤王㊵之勋,无废大君之命,凡诸爵赏,同指山河㊶。若其眷恋穷城㊷,徘徊歧路,坐昧先几㊸之兆,必贻后至之诛㊹。请看今日之域中,竟是谁家之天下!移檄州郡,咸使知闻。

【注释】

①伪:指非法的,不正统的。

②地:指家庭、家族的社会地位。

③下陈:古人宾主相馈赠礼物、陈列在堂下,称为"下陈"。因而,古代统治者充实于府库、内宫的财物、妾婢,亦称"下陈"。这里指武则天曾充当过唐太宗的才人。

④洎(jì记):及,到。

⑤春宫:亦称东宫,是太子居住的地方,后人常借指太子。

⑥嬖(pì 闭)宠爱。

⑦掩袖工谗:说武则天善于进谗害人。《战国策》记载:楚怀王夫人郑袖对楚王所爱美女说:"楚王喜欢你的美貌,但讨厌你的鼻子,以后见到楚王,要掩住你的鼻子。"美女照办,楚王因而发怒,割去美女的鼻子。这里借此暗指武则天曾偷偷窒息亲生女儿,而嫁祸于王皇后,使皇后失宠的事。

⑧狐媚:唐代迷信狐仙,认为狐狸能迷惑害人,所以称用手段迷人为狐媚。

⑨翚翟(huī dí 灰狄):用美丽鸟羽织成的衣服,指皇后的礼服。

⑩聚麀(yōu 忧):多匹牡鹿共有一匹牝鹿。麀,母鹿。语出《礼记·曲礼上》:"夫惟禽兽无礼,故父子聚麀。"这句意谓武则天原是唐太宗的姬妾,现在当上高宗的皇后,使高宗乱伦。

⑪虺蜴(huǐ yì 毁易):指毒物。虺,毒蛇。蜴,蜥蜴,古人以为有毒。

⑫邪僻:指不正派的人。

⑬窥窃神器:阴谋取得帝位。神器,指皇位。

⑭"君之"二句:指唐高宗死后,中宗李显继位,旋被武后废为庐陵王,改立睿宗李旦为帝,但实际上是被幽禁起来。二句为下文"六尺之孤何托"做铺垫。

⑮宗盟:家属和党羽。

⑯霍子孟:名霍光,西汉大臣,受汉武帝遗诏,辅助幼主汉昭帝;昭帝死后,昌邑王刘贺继位,荒嬉无道,霍光又废刘贺,更立宣帝,是安定西汉王朝的重臣。

⑰朱虚侯:汉高祖子齐惠王肥的次子,名刘章,封朱虚侯。高祖死后,吕后专政,重用吕氏,危及刘氏天下,刘章与丞相陈平、太尉周勃等合谋,诛灭吕氏,拥立文帝,稳定了西汉王朝。

⑱"燕啄皇孙"二句:《汉书·五行志》记载:汉成帝时有童谣说"燕飞来,啄皇孙"。后赵飞燕入宫为皇后,因无子而妒杀了许多皇子,汉成帝因此无后嗣。不久,王莽篡政,西汉灭亡。这里借汉朝故事,指斥武则天先后废杀太子李忠、李弘、李贤,致使唐室倾危。祚,指皇位,国统。

⑲"龙漦(chí 池)帝后"二句:据《史记·周本纪》记载:当夏王朝衰落时,有两条神龙降临宫庭中,夏帝把龙的唾涎用木盒藏起来,到周厉王时,木盒开启,龙漦溢出,化为玄鼋流入后宫,一宫女感而有孕,生褒姒。后幽王为其所惑,废太子,西周终于灭亡。漦,涎沫。

⑳冢子:嫡长子。

㉑先帝:指刚死去的唐高宗。

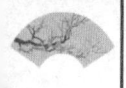

㉒宋微子:微子名启,是殷纣王的庶兄,被封于宋,所以称"宋微子"。

㉓桓君山:东汉人,名谭,汉光武帝时为给事中,因反对当时盛行的谶纬神学,而被贬为六安县丞,忧郁而死。

㉔宇内:天下。

㉕百越:古代越族有百种,故称"百越"。这里指越人所居的偏远的东南沿海。

㉖三河:洛阳附近河东、河内、河南三郡,是当时政治中心所在的中原之地。

㉗玉轴:战车的美称。

㉘海陵:古县名,治所在今江苏省泰州市,地在扬州附近,汉代曾在此置粮仓。

㉙江浦:长江沿岸。浦,水边的平地。

㉚班声:马嘶鸣声。

㉛喑(yīn 阴)呜、叱咤(zhà 炸):发怒时的喝叫声。

㉜家传汉爵:拥有世代传袭的爵位。汉初曾大封功臣以爵位,可世代传下去,所以称"汉爵"。

㉝地协周亲:指身份地位都是皇家的宗室或姻亲。协,相配,相合。周亲,至亲。

㉞膺(yīng 英):承受,承当。

㉟顾命:君王临死时的遗命。宣室:汉宫中有宣室殿,是皇帝斋戒的地方,汉文帝曾在此召见并咨问贾谊,后借指皇帝郑重召问大臣之处。

㊱一抔(póu)之土:这里借指皇帝的陵墓。

㊲六尺之孤:指继承皇位的新君。

㊳倘:通"倘",倘若,或者。

㊴送往事居:送走死去的,侍奉在生的。往,死者,指高宗。居,在生者,指中宗。

㊵勤王:指臣下起兵救援王室。

㊶"同指山河"二句:语出《史记》,汉初大封功臣,誓词云:"使河如带,泰山若厉。国以永宁,爰及苗裔。"这里意为有功者授予爵位,子孙永享,可以指山河为誓。

㊷穷城:指孤立无援的城邑。

㊸几(jī 机):迹象。

㊹后至之诛:意思说迟疑不响应,一定要加以惩治。

【译文】

那个非法把持朝政的武则天,不是一个温和善良之辈,而且出身卑下。当初是

太宗皇帝的姬妾,曾因更衣的机会而得以奉侍左右。到后来,不顾伦常与太子(唐高宗李治)关系暧昧。隐瞒先帝曾对她的宠幸,谋求取得在宫中专宠的地位。选入宫里的妃嫔美女都遭到她的嫉妒,一个都不放过;她偏偏善于卖弄风情,象狐狸精那样迷住了皇上。终于穿着华丽的礼服,登上皇后的宝座,把君王推到乱伦的丑恶境地。加上一幅毒蛇般的心肠,凶残成性,亲近奸佞,残害忠良,杀戮兄姊,谋杀君王,毒死母亲。这种人为天神凡人所痛恨,为天地所不容。她还包藏祸心,图谋夺取帝位。皇上的爱子,被幽禁在冷宫里;而她的亲属党羽,却委派以重要的职位。呜呼!霍光这样忠贞的重臣,再也不见出现;刘章那样强悍的宗室也已消亡了。"燕啄皇孙"歌谣的出现,人们知道汉朝的皇统将要穷尽;孽龙的口水流淌在帝王的宫庭里,标志着夏后氏王朝快要衰亡。

我徐敬业是大唐的老臣下,是王公贵族的长子,奉行的是先帝留下的训示,承受着本朝的优厚恩典。宋微子为故国的覆灭而悲哀,确实是有他的原因的;桓谭为失去爵禄而流泪,难道是毫无道理的吗!因此我愤然而起来干一番事业,目的是为了安定大唐的江山。依随着天下的失望情绪,顺应着举国推仰的心愿,于是高举正义之旗,发誓要消除害人的妖物。

南至偏远的百越,北到中原的三河,铁骑成群,战车相连。海陵的粟米多得发酵变红,仓库里的储存真是无穷无尽;大江之滨旌旗飘扬,光复大唐的伟大功业还会是遥远的吗!战马在北风中嘶鸣,宝剑之气直冲向天上的星斗。战士的怒吼使得山岳崩塌,云天变色。拿这来对付敌人,有什么敌人不能打垮;拿这来攻击城市,有什么城市不能占领!

诸位或者是世代蒙受国家的封爵,或者是皇室的姻亲,或者是负有重任的将军,或者是接受先帝遗命的大臣。先帝的话音好像还在耳边,你们的忠诚怎能忘却?先帝的坟土尚未干透,我们的幼主却不知被贬到哪里去了!如果能转变当前的祸难成为福祉,好好地送走死去的旧主和服事当今的皇上,共同建立匡救王室的功勋,不至于废弃先皇的遗命,那末各种封爵赏赐,一定如同泰山黄河那般牢固长久。如果留恋目前的既得利益,在关键时刻犹疑不决,看不清事先的征兆,就一定会招致严厉的惩罚。请看明白今天的世界,到底是哪一家的天下。把这道檄文颁布到各州郡,让大家都知道明白。

李白　与韩荆州书

【作者介绍】

　　李白（公元701年—约763年），字太白，号青莲居士，又号"谪仙人"（贺知章评李白，李白亦自诩）。我国唐代伟大的浪漫主义诗人，被后人尊称为"诗仙"，与杜甫并称为"李杜"。祖籍陇西成纪（今甘肃天水）。五岁时随父迁居绵州昌明县（今四川江油）。通诗书，喜纵横术。25岁时离开四川，外出游学。先寓居安陆（今属湖北），继而西入长安，求取功名。不久又离京赴太原，游齐鲁。天宝元年（742年）奉诏入京，为供奉翰林。因与当政者不合，被赐金放还，于是再次漫游各地。安史之乱期间，应永王李璘之聘，入佐幕府。永王为肃宗所杀，李白因受牵连，被流放夜郎。流放途中遇赦东归，寓居当涂（今属安徽）县令李阳冰家。代宗宝应二年（763年）前后病逝。现存诗九百多首，有《李太白集》。

【原文】

　　白闻天下谈士①相聚而言曰："生不用封万户侯，但愿一识韩荆州②。"何令人之景慕，一至于此耶！岂不以有周公之风，躬吐握③之事，使海内豪俊，奔走而归之，一登龙门，则声价十倍！所以龙蟠凤逸之士④，皆欲收名定价于君侯⑤。君侯不以富贵而骄之，寒贱而忽之，则三千宾中有毛遂，使白得颖脱而出，即其人焉。

　　白，陇西⑥布衣，流落楚汉。十五好剑术，遍干⑦诸侯；三十成文章，历抵卿相。虽长不满七尺，而心雄万夫。王公大人，许与气义。此畴曩⑧心迹，安敢不尽于君侯哉？

　　君侯制作侔⑨神明，德行动天地，笔参造化⑩，学究天人⑪。幸愿开张心颜⑫，不以长揖见拒。必若接之以高宴，纵之以清谈，请日试万言，倚马可待⑬。今天下以君侯为文章之司命，人物之权衡，一经品题⑭，便作佳士。而君侯何惜阶前盈尺之地⑮，不使白扬眉吐气，激昂青云耶？

　　昔王子师⑯为豫州。未下车，即辟荀慈明⑰；既下车，又辟孔文举⑱。山涛⑲作冀州，甄拔三十余人，或为侍中⑳、尚书㉑，先代所美。而君侯亦一荐严协律㉒，入为秘书郎㉓；中间崔宗之㉔、房习祖、黎昕、许莹之徒㉕，或以才名见知，或以清白见赏。白每观其衔恩抚躬㉖，忠义奋发。白以此感激，知君侯推赤心于诸贤之腹中㉗，所以不归他人，而愿委身㉘国士。倘急难有用，敢效微躯㉙。

且人非尧舜,谁能尽善?白谟猷筹画㉚,安能自矜?至于制作㉛,积成卷轴㉜,则欲尘秽视听㉝,恐雕虫小技㉞,不合大人。若赐观刍荛㉟,请给纸笔,兼之书人。然后退扫闲轩,缮㊱写呈上。庶青萍、结绿㊲,长价于薛㊳、卞㊴之门。幸推下流,大开奖饰。唯君侯图之!

【注释】

①谈士:谈论世事的士人。

②韩荆州:韩朝宗。古时用某人任官的地方来称呼,以示尊重。

③吐握:吐哺和握发的省略说法。《史记·鲁周公世家》记载说,周公"一沐三握发,一饭三吐哺(口里嚼着的食物),起以待士。犹恐失天下之贤人"。说明他对荐拔人才十分尽心,对人才极为尊重。后人常用吐哺握发代荐拔人才之事。

④龙蟠凤逸之士:像龙那样蟠踞未起,凤那样飞逸高渺。意指那些志趣高洁,等待时机,不轻易出来应世的奇逸非凡的才士。

⑤君侯:古时候称列侯为君侯。唐时刺史一类的官,位置相当于列侯。所以也以君侯尊称。

⑥陇西:郡名,治所在今甘肃省陇西县南。

⑦干:求,此处为谒见的意思。

⑧畴曩(nǎng攮):往昔。

⑨制作:此处指建功立业,后面的"制作"指文章。侔(móu谋):相等,齐。

⑩造化:制造、化育。

⑪天人:天道与人事的深微处。

⑫开张心颜:即开心张颜,意思是和颜悦色,真诚相待。

⑬倚马可待:比喻文思敏捷。典出《世说新语·文学》:东晋桓温北征,因立即要写一份文书,唤袁虎(一作"宏")起草,袁虎倚在马前,手不停笔,一下就写了七张纸,又快又好。

⑭品题:品评人物,定其高下。

⑮盈尺之地:满一尺之地,言其小。

⑯王子师:名允,东汉太原祁县人。灵帝时任豫州刺史,东汉献帝即位,任司徒,后与吕布谋诛杀董卓,不久被董卓部将李傕、郭汜所杀。

⑰辟:任用。荀慈明:东汉人,名爽,一名谞,官至司空。

⑱孔文举:孔融,东汉名士,与另一名士祢衡友善。汉献帝时为北海相,立学校,后为太中大夫,因声望过高,并反对曹操,被曹所杀。

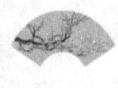

⑲山涛：字巨源，西晋名士，"竹林七贤"之一，曾任冀州刺史。冀州原本风俗薄劣，人才之间不互相推重。山涛甄拔隐沦，搜访贤才，荐表了三十余人，均能显名当时，从而改变了冀州的薄俗。

⑳侍中：官名，汉代为加官，在皇帝左右侍应杂事。后汉权力逐渐增大，到南北朝以后，实际上就是宰相，唐代一度为左相。

㉑尚书：官名，隋唐置尚书省，下设吏、户、礼、兵、刑、工六部，六部长官为尚书。

㉒严协律：据说即严武，但史记并没有记载他做过协律郎。

㉓秘书郎：官名，掌管图书经籍。

㉔崔宗之：唐代人，名成辅。袭封齐国公，历任左司郎中等职，李白重要交游之一，杜甫《饮诗中八仙歌》称之为潇洒美少年。

㉕房习祖、黎昕、许莹：事迹皆不详。

㉖衔恩：感恩。抚躬：省察自己。

㉗推赤心于诸贤腹中：谓以至诚对待贤人。

㉘委身：把身家性命付托给。

㉙敢效微躯：愿意贡献微贱之身。

㉚谟(mó 摩)猷(yóu 由)筹画：谋划打算。

㉛制作：此处指诗文创作。

㉜卷轴：古代在纸或帛上写作诗文，然后卷在轴上，就是一卷。

㉝尘秽视听：玷污了您的耳目，此乃请别人看自己文章的自谦说法。

㉞雕虫小技：微不足道的技能。此指诗赋作文。

㉟刍荛(ráo 饶)：柴草。此指自己诗文，自谦不佳。

㊱缮：誊抄。

㊲青萍：宝剑名。结绿：美玉名。

㊳薛：薛烛，春秋时越国人，善于相剑。

㊴卞：卞和，善于相玉。

【译文】

李白我听天下议论时事的人们聚在一起都说："活着不一定要被封为辖区有万户的侯爵，但一定要结识韩荆州。"您为什么令人景仰到这样的程度啊？难道不会是您拥有周公的风范，亲自践行"一沐三握发，一饭三吐哺"的殷勤待客之道。使全国的豪杰俊才，急不可待地投奔于您，一旦结识了您便如跳进了龙门，立马声名是以前的十倍！所以藏龙卧虎待机而动的人士，都希望在您那里得以宣扬名声确定

身价。希望君侯您不会因为来者富贵而让他骄纵,不会因为来者贫寒卑贱而忽视他,那么众人之中会有自荐的毛遂,我李白就能够脱颖而出,便成为这样的人啊。

我李白是陇西平民,流落在楚地与中原之间。十五岁爱好剑术,拜访了许多地方长官;三十岁诗文有了成就,屡次拜谒朝廷高官。尽管我身高不满七尺,而心志超过万人。王公大人都赞许我有志节,讲道义。这是我从前的思想和行迹,怎敢不尽情地向您倾诉呢?

君侯的功业堪比神明,您的德行感动天地,您的文章阐明了宇宙变化规律,学问探究了天道与人事的关系。希望君侯敞开胸怀,和颜接纳,不要因为我行长揖之礼晋见而拒绝我。假如能用盛大的宴席接待我,听任我纵情畅谈,那么我请以日试万言来测试,我将手不停笔,倚马可待。当今天下人以君侯为评论文章的主宰,权衡人物的权威,士人一经您的好评就成为德才兼备的佳士。君侯为什么吝惜庭阶前一尺见方的地方,不使我李白扬眉吐气,奋发昂扬于青云之上呢?

从前王允任豫州刺史。尚未到任就征聘荀爽,到任之后又征辟孔融。山涛任冀州刺史,考查选拔了三十余人,有的任侍中,有的做尚书,这都是为前代所赞美的。君侯您也先荐举过严协律,进入朝廷担任秘书郎。还有崔宗之、房习祖、黎昕、许莹这班人,有的因为才干声名而得到您的了解,有的因品行清白而被您赏识。李白每每看到他们感恩戴德,抚躬自问,以忠义奋发自勉。李白也因此而感激,知道君侯对许多贤人赤诚相待,所以不归依他人,而愿把身心命运托付给国中才德至高的人。倘使君侯在急难之际,有用得着我的地方,我自当献身效命。

常人并非尧舜,谁能够尽善尽美呢?我李白在谋划策略方面,哪里敢自恃过高?至于文学创作,我已经积累成册,很希望让您的视听受点污染——看看我的文章,恐怕雕虫小技,不合大人的胃口。如果赏脸愿意看我的劣作,请给我纸笔,以及书童。然后我回去打扫闲散的房屋,誊抄好呈送给您。青萍剑、结绿玉,在薛烛、卞和的门下价值得到提升。有幸的话请您推举在下,多多褒奖美言,请君侯您考虑考虑吧。

李朝威　柳毅传

【作者介绍】

李朝威(约公元 766 年—约 820 年),字不详,陇西(今甘肃省东南部)人。约唐肃宗乾元中前后在世。唐代著名传奇作家,与李复言、李公佐合称"陇西三李"。

他的作品仅存《柳毅传》和《柳参军传》两篇。其中《柳毅传》被鲁迅先生与元稹的《莺莺传》相提并论。他本人也被后来的一些学者誉之为传奇小说的开山鼻祖。

【原文】

仪凤中,有儒生柳毅者,应举下第,将还湘滨。念乡人有客于泾阳①者,遂往告别。至六七里,鸟起马惊,疾逸道左。又六七里,乃止。

见有妇人,牧羊于道畔。毅怪,视之,乃殊色也。然而蛾脸不舒,巾袖无光,凝听翔立,若有所伺。毅诘之曰:"子何苦而自辱如是?"妇始楚而谢,终泣而对曰:"贱妾不幸,今日见辱问于长者!然而恨贯肌骨,亦何能愧避?幸一闻焉。妾,洞庭龙君小女也。父母配嫁泾川次子。而夫婿乐逸,为婢仆所惑,日以厌薄。既而将诉于舅姑②。舅姑爱其子,不能御。迨诉频切,又得罪舅姑。舅姑毁黜以至此。"言讫,歔欷欲流涕,悲不自胜。又曰:"洞庭于兹,相远不知其几多也?长天茫茫,信耗莫通。心目断尽,无所知哀。闻君将还吴,密通洞庭。或以尺书寄托侍者,未卜将以为可乎?"毅曰:"吾义夫也。闻子之说,气血俱动,恨无毛羽,不能奋飞,是何可否之谓乎!然而洞庭深水也。吾行尘间,宁可致意耶?惟恐道途显晦,不相通达,致负诚托,又乖恳愿。子有何术可导我邪?"女悲泣且谢,曰:"负载珍重,不复言矣。脱获回耗,虽死必谢。君不许,何敢言。既许而问,则洞庭之与京邑,不足为异也。"

毅请闻之。女曰:"洞庭之阴③,有大橘树焉,乡人谓之社橘。君当解去兹带,束以他物。然后叩树三发,当有应者。因而随之,无有碍矣。幸君子书叙之外,悉以心诚之话倚托,千万无渝!"毅曰:"敬闻命矣。"女遂于襦间解书,再拜以进。东望愁泣,若不自胜。毅深为之戚,乃致书囊中,因复谓曰:"吾不知子之牧羊何所用哉,神岂宰杀乎?"女曰:"非羊也,雨工也。""何为雨工?"曰:"雷霆之类也。"毅顾视之,则皆矫顾怒步,饮龁甚异,而大小毛角则无别羊焉。毅又曰:"吾为使者,他日归洞庭,幸勿相避。"女曰:"宁止不避,当如亲戚耳。"语竟,引别东去。不数十步,回望女与羊,俱亡所见矣。

其夕④,至邑而别其友。月余,到乡还家,乃访于洞庭。洞庭之阴,果有社橘。遂易带,向树三击而止。俄有武夫出于波间,再拜请曰:"贵客将自何所至也?"毅不告其实,曰:"走谒大王耳。"武夫揭水指路,引毅以进。谓毅曰:"当闭目,数息可达矣。"毅如其言,遂至其宫。始见台阁相向,门户千万,奇草珍木,无所不有。夫乃止毅,停于大室之隅,曰:"客当居此以俟焉。"毅曰:"此何所也?"夫曰:"此灵虚殿也。"谛视之,则人间珍宝,毕尽于此。柱以白璧,砌以青玉,床以珊瑚,帘以水晶,雕琉璃于翠楣,饰琥珀于虹栋。奇秀深杳,不可殚言。

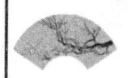

然而王久不至。毅谓夫曰："洞庭君安在哉？"曰："吾君方幸玄珠阁，与太阳道士讲火经，少选当毕。"毅曰："何谓火经？"夫曰："吾君，龙也。龙以水为神，举一滴可包陵谷。道士，乃人也。人以火为神圣，发一灯可燎阿房。然而灵用不同，玄化各异。太阳道士精于火理，吾君邀以听言。"语毕而宫门辟。景从云合，而见一人，披紫衣，执青玉。夫跃曰："此吾君也！"乃至前以告之。君望毅而问曰："岂非人间之人乎？"毅对曰："然。"毅遂设拜，君亦拜，命坐于灵虚之下。谓毅曰："水府幽深，寡人暗昧，夫子不远千里，将有为乎？"毅曰："毅，大王之乡人也。长于楚，游学于秦。昨下第，闲驱泾水之涘，见大王爱女牧羊于野，风鬟雨鬓，所不忍视。毅因诘之。谓毅曰：'为夫婿所薄，舅姑不念，以至于此。'悲泗淋漓，诚怛人心。遂托书于毅。毅许之，今以至此。"因取书进之。洞庭君览毕，以袖掩面而泣曰："老父之罪，不能鉴听，坐贻聋瞽，使闺窗孺弱，远罹构害。公，乃陌上人也，而能急之。幸被齿发，何敢负德？"语毕，又哀咤良久。左右皆流涕。时有宦人密侍君者，君以书授之，命达宫中。须臾，宫中皆恸哭。君惊，谓左右曰："疾告宫中，无使有声，恐钱塘所知。"毅曰："钱塘，何人也？"曰："寡人之爱弟。昔为钱塘长，今则致政矣。"毅曰："何故不使知？"曰："以其勇过人耳。昔尧遭洪水九年者，乃此子一怒也。近与天将失意，塞其五山。上帝以寡人有薄德于古今，遂宽其同气之罪。然犹縻系于此，故钱塘之人日日候⑤焉。"

语未毕，而大声忽发，天坼地裂，宫殿摆簸，云烟沸涌。俄有赤龙长千余尺，电目血舌，朱鳞火鬣，项掣金锁，锁牵玉柱，千雷万霆，激绕其身，霰雪雨雹，一时皆下，乃擘青天而飞去。毅恐蹶仆地。君亲起持之曰："无惧。固无害。"毅良久稍安，乃获自定，因告辞曰："愿得生归，以避复来。"君曰："必不如此。其去则然，其来则不然。幸为少尽缱绻。"因命酌互举，以款人事。

俄而⑥祥风庆云，融融怡怡，幢节玲珑，箫韶以随。红妆千万，笑语熙熙。后有一人，自然蛾眉，明珰满身，绡縠参差。迫而视之，乃前寄辞者。然若喜若悲，零泪如丝。须臾，红烟蔽其左，紫气舒其右，香气环旋，入于宫中。君笑谓毅曰："泾水之囚人至矣。"君乃辞归宫中。须臾，又闻怨苦，久而不已。

有顷，君复出，与毅饮食。又有一人，披紫裳，执青玉，貌耸神溢，立于君左。君谓毅曰："此钱塘也。"毅起，趋拜之。钱塘亦尽礼相接，谓毅曰："女侄不幸，为顽童所辱。赖明君子信义昭彰，致达远冤。不然者，是为泾陵之土矣。飨德怀恩，词不悉心。"毅撝退辞谢，俯仰唯唯。然后回告兄曰："向者辰发灵虚，巳至泾阳，午战于彼，未还于此。中间驰至九天，以告上帝。帝知其冤而宥其失。前所谴责，因而获免。然而刚肠激发，不遑辞候，惊扰宫中，复忤宾客。愧惕惭惧，不知所失。"因退而

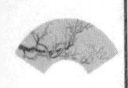

再拜。君曰："所杀几何？"曰："六十万。""伤稼乎⑦？"曰："八百里。""无情郎安在？"曰："食之矣。"君怃然曰："顽童之为是心也，诚不可忍；然汝亦太草草。赖上帝显圣，谅其至冤，不然者，吾何辞焉？从此已去，勿复如是！"钱塘复再拜。

是夕，遂宿毅于凝光殿。明日，又宴毅于凝碧宫。会友戚，张广乐，具以醪醴，罗以甘洁。初，笳角鼙鼓，旌旗剑戟，舞万夫于其右。中有一夫前曰："此《钱塘破阵乐》。"旌铫杰气，顾骤悍栗。座客视之，毛发皆竖。复有金石丝竹，罗绮珠翠，舞千女于其左，中有一女前进曰："此《贵主还宫乐》。"清音宛转，如诉如慕，坐客听下，不觉泪下。二舞既毕，龙君大悦。锡以纨绮，颁于舞人，然后密席贯坐，纵酒极娱。酒酣，洞庭君乃击席而歌曰："大天苍苍兮大地茫茫，人各有志兮何可思量，狐神鼠圣兮薄社依墙。雷霆一发兮其孰敢当？荷贞人兮信义长，令骨肉兮还故乡，齐言惭愧兮何时忘！"洞庭君歌罢，钱塘君再拜而歌曰："上天配合兮生死有途。此不当妇兮彼不当夫。腹心辛苦兮泾水之隅。风霜满鬓兮雨雪罗襦。赖明公兮引素书，令骨肉兮家如初。永言珍重兮无时无。"钱塘君歌阕，洞庭君俱起，奉觞于毅。

毅踧踖⑧而受爵，饮讫，复以二觞奉二君，乃歌曰："碧云悠悠兮泾水东流。伤美人兮雨泣花愁。尺书远达兮以解君忧。哀冤果雪兮还处其休。荷和雅兮感甘羞。山家寂寞兮难久留。欲将辞去兮悲绸缪⑨。"歌罢，皆呼万岁。

洞庭君因出碧玉箱，贮以开水犀；钱塘君复出红珀盘，贮以照夜玑，皆起进毅，毅辞谢而受。然后宫中之人，咸以绡彩珠璧投于毅侧。重叠焕赫，须臾埋没前后。毅笑语四顾，愧谢不暇。洎酒阑欢极，毅辞起，复宿于凝光殿。翌日，又宴毅于清光阁。钱塘因酒作色，踞谓毅曰："不闻猛石可裂不可卷，义士可亲不可羞耶？愚有衷曲，欲一陈于公。如可，则俱在云霄；如不可，则皆夷粪壤。足下以为何如哉？"毅曰："请闻之。"钱塘曰："泾阳之妻，则洞庭君之爱女也。淑性茂质，为九姻所重。不幸见辱于匪人，今则绝矣。将欲求托高义，世为亲戚，使受恩者知其所归，怀爱者知其所付，岂不为君子始终之道者？"毅肃然而作，欻然而笑曰："诚不知钱塘君孱困如是！毅始闻夸九州、怀五岳，泄其愤怒；复见断金锁，擘玉柱，赴其急难。毅以为刚决明直，无如君者。盖犯之者不避其死，感之者不爱其生，此真丈夫之志。奈何萧管方洽，亲宾正和，不顾其道，以威加人？岂仆人素望哉！若遇公于洪波之中，玄山之间，鼓以鳞须，被以云雨，将迫毅以死，毅则以禽兽视之，亦何恨哉！今体被衣冠，坐谈礼义，尽五常之志性，负百行怖之微旨，虽人世贤杰，有不如者，况江河灵类乎？而欲以蠢然之躯，悍然之性，乘酒假气，将迫于人，岂近直哉！且毅之质不足以藏王一甲之间。然而敢以不服之心，胜王不道之气。惟王筹之！"钱塘乃逡巡⑩致谢曰："寡人生长宫房，不闻正论。向者词述疏狂，妄突高明。退自循顾，戾微不

容责。幸君子不为此乖问可也。"其夕,复饮宴,其乐如旧。毅与钱塘遂为知心友。

明日,毅辞归。洞庭君夫人别宴毅于潜景殿,男女仆妾等悉出预会。夫人泣谓毅曰:"骨肉受君子深恩,恨不得展愧戴,遂至睽别。"使前泾阳女当席拜毅以致谢。夫人又曰:"此别岂有复相遇之日乎?"毅其始虽不诺钱塘之情,然当此席,殊有叹恨之色。宴罢,辞别,满宫凄然。赠遗珍宝,怪不可述。

毅于是复循途出江岸,见从者十余人,担囊以随,至其家而辞去。毅因适广陵宝肆,鬻其所得。百未发一,财已盈兆。故淮右富族,咸以为莫如。遂娶于张氏,亡。又娶韩氏。数月,韩氏又亡。徙家金陵。常以鳏旷多感,或谋新匹。有媒氏告之曰:"有卢氏女,范阳人也。父名曰浩,尝为清流宰。晚岁好道,独游云泉,今则不知所在矣。母曰郑氏。前年适清河张氏,不幸而张夫早亡。母怜其少,惜其慧美,欲择德以配焉。不识何如?"毅乃卜日就礼。既而男女二姓俱为豪族,法用礼物,尽其丰盛。金陵之士,莫不健仰。居月余,毅因晚入户,视其妻,深觉类于龙女,而艳逸丰厚则又过之。因与话昔事。妻谓毅曰:"人世岂有如是之理乎?然君与余有一子。"毅益重之。既产,逾月,乃秾饰换服,召亲戚。

相会之间,笑谓毅曰:"君不忆余之于昔也?"毅曰:"夙为洞庭君女传书,至今为忆。"妻曰:"余即洞庭君之女也。泾川之冤,君使得白。衔君之恩,誓心求报。洎钱塘季父,论亲不从,遂至睽违⑪。天各一方,不能相问。父母欲配嫁于濯锦小儿某。惟以心誓难移,亲命难背。既为君子弃绝,分无见期。而当初之冤,虽得以告诸父母,而誓报不得其志,复欲驰白于君子。值君子累娶,当娶于张,已而又娶于韩。洎张、韩继卒,君卜居于兹,故余之父母乃喜余得遂报君之意。今日获奉君子,咸善终世,死无恨矣。"因呜咽,泣涕交下。对毅曰:"始不言者,知君无重色之心。今乃言者,知君有感余之意。妇人匪薄,不足以确厚永心,故因君爱子,以托相生。未知君意何如?愁惧兼心,不能自解。君附书之日,笑谓妾曰:'他日归洞庭,慎无相避。'诚不知当此之际,君岂有意于今日之事乎?其后季父请于君,君固不许。君乃诚将不可邪,抑忿然邪?君其话之。"毅曰:"似有命者。仆始见君子长注之隅,枉抑憔悴,诚有不平之志。然自约其心者,达君之冤,余无及也。以言慎无相避者,偶然耳,岂有意哉。洎钱塘逼迫之际,唯理有不可直,乃激人之怒耳。夫始以义行为之志,宁有杀其婿而纳其妻者邪?一不可也。善素以操真为志尚,宁有屈于己而伏于心者乎?二不可也。且以率肆胸臆,酬酢纷纶,唯直是图,不遑避害。然而将别之日。见子有依然之容,心甚恨之。终以人事扼束,无由报谢。吁,今日,君,卢氏也,又家于人间。则吾始心未为惑矣。从此以往,永奉欢好,心无纤虑也。"妻因深感娇泣,良久不已。有顷,谓毅曰:"勿以他类遂为无心,固当知报耳。夫龙寿万岁,

今与君同之。水陆无往不适。君不以为妄也。"毅嘉之曰:"吾不知国客乃复为神仙之饵!"乃相与觐洞庭。既至,而宾主盛礼,不可具记。

后居南海仅四十年,其邸第舆马珍鲜服玩,虽侯伯之室,无以加也。毅之族咸遂濡泽。以其春秋积序,容状不衰。南海之人靡不惊异。洎开元中,上方属意于神仙之事,精索道术。毅不得安,遂相与归洞庭。凡十余岁,莫知其迹。至开元末,毅之表弟薛嘏为京畿令,谪官东南。经洞庭,晴昼长望,俄见碧山出于远波。舟人皆侧立,曰:"此本无山,恐水怪耳。"指顾之际,山与舟相逼,乃有彩船自山驰来,迎问于嘏。其中有一人呼之曰:"柳公来候耳。"嘏省然记之,乃促至山下,摄衣疾上。山有宫阙如人世,见毅立于宫室之中,前列丝竹,后罗珠翠,物玩之盛,殊倍人间。毅词理益玄,容颜益少。初迎嘏于砌,持嘏手曰:"别来瞬息,而发毛已黄。"嘏笑曰:"兄为神仙,弟为枯骨,命也。"毅因出药五十丸遗嘏,曰:"此药一丸,可增一岁耳。岁满复来,无久居人世间以自苦也。"欢宴毕,嘏乃辞行。自是已后,遂绝影响。嘏常以是事告于人世。殆四纪⑫,嘏亦不知所在。

陇西李朝威叙而叹曰:"五虫之长,必以灵者,别斯见矣。人,裸也,移信鳞虫。洞庭含纳大直,钱塘迅疾磊落,宜有承焉。嘏咏而不载,独可邻其境。愚义之,为斯文。"

【注释】

①泾阳:泾河的北面。

②舅姑:丈夫的父母。俗称公公和婆婆。

③洞庭之阴:洞庭湖的南面。

④其夕:那天晚上。

⑤日日候:天天等候、盼望。

⑥俄而:一会儿。

⑦伤稼乎:破坏庄稼了吗?

⑧踧踖(cù jí 促急):恭敬而不安的样子。

⑨绸缪(chóu móu 仇谋):情意缠绵的样子。

⑩逡(qūn 囷)巡:有所顾虑而徘徊或不敢前进的样子。

⑪睽(kuí 魁)违:分离,分别。

⑫纪:一纪是十二年。

【译文】

唐高宗仪凤年间,有一位叫柳毅的书生,到京城长安参加科举考试,没有考取,准备回到湘水边的家乡去。他想起有个同乡人客居在泾阳,就去辞行。走了六、七里,忽然有一群鸟直飞起来,他的马受了惊吓,向道边飞奔,又跑了六、七里之多,才停了下来。

只见路边有个女子放羊。他觉得很奇怪,仔细一看,原来却是个非常美丽的女子。可是她双眉微皱,面带愁容,穿戴破旧,出神地站着,好象在等待着什么。柳毅忍不住问她道:"你有什么痛苦,把自己委屈到这种地步?"女子开头显出悲伤的神情,向柳毅道谢,接着哭了起来,回答说:"我是个不幸的人,今天蒙您关怀下问。但是我的怨恨铭心刻骨,又怎能觉得渐愧而回避不说呢?希望您听一听。我本是洞庭龙王的小女儿,父母把我嫁给泾川龙王的二儿子,但丈夫喜欢放荡取乐,受到了奴仆们的迷惑,一天天厌弃、鄙薄我。后来我把这情况告诉了公婆,公婆溺爱自己的儿子,管束不住他。等到我恳切地诉说了几次,又得罪了公婆。公婆折磨我,赶我出来,弄到这个地步。"说完,抽泣流泪,悲伤极了。接着又说:"洞庭离这里相距不知道有多呢,无边无际的天空,无法传通音信,心用尽,眼望穿,也无法使家里知道我的悲苦。听说您要回到南方去,您的家乡紧接洞庭湖,也许可以把信托您带去,不知道你能够答应吗?"柳毅说:"我是个讲义气的人。听了你的话,心里非常激动,只恨我身上没有翅膀,不能奋飞到洞庭,还说什么答应不答应呢?可是洞庭水深啊,我只能在人间来往,怎能到龙宫里去送信呢?只怕人世和仙境有明暗之分,道路不通,以致辜负了你热忱的嘱托,违背了你恳切的愿望。你有什么好办法可以给我引路吗?"女子一边悲伤地哭泣,一边道谢说:"希望你一路上好好保重,这些话不用再说了。要是有了回音,即使我死了,也一定感谢您。方才您不曾答应时,我哪敢多说。现在您既然答应了,而且问我如何去洞庭龙宫,我就告诉你,洞庭的龙宫跟人世的京城其实并没有什么不同。"

柳毅请她详细说说。女子说:"洞庭的南岸有一棵大橘树,当地人称它社橘。您到了那里要解下腰带,束上别的东西,在树干上敲三下,就会有人出来招呼您。您就跟着他走,不会有什么阻碍。希望您除了报信之外,并且把我告诉您的心里的话都说给我家里的人,千万不要改变!"柳毅说:"放心吧,一定听你的盼咐。"女子就从衣襟里拿出信来,向柳毅一再拜谢,然后把信交给了他。这时她望着东方,又掉下泪来,难过极了。柳毅也很为她伤心。他把信放在行囊里,便又问道:"我不知道你牧羊有什么用处,神灵难道还要宰杀它们吗?"女子说:"这些并不是羊,是'雨工'啊。""什么叫'雨工'?"回答说:"就是象雷、电一样掌管下雨的神灵。"柳毅回头看看那些羊,就见它们昂头望,大步走,饮水吃草的样子很特别,可是身体的大小和身上的毛、头上的角,跟羊没有不同。柳毅又说:"我给你做传信的使者,将来你

散文部分

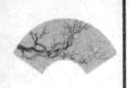

回到洞庭,希望你不要避开我不见面。"女子说:"不仅不会避开,还要象亲戚一样啊。"说完,柳毅和她告别向东走。走不到几十步,回过头来看看女子与羊群,已经都消失不见了。

　　这天傍晚,柳毅到泾阳告别了他的朋友。一个多月后,柳毅回到家乡,就去洞庭访问。洞庭湖的南岸,果然有一棵社橘。他就换下腰带,在树上敲了三下。一会儿有个武士出现在波浪中,向柳毅行礼后问道:"贵客是从什么地方来的?"柳毅先不告诉他实情,说:"我特来拜见大王。"武士分开水,带着柳毅前进。对柳毅说:"要闭上眼睛,很快就可以到了。"柳毅依照他的话,便到了龙宫。只见高楼大殿一座对着一座,一道道门户数也数不清,院子里栽着奇花异木,各式各样,无所不有。武士叫柳毅在殿角里停下来,说:"请贵客在这里等着吧。"柳毅问:"这里是什么地方?"武士说:"这是灵虚殿。"柳毅仔细一看,觉得世界上的珍宝全都在这里了。殿柱是用白璧做成的,台阶是用青玉铺砌的,床是用珊瑚镶制的,帘子是用水晶串成的,在绿色的门楣上镶嵌着琉璃,在彩虹似的屋梁上装饰着琥珀。奇丽幽深的风景,说也说不尽。

　　可是好大一会儿龙王也没出来。柳毅问武士:"洞庭君在哪里?"武士说:"我们的大王正幸临在玄珠阁,跟太阳道士谈论火经,不多时就可以谈完了。"柳毅问:"什么叫火经?"武士说:"我们的大王是龙,龙凭借着水显示神灵,拿一滴水就可以漫过山陵溪谷。太阳道士是人,人凭借火来表现本领,用一盏灯火就可以把阿房宫烧成焦土。然而水火的作用不同,变化也不一样。太阳道士对人类用火的道理很精通,我们在王请他来,听听他的议论。"才说完话,宫门大开。一群侍从象影子跟随形体,象云气聚拢拟的簇拥着一位身穿紫袍,手执青玉的人出来了。武士跳起身来说:"这就是我们的大王!"立刻上前报告。洞庭君打量着柳毅说:"这不是人世间来的人吗?"柳毅回答说:"是。"便向洞庭君行礼,洞庭君也答了礼,请他坐在灵虚殿下。对柳毅说:"水底宫殿幽深,我又愚昧,先生不怕千里之远来到这里,有何贵干呢?"柳毅说:"我柳毅是大王的同乡。生长在湘水边,到长安去求功名。前些日子没有考上,闲暇间驱马在泾水岸边,看见大王的爱女在野外牧羊,受着风霜雨露的吹打,容颜憔悴,叫人看了十分难受。我就问她。她告诉我说:'被丈夫虐待,公婆又不体谅,因此弄到这个地步。'悲伤得泪流满面,实在使人同情。她托我捎封家信。我答应了,今天才到这里来的。"于是拿出信来,交给了洞庭君。洞庭君把信看完,用袖子遮住脸哭泣起来,说:"这是我做父亲的过错,我看不明,听不清,因而同聋子瞎子一样,使闺中弱女在远方受陷害也不知道。你是个不相关的路人,却能仗义救急,承蒙您的大恩大德,我怎敢忘记?"说完,又哀叹了好久。连旁边的人也

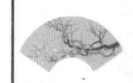

感动得流泪。这时有个在身边伺候的太监,洞庭君便把信交给他,让他送进宫去。不一会儿,听到宫里发出一片哭声。洞庭君慌忙对待从的人说:"快去告诉宫里,不要哭出声来,恐怕让钱塘君知道了。"柳毅问:"钱塘君是谁啊?"洞庭君说:"是我的爱弟,以前做过钱塘长,如今已经罢官免职了。"柳毅又问:"为什么不让他知道?"洞庭君说:"因为他勇猛过人。早先唐尧时代闹过九年的洪水,就是他发怒的缘故。最近他跟天将不和睦,又发大水淹掉五座大山。上帝因为我历来有些功德,才宽恕了我弟弟的罪过。但还是把他拘禁在这里,所以钱塘的人每天都盼他回去。"

话未说完,忽然发出一声巨响,天崩地裂,宫殿被震得摇摆簸动,阵阵云雾烟气往上翻涌。顷刻有一条巨龙身长千余尺,闪电似的目光,血红的舌头,鳞甲象朱砂,鬃毛象火焰,脖子上押着金锁链,链子系在玉柱上,身上带着无数的霹雳和闪电雨雪冰雹顿时出现,它经直向青天飞去了。柳毅吓得扑倒在地。洞庭君亲自把他扶起,说:"不用害怕,没危险的。"柳毅好一会儿才镇定下来,就告辞说:"我希望能活着回去,躲避它再来。"洞庭君说:"一定不会这样了。它去的时候是这样,回来的时候就不这样了。希望让我稍尽点情意。"就吩咐摆宴,互相举杯敬酒,以尽款待的礼节。

不久忽然吹起了微微的暖风,现出了朵朵彩云,在一片和乐的气象里,出现了精巧的仪仗队,跟着是吹奏着动听歌曲的乐队。无数装扮起来的侍女,有说有笑。后面有一个人,天生的美貌,她身上佩戴着华美的装饰品,丝绸衣裳长短相配。柳毅走近一看,原来就是以前托他捎信的那个女子。可是她又象喜欢又象悲伤,眼泪断断续续地掉下来。一会儿红烟遮在她的左边,紫云飘在她的右边,香风袅绕,已到宫中去了。洞庭君笑着对柳毅说:"在泾水受苦的人回来了。"说完,向柳毅辞别回到宫中去了。一会儿,又听到抱怨的诉苦的声音,久久没有停止。

过了一会儿,洞庭君重新出来,和柳毅饮酒吃饭。又见有一人,披着紫袍,拿着青玉,容貌出众,精神饱满,站在洞庭君的左边。洞庭君向柳毅介绍说:"这位就是钱塘君。"柳毅起身后,小跑上前,向钱塘君行礼。钱塘君也很有礼貌地回拜,对柳毅说:"侄女不幸,被那个坏小子虐待。靠您仗义守信;把她在远方受苦的消息带到这里。靠您仗义守信;把她在远方受苦的消息带到这里。要不然的话,她就成为泾陵的尘土了。受您的德,感您的恩,难以用言词表达出来。"柳毅谦让地表示不敢当,只是连声答应。钱塘君又回头对他的哥哥说:"我方才辰刻从灵虚殿出发,巳刻到达泾阳,午刻在那边战斗,未刻回到这里。中间赶到九重天向天帝报告。天帝知道侄女的冤屈便原谅了我的过错。连对我以前的责罚也因此赦免了。可是我性情刚烈,走的时候来不及向您告别问候,惊扰了宫里,又冒犯了嘉宾。心里惭愧惶恐,

不知犯了多大的过失。"就退后一步,再拜请罪。洞庭君问:"这次伤害了多少生灵?"回答说:"六十万。""糟蹋庄稼了吗?"回答说:"方圆八百里。"又问:"那个无情义的小子在哪里?"回答说:"被我吃掉了。"洞庭君露出不快的神色说:"那小子存这样的心,确实难以容忍;可是你也太鲁莽。靠天帝的英明,了解我女儿的奇冤。不然的话,我怎么能推卸责任呢?从今以后,你别再这样鲁莽了!"钱塘君又一次揖拜以示敬服。

这天晚上,安排柳毅在凝光殿住宿。第二天,洞庭君又在凝碧宫宴请柳毅。命人演奏天上的乐曲,桌上摆满了美酒佳肴。宴会开始时,乐队奏起筘角鼙鼓等军乐,有一万名武士在右边,舞蹈旌旗飘扬剑戟森森。一名武士上前说:"这是《钱塘破阵乐》。"旌旗剑戟的挥舞豪气袭人,左右张望行进的步伐骠悍迫人,在座的客人看了,吓得毛发全都倒竖起来。接下来又奏起金石丝竹等乐,眼睛看到的都是绫罗珠翠,有一千名女子在左边起舞。一名女子上前报告说:"这是《贵主还宫乐》。"清亮的声音婉转动听,像在诉说什么,又像表达思慕之意,所有人听得都不知不觉流下泪来。两个舞蹈结束了,洞庭君非常高兴,把绮罗绸缎赏给跳舞的人。然后大家坐在一起,尽情喝酒欢乐。酒喝到酣畅时,洞庭君敲着坐席唱道:"上天苍苍啊,大地茫茫。人各有志啊,怎能忖量。狐鼠神圣啊,近社靠墙。雷霆一震啊,谁敢抵挡!承君子啊信义长,让骨肉啊回故乡。齐言大恩难报啊何时敢忘!"洞庭君唱完,钱塘君也唱道:"上天配合啊,生死异路。她不该为妻啊,他不该为夫。内心痛苦啊,在泾水一角,风霜吹打鬓发啊,雨雪湿透衣服。多亏贤明的君子啊传递音信,让骨肉啊团聚如初。永远保重啊时时为您祝福。"钱塘君唱完,和洞庭君一同站起来向柳毅敬酒,柳毅局促不安地接过酒杯,喝完后,又用两杯酒回敬二位主人,唱道:"碧云悠悠啊,泾水东流。可怜美人啊,雨泣花愁。书信远投啊,为你解除烦忧。哀冤果然昭雪啊,回家享受安乐。蒙赐乐舞啊,多谢佳肴美酒。寒舍寂寞啊,难以久留。将要告别啊,情意绸缪。"唱完,众人齐声欢呼叫好。

洞庭君拿出碧玉箱子,里面放着能分开水路的犀角;钱塘君又拿出红琥珀的盘子,里面放着夜明珠,一起送给柳毅,柳毅无法推辞,只好道谢收下。接着宫里的人,都把薄纱、彩缎、珍珠、玉璧,放在柳毅身旁,各种宝物光采夺目,一下子就堆满了他四周。柳毅不断转身道谢,非常不好意思。等到酒喝够了,柳毅起身告辞,还是住宿在凝光殿里。第二天,在清光阁宴请柳毅。钱塘君喝醉了,蹲着对柳毅说:"您听过坚硬的石头可以被击碎但不可以被弯,义士可以杀死但不可以羞辱吗?我有件心事,想说给您听。您觉得如何呢?"柳毅说:"请您说来听听。"钱塘君说:"泾阳小龙的妻子,也就是洞庭君的爱女,个性温婉贤淑,却不幸被那行为不正的家伙

欺侮。现在事情结束了,我打算把她托付给您这位义士。您为她传递讯息,难道不希望她有好归宿吗?"柳毅站起来,严肃地说:"没想到钱塘君目光短浅到这个地步!我听说你用大水横越九州,包围五岳,发泄你的愤怒;又看见你挣断金锁,拖起玉柱,赶去解救龙女的急难。我本来认为论刚强正直,没有人能比得上你;对侵犯自己的事,不怕死亡而斗争,对感动自己的事,不惜生命去援救,这真是大丈夫的行为。为什么在音乐悠扬、气氛融洽的时候,露出一副威胁我的样子?如果在波涛之中、神山之间,看见你鼓动你的鳞和须,夹带狂风暴雨,用死来逼迫我,我只把你当作一般的野兽来看待,根本无须多说!如今你穿戴华美衣冠,谈的是礼义,又有仁、义、礼、智、信的品德,即使是人间的贤人豪杰,很多人都比不上你,何况一般水里的鱼贝之类呢?但你用庞大的身躯、凶悍的性情,乘着酒意仗着气势,打算逼别人同意,这样算是有品德吗?我的身体,还不够与你的一片鳞甲相比,但我敢用不屈服的决心,战胜大王缺乏道义的凶暴。请大王仔细考虑!"钱塘君不安地道歉说:"寡人生长在深宫里,从来没有听过正直的言论。刚才竟然愚蠢地冒犯了先生!现在回过头来思考,罪过真是不可饶恕。希望您不要因此心里不悦才好。"于是两人和好如初,柳毅和钱塘君自此成了知心好友。

　　第二天,柳毅告辞准备回家。洞庭君夫人另外宴请柳毅。所有仆人全都参加宴会。夫人对柳毅说:"亲生骨肉受到您的大恩大德,还来不及表达感谢的心意,就要分别了。"夫人让女儿在筵席上向柳毅下拜表示谢意。夫人又说:"这次分别后,还有再相逢的日子吗?"柳毅之前没有答应钱塘君的请求,然而在今天的筵席上,却有一点叹息悔恨。宴会结束,告辞离别,龙宫上下一片伤心。柳毅所得到的珍宝,奇特得无法形容。

　　柳毅重新顺着原路回到岸上,随从的人有十多个,挑着行李跟着柳毅,等柳毅到家才告辞而去。柳毅到广陵的珠宝店去,把他得到的珠宝卖掉,卖出的还不到百分之一,财产累积已经超过百万了。连世居淮西的豪富家族,都认为不如他。柳毅先娶了张氏,没几年张氏死了,又娶韩氏,几个月后又死了,柳毅便全家迁到金陵。常常为了中年丧妻独居无伴而伤感,还是想找个新的配偶。有个媒人告诉他说:"有个姓卢的女子,是范阳郡人。她父亲名叫卢浩,曾经担任清流县县令,因为晚年喜爱道术,竟独自到深山之间求道,现在已不知去哪里了。母亲姓郑。卢家女儿前年嫁给清河县一个姓张的,不幸丈夫早死。母亲觉得她年纪还轻,聪明美丽,想挑一个品德好的人来跟自己女儿匹配。不知你觉得怎样?"柳毅十分心动,便选好日子举行婚礼。由于男女两方都是有钱的富户,婚礼上的摆设和交换的礼品都非常丰盛,让金陵人士很羡慕。婚后一个多月,有天柳毅因有事很晚才回家,猛然看他

的妻子，觉得她实在很像洞庭龙女，但她个性娴静、容貌艳丽、身材丰满，却又胜过龙女。柳毅故意和她谈起从前的事，妻子却对柳毅说："人间怎么可能发生这种奇事呢？"过了一年，卢氏怀了孕，柳毅对妻子更是百般珍爱。

孩子生下满月后，有一天妻子盛装打扮，把柳毅叫到内室里，笑着对柳毅说："郎君想不起我以前的情况了吗？"柳毅说："婚前我们互不相识，有什么好想的呢？"妻子说："我就是洞庭君的女儿呀。在泾水所受的冤屈，幸而有您才得以解脱。龙女牢记郎君的恩情，发誓一定要报答。钱塘叔父提亲您却不愿意，因此相互阻隔，天各一方，没有办法互通音讯。父母想把我嫁给濯锦江的龙王之子，我便剪去头发，闭门不见外人，以表明绝不嫁他人的决心。虽然被您弃绝，心想永远无法再见，但当初的心，誓死不变，后来父母同情我，一直想要找机会告诉您，又碰上您屡次娶妻，先是张氏，随后又娶了韩氏。等到张氏、韩氏相继去世，您选择居住在这里，所以我的父母允许我能够实现报答您的心愿。今天能够侍奉您，一起过一生，我死而无憾了！"说完她呜咽抽泣，脸上泪涕交流。又对柳毅说："当初不说明这事，今天才说，是因为知道您还在想念我。我身份低微，不知如何表达心里的情意，所以借为您生个孩子，希望能从此一起生活。不知您的意思怎样？现在我心中忧愁害怕交杂着，自己又无法排解。您替我带信的那天，笑着对我说：'以后回到洞庭，千万不要回避我。'真不知道是否在那时，您是否已经料想到今天的事情呢？后来叔父向您提亲，您坚决不同意，是真不答应，还是只因被强迫，一时气愤呢？请告诉我！"柳毅说："好像是命运安排的吧。我当初看到您在泾水岸边，含冤负屈、憔悴不堪，确实是为你抱不平。然而我控制着爱慕的心意，只想替您传达冤屈，其他事情都谈不上。说到'千万不要回避我'这话，是偶然的，并不是有意的呀。当钱塘君逼迫我的时候，只因道理上说不过去，我才觉得不高兴。我以仗义为志向，哪有杀了人家丈夫而娶人家妻子的道理？这是第一个不可。我一向以操守坚定为原则，怎么可以屈服于他人而违背良心？这是第二个不可。况且筵席上又是在众人之前，我只考虑直道而行，无暇顾及其他，然而到了将分开的那天，看到您有恋恋不舍的神色，心里很悔恨。今天您变成卢氏，又安家在人间，那么我当初的拒绝并不能算是糊涂呀。从今以后，若能永远相守，心里就没有任何的遗憾了。"妻子听了很感动，低声啜泣，过了一会儿，她对柳毅说："不要以为我是异类，就没有人的感情，我一直牢记要报答您的恩情。龙的寿命有一万岁，如今和您同享，不论是水里或陆地没有任何地方是到不了的。您不会觉得我是随口说说吧？"柳毅高兴地说："想不到我做了龙君的女婿，如今还有机会能做神仙。"二人一起去朝见洞庭君。回到龙宫后，盛大礼仪，实在无法一一记录。

132

柳毅住在南海将近四十年,他们的住宅、车马、吃食、珍宝,即使是位居公侯的大官贵族家中也比不上。柳毅的亲眷都受到了恩惠。尽管年纪增长,但柳毅夫妇的容貌却一点也不衰老,南海的人,知道的都觉得惊异。到了开元中期,皇帝在打听神仙的事,专心探求成仙的法术。柳毅被打扰得不得安宁,就回到洞庭湖,有十多年无人知道他的踪迹。开元末年,柳毅的表弟薛嘏担任京畿令,被贬官到东南。薛嘏去上任时坐船经过洞庭,在一个晴朗的白天向远处望,忽然有一座碧绿的山从远处的水波中出现。船上的人都惊讶的说道:"这里本来没有山,该不会是水怪吧。"山和船越靠越近了,突然有艘彩船从山那边驶来,等侯薛嘏,其中有个人对薛嘏叫道:"柳公来见你了。"薛嘏突然想起柳毅的事,便催促众人把船开到山下,撩起衣裳急忙上岸。山上的宫阙和人间一样,柳毅站在宫室当中,他前面排列着丝竹乐队,后面站着许多侍女,珍宝之多,不知超过人间多少倍。柳毅讲话越来越深奥,容貌更加年轻了。他在台阶上迎接薛嘏,握着薛嘏的手说:"从分别到现在只有短短时间,但你的头发已经变白了。"薛嘏笑着说:"兄长做了神仙,弟弟终成枯骨,这是天命啊。"柳毅拿出五十颗丸药给薛嘏,说:"这种药吃一颗,可以增加一岁。药吃完再来,不要长期居住在人间自讨苦吃啊。"柳毅又设宴招待,宴席结束薛嘏便告辞离去。从此以后,便和柳毅断绝了消息。薛嘏常把这事告诉世人,大概过了四十八年,薛嘏也不知到什么地方去了。

陇西李朝威记录完这件事情后说:"大自然中的各种生物中为首的,一定是以他的灵性著称。洞庭君平正而心胸开阔,钱塘君嫉恶如仇而又行动迅猛,两个龙王的品德确实是值得传承啊!薛嘏曾经赞美这件事情而没有留下记载,却只有他一个人能接近仙境。我认为这件事情很好,于是我为这件事写了这篇短文。"

韩愈　进学解

【作者介绍】

韩愈(公元 768 年—824 年),字退之,唐河内河阳(今河南孟县)人。祖籍郡望昌黎(今河北徐水县),自称韩昌黎。晚年任吏部侍郎,又称韩吏部。卒谥文,世称韩文公。与柳宗元同为当时古文运动的倡导者。苏轼称赞他"文起八代之衰,道济天下之溺"。明代被推为唐宋八大家之首。著有《昌黎先生集》。

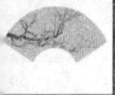

【原文】

国子先生①晨入太学②,招诸生立馆下,诲之曰:"业精于勤,荒于嬉;行成于思,毁于随③。方今圣贤相逢,治具④毕张。拔去凶邪,登崇俊良⑤。占小善者率以录,名一艺者无不庸⑥。爬罗剔抉⑦,刮垢磨光。盖有幸而获选,孰云多而不扬⑧?诸生业患不能精,无患有司⑨之不明;行患不能成,无患有司之不公。"

言未既,有笑于列者曰:"先生欺余哉!弟子事先生,于兹有年矣。先生口不绝吟于六艺之文,手不停披于百家之编。纪事者必提其要,纂言者必钩其玄。贪多务得,细大不捐。焚膏油以继晷,恒兀兀⑩以穷年。先生之业,可谓勤矣。觝排异端,攘斥佛老⑪。补苴罅漏⑫,张皇幽眇⑬。寻坠绪⑭之茫茫,独旁搜而远绍。障百川而东之,回狂澜于既倒。先生之于儒,可谓有劳矣。沉浸酿郁,含英咀华;作为文章,其书满家。上规姚姒⑮,浑浑无涯;周《诰》、殷《盘》,佶屈聱牙⑯;《春秋》谨严,《左氏》浮夸;《易》奇而法,《诗》正而葩;下逮《庄》《骚》,太史所录,子云相如,同工异曲。先生之于文,可谓闳其中而肆其外⑰矣。少始知学,勇于敢为;长通于方,左右具宜。先生之于为人,可谓成矣。然而公不见信于人,私不见助于友。跋前踬后⑱,动辄得咎。暂为御史,遂窜南夷。三年博士,冗不见治。命与仇谋,取败几时。冬暖而儿号寒,年丰而妻啼饥。头童齿豁,竟死何裨⑲?不知虑此,反教人为?"

先生曰:"吁,子来前!夫大木为杗⑳,细木为桷㉑,樽栌、侏儒、椳闑、扂楔㉒,各得其宜,施以成室者,匠氏之工也。玉札丹砂,赤箭青芝,牛溲马勃㉓,败鼓之皮,俱收并蓄,待用无遗者,医师之良也。登明选公,杂进巧拙,纡余为妍,卓荦为杰,校短量长,惟器是适者,宰相之方也。昔者孟轲好辩,孔道以明,辙环天下,卒老于行。荀卿守正,大论是弘,逃谗于楚,废死兰陵㉔。是二儒者,吐辞为经,举足为法,绝类离伦,优入圣域,其遇于世何如也?今先生学虽勤而不由其统,言虽多而不要其中,文虽奇而不济于用,行虽修而不显于众。犹且月费俸钱,岁靡廪粟。子不知耕,妇不知织。乘马从徒,安坐而食。踵常途之役役,窥陈编以盗窃㉕。然而圣主不加诛,宰臣不见斥,非其幸欤?动而得谤,名亦随之。投闲置散,乃分之宜。若夫商财贿之有亡,计班资之崇庳㉖,忘己量之所称,指前人之瑕疵,是所谓诘匠氏之不以杙为楹,而訾医师以昌阳引年,欲进其豨苓也。"

【注释】

①国子先生:对国子监博士的尊称,此处为韩愈自称。

②太学:西汉时设立。唐时国子学与太学分立。此处韩愈沿用古称,把国子学

仍然称为太学。

③随:因循随俗。

④治具:指法令。

⑤登崇俊良:提拔才德优良的人。

⑥庸:通"用"。

⑦爬罗剔抉:爬梳,搜罗,剔除,抉择。都指录用人才。

⑧扬:提举。

⑨有司:古代设官分职,各有专司,所以称主管的官吏或官府为有司。此处指负责选拔人才的官吏。

⑩兀兀(wù 务):劳苦的样子。

⑪佛老:佛家与道家的学说。

⑫补苴(jū 拘)罅(xià 下)漏:补苴,填补,引申为弥缝。罅漏,裂缝,缺漏。指前人学说未尽完善之处。

⑬张皇幽眇:张皇,张大,引申为阐发。幽眇,指深奥隐微的道理。

⑭坠绪:指已经衰落不振的儒学。

⑮姚姒:姚,虞舜的姓。姒,夏禹的姓。这里指《尚书》中的《虞书》、《夏书》。

⑯佶(jí 吉)屈聱牙:指文辞艰涩难读。

⑰闳其中而肆其外:闳其中,指内容精深博大。肆其外,指文辞波澜壮阔。

⑱跋前踬(zhì 智)后:踬通"疐",窒碍。这个成语来源于《诗经》,比喻进退两难。

⑲竟死何裨(bì 毕):一直到死又有什么好处? 裨益。

⑳亲(máng 忙):栋梁。

㉑桷(jué 绝):屋椽。

㉒樽栌、侏儒,椳(wēi 威)闑(niè 涅)、扂(diàn 店)楔:樽栌,壁上短柱。侏儒:梁上短木。椳:门臼,用来承门框。闑:古代门中间所竖的短木。扂,门栓。楔,古代房门两旁的木柱。

㉓牛溲马勃:牛溲,即车前草,一说为牛尿。马勃,又名马屁菌。

㉔废死兰陵:荀卿在齐国被齐人谗,于是从齐至楚,楚相黄歇(春申君)任命他为兰陵令。黄歇死后,荀卿被免职,居于兰陵,著书数万言,最后死在兰陵(今山东枣庄市峄城区)。

㉕踵常途二句:是说疲劳不休地随俗行事而无特殊表现,在旧籍中窃取前人陈言而无新异见解。

㉖计班资之崇庳：班资，品秩，官阶。庳，通"卑"，低下。崇庳：高低。

【译文】

国子先生一大早来到国子学，召集学生们站在学舍之下，教训他们说："学业的精通全在于勤奋，学业的荒疏则是由于玩乐游荡；德行的有成那是由于善于思考的结果，德行的败坏则是由于因循随俗，没有主见。现在上有有贤相辅佐的圣君，法制健全又注重实施。除掉奸邪凶顽之徒，提拔和推崇优秀杰出的人才。有一点长处的就会被录取，有一技之长的无不任用。选拔人才，经过搜罗抉择，造就人才，注意多方培养。大概只有侥幸入选的，谁说多才多艺的人会不被举荐呢？诸位学生只怕自己的学业不精进，不必担忧主管长官眼目不明；只怕自己德行没有成就，不必担忧主管长官的不公平。"

话还没有说完，就有人在行列里发出了笑声，说："先生这是在欺骗我们啊！我们这些学生跟随先生学习，已经有好几年了。先生嘴里不停地诵读六经上的文章，手中不停地翻阅诸子百家的著作。对记事的著作，都写出提要，立论的则一定要探究其中奥妙。不厌其多，务求多得，大小都不肯放弃。点着灯烛，夜以继日，一年到头，勤奋不止。先生从事学业，应该说是很勤奋了。抵制异端邪说，反对佛家与道家的出世学说，弥补儒家的疏失缺漏，发挥其精深微妙的道理。寻求渺茫失传的儒家之道，独自广泛搜寻，远继前贤。堵塞奔腾的河川，引导它东流入海，挽回泛滥的狂涛使它复归故道。先生对于儒家，可以说是有功劳的了。心思沉浸在意味浓厚的典籍之中，细细品味其中的精华；写成的文章和著作已经堆满了屋子。向上模仿前人，取法于舜禹时代的典章，深远博大，无边无际；周代的《诰》和商代的《盘庚》，文章古奥，艰深难读；《春秋》一字褒贬，准确严密；《左传》记事详赡，文辞铺张；《易经》变化奇妙，言有法则；《诗经》思想雅正，辞采华美；往下到《庄子》、《离骚》，太史公的《史记》，扬雄、司马相如的创作，虽然风格不同却同样美妙出众。先生的文章内容博大精深，文辞奔放流畅。先生年轻时就懂得学习，很有勇气，敢作敢为。成年以后，通达事理，处理问题，都很恰当。先生的为人，可以说是很老成的了。然而您在公事方面，不被人家信任。在私事方面得不到朋友的帮助。进退两难，动不动就会获罪遭灾。刚刚担任御史，就被贬到边远的南方。已经做了三年得博士，至今还被投闲置散，一点也无法实现自己的抱负。命运似乎注定要和仇敌相遇和。时不时就遭受到失败。冬天天气还暖和的时候，孩子就叫喊寒冷；年成丰收了，妻子却还啼哭饥饿。您的头也秃了，牙齿也脱落了，就这样发展下去，直到老死又有什么好处？您不好好考虑一下自己的这些问题，反而来教训起我们来了？"

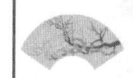

先生说:"喂,这位学生,你到前面来!你看,用大木材做梁,小的木头做椽子,壁柱、斗拱、短椽、门臼、门橛、门闩、门柱,都各自得到合适的安排,用以造成宫室,这是木匠师傅的技艺。玉札、丹砂、朱箭、青芝,同那些牛溲、马勃、破鼓的皮,兼收并蓄,等到需用时不会缺漏,这是医师的高明。提拔选用人才,贤明公正,乖巧的、笨拙的,都加以引进,处事周备、温婉潇洒的是佳士,卓荦不群、旷达豪放的为杰出,比较人才的优劣短长,不论具有什么样的能力、才干,全都安排合适,发挥作用,这是宰相的治国之术。从前孟轲喜好辩论,孔子之道得以阐明,他游历的车辙遍布天下,在奔波中结束了一生。荀子恪守孔孟之道,使伟大的理论得以弘扬,后来为了逃避谗言从齐国逃到了楚国,最后被免职而死在兰陵。这两位大儒,言论成为经典,行为成为法则,他们远远超过了一般人士,其优秀杰出足以达到圣人的境界,可是他们在世上的遭遇又怎么样呢?现在我作为先生,学业虽然勤奋,但还不能继承儒家的道统;言论虽然很多,但还不切中要旨;文章虽然巧妙,但却无益于实用;品德虽然有修养,但还不够明显出众。就这样,尚且每月耗费公家的俸钱,每年消耗官仓中的粮食。儿子不会种田,妻子不懂纺织。出门有车马可乘,有仆从跟随,安安稳稳,坐吃俸禄。拘谨地按着常规道路前进,剽窃些旧书中的见解而无创见。然而圣人对我不加以惩罚,宰相对我未加斥逐,这难道不是幸运吗?动不动就遭到毁谤,名声也跟随着败坏。安置在闲散的地位,乃是分所应当。若还讨论财物利禄的有无,计较官位的高低,忘记了自己的才能是否相称,却指责地位在我之前的人的毛病。那就如同人们所说的,责问木匠师傅为什么不用小木桩做柱子,批评医师用有可以轻身明目效用的菖蒲来延年益寿,想叫人采用有排泻作用的豨苓来代替它一样的荒唐可笑啊!"

柳宗元　梓人传

【作者介绍】

柳宗元(公元773年—819年),字子厚,生于长安(今陕西西安),祖籍河东(今山西永济市),世称柳河东。贞元九年(793年),进士及第。一度为蓝田尉,后入朝为官,积极参与王叔文集团政治革新,迁礼部员外郎。永贞元年(805年)九月,革新失败,贬邵州刺史,十一月加贬永州(今湖南零陵)司马。元和十年(815年)春回京师,又出为柳州(今属广西)刺史,政绩卓著,故世人又称他为柳柳州。元和十四年十一月逝于任所,年仅47岁。他与韩愈共同倡导唐代古文运动,并称"韩柳"。

柳宗元的作品由唐代刘禹锡保存下来,并编成《柳河东集》。

【原文】

裴封叔①之第,在光德里②。有梓人款其门,愿佣隙宇而处焉。所职寻引③规矩绳墨,家不居砻斫④之器。问其能,曰:"吾善度材,视栋宇之制,高深圆方短长之宜,吾指使而群工役焉。舍我,众莫能就一宇。故食于官府,吾受禄三倍;作于私家,吾收其直大半焉。"

他日,入其室,其床阙⑤足而不能理,曰:"将求他工。"余甚笑之,谓其无能而贪禄嗜货者。

其后,京兆尹将饰官署,余往过焉。委群材,会众工。或执斧斤,或执刀锯,皆环立向之。梓人左持引,右执杖,而中处焉。量栋宇之任,视木之能举,挥其杖曰:"斧!"彼执斧者奔而右。顾而指曰:"锯!"彼执锯者趋而左。俄而斤者斫,刀者削,皆视其色,俟其言,莫敢自断者。其不胜任者,怒而退之,亦莫敢愠焉。画宫于堵,盈尺而曲尽其制,计其毫厘而构大厦,无进退焉。既成,书于上栋曰:"某年某月某日某建。"则其姓字也,凡执用之工不在列。余圜⑥视大骇,然后知其术之工大矣。

继而叹曰:彼将舍其手艺,专其心智,而能知体要者欤?吾闻劳心者役人,劳力者役于人,彼其劳心者欤?能者用而智者谋,彼其智者欤?是足为佐天子相天下法矣,物莫近乎此也。彼为天下者,本于人。其执役者为徒隶,为乡师、里胥;其上为下士;又其上为中士,为上士;又其上为大夫,为卿,为公。离而为六职,判而为百役。外薄⑦四海,有方伯连率⑧。郡有守,邑有宰,皆有佐政。其下有胥吏,又其下皆有啬夫版尹,以就役焉。犹众工之各有执技以食力也。彼佐天子相天下者,举而加焉,指而使焉,条其纲纪而盈缩焉,齐其法制而整顿焉。犹梓人之有规矩绳墨以定制也。择天下之士,使称其职;居天下之人,使安其业。视都知野,视野知国,视国知天下,其远迩细大,可手据其图而究焉。犹梓人画宫于堵而绩于成也。能者进而由之,使无所德;不能者退而休之,亦莫敢愠。不炫能,不矜名,不亲小劳,不侵众官,日与天下之英才,讨论其大经。犹梓人之善运众工而不伐艺也。夫然后相道得而万国理矣。相道既得,万国既理。天下举首而望曰:"吾相之功也。"后之人循迹而慕曰:"彼相之才也。"士或谈殷周之理者,曰伊、傅、周、召⑨,其百执事之勤劳,而不得纪焉。犹梓人自名其功而执用者不列也。大哉相乎!通是道者所谓相而已矣。

其不知体要者反此。以恪勤为公,以簿书为尊,炫能矜名,亲小劳,侵众官,窃取六职百役之事,听听于府庭,而遗其大者远者焉。所谓不通是道者也。犹梓人而不知绳墨之曲直、规矩之方圆、寻引之短长,姑夺众工之斧斤刀锯以佐其艺,又不能备其工。以至败绩,用而无所成也。不亦谬欤?

或曰:"彼主为室者,倘或发其私智,牵制梓人之虑,夺其世守,而道谋是用,虽不能成功,岂其罪邪?亦在任之而已。"余曰:"不然。夫绳墨诚陈,规矩诚设,高者不可抑而下也,狭者不可张而广也。由我则固,不由我则圮。彼将乐去固而就圮也,则卷其术,默其智,悠尔而去。不屈吾道,是诚良梓人耳。其或嗜其货利,忍而不能舍也;丧其制量,屈而不能守也。栋桡屋坏,则曰:'非我罪也。'可乎哉?可乎哉?"

余谓梓人之道类于相,故书而藏之。梓人盖古之审曲面势者,今谓之"都料匠"⑩云。余所遇者,杨氏,潜其名。

【注释】

①裴封叔:作者的姐夫,曾任长安县县令。

②光德里:旧址在今陕西西安市西南。

③寻引:度量长短的工具。八尺为寻,十丈为引。

④砻(lóng 龙)斫(zhuó 浊):砻,磨刀石。斫,斧头一类的砍削工具。

⑤阙:同"缺"。

⑥圜:同"圆"。

⑦薄:迫近,靠近。

⑧方伯连率:方伯,原为一方诸侯之长,后来泛指地方上的长官。连率,也作"连帅"。古代为十国诸侯之长,唐代多指观察使、按察使。

⑨伊、傅、周、召:即伊尹、傅说、周公、召公。他们是殷周时期的贤相名臣。

⑩都料匠:总工匠,负责房屋建筑的设计和指挥。

【译文】

裴封叔的家宅在光德里。有一天有位木匠敲他的门,希望租间空屋子居住,用替屋主人服役的办法来代替房租,他所执掌的都是些度量长短,规划方圆和校正曲直的工具;家里不储备磨刀石和砍削的器具。问他有什么能耐,他说:"我善于计算,测量木材。观看房屋的式样、高深、圆方、短长的适合不适合;我指挥驱使,而由众工匠们去干。离了我,大家就不能建成一栋房子。所以被官府供养着,我得到的俸禄比别人多三倍;在私人家里干活,我拿全部报酬的一大半。"

有一天,我进入他的居室,看到他的床缺了一只脚,他居然不能修理,说:"准备

散文部分

139

　　请别的木匠来修。"我觉得这真可笑,我私下认为他是一个庸碌无能只会贪财的人。

　　后来,京兆尹准备修缮官署,我刚好路过那里。现场堆积了很多建筑材料,集中了很多工匠。有的手拿斧头,有的手拿刀或锯,都面向那个木匠站成一圈儿。那个木匠左手拿着量尺,右手拿着木杖,站在中央。他估计一下房屋的用料情况,看一看木料的承受力,便一挥木杖说:"砍!"于是拿斧子的工匠便奔向他指向的右方。他回过头来说:"锯!"拿锯的工匠便走向他指向的左方。随后拿斧子的砍木料,拿刀锯的削截木料,大家都看他的眼色干活,等他发话后再照他下的命令干,没有人敢自作主张。对某些不能胜任的工匠,木匠就气愤地辞退他们,也没有人口出怨言。木匠把建筑的图样画在墙上,在一尺见方的地方就把房屋的结构详尽地反映出来了。根据他标出的尺寸去建造大厦,建成后丝毫不差。竣工后,写在正梁上的题款是:"某年某月某日某某建造。"题的就是他的名字,所有被他使用的工匠都不列名。我围绕大厦的四周看后大为惊讶,这才知道他的营造技术确实高超。

　　这件事太让我感慨了:他可能是一个有意舍弃手艺操作,专心发挥他的智慧,从而能够掌握营造之术的精髓的人吧?我听说过用脑力的能够指挥人,用体力的则受人指挥,他大概就是一个用脑力的人吧?有技能的人用技能来工作而有智慧的人就用计谋来工作,他大概就是一个有智慧的人吧?这完全可以让辅佐皇帝治理国家的人来效法了,再也没有比这更类似的事情了。那些治理国家的人,最根本的就是如何用人。那些做具体工作的是徒隶,是乡长、里长;他们的上面是下士,再上面是中士,是上士,再上面是大夫,是卿,是公。从下士到公分为六种官职,还有上百种做具体工作的小官。京城以外直抵国境的广大地区,有方伯、连率。郡有郡守,县有县令,他们的身旁还有副职。他们的下面有胥吏,再下面又都有啬夫、版尹,各有本职工作。这就好像各种工匠都要依靠自己的技能来自食其力一样啊。那位辅佐皇帝治理国家的人,推举人才授以官职,指挥他们从事本职工作,根据他们的政绩来升降,视其执法情况进行整顿。这就好像梓人用规矩绳墨来测定房屋的结构布局一样。挑选全国的人才,使他们能够称职;安顿好全国的百姓,使他们能安居乐业。考察了国都的情况就可以了解城郊,考察了城郊的情况就可以了解四方,考察了四方的情况就可以了解全国,全国各地远近大小的事情,可以手拿图表来进行研究。这就好像梓人根据画在墙上的设计图样来建成房屋一样。对有能力的人要提拔使用他们,不必让他们感谢,对无能的人要辞退他们,也不会让他们怀恨在心。不炫耀自己,不夸大自己的名声,不亲自处理烦琐小事,不干预官员们的工作,天天和全国的精英人才,讨论天下大事。这就好像梓人善于指挥众多的工匠而不炫耀自己的手艺一样。这样就掌握了当宰相的大道理而使全国能治理好

了。掌握了当宰相的大道理,天下得到了很好的治理,天下百姓都会抬头仰望着他说:"这是我们宰相的功劳啊。"后代的人也会根据他的事迹而敬佩地说:"那是我们宰相的才能啊。"读书的人有的谈到了殷周的盛世时,提到的是伊尹、傅说、周公、召公,至于那些在他们下面辛勤工作的众多官吏,史书上却没有记载。这就好像那个梓人在正梁上写下他的名字而众多工匠却不列名是一样的。宰相的功勋可真大啊!明白了这个道理的人就是我们所说的宰相。

那些不知道全局要领的人却与此相反。他们以谨小慎微,忙忙碌碌为大事,以抄写官署中的文书,薄册为重责,夸耀自己的才能,自尊自大,亲自去做那些微小琐碎的事情,干涉众官的工作,侵夺部下官吏应做的事拿来自己做,并洋洋得意地在相府夸耀自己,却丢掉了那些重大的,长远的事情。这是所说的不懂得做宰相的道理的人。这就好像是身为梓人却不懂得绳墨可以校正曲直、规矩可以测定方圆、寻引可以计算长短,而争夺工匠的斧头刀锯来帮他们干活,可是他又不能干得完美无缺,导致最后失败,一事无成。这不是荒唐可笑的事情吗?

有人说:"那个主管营造房屋的人,如果一定要按照他的设想办事,从而牵制了梓人的设计,不采用梓人世代相传的经验,而采用了过路人的主意,使得房屋没有盖好,难道说这是梓人的过失吗?这不过是那个主管人的责任而已。"我说:"不是这样的。如果梓人设计的图样确实已经完备,曲直方圆都完善无误,高的不能使它降低,窄的不能使它加宽。照我的设计去营造房屋就会牢固,不遵照我的设计就会倒塌。如果那个主管人愿意放弃使房屋坚固的设计而采用可能使房屋倒塌的意见,那么梓人就应该收起自己的技术,藏起自己的智慧。远远地离开那里,不能使自己的为人之道受到屈辱,这才确实算是一个好的梓人啊。假如为了贪图主管人的钱财,迁就他的主张而不离去;舍弃自己的设计,屈从主管人而不能坚持己见。等到房倒屋塌时,他却说:'这可不是我的过失啊。'难道是可以的吗?难道是可以的吗?"

我认为梓人的道理和当宰相的道理有类似之处,因此写了这篇文章加以保存。梓人就是古代专门观察木料曲直和形状的人,现在人们称呼他们为"都料匠"。我遇到的这个梓人,姓杨,名字则被我隐去了。

散文部分

杜牧　阿房宫赋

【作者介绍】

杜牧(公元803年—约852年),字牧之,号樊川居士,京兆万年(今陕西西安)人。杜牧是宰相杜佑之孙,杜从郁之子,唐文宗大和二年进士,授宏文馆校书郎。历任司勋员外郎,黄州、池州、睦州刺史等职,最终官至中书舍人。杜牧人称"小杜",以别于杜甫,与李商隐并称"小李杜"。因晚年居长安南樊川别墅,故后世称"杜樊川",有《樊川文集》二十卷传世,为其外甥裴延翰所编,其中诗四卷。又有宋人补编的《樊川外集》和《樊川别集》各一卷。

【原文】

六王①毕,四海一②,蜀山兀③,阿房出④。覆压三百余里,隔离天日。骊山北构⑤而西折,直走咸阳。二川溶溶⑥,流入宫墙。五步一楼,十步一阁;廊腰缦回⑦,檐牙高啄⑧;各抱地势⑨,钩心斗角⑩。盘盘焉,囷囷焉⑪,蜂房水涡⑫,矗不知其几千万落。长桥卧波,未云何龙?复道⑬行空,不霁⑭何虹?高低冥迷⑮,不知西东。歌台暖响,春光融融;舞殿冷袖,风雨凄凄。一日之内,一宫之间,而气候不齐。

妃嫔媵嫱⑯,王子皇孙,辞楼下殿,辇⑰来于秦。朝歌夜弦,为秦宫人。明星荧荧,开妆镜也;绿云扰扰,梳晓鬟⑱也;渭流涨腻⑲,弃脂水也;烟斜雾横,焚椒兰也。雷霆乍惊,宫车过也;辘辘远听,杳⑳不知其所之也。一肌一容,尽态极妍,缦立远视,而望幸焉;有不得见者三十六年。燕赵之收藏,韩魏之经营,齐楚之精英,几世几年,剽掠㉑其人,倚叠㉒如山;一旦不能有,输来其间。鼎铛玉石,金块珠砾,弃掷逦迤㉓,秦人视之,亦不甚惜。

嗟乎!一人之心,千万人之心也。秦爱纷奢,人亦念其家。奈何取之尽锱铢㉔,用之如泥沙?使负栋之柱,多于南亩之农夫;架梁之椽,多于机上之工女;钉头磷磷㉕,多于在庾㉖之粟粒;瓦缝参差,多于周身之帛缕;直栏横槛,多于九土㉗之城郭;管弦呕哑,多于市人之言语。使天下之人,不敢言而敢怒。独夫之心,日益骄固。戍卒叫㉘,函谷㉙举,楚人一炬,可怜焦土㉚。

呜呼!灭六国者六国也,非秦也;族秦者秦也,非天下也。嗟夫!使六国各爱其人,则足以拒秦;使秦复爱六国之人,则递三世可至万世而为君,谁得而族灭也?秦人不暇自哀,而后人哀之;后人哀之而不鉴之,亦使后人而复哀后人也。

【注释】

①六王:指战国时期韩、魏、赵、燕、齐、楚六国国君。

②四海:指天下,全国。一:统一。

③蜀山:泛指今四川一带的山。兀:高而上平,形容山已光秃。

④出:出现,建成。

⑤骊山:在今陕西临潼县东南。北构:从骊山北边建筑起。

⑥二川:渭水和樊川。溶溶:河水盛大貌。

⑦廊腰缦回:游廊像缦带一样的萦绕。

⑧檐牙高啄:飞檐像鸟嘴一样高翘。

⑨抱地势:就其地势高低。

⑩钩心斗角:谓廊腰互相连接,纡曲如钩;檐牙彼此相向,像螭龙斗角,形容宫殿的错综精密。

⑪囷囷(qūn 逡):曲折回旋的样子。

⑫蜂房水涡:谓楼阁如蜂房,如水涡。

⑬复道:楼阁之间架木构成的通道。

⑭霁:雨过天晴。

⑮冥迷:迷惑辨不清。

⑯妃嫔媵(yìng)嫱:指六国的妃嫔宫人。嫔、嫱是宫中女官,妃的等级比嫔、嫱要高。媵是陪嫁的女子,也可能成为嫔、嫱。

⑰辇(niǎn 捻):帝王和皇后所乘用人拉的车。

⑱鬟(huán 环):女子梳的环形的发髻。

⑲涨腻:谓增添一层油腻。

⑳杳(yǎo 咬):远得看不见踪影。

㉑剽掠:抢夺而来。

㉒倚叠:堆积。

㉓逦迤:绵延不断的样子。

㉔锱铢:古代的重量单位,六铢为一锱,一铢略等于一两的二十四分之一。用来比喻细微。

㉕磷磷:本指水中石头突出,此处形容砖木结构建筑物上突出的钉头很多。

㉖庾(yǔ 语):露天的谷仓。

㉗九土:九州,指广大国土。

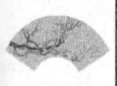

㉘戍卒叫：指陈涉起义。陈涉原是谪戍渔阳的戍卒，后在大泽乡起义。

㉙函谷：指函谷关，在今河南灵宝东北。

㉚"楚人一炬"二句：是说项羽一把大火，可怜的阿房宫化为一片焦土。楚人是指楚霸王项羽。

【译文】

六国灭亡了，天下统一了；蜀地山上的树木砍光了，阿房宫建成了。阿房宫覆盖地面三百多里，高耸的楼阁，遮天蔽日。从骊山北边建起，延伸向西转折，直奔京都咸阳。渭水、樊川，水波荡漾，流入宫墙。五步一幢楼，十步一座阁；连接楼阁的走廊曲折回环，伸向青天的檐牙，像群鸟在高处啄食。建筑物各自依地势，相抱相凑钩心斗角。盘盘绕绕，曲曲折折，像蜂房那样密集，像漩涡那样起伏，高高地矗立着，不知它有几千万院落。长长的桥横卧水上，没有风起云涌哪来的龙？高高复道横贯空中，没有雨过新晴哪来的虹？高低迷离，不辨西东。台上歌声嘹亮，洋溢着温暖的气息，简直是春意融融；殿中舞袖飘拂，带来了凄清的寒意。一天之内，一宫之中，气候却如此不同。

原先六国的妃嫔宫人，王子王孙，离开自家的楼阁殿庭，坐上车子，被送入秦国。他们日夜唱歌奏乐，充当秦国的宫人。明星亮晶晶，是她们打开了梳妆的镜子啊；绿云缭绕，是宫人们早晨梳发髻、理云鬟；渭水上涨浮着一层油腻，是她们倾倒的脂粉水；烟雾纵横弥漫，是宫人在焚烧椒兰；雷声突然使人惊心动魄，原来是宫车驰过；辘辘车声，越听越远，不知道前往何处。肌肤姿容，修饰得艳丽娇妍；久久地站立着，远远地望着，盼望得到宠幸。有人从来未见过皇帝，整整空等了三十六年。燕国、赵国收藏的财富，韩国、魏国营求的珠玉，齐国、楚国搜罗的奇珍，是他们经历了多少年代，剽窃掠夺而来，堆积得像山一样。一旦国破家亡，不能继续占有，运输到这里来。在这里宝鼎当成了铁锅，美玉看作石子，金子如同土块，珍珠就像沙子，丢弃得到处都有，秦国人见了，也不觉得可惜。

哎哟！一个人的心也就是千万人的心。秦国人喜欢阔气奢华，百姓也顾念自己的家。怎么能取来时连锱铢之微也搜刮尽净，使用它时却像对待泥沙一样毫不珍惜？致使承负大梁的柱子，多于田野的农夫；架在梁上的椽，多于织机上的织妇；建筑物上的钉头，比粮仓里的谷粒还要多；参差不齐的瓦缝比人们身上穿的丝缕还要多；纵横连接的栏槛，多于九州的城郭；管弦音乐的声音，多于市民的语言。这使天下的人们，嘴里不敢说，心里却十分愤怒。而那孤家寡人的心，竟一天比一天骄傲顽固。戍守边疆的士兵登高一呼，函谷关就此守不住。楚国人一把大火，可惜华

丽的宫殿便成了一片焦土。

其实啊！消灭六国的，正是六国自己，而不是秦国；让秦国遭受灭族之痛的正是秦国自己，而不是天下人。哎哟！假如当初六国各自爱护他们自己的百姓，那么就足以抵抗得住秦国。而如果秦国当初能爱护六国的百姓的话，那么就可以传到三世，甚至于可以传到万世而永远做皇帝，又有谁能让他们遭受灭族之灾呢！秦人来不及哀痛自己的灭亡就已经灭亡了，而让后代人来哀悼惋惜他们；而这哀悼秦人的后代人只是哀悼秦人而不以他们的前车之鉴为鉴戒，那么只好让更后来的人去哀叹那些先前哀悼人的人了。

范仲淹　岳阳楼记

【作者介绍】

范仲淹（公元989年—1052年），字希文，北宋著名的政治家、思想家、军事家和文学家，吴县（今江苏省苏州市）人。宋真宗大中祥符八年（1015年）进士，官至枢密副使、参知政事。他为政清廉，力主改革，屡遭奸佞诬谤，数度被贬。皇祐四年（1052年）五月二十日病逝于徐州，终年64岁。谥文正，有《范文正公集》传世。

【原文】

庆历四年春，滕子京①谪守巴陵郡。越明年，政通人和，百废具②兴。乃重修岳阳楼，增其旧制，刻唐贤今人诗赋于其上，属③予作文以记之。

予观夫巴陵胜状，在洞庭一湖。衔远山，吞长江，浩浩汤汤④，横无际涯。朝晖夕阴，气象万千。此则岳阳楼之大观也，前人之述备矣。然则北通巫峡，南极潇湘⑤，迁客骚人，多会于此，览物之情，得无异乎？

若夫霪雨霏霏，连月不开，阴风怒号，浊浪排空；日星隐耀，山岳潜形；商旅不行，樯倾楫摧；薄暮冥冥，虎啸猿啼。登斯楼也，则有去国怀乡，忧谗畏讥，满目萧然，感极而悲者矣。

至若春和景明，波澜不惊；上下天光，一碧万顷；沙鸥翔集，锦鳞游泳；岸芷汀兰，郁郁青青。而或长烟一空，皓月千里；浮光耀金，静影沉璧⑥；渔歌互答，此乐何极！登斯楼也，则有心旷神怡，宠辱皆忘，把酒临风，其喜洋洋者矣。

嗟夫！予尝求古仁人之心，或异二者之为，何哉？不以物喜，不以己悲。居庙堂⑦之高，则忧其民；处江湖之远，则忧其君。是进亦忧，退亦忧。然则何时而乐耶？

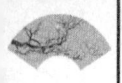

其必曰"先天下之忧而忧,后天下之乐而乐"欤!噫!微斯人,吾谁与归⑧!

时六年九月十五日。

【注释】

①滕子京:名宗谅,河南人,与范仲淹同年进士。曾在泾州任知州,后因被人诬告"枉费公用钱"而贬至巴陵郡(今湖南岳阳)。

②具:同"俱"。

③属:同"嘱"。

④浩浩汤汤(shāng 伤):水势盛大的样子。

⑤潇湘:湘水的别称。

⑥沉璧:指水中的月影。璧,圆形的玉,这里比喻月亮。

⑦庙堂:宗庙和明堂,借指朝廷。

⑧微斯人,吾谁与归:微,非。斯人,古仁人。与,从。谁与归:归心于谁呢?

【译文】

在庆历四年的春天,滕子京被贬到了巴陵郡担任太守。到了第二年,这里就政通人和,百废俱兴了。于是他便重修了岳阳楼,扩大了原来的规模,把唐朝名士和当代人物的诗赋刻在上面,委托我写篇文章记下这件事。

依我看,巴陵郡的美景全在一个洞庭湖上。它含远山,吞长江,浩浩荡荡,漫无边际,朝霞夕辉,气象万千。这就是岳阳楼一带的壮观美景,前人对它的描绘已经很详尽了。那么,它的北面通向巫峡,南面直抵湘江,贬官、诗人常在这里聚会,当他们触景生情时,能没有差异吗?

有时候,细雨连绵不断,几个月不见阳光;阴风怒吼,浊浪腾空而起;日月星辰的光芒全都消失,山岳也隐没了它的形体;商人旅客无法通行,桅杆倾斜,船桨折断;傍晚一片昏暗,虎啸猿啼。这时登上了岳阳楼,就会产生远离京城、怀念家乡,担心受人中伤讥笑的心情,他们满目都会是萧瑟凄凉的景象,从而就会极度伤感了。

而有时候,春光明媚,风平浪静;水天一色,碧波万里;沙鸥飞翔云集,鱼儿游动嬉戏;岸边的芷草和沙洲上的兰花竞相开放,到处是翠绿艳红。有时还会出现云雾消散一空,月光一泻千里;湖面似金光闪烁,月影如璧玉浮沉;渔歌互相问答,其乐无穷的美景!而此时登上了岳阳楼。就会令人感到心旷神怡,一切宠辱都被置之度外,临风小酌。真是心花怒放了。

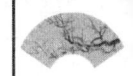

唉！我曾经探求过古代仁人志士的胸怀,他们或许同上述两种人的表现不一样。为什么呢？因为他们不会因为外界环境称心而兴高采烈,也不会因为自己失意困窘而悲痛欲绝。他们在朝廷里做官,就会为百姓担忧；在野不做官,就会为朝廷担忧。这就是升官在朝也担忧,下台在野也担忧。那么他们何时才会感到快乐呢？他们一定会说"先天下之忧而忧,后天下之乐而乐"吧！唉！如果没有这种人,我还能和谁志同道合呢？

我写本文的时间是庆历六年九月十五日。

欧阳修 醉翁亭记

【作者介绍】

欧阳修(公元1007年—1072年),字永叔,谥号文忠,世称欧阳文忠公,出生于绵州(今四川绵阳)。在滁州时,自号醉翁。晚年自号六一居士,曰:吾《集古录》一千卷,藏书一万卷,有琴一张,有棋一局,而常置酒一壶,吾老於其间,是为六一。北宋时期政治家、文学家、史学家和诗人。与韩愈、柳宗元、宋王安石、苏洵、苏轼、苏辙、曾巩合称"唐宋八大家"。仁宗时,累擢知制诰、翰林学士；英宗,官至枢密副使、参知政事；神宗朝,迁兵部尚书,以太子少师致仕。其于政治和文学方面都主张革新,既是范仲淹庆历新政的支持者,也是北宋诗文革新运动的领导者。又喜奖掖后进,苏轼兄弟及曾巩、王安石皆出其门下。创作实绩亦灿然可观,诗、词、散文均为一时之冠。曾与宋祁合修《新唐书》,并独撰《新五代史》。又喜收集金石文字,编为《集古录》。有《欧阳文忠公文集》。

【原文】

环滁皆山也。其西南诸峰,林壑尤美。望之蔚然而深秀者,琅琊①也。山行六七里,渐闻水声潺潺,而泻出于两峰之间者,酿泉也。峰回路转,有亭翼然临于泉上者,醉翁亭也。作亭者谁？山之僧曰智仙也。名之者谁？太守②自谓也。太守与客来饮于此,饮少辄醉,而年又最高,故自号曰醉翁也。醉翁之意不在酒,在乎山水之间也。山水之乐,得之心而寓之酒也。

若夫日出而林霏③开,云归而岩穴暝,晦明变化者,山间之朝暮也。野芳发而幽香,佳木秀而繁阴,风霜高洁,水落而石出者,山间之四时也。朝而往,暮而归,四时之景不同,而乐亦无穷也。

至于负者歌于途,行者休于树,前者呼,后者应,伛偻④提携,往来而不绝者,滁人游也。临溪而渔,溪深而鱼肥;酿泉为酒,泉香而酒洌⑤;山肴野蔌⑥,杂然而前陈者,太守宴也。宴酣之乐,非丝⑦非竹⑧,射者中,奕者胜,觥筹⑨交错,起坐而喧哗者,众宾欢也。苍颜白发,颓然乎其中者,太守醉也。

已而夕阳在山,人影散乱,太守归而宾客从也。树林阴翳⑩,鸣声上下,游人去而禽鸟乐也。然而禽鸟知山林之乐,而不知人之乐;人知从太守游而乐,而不知太守之乐其乐也。醉能同其乐,醒能述以文者,太守也。太守谓谁?庐陵⑪欧阳修也。

【注释】

①琅琊:山名,在今安徽滁县西南。据说,东晋元帝在当琅琊王时,曾在此山避难,故名。

②太守:汉代郡的长官称太守,这里是作者沿用旧称。

③霏:雨雪纷飞的样子。这里指林中的雾气。

④伛偻(yǔ lǚ 宇吕):腰背弯曲。

⑤洌:水清。这里指酒清而不浑浊。

⑥蔌(sù 素):蔬菜。

⑦丝:弦乐。

⑧竹:管乐。

⑨觥筹:觥,古代饮酒用的大杯,用木或铜制。筹,用竹子制成的计数用具。在这里指记饮酒数量的筹码。

⑩翳:障蔽,掩蔽。

⑪庐陵:今江西吉水。欧阳修先代为庐陵望族,所以这么自称。

【译文】

环绕着滁州四周的都是山。西南方向的几座山峰的树木和山谷尤其美好。远望过去,草木茂盛而幽静秀丽的地方,是琅琊山。顺着山路行走六七里,逐渐听到潺潺的流水声,流水从两座山峰之间倾泻而出的,是酿泉。顺着山峰回转的路上,有座亭子像鸟一样展翅落在酿泉之上的,是醉翁亭。修建亭子的是谁?是山上的僧人智仙。给亭子命名的人是谁?是太守用了自己的名号。太守和客人们来到这里饮酒,稍微喝一点就醉了,当时他的年龄又最大,所以自己号称醉翁。醉翁的意思并不是指醉酒,而是指醉于山水之间。游山玩水的乐趣,心里能感受到,并把它寄托在酒中。

早晨太阳一出来,林中的雾气便逐渐散开,云烟积聚,山岩的洞穴便昏黑,这种阴暗晴明的变化,就是山间的清晨和傍晚。野花盛开而幽香,佳木秀颀而成荫,天高气爽而风霜出现,水位低落而山石露出,这是山间的四季的景色。早晨外出,傍晚归来,四季的景色不同,乐趣也同样是是无穷的啊!

那背负着东西的人在路上唱着歌,行路的人在树下面休息,前面的人打招呼,后面的人就应声,弯腰曲背的老人和被人牵引着的孩子,往来不断的,是滁州人在这里游览。到河边去垂钓,水深而鱼肥;用泉水来酿酒,水香而酒清:各种野味和蔬菜,错杂地摆放在面前,是太守在举行宴会。宴会高潮时的乐趣,不是丝竹演奏的乐曲,而是投壶的人投中了目标,下棋的人获胜了,酒杯和酒筹在人们手中传来传去,坐着的人和站起来的人在嬉笑喧哗。这是宾客们在尽情欢乐。有一个面貌苍老,头发斑白,倒在人们之中的,那是太守喝醉了。

过了片刻,夕阳落山,人影散乱,这是客人们随从着太守回去了。树林沉浸在阴暗之中,飞鸟上下发出鸣声,这是游人离去后鸟儿在欢乐。可是鸟儿只知道在山林中的乐趣,而理解不到人的乐趣;人们只知道跟随太守去游览的乐趣,而理解不到太守是为了他们的快乐而感到快乐。醉了能和大家共同享受乐趣,醒了又能把这件事用文章记下来的,是太守啊。那么太守是谁? 就是我庐陵欧阳修啊。

苏洵　辨奸论

【作者介绍】

苏洵(公元 1009 年—1066 年),字明允,号老泉,眉州眉山(今四川眉山)人。苏洵少时不好读,19 岁时娶妻程氏,27 岁时立下决心发奋读书,经过十多年的苦读,学业大进。仁宗嘉祐元年(1056 年),他带领其子苏轼、苏辙到汴京,谒翰林学士欧阳修。欧阳修很赞赏他的《权书》、《衡论》、《几策》等文章,认为可与贾谊、刘向相媲美,于是向朝廷推荐,一时公卿士大夫争相传诵,文名因而大盛。嘉祐二年(1057 年),二子同榜应试及第,轰动京师。苏洵长于散文,尤擅政论,议论明畅,笔势雄健,有《嘉祐集》传世。

【原文】

事有必至,理有固然。惟天下之静者①,乃能见微而知著。月晕而风,础润而雨,人人知之。人事之推移,理势之相因,其疏阔而难知,变化而不可测者,孰与天

地阴阳之事②？而贤者③有不知，其故何也？好恶乱其中，而利害夺其外也！

昔者，山巨源④见王衍⑤曰："误天下苍生者，必此人也！"郭汾阳⑥见卢杞⑦曰："此人得志，吾子孙无遗类矣！"自今而言之，其理固有可见者。以吾观之，王衍之为人，容貌言语，固有以欺世而盗名者。然不忮⑧不求，与物浮沉。使晋无惠帝⑨，仅得中主，虽衍百千，何从而乱天下乎？卢杞之奸，固足以败国。然而不学无文，容貌不足以动人，言语不足以眩⑩世，非德宗⑪之鄙暗，亦何从而用之？由是言之，二公之料二子，亦容有未必然也！

今有人⑫，口诵孔、老之言，身履夷、齐⑬之行，收召好名之士、不得志之人，相与造作语言，私立名字，以为颜渊⑭、孟轲⑮复出，而阴贼险狠，与人异趣，是王衍、卢杞合而为一人也。其祸岂可胜言哉？夫面垢不忘洗，衣垢不忘浣。此人之至情也。今也不然，衣臣虏之衣，食犬彘之食，囚首丧面，而谈诗书，此岂其情也哉？凡事之不近人情者，鲜不为大奸慝，竖刁、易牙、开方⑯是也。以盖世之名，而济其未形之患。虽有愿治之主，好贤之相，犹将举而用之，则其为天下患，必然而无疑者，非特二子之比也。

孙子⑰曰："善用兵者，无赫赫之功"⑱。使斯人而不用也，则吾言为过，而斯人有不遇之叹。孰知祸之至于此哉？不然，天下将被其祸，而吾获知言之名，悲夫！

【注释】

①静者：指能够冷静地观察周围事物而作出合理结论的贤人。

②天地阴阳之事：指自然现象。古人认为自然界有阴阳二气，二气交互发生作用，便产生了形形色色的自然变化。

③贤者：旧说以为是影射欧阳修。据史书记载，曾巩曾向欧阳修推荐王安石的文章，欧阳修大加赞赏，并帮助王安石考取了进士。

④山巨源：山涛（公元205年—283年），字巨源，晋初人，任吏部尚书，为当时的"竹林七贤"之一。他喜好评论人物，对王衍的评价不高。

⑤王衍（公元256年—311年）：字夷甫，晋初人，任尚书令、太尉。衍有盛才，常自比子贡。当时晋室诸王擅权，他周旋于诸王间，惟求自全之计。后死于战乱之中。

⑥郭汾阳：即郭子仪（公元697年—781年），唐华州（今属陕西）人，累官至太尉、中书令，曾平定安史之乱，破吐蕃，以一身系国家安危者二十年，后封为汾阳郡王，世称郭汾阳。

⑦卢杞：字子良，唐滑州（今河南滑县一带）人，唐德宗时任宰相，搜刮民财，排

斥异己。杞为人相貌丑陋,好口辩。后被贬职死于外地。

⑧忮:嫉妒。

⑨惠帝:晋惠帝(公元290年—306年在位),晋开国君主司马炎之子,以痴呆闻名。他在位时不理朝政,大权旁落,终导致"八王之乱",晋室随之衰败。

⑩眩:通"炫"。惑乱。

⑪德宗:唐德宗(公元780年—805年在位),唐代晚期的庸君,他削去郭子仪的兵权,信用卢杞,导致朝政紊乱。

⑫今有人:影射王安石。

⑬夷、齐:伯夷和叔齐,为商朝末年孤竹君的二子。孤竹君死后,二人互相推让君位,后逃入山中。周武王伐纣时,二人极力反对,进谏不听,遂隐居首阳山,不食周粟而死。旧日认为二人能保持高尚气节,为楷模人物。

⑭颜渊:名回,孔子最得意的弟子,家境贫寒,但能安贫守道,以德行高尚著称。

⑮孟轲:即孟子,孔子再传弟子,为战国时儒家的代表人物,被后世尊称为"亚圣"。

⑯竖刁、易牙、开方:都是春秋时齐桓公的近臣。为了达到接近齐桓公的目的,竖刁自阉,易牙烹子,开方弃亲,所以本文说他们"不近人情"。

⑰孙子:名武,春秋时齐国人,著名的军事家,著有《孙子兵法》十三篇。

⑱善用兵者,无赫赫之功:《孙子兵法》今本的原文无此句。《孙子兵法·形篇》:"善战者之胜也,无智名,无勇功。"曹操注:"敌兵形未成,胜之,无赫赫之功也。"意思是说,在敌人还没有准备好阵势时,迅速击败之,虽然没有激烈的战斗,也会取得胜利。

【译文】

事情的发展有一定的规律。天下只有表现冷静的贤人,才能从细微之处预见到日后将会发生的显著变化。月亮周围出现了晕圈预示着将要刮风,房屋的石柱返潮湿润预示着将要下雨,这是人人皆知的事。人事的发展变化,情理和形势之间的因果关系,也是空疏渺茫难以尽知,千变万化而无法预先料到的,怎么能和天地阴阳的变化相比?即便是贤能的人对此也有所不解,这是什么原因呢?这是由于喜爱和憎恨扰乱了他们的内心,利害关系又影响了他们的行动啊!

从前山巨源见到王衍,说:"将来给天下百姓带来灾难的,一定是这个人!"郭汾阳见到卢杞,说:"这个人一旦得志,我的子孙就会被他杀得一个不留!"现在分析一下他们所说的话,其中的道理是可以料想得到的。依我看来,王衍之为人,从容貌

和谈吐上，确实具备了欺世盗名的条件。但是他不妒忌别人，不贪图钱财，只是随大流。如果晋朝当时没有惠帝这个昏君，当政者即使只是一个中等的君主，就算是有成百上千个王衍这样的人，又怎能扰乱天下呢？卢杞那样的奸诈，确实足以败坏国家。但是他不学无术，容貌不足以动人，言谈不足以蒙蔽社会，如果不是遇到德宗这样的鄙陋昏庸的君主，又怎能受到重用呢？由此说来，山、郭二公对王、卢二人所作的预言，也未必完全如此啊！

现在有人嘴里说着孔子、老子的话，亲身实践着伯夷、叔齐的行为，收罗了一批追求名声和不得志的士人，相互制造舆论，私下里互相标榜，以为自己是颜渊、孟轲再世，然而他们为人阴险狠毒，和一般人的志趣不同，这是把王衍和卢杞合成一个人了。如此以来，他在社会上酿造的祸害还能说得完吗？脸面脏了不忘洗脸，衣服脏了不忘洗衣，这本是人之常情。现在他却不是这样，身穿奴仆的衣服，吃猪狗的食物，头发蓬乱得像囚犯，表情哭丧着像家里有人去世，却在那里大谈《诗》、《书》，这难道说是人的真实的心情吗？凡是办事不近人情的，很少不成为大奸大恶之辈，竖刁、易牙、开方就是这样的人。此人借助于当世享有盛名的力量，来促成他尚未形成气候的祸患。虽然有励精图治的君主，敬重贤才的宰相，也还是会选拔并重用他的。这样，他将成为天下的祸患，是必定无疑的了，这就不是王、卢二人所可以比拟的。

孙武子说："善于用兵的人，并没有显赫的功勋。"如果这个人没有被重用，那么我的话就有些过头了，而此人就会有怀才不遇的感慨。谁又能知道祸患会达到上述这种地步呢？不然的话，天下将要蒙受他的祸害，而我也会获取卓有远见的名声，那就太可悲了！

曾巩　赠黎安二生序

【作者介绍】

曾巩（公元1019年—1083年），字子固，抚州南丰（今江西南丰县）人。生于一个官宦人家，年十六，即笃志为古文。十八岁时随父曾易占迁移至玉山县（在江西境内）。二十岁时再周游全国，得当时名士王安石和欧阳修的赏识，后来成为了欧阳修的得意门生，并称"欧曾"。进士考试时，梅圣俞为考官，辅助主考官欧阳修阅卷，发现了苏轼写的"刑赏忠厚之至论"，惊为天人，并推荐苏轼的试卷给欧阳修批阅。欧阳修颇惊其才，但是试卷糊名，欧阳修认为很有可能是弟子曾巩所写，于是将此卷取为第二，将原本第二名的卷子取为第一。但却事有碰巧，欧阳修为了避嫌,取为第一的卷子,恰好是曾巩所写。1057年他中进士后,历任太平州司法参军、馆阁校勘、越州通判,济州、福州知州。后受宋神宗邀请,到京师担任中书舍人。有《元丰类稿》和《隆平集》传世。

【原文】

赵郡苏轼①,予之同年②友也。自蜀以书至京师遗③予,称蜀之士曰黎生、安生者。既而黎生携其文数十万言,安生携其文亦数千言,辱以顾予。读其文,诚闳壮④隽伟,善反复驰骋,穷尽事理,而其材力之放纵,若不可极者也。二生固可谓魁奇特起之士,而苏君固可谓善知人者也。

顷之,黎生补江陵府司法参军⑤,将行,请予言以为赠。予曰:"予之知生,既得之于心矣,乃将以言相求于外邪?"黎生曰:"生与安生之学于斯文,里之人皆笑以为迂阔⑥。今求子之言,盖将解惑于里人⑦。"

予闻之,自顾而笑。夫世之迂阔,孰有甚于予乎?知信乎古,而不知合乎世;知志乎道⑧,而不知同乎俗。此予所以困于今而不自知也。世之迂阔,孰有甚于予乎?今生之迂,特以文不近俗,迂之小者耳,患为笑于里之人。若予之迂大矣,使生持吾言而归,且重得罪,庸讵⑨止于笑乎?然则若予之于生,将何言哉?谓予之迂为善,则其患若此;谓为不善,则有以合乎世,必违乎古;有以同乎俗,必离乎道矣。生其无急于解里人之惑,则于是焉,必能择而取之。遂书以赠二生,并示苏君。以为何如也。

【注释】

①赵郡苏轼:赵郡,即赵州,治所在今河北赵县,苏轼的祖先苏味道为赵郡栾城(今属河北)人,后被贬至眉州(今四川眉山),其后代遂世居眉州。

②同年:古代称同年中考的人。曾巩与苏轼都是在宋仁宗嘉祐二年(1057年)考中的进士,故称同年。

③遗(wèi位):赠给。

④闳(hóng红)壮:宏大,雄伟。

⑤补江陵府司法参军:补,古代对取得功名即取得为官资格的人,并不能立即授予官职,须等待有缺额时才实授官职,称为"补"。江陵,今属湖北。司法参军,地方上负责狱讼的官吏。

⑥迂阔:不切实际。

⑦里人:周代以二十五家为一里,这里泛指同乡的人。

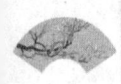

⑧道：中国古代的"道"的含意较为复杂。在这里特指以孔子为代表的儒家学说，如仁、义等。

⑨庸讵(jù据)：岂止。

【译文】

赵郡人苏轼，是和我同科中试的好友。他从四川写了一封信带到京城给我，信中曾称赞了四川的士人，一个姓黎，一个姓安。后来黎生带着他写的几十万字的文章，安生也带着他写的几千字的文章，屈尊来看望我。读了他们的文章后，确实气势雄伟而回味无穷，善于反复论证笔锋奔放，能透彻地说明事理，而且才华奔放横溢，似乎不可估量。二位确实可称得起是奇特杰出的人才，而苏君也确实可称得是善于发现人才的人了。

过了不久，黎生被任命为江陵府司法参军，临行前，请我写几句话作为临别赠言。我说："我对你的了解，已经是心中有数了。难道说还要用语言这种外表的形式来表达吗？"黎生说："我和安生学习写作古文，乡里的人都讥笑我们迂阔。现在请您写几句赠言，目的是为了解除他们的迷惑。"

我听了他的话后，自己觉得好笑。要说起世上迂阔的人，还有谁能胜过我呢？我只知道信奉古人的教导，而不懂得迎合当世；只知道有志于道义，而不懂得与世俗随波逐流。这就是我困顿到现在而不自知的原因。世上迂阔的人，还有谁能胜过我呢？现在你们二人的迂阔，只不过是由于文章不能接近流俗，这不过是迂阔中的小迂罢了，所担心的仅仅是被乡里人所讥笑。像我这样的迂阔可就大了，你们如果把我这些话带回去，将会招致严重的非难，哪能只是讥笑而已呢？那么我对你们应该说些什么话才好呢？如果说我的迂阔是对的，可是它给我带来的后患竟然如此；如果说我的迂阔是不对的，那就应该迎合世俗，但又一定会违背古训，和世俗合流了，又一定会背离了道义。你们不必急于去解除乡里人的迷惑，在这个问题上，一定会通过选择以取得正确的结论。我便写下了这些话赠给黎、安二生，并请他们拿给苏君看，看他认为如何。

张载　横渠四句

【作者介绍】

张载(公元1020年—1077年)，字子厚，学者称横渠先生。大梁(今河南开封)

人,徙家凤翔郿县(今陕西眉县)横渠镇,故称横渠先生。北宋哲学家,理学创始人之一,因曾讲学关中,故其学派被称为"关学"。宋仁宗嘉祐二年(1057年)进士,授祁州司法参军,调丹州云岩令。迁著作佐郎,签书渭州军事判官。神宗熙宁二年(1069年),除崇文院校书。十年(1077年)春,复召还馆,同知太常礼院。同年十二月乙亥卒,年五十八。宁宗嘉定十三年(1220年),赐谥明公。著作有《正蒙》、《经学理窟》、《易说》等,编入《张子全书》中。

【原文】

为天地立心,为生民①立命,为往圣继绝学,为万世开太平。

【注释】

①生民:指民众。

【译文】

为社会建立一套以伦理道德为核心的精神价值系统。为广大百姓解决安身立命的民生问题。为历史上的圣人传承人格典范和文化学说。为千秋万代的后人开创和平富足的幸福生活。

王安石　读孟尝君传

【作者介绍】

王安石(公元1021年—1086年),字介甫,号半山,封荆国公。宋临川(今江西省抚州市)人,唐宋八大家之一。他出生在一个小官吏家庭。安石少好读书,记忆力强,受到较好的教育。庆历二年(1042年)进士,先后任淮南判官、常州知州、提点江东刑狱等地方的官吏。治平四年(1067年)神宗初即位,诏安石知江宁府,旋召为翰林学士。熙宁二年(1069年)提为参知政事,从熙宁三年起,两度任同中书门下平章事,推行新法。熙宁九年罢相后,隐居,病死于江宁(今江苏南京市)钟山,谥号"文"。有《王临川集》、《临川集拾遗》等存世。

【原文】

世皆称孟尝君能得士。士以故归①之,而卒赖其力,以脱于虎豹之秦②。嗟乎!

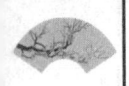

孟尝君特鸡鸣狗盗之雄③耳,岂足以言得士? 不然,擅齐之强④,得一士焉,宜可以南面⑤而制秦,尚何取鸡鸣狗盗之力哉! 夫鸡鸣狗盗之出其门,此士之所以不至也。

【注释】

①归:归顺。

②"而卒"两句:秦昭王十年(前297年),孟尝君曾被秦王囚禁,孟尝君派人向秦王的宠妃求救,宠妃提出要用一件昂贵的狐裘作为交换条件,孟尝君有一个善学狗叫的门客夜入秦宫偷来宫中的狐裘献上,才得以获释。孟尝君率众连夜逃至秦国的边境函谷关,天尚未亮,关门还紧闭。有一个善学鸡鸣的门客学鸡叫声,守关人以为天亮了,便开关放行。孟尝君才得以脱险回国。

③雄:头目。

④"擅齐"句:当时齐国是强国,其国力远在韩、赵、魏、燕各国之上。擅,依靠,凭借。

⑤南面:古代国君或帝王的座位都是坐北朝南,所以称身居帝位为"南面"。

【译文】

现在世人都称赞孟尝君能收揽士人,士人因此都去投奔他,而他也因为依靠这些人的力量,从虎豹般凶残的秦国逃了出来。唉! 孟尝君只不过是鸡鸣狗盗之辈的首领罢了,哪里谈得上能收揽士人? 如果不是这样的话,凭着齐国的强大,只要得到一个有真才实学的士人,就可以南面称王而削服秦国,还需要用什么鸡鸣狗盗之辈的力量呢! 鸡鸣狗盗之辈在他的门下出出进进,这正是有真才实学的士人不归顺到他门下的原因。

苏轼 刑赏忠厚之至论

【作者介绍】

苏轼(公元1037—1101年),字子瞻,又字和仲,号"东坡居士"。眉州(今四川眉山)人。北宋著名的文学家、书画家、词人、诗人、美食家,唐宋八大家之一,豪放派词人的代表。他的诗、词、赋、散文,成就皆极高,而且善长书法和绘画,是中国文学艺术史上罕见的全才,也是中国数千年历史上公认的文学艺术造诣最杰出的大

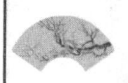

家之一。其散文与欧阳修并称"欧苏";诗与黄庭坚并称"苏黄";词与辛弃疾并称"苏辛";书法名列"苏、黄、米、蔡"北宋四大书法家之一;他的画则开创了湖州画派。苏轼现存世的文学著作共有2700多首诗,300多首词,以及大量散文作品。最早的成名文章是嘉祐二年(1057)应试时的《刑赏忠厚之至论》。诗文有《东坡七集》等。

【原文】

尧、舜、禹、汤、文、武、成、康①之际,何其爱民之深,忧民之切,而待天下以君子长者之道也!有一善,从而赏之,又从而咏歌嗟叹之,所以乐其始而勉其终。有一不善,从而罚之,又从而哀矜惩创之,所以弃其旧而开其新。故其呼俞②之声,欢休惨戚,见于虞、夏、商、周之书。③成康既没,穆王④立而周道始衰,然犹命其臣吕侯,而告之以祥⑤刑。其言忧而不伤,威而不怒,慈爱而能断,恻然有哀怜无辜之心,故孔子犹有取焉。

《传》⑥曰:"赏疑从与,所以广恩也;罚疑从去,所以慎刑也。"当尧之时,皋陶为士。将杀人,皋陶曰杀之三,尧曰宥⑦之三。故天下畏皋陶执法之坚,而乐尧用刑之宽。四岳⑧曰:"鲧可用。"尧曰:"不可,鲧方⑨命圮⑩族。"既而曰:"试之。"何尧之不听皋陶之杀人,而从四岳之用鲧也?然而圣人之意,盖亦可见矣。《书》曰:"罪疑惟轻,功疑惟重。与其杀不辜,宁失不经"⑪。呜呼!尽之矣。

可以赏,可以无赏,赏之过乎仁;可以罚,可以无罚,罚之过乎义。过乎仁,不失为君子;过乎义,则流而入于忍人。故仁可过也,义不可过也。古者赏不以爵禄,刑不以刀锯⑫。赏之以爵禄,是赏之道。行于爵禄之所加,而不行于爵禄之所不加也。刑以刀锯,是刑之威,施于刀锯之所及,而不施于刀锯之所不及也。先王知天下之善不胜赏,而爵禄不足以劝也⑬;知天下之恶不胜刑,而刀锯不足以裁也。是故疑则举而归之于仁,以君子长者⑭之道待天下,使天下相率⑮而归于君子长者之道,故曰忠厚之至也。

《诗》⑯曰:"君子如祉,乱庶遄已;君子如怒,乱庶遄沮。"夫君子之已乱,岂有异术哉?时其喜怒,而无失乎仁而已矣。《春秋》⑰之义,立法贵严,而责人贵宽。因其褒贬⑱之义以制赏罚,亦忠厚之至也。

【注释】

①尧、舜、禹、汤、文、武、成、康:尧、舜、禹,都是传说中的上古的治世的领袖。汤,指商汤,商朝的开国君主。文,周文王,周朝的奠基人。武,周武王,周朝的开国

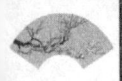

君主。成,周成王。康,周康王。

②吁俞:吁,表示不同意的叹词。俞,表示赞成的叹词。

③虞、夏、商、周之书:指《书经》。《书经》是记载古代文献的专集,其中包括了《虞书》、《夏书》、《商书》、《周书》等部分。

④穆王:周穆王,周朝第五代君主,他在位时喜欢出游,此后周室即开始衰败。

⑤祥:通"详",仔细认真。

⑥传:指《书经·孔氏传》,为诠释《书经》而作,旧以为汉儒孔安国所作,后有人怀疑为魏晋时人托名之作。

⑦宥:宽免,赦罪。关于皋陶和尧的这段话,在史书上并无记载。传说是苏轼在考场上临时"想当然"编出来的。

⑧四岳:四方诸侯的首领,一说为唐尧手下的官员。

⑨方:违抗。

⑩圮:毁坏,废去。

⑪宁失不经:经,常规。这里引用的《书经》中的话见《书经·大禹谟》。

⑫刀锯:古代的刑具,刀用于割刑,锯用于截断肢体。这里泛指各种刑具。

⑬劝:鼓励,提倡。

⑭长者:忠厚的人。

⑮相率:一个接着一个。

⑯《诗》:指《诗经》。以下引用的几句诗见《诗经·巧言》。祉,喜。遄,快。

⑰《春秋》:春秋时鲁国的国史,相传经孔子删订过。义:在这里指"微言大义",即用简练而隐微的词语对历史事件进行肯定或否定。

⑱褒贬:即春秋大义的核心,用儒家的道德标准来评论史实。

【译文】

唐尧、虞舜、商汤、周文王、武王、成王、康王的时候,他们爱护百姓多么深厚,忧虑百姓多么急切,而且是用君子长者的姿态来对待天下的百姓啊!百姓做了一件好事,随即奖赏他,紧接着又歌咏对他进行赞扬,为的是用这种方法来表彰他的开端,并勉励他坚持到底。百姓做了不好的行为,随即惩罚他,紧接着又怜悯警戒他,为的是使他摒弃旧日恶习而开创新的人生。因此他们那些感叹赞许的声音,喜悦悲伤的感情,都记载到了虞、夏、商、周的书中了。成王、康王死后,穆王即位,周朝的王道开始衰败了,然而还能命令他的大臣吕侯整理出《吕刑》,并告诫他用刑要谨慎从事。穆王的话忧郁而不伤感,威严而不恼怒,慈爱而又果断,悲痛而又有哀怜无辜者的心情，所以孔子认为他还是有可取之处。

古书上说："当是否应给予奖赏还存在疑问时，宁可给予奖赏，这是为了广布恩德。当是否应进行惩罚还存在疑问时，宁可免于惩罚，这是为了审慎用刑。"在唐尧时，皋陶担任刑官。将要处死一个人时，皋陶说应该杀，前后说了三次。尧说可以宽恕他，前后也说了三次。所以天下的人都畏惧皋陶执法的严格，而喜欢唐尧用刑的宽大。四岳说："鲧可以任用。"尧说："不行，鲧违抗命令，残害同类。"后来又说："试一试吧。"为什么唐尧不同意皋陶去处死犯人，而同意四岳的意见而任用鲧呢？从此而言，圣人的用意也可以看出来了。《书经》说："罪行有疑问时要从轻处理，功勋有疑问时要从重奖赏。与其杀掉无罪的人，宁可承担违法的责任。"唉！这话说得太透彻了。

在可以奖赏，也可以不奖赏的情况下，奖赏了就显得过于仁慈；在可以惩罚，也可以不惩罚的情况下，惩罚了就显得过于循理。过于仁慈，还不失为一个君子；过于循理，就会变成一个残忍的人。所以说，仁慈可以逾越，而法理不能超过。古代的奖赏不一定用爵位和俸禄，刑罚不一定用刀、锯之类的刑具。以爵位和俸禄为奖赏，其作用只能局限于获得爵位和俸禄的本人，而无法推广到没有获得爵位和俸禄的人。以刀、锯为刑罚，其威力只能局限于刀、锯所触及的本人，而不能影响到刀、锯没有触及的人。先王知道天下的好事赏不胜赏，而爵位、俸禄不足以起到倡导的作用；知道天下的恶事罚不胜罚，而刀、锯也不足以起到制裁的作用。因此在赏罚问题上存有疑问的情况时，便用君子长者的忠厚之道来对待天下的人，使天下的人都争先恐后地回归于君子长者的忠厚之道，因此可以说是忠厚到顶点了。

《诗经》说："君子如果喜欢贤人，祸乱将会停止了；君子如果怒恼坏人，祸乱定会终止了。"君子制止祸乱，哪有特别的方法？不过是在不同的时候表现喜欢或恼怒，而不丢掉仁慈之心罢了。《春秋》的大义是，建立法制时以严为贵，责罚人时以宽为贵。根据《春秋》的褒贬大义来制订赏罚的准则，也可以说是忠厚到顶点了。

留侯论

【原文】

古之所谓豪杰之士，必有过人之节，人情有所不能忍者。匹夫见辱，拔剑而起，挺身而斗，此不足为勇也。天下有大勇者，卒①然临之而不惊，无故加之而不怒，此其所挟持者甚大，而其志甚远也。

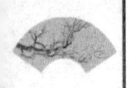

　　夫子房受书于圯②上之老人也，其事甚怪。然亦安知其非秦之世，有隐君子者，出而试之？观其所以微见其意者，皆圣贤相与警戒之义。而世人不察，以为鬼物，亦已过矣。且其意不在书。当韩之亡，秦之方盛也，以刀锯鼎镬③待天下之士。其平居无罪夷灭者，不可胜数。虽有贲、育④，无所获施。夫持法太急者，其锋不可犯，而其势未可乘。子房不忍忿忿之心，以匹夫之力，而逞于一击⑤之间。当此之时，子房之不死者，其间不能容发，盖亦危矣！千金之子，不死于盗贼。何哉？其身之可爱，而盗贼之不足以死也。子房以盖世之才，不为伊尹⑥、太公⑦之谋，而特出于荆轲⑧、聂政⑨之计，以侥幸于不死，此圯上老人所为深惜者也。是故倨傲鲜腆⑩而深折之，彼其能有所忍也，然后可以就大事。故曰："孺子可教也。"

　　楚庄王伐郑⑪，郑伯肉袒牵羊⑫以迎。庄王曰："其君能下人，必能信用其民矣。"遂舍之。勾践之困于会稽，而归臣妾于吴者，三年而不倦⑬。且夫有报人之志，而不能下人者，是匹夫之刚也。夫老人者，以为子房才有余，而忧其度量之不足。故深折⑭其少年刚锐之气，使之忍小忿而就大谋。何则？非有平生之素，卒然相遇于草野之间，而命以仆妾之役，油然⑮而不怪者，此固秦皇之所不能惊，而项籍⑯之所不能怒也。

　　观夫高祖之所以胜，项籍之所以败者，在能忍与不能忍之间而已矣。项籍惟不能忍，是以百战百胜，而轻用其锋；高祖忍之，养其全锋而待其敝，此子房教之也。当淮阴破齐而欲自王⑰，高祖发怒，见于词色。由此观之，犹有刚强不能忍之气，非子房其谁全之？

　　太史公⑱疑子房以为魁梧奇伟，而其状貌乃如妇人女子，不称其志气。呜呼！此其所以为子房欤！

【注释】

①卒：同"猝"，突然。

②圯（yí 宜）：桥。据史书记载，张良年轻时曾在下邳的桥上遇见一位老人。老人故意把鞋落在桥下，命张良拾起来给他穿上，张良照办了。老人说："孺子可教也。"随后命张良在五天后的清晨到这里见他。后来，张良在前两次赴约时都比老人去得晚，老人严厉地批评了他。第三次张良半夜里就到了那里，老人来到后，很是高兴，赠送给他一部兵书，叫他认真揣摩，说是"读此则为王者师矣"。

③刀锯鼎镬（huò 获）：都是古代的刑具，引申为残酷的刑罚。镬，大锅。

④贲、育：孟贲、夏育，古代传说中的勇士。

⑤逞于一击：张良年少时，为了刺杀秦始皇，曾雇佣勇士用铁椎在秦始皇东巡

至博浪沙时进行伏击,但未成功。张良因此逃亡在外。

⑥伊尹:商朝开国功臣。

⑦太公:即姜太公,名吕尚,周朝开国功臣。

⑧荆轲:战国时刺客,曾为燕太子刺秦王。

⑨聂政:也是战国时刺客,曾为严仲子刺杀韩相侠累。

⑩赧:惭愧。

⑪楚庄王伐郑:楚庄王,春秋时五霸之一。公元前597年,楚庄王攻打郑国,逼近郑国国都,郑襄公出城请罪,庄王遂退兵。

⑫肉袒牵羊:古代战败者脱去上衣。裸露肢体,并牵一羊到对方军门,表示降服之意。

⑬"勾践"句:吴、越为邻国。公元前494年越国被吴国战败,越王勾践投降后,备受屈辱,勾践都一一忍受,终被吴王放归。其后勾践奋发图强,最后消灭了吴国。

⑭折:挫折。

⑮油然:自然而然,平平常常。

⑯项籍:项羽,羽是项籍的字。

⑰淮阴破齐而欲自王:淮阴,淮阴侯韩信(？—前196年),秦末淮阴(今属江苏)人,初从项羽,后归刘邦。据史书载。韩信为刘邦手下得力大将,他率兵攻下齐国后,派人向刘邦提出请求,希望封自己为假(临时代理的意思)齐王。刘邦大怒,痛斥韩信的无理要求。当时张良暗示刘邦不能得罪韩信,刘邦便立时改口同意韩信的请求,说,何必称假王,封真王也可以。于是封他为齐王。后有人告发韩信欲谋反,遂降为淮阴侯。最后为吕后所杀。

⑱太史公:《史记》的作者司马迁的自称。关于司马迁对张良的评论,见《史记·留侯世家》。

【译文】

古代所说的豪杰之士,必定有超过一般人的节操,有一般人在感情上不能容忍的度量。市井小民受到了侮辱,便会拔剑而起,挺身与之搏斗,这不能称之为勇敢。天下有一种堪称为大勇的人,突然遇到变故而不惊慌,无故受到侮辱而不愤怒,这是由于他的抱负极大,而志向又极其深远。

张良从桥上的老人那里得到了兵书,这件事很荒诞。但哪里知道那个老人不是秦朝隐居的高士,前来试探张良的呢?看那老人在言谈话语中微露出来的用意,都是古代圣贤相互警戒的道理。可是世人对此却不细察,认为那个老人是鬼怪,这

就不对了。况且老人的本意并不在兵书上。当韩国灭亡,秦国正强大时,秦国用刀锯鼎镬来对待天下的读书人。那些平日居家并无罪行而遭到诛杀的人,多得不可胜数。即使有孟贲、夏育那样的勇士,也无法施展他们的本领。执法太严峻的君主,他的锋芒是不能触犯的,在形势上也没有可乘之机。张良忍不住忿恨的心情,想以个人的力量,在一次伏击的行动中得逞。在这时,张良能脱险和遇难而死之间的距离短得容不下一根头发,实在是危险啊!富有千金的人家的子弟,不会死于盗贼之手,为什么呢?因为他们爱惜自己的身体,不值得和盗贼去拼死。张良凭着他盖世的奇才,不去效法伊尹、太公那样的深谋远虑,而只采取荆轲、聂政那样的伎俩,只是由于侥幸而未遇难,这就是桥上老人为之深感痛惜的事情。因此老人才用傲慢无礼的态度狠狠地挫辱他。他如果能忍受这种挫辱的话,然后才能成就大的事业,所以老人说:"这个青年人是可以教育的。"

楚庄王讨伐郑国,郑襄公袒胸牵羊去迎接。庄王说:"这个国家的君主能够屈居人下,一定能信任他的百姓。"便撤兵回国了。越王勾践被吴国围困在会稽山上,能够像臣妾那样臣服吴国,侍奉吴王长达三年之久而不敢懈怠。有了报仇雪耻的雄心大志,而不能屈己下人的人,不过是普通人的刚强之性。桥上老人认为张良的才华有余,但是担心他的度量不足,所以才狠狠地打掉他年轻人的刚强的禀性,使他能够忍耐小的愤怒而成就大业。为什么这样说?老人和张良素不相识,偶然在野外相遇,竟命令他去干像奴仆姬妾那样的伺侯人的事,而张良却非常自然地不以为怪,这正是秦始皇不能把他吓倒,楚霸王也不能把他激怒的原因了。

考察一下高祖之所以取胜,项羽之所以失败的原因,就在于一个能忍耐,而另一个不能忍耐而已。项羽只因为不能忍耐,所以在百战百胜的情况下,轻易地消耗了他的精锐力量;高祖能够忍耐,积蓄他的全部实力而等待敌方的疲惫,这是张良教给他的策略。当淮阴侯攻下齐国后想自立为王时,高祖大怒,言谈和面色上都表露出来,由此看来,他还是有刚强而不能忍耐的性情,如果不是张良及时提醒他,还有谁能成全他的事业呢?

太史公猜测张良一定是个身材魁梧、容貌出奇的人,但实际上他的容貌却如同妇人女子,和他的志向气质不大相称。唉!这也许正是张良之所以成为张良的原因吧!

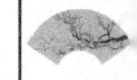

超然台记

【原文】

　　凡物皆有可观。苟有可观,皆有可乐,非必怪奇伟丽者也。哺糟啜醨①,皆可以醉;果蔬草木,皆可以饱。推此类也,吾安往而不乐?

　　夫所为求福而辞祸者,以福可喜而祸可悲也。人之所欲无穷,而物之可以足吾欲者有尽。美恶之辨战于中②,而去取之择交乎前,则可乐者常少,而可悲者常多。是谓求祸而辞福。夫求祸而辞福,岂人之情也哉?物有以盖之矣!彼游于物之内,而不游于物之外。物非有大小也,自其内而观之,未有不高且大者也。彼挟其高大以临我,则我常眩③乱反覆,如隙中之观斗,又乌④知胜负之所在?是以美恶横生。而忧乐出焉。可不大哀乎!

　　予自钱塘移守胶西⑤,释舟楫之安,而服车马之劳;去雕墙之美,而庇采椽⑥之居;背湖山之观,而行桑麻之野。始至之日,岁比不登⑦,盗贼满野,狱讼充斥,而斋厨⑧索然,日食杞菊⑨,人固疑予之不乐也。处之期年,而貌加丰,发之白者,日以反黑。予既乐其风俗之淳,而其吏民亦安予之拙⑩也。于是治其园圃,洁其庭宇,伐安邱⑪、高密⑫之木,以修补破败,为苟⑬完之计。而园之北,因城以为台者旧矣。稍葺而新之。

　　时相与登览,放意肆志焉。南望马耳⑭、常山⑮,出没隐见,若近若远,庶几有隐君子乎!而其东则卢山⑯,秦人卢敖⑰之所从遁也。西望穆陵⑱,隐然如城郭,师尚父⑲、齐威公⑳之遗烈,犹有存者。北俯潍水㉑,慨然太息,思淮阴之功,而吊其不终。台高而安,深而明,夏凉而冬温。雨雪之朝,风月之夕,予未尝不在,客未尝不从。撷㉒园蔬,取池鱼,酿秫酒㉓,瀹㉔脱粟㉕而食之,曰:"乐哉游乎!"

　　予弟子由㉖,适在济南,闻而赋之,且名其台曰"超然"。以见予之无所往而不乐者,盖游于物之外也。

【注释】

①哺糟啜醨:哺,吃。啜,喝。醨,一种淡酒。

②中:内心。

③眩:两眼昏花的样子。

④乌:在这里用作副词,怎么。

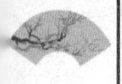

⑤胶西：山东胶河以西地区，这里指密州。
⑥采椽：将采伐来的未经细加工的木料用作屋椽，引申为粗陋之意。
⑦岁比不登：岁，年景，收成。比，连接着。登，谷物收获后登场。
⑧斋厨：厨房。斋，屋舍，多指书房、学员宿舍、厨房。
⑨杞菊：枸杞和菊花，苗嫩时都可食，这里泛指野菜。
⑩拙：笨，古人常用作自谦之词。
⑪安邱：在今山东潍县南。
⑫高密：在今山东诸城东北。
⑬苟：暂且。
⑭马耳：山名，在今山东诸城南。
⑮常山：山名，在今山东诸城南。
⑯卢山：山名，在今山东诸城南。
⑰卢敖：燕国人，秦始皇时任博士，秦始皇命他入东海寻找仙人以求仙药，卢敖借机逃到密州东部隐居，相传卢山上有卢敖洞。
⑱穆陵：关名，故址在今山东临朐东南，春秋时为齐国南境，有"齐南天险"之称。
⑲师尚父：即吕望，又称姜子牙、姜太公，商末人，曾助周武王灭商，故被尊称为师尚父，封于齐。
⑳齐威公：即齐桓公，春秋时齐国国君，为五霸之一。
㉑潍水：今称潍河，在诸城北。秦末，汉将韩信攻打齐国，楚国派大将龙且援齐，韩信在潍水一带大破楚军。
㉒撷：采摘。
㉓秫酒：用黏米酿造的酒。
㉔瀹：用热水煮物。
㉕脱粟：去壳的小米。
㉖子由：苏辙，字子由，苏轼之弟，熙宁三年（1070年）任齐州掌书记（节度使属下主管文牍的官员）。齐州治所在济南（今属山东）。苏辙作有《超然台赋》，今尚存。

【译文】

任何东西都有值得观赏的地方。只要值得观赏，那就都可以感到快乐，并不一定是稀奇古怪、雄伟瑰丽的东西。吃酒糟、饮淡酒也都会令人醉倒；吃瓜果蔬菜、野菜野果也都可以充饥。以此类推,我到哪里去会不感到欢乐呢?

为了求得幸福而躲避灾祸的人们。是因为幸福可以使人欢乐而灾祸使人悲哀。人们的欲望是无穷无尽的,但可以满足我们欲望的东西却是有限的。如果内心总是为了辨别美和丑而进行斗争,眼前总是为了抉择取舍而纠缠,那么值得欢乐的事往往很少,而使人悲哀的事往往很多。这可以说是求得祸患而弃掉幸福。求得祸患而弃掉幸福,难道说是人之常情吗?这是由于身外之物遮蔽所致啊!一些人只知纠缠于事物内部,而不知超然于事物外部。事物本身并没有大小之分,从它的内部来看,没有不是既高且大的。它们依仗着既高且大的优势来面对我们,使得我们常常会感到头晕目眩而心潮起伏,好像从门缝里看外面的人在撕打,又怎么能够知道谁胜谁负呢?因而美和丑就在眼前交错出现,忧愁和快乐就在心中杂错产生。这不是莫大的可悲之事吗!

我从钱塘调任胶西。失去了在江河中乘船的安逸环境,承受着骑马坐车的劳累;离开了雕墙画栋的华丽住宅,栖身于不加装饰的陋室;告别了湖光山色的美景,奔走于遍地桑麻的郊野。开始到任的时候,庄稼连年歉收,盗贼充斥四外,狱讼案件积压如山,厨房里空空荡荡,每天吃的都是杞菊一类的野菜,人们自然会怀疑我不会高兴。这样生活了一年之后,我的面容却丰腴了,原来的白发也日见黑了起来。我已经喜欢这里社会风气的淳朴。这里的下属和百姓也都习惯于我这个庸才。于是我便整修了官府的园圃,清扫了庭院屋宇,采伐了安邱、高密的树木,用来修复破损败坏之处,做暂时完好的打算。在园圃的北面,有一个背倚城墙而修筑的高台已破旧不堪,我便稍加修整,使它面貌一新。

我时常和友人一起登台游览。毫无拘束地尽情欢乐。向南望去可以看到马耳山和常山在云雾中时隐时现,若近若远,那里或许有隐居不出的君子吧!而在高台之东则是卢山。那是秦人卢敖逃匿隐藏之地。向西望去是穆陵关,隐隐约约像座城堡,从前姜太公和齐桓公留下的遗迹,还有保存着的。向北俯视潍水。令人感慨叹息。追念淮阴侯韩信当年立下的战功。又哀悼他最后不得善终。台子既高又稳固,既深广又豁亮,冬暖夏凉。无论雨洒雪飘的早晨,或是月明风清的晚上,我从来没有不来的时候,客人也从来没有不跟我一同前来的。采摘园里的蔬菜,捕捞池中的鲜鱼,喝着新酿的秫酒,吃着刚脱粒的小米饭,大家都在说:"这样的游览真是快乐啊!"

我的弟弟子由,这时恰巧在济南任职。听说这件事后便写了一篇赋,还把这座高台命名为"超然"。用以说明我是一个无论走到哪里都会快乐的人,因为我能超然于物外啊!

前赤壁赋

【原文】

壬戌①之秋,七月既望②,苏子与客泛舟游于赤壁之下。清风徐来,水波不兴。举酒属客,诵《明月》③之诗,歌《窈窕》④之章。少焉,月出于东山之上,徘徊于斗牛⑤之间。白露横江,水光接天。纵一苇之所如,凌万顷之茫然。浩浩乎如冯虚⑥御风,而不知其所止;飘飘乎如遗世独立,羽化⑦而登仙。

于是饮酒乐甚,扣舷而歌之。歌曰:"桂棹兮兰桨⑧,击空明兮溯⑨流光。渺渺兮予怀,望美人⑩兮天一方"客有吹洞箫者,依歌而和之。其声呜呜然,如怨如慕,如泣如诉,馀音袅袅,不绝如缕。舞幽壑之潜蛟,泣孤舟之嫠妇⑪。

苏子愀然⑫,正襟危坐而问客曰:"何为其然也?"客曰:"'月明星稀,乌鹊南飞',此非曹孟德⑬之诗乎?西望夏口⑭,东望武昌⑮,山川相缪⑯,郁乎苍苍,此非孟德之困于周郎⑰者乎?方其破荆州⑱,下江陵⑲,顺流而东也,舳舻⑳千里,旌旗蔽空,酾酒㉑临江,横槊赋诗,固一世之雄也!而今安在哉?况吾与子渔樵于江渚㉒之上。侣鱼虾而友麋鹿,驾一叶之扁舟,举匏樽㉓以相属,寄蜉蝣于天地㉔,渺沧海之一粟㉕。哀吾生之须臾㉖,羡长江之无穷。挟飞仙以遨游,抱明月而长终。知不可乎骤㉗得,托遗响㉘于悲风。"

苏子曰:"客亦知夫水与月乎?逝者如斯㉙,而未尝往也;盈虚者如彼,而卒㉚莫消长也。盖将自其变者而观之,则天地曾不能以一瞬;自其不变者而观之,则物与我皆无尽也,而又何羡乎?且夫天地之间,物各有主。苟非吾之所有,虽一毫而莫取。惟江上之清风,与山间之明月,耳得之而为声,目遇之而成色,取之无禁,用之不竭,是造物者之无尽藏也㉛,而吾与子之所共适㉜。"

客喜而笑,洗盏更酌。肴核㉝既尽,杯盘狼藉㉞。相与枕藉㉟乎舟中,不知东方之既白。

【注释】

①壬戌:按照古代干支纪年推算,壬戌为宋神宗元丰五年(1082年)。
②既望:十六日。望为十五日。既,过了。
③《明月》:指曹操的《短歌行》,其中有"月明星稀,乌鹊南飞"的名句。
④《窈窕》:指《诗经》中的《关雎》篇,其中有"窈窕淑女,君子好逑"等句。

⑤斗牛:北斗星和牵牛星。

⑥冯虚:腾空而起,冯,同"凭"。御:驾驶。

⑦羽化:指飞升上天成了神仙。

⑧棹(zhào 照):划船工具,前推者为桨,后推者为棹。

⑨沂:同"溯"。

⑩美人:古文中常以"美人"指贤人或所思念的人。

⑪嫠(lí 梨)妇:寡妇。

⑫愀(qiǎo 巧)然:忧愁不乐的样子。

⑬曹孟德:即曹操,字孟德。

⑭夏口:地当汉水入长江之口,因汉水自沔阳以下兼称夏水,故名夏口,故址在今湖北汉口。

⑮武昌:今湖北鄂城。

⑯缪(liǎo 了):通"缭",环绕。

⑰周郎:周瑜,字公瑾,年少时被人昵称为"周郎",三国时东吴名将。汉献帝建安十三年(208 年),曹操率军南下,瑜与刘备合兵,大败曹兵于赤壁。

⑱荆州:今湖北襄阳。

⑲江陵:今属湖北。

⑳舳舻(zhú lú 竹炉):舳,船后舵;舻,船头;泛称船只。一说为大船。

㉑酾(shī 诗):斟酒。

㉒槊(shuò 硕):古代兵器,像长矛。

㉓渚(zhǔ 主):江中的小洲。

㉔匏樽:葫芦做的容器。

㉕蜉蝣:一种昆虫,据说只能活几个小时,朝生暮死。

㉖粟:小米。

㉗须臾:片刻之间。

㉘骤:迅速。

㉙遗响:余音。

㉚逝者如斯:这原是孔子说的话,见《论语·子罕》:"子在川上曰:'逝者如斯夫。'"逝,消失,流失。斯,如此,这样。

㉛卒:最后,最终。

㉜造物者:创造万物的主宰者。

㉝适:满足,安适。

㉞核:有核的果实。

㉟狼藉:杂乱无序的样子。

㊱相与枕藉:是说彼此紧靠着睡觉。

【译文】

在壬戌年的秋天,七月十六那天,我和客人们划着船到赤壁之下去游览。清风缓慢地吹过来,江面没有激起波浪。我举起酒杯向客人敬酒,朗诵《明月》之诗,歌唱《窈窕》之篇。过了片刻,月亮从东山上升起,在斗、牛两个星宿之间踌躇。白茫茫的雾气横跨江面,水面的月光和天空连成一片。我们听任苇叶般的小船自由自在地飘流,越过茫茫无边的江面。在浩瀚的江水中好像要乘风飞去,不知将要飞向何处;我们飘飘然好像远离尘世而独自存在,又好像变成了神仙一般。

这时大家喝着酒十分高兴,敲打着船舷唱起歌来。歌词是:"桂木做的棹啊兰木做的桨,击打着清澈的江水啊让小船逆流而上迎来流动的波光。我的胸怀无比广阔,遥望心中的美人啊天各一方。"客人中有位能吹洞箫的,按照歌词的旋律进行伴奏。箫声呜呜地响,又像哀怨又像思慕,又像哭泣又像倾诉,箫声停后仍旧余音袅袅,好像一缕细丝连绵不断。这种声音能使潜伏在深渊中的蛟龙起舞,使独处孤舟中的寡妇为之暗地哭泣。

我这时面现忧愁之色,整理衣襟而端正地坐着问客人说:"箫声为什么这样感伤呢?"客人说:"'月明星稀,乌鹊南飞',这不是曹操写的诗句吗?西望夏口,东望武昌,山川缭绕,郁郁苍苍,这不就是曹操被周郎围困的地方吗?当曹操攻占了荆州,拿下了江陵,顺着长江东下的时候,战船连接千里,旗帜遮蔽天空,站在船上洒酒祭江,横握长矛赋诗明志,确实是一世的英雄啊!可如今又到哪里去了呢?何况我和你在江边沙洲上打渔砍柴,与鱼虾做伴而与麋鹿为友,驾着一叶小舟,举起酒杯互相劝酒。像蜉蝣一样在天地间寄托着短促的生命,渺小得像沧海中的一粟。哀叹我们的生命太短促了,羡慕长江流水的无穷无尽。希望追随着仙人邀游于太空。怀抱明月而永存于天地。我知道这些希望不会立即实现。因而才使箫声的余音在悲凉的秋风中回荡。"

我对客人说:"难道您也知道江水和月亮吗?江水虽然日夜不停地流去,但长江本身并没有因之而消失;月亮虽然时圆时缺,但月亮本身并没有丝毫增减。如果从变化的方面来看,天地之间的万物用不了一眨眼的工夫就会变了;如果从不变的方面来看,万物和我都是永远地存在着的。那又何必羡慕它们呢?况且天地之间,万物都各自有主。如果不是为我所有的,即便是一丝一毫也不能去取。只有那江

上的清风,和山间的明月,用耳朵就能听到它的声音,用眼睛就能看到它的颜色,取走它们无人禁止。享用它们也从不会枯竭,这是大自然的无穷无尽的宝藏,也是我和您可以共同享受的。"

客人听后会心地笑了,清洗了酒杯,重新斟酒。菜肴和果品都吃完了,酒杯和盘子放得杂乱不堪。大家互相依偎着在船中睡着了,不知不觉东方已经放亮了。

后赤壁赋

【原文】

是岁①十月之望,步自雪堂②,将归于临皋③。二客从予,过黄泥之坂④。霜露既降,木叶尽脱。人影在地,仰见明月。顾而乐之,行歌相答。

已而叹曰:"有客无酒,有酒无肴。月白风清,如此良夜何?"客曰:"今者薄暮⑤,举网得鱼,巨口细鳞,状如松江之鲈⑥,顾安所得酒乎?"归而谋诸⑦妇,妇曰:"我有斗⑧酒,藏之久矣,以待子不时之需。"

于是携酒与鱼,复游于赤壁之下。江流有声,断岸⑨千尺,山高月小,水落石出。曾⑩日月之几何。而江山不可复识矣!予乃摄衣而上,履巉岩⑪。披蒙茸⑫,踞虎豹,登虬龙⑬,攀栖鹘⑭之危巢,俯冯夷⑮之幽宫。盖二客不能从焉。划然长啸⑯,草木震动,山鸣谷应,风起水涌。予亦悄然而悲,肃然而恐,凛乎其不可留也。反而登舟,放乎中流,听其所止而休焉。时夜将半,四顾寂寥。适有孤鹤,横江东来。翅如车轮,玄裳缟衣⑰,戛然⑱长鸣,掠予舟而西也。

须臾客去,予亦就睡。梦一道士,羽衣⑲蹁跹,过临皋之下,揖予而言曰:"赤壁之游乐乎?"问其姓名,俯而不答。"呜呼噫嘻⑳!我知之矣。畴昔之夜,飞鸣而过我者,非子也耶?"道士顾笑,予亦惊寤。开户视之,不见其处。

【注释】

①是岁:指初游赤壁之年,即宋神宗元丰五年(1082年)。
②雪堂:苏轼在黄州建造的住宅,因在雪天竣工,同时四壁皆绘有雪景,遂命名为"雪堂"。
③临皋:亭名。故址在今湖北黄冈南长江旁,为苏轼初到黄州时的住所。
④黄泥之坂:黄泥,山坡名。坂,斜坡。
⑤薄暮:傍晚。薄,逼近。

⑥松江之鲈:松江(今属上海)出产的鲈鱼,为鱼中之佳品。

⑦诸:"之于"的合音。

⑧斗:古代酒器。

⑨断岸:直上直下的峭岸,有如斧劈刀断一样。

⑩曾:乃,在这里有料想不到之意。

⑪巉(chán 禅)岩:险峻的山石。

⑫蒙茸:丛生的野草。

⑬虬(qiú 求)龙:古代传说中的一种龙。这里比喻弯曲的树枝。

⑭鹘(hú 胡):能搏击飞鸟的一种猛禽。

⑮冯(píng 凭)夷:又名"河伯",水神。

⑯啸:张口发出一种悠长的声音,古人常以此作为一种健身或抒发情结的手段。

⑰玄裳缟(gǎo 搞)衣:玄裳,黑色的下衣(裙)。缟衣,白色的上衣。缟,一种白色的丝织品。

⑱戛(jiá 荚)然:形容嘹亮的鸟鸣声。

⑲羽衣:用羽毛编织的衣服,取其似能飞翔之意。后世常称道士或神仙所穿衣服为羽衣,俗称道袍。这里有双关之意,暗喻道士为仙鹤的化身。

⑳噫嘻(yì xī 益西):叹词,表示惊叹之意。

【译文】

这一年的十月十五,我从雪堂里走出来,打算回到临皋。有两位客人跟随着我,一起过黄泥坂。当时霜露已经降临,树木的叶子全部凋落了。人的影子倒映于大地,抬头看到明月。环顾四周感到很高兴,便一边走一边吟诗,互相唱和。

过了一会儿,我叹气说:"有客人却没有酒,即便有了酒又没有下酒的菜品。月色皎洁而晚风清凉,怎样才可以度过这个良宵呢?"客人说:"今天傍晚时,我撒网捕到一条鱼,嘴大鳞细,外形好像是松江的鲈鱼,可是到哪里才能搞到酒呢?"我就回家和妻子商量,妻子说:"我有一斗酒,已存放很久了,为的就是准备你的临时需要。"

于是我们带着酒和鱼,再次到赤壁之下游览。长江的流水哗哗地发出响声,陡峭的危岸高达千尺,山峦高耸衬托着不大的月亮,水位下降后露出了礁石。仅仅过了不长的时间。上次所见到的江景山色竟再也认不出来了!我便撩起衣襟上岸,脚踏险峻的岩石,拨开杂乱无章的野草,坐在形似虎豹的怪石上休息,然后又登上虬龙般的树枝,手攀鹃鸟栖身的高高的鸟巢,俯视着水神冯夷所居的深宫。那两位客人已经无力跟着我爬上来了。我这时一声长啸,草木为之震动,山谷也发出了回声,风在吹动而江水汹涌。我暗自感到悲伤,真是恐慌之至,吓得我不敢在那里停留了。我便返身岸边登上小舟,把小舟驶向江心,任凭它随意漂荡后再停止。这时已将近午夜。四下环顾一片沉寂。正好有只孤鹤横穿大江上空从东飞来。展开的双翅像车轮一样,好像穿着白衣黑裙一样,发出戛戛的长鸣,掠过我们的小舟向西飞去了。

不久客人离去,我也睡下了。梦见一位道士,穿着羽衣飘然而来。经过临皋亭下,向我拱手作揖说:"赤壁之游高兴吗?"问他的姓名,他低着头并不回答。"唉!嘻嘻!我知道了。昨夜从我船上飞叫着过去的,不就是您吗?"道士听我这句话后对着我笑了笑,我也惊醒了。推开门再看,已经不见他的踪迹。

苏辙　上枢密韩太尉书

【作者介绍】

苏辙(公元1039年—1112年)字子由,眉州眉山(今属四川)人。嘉祐二年(1057年)与其兄苏轼同登进士科。神宗朝,为制置三司条例司属官。因反对王安石变法,出为河南推官。哲宗时,召为秘书省校书郎。元祐元年为右司谏,历官御史中丞、尚书右丞、门下侍郎。晚年居颍川(今河南省许昌市),自号颍滨遗老。唐宋八大家之一,与父洵、兄轼齐名,合称"三苏"。所作委曲明畅而有气度。有《栾城集》。

【原文】

太尉执事①:辙生好为文,思之至深。以为文者气之所形,然文不可以学而能,气可以养而致。孟子曰:"我善养吾浩然之气。"今观其文章,宽厚宏博,充乎天地之间,称其气之小大。太史公②行天下,周览四海名山大川,与燕、赵③间豪俊交游,故其文疏荡④,颇有奇气。此二子者,岂尝执笔学为如此之文哉?其气充乎其中而溢乎其貌,动乎其言而见乎其文,而不自知也。

辙生年十有九矣,其居家所与游者,不过其邻里乡党⑤之人。所见不过数百里之间,无高山大野,可登览以自广。百氏之书⑥,虽无所不读,然皆古人之陈迹,不足以激发其志气。恐遂汩没⑦,故决然舍去,求天下奇闻壮观,以知天地之广大。过

秦、汉之故都⑧,恣观终南、嵩、华⑨之高;北顾黄河之奔流,慨然想见古之豪杰。至京师,仰观天子宫阙之壮,与仓廪府库城池苑囿⑩之富且大也,而后知天下之巨丽。见翰林欧阳公⑪,听其议论之宏辩,观其容貌之秀伟,与其门人贤士大夫游,而后知天下之文章聚乎此也。太尉以才略冠天下,天下之所恃以无忧,四夷⑫之所惮以不敢发,入则周公、召公⑬,出则方叔、召虎⑭,而辙也未之见焉。

且夫人之学也,不志⑮其大,虽多而何为?辙之来也,于山见终南、嵩、华之高,于水见黄河之大且深,于人见欧阳公,而犹以为未见太尉也。故愿得观贤人之光耀,闻一言以自壮,然后可以尽天下之大观而无憾者矣。

辙年少,未能通习吏事。向之来,非有取于斗升之禄⑯,偶然得之,非其所乐。然幸得赐归待选⑰,使得优游数年之间⑱,将以益治其文,且学为政。太尉苟以为可教而辱教之⑲,又幸矣。

【注释】

①执事:长官手下办事的人。古人在给有一定地位的人写信时常用作套语,表示不敢向对方直陈,只能向其手下人陈述的意思。

②太史公:指司马迁。迁曾任太史令,故称。

③燕、赵:指今河北及山西东北部一带,战国时为燕、赵两国属地,故称。古代认为这一地带的人"多慷慨悲歌之士"。

④疏荡:形容文章的风格通畅奔放,富于变化。

⑤乡党:周代以五百家为党,一万二千五百家为乡。这里泛指家乡。

⑥百氏之书:春秋战国时诸子百家的著作,如《荀子》、《庄子》等,后泛指各种不同流派的带有哲理性的著作。

⑦汩(gǔ 古)没:埋没,一生平庸而无所作为。

⑧秦、汉之故都:指秦朝国都咸阳(今属陕西),西汉的国都长安(今陕西西安),东汉的国都洛阳(今属河南)。

⑨终南、嵩、华:终南,终南山,在今陕西西安南。嵩,嵩山,在今河南登封。华,华山,在今陕西华阴。

⑩囿(yòu 又):古代帝王豢养动物的园林。

⑪欧阳公:欧阳修,当时任翰林学士。苏辙在考中进士后,曾去拜谒过欧阳修。

⑫四夷:原指四方各少数民族,在这里特指北宋边境的辽、西夏政权。夷,古代对少数民族的蔑称。

⑬周公、召公:都是周文王的儿子,他们都是周代的开国功臣,其后又辅佐成王

治国。

⑭方叔、召虎：都是周宣王时的大臣，以战功著称。

⑮志：有志于。"志"在这里用作动词。

⑯禄：俸禄，官吏的薪俸。

⑰待选：古代在考中进士后，已取得做官资格，但还不能马上授予官职。在等待期间称为待选。

⑱优游：悠闲自在地度日。

⑲辱教：降低自己的身份来指教别人。"辱"是古文中为了尊敬对方常用的套语。

【译文】

太尉身边的执事之官：我苏辙生性喜好写文章，对此曾进行过深刻的思考。我认为文章就是一个人气质的外在表现，然而文章并不是只通过学习词句就能写好的，气质却可以通过修养而得到。孟子说："我善于培养我的浩然正气。"现在看看他的文章，宽厚宏博，充满于天地之间，和他那种浩然正气的大小是相称的。太史公周游天下，遍观全国的名山大川，与燕、赵之间的豪杰志士交游，所以他的文章疏放而跌宕，很有奇特的气概。他们二位难道说是只靠执笔学习词句才写出这样的文章吗？他们的气质充满胸中而流露于形体之外，表现在他们的言谈话语中而反映在他们的文章中，可是他们自己并没有意识到这一点。

我今年十九岁了，我在家居时所交往的人不过是自己的邻里和同乡村民。所见到的不过是几百里的地方，没有高山旷野可供登临以开阔自己的胸怀。诸子百家的书，虽然无所不读，但其中记载的都是古人的陈旧遗迹，不足以激发我的志气。我深恐就此埋没了自己，所以就毅然弃之而去，去寻求天下的奇闻壮观，藉以了解天地的广大。我经过了秦、汉时期的故都，尽情地观赏了终南山、嵩山、华山的崇高险峻；北望黄河奔腾的流水，感慨地想起了古代的豪杰志士。到了京城汴梁后，瞻仰了皇帝宫殿的宏伟壮观以及仓廪府库、城池园林的富丽和广大，然后才知道天下是如此广大美好。见到了翰林学士欧阳公，听到他那雄辩的议论，看到他那清秀而伟岸的容貌，又和他的门生那些贤士大夫交往，然后我才知道天下出类拔萃的文章都集中到这里了。太尉的文才武略可称得起是称雄天下，国家依仗了您可以高枕无忧，四夷对您恐惧折服而不敢贸然进犯，在朝廷内您就好像周公、召公，出外领兵又好像方叔、召虎一样，可是我却没有机会拜见过您。

况且人在学习方面，如果缺乏远大的志向，读书再多又有什么用处？我这一次

到京城汴梁来，一路上游山见到了终南山、嵩山、华山是那样的高峻，观水见到了黄河是那样的既深且广，拜访名人见到了欧阳公，只是还没有见到太尉您。所以我希望看到像您这样贤德之人的风采，听一听您的片言只语以激励自己，然后就可以说我已经尽览天下而不会有遗憾之感了。

我还年轻，还不熟悉官场上的情况。先前来京城汴梁应试，并不是为了做官后可以有微薄的收入，即使偶然获得一官半职，也不是值得我高兴的事。现在有幸得到恩赐让我回家等待朝廷选用，这就使得我可以在今后几年里有了悠闲的时间，我将进一步钻研写作，并且学习如何从政。太尉如果认为我还可以教导而肯屈尊指教我的话，那我会感到不胜荣幸。

黄州快哉亭记

【原文】

江出西陵①，始得平地，其流奔放肆大。南合湘、沅②，北合汉、沔③，其势益张。至于赤壁④之下，波浪浸灌，与海相若。清河张君梦得⑤，谪居齐安⑥，即其庐之西南为亭，以览观江流之胜。而余兄子瞻⑦名之曰"快哉"。

盖亭之所见，南北百里，东西一舍⑧，涛澜汹涌，风云开阖。昼则舟楫⑨出没于其前，夜则鱼龙⑩悲啸于其下。变化倏忽⑪，动心骇目，不可久视。今乃得玩之几席之上，举目而足。西望武昌⑫诸山，冈陵起伏，草木行列，烟消日出，渔夫、樵父之舍，皆可指数。此其所以为"快哉"者也。至于长洲⑬之滨，故城之墟，曹孟德、孙仲谋⑭之所睥睨⑮，周瑜、陆逊⑯之所驰骛⑰，其风流遗迹，亦足以称快世俗。

昔楚襄王从宋玉、景差⑱于兰台⑲之宫，有风飒然至者，王披襟当之，曰："快哉，此风！寡人所与庶人共者耶？"宋玉曰："此独大王之雄风耳，庶人安得共之？"玉之言，盖有讽焉。夫风无雄雌之异，而人有遇不遇之变。楚王之所以为乐，与庶人之所以为忧，此则人之变也，而风何与焉？士生于世，使其中不自得，将何往而非病？使其中坦然，不以物伤性，将何适而非快？今张君不以谪为患，窃会计之余功，而自放山水之间，此其中宜有以过人者。将蓬户瓮牖⑳，无所不快，而况乎濯长江之清流，挹㉑西山㉒之白云，穷耳目之胜以自适也哉！不然，连山绝壑，长林古木，振之以清风，照之以明月，此皆骚人思士㉓之所以悲伤憔悴而不能胜者，乌睹其为快也哉！

元丰六年十一月朔日，赵郡㉔苏辙记。

【注释】

①江出西陵:江,长江。西陵,西陵峡,长江三峡之一,为三峡中最长者,在今湖北宜昌。

②湘、沅:湘水和沅水,流经洞庭湖注入长江,在今湖南境内。

③汉、沔(miǎn 免):今合称汉水,源出陕西,流经湖北,在武汉汇入长江。

④赤壁:赤壁矶,在今湖北黄冈,不是三国时"赤壁之战"的赤壁。

⑤张梦得:字怀民。宋神宗元丰三年(1080 年)被贬为黄州通判,当时苏轼也被贬至黄州,二人过从甚密。

⑥齐安:即黄州,齐安为古代郡名。

⑦子瞻:苏轼的字。古人的名和字都有一定联系。"轼"为车前横木,乘车者可凭倚瞻望,故取"子瞻"为字。

⑧舍:原为军事用语,行军三十里为一舍。

⑨舟楫(jí 及):船只。楫,原指船桨。

⑩鱼龙:在这里泛指各种怪鱼。

⑪倏(shū 书)忽:迅速。

⑫武昌:今湖北鄂城。

⑬长洲:指江中的沙洲。

⑭曹孟德、孙仲谋:曹孟德,曹操。孙仲谋,孙权。

⑮睥睨(pì nì 僻逆):眼睛斜着看,表示傲视或厌恶。

⑯周瑜、陆逊:都是三国时吴国的名将。周瑜曾在赤壁大破曹操军队。陆逊曾在彝陵(今湖北宜昌东)大破刘备统率的蜀军。

⑰驰骛:奔走,追逐。

⑱宋玉、景差:都是楚国大夫,二人均擅长辞赋,下文所引的襄王与宋玉的对话见宋玉的《风赋》。

⑲兰台:楚国宫苑,故址在今湖北钟祥东。

⑳蓬户瓮牖(yǒu 有):指极其简陋的房屋。蓬,一种有韧性的草。牖,窗。

㉑挹(yì 益):舀取液体,引申为吸取。

㉒西山:这里指当地的樊山,在今湖北鄂城西。

㉓骚人思士:泛指不得志的文人墨客。

㉔赵郡:苏辙先世为赵郡栾城(今河北省赵县)人。

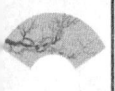

【译文】

　　长江流出了西陵峡,才开始进入到平坦的地带,这时水势便奔腾浩瀚起来。向南汇合了湘水和沅水,向北汇合了汉水和沔水,水势越来越壮阔。到了赤壁下面,波流浸灌了大片土地。好像是大海一样。清河的张梦得贬官后居住在齐安,便在他住宅的西南修建了一座亭子,用来观赏江流的胜景。我的兄长苏轼给这座亭子起了个名字叫"快哉"。

　　在亭上向周围远望。南北可达百里之遥,东西也有约三十里,江面波涛汹涌,风云时有时无。白天时船只不断在亭前出没,夜里时就有鱼龙在亭下悲鸣。景色在瞬息间变化无穷。使人感到触目惊心,不敢长时间看下去。如今竟然可以在亭中凭几而坐尽情观赏,举目便可一览无余。向西遥望武昌的群山,山冈和丘陵起伏错落,野草和树木排列成行,当云霭消散,太阳出现时,渔夫、樵夫的房舍都能历历可数。这就是亭子之所以命名为"快哉"的原因。至于在长洲边缘的故城废墟,曾是曹操、孙权所窥视的地方,周瑜、陆逊所驰骋的疆场,那些豪杰人物留下的遗迹,也足以使世人称快不已了。

　　从前楚襄王带着宋玉、景差到兰台宫游览,一阵风飒飒吹过来,襄王敞开衣襟迎着风说:"这阵风吹得人真痛快!这是我和众百姓共同享有的吧?"宋玉说:"这只是大王的雄风,众百姓怎么能够和您共同享有呢?"宋玉的话,大概有讽喻的味道。因为风并没有雌雄的区别,而人却有遇时和不遇时的变化。楚王之所以感到快乐,与众百姓之所以感到忧愁,这是由于人所处环境的变化,而与风又有什么关系呢?士人生活在世间,如果他的内心不能悠然自得,那么到什么地方没有忧愁?如果他的内心坦荡豁达,不因外界的事物而伤害自己的感情,那么无论到什么地方会不快乐呢?现在张君不把贬官外地当作忧患,利用公余之暇,让自己在山水之间纵情赏玩,由此可见其胸襟中必有过人之处。即便用蓬草为门,用破瓮为窗,也不会感到不快乐,更何况他能在江水的清流中洗濯,观赏西山的白云,让耳目充分得到享受而使自己感到舒适呢!不然的话,连绵的山峦,陡峭的沟壑,成片的树林,参天的古树,清风振动于其中,明月照耀于上空,这些都是失意的文人之所以感到悲伤憔悴而难以忍受的,哪里还能看得出它会令人感到愉快呢!

　　元丰六年十一月初一,栾城苏辙记。

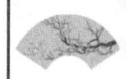

洪迈 《容斋随笔》（二则）

【作者介绍】

洪迈(公元1123年—1202年)，字景卢，号容斋，南宋饶州鄱阳(今江西省上饶市鄱阳县)人。洪迈出生于一个士大夫家庭。他的父亲洪皓、哥哥洪适，都是著名的学者、官员，洪适官至宰相。洪迈的父亲洪皓出使金国，遭金国扣留，洪迈当时年仅七岁，跟随兄适、遵攻读。绍兴十五年(1145年)，中进士。授两浙转运司干办公事。因受秦桧排挤，出为福州教授。至绍兴二十八年(1159年)，召为起居舍人、秘书省校书郎，兼国史馆编修官、吏部员外郎。知吉州(今江西吉安)、赣州(今江西赣州)、婺州(今浙江金华)等。后得孝宗信任。淳熙十三年(1186年)拜翰林学士。光宗绍熙元年焕章阁学士，知绍兴府。二年上章告老，进龙图阁学士。卒赠光禄大夫，谥文敏。洪迈学识渊博，著书极多，文集《野处类稿》、志怪笔记小说《夷坚志》，所编纂的《万首唐人绝句》、笔记《容斋随笔》等，都是流传至今的名作。

【原文】

卷九·陈轸之说疏

战国权谋之士，游说从横，皆趋一时之利，殊不顾义理曲直所在。张仪欺楚怀王，使之绝齐而献商於之地。陈轸[①]谏曰："张仪必负王，商於不可得而齐、秦合，是北绝齐交，西生秦患。"其言可谓善矣。然至[②]云："不若阴合而阳绝于齐，使人随张仪，苟与吾地，绝齐未晚。"是轸不深计齐之可绝与否，但以得地为意耳。及秦负约，楚王欲攻之，轸又劝曰："不如因赂之以一名都，与之并兵而攻齐，是我亡地于秦，取偿于齐也。"此策尤乖谬不义。且秦加亡道于我，乃欲赂以地；齐本与国，楚无故而绝之！宜割地致币，卑词谢罪，复求其援。而反欲攻之，轸之说于是疏[③]矣。乃知鲁仲连、虞卿[④]为豪杰之士，非轸辈所能企及也。

【注释】

①陈轸：战国时的纵横家，曾在楚国做大臣，后来失宠离开了楚国。

②至：到了。

③疏：不周密，迂阔。

④鲁仲连、虞卿：鲁仲连，又名鲁仲子，鲁连子，是战国末年齐国稷下学派的后

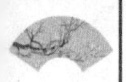

期代表人物，著名的平民思想家、辩论家和卓越的社会活动家。虞卿，战国名士，原名不详，邯郸人。赵孝成王初见而赐黄金百镒、白璧一双，再见时封上卿，故名虞卿。一生游说于诸侯之间。

【译文】

战国时候的权术谋略之人，进行合纵连横的游说，都只是追求一时的利益，根本不考虑道义和是非曲直。张仪欺骗楚怀王，用秦国的商於之地做诱饵挑动楚国与齐国断交。陈轸劝谏说："张仪必定会背弃大王，楚国不但不能得到商於之地，反而会导致秦国和齐国联合。如此一来则使楚国北边断绝了与齐国的交往，西面又滋生了秦国的忧患。"这些话可以说是正确的了。但是当他说到"不如暗地里跟齐国联合而表面上给他断交，派人跟着张仪，如果秦国给我们土地，再跟齐国断交不迟"时，就表明陈轸并没有深远地考虑能不能跟齐国断绝交往，而只是以得到土地为目的罢了。等到秦国背弃了盟约，楚王想攻打秦国，陈轸又劝说道："不如趁机奉送给秦国一个著名都市，然后跟秦国军队一起去攻打齐国，这样我国在秦国丧失的领土就可以从齐国哪里得到补偿了。"这条计策尤其是荒谬而不合道义了。秦国将亡国之道加于楚国，楚国却打算将土地奉送给它；齐国本来是盟国，楚国却无缘无故地跟它断交！楚国应该向齐国割让土地赠送钱财，用谦卑的辞令承认过错，再请求齐国援助，怎么能够反过来想攻打齐国呢！陈轸的主张在这里太迂腐而不顾实际了。从这里可以知道，鲁仲连、虞卿确实是英雄豪杰，绝不是陈轸之流的人所能比的。

【原文】

卷十六·治盗法不同

唐崔安潜①为西川②节度使，到官不诘盗。曰："盗非所由通容，则不能为。"乃出库钱置三市，置榜其上曰："告捕一盗，赏钱五百缗。侣者告捕，释其罪，赏同平人。"未几，有捕盗而至者。盗不服，曰："汝与我同为盗十七年，赃皆平分，汝安能捕我？"安潜曰："汝既知吾有榜，何不捕彼以来？则彼应死，汝受赏矣。汝既为所先，死复何辞？"立命给捕者钱，使盗视之，然后杀盗于市。于是诸盗与其侣互相疑，无地容足，夜不及旦，散逃出境，境内遂无一人之盗。

予每读此事，以为策之上者。及得李公择③治齐州事，则又不然。齐素多盗，公择痛治之，殊不止。它日得黠盗，察其可用，刺为兵，使直④事铃下。间问以盗发辄得而不衰止之故。曰："此繇富家为之囊。使盗自相推为甲乙，官吏巡捕及门，擒一

人以首,则免矣。"公择曰:"吾得之矣。"乃令凡得藏盗之家,皆发屋破柱,盗贼遂清。

予乃知治世间事,不可泥⑤纸上陈迹。如安潜之法可谓善矣,而齐盗反恃此以为沈命之计,则变而通之,可不存乎其人哉!

【注释】

①崔安潜:字进之,齐州人,大中三年进士。咸通中,累擢忠武节度使,拒王仙芝有功,代高骈镇西川,终太子太傅,谥贞孝。

②西川:东川西川的划分唐朝才有,唐至德二年(757年)分剑南为东川、西川,各置节度使。西川是指益州。相当于现在四川盆地的核心部分。

③李公择:即李常(公元1027年—1090年),字公择,《宋史》卷三四四有传。他少时读书庐山舍,抄书九千卷,后名李氏山房。曾知鄂州,徙湖、齐(州治济南)二州,又徙淮南西路提点刑狱。与苏轼友善,苏轼曾作有《李氏山房藏书记》等。

④直:同"值"。

⑤泥(nì 逆):固执,拘泥。

【译文】

唐朝的崔安潜做西川节度使,到任后不去追查强盗。他说:"偷盗如果不是相互包庇通融,就不能成事。"于是他拨公款放在多个市场,贴告示在上面说:"告发捕捉一个强盗,奖赏五百缗,同伙告发捕捉的,免除告发人的罪,和平常的人一样赏赐。"过了不久,有捕捉到盗贼而来领赏的人。强盗不肯降服,说:"你和我一样做了十七年的强盗,赃物都平均分配,你怎么可以抓我?"崔安潜说:"你既然知道我贴了告示,为什么不捉他而来领赏呢?那么他应该死,你受到赏赐了。你既然被他抢先,那你还有什么好说的?"立即赏钱给抓捕的人,让强盗们都看到,然后在市场把被捉住的强盗杀了。从此以后所有的盗贼同伙之间相互猜忌,无处可躲,天还没亮,都纷纷逃出境外,于是境内再也没有一个强盗了。

我每当读到这里,都认为这是上好的计策。等读到李公择在齐州做知州的事迹后,就又不这么认为了。齐州一向就强盗特别多,李公择下大力气来抓这件事,强盗并不见减少。后来有一天抓到一个特别狡猾的惯盗,观察之后觉得这个人可以利用,就把他招募登录为士兵,让他在自己的跟前工作。找了一个机会,李公择问这个惯盗盗贼屡抓不止的原因。他回答说:"这都是因为富家大户包庇他们的缘故。平时富家大户让强盗们选出甲乙丙丁的次序来,等到官府来抓人的时候,按照

事先选好的甲乙丙丁的顺序让大家把一个强盗抓起来交给官府,然后把所有的罪名都让这一个人承担起来,也就把事情摆平了。"李公择说:"原来是这样的啊,我有对付的办法了。"于是下命令,凡是被发现有强盗的人家,就把这家的房子拆掉,让他倾家荡产,过了不久,强盗的问题就彻底解决了。

由此,我才知道世上的事情,不能拘泥于死板的条条框框。像崔安潜的让盗贼互相检举的方法可以说算是好的了吧,但是齐州的盗贼却恰恰用貌似互相检举的方法来欺骗官府。方法的与时俱进、变通使用还是在于人啊!

宋濂　送天台陈庭学序

【作者介绍】

宋濂(公元 1310 年—1381 年),字景濂,号潜溪,别号:玄真子、玄真道士、玄真遁叟。浦江(今浙江浦江)人。他家境贫寒,但自幼好学,曾受业于元末古文大家吴莱、柳贯、黄溍等。他一生刻苦学习,"自少至老,未尝一日去书卷,于学无所不通"。元朝末年,元顺帝曾召他为翰林院编修,他以奉养父母为由,辞不应召,修道著书。至正二十年(1360 年),与刘基、章溢、叶琛同受朱元璋礼聘,尊为"五经"师。洪武初主修《元史》,官至学士承旨、知制诰。后因牵涉胡惟庸案,谪茂州,中途病死。谥号文宪。有《宋学士文集》。

【原文】

西南山水,惟川蜀①最奇。然去中州②万里,陆有剑阁③栈道之险,水有瞿塘、滟滪④之虞。跨马行,篁竹间山高者,累旬日不见其巅际;临上而俯视,绝壑万仞,杳⑤莫测其所穷,肝胆为之掉栗。水行,则江石悍利,波恶涡诡⑥,舟一失势尺寸,辄糜碎土沉,下饱鱼鳖。其难至如此。故非仕有力者,不可以游;非材有文者,纵游无所得;非壮强者,多老死于其地。嗜奇之士恨焉。

天台⑦陈君庭学,能为诗,由中书左司掾⑧,屡从大将北征⑨,有劳,擢四川都指挥司照磨⑩。由水道至成都。成都,川蜀之要地,扬子云、司马相如、诸葛武侯⑪之所居。英雄俊杰战攻驻守之迹,诗人文士游眺饮射赋咏歌呼之所,庭学无不历览。既览必发为诗,以记其景物时世之变。于是其诗益工。越三年,以例自免归,会予于京师⑫。其气愈充,其语愈壮,其志意愈高,盖得于山水之助者侈⑬矣。

予甚自愧,方予少时。尝有志于出游天下,顾以学未成而不暇。及年壮可出,

而四方兵起,无所投足。逮今圣主⑭兴而宇内定,极海之际,合为一家,而予齿⑮益加耄⑯矣。欲如庭学之游,尚可得乎?

然吾闻古之贤士,若颜回、原宪⑰,皆坐守陋室,蓬蒿⑱没户,而志意常充然,有若囊括于天地者。此其故何也?得无有出于山水之外者乎?庭学其试归而求焉?苟有所得,则以告予。予将不一愧而已也。

【注释】

①川蜀:四川。四川古代为蜀国地,故称川蜀。

②中州:泛指中原地区。

③剑阁:今属四川,当地有在山峦峭壁上架设的栈道。

④瞿塘:瞿塘峡,长江三峡之一,在今四川奉节、巫山间,江面狭窄,历来视为危途。滟滪:滟滪堆,为瞿塘峡江口突出的巨石,俗名"燕窝石"。

⑤杳:在这里形容看不清楚。

⑥诡:奇异多变。

⑦天台:今属浙江。

⑧中书左司掾:中书省左司的属官,负责监督等工作。

⑨北征:向北方征讨。明初,北方尚存在元代遗留的残余武装,明太祖为了实现统一,多次派遣大将转战北方。

⑩照磨:负责文书工作的属官。

⑪扬子云、司马相如、诸葛武侯:扬子云,扬雄,字子云,成都人,西汉文学家。司马相如,字长卿,成都人。西汉文学家,擅长辞赋。诸葛武侯,诸葛亮,字孔明,阳都(今山东沂南)人,三国时任蜀汉丞相,封为武侯。

⑫京师:京城,明初建都于金陵(今南京)。

⑬侈:甚多。

⑭圣主:指朱元璋。

⑮齿:借代为年龄。

⑯耄(mào 茂):七十为耄,这里泛指垂老之年。

⑰颜回、原宪:二人都是孔子的弟子。颜回,字子渊;原宪,字子思,他们都是一生贫困而不以为忧,曾受到孔子的称赞。

⑱蓬蒿:泛指野草。

【译文】

西南地区的山水,只有川蜀境内的最为奇特。但它距离中原地区有万里之遥,

陆路有剑阁栈道的险峻,水路有瞿塘峡、滟滪堆那样的危境。骑马行走在竹林之间,山岭高峻,一连走十几天还看不到它的顶峰;从山顶向下俯视,陡峭的山谷有万丈之深,一眼看不到它的底部,令人肝胆为之颤抖。乘船航行,长江中的礁石既坚硬又锐利,波涛汹涌,漩涡变化不定,船行时万一稍微偏离了航道。就会像破碎的泥块那样沉入江底,人若坠落江水中就会成为鱼鳖的美食。那个地区行路之难竟然如此。所以除非是官场中人而又有财力的,是不能去游览的;除非是饱学之士而又善写文章的,即使游览了也一无所得;除非是力壮身强的,即便去了大多也会老死在那里。喜好涉猎奇山异水的人对此深感遗憾。

天台地方的陈庭学,善于写诗,以中书左司掾的身份,多次跟随大将北征,立下了功劳,被提升为四川都指挥司照磨,经水路到成都去赴任。成都是川蜀的重镇,又是扬雄、司马相如和诸葛亮居住过的地方。从前那些英雄豪杰征战驻守的遗迹,文人墨客游览眺望、饮酒投壶、吟诗作赋、引吭高歌的场所,庭学没有不去一一游览的。游览之后一定写出诗篇,用来记叙景物和时世的变化。因此他的诗越写越好。过了三年,按照朝廷的惯例自己请求免职还乡,在京城和我会面了。他的精神更加饱满了,他的言谈更加豪迈了,他的志向意趣更加高远了,可能是他从山水那里获益非浅吧。

我自己感觉很惭愧,在我年轻的时候,曾立志要外出游览天下,只是由于学业尚无成就而找不到空闲时间。等到壮年能够外出时,又碰上四处战乱的局势,无处可以落脚。到了今天圣明的皇帝崛起,平定了天下,四海之内都统一为一个国家,是游览天下的时候了,可是我的年纪却越来越老了。就算想像陈庭学那样游览名山大川,还能办得到吗?

我曾听说古代的贤士,像颜回、原宪等人,都是坐守在简陋的屋子里,野草掩遮了门户。但他们的志向和意志却总是充沛坚定,好像是能囊括天地一样。这是什么原因呢?是不是在他们的胸怀中有超出于山水之外的东西存在呢?庭学回乡以后是否可以探求一下其中的道理呢?如果有什么心得的话,请告诉我。那么我将不会只是感到惭愧而已了。

刘基　司马季主论卜

【作者介绍】

刘基(公元 1311 年—1375 年),字伯温,浙江青田人。元武宗至大四年出生于

江浙行省处州路青田县南田山武阳村,故时人称他刘青田。明洪武三年封诚意伯,人们又称他刘诚意。明武宗正德九年被追赠太师,谥文成,因而后人又称他刘文成、文成公。南田武阳村于1948年被划入新设置的文成县,县名就是为了纪念刘基。在文学史上,刘基与宋濂、高启并称"明初诗文三大家"。有《诚意伯文集》。

【原文】

东陵侯①既废,过司马季主而卜焉。

季主曰:"君侯何卜也?"东陵侯曰:"久卧者思起,久蛰②者思启,久懑③者思嚏。吾闻之,蓄极则泄,闷极则达,热极则风,壅极则通。一冬一春,靡屈不伸;一起一伏,无往不复。仆④窃有疑,愿受教焉。"季主曰:"若是。则君侯已喻之矣,又何卜为?"东陵侯曰:"仆未究其奥也,愿先生卒教之。"

季主乃言曰:"呜呼!天道⑤何亲?惟德之亲。鬼神何灵?因人而灵。夫蓍⑥,枯草也;龟⑦,枯骨也,物也。人灵于物者也,何不自听,而听于物乎?且君侯何不思昔者也?有昔者,必有今日。是故碎瓦颓垣,昔日之歌楼舞馆也;荒榛⑧断梗,昔日之琼蕤⑨玉树也;露蛩⑩风蝉,昔日之凤笙龙笛也;鬼燐萤火,昔日之金釭⑪华烛也;秋荼春荠,昔日之象白驼峰⑫也;丹枫白荻,昔日之蜀锦齐纨⑬也。昔日之所无,今日有之不为过;昔日之所有,今日无之不为不足;是故一昼一夜,华开者谢;一春一秋,物故者新。激湍之下,必有深潭;高丘之下,必有浚谷。君侯亦知之矣,何以卜为?"

【注释】

①东陵侯:邵平,秦时为东陵侯,秦亡后,被废为平民,以种瓜为生。
②蛰:原指动物冬眠,这里引申为藏伏不能出。
③懑(mèn 闷):烦闷。
④仆:代词,自称的一种谦词。
⑤天道:上天的意志。
⑥蓍(shī 师):一种野草,古人采其茎作占卜之用。
⑦龟:龟甲。古人用火炙烤龟甲,视其裂纹的形状以决定吉凶。
⑧榛(zhēn 真):树丛。
⑨琼蕤(ruí 绥):像美玉一样的花朵。
⑩蛩(qióng 穷):蟋蟀。
⑪金釭(gāng 刚):用金属制作的油灯。
⑫象白驼峰:象脂和骆驼的肉峰,古人认为是名贵的佳肴。

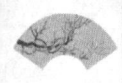

⑬蜀锦齐纨(wán 完)：四川出产的锦缎和山东出产的细绢，在古代都是名贵的织物。

【译文】

东陵侯被废黜为平民后。去访问司马季主，请他为自己占卜。

季主问他说："您要占卜什么事？"东陵侯说："睡得太久的人就想起床，长久困居室内的人就想打开窗户，长久憋闷的人就想打个喷嚏。我听说，水积蓄太多了就会四外横溢，气憋闷到极点就会抒发出来，热到极点就会刮风，堵塞到极点就必然通畅。历冬经春，没有任何事物只是弯曲而不伸展的；一起一伏，没有任何事物只去不来的。对上述现象我私下有些疑惑，愿得到先生的指教。"季主说："照您方才所说的，您已经明白其中的道理了，又何必占卜呢？"东陵候说："我还没有彻底弄清其中的奥秘，希望先生还是明了地指教我一下。"

于是季主便说："唉！天道和什么人亲近？只和有德之人亲近。鬼神有什么灵验的地方？只有凭借于人才能显出灵验。蓍草，只不过是枯草；龟甲，只不过是枯骨，它们都是物。人比物要有灵性，为什么不相信自己，而去相信物呢？再说，君侯为什么不想想过去？有了过去，就一定会有现在。所以，现在的破瓦断壁，就是过去的歌楼舞馆；现在的荒草枯树，就是过去的琼花玉树；现在的蟋蟀鸣蝉，就是过去的凤笙龙笛；现在的磷火萤光，就是过去的金灯彩烛；现在的苦荼荠菜，就是过去的象脂驼峰；现在的红枫白荻，就是过去的蜀锦齐绢。过去所没有的，现在有了也不算过分；过去有了的，现在没有了也不算不足。因此白昼过去了是黑夜，盛开的花朵会凋谢；春天过去了还有秋天，旧的消失了会出现新的。激流之下，必有深潭；高山之下，必有深谷。您既然明白了这个道理。还要占什么卜呢？"

方孝孺　深虑论

【作者介绍】

方孝孺（公元1357年—1402年），浙江宁海人，明代大臣、著名学者、文学家、散文家、思想家，字希直，一字希古，号逊志，曾以"逊志"名其书斋，蜀献王替他改为"正学"，因此世称"正学先生"。福王时追谥文正。在"靖难之役"期间，拒绝为篡位的燕王朱棣草拟即位诏书，刚直不屈，孤忠赴难，朱棣将方孝孺九族诛尽还无法息怒，便把方孝孺的门生和朋友也算作一族一并予以处死，被杀者共达八百七十三人,投狱和流放充军者更逾数千。正是他一句"即使诛我十族又怎样?"使他成为历史上唯一被诛十族的人。方孝孺曾从宋濂学习,他的文章、学问为宋濂诸弟子之冠。历任陕西汉中府学教授,翰林侍讲,侍讲学士,文学博士。建文年间(公元1399年—1402年)担任建文帝的老师,主持京试,推行新政。方孝孺的著作今存《逊志斋集》及《方正学先生集》等。由于永乐中凡藏有他文章的俱遭死罪,留传于世的诗文是由后人辑录的,因此其中难免杂有他人之作。

【原文】

虑天下者,常图①其所难,而忽其所易;备其所可畏,而遗其所不疑。然而祸常发于所忽之中,而乱常起于不足疑之事。岂其虑之未周与?盖虑之所能及者,人事之宜然;而出于智力之所不及者,天道②也。

当秦之世,而灭诸侯,一③天下。而其心以为周之亡在乎诸侯之强耳,变封建④而为郡县⑤。方以为兵革可不复用,天子之位可以世守,而不知汉帝起陇亩之中⑥,而卒亡秦之社稷。汉惩秦之孤立,于是大建庶孽⑦而为诸侯,以为同姓之亲可以相继而无变,而七国萌篡弑之谋⑧。武、宣⑨以后,稍剖析之而分其势,以为无事矣,而王莽⑩卒移汉祚。光武之惩哀、平⑪,魏⑫之惩汉,晋⑬之惩魏,各惩其所由亡而为之备。而其亡也,皆出于所备之外。唐太宗闻武氏之杀其子孙⑭,求人于疑似之际而除之,而武氏日侍其左右而不悟。宋太祖见五代方镇之足以制其君,尽释其兵权⑮。使力弱而易制,而不知子孙卒困于敌国⑯。此其人皆有出人之智,盖世之才,其于治乱存亡之几,思之详而备之审矣。虑切于此而祸兴于彼,终至乱亡者何哉?盖智可以谋人,而不可谋天。良医之子,多死于病;良巫⑰之子,多死于鬼。岂工于活人而拙于谋子也哉?乃工于谋人而拙于谋天也!

古之圣人,知天下后世之变,非智虑之所能周,非法术之所能制,不敢肆其私谋诡计。而唯积至诚,用大德以结乎天心,使天眷其德,若慈母之保赤子⑱而不忍释。故其子孙虽有至愚不肖者足以亡国,而天卒不忍遽⑲亡之,此虑之远者也。夫苟不能自结于天,而欲以区区之智。笼络当世之务,而必后世之无危亡,此理之所必无者,而岂天道哉!

【注释】

①图:对付、图谋。
②天道:原指自然界的规律,其后包含的内容不断扩大,把支配人类命运的种种社会现象都纳入了天道,成为天神意志的体现。

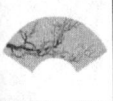

③一：统一，在这里作动词用。

④封建：在这里指周朝建国后实行的分封制，即把国土按不同等级分封给功臣和周王的亲属，号称诸侯，诸侯有世袭权。

⑤郡县：秦始皇统一全国后，废除了分封制，分全国为三十六郡，郡下为县，官吏均由皇帝任免。

⑥汉帝起陇亩之中：刘邦出身农家，后参与反秦的农民起义，终于建立了汉朝。汉帝，指刘邦。

⑦庶孽：原指姬妾所生之子，这里泛指宗亲。

⑧七国萌篡弑之谋：七国，指吴、楚、赵、胶东、胶西、济南、临淄七个诸侯王。他们在汉景帝时起兵叛乱，后被景帝击败。

⑨武、宣：汉武帝和汉宣帝。汉武帝为了削弱诸侯王的势力，实行"推恩令"的做法。即把一个诸侯王的领地又分封给他们的子弟，使之权力分散。

⑩王莽：汉元帝皇后之侄，西汉末逐渐扩大势力，终于自立为帝。

⑪惩哀、平：惩，警戒，此处作动词用。哀、平：西汉最后的两个皇帝，他们在位时，备受王莽欺凌，终于亡国。

⑫魏：指三国时的魏国，为曹操之子曹丕所建，故史称"曹魏"。

⑬晋：指司马炎建立的西晋政权。

⑭"唐太宗"句：唐贞观二十二年，民间流传："女主武氏代有天下。"太宗欲将"疑似者尽杀之"，后被太史令李淳风劝止。当时才人武则天正在宫中侍驾，太宗并未觉察。其后武则天竟废除唐帝，改国号为周，自称圣神皇帝。

⑮"宋太祖"句：宋太祖赵匡胤建立宋政权后，为了防止武将日后作乱，便召集石守信等功臣将领宴饮，暗示他们应退职回家以颐养天年。众将领随即交出了兵权。史称此事为"杯酒释兵权"。

⑯故国：指北宋时在北方相继出现的契丹、辽、金、西夏等少数民族政权。北宋一直受其侵扰，最后北宋亡于金。

⑰巫：古代从事占卜、求神赐福等迷信活动的人。

⑱赤子：婴儿。因婴儿初生时皮肤略呈赤色，所以有这种说法。

⑲遽(jù 据)：立刻，马上。

【译文】

考虑治理天下的人，常常谋求解决那些难以处理的问题，而忽视了那些容易处理的；提防那些自认为可怕的事情，而遗漏了那些自认为不必怀疑的事

情。但是祸患常常发生在被忽视的问题中,而动乱常常发生在自认为不必怀疑的事情中。难道说是由于他们考虑问题不够周到吗?这是由于人们在考虑问题时所能达到的范围,是人事中的通常现象;超出人的智力所达不到的地方,是天道。

秦始皇时,消灭了各国诸侯,统一了天下。秦始皇认为周朝的覆灭在于诸侯们的势力太强大,于是把周朝的分封制改变为郡县制。正当他以为从此不会再动用武力,皇帝的崇高地位可以世代相传了的时候,而没有料到汉高祖崛起于田野之中,终于消灭了秦朝的政权。汉高祖鉴于秦朝的覆灭是由于皇族的势力孤单,便广泛册封子弟为诸侯王,认为凭借着同姓宗族的亲密关系可以世代相继而不致发生变乱,然而吴楚七国却出现了篡位弑君的阴谋。汉武帝、宣帝以后,逐渐分割诸侯王的领地,分散了他们的势力,以为这样一来就可以太平无事了,可是王莽终于篡夺了汉室政权。东汉光武帝借鉴于哀帝、平帝的教训,三国时曹魏借鉴于汉室的覆灭,晋朝借鉴于魏的灭亡。都借鉴了前朝灭亡的原因而进行防范。可是他们本身灭亡的原因又往往出于防范之外。唐太宗听说有个姓武的女人将来要杀掉他的子孙。便想寻求那些可疑的人把他们除掉。然而武则天每天都侍奉在他的周围却不被他注意到。宋太祖看到五代时地方上的藩镇势力完全可以挟制他们的君主,便解除了开国武将的兵权,使他们的势力消弱而容易被控制,然而却没料想到他的子孙却因此遭受到敌国的欺凌。以上所说的这些人都有超人的智慧,盖世的奇才,他们对于治乱存亡的预兆,考虑得可称详尽而防范得可称周密之至了。但是在这一方面考虑详尽,却在另一方面发生了祸患,终于出现了动乱而灭亡,这是什么原因呢?这是由于人的智谋可以考虑人事,却无法考虑到天道。良医的子女,大多死于疾病;良巫的子女,大多死于鬼祟。难道说他们只擅长救护别人而无能力救护自己的子女吗?这是因为他们只擅长于人事而对天道却无能为力啊!

古代的圣明君主,深知天下后世的变化,并不是人的智谋所能考虑周到的。也不是法令权术所能控制的,因此不敢放肆采取阴谋诡计。而是积蓄至诚之心,使用大德的手段以迎合天意,使上天顾念他们的德行,好像慈母保护婴儿那样不忍心放手不管。所以他们的子孙中即便有极其愚笨、极不成材而足以亡国的,上天却终于不忍心立刻使他亡国,这才算是智谋深远的人。如果不能顺应天意。而想凭借自己的区区智力来驾驭世上的种种人事,还企图使自己的后代没有亡国之忧,这在情理上肯定是不可能的,而哪里又是天道呢!

王守仁　尊经阁记

【作者介绍】

王守仁(公元1472年—1529年),字伯安,别号阳明,浙江余姚人。因被贬贵州时曾于阳明洞(今贵阳市修文县)学习,世称阳明先生。王阳明是我国明代著名的文学家、哲学家、思想家、政治家和军事家;是二程、朱、陆后的另一位大儒;"心学"流派的重要代表人物。官至南京兵部尚书、都察院左都御史,非但精通儒家、佛家、道家,而且能够统军征战,是中国历史上罕见的全能大儒。谥文成,有《王文成公全书》。

【原文】

经,常道也。其在于天谓之命,其赋于人谓之性,其主于身谓之心。心也,性也,命也,一也。

通人物,达四海,塞天地,亘古今,无有乎弗具,无有乎弗同,无有乎或变者也,是常道也。其应乎感也,则为恻隐,为羞恶,为辞让,为是非。其见于事也,则为父子之亲,为君臣之义,为夫妇之别,为长幼之序,为朋友之信。是恻隐也,羞恶也,辞让也,是非也,是亲也,义也,序也,别也,信也,皆所谓心也,性也,命也。

通人物,达四海,塞天地,亘古今,无有乎弗具,无有乎弗同,无有乎或变者也,是常道也。以言其阴阳①消息②之行,则谓之《易》;以言其纪纲政事之施,则谓之《书》;以言其歌咏性情之发,则谓之《诗》;以言其条理节文之著,则谓之《礼》③;以言其欣喜和平之生,则谓之《乐》④;以言其诚伪邪正之辨,则谓之《春秋》。是阴阳消息之行也,以至于诚伪邪正之辨也,一也。皆所谓心也,性也,命也。

通人物,达四海,塞天地,亘古今,无有乎弗具,无有乎弗同,无有乎或变者也,夫是之谓六经。六经者非他,吾心之常道也。是故《易》也者,志吾心之阴阳消息者也;《书》也者,志吾心之纪纲政事者也;《诗》也者,志吾心之歌咏性情者也;《礼》也者,志吾心之条理节文者也;《乐》也者,志吾心之欣喜和平者也;《春秋》也者,志吾心之诚伪邪正者也。君子之于六经也,求之吾心之阴阳消息而时行焉,所以尊《易》也;求之吾心之纪纲政事而时施焉,所以尊《书》也;求之吾心之歌咏性情而时发焉,所以尊《诗》也;求之吾心之条理节文而时著焉,所以尊《礼》也;求之吾心之欣喜和平而时生焉,所以尊《乐》也;求之吾心之诚伪邪正而时辨焉,所以尊《春秋》也。

　　盖昔圣人之扶人极⑤，忧后世，而述六经也。犹之富家者之父祖，虑其产业库藏之积，其子孙者，或至于遗亡散失，卒困穷而无以自全也，而记籍⑥其家之所有以贻之，使之世守其产业库藏之积而享用焉，以免于困穷之患。故六经者，吾心之记籍也，而六经之实，则具于吾心。犹之产业库藏之实积，种种色色，具存于其家，其记籍者，特名状数目而已。而世之学者，不知求六经之实于吾心，而徒考索于影响⑦之间，牵制于文义之末，硁硁然⑧以为是六经矣。是犹富家之子孙，不务守视、享用其产业库藏之实积，日遗亡散失，至为窭⑨人丐夫，而犹嚣嚣然⑩指其记籍曰："斯吾产业库藏之积也。"何以异于是？

　　呜呼！六经之学，其不明于世，非一朝一夕之故矣。尚功利，崇邪说，是谓乱经。习训诂，传记诵，没溺于浅闻小见，以涂天下之耳目，是谓侮经。侈淫词，竞诡辩，饰奸心盗行，逐世垄断，而犹自以为通经，是谓贼⑪经。若是者，是并其所谓记籍者而割裂弃毁之矣，宁复知所以为尊经也乎？

　　越城⑫旧有稽山书院，在卧龙西冈，荒废久矣。郡守渭南⑬南君大吉，既敷政于民，则慨然悼末学之支离，将进之以圣贤之道。于是使山阴⑭令吴君瀛，拓书院而一新之，又为尊经之阁于其后，曰："经正则庶民兴，斯无邪慝⑮矣。"阁成，请予一言以谂⑯多士。予既不获辞，则为记之若是。呜呼！世之学者，得吾说而求诸其心焉，则亦庶乎知所以为尊经也已！

【注释】

①阴阳：古代哲学用语，指两种对立的物质或现象。
②消息：意同"消长"。
③《礼》：指相传为周公所作的《周礼》，如加上《仪礼》、《礼记》则合称"三礼"。
④《乐》：《乐经》，该书秦后已失传。
⑤人极：在这里指为人的道德规范、标准。
⑥记籍：登记。
⑦影响：影子和音响。引申为非本质的表面现象。
⑧硁硁(kēng坑)：形容浅薄固执。
⑨窭(jù据)：贫穷。
⑩嚣嚣然：自得的样子。
⑪贼：伤害，作动词用。
⑫越城：浙江为古代越国属地，越城即今浙江绍兴。
⑬渭南：今属陕西。

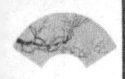

⑭山阴:今属浙江绍兴市。
⑮慝(tè 特):邪恶的人或事。
⑯谂(shěn 审):劝告。

【译文】

经是永恒不变的真理,它在天称为"命",秉赋于人称为"性",作为人身的主宰称为"心"。心、性、命,其实是一个东西。

沟通人和万物,遍及五湖四海,充满天地之间,贯通古往今来,无处不存在,无处不相同,没有可以变化的时候,这就是永恒不变的道理。它反映在人的情感上,就是同情之心,就是羞恶之心,就是谦让之心,就是是非之心。它反映在人的处世之道上,就是父子间的亲情,就是君臣间的忠义,就是夫妻间的名分,就是长幼间的次序,就是朋友间的诚信。这些同情之心,羞恶之心,谦让之心,是非之心,这些亲情、忠义、名分、次序、诚信,都是前面所说的心、性、命。

沟通人和万物,遍及五湖四海,充满天地之间,贯穿古往今来,无处不存在,无处不相同,没有可以变化的时候,这就是永恒不变的道理。用它来说明自然界阴阳对立变化的,就叫做《易》;用它来说明法制政务如何实施的,就叫做《书》;用它来说明歌咏感情表现的,就叫做《诗》;用它来说明礼仪制度的重要的,就叫做《礼》;用它来说明欣喜平和的心情的,就叫做《乐》;用它来说明真伪邪正的区别的,就叫做《春秋》。从自然界阴阳对立变化,以至于真伪邪正的区别,都是一样的,都是前面所说的心、性、命。

沟通人和万物,遍及五湖四海,充满天地之间,贯穿古往今来,无处不存在,无处不相同,没有可以变化的时候,这就叫做六经。六经并非是别的东西,就是我们心中存在的永恒不变的道理。所以《易》这部书,是记载我们心中的阴阳对立变化的;《书》这部书,是记载我们心中的法制政务的;《诗》这部书,是记载我们心中的歌咏感情的;《礼》这部书,是记载我们心中的仪礼制度的;《乐》这部书,是记载我们心中的欣喜平和的;《春秋》这部书,是记载我们心中的真伪邪正的。君子对待六经,要从自己心中的阴阳对立变化进行探索并推行它,这才是尊重《易》;从自己心中的法制政务进行探索而施行它,这才是尊重《书》;从自己心中的歌咏感情进行探索而触发它,这才是尊重《诗》;从自己心中的仪礼制度进行探索而发扬它,这才是尊重《礼》;从自己心中的欣喜平和进行探索而及时表现,这才是尊重《乐》;从自己心中的真伪邪正进行探索而及时区分,这才是尊重《春秋》。

古代圣人建立做人的准则,担心后代人会失掉它,因而著述了六经。就好像富

人家的父祖辈担心他的家产和库存积蓄到了他的子孙后代时,可能会弄得遗亡散失,终于穷困潦倒而无以为生,便把家里所有的财富登记造册后留给他们,使他们能够世世代代守着这些家产和库存积蓄终身受用不尽,从而可免去陷于困境之忧。所以说,六经就是我们心中的账册,六经的内容实质,都存在于我们心中。这就好像家产和库存积蓄的门类是形形色色的,都保存在自己家里,而那些账册只不过是这些物资的名称和数量而已。可是世上的读书人,不懂得从自己的心中去探索六经的实质,而只是去考证一些表面现象,纠缠于文字训诂一类的枝节问题,还自以为是地认为那就是六经了。这就好像那些富人家的子孙,不去珍视并享用家产和库存积蓄,而让它一天天地流散丢失,以致沦落成为穷人、乞丐,却还指着那些账册洋洋得意地说:"这是我的家产和库存积蓄啊。"那些读书人的行为和这种情况又有什么不同?

唉!六经的学问,它在世上不被人重视,已经不是一天半天的事了。崇尚眼前的功利,崇尚歪理邪说,这就叫做混淆经义。专抠字眼,一味死记硬背,沉溺于一知半解,用来蒙蔽天下人的耳目,这就叫做侮慢经文。言过其实,竟相诡辩,掩饰自己的险恶用心和卑鄙伎俩,妄图在世上进行学术垄断,还以为自己精通六经,这就叫做伤害经书。像这些人,简直是把上面所说的账册也都割裂毁弃了,哪里还知道什么尊重六经呢?

越城过去有稽山书院,在卧龙西岗,荒废已久了。知府渭南人南大吉君,在治理民政之暇,即慨然痛惜晚近学风的颓败,将使之重归于圣贤之道,于是命山阴县令吴瀛君扩大书院使之一新,又建造一座尊经阁于书院之后,说道:"经学归于正途则百姓就会振发,百姓振发那便不会犯罪作恶了。"尊经阁落成,邀我写一篇文章,以晓喻广大的士子,我既推辞不掉,便为他写了这篇记。唉!世上的读书人,掌握我的主张而求理于内心,当也大致接近于知道怎么样才是真正地尊重六经的了。

归有光　沧浪亭记

【作者介绍】

归有光(公元1506年—1571年),字熙甫,又字开甫,别号震川,又号项脊生,是"唐宋八大家"与清代"桐城派"之间的桥梁,被称为"唐宋派",江苏昆山人。早年从师于同邑魏校。嘉靖十九年(1540年)中举,后曾八次应进士试皆落第。徙居嘉定(今上海市嘉定区)安亭,读书讲学,作《冠礼》、《宗法》二书。从学的常数百

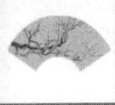

人,人称"震川先生"。嘉靖四十四年(1565年)他60岁时始中进士,授湖州长兴县(今浙江长兴县)知县。后任顺德府通判,专门管辖马政。隆庆四年(1570年)为南京太仆寺丞,留掌内阁制敕,修《世宗实录》,卒于官,卒年六十六岁。有《震川先生集》。

【原文】

浮图①文瑛居大云庵,环水,即苏子美②沧浪亭地也。亟③求余作《沧浪亭记》,曰:"昔子美之记,记亭之胜也,请子记吾所以为亭者。"

余曰:"昔吴越④有国时,广陵王镇吴中,治园于子城⑤之西南,其外戚⑥孙承佑,亦治园于其偏。迨淮南纳土⑦,此园不废。苏子美始建沧浪亭,最后禅者⑧居之,此沧浪亭为大云庵也。有庵以来二百年,文瑛寻古遗事,复子美之构于荒残灭没之馀,此大云庵为沧浪亭也。

"夫古今之变,朝市改易。尝登姑苏之台⑨,望五湖⑩之渺茫,群山之苍翠,太伯、虞仲⑪之所建,阖闾、夫差⑫之所争,子胥、种、蠡⑬之所经营,今皆无有矣,庵与亭何为者哉?虽然,钱镠因乱攘窃,保有吴越,国富兵强,垂及四世,诸子姻戚,乘时奢僭,宫馆苑囿,极一时之盛。而子美之亭,乃为释子⑭所钦重如此。可以见士之欲垂名于千载,不与澌然⑮而俱尽者,则有在矣!"

文瑛读书,喜诗,与吾徒游,呼之为沧浪僧云。

【注释】

①浮图:梵语音译,所指不一,这里特指佛教徒。
②苏子美:名舜钦,北宋初年人,曾任集贤校理,后被权贵所忌而被贬斥,退居苏州,营作沧浪亭,自号"沧浪翁"。
③亟(qì):屡次。
④吴越:五代时十国之一,由唐末时镇海节度史钱镠建立,国都为杭州,占有今浙江及江苏西南一带。宋统一了北方后,钱镠主动降宋。
⑤子城:城门外修筑的环形城墙。
⑥外戚:帝王的母族或妻族。
⑦淮南纳土:淮南,泛指淮河以南长江下游一带,即吴越所在地。纳土,宋初,钱镠将所辖的土地献出表示归顺宋室。
⑧禅者:僧人。
⑨姑苏之台:又名姑胥台,在苏州城外西南隅的姑苏山上。

⑩五湖：这里特指太湖，一说为太湖及周边的四个小湖。

⑪太伯、虞仲：相传为周太王（古公亶父）之二子，二人为了让位于三弟季历，便逃避江南，建立了吴国，当地人拥戴太伯为吴君。太伯死后，虞仲继位。太伯，也作"泰伯"。

⑫阖闾：春秋时吴王，名光。在与越王勾践作战时受伤身死。夫差：阖闾之子，即位后曾为父报仇，一度击败越国，使之臣服，其后又被越王勾践所灭。

⑬子胥、种、蠡（lǐ里）：子胥，伍员，字子胥，楚大夫伍奢之子。伍奢被楚王杀害，子胥逃至吴国，助阖闾战胜楚国，其后又助吴击败越国。种，文种，字少禽，越国大夫。蠡，范蠡，字少伯，越国大夫。文种和范蠡曾帮助勾践击败吴国。

⑭释子：僧人。

⑮澌（sī思）然：冰块溶化的样子。澌，解冻时流动的冰。

【译文】

　　文瑛和尚居住在大云庵，那里四面环水，从前是苏子美建造沧浪亭的地方。文瑛曾多次请我写篇《沧浪亭记》，说："过去苏子美的《沧浪亭记》，是写亭子的胜景，您就记述我修复这个亭子的原由吧。"

　　我说："从前五代时期吴越建国时，广陵王镇守苏州，在子城的西南方修建了一座园林，他的亲戚孙承佑，也在旁边修建园林。等到吴越王献出国土归顺宋朝时，这些园林并没有荒废。苏子美在这里开始修建沧浪亭，后来由僧人居住了，这就是沧浪亭变成大云庵的原因。大云庵出现已有二百年了，文瑛寻访古人遗迹，又在荒废残败的基础上重新修复了苏子美所建的沧浪亭，这座大云庵又变成了沧浪亭。"

　　古往今来发生的变化，连朝廷和集市的面貌都会有所改变。我曾经登上姑苏台，远望太湖的广阔浩荡，群山的苍翠一片，太伯、虞仲所创建的吴国，阖闾、夫差所争夺的土地，子胥、文种、范蠡所经营的事业，现在都已经荡然无存了，那大云庵和沧浪亭又算得了什么呢？可是，钱镠乘乱夺取一方土地，占据了吴越一带，国富兵强，政权传到了四代。他的子孙亲属也乘机大肆摆阔，修建的宫馆园林盛极一时。而苏子美修建的沧浪亭，竟然被僧人如此敬重。可见士人要想垂名千载，不与吴越一起迅速消失，其中自有一定的原因在内啊！

　　文瑛好读书，爱作诗，常与我们交游，我们称他为"沧浪僧"。

洪应明 菜根谭（六则）

【作者介绍】

洪应明，生卒年不详，明朝万历时人，字自诚，号还初道人。籍贯不详。

【原文】

一、

完名美节①，不宜独任，分些与人，可以远害全身；辱行污名，不宜全推，引些归己，可以韬光②养德。

二、

忧勤③是美德，太苦则无以适性怡情④；淡泊是高风，太枯则无以济人利物。

三、

淡泊之士，必为浓艳者所疑；检饰之人，多为放肆者所忌。君子处世，固不可少变其操履⑤，亦不可太露其锋芒。

四、

处父兄骨肉之变，宜从容不宜激烈；遇朋友交游之失，宜剀切⑥不宜优游⑦。

五、

能脱俗便是奇，作意尚奇者，不为奇而为异；不合污便是清，绝俗求清者，不为清而为激。

六、

日既暮而犹烟霞绚烂，岁将晚而更橙橘芳馨。故末路晚年，君子更宜精神百倍。

【注释】

①美节：完美的名誉和高尚的节操。

②韬光：掩盖光泽。这里是说掩饰自己的才华。

③忧勤：忧患意识和勤劳。

④怡情：陶冶情操。

⑤操履：操守，履行。

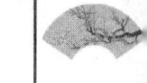

⑥剀(kǎi 楷)切:切实,跟事理完全相合。
⑦优游:模棱两可。

【译文】

一、

完美的名誉和高尚的节操,不应该独自享有,应该与他人一同分享,才不会招惹别人的嫉恨;耻辱的事情和不好的名声,不能全部都推到别人身上,应该自己主动承担一部分,才能够掩饰自己的锋芒,修养自己的品德。

二、

有忧患意识,做事勤苦是人的美德,然而,如果做过了头,就对自己的陶冶性情不利;淡泊名利,清心寡欲是人的高风亮节,做过了头就对社会和他人没有什么帮助了。

三、

淡泊名利的人必然会受到热衷名利者的疑忌,生活严谨简朴的人也常常会受到言行放肆之人的忌恨。所以,君子处世虽然不会因此而改变自己的操守,但也不要锋芒毕露。

四、

假如遇到父母兄弟或其他亲人发生意想不到的变故,一定要沉着冷静,不要采取激烈的行动。假如遇到朋友有过失,应该实事求是地指出来,不要态度不明确,任其发展下去。

五、

只要不沾染俗气就是奇人,刻意追求"奇"的人,就不是奇人而是异人了。不与坏人合流就是清廉之人,刻意追求"清"就不是清廉之人,而是偏激之人了。

六、

太阳将要落山的时候,天边就会晚霞绚丽,一年之末的深秋来临时,各种水果就会芳香扑鼻。所以,人也是一样,越是到了穷途末路,越是到了垂老之年,越是要老骥伏枥,发愤图强。

陈继儒 小窗幽记(六则)

【作者介绍】

陈继儒(公元 1558 年—1639 年)明代文学家和书画家,与同郡董其昌齐名。

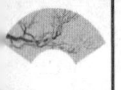

字仲醇,号眉公、麋公。华亭(今上海松江)人。屡被荐举,坚辞不就。工诗文、书画,书法师法苏轼、米芾,书风萧散秀雅。著有《妮古录》、《陈眉公全集》、《小窗幽记》。

【原文】

一、

使人有面前之誉,不若使人无背后之毁;使人有乍①交之欢,不若使人无久处之厌。

二、

要知自家是君子小人,只于五更头检点,思想的是什么便见得。

三、

平民种德施惠,是无位之卿相;仕夫②贪财好货,乃有爵③的乞儿④。

四、

才人之行多放,当以正敛之;正人之行多板,当以趣通之。

五、

事有急之不白者,宽之或自明,毋躁急以速其忿。人有操之不从者,纵之或自化,毋操切以益其顽。

六、

谈山林之乐者,未必真得山林之趣;厌名利之谈者,未必尽忘名利之情。

【注释】

①乍:刚刚,起初。
②仕夫:入仕之人,即官僚。
③爵:爵位,官职。
④乞儿:乞丐,讨饭的。

【译文】

一、

让别人当面夸赞自己,还不如不让别人在背后咒骂自己来得好;让别人在刚刚与自己相识时很喜欢自己,还不如不让别人因为与自己长期相处而产生出厌烦情绪来得好。

二、

要想知道自己是君子还是小人,只要在夜深人静时反省一下,看自己朝思暮想的是些什么内容就行了。

三、

普通百姓能行善积德,帮助他人,就是没有职位的公卿宰相;官僚贪图财利,就是有官职的乞丐。

四、

有才气的人大多行为洒脱、疏放而不受束缚,应该用正言正行来使他有所收敛;而言行正直的人处事则容易流于呆板,应当用培养趣味的方法使他们学会变通。

五、

有些紧急时不能表白的事情,不妨先缓一缓,听任其自然的发展,事情也许会自然得到澄清,不要急于辩解,有时急于辩解反而使得对方更加愤怒。有些人你越是劝他他越是跟你往相反的方向走,放手不劝解他,有时他反而能冷静下来把事情想明白,如果步步紧逼地劝解他,反而更加促成了他的冥顽不化。

六、

喜欢谈论隐居山林生活的人,不一定真正领悟了山林的乐趣;嘴上说讨厌名利的人,未必真的会忘掉名利。

张岱　湖心亭看雪

【作者介绍】

张岱(公元1597年—1679年),又名维城,字宗子,又字石公,号陶庵、天孙,别号蝶庵居士,晚号六休居士,明末清初山阴(今浙江绍兴)人。寓居杭州。出身仕宦家庭,曾祖张文恭,祖父张汝霖皆曾为朝廷官员,父张耀芳,为鲁藩长史司右长史,早年过着衣食无忧的生活,晚年穷困潦倒,避居山中,仍然坚持著述。一生落拓不羁,淡泊功名。张岱爱好广泛,颇具审美情趣。喜欢游山逛水,深谙园林布置之法;既懂音乐,又谙弹琴制曲;善品茗,茶道功夫相当深厚;喜欢收藏,鉴赏水平很高;又精通戏曲,编导评论都要求至善至美。张岱是公认的明代散文大家,著有《陶庵梦忆》、《西湖梦寻》、《石匮书》(已亡佚)、《夜航船》、《三不朽图赞》等。

【原文】

崇祯五年①十二月,余住西湖。大雪三日,湖中人鸟声俱绝。是日更定②

矣,余拏③一小舟,拥毳衣炉火④,独往湖心亭看雪。雾凇沆砀⑤,天与云与山与水,上下一白⑥。湖上影子,惟长堤一痕⑦,湖心亭一点,与余舟一芥,舟中人两三粒而已。

到亭上,有两人铺毡对坐,一童子烧酒炉正沸。见余,大喜曰:"湖中焉得更有此人!"拉余同饮。余强饮⑧三大白⑨而别,问其姓氏,是金陵人,客此。及下船,舟子喃喃曰:"莫说相公⑩痴,更有痴似相公者!"

【注释】

① 崇祯五年:公元1632年。崇祯是明思宗朱由检的年号。
② 更定:指初更以后,晚上8点左右。旧时一夜分为五更,每更大约2小时。
③ 拏(ná 拿):牵引,此处指划船。
④ 拥毳(cuì 脆)衣炉火:穿着皮衣,带着火炉乘船。毳衣,用皮毛制成的衣服。
⑤ 雾凇(sōng 松)沆(hàng 巷)砀(dàng 荡):形容雪夜寒气弥漫。
⑥ 一白:全白。
⑦ 长堤一痕:形容西湖长堤在雪中只隐约露出一道痕迹。
⑧ 强饮:尽力地喝。强,尽力。
⑨ 白:古人罚酒时用的酒杯,这里指大酒杯。
⑩ 相公:旧时对士人的尊称。

【译文】

崇祯五年十二月,我住在杭州西湖边。接连下了三天的大雪后,湖中游人和飞鸟的声音都消失了。这一天初更时,我划着一叶扁舟,穿着毛皮衣服、带着火炉,独自前往湖心亭看雪。湖上弥漫着水气凝成的冰花,天空,云朵,远山和湖水连成一片,浑然一体。天色湖光全是白皑皑的。湖上比较清晰的影子,只有西湖长堤在雪中只隐隐露出一道痕迹,湖心亭的一点轮廓,我的一叶小舟,和舟中就像两三粒米的人影罢了。

到了亭子上时,见有两个人铺着毡子,相对而坐,一个童子烧着酒,酒在酒炉中烧得沸腾。他们看见我,非常高兴地说:"在这湖中哪里还能找到像您这样有闲情逸致的人呢?"于是便拉着我一同喝酒。我尽力喝了三大杯,然后和他们道别。问他们的姓名,知道他们是金陵人,在此地客居。等我下船时,船夫低声地念叨说:"不要说相公你痴迷,还有像相公你一样痴迷的人呢!"

西湖七月半

【原文】

西湖七月半[1],一无可看,止可看看七月半之人。看七月半之人,以五类看之:其一,楼船箫鼓,峨冠[2]盛筵,灯火优傒[3],声光相乱,名为看月而实不见月者,看之。其一,亦船亦楼,名娃[4]闺秀,携及童娈[5],笑啼杂之,环坐露台[6],左右盼望,身在月下而实不看月者,看之。其一,亦船亦声歌,名妓闲僧,浅斟低唱,弱管轻丝[7],竹肉[8]相发,亦在月下,亦看月而欲人看其看月者,看之。其一,不舟不车,不衫不帻[9],酒醉饭饱,呼群三五,跻[10]入人丛,昭庆、断桥[11],嚣呼嘈杂,装假醉,唱无腔曲[12],月亦看,看月者亦看,不看月者亦看,而实无一看者,看之。其一,小船轻幌[13],净几暖炉,茶铛旋[14]煮,素瓷静递[15],好友佳人,邀月同坐,或匿影树下,或逃嚣[16]里湖,看月而人不见其看月之态,亦不作意[17]看月者,看之。

杭人游湖,巳出酉[18]归,避月如仇。是夕好名[19],逐队争出,多犒门军酒钱。轿夫擎燎,列俟[20]岸上。一入舟,速舟子急放断桥,赶入胜会。以故二鼓[21]以前,人声鼓吹[22],如沸如撼[23],如魇如呓,如聋如哑。大船小船一齐凑岸,一无所见,止见篙击篙,舟触舟,肩摩肩,面看面而已。少刻兴尽,官府席散,皂隶[24]喝道去。轿夫叫船上人,怖以关门[25],灯笼火把如列星,一一簇拥而去。岸上人亦逐队赶门,渐稀渐薄,顷刻散尽矣。

吾辈始舣[26]舟近岸,断桥石磴始凉,席其上[27],呼客纵饮。此时月如镜新磨[28],山复整妆,湖复颒[29]面,向之浅斟低唱者出,匿影树下者亦出。吾辈往通声气,拉与同坐。韵友[30]来,名妓至,杯箸安,竹肉发。月色苍凉,东方将白,客方散去。吾辈纵舟酣睡于十里荷花之中,香气拍人,清梦甚惬。

【注释】

①西湖:即今杭州西湖。七月半:农历七月十五,又称中元节。

②峨冠:头戴高冠,指士大夫。

③优傒(xī西):优伶和仆役。

④娃:美女。

⑤童娈(luán峦):容貌娇好的家僮。

⑥露台:船上露天的平台。

199

⑦弱管轻丝:谓轻柔的管弦音乐。

⑧竹肉:指管乐和歌喉。

⑨帻(zé 择):古代的一种头巾。

⑩跻(jī 挤):通"挤"。

⑪昭庆:寺名。断桥:西湖白堤的桥名。

⑫无腔曲:没有腔调的歌曲,形容唱得乱七八糟。

⑬幌(huàng 晃):古同"晃",摇动,摆动的意思。

⑭铛(chēng 撑):温茶、酒的器具。旋(xuàn 炫):随时,随即。

⑮素瓷静递:雅洁的瓷杯无声地传递。

⑯逃嚣:躲避喧闹。里湖:西湖的白堤以北部分。

⑰作意:故意作出姿态。

⑱巳(sì 寺):巳时,上午九时至十一时。酉:酉时,下午五时至七时。

⑲是夕好名:七月十五这天夜晚,人们喜欢这个名目。

⑳列俟(sì 寺):排着队等候。

㉑二鼓:二更,约为夜里十一点左右。

㉒鼓吹:指鼓、钲、箫、笳等打击乐器、管弦乐器奏出的乐曲。

㉓如沸如撼:像水沸腾,像物体震撼,形容喧嚷。

㉔皂隶:衙门的差役。

㉕怖以关门:用关城门来恐吓。

㉖舣(yǐ 以):使船靠岸。

㉗席其上:在石磴上摆设酒筵。

㉘镜新磨:刚磨制成的镜子。古代以铜为镜,磨制而成。

㉙颒(huì 慧)面:洗脸。

㉚韵友:风雅的朋友。

【译文】

西湖的七月十五,没有什么可看的,只可以看看七月十五的人。看七月十五的人,可以分五类来看。其中一类,坐在有楼饰的游船上,吹箫击鼓,戴着高冠,穿着漂亮整齐的衣服,灯火明亮,优伶、仆从相随,乐声与灯光相错杂,名为看月而事实上并未看月亮的人,可以看看这一类人。一类,也坐在游船上,船上也有楼饰,带着有名的美人和贤淑有才的女子,还带着美童,嘻笑中夹着打趣的叫喊声,环坐在大船前的露台上,左盼右顾,置身月下但其实并没有看月的人,可以看看这一类人。

一类,也坐着船,也有音乐和歌声,跟着名歌妓、清闲僧人一起,慢慢喝酒,曼声歌唱,箫笛、琴瑟之乐轻柔细缓,箫管伴和着歌声齐发,也置身月下,也看月,而又希望别人看他们看月的人,可以看看这一类人。又一类,不坐船不乘车,不穿长衫也不带头巾,喝足了酒吃饱了饭,叫上三五个人,成群结队地挤入人丛,在昭庆寺、断桥一带高声乱嚷喧闹,假装发酒疯,唱不成腔调的歌曲,月也看,看月的人也看,不看月的人也看,而实际上什么也没有看见的人,可以看看这一类人。还有一类,乘着小船,船上挂着细而薄的帏幔,茶几洁净,茶炉温热,茶铛很快地把水烧开,白色瓷碗轻轻地传递,约了好友美女,请月亮和他们同坐,有的隐藏在树荫之下,有的去里湖逃避喧闹,尽管在看月,而人们看不到他们看月的样子,他们自己也不刻意看月,这样的人,可以看看。

杭州人游西湖,像躲避仇家似地躲避月亮,往往是上午十点左右出门,下午六点左右就回来了。这天晚上因为爱虚名的缘故,一群群人争相出城,多赏看守城门的士卒一些小费,轿夫高举火把,在岸上列队等候。一上船,就催促船家迅速把船划到断桥,赶去参加盛会。因此二鼓以前人声和鼓乐声恰似水波涌腾、大地震荡,又犹如梦魇和呓语,周围的人们既听不到别人的说话声,又无法让别人听到自己说话的声音;大船小舟一起靠岸,什么也看不见,只看到船篙与船篙相撞,船与船相碰,肩膀与肩膀相摩擦,脸和脸相对而已。一会儿兴致尽了,官府宴席已散,由衙役吆喝开道而去。轿夫招呼船上的人,以关城门来恐吓游人,使他们早归,灯笼和火把像一行行星星,一一簇拥着回去。岸上的人也一批批急赴城门,人群慢慢稀少,不久就全部散去了。

直到这时,我们才把船慢慢靠近湖岸。断桥边的石磴已经凉了下来,大家坐在上面,招呼客人开怀畅饮。此时月亮仿佛刚刚磨过的铜镜,光洁明亮,山峦重新整理了容妆,湖水重新整洗面目。原来慢慢喝酒、曼声歌唱的人出来了,隐藏树荫下的人也出来了,我们这批人去和他们打招呼,拉来同席而坐。风雅的朋友来了,出名的歌妓也来了,杯筷安置,歌乐齐发。直到月色灰白清凉,东方即将破晓,客人刚刚散去。我们这些人任凭小船在十里荷花之间飘荡,畅快地安睡在花香之中,睡得异常舒适、安详。

蒲松龄　聂小倩

【作者介绍】

蒲松龄(公元1640年—1715年),字留仙,又字剑臣,号柳泉居士,世称聊斋先

生,山东淄川(今山东淄博)人,蒙古族。出生于一个逐渐败落的中小地主兼商人家庭。19岁应童子试,接连考取县、府、道三个第一,名震一时。以后屡试不第,直至71岁时才成为贡生。为生活所迫,他除了应同邑人宝应县知县孙蕙之请,为其做幕宾数年之外,主要是在本县西铺村毕际友家做塾师,舌耕笔耘近42年,直至61岁时方撤帐归家。以数十年时间,写成短篇小说集《聊斋志异》,并不断修改增补。1715年正月病逝,享年76岁。

【原文】

宁采臣,浙人,性慷爽,廉隅①自重。每对人言:"生平无二色。"适赴金华,至北郭,解装兰若②。寺中殿塔壮丽,然蓬蒿没人,似绝行踪。东西僧舍,双扉虚掩,惟南一小舍,肩键③如新。又顾殿东隅,修竹拱把④,阶下有巨池,野藕已花。意甚乐其幽杳。会学使案临,城舍价昂,思便留止,遂散步以待僧归。日暮有士人来启南扉,宁趋为礼,且告以意。士人曰:"此间无房主,仆亦侨居。能甘荒落,且暮惠教,幸甚!"宁喜,藉藁代床,支板作几,为久客计。是夜月明高洁,清光似水,二人促膝殿廊,各展姓字。士人自言燕姓,字赤霞。宁疑为赴试者,而听其音声,殊不类浙。诘之,自言秦⑤人,语甚朴诚。既而相对词竭,遂拱别归寝。

宁以新居,久不成寐。闻舍北喁喁,如有家口。起,伏北壁石窗下微窥之,见短墙外一小院落,有妇可四十余;又一媪衣褐绯,插蓬沓,鲐背⑥龙钟,偶语月下。妇曰:"小倩何久不来?"媪曰:"殆好至矣。"妇曰:"将无向姥姥有怨言否?"曰:"不闻;但意似蹙蹙⑦。"妇曰:"婢子不宜好相识。"言未已,有十七八女子来,仿佛艳绝。媪笑曰:"背地不言人,我两个正谈道,小妖婢悄来无迹响,幸不訾⑧着短处。"又曰:"小娘子端好是画中人,遮莫老身是男子,也被摄去。"女曰:"姥姥不相誉,更阿谁道好?"妇人女子又不知何言。宁意其邻人眷口,寝不复听;又许时始寂无声。

方将睡去,觉有人至寝所,急起审顾,则北院女子也。惊问之,女笑曰:"月夜不寐,愿修燕好⑨。"宁正容曰:"卿防物议,我畏人言。略一失足,廉耻道丧。"女云:"夜无知者。"宁又咄之。女逡巡若复有词。宁叱:"速去!不然,当呼南舍生知。"女惧,乃退。至户外忽返,以黄金一锭置褥上。宁掇掷庭墀⑩,曰:"非义之物,污我囊橐!"女惭出,拾金自言曰:"此汉当是铁石。"

诘旦⑪有兰溪生携一仆来候试,寓于东厢,至夜暴亡。足心有小孔,如锥刺者,细细有血出,俱莫知故。经宿仆死,症亦如之。向晚⑫燕生归,宁质之,燕以为魅。宁素抗直,颇不在意。宵分女子复至,谓宁曰:"妾阅人多矣,未有刚肠如君者。君诚圣贤,妾不敢欺。小倩,姓聂氏,十八夭殂⑬,葬于寺侧,被妖物威胁,历役贱务,腆

颜向人，实非所乐。今寺中无可杀者，恐当以夜叉来。"宁骇求计。女曰："与燕生同室可免。"问："何不惑燕生？"曰："彼奇人也，固不敢近。"又问："迷人若何？"曰："狎昵我者，隐以锥刺其足，彼即茫若迷，因摄血以供妖饮。又惑以金，非金也，乃罗刹⑭鬼骨，留之能截取人心肝。二者，凡以投时好耳。"宁感谢，问戒备之期，答以明宵。临别泣曰："妾堕玄海⑮，求岸不得。郎君义气干云，必能拔生救苦。倘肯囊妾朽骨，归葬安宅，不啻再造。"宁毅然诺之。因问葬处，曰："但记白杨之上，有乌巢者即是。"言已出门，纷然而灭。

　　明日，恐燕生他出，早诣邀致。辰后具酒馔，留意察燕。既约同宿，辞以性癖耽寂⑯。宁不听，强携卧具来，燕不得已，移榻从之，嘱曰："仆知足下丈夫，倾风良切。要有微衷，难以遽白。幸勿翻窥箧襆，违之两俱不利。"宁谨受教。既各寝，燕以箱箧置窗上，就枕移时，齁如雷吼。宁不能寐。近一更许，窗外隐隐有人影。俄而近窗来窥，目光睒闪⑰。宁惧，方欲呼燕，忽有物裂箧而出，耀若匹练，触折窗上石棂，㪍然一射，即遽敛入，宛如电灭。燕觉而起，宁伪睡以觇⑱之。燕捧箧检征，取一物，对月嗅视，白光晶莹，长可二寸，径韭叶许。已而数重包固，仍置破箧中。自语曰："何物老魅，直尔大胆，致坏箧子。"遂复卧。宁大奇之，因起问之，且告以所见。燕曰："既相知爱，何敢深隐。我剑客也。若非石棂，妖当立毙；虽然，亦伤。"问："所缄何物？"曰："剑也。适嗅之有妖气。"宁欲观之。慨出相示，荧荧然一小剑也。于是益厚重燕。

　　明日，视窗外有血迹。遂出寺北，见荒坟累累，果有白杨，乌巢其颠。迨营谋既就，趣装⑲欲归。燕生设祖帐⑳，情义殷渥㉑，以破革囊赠宁，曰："此剑袋也。宝藏可远魑魅。"宁欲从受其术。曰："如君信义刚直，可以为此，然君犹富贵中人，非此道中人也。"宁托有妹葬此，发掘女骨，敛以衣衾，赁舟而归。宁斋临野，因营坟葬诸斋外，祭而祝曰："怜卿孤魂，葬近蜗居，歌哭相闻，庶不见凌于雄鬼㉒。一瓯㉓浆水饮，殊不清旨，幸不为嫌！"祝毕而返，后有人呼曰："缓待同行！"回顾，则小倩也。欢喜谢曰："君信义，十死不足以报。请从归，拜识姑嫜㉔，媵御无悔。"审谛之，肌映流霞，足翘细笋，白昼端相，娇丽尤绝。遂与俱至斋中。嘱坐少待，先入白母。母愕然。时宁妻久病，母戒勿言，恐所骇惊。言次，女已翩然入，拜伏地下。宁曰："此小倩也。"母惊顾不遑。女谓母曰："儿飘然一身，远父母兄弟。蒙公子露覆㉕，泽被发肤㉖，愿执箕帚，以报高义。"母见其绰约可爱，始敢与言，曰："小娘子惠顾吾儿，老身喜不可已。但生平止此儿，用承祧绪㉗，不敢令有鬼偶。"女曰："儿实无二心。泉下人既不见信于老母，请以兄事，依高堂，奉晨昏，如何？"母怜其诚，允之。即欲拜嫂，母辞以疾，乃止。女即入厨下，代母尸饔㉘。入房穿榻，似熟居者。

　　日暮母畏惧之，辞使归寝，不为设床褥。女窥知母意，即竟去。过斋欲入，却退，徘徊户外，似有所惧。生呼之。女曰："室有剑气畏人。向道途中不奉见者，良以此故。"宁悟为革囊，取悬他室。女乃入，就烛下坐；移时，殊不一语。久之，问："夜读否？妾少诵《楞严经》，今强半遗忘。浼㉙求一卷，夜暇就兄正之。"宁诺。又坐，默然，二更向尽，不言去。宁促之。愀然曰："异域孤魂，殊怯荒墓。"宁曰："斋中别无床寝，且兄妹亦宜远嫌。"女起，眉颦蹙而欲啼，足㑀勤㉚而懒步，从容出门，涉阶而没。宁窃怜之，欲留宿别榻，又惧母嗔。女旦朝母，捧匜沃盥㉛，下堂操作，无不曲承母志。黄昏告退，辄过斋头，就烛诵经。觉宁将寝，始惨然出。

　　先是，宁妻病废，母劬㉜不堪；自得女，逸甚，心德之。日渐稔㉝，亲爱如己出，竟忘其为鬼，不忍晚令去，留与同卧起。女初来未尝饮食，半年渐啜稀粥。母子皆溺爱之，讳言其鬼，人亦不知辨也。无何，宁妻亡，母隐有纳女意，然恐于子不利。女微知之，乘间告曰："居年余，当知肝膈。为不欲祸行人，故从郎君来。区区无他意，止以公子光明磊落，为天人所钦瞩，实欲依赞三数年，借以博封诰㉞，以光泉壤。"母亦知无恶意，但惧不能延宗嗣。女曰："子女惟天所授。郎君注福籍㉟，有亢宗子㊱三，不以鬼妻而遂夺也。"母信之，与子议。宁喜，因列筵告戚党。或请觌新妇，女慨然华妆出，一堂尽眙，反不疑其鬼，疑为仙。由是五党㊲诸内眷，咸执贽㊳以贺，争拜识之。女善画兰、梅，辄以尺幅酬答，得者藏之什袭㊴以为荣。

　　一日俯颈窗前，怊怅若失㊵。忽问："革囊何在？"曰："以卿畏之，故缄致他所。"曰："妾受生气已久，当不复畏，宜取挂床头。"宁诘其意，曰："三日来，心怔忡㊶无停息，意金华妖物，恨妾远遁，恐旦晚寻及也。"宁果携革囊来。女反复审视，曰："此剑仙将盛人头者也。敝败至此，不知杀人几何许！妾今日视之，肌犹粟慄㊷。"乃悬之。次日又命移悬户上。夜对烛坐，欸有一物，如飞鸟至。女惊匿夹幕㊸间。宁视之，物如夜叉状，电目血舌，睒闪攫拿而前，至门却步，逡巡久之，渐近革囊，以爪摘取，似将抓裂。囊忽格然一响，大可合簣㊹，恍惚有鬼物突出半身，揪夜叉入，声遂寂然，囊亦顿索如故。宁骇诧，女亦出，大喜曰："无恙矣！"共视囊中，清水数斗而已。

　　后数年，宁果登进士。举一男。纳妾后，又各生一男，皆仕进有声㊺。

【注释】

①廉隅：棱角。比喻品行端正。
②兰若：梵语"阿兰若"的音译。原为佛家比丘习静修的处所，后一般指佛寺。
③扃(jiōng 坰)键：从外面关门的门闩或门环之类的东西，借指门扇。
④拱把：一手满握。

204

⑤秦：古秦国之地，在现今的陕西。

⑥鲐背：驼背。

⑦蹙蹙（cù促）：皱眉头。

⑧訾（zǐ子）：说人坏话。

⑨燕好：夫妇之好，结为夫妇。

⑩墀（chí迟）：台阶上面的空地。

⑪诘旦：等到天亮。

⑫向晚：傍晚。向，将近，接近。

⑬天殂：夭折，未成年死亡。

⑭罗刹：梵语音译。佛教故事中食人血肉的恶鬼，能在天上飞，能在地上走。

⑮玄海：佛家语，指苦海。

⑯耽寂：非常喜欢寂静。

⑰睒（shǎn陕）闪：闪烁。

⑱觇（chǎn掺）：窥视，偷偷地观测。

⑲趣（cù促）装：打点行装。"趣"同"促"。

⑳祖帐：为出行者饯别而设置的帐篷，引申为饯行送别。祖，一种祭祀的名称，指出行前祭祀路神。

㉑殷渥：情谊恳切深厚。

㉒雄鬼：是凶恶强悍之鬼，不是"雄性"之鬼。

㉓瓯（ōu欧）：盅，方言。

㉔姑嫜：丈夫的母亲和父亲。姑，婆婆。嫜，公公。

㉕露覆：蒙受恩泽。

㉖泽被发肤：恩泽施于我身。被，覆盖。发肤：全身。

㉗承祧（tiāo挑）绪：传宗接代。承，继承。祧绪，祖宗后代。

㉘尸饔（yōng庸）：料理饮食。尸，主持。饔，熟食。

㉙浼（měi美）：请托。

㉚劻勷（kuāng ráng匡瓤）：慌忙胆怯。

㉛捧匜（yí谊）沃盥（guàn灌）：侍奉盥洗。匜，古盥器，用来盛水。沃盥，浇洗。

㉜劬（qú渠）：劳累。

㉝稔（rěn忍）：熟悉，多指对人熟悉。

㉞封诰：明、清制度。一至五品官员，皇帝授予诰命，称为"封诰"。本文指因丈夫得官，妻子受封。

㉟注福籍：意为命中注定有福。

㊱亢宗子：旧时某人儿子中能够扩展宗族地位的那个就叫"亢宗子"。

㊲五党：五宗，指五服内的亲戚。

㊳执贽：带着礼物。贽，古人初次拜见长辈所带的礼物。

㊴藏之什袭：珍藏。

㊵怊（chāo 超）怅若失：感伤失意。

㊶怔忡（zhēngchōng 争冲）：心悸，恐惧不安。

㊷粟栗（sù lì 诉利）：吓得起鸡皮疙瘩。粟，米粒。此处指皮肤上起米粒状疙瘩。栗，惊恐。

㊸夹幕：帷幕。

㊹合篑（kuì 愧）：两个筐合起来。篑，盛土的筐。

㊺有声：政绩上很有名声，就是口碑好。

【译文】

宁采臣是浙江人，性格慷慨豪爽，非常珍视自己的名节。经常对别人说，我这一辈子，除了自己的妻妾，绝不亲近其她的女人。有一天他有事到金华去，走到金华的北郊，看见一个寺庙，于是解下行囊投宿其中。只见那寺庙殿塔殊为壮丽，气势恢弘，只是似乎香火不盛，杂草丛生，竟达一人多高，四下查看，并无人迹。寺院东西两侧是原先的僧房，只见门户虚掩，蛛网遍布。奇怪的是南边却有一间小屋，门户插销都是新的。情知此屋有主，宁采臣又信步往前，看到大殿的东边，是一片茂密的竹林，冲天而上，枝叶相连，如同天然的屋顶。林间自有台阶，顺阶而下，一方小池映入眼帘，时值盛夏，莲花绽放，幽香扑鼻。宁采臣心旷神怡，觉得这里简直是神仙所在。

恰逢金华举行科考，前来应试的人有很多，城里房价很贵，加之这里清幽淡雅，宁采臣便想在此住宿，于是四下散步，等出外化缘的僧人回来，便要告之自己的心意。傍晚时分，宁采臣听到有人开启了南边小屋的门，连忙赶过去行礼，且把自己想在这里留宿的意思告诉了他。那人说，这个寺庙已没有人住持了，我也是借住在这里的。你既然不嫌弃这里偏僻，那么你我早晚攀谈，我能向你请教，也是我的幸运啊。宁采臣听他这么说，非常高兴，找了一堆干草铺好了床，又找了块木板支起来当做桌子，准备在此常住。当夜天空并无云朵，月光如水，二人兴致大发，在大殿的走廊下一边赏月一边促膝长谈。两人这才互报姓名。那人自称姓燕，字赤霞。宁采臣以为他也是来参加考试的，但是听口音又不是浙江人，心中纳闷，一问之下，那人自称是陕西人,言谈朴实诚恳,非雄辩之士,没多久就相对无言,于是各自作揖告别,回去睡觉了。

宁采臣因为新到一个地方,一直睡不着。忽然听到北边有人在悄悄说话,好像是有人家。索性起来,蹲在窗下,偷偷看去。只见矮墙外有一个小院子,一个四十多岁的中年妇人,还有一个穿红衣服的老太太,用枯枝插住发髻,驼背弯腰,老态龙钟,在月光下有一句没一句地说着。那妇人说:小倩怎么还不来?老太太说,是呀,是该到了。那妇人说:这小丫头有没有跟你抱怨什么啊?老太太回答说,怨言倒是没听到,但是看起来总是愁眉苦脸。那妇人说,这个小丫头不是那么容易管的。话未落音,有一个十七八岁的女子走了过来,依稀看去,非常漂亮。老太婆笑道,看来是不能背地里议论别人,我们两个正在说着呢,小丫头悄无声息地就来了,还好,没说她坏话。又说,小姑娘你真的是像画中的人儿,要是我老太婆是个男的,魂儿早被你勾去了。那女子淡淡说道:要不是婆婆你夸我,都没人说我好了。那妇人女子又不知道在说什么。宁采臣想一定是附近人家的女眷,不能失礼,于是就回去睡觉了。她们又说了一会儿,才没有了声息。

才刚刚要睡着,忽然觉得有人进了房间,宁采臣连忙坐起四下一看,正是刚才看到的那个小姑娘,大惊问道,你来干什么。那女子笑道,如此良辰美景,又逢月白风清,妾身孤枕难眠,愿意陪相公共度良宵。宁采臣正色答道,你我都要防人议论,一念之差,不要把礼义廉耻都丢了。女子说,三更半夜的,有谁知道呢。宁采臣又骂她。那女子在房间里走来走去,又想出言,宁采臣骂道,赶快跟我出去,不然我就要叫住在那边的那个人了。这女子才怕了,转身出去。才到门外又忽然回来,扔了一锭黄金在被子上。宁采臣抓起来就扔了出去,金子掉在院子里的台阶上,他说,不义之财,不要弄脏了我的钱囊。那女子羞惭而出,捡起金子说,这个男人简直就是铁石心肠。

第二天一早,有一个浙江兰溪来的考生带着一个仆人,住在东边的厢房里,到了夜里忽然身亡。只见脚底有一个小孔,好像被尖锥刺破,还有血在流出,大家都不知道什么缘故。又过了一个晚上,那个仆人也死了,症状也跟他的主人完全一样。到了晚上,那个姓燕的人外出归来,宁采臣连忙把这件事告诉了他,燕认为这肯定是鬼干的。宁采臣一向刚直,很不以为然。到了半夜,那个女子又来了,对宁采臣说,我看的人多了,从来没有见过一个像你这样正派的人。你真是神仙圣人,我不敢得罪你。我叫小倩,姓聂,十八岁时夭亡,就葬在这个寺庙的旁边,现在被妖怪挟持,专门做这些下贱的事情,我实在没脸见人,更加不愿意这样做。现在寺庙里已经没有我能杀的人了,所以我怕今晚夜叉亲自过来杀你。宁采臣大惊失色,问

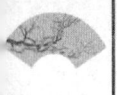

有什么解救的方法。这女子说,你只要去跟那个姓燕的人睡在一个房间里就没事了。宁采臣很奇怪地问,你怎么不去勾引谋害姓燕的呢?那女子说,那个人是个奇人,我们不敢靠近。宁采臣又问,你们是怎么迷惑人的呢?那女子说,想轻薄我的人,我会偷偷用尖锥刺破他的足底,他马上如同昏迷,于是我抽出他的血给妖怪喝。又用金子诱惑他,其实那不是金子,而是罗刹鬼的骨头,到了夜深人静时,就能挖出他的心肝。要么用美色,要么用黄金,看那人喜欢什么我就用什么。宁采臣十分感谢,又问该什么时候防备,女子回答说明天晚上。临别之际,那女子哭求道,我现在的处境,如同坠入深渊,永远上不了岸。郎君的义气有天那么高,定能救我出苦海。如果能装上我的遗骨,专门给我造一个坟墓安葬,对我来说就是再生父母。宁采臣毅然答应了这个要求,便问她葬在何处,那女子说,你只要记住一颗白杨树,树上有乌鸦的窝,那里就是了。说完走了出去,消失得无影无踪。

第二天,宁采臣怕燕赤霞又外出,一早就去拜访邀约,早上七点多种就准备了酒菜,仔细留意燕赤霞的动向。待宁采臣要求同住一个房间,燕赤霞又以自己性格怪癖,喜欢安静为由拒绝了。宁采臣根本不理,卷了铺盖就来了,燕赤霞没办法,只好答应,但是有言在先说,我知道你是男子汉大丈夫,我也很欣赏你的风采。但是有一些苦衷,一时难以跟你解释清楚,你只要记住不要随意翻动我的箱子,如果你不听话,怕到时候对你我都没有什么好处。宁采臣恭敬地答应了。晚上各自上床睡觉,燕赤霞把自己的箱子放在窗台上,才躺倒在枕头上没多久,就鼾声如雷。宁采臣却睡不着。将近一更的时候,窗外隐约有人的影子晃动。不一会儿更是靠近窗子想朝里偷窥,目光闪动。宁采臣非常害怕,正想叫醒燕赤霞,忽然有一个东西破箱而出,明亮得如同一匹白布,碰到窗上的石头窗格,飞射而出,又忽然回去,整个过程只在电光一闪之间。燕赤霞也惊醒了,宁采臣假装睡觉,偷偷地看怎么回事。燕赤霞捧起箱子查看,取出一个东西,对着月光又看又闻,只见是哪个东西晶莹剔透,白光闪闪,大约两寸多长,就像韭菜的叶子。燕赤霞把那东西层层包起,仍然放在那个破箱子里。自言自语道,又不知道是哪个老鬼,这么大胆,居然弄坏了我的箱子。然后又躺下睡觉了。宁采臣非常惊奇,于是起来问燕赤霞,把自己所看到的都说了出来,燕赤霞说,承蒙你看得起,我就不好意思再跟你隐瞒了。我其实是一个剑客。要不是这个石头做的窗格帮那妖怪挡了一下,它马上就死了。不过尽管如此,它也伤得不轻。宁采臣又问,你刚才包起来的是什么。燕赤霞说,是一把剑。我刚才闻了一下,剑上有妖气。宁采臣想看一下,燕赤霞二话不说,非常慷慨地拿了出来,果然是一把散发着荧光的小剑。从此宁采臣越发敬重燕赤霞。

到了第二天早上,宁采臣看到窗外果然有血迹。于是出寺向北,只见废弃的坟墓遍地都是,果然发现一棵白杨树,有乌鸦在树梢做窝。待打探清楚,宁采臣就要收拾行装回家去了。燕赤霞设宴饯行,显得情深义重,又拿出一个破皮囊送给宁采臣,说,这就是剑袋。你小心藏好,有了它,鬼魅就不敢靠近。宁采臣想拜师学艺。燕赤霞说,其实像你这样的义薄云天刚直不阿的好汉子,本来不是不可以传给你,但是我看你将来富贵不可限量,恐怕没必要像我这样流落江湖。宁采臣借口说有妹妹葬在这里,挖出聂小倩的遗骨,用衣服包了,租了一艘小船就回家去了。宁采臣的书房靠近野外,因此就想把聂小倩葬在书房外,祭奠祈祷说,我怜惜你是一个孤魂野鬼,把你葬在我家旁边,你我或是唱歌,或是哭泣,都能听到,希望以后你不要再被那些厉害的鬼欺负了,我这里一碗清汤,不算丰盛,还请你不要嫌弃。祷告完毕以后就要回家。忽然听到后面有人叫道,等等我一起走!回头一看,正是聂小倩。小倩非常高兴地拜谢道,你真是讲信用,你的大恩大德,我就算为你死十次也不足以报答。现在请让我跟你一起回家,拜见公婆,哪怕做你的小妾,我也不会有任何怨言。宁采臣仔细打量她,只见肌肤胜雪,白里透红,小脚宛若新生的竹笋,白天看来,娇媚艳丽更胜从前。于是和她一起回到书房,让她坐着先等一下,宁采臣先去告诉母亲。宁母很吃惊。当时宁采臣的妻子已经生病很久了,所以宁母就让宁采臣不要声张,怕吓坏了她。正说着,聂小倩已经翩然而入,拜倒在地。宁采臣说,这就是小倩。宁母吓得东张西望。小倩对宁母说,孩儿孑然一身,远离父母兄弟,承蒙公子照顾,我的身体发肤都感受到了公子的恩情,愿意在你们家做一个丫鬟,以报答公子的高风亮节。宁母见她风姿绰约,娇媚可爱,这才敢跟她说话,说,小姑娘你看得起我儿子,我老太婆很开心,但是我只有这么一个儿子,还指望他传宗接代,我不敢让他娶个鬼妻啊。小倩说,孩儿真地没有二心,我这个泉下之人既然无法得到妈妈的信任,那么就让我做公子的妹妹,每天服侍你们,早晚听你们的召唤,你看怎么样。宁母为其诚意感动,只得答应了。小倩又想进去拜见嫂子,宁母以她正在生病为由拒绝了。小倩立刻又下厨房,代替宁母做饭,出入个个房间,就好像是一直住在这里的一样。

　　天黑后,宁母有点怕聂小倩,就让她回去休息,却又不给她准备床铺。小倩知道宁母的意思,当即走了出去。经过书房的时候,想进去跟宁采臣打个招呼,却退了出来,在窗外徘徊,似乎害怕什么东西。宁采臣见状就叫她进去。小倩说,你房间里有剑气,我害怕,先前你带我回家的途中我不出来见你,就是因为这个。宁采臣想起是那个剑袋,于是取下挂到别的房间。小倩这才进去,坐在烛光下,许久不说一句话。又过了很久,问宁采臣,你晚上读书吗?我小时候诵读过《楞严经》,现在一大半都忘记了,你给我一本,夜里没事,我正好向大哥你请教。宁采臣答应了。

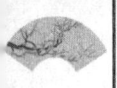

两人相对无言,眼看就要三更,还是不说走。宁采臣叫她去睡。小倩伤心地说,我这个原来的孤魂野鬼,真地很怕一个人回到荒芜的坟地去。宁采臣硬着心肠说,只是我这书房并没有多余的床给你睡,即便有,你我兄妹,理应避嫌。小倩闻言,无奈起身,眉头轻蹙,好像就要哭出来,一步三回头,慢慢走了出去,下了台阶,终于不见了。宁采臣心中暗暗怜惜,想叫她回来睡到别的房间,又怕母亲责怪。小倩每天早上来拜见宁母,端汤递水,厅堂厨房,没有一件事做得让宁母不满意的。一到黄昏,就向宁母告辞,然后到宁采臣书房,在烛光下诵经。感觉宁采臣要睡觉了,这才依依不舍又凄凉万分地走进门外的黑暗里。

在此之前,宁采臣的原配妻子卧病在床,宁母没有帮手,事事操劳,苦不堪言。自小倩来了以后,非常轻松,内心十分感激。时间长了,渐渐熟悉起来,宁母疼爱怜惜小倩,就跟亲生女儿一样,根本忘记了她是一个鬼,到了晚上再也不忍心让她再走,就留她跟自己一起住。小倩刚来的时候,不吃不喝,半年以后开始吃些稀饭汤汁。宁家母子都非常疼爱小倩,从来不提她是鬼这件事,左邻右舍也分辨不出来。没多久,宁采臣的妻子病死了,宁母想让宁采臣娶了小倩,但又怕鬼妻伤了儿子。小倩知道了这件事,就找机会跟宁母说,我已经在这里住了一年多了,我的心妈妈一定知道,就是为了不伤害过往行人,所以跟着郎君来到这里。我没有其他的意思,只因为公子光明磊落,无论旁人还是老天都是看得到和十分钦佩的,我真地是希望跟着公子过个三五年,将来公子飞黄腾达,我还能沾光,就在九泉之下,也觉得荣光。宁母哪里还不知道小倩绝无恶意,但是还是担心小倩不能生子。小倩说,子女是上天给的,郎君命中注定将来有三个可以光宗耀祖的儿子,不会因为娶了我这个鬼妻,就没了。宁母相信小倩的话,跟宁采臣商议。宁采臣自然大喜,于是安排了酒席宴请亲朋好友。有人请新娘子出来一见,小倩盛装华服出来跟大家相见。全场目瞪口呆,哪有人怀疑是鬼,都觉得是神仙人物。于是所有亲戚家的女眷都纷纷带着礼物前来庆贺,争着跟小倩结识。小倩擅长画梅花和兰花,就画了一些当做礼物回赠,他们拿回去都当作传家之宝珍藏。

有一天,小倩低头靠在窗前,闷闷不乐,若有所失。忽然又问宁采臣,那个皮袋子还在吗?宁回答说,因为你害怕,我早把它藏到别的房间去了。小倩说,我受人气已久,现在应该不会再害怕了,应当拿来挂在床头。宁采臣问她什么意思,小倩说,这三天来,我的心一直跳个不停,我想金华那个妖怪,恨我远逃,恐怕早晚之间就要找到这里。宁采臣果然拿了皮袋过来。小倩翻来覆去地看,说,这个是剑仙用来放人头的,破成这样了,不知道已经杀了多少人了,我现在看上去,还是不免心惊肉跳。于是挂在床头。第二天又让宁采臣挂在门上。晚上两人在蜡烛下对坐,忽然有一个东西，像飞鸟一样扑来。小倩吓得躲在布帘后面，宁采臣过去一看，那东西看起来像夜叉，两眼发光，舌头血红，左躲右闪想扑过来，但到了门口不得不停下来，来回了多次，慢慢靠近那个皮袋，伸出爪子想把袋子拿下来，好像要把它撕裂。那皮袋忽然格格作响，变成两个筐子那么大，似乎有一个鬼从里面探出半个身子，一把抓住那个夜叉，揪进袋内，终于没有声音，那皮袋子也缩回原来的大小。宁采臣又害怕又惊讶，小倩这时也走了出来，非常高兴地说，这下我们没事了。一起看那皮袋，里面不过数斗清水而已。

过了几年，宁采臣果然考中了进士。小倩也给他生了一个儿子，后来纳妾之后，两人又各生了一个儿子，三个儿子后来都做了官，而且声誉很好。

袁枚　黄生借书说

【作者介绍】

袁枚（公元 1716 年—1798 年），字子才，号简斋，晚年自号苍山居士、随园主人，钱塘（今浙江杭州）人。袁枚是乾隆、嘉庆时期代表诗人之一，与赵翼、蒋士铨合称为"乾隆三大家"。乾隆四年（1739 年）进士，授翰林院庶吉士。乾隆七年外调做官，曾任江宁、上元等地知县，政声好，很得当时总督尹继善的赏识。三十三岁父亲亡故，辞官养母，在江宁（南京）购置隋氏废园，改名"随园"，筑室定居，世称随园先生。自此，他就在这里过了近 50 年的闲适生活，从事诗文著述，编诗话发现人才，奖掖后进，为当时诗坛所宗。著作有《小仓山房文集》、《随园诗话》、《子不语》（又名《新齐谐》）等。

【原文】

黄生允修借书。随园主人①授以书而告之曰：

"书非借不能读也。子不闻藏书者乎？七略②四库③，天子之书，然天子读书者有几？汗牛塞屋④，富贵家之书，然富贵人读书者有几？其他祖父积、子孙弃者无论焉。非读书为然，天下物皆然。非夫人之物而强假焉，必虑人逼取，而惴惴焉⑤摩玩之不已，曰：'今日存，明日去，吾不得而见之矣。'若业为吾所有，必高束焉，庋藏⑥焉，曰'姑俟异日观'云尔。"

余幼好书，家贫难致。有张氏藏书甚富。往借不与，归而形诸梦。其切如是。故有所览辄⑦省记。通籍⑧后，俸去书来，落落⑨大满，素蟫⑩灰丝，时蒙卷轴。然后

叹借者之用心专,而少时之岁月为可惜也。"

今黄生贫类予,其借书亦类予。惟予之公书⑪与张氏之吝书若不相类。然则予固不幸而遇张乎?生固幸而遇予乎?知幸与不幸,则其读书也必专,而其归书也必速。

为一说,使与书俱。

【注释】

①随园主人:袁枚自称。
②《七略》:汉代刘歆所著的图书目录分类著作。
③四库:宫廷收藏的书。
④汗牛塞屋:形容书很多。
⑤惴惴焉:紧张恐惧而不安的样子。
⑥庋(guǐ 归)藏:收藏起来,搁置不用。庋,放东西的架子。
⑦辄:就,便。
⑧通籍:在朝廷有了名籍,指开始做官。
⑨落落:连续不断的样子。
⑩蟫(yín 银):一种咬衣服、书籍的蛀虫,俗称蟫鱼子。
⑪公书:让书供别人公用。

【译文】

年轻的书生黄允修来借书。我把书交给他并对他说:
"不是借来的书就不会去读。你没听过那些藏书的人吗?七略四库,是皇帝的藏书,然而读书的皇帝有几个呢?那汗牛充栋的,是富贵人家的书,然而富贵人家读书的又有几个呢?除此之外那些祖辈、父辈辛辛苦苦积藏书籍,而到了子孙辈手里就丢弃的事例就不必去谈了。不只读书是这样,天下的事物也大都如此。不是自己的东西,勉强借来,必定担忧别人逼着取回,就担心害怕不停地抚摸玩弄那个东西,说:'今天存放在我手中,明天就要离开我了,我不能再见到这个东西了。'如果已经被我所拥有,必定会捆起来放在高处,搁在藏书的架子上藏好,说'暂且等到以后再看吧',这样说说而已。

"我小的时候喜欢读书,但是家里穷,很难买到书读。有个姓张的人家,藏书很多。我到他家去借,他不愿意借给我,回来以后我在梦中还出现向他借书的情形。那种迫切求书的心情像这样。因此,只要看过的书,就牢牢记住。做了官以后,用俸禄去买书,家里到处都堆满了书。白色的蛀虫、灰色的游丝,时常覆盖书本。这样以后我感慨借书的人是多么专心,而且少年的岁月是多么值得珍惜啊。"

如今姓黄的年轻书生像我从前一样贫穷,他借书苦读也像我从前一样;只是我把书公开与别人共用和张氏的吝惜自己的书,好像不大相同。如此一来,那么是我实在不幸而碰上张氏呢,还是黄生实在幸运而遇到我呢?黄生懂得借到书的幸运和借不到书的不幸,那么他读书就一定会专心,而他还书也一定就会很快。

写了这么篇借书说,把它与借出的书一起交给黄生。

子不语(三则)

一、偷雷锥

【原文】

杭州孩儿巷有万姓甚富,高房大厦。一日,雷击怪,过产妇房,受污不能上天,蹲于园中高树之顶,鸡爪尖嘴,手持一锥①。人初见,不知为何物;久而不去,知是雷公。万戏谕家人曰:"有能偷得雷公手中锥者,赏银十两。"

众奴嘿②然,俱称不敢;一瓦匠某应声去。先取高梯置墙侧,日西落,乘黑而上。雷公方睡,匠竟取其锥下。主人视之:非铁非石,光可照人,重五两,长七寸,锋棱甚利,刺石如泥。

苦无所用,乃唤铁工至,命改一刀,以便佩戴。方下火,化一阵青烟,杳然去矣。俗云:"天火得人火而化。"信然。

【注释】

①锥:通"锤"。
②嘿:同"默"。

【译文】

杭州的孩儿巷有一家姓万的人家,家里很富,有高楼大厦。有一天,雷公来打雷震击怪物,路过产妇的房子时,被秽气污染,回不了天上了,没办法,雷公只好蹲在一棵大树的上面藏着,他的形状是鸡一样的爪子,尖嘴,手里拿着一把锤子。人刚一见到他的时候,不知道是什么动物,时间久了也不走,才醒悟他是雷公。姓万的主人开玩笑地对家仆们说:"谁要是能把雷公手里的锤子偷来,就赏给谁10两银

子。"

所有的家仆都默不作声,不敢前去。有一个瓦匠说敢去。他先拿了把梯子放在墙边上,等到太阳下山的时候,乘着夜色爬了上去,正值雷公打瞌睡,这位瓦匠竟然真的把锤子偷了下来。拿下来仔细观看:这把锤子既不是铁做的,又不是石头做的,锃光瓦亮地能照出人来,有五两重,七寸长,棱角很锋利,用来打石头就像是打在泥巴上一样。

但是作为一把锤子没有什么用处,于是就找来铁匠,让他把这锤子改做成一把刀,以便于佩戴。可铁匠刚把锤子放到火里,锤子就化作一阵青烟,飘走不见了。俗话说:"天上的火碰见人间的火就会幻化消失。"看来是真的。

二、龙阵风

【原文】

乾隆辛酉秋,海风拔木①,海滨人见龙斗空中。广陵②城内外风过处,民间窗棂帘箔及所晒衣物吹上半天。有宴客者,八盘十六碟随风而去,少顷,落于数十里外李姓家,肴果摆设,丝毫不动。

尤奇者,南街上清白流芳牌楼之左,一妇人沐浴后簪花傅粉,抱一孩移竹榻坐于门外,被风吹起,冉冉而升,万目观望,如虎丘泥偶一座,少顷,没入云中。明日,妇人至自邵伯镇。镇去城四十余里,安然无恙。

云:"初上时,耳听风响甚怕。愈上愈凉爽。俯视城市③,但见云雾,不知高低。落地时,亦徐徐而坠,稳如乘舆④。但心中茫然耳。"

【注释】

①木:树木。
②广陵:扬州。
③城市:城镇、市集。
④乘舆:车、轿。

【译文】

乾隆辛酉年的秋天,海风大得把树都从地里拔了出来,海边上的人看见有龙在天上晃来晃去的打架。扬州城的城内城外,凡是大海风吹过的地方,窗棂子、帘子、箔子以及所晾晒的衣物都被吹在了高空里。有一家请客的,八个盘子、十六个碟子等都被风吹了去,落在了几十里路以外姓李的家里,盘子、碟子等原先摆得什么样还是什么样,一点儿都不差。

尤其让人称奇的是,广陵城南街上清白流芳牌楼东边,一个女人在洗完澡后,梳妆打扮,然后把竹床拉到门外,抱了孩子坐在上面休息,正好被风吹了起来,风把他们稳稳地吹起来,缓缓升起来,地面上的人从下面看上去,就像是虎丘山上的一座泥塑似的,不一会就被吹入云彩中去了。第二天,人们发现这对母子被风吹到了邵伯镇。邵伯镇离扬州城四十多里路,这对母子竟然安然无恙。

这位女人说:"刚被风吹到空中时,耳边的风声音很响,很让人害怕。但是吹得越高就感觉越是凉爽。往下看城镇村庄,只能看见云雾,不知道究竟被风吹了多高。落地的时候也是慢慢落下的,就像乘车坐轿一样稳当。只是心里迷迷糊糊的,不知究竟是怎么回事。"

三、沈椒园为东岳部司

【原文】

嘉兴盛百二,丙子孝廉,受业于沈椒园先生。沈殁①数年,盛梦游一处,见椒园乘八轿,仪从甚盛。盛趋前拱揖,沈摇手止之,随入一衙门。盛往投帖求见,阍者②传谕:"此东岳府也,主人在此作部曹,未便进见。"

盛知公为神,乃踉跄出。见柳阴下有人彷徨独立,谛视之,椒园表弟查某也,问:"何以在此?"曰:"椒园表兄招我入幕,我故来,及到此,又不相见,未知何故?我有大女明姑,冬月将出嫁,我要过此期才能来,而此意无由自达,奈何?"盛曰:"若如此,我当再叩先生之门,如得见,则并达尊意何如?"查曰:"幸甚。"盛仍诣辕门,向阍者述所以又来求见之故,阍为传入。顷之,阍者出曰:"主人公事忙,万不能见。可代致意查相公,速来速来,不能待至冬月。即查大姑娘,亦随后要来,不待婚嫁也。"盛以此语复查,相与欷歔③而醒。

是时春二月也,急往视查,彼此述梦皆合,查怃然不乐。其时查甚健,无恙。至八月间,查以疟亡;九月间,查女亦以疟亡。椒园,余社友,同举鸿词科。

【注释】

①殁(mò 默):死亡。
②阍(hūn 昏)者:看门的人。
③欷歔(xū xī 需西):哽咽,抽噎。

【译文】

　　嘉兴的盛百二,是丙子年间的孝廉,他的老师是沈椒园先生。沈死后数年,有一次盛百二做梦,梦里到一个地方游览,碰见沈椒园老师坐着八抬大轿,前呼后拥地一大帮随从正从旁边经过。盛百二赶忙上前拱手作揖与老师打招呼,老师摇了摇手不让他到自己的跟前来,盛百二随着队伍走到了一个衙门。盛百二向看门的要求见自己的老师,看门的说,这里是东岳大帝的府邸,你老师在这里做一个部门的主管,不方便会见。

　　盛百二惊觉老师已经做了神仙,急忙出来。这时看到有人独自在树下徘徊,仔细看去,却是老师沈椒园的表弟查某,就问他说:"你怎么在这里?"回答说:"沈椒园表哥找我来的,说是让我跟着他干幕僚,我来了,可他又不同我见面,不知道是什么原因?我有个叫明姑的大女儿,今年冬天就要出嫁,我要等到女儿出嫁后才能来入幕,我的这种想法想告诉我表哥,可是又没有办法告诉他,正不知道怎么办呢?"盛百二说:"要是这样的话,我再去老师那里求见一次,如果能见面,我把你的意思转告给他,怎么样?"查某说:"要是这样,那太好了。"盛百二再次来到东岳大帝府邸大门,向看门的说明情况,看门的到府里去通报。不一会儿,看门的出来说:"你老师事务繁忙,不可能与你见面。你可代为转达查相公,快来,快来,不要等到冬天。就算是他的大女儿,也随后就要来,等不到出嫁的时候。"盛百二把这话告诉查某,两人在一起感慨、哭泣,就这么哭醒了。

　　做这个梦的时候是春天的农历二月份,他赶忙去看望查某,两个人互相讲述印证了梦里的情景,竟然所做的梦完全相合,查某心里很是忧伤。当时查某的身体很健康,一点儿病都没有。到了农历八月份,查某感染上疟疾死了。九月份,查某的大女儿也感染上疟疾而死亡。沈椒园,是我的社友,我们两人一起考中的博学宏词科。

纪昀　阅微草堂笔记(三则)

　　纪昀(公元 1724 年—1805 年),字晓岚,一字春帆,晚号石云,道号观弈道人,直隶河间府(今献县)人。生于清雍正二年(1724 年)六月,卒于嘉庆十年(1805 年)二月,乾隆十九年中进士,历雍正、乾隆、嘉庆三朝,享年八十二岁。因其"敏而好学可为文,授之以政无不达",故卒后谥号"文达",乡里世称文达公。纪晓岚住于阅微草堂。著有《阅微草堂笔记》,其后人整理有《文达公遗集》。

一、

【原文】

侍姬沈氏，余字之曰明睁。其祖长洲①人，流寓河间，其父因家焉。生二女，姬其次也，神思朗彻，殊不类小家女。常私语其姊曰："我不能为田家②妇，高门华族，又必不以我为妇，庶几③其贵家媵④乎？"其母微闻之，竟如⑤其志。

性慧黠，平生未尝忤一人，初归余时，拜见马夫人，马夫人曰："闻汝自愿为人媵，媵亦殊不易为。"敛衽对曰："惟不愿为媵，故媵难为耳，既愿为媵，则媵亦何难。"故马夫人始终爱之如娇女。尝语余曰："女子当以四十以前死，人犹悼惜，青裙白发作孤雏腐鼠，吾不愿也。"亦竟如其志，以辛亥四月二十五日卒，年仅三十。

初仅识字，随余检点图籍，久遂粗知文义，亦能以浅语成诗。临终，以小照付其女，口诵一诗，请余书之曰："三十年来梦一场，遗容手付女收藏，他时话我生平事，认取姑苏沈五娘。"泊然而逝。

方病剧时，余以侍值圆明园，宿海淀槐西老屋，一夕，恍惚两梦之，以为结念所致耳。既而知其是夕晕绝，移二时乃苏，语其母曰："适梦至海淀寓所，有大声如雷霆，因而惊醒。"余忆是夕，果壁上挂瓶绳断堕地，始悟其生魂果至矣。

故题其遗照有曰："几分相似几分非，可是香魂月下归，春梦无痕时一瞥，最关情处在依稀。"又曰："到死春蚕尚有丝，离魂倩女不须疑，一声惊破梨花梦，恰记铜瓶坠地时。"即记此事也。

【注释】

①长洲：苏州。

②田家：农家。

③庶几：表示在上述情况下才能成为可能。

④媵（yìng 硬）：妾。

⑤如：适合，依照。

【译文】

侍妾沈氏，我给他起了个名字叫明睁。他的祖籍本来在苏州，后来迁到河间府，到他的父亲时就定居在了河间府。他的父亲共生有两个女儿，明睁是二女儿，小的时候很聪明，不像是平凡家庭家的女儿。明睁经常悄悄地对她的姐姐说："我

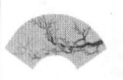

不愿意嫁到乡下农家去,可是高门大户肯定又不会娶我这样的小家庭的女子,看来,我是要给大户人家做妾的了。"她的母亲听到了她的这些话语,竟成全了她的这个心愿。

明瞦聪明又有点狡猾,一生中从未与谁红过脸、吵过架。刚把她买过来时,拜见我的妻子马夫人,马夫人问她:"听说你自愿做妾,但是你要明白,做妾是很不容易的啊。"明瞦严肃地回答说:"只有那些不愿做妾的才感觉到做妾难,既然愿意做妾,做妾又有什么难的哪?"所以马夫人始终像喜欢自己的女儿似的喜欢她。明瞦曾对我说过:"做女人应该40岁以前就死掉,因为那样的话,人们会因为惋惜而怀念她。我可不愿意到时候老得不成样子还孤独的活着。"想不到她的这种想早死的古怪想法后来竟然成了真的,她死于辛亥年四月二十五日,死时只有30岁。

明瞦刚来我家时,只是认识几个字而已,到我家后,跟着我翻检书籍,时间久了,能大概的知道书中的意思,也能做一些浅近的诗。临终时,把她自己的画像交给她的女儿,口述了一首诗,让我写下来:"三十年来梦一场,遗容手付女收藏,他时话我生平事,认取姑苏沈五娘。"然后就平静地离开了人间。

在她病重的时候,我恰好在圆明园值班,为了上班方便,我住在海淀的槐西老屋,一天晚上,两次在梦中见到明瞦,我当时认为是白天想念她的缘故。随后才知道就是那天晚上,她晕厥了过去,三四个小时后才苏醒过来,对她母亲说:"刚才在梦中我去了先生的住所,突然有像打雷一样的大声音,所以醒了过来。"我想起那天晚上墙上挂瓶子的绳子断了,瓶子掉在地上发出了很大的动静,这时我才突然明白她的灵魂那天晚上确实是到了槐西老屋,而并不是我在做梦。

所以我在她的画像上题诗道:"几分相似几分非,可是香魂月下归,春梦无痕时一瞥,最关情处在依稀。"还有一首说:"到死春蚕尚有丝,离魂倩女不须疑,一声惊破梨花梦,恰记铜瓶坠地时。"就是记述的这件事。

二、

【原文】

妖由人兴①,往往有焉。李云举言,一人胆至怯,一人欲戏之,其奴手黑如墨,使藏于室中,密约曰:"我与某坐月下,我惊呼有鬼,尔即从窗隙伸一手。"届期②呼之,突一手探出,其大如箕③,五指挺然如春杵,宾主俱惊,仆众哗曰:"此其真鬼耶?"

秉炬④持杖入,则奴昏卧于壁角,救之苏,言:"暗中似有物,以气嘘我,我即迷闷。"

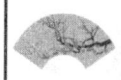

族叔桀庵言："二人同读书佛寺,一人灯下作缢鬼状,立于前,见是人惊怖欲绝,急呼是我,尔勿畏,是人曰:'固⑤知是尔,尔背后何物也?'回顾乃一真缢鬼。"

盖机械一萌,鬼遂以机械之心,从而应之。斯亦可为螳螂黄雀之喻矣。

【注释】

①兴:开始,发动。
②届期:到时候。
③箕:簸箕。一种农具。
④秉炬:拿着火炬。
⑤固:本来,当然。

【译文】

妖是由人而引起的,往往是真有的。李云举说,某人的胆子特别小,有一个人就想吓唬他。他家奴的手特别黑,他就让他家奴藏在屋里,与他约定说:"我与某人坐在月光下面的时候,我突然大呼有鬼,这时你就把你的一只黑手伸出窗外。"果然到了时候他大呼了一声有鬼!只见从窗子里伸出了一只像簸箕大小的大黑手,手指头跟木杵一样大。大家全都吓了一跳,仆人们一起叫道:"这不是真鬼吗?"

点起火把拿着木杖搜到屋里一看,只见黑手的家奴昏倒在墙角,把他救醒后,他说:"好像在屋里黑暗的地方有什么东西,他用气吹我,我就昏迷了。"

我的族叔纪桀庵曾经对我说过:"从前有两个人同在一个佛寺里读书,其中一个扮吊死鬼的模样来吓唬对方,看到对方吓得魂不附体的样子,就安慰对方说:'别害怕,是我。'对方回答说:'我知道是你,可你背后的是谁?'回头一看,背后有一个真的吊死鬼。"

大概是人的假扮鬼的心思,在心里刚一萌动,鬼就随着这萌动的心思来了。这也可以作为"螳螂捕蝉黄雀在后"的一个例子吧。

三、

【原文】

爱堂先生言,闻有老学究①夜行,忽遇其亡友,学究素刚直,亦不怖畏,问君何往,曰:"吾为冥吏,至南村有所勾摄,适同路耳。"

因并行至一破屋。鬼曰:"此文士庐也。"问何以知之,曰:"凡人白昼营营,性

灵泪没,唯睡时一念不生,元神朗沏②,胸中所读之书,字字皆吐光芒,自百窍而出,其状缥缈缤纷,烂如锦绣。学如郑、孔③,文如屈、宋、班、马④者,上烛⑤霄汉,与星月争辉;次者数丈,次者数尺,以渐而差,极下者亦萤萤如一灯照映户牖,人不能见,唯鬼神见之耳。此室上光芒高七八尺,以是而知"。

学究问:"我读书一生,睡中光芒当几许?"鬼嗫嚅⑥良久曰:"昨过君塾,君方昼寝,见君胸中高头讲章一部,墨卷五六百篇,经文七八十篇,策略三四十篇,字字化为黑烟,笼罩屋上,诸生诵读之声,如在浓云密雾中,实未见光芒,不敢妄语"。学究怒斥之,鬼大笑而去。

【注释】

①学究:读书人,多指迂腐的读书人。
②沏:通"彻"。
③郑孔:郑玄、孔颖达。
④屈、宋、班、马:屈原、宋玉、班固、司马迁。
⑤烛:用如动词,照耀的意思。
⑥嗫嚅(niè rú 聂如):形容想说话而又吞吞吐吐不敢说出来的样子。

【译文】

爱堂先生听说过这么一件事情,有一位老学究走夜路时忽然碰到一位死去的朋友,这位老学究平时比较刚直,也不害怕,问亡友去哪里?亡友回答说:"我现在是地狱的使者,现在要到南面村子里去勾魂,恰巧与你同路。"

于是一起走路,走到一个破屋子跟前时,亡友说:"这是一个读书人的房子。"老学究问他怎么知道的,回答说:"人间的人白天忙忙碌碌,性灵被埋没在繁琐之中,只有睡觉的时候没有私心杂念,到这时元神就清朗起来,平时所读的书和积累的学问就会放射出光芒,光芒的形状缥缈缤纷像丝织品一样绚烂。学问大的像郑玄、孔颖达一类的人,文章写得好的像屈原、宋玉、班固、司马迁一类的人,他们的光芒可以达到天上,同日月一样光彩照眼。比他们稍次一些的也可以有几丈高,再次一些的有几尺高,随着学问、水平的降低,很差的就像一盏小油灯只能照照窗户和小门了,这些光芒凡人看不见,只有鬼神能看到。这个屋子上的光芒高七八尺,所以知道是一个读书人住的房子。"

老学究急忙问亡友:"我读了一辈子的书,睡着的时候,光芒有多高?"亡友吞吞吐吐了好一阵子才说:"昨天路过你住的房子,正好你在睡觉。看到你读的不过是

高头讲章一部,墨卷五六百篇,经文七八十篇,策略三四十篇,字字都化为黑烟,笼罩在屋子上方,你的学生们的读书的声音,都好像是笼罩在浓云密雾当中,确实没见到什么光芒,我说的都是实话,不敢随便说"。老学究听后很生气,怒斥他的亡友,亡友大笑着离去了。

姚鼐　登泰山记

【作者介绍】

姚鼐(nài 耐)(公元1731年—1815年),字姬传,一字梦谷,室名惜抱轩,所以又称惜抱先生,清代桐城(今属安徽省)人。官至刑部郎中、记名御史。历主江宁、扬州等地书院,凡四十年。伯父姚范授以经文,与方苞、刘大櫆并称为"桐城三祖"。乾隆二十八年(1763年)进士。乾隆三十八年,清廷开四库全书馆,姚鼐被荐入馆充纂修官。自乾隆四十二年起,姚鼐先后主讲扬州梅花书院、安庆敬敷书院、歙县紫阳书院、南京钟山书院,致力于教育,因而他的弟子遍及南方各省。姚鼐是桐城派的集大成者,他强调"义理、考据、词章,三者不可偏废",有《惜抱轩全集》。

【原文】

泰山之阳①,汶水②西流;其阴,济水东流。阳谷皆入汶,阴谷皆入济。当其南北分者,古长城也。最高日观峰,在长城南十五里。

余以乾隆三十九年十二月,自京师乘③风雪,历齐河、长清,穿泰山西北谷,越长城之限④,至于泰安。是月丁未,与知府朱孝纯子颖由南麓登。四十五里,道皆砌石为磴,其级七千有余。

泰山正南面有三谷。中谷绕泰安城下,郦道元所谓环水⑤也。余始循以入,道少半⑥,越中岭,复循西谷,遂至其巅。古时登山,循东谷入,道有天门。东谷者,古谓之天门溪水,余所不至也。今所经中岭及山巅,崖限当道者,世皆谓之天门云。道中迷雾冰滑,磴几不可登。及⑦既上,苍山负⑧雪,明烛⑨天南;望晚日照城郭,汶水、徂徕⑩如画,而半山居雾若带然。

戊申晦,五鼓,与子颖坐日观亭,待日出。大风扬积雪击面。亭东自足下皆云漫,稍见云中白若摴蒱⑪数十立者,山也。极天云一线异色,须臾成五彩;日上,正赤如丹,下有红光,动摇承之。或曰,此东海也。回视日观以西峰,或得日⑫,或否,绛皓驳色,而皆若偻。

亭西有岱祠，又有碧霞元君祠；皇帝行宫在碧霞元君祠东。是日，观道中石刻，自唐显庆以来，其远古刻尽漫失。僻不当⑬道者，皆不及往。

山多石，少土；石苍黑色，多平方⑭，少圜⑮。少杂树，多松，生石罅⑯，皆平顶。冰雪，无瀑水，无鸟兽音迹。至日观数里内无树，而雪与人膝齐。

桐城姚鼐记。

【注释】

①阳：山的南面，河的北面称作阳，反之称阴。

②汶(wèn 问)水：河名，因其向西流，与大部分河流方向相反，所以有"汶水倒流"的说法。

③乘：趁着，引申为冒着。

④限：界限，这里指齐长城的城墙。

⑤环水：泰安的护城河。

⑥道少半：路不到一半。

⑦及：等到……时。

⑧负：背，这里指覆盖。

⑨明烛：用如动词，照亮。

⑩徂徕(cú lái 徂来)：山名。是泰山的姊妹山。山脉呈东北西南走向，横亘连绵29公里，总面积250平方公里。其主峰太平顶，与泰山玉皇顶的直线距离约为30公里。

⑪摴蒱(chū pú 出仆)：古代的一种游戏，像后代掷色子或飞行棋。用于掷采的投子最初是用樗木制成，所以称"樗蒲"或"摴蒱"。樗蒲所用的骰子共有五枚，有黑有白。这里指的是白色的投子。

⑫得日：获得阳光。

⑬当：面对，对着。

⑭平方：平整，方形。

⑮圜(yuán 员)：同"圆"。

⑯生石罅(xià 下)：草木生长在石缝里。

【译文】

在泰山的南面，汶河向西方流去；泰山的北面，济水向东方流去。南面向阳山谷中的水都流进了汶河，北面背阴山谷中的水都流进了济水。在阳谷和阴谷的分

界处,是古代的齐长城,最高的日观峰位于齐长城以南十五里的地方。

我于乾隆三十九年的十二月从北京城出发,冒着风雪,经过齐河县、长清县,穿越泰山西北的山谷,跨过长城的门槛,到达了泰安。这个月的丁未日,我和泰安知府朱孝纯从南边的山脚登山,行走了大约四十五里远,道路都是石板砌成的石级,共有七千多级。

泰山的正南面有三条山谷,当中那条山谷的溪水环绕着泰安城,这就是郦道元书中所说的环水。我们开始顺着中谷进山去,还未走到一半,翻过中岭,再沿着西边的那条山谷走,就到了泰山的顶巅。古时候登泰山,沿着东边的山谷进入,道路中有座天门峰,东边的山谷,古时候称它为"天门溪水",我没有到过那里。现在经过的中岭和山顶,挡在路上的像门槛一样的山崖,人们都称它为"天门",一路上大雾弥漫、冰冻石滑,石板石阶滑得几乎使人无法攀登。等到了山顶,只见青山上覆盖着白雪,雪光照亮了南面的天空,远望夕阳映照下的泰安城,汶水、徂徕山就像是美丽的山水画,而停留在半山腰处的云雾,则又像是舞动着的飘带。

戊申这一天是除夕,五更时,我和朱孝纯坐在日观亭上,等着看日出。这时大风扬起的积雪扑面打来,日观亭东面从脚底往下一片云雾弥漫,依稀可以看见云中几十个小白点像是"摴蒱"的白投子似的立在那里的都是远山。天边云彩上有一线奇异的颜色,一会儿又变成五颜六色,太阳升起来了,纯正的红色像朱丹一般,下面有晃动摇荡着的红光托着它。有人说:"那就是东面的大海。"回头观望日观峰以西的山峰,有日光照着的地方,也有日光照不着的地方,或红或白,颜色错杂,都脊背弯曲着。

日观亭的西面有一座东岳大帝庙,还有一座碧霞元君庙。皇帝的行宫就位于碧霞元君庙的东面。这天看见途中路的两旁刻写的许多石碑,大都是自唐高宗显庆年间以后的,那些更古老的石碑都模糊或缺失了,至于那些偏僻不在道路附近的石碑,都没来得及去看。

山上多石头,少泥土。石头大都呈青黑色,而且大多是平的、方形的,很少有圆形的。多是松树,其他杂树则很少,松树大都生长在石头的缝隙里,树顶是平的。冰天雪地,没有瀑布,也没有飞鸟走兽的声音和踪迹,日观峰附近几里以内没有什么树木,积雪厚得达到人的膝盖。

桐城的姚鼐记述。

曾国藩 与弟书

【作者介绍】

曾国藩(公元1811—1872年),初名子城,字伯涵,号涤生,湖南省长沙府湘乡县人。晚清重臣,湘军的创立者和统帅者。清朝军事家、理学家、政治家、书法家,文学家,晚清散文"湘乡派"的创立人。官至两江总督、直隶总督、武英殿大学士,封一等毅勇侯。谥文正。

【原文】

澄候子植季洪三弟足下:

二十五日,接到澄弟六月一日所发信,具悉①一切,欣慰之至!发卷所走各家,一半系余旧友,惟屡次扰人,心殊不安,我自从己亥年在外把戏,至今以为恨事,将来万一作外官,或督抚,或学政,从前施情于我者,或数百,或数千,皆钓饵②也。渠③若到任上来,不应则失之刻薄,应之则施一报十,尚不足满其欲,故自庚子到京以来,于今八年,不肯轻受人惠,情愿人占我的便益④,断不肯我占人的便益,将来若作外官,京城以内,无责报于我者,澄弟在京年余,亦得得略见其概矣,此次澄弟所受各家之情,成事不说,以后凡事不可占人半点便益,不可轻取人财,切记切记!

彭十九家姻事,兄意彭家发泄将尽,不能久于蕴蓄,此时以女对渠家,亦若从前之以蕙妹定王家也,目前非不华丽,而十年之外,局面亦必一变,澄弟一男二女,不知何以急急定婚若此?岂少缓须臾,恐无亲家耶?贤弟从事多躁而少静,以后尚期三思,儿女姻缘,前生注定,我不敢阻,亦不敢劝,但嘱贤弟少安无躁而已。

京寓中大小平安,纪泽读书,已至宗族称孝焉,大女儿读书,已至吾十有五。前三月买骡子一头,顷赵炳坤又送一头,二品本应坐绿呢车,一切向来俭朴,故仍坐蓝呢车。寓中用度,比前较大,每年进项亦较多,其他外间进项,尚与从前相似,同乡人毕如旧,李竹屋在苏寄信来,立夫先生许以乾馆,余不一一,兄手草。(道光二十六年六月二十七日)

【注释】

①具悉:全都知道。
②钓饵:即钓鱼的食饵。

③渠：他，他们。
④便益：便宜，好处。

【译文】

澄候、子植、季洪三弟足下：

二十五日，接到澄弟六月一日所发来的信，内容全都知道了，很高兴！发卷所走的各家，一半是我的老朋友，只是多次去打扰别人，心里很是不安，我自从己亥年到外面周游，到今天仍然感到遗憾，将来万一做外官，或做督抚，或做学政，以前对我有过付出的人，或者几百，或者几千，都像钓鱼的食饵，他们如果到我的衙门上来，要是不答应他们的要求吧，那未免也太刻薄了，要是答应他们的要求吧，就算是给他们十倍的报偿，也不一定能满足他们的欲望，所以自从兄长我调到京城以来，至今八年也不肯轻易受别人的恩惠，情愿别人占我的便宜，而我也决不去占别人的便宜，将来如果做外官，京城以内，没有人会责备我知恩不图报偿的。澄弟在京城待了一年多，也大概知道这些事情的，这次澄弟所收各家的情分，已经做了的就不去说它了，以后凡事不可以再占人家半点便宜，不可轻易受人钱财，一定要切记切记！

彭十九家那门姻事，兄长的意思是彭家的家运已经到了尽头，不可能长久了，这个时候，还把女儿许配他家，也就好比以前把蕙妹许配给王家一样，眼前，他家也不是不华丽，但十年之后，这种局面一定会有变化，澄弟只有一男二女，不知道为什么要这么急急忙忙地给孩子定婚？难道稍微迟一点儿，就怕找不到亲家不成？贤弟做事，一向毛躁而不冷静，以后遇事一定要三思而行，儿女的姻缘，是前生注定的，我不敢阻止，也不敢劝止，这里不过是嘱咐贤弟稍安毋躁罢了。

京城家里大小都平安，大儿子纪泽读书，已经读到《论语》的"宗族称孝焉"了。大女儿读书。也已经读到《论语》的"吾十有五而治于学"了。三个月前买了一头骡子，刚才赵炳坤又送了一头，二品官本应该坐绿呢车的，但是兄长我平时追求一切以简单朴实为宜，所以仍旧坐那辆蓝呢车。家中的开销，比过去大了，但每年收入也多些了，其他的收入，还和以前一样。同乡们都照旧，李竹屋给我寄信来说，宋立夫先生答应他教馆，其余就不一一书写了，兄手草。道光二六年（1847年）六月二十七日。

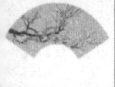

王永彬　围炉夜话（六则）

【作者介绍】

王永彬,生卒年不详,清咸丰时人。具体生平事迹不详。他所写的《围炉夜话》与明朝洪应明写的《菜根谭》,陈继儒写的《小窗幽记》并称为"处世三大奇书"。

【原文】

一、

积善之家,必有余庆;积不善之家,必有余殃。可知积善以遗子孙,其谋甚远也。贤而多财,则损其志,愚昧而多财,则益①其过。可知积财以遗子孙,其害无穷也。

二、

天地有穷期,生命则无穷期,去一日,便少一日;富贵有定数②,学问则无定数,求一分,便得一分。

三、

无财非贫,无学乃为贫;无位非贱,无耻乃为贱;无年非夭③,无述④乃为夭;无子非孤,无德乃为孤。

四、

待人宜宽,惟待子孙不可宽;行礼⑤宜厚,惟行嫁娶不必厚。

五、

何谓享福之人,能读书者便是;何谓创家之人,能教子者便是。

六、

和为祥气,骄为衰⑥气,相人者不难一望而知;善是吉星,恶是凶星,推命者岂必因五行而定。

【注释】

①益:增加,加重。

②定数:古人认为人的寿命、贫富、功名等都是前世的所作所为所修行来的,是有一定数目的。

③夭:没活过30岁死亡的称为夭折。
④述:著述。
⑤礼:礼节,礼仪。
⑥衰(cuī 摧):倒霉。

【译文】

一、

积德行善的家庭,必然会留给子孙绵长的福泽;而多行不义的家庭,则必然会给孩子留下无尽的灾殃。所以把积德行善当遗产留给子孙的人的眼光真是长远啊。贤能的人财产多了就会被消磨意志,没有品德的人的财产越多,身边的不肖之徒就会聚拢的越多,做的坏事也就越多。所以把财产当做遗产留给子孙的人真是鼠目寸光啊。

二、

天地是无限的,但是生命却是有限的,过去一天,便少了一天;人的富贵是有定数的,但是学问却是无限的,学一点儿,是一点儿。

三、

没有钱财不是真的贫穷,没有学识才是真的贫穷;没有官职不是下贱,没有人的廉耻之心才是真的下贱;寿命没有超过30岁就夭亡的不是真的夭亡,没有留下可以流传后世的著作的才真的是夭亡;没有孩子的不算是孤寡,没有品德的才是真的孤寡。

四、

人生在世应该宽厚待人,但是对待子孙决不可失之于宽;待人的礼节、礼仪应当厚重,但是在婚丧嫁娶上决不可大操大办。

五、

什么样的人算是享福之人呢?能有时间、有财力读书的就算是了;什么样的人算是创办家业的人呢?能有学识、有德行教育孩子的人就算是了。

六、

平和是祥瑞之气,骄傲是倒霉的前兆,看相的人很容易就能看出来;善良是吉星,恶毒是凶星,算命的人根本不需要五行八卦就会推断。

227

二、诗词部分

《诗经》 桃夭

《诗经》是我国第一部诗歌总集,收入自西周初年至春秋中叶五百多年的诗歌305篇,先秦称为《诗》,或取其整数称《诗三百》。《诗经》共有风、雅、颂三个部分。其中"风"包括"十五国风",有诗160篇;"雅"分"大雅"、"小雅",有诗105篇;"颂"分"周颂"、"鲁颂"、"商颂",有诗40篇。西汉时被尊为儒家经典,始称《诗经》,并沿用至今。

【原文】

桃之夭夭①,灼灼②其华③;
之子④于归⑤,宜⑥其室家。

桃之夭夭,有蕡⑦其实;
之子于归,宜其室家。

桃之夭夭,其叶蓁⑧蓁;
之子于归,宜其家人。

【注释】

①夭夭:花朵怒放的样子。
②灼灼:花朵色彩鲜艳如火。
③华:同"花"。
④之子:这位姑娘。
⑤于归:指姑娘出嫁。古代把丈夫家看作女子的归宿,所以称"归"。
⑥宜:和顺、亲善。

⑦蕡(fén 坟):肥大。有蕡即蕡蕡,果实将熟的样子。
⑧蓁(zhēn 真):叶子茂盛。

【译析】

这首诗非常著名,源自《诗经·国风·周南》,诗的内容是拿鲜艳的桃花,比喻少女的美丽,实在是写得好。清代学者姚际恒说,此诗"开千古词赋咏美人之祖",并非过当的称誉。

全诗传达出一种喜气洋洋的气氛,这很可贵。"桃之夭夭,灼灼其华。之子于归,宜其室家"的意思是说嫩嫩的桃枝,鲜艳的桃花。那姑娘今朝出嫁,把欢乐和美带给她的婆家。细细吟咏,一种喜气洋洋、让人快乐的气氛充溢字里行间。这种情绪,这种祝愿,反映了人民群众对生活的热爱,对幸福、和美的家庭的追求。这首诗还透露了这样一种思想:一个姑娘,不仅要有艳如桃花的外貌,还要有"宜室"、"宜家"的内在美。这首诗,祝贺人新婚,但不象一般贺人新婚的诗那样,或者夸耀男方家世如何显赫,或者显示女方陪嫁如何丰盛,而是再三再四地讲"宜其家人",要使家庭和美,确实高人一筹。这让我们想起孔子称赞《诗经》的话:"诗三百,一言以蔽之,曰'思无邪'。"

《桃夭》篇的写法也很讲究。表面看只是变换了几个字,反复咏唱,实际上作者很具匠心。第一章写"花",第二章写"实",第三章写"叶",利用桃树的三变,表达了三层不同的意思。写花,是形容新娘子的美丽;写实,写叶,让读者想得更多更远。密密麻麻的桃子,郁郁葱葱的桃叶,真是一派兴旺景象。

鹤 鸣

【原文】

鹤鸣于九皋①,声闻于野。
鱼潜在渊,或在于渚②。
乐彼之园,
爰③有树檀④,其下维萚⑤。
它⑥山之石,可以为错⑦。

鹤鸣于九皋,声闻于天。

鱼在于渚，或潜在渊。
乐彼之园，
爰有树檀，其下维榖⑧。
它山之石，可以攻⑨玉。

【注释】

①皋（gāo 高）：沼泽。九皋，曲折深远的沼泽。
②渚（zhǔ 主）：水中的小块陆地。
③爰：语气词，没有实在意义。
④檀：紫檀树。
⑤萚（tuó 驼）：落叶。
⑥它：别的，其他。
⑦错：磨玉的石块。
⑧榖（gǔ 谷）：树名。《孔疏》引陆玑云："荆扬人谓之榖，中州人谓之楮。"
⑨攻：琢磨，治玉。

【译析】

这首诗出自《诗经·小雅》，是说在广阔的荒野上，诗人听到鹤鸣的声音，震动四野，高入云霄；然后看到游鱼一会儿潜入深渊，一会儿又跃上滩头。再向前看，只见一座园林，长着高大的檀树，檀树之下，堆着一层枯枝败叶。园林近旁，又有一座怪石嶙峋的山峰，诗人因而想到这山上的石头，可以取作磨砺玉器的工具。

诗中从听觉写到视觉，写到心中所感所思，一条意脉贯串全篇，结构十分完整，从而形成一幅远古诗人漫游荒野的图画。

这幅图画中有色有声，有情有景，因而也充满了诗意，读了不免让人产生思古之幽情。

击 鼓

【原文】

击鼓其镗①，踊跃用兵。
土国②城漕③，我独南行。

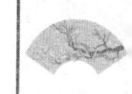

从孙子仲④,平陈与宋⑤。
不我以归,忧心有忡⑥。
爰⑦居爰处?爰丧其马?
于以⑧求之?于林之下。
死生契阔⑨,与子成说⑩。
执子之手,与子偕老。
于嗟⑪阔兮,不我活⑫兮。
于嗟洵⑬兮,不我信⑭兮。

【注释】

①镗(táng 唐):象声词,鼓声。

②土国:在国内修筑土城。

③漕:地名。

④孙子仲:邶国的将军。

⑤平:平定。

⑥有忡:忡忡。

⑦爰(yuán 元):于是。

⑧于以:于何。

⑨契阔:聚散。契,合;阔,离。

⑩成说:誓约。

⑪于嗟(xū jiē 须接):即"吁嗟",哎哟。

⑫活:借为"佸(huó 活)",相会,聚会。

⑬洵(xún 寻):远。

⑭信:一说古伸字,志不得伸。一说誓约有信。两种说法都解得通。

【译析】

春秋鲁隐公四年(前 719 年),卫国公子州吁联合宋、陈、蔡三国共同伐郑,领军大将孙子仲带兵久久不归,战士思归,军心涣散,前三章主要写从军到队伍涣散的过程,后两章追述和妻子执手相别时的情景,更突出了战争的残酷与战士内心的悲凉与凄苦。

这首诗出自《诗经·国风·邶风》。该诗叙述了一位征夫对心上人的日夜思念:他想起"执子之手,与子偕老"的誓言,可如今生死离别,天涯孤苦,岂能不流泪

伤心,肝肠寸断!

全诗按照时间顺序分成五个部分。第一层四句写出征之前,交待南征的原因和背景。开头两句在结构上很有特色:诗人先写"击鼓其镗",用一阵阵镗镗的击鼓声造成一种紧张急迫的气氛,然后再交待"击鼓"的原因——"踊跃用兵",因为国家要有战事,所以才镗镗击鼓。接下去的两句"土国城漕,我独南行"则是把自己的遭遇与众人作一对比,更加突出了自己的不幸。"土国"是指在国都内建筑房屋或城防工事;"城漕"是说在漕地筑城。漕,卫国的地名,在今河南滑县的东南。在国内服役,筑城池是异常辛劳的。但却可以生活在国内,可以与亲人相聚。比起南下陈、宋,身居异乡,骨肉分离尚好一些。通过这种辛酸的对比和选择,更显示出了主人公遭遇的悲惨。

第二层四句是写出征。孙子仲,这次南征的卫国将领,生平无考。"平陈与宋",即讨伐、平定南方的陈国与宋国。如果说上一层中所说的"土国城漕,我独南行"是主人公独特不幸的话,那么在这一层中不幸又增加了一层:即不但要背井离乡,独下南征,而且还要长期戍守异地——"不我以归"。这种"不我以归"给征人远戍所造成了情感上的创伤。

第三层采用含蓄的表现手法,通过设问设答来进行:爰居爰处?爰丧其马?在寻找宿营地的一阵忙乱中,战马给丢掉了。在古代的战争中,战马可以说是战士最得力的助手和最亲密的伙伴。但此时此刻,却把战马丢掉了,这支出征部队秩序的混乱、军纪的涣散可见一斑。更为奇妙的是主人公的战马又失而复得:战马并没有丢失,原来它跑到山林下面去了。如果说战马的丢失,意在暗示这支部队军纪的涣散,那么这场虚惊更突出地反映了征人的神思恍惚、丧魂失魄的精神状态。征人的这种精神状态固然与这支军队的疲于奔命、士无斗志有关,但更重要的恐怕还是由于他对家乡的思念和亲人的挂牵而造成的。

第四层由严酷的现实转入对往事的回忆。诗人回忆当年离家南征与妻子执手泣别的情形:当年,两人曾立下誓言,要"死生契阔",白头偕老。"执子之手,与子偕老"。临别盟誓,既反映了两人感情的深沉,爱情的坚贞,但也包含着对未来的隐隐担心。可怕的是,这种担心终于变成冷峻的事实:征人无法回家与亲人团聚了。

诗的最后一层,又从往事的回忆回到严酷的现实,集中抒发征夫对此的强烈感慨,完全是直抒其情,并皆以"兮"字结尾,使我们似乎看到一个涕流满面的征夫在异乡的土地上,对着苍天大声呼喊,对着远方的亲人诉说着内心的思恋和苦痛。

刘邦　大风歌

【作者介绍】

刘邦(公元前256年—前195年),字季(一说原名季),沛县丰邑中阳里(今江苏丰县)人。秦朝时曾担任泗水亭长,在秦末农民战争中起义,登高一呼,天下英雄云集于麾下,称"沛公";公元前206年被义军盟主项羽封为汉王。楚汉战争中,打败项羽,建立汉朝。他对汉民族的统一,汉文化的传承和发扬光大有决定性的贡献。公元前202年至公元前195年在位,庙号为太祖,谥号高皇帝,因司马迁在史记中称其为汉高祖,后世多以汉高祖相称。

【原文】

大风起兮①云飞扬,威加海内②兮归故乡。
安③得猛士兮守四方?

【注释】

①兮:语气助词,没有实在意义。
②海内:四海之内,指天下。
③安:如何。

【译析】

刘邦依靠许多支部队的协同作战最终战胜了项羽,成了汉朝的开国皇帝。这使他内心深处潜藏着深刻的恐惧和悲哀。这首《大风歌》就生动地显示出了他的这种矛盾心情。

"大风起兮云飞扬",唐代的李善曾解释说:"风起云飞,以喻群雄竞逐,而天下乱也。""威加海内兮归故乡",是说自己在这样的形势下夺得了帝位,因而能够衣锦荣归。所以,在这两句中,刘邦坦率承认:他之得以"威加海内",首先有赖于"大风起兮云飞扬"的局面。但是,正如风云并非人力所能支配,这种局面也不是刘邦所造成的,他只不过运道好,碰上了这种局面而已。

"安得猛士兮守四方",既是希冀,又是疑问。他是希望做到这一点的;但真的做得到吗?他自己却无从回答。可以说,他对于是否找得到捍卫四方的猛士,也即

自己的天下是否守得住，不但毫无把握，而且深感忧虑和不安。

　　这首歌的前两句虽显得踌躇满志，但结尾一句却突然透露出前途未卜的焦灼和恐惧。如果说，作为失败者的项羽曾经悲慨于天命难违，那么，在胜利者刘邦的这首歌中也响彻着类似的悲音。这也就不难明白他为什么在配合着歌唱而舞蹈时，要"慷慨伤怀，泣数行下"了。

汉乐府　上邪

【作者介绍】

　　乐府是自秦代以来设立的配置乐曲、训练乐工和采集民歌的专门官署，汉乐府指由汉时乐府机关所采制的诗歌。这些诗，原本在民间流传，经由乐府保存下来，汉人叫做"歌诗"，魏晋时始称"乐府"或"汉乐府"。后世文人仿此形式所作的诗，亦称"乐府诗"。

【原文】

上邪[1]！
我欲与君相知[2]，
长命[3]无绝衰。
山无陵，
江水为竭，
冬雷震震，
夏雨雪，
天地合，
乃敢[4]与君绝！

【注释】

[1]上邪：天啊。这里是指天为誓。上：指天。

[2]相知：相亲。

[3]命：令，使。

[4]乃敢：才会。

【译析】

与文人诗词喜欢描写少女初恋时的羞涩情态相反,在民歌中最常见的是以少女自述的口吻来表现她们对于幸福爱情的无所顾忌的追求。这首诗属于汉代乐府民歌中的《鼓吹曲辞》。

作者一连假设了五种不可能出现的自然现象,以此作为"与君绝"的先决条件,正因为如此,使末句包含的实际语意与字面显示的语意正好相反,有力地体现了主人公"与君相知,长命无绝衰"的愿望。

表达了女主人公对爱情的执着、坚定、永不变心。

长歌行

【原文】

青青园中葵①,朝露待日晞②。
阳春布③德泽④,万物生光辉。
常恐秋节至,焜黄⑤华⑥叶衰⑦。
百川⑧东到海,何时复西归?
少壮不努力,老大徒⑨伤悲。

【注释】

①葵:古代的一种蔬菜。

②晞:晒干。

③布:散布,洒满。

④德泽:恩泽。

⑤焜黄:枯黄。

⑥华:同"花"。

⑦衰(cuī 摧):古时候"衰"没有"shuāi 摔"这个读音。

⑧百川:无数条江河。川,河流。

⑨徒:徒然,白白地。

【译析】

长歌行是汉乐府的曲调名。长歌,长声的歌咏,也指写诗;行(xíng)是古代歌

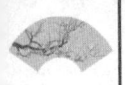

曲的一种体裁,歌行体的简称,诗歌的字数和句子的长度不受限制。长歌行是指"长声歌咏"为曲调的自由式歌行体。本诗选自《乐府诗集》卷三十,属相和歌辞中的平调曲,是一首汉代的五言古诗。

从这首诗的整体构思来看,主要是说时节变换得很快,光阴一去不返,因而劝人要珍惜青年时代,发奋努力,使自己有所作为。

通过朝露易逝、花草枯萎和百川归海说明美好时光短暂而易逝,且一去不复返。其中的"少壮不努力,老大徒伤悲"直抒胸臆,劝诫人们珍惜时光,及早努力,不要等老了再徒然叹息。这一句成为古代劝诫人珍惜时光的名句。

左思 咏史(八之二)

【作者介绍】

左思(公元约250年—约305年)字太冲,齐国临淄(今山东淄博)人。西晋著名文学家。出生在一个社会地位卑微、世业儒学的家庭里。他的父亲左熹起于小吏,凭借才能擢授殿中侍御史。在父亲的激励下,左思勤奋治学,博学多才。但他貌丑口讷,不善交游,直到弱冠之年,仍闲居家中。晋武帝时,因妹左棻被选入宫,举家迁居洛阳,任秘书郎。晋惠帝时,依附权贵贾谧,为文人集团"二十四友"的重要成员。永康元年(300年),因贾谧被诛,遂退居宜春里,专心著述。后齐王司马冏召为记室督,不就。太安二年(303年),因张方纵暴洛阳而移居冀州,不久病逝。

【原文】

郁郁①涧底松,离离山上苗②。
以彼径寸茎,荫此百尺条③!
世胄④蹑⑤高位,英俊沉下僚⑥。
地势⑦使之然,由来非一朝。
金张⑧藉旧业,七叶⑨珥汉貂⑩。
冯公⑪岂不伟,白首不见招⑫。

【注释】

①郁郁:茂盛的样子。
②苗:指初生之草木。

③百尺条:百尺高的树木。

④世胄:世家子弟。

⑤蹑:登。

⑥下僚:地位卑下的小官。

⑦地势:地理形势。这里表面上指松苗所处的地理位置不同,实则指世胄英俊所处的社会地位和权势不同。

⑧金张:指汉代金日磾(jīn mì dī 今密低)家,自汉武帝时起,到汉平帝止,七代为内侍。张汤家"子孙相继,自宣元以来为侍中、中常侍者凡十余人"。

⑨七叶:七世,指汉武帝到汉平帝(武、昭、宣、元、成、哀、平七帝)。

⑩珥汉貂:汉代凡侍中、常侍等官冠旁都插貂尾为饰(侍中插左、常侍插右)。珥,本义为耳饰,这里用作动词。

⑪冯公:指冯唐,汉文帝时,老年仍官居郎署小官。

⑫招:指被皇帝召见,重用的意思。

【译析】

"咏史"是咏叹古人古事以抒怀的一种旧题。以"咏史"为诗题;最早见于东汉班固的《咏史》诗,班固的《咏史》诗,直书史实,缺乏诗味,被钟嵘评为"质本无文"。左思的《咏史》真正开拓了"咏史"诗的艺术领域,既承前人,又有创新,把咏史与咏怀二者交融,具有独特的个性表现,成就远超前人。

这是左思《咏史八首》之二。既是咏史组诗,其题旨不外借古讽今,以他人之酒杯,浇自己心中之块垒。在这八首诗里,看不出一般落魄士子叹老嗟卑的腔调,而是把他忿激之情化为投枪,投向那贤愚倒置的社会制度和恃权骄宠的显贵。全诗情调高昂,气韵沉雄,笔调劲挺,这就是钟嵘《诗品》中所称道的"左思风力"。这个"左思风力",实际是"建安风骨"的延续,是我国诗歌发展史中的主流。

本诗有以"郁郁涧底松,离离山上苗"这一常见的自然现象起兴,运用他奇特丰富的想象,想到那些常青不凋的高大松树本是有能力用其繁茂的枝叶庇荫许多幼弱的草木的,却长在涧底处于受庇荫的地位,而本该受庇荫的幼苗反而长在山上成为庇荫者,这是极不合理的造物颠倒。所以紧接两句"以彼径寸茎,荫此百尺条",便如空谷足音、无声惊雷般足以使迷茫者振起,麻木者震惊了。

诗人又由造物的不合理延伸到人类社会的不合理,"世胄蹑高位,英俊沉下僚"两句,说那些象青松一样有能力支撑朝廷庇荫万民的英豪俊秀之士官低职微,反而受着那些象幼苗一样娇生惯养的贵族子弟们蹑足于高官厚爵的庇荫,国家怎么不

237

衰微？百姓怎么不涂炭？英俊怎么不气馁？到此，主旨已明，但如就此结束，此诗便是比兴体的讽喻诗，而非咏史诗了。所以下两句"地势使之然，由来非一朝"过渡到咏史，说是这种根据家庭出身的贵贱来分配权力任用官吏的门阀官僚制度，并非始于今日，而是由来已久的。

最后两句自然引出《汉书》上的几件史实，即自金日磾、张汤二人当上朝廷顾命大臣，成为豪门贵族以后，他们的七代子孙，不论贤不肖，世世代代均高官厚禄，窃据要津；而冯唐虽勤勤恳恳先后仕于文帝、景帝两朝，仅因出身贫寒，不但得不到升迁，反而被免职闲居，后来武帝召贤，举贤良方正入朝陛见时，他已是九十老翁不能为朝廷效力了。加上这样几个史实，不仅使诗旨更加形象，而且引导读者思深虑远，认识到这种门阀官僚制度危害之大、克服之难了。

娇女诗

【原文】

吾家有娇女，皎皎①颇白皙。
小字为纨素，口齿自清历②。
鬓发覆广额，双耳似连璧。
明朝弄梳台，黛③眉类扫迹。
浓朱衍丹唇，黄吻④澜漫赤。
娇语若连琐⑤，忿速⑥乃明划⑦。
握笔利彤管⑧，篆刻⑨未期益。
执书爱绨素⑩，诵习矜所获。
其姊字惠芳，面目粲如画。
轻妆喜楼边，临⑪镜忘纺织。
举觯⑫拟京兆⑬，立的成复易。
玩弄眉颊间，剧兼机杼役⑭。
从容好赵舞，延袖象飞翮⑮。
上下弦柱⑯际，文史辄卷襞⑰。
顾眄⑱屏风画，如见已指摘。
丹青⑲日尘暗，明义为隐赜⑳。
驰骛㉑翔园林，果下皆生摘。

红葩掇㉒紫蒂,萍实㉓骤抵掷。
贪华风雨中,眒忽数百适。
务蹑霜雪戏,重綦㉔常累积。
并心注肴馔㉕,端坐理盘槅㉖。
翰墨戢函案㉗,相与数离逖㉘。
动为垆钲㉙屈,屣履㉚任之适。
止为茶荈据,吹呴对鼎䥶㉛。
脂腻漫白袖,烟薰染阿锡㉜。
衣被皆重地,难与沉水碧。
任其孺子意,羞受长者责。
瞥闻当与杖,掩泪俱向壁㉝。

【注释】

①皎皎:光洁明亮的样子。白皙:白净。

②清历:清楚。

③黛:妇女画眉用的青黑色颜料。

④黄吻:黄口小儿的嘴唇。

⑤连琐:指话语极多,说个不停。

⑥恣速:生气时语速极快。

⑦明划(huá划):指语句干脆顽强。

⑧利彤管:利:贪爱。彤管:红漆管的笔,这里泛指毛笔。

⑨篆刻:指书写。

⑩绨(tí提)素:用于书写的缯和绢。

⑪临:对着。

⑫觯(zhì制):可以用来书写的木简。

⑬京兆:指张敞,汉宣帝时为京兆尹,曾为妻子画眉。

⑭"玩弄"二句:剧,剧烈。兼,倍。机杼(zhù祝)役,指织布活。意思是说,她的妆扮活动比织布的劳动还要紧张。

⑮飞翮(hé和):飞鸟。翮,鸟的羽茎。

⑯柱:弦乐器上系弦的木头。

⑰襞(bì必):折叠。这二句说她喜欢拨弄琴瑟,常把文史典籍卷叠起来,丢在一边。

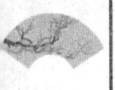

⑱顾眄（miǎn 免）：顾看。
⑲丹青：指屏风上的画。
⑳隐赜（zé 责）：深隐难见。
㉑驰骛（wù 悟）：乱蹦乱跳。
㉒掇（duō 多）：采摘。
㉓萍实：泛指一般果子。
㉔綦（qí 其）：鞋带。
㉕肴馔（yáo zhuàn 姚转）：肉食。
㉖盘楋（hé 和）：果盘，楋，即"核"。
㉗函按：书桌。按，同"案"。
㉘离逖（tì 剔）：离开；逖，远。
㉙罏钲（lú zhēng 炉争）句："罏"，缶。是说儿童听到门外有钲、缶的声音因而奔出。钲、缶应该是卖小吃者所敲。
㉚屣履（xǐ lǚ 洗铝）：拖着鞋。
㉛"止为"二句：荼荈(tú chuǎn 图喘)，荼，苦菜；荈，晚采的茶，泛指茶。据，以手按地。䥶(lì)，类似于鼎的烹饪器。意思是说她们以手按地，不住地对着炉子吹火。
㉜阿锡（xì 戏）：此代指衣服。阿，细的丝织品；锡，古通"緆"，细布。
㉝向壁：对着墙壁。

【译析】

这首诗很新奇、别致。全诗可分为三段，第一段十六句写小娇女纨素，第二段也是十六句写大娇女蕙芳，第三段二十四句则是大小合写，结构匀整。

第一段开头的六句，作者介绍了他的小女儿并给她作了一幅肖像画。汉以后，上层社会的女子多有名有字，"小字"则是小名、乳名。"鬟发"，指头发。"连璧"即联璧，句意是说两耳象一对美玉。"明朝"四句写纨素学着打扮。"明朝"是说清晨。"黛眉"句，是说用黛这种颜料画成的眉毛就象用扫帚扫地那样留下条条痕迹不够修整。"娇语"二句，写纨素平时与气恼时的不同语调。"连琐"形容语如贯珠，娓娓动听。"握笔"四句，写纨素写字时和读书时的情况。"彤管"表示是好毛笔。"利彤管"也就是爱彤管，"利"字用得很新颖。但纨素占用这枝好笔，不过是觉得它美观好玩，并不想把字写好，即所谓"不期益"。"篆刻"是形容小孩写字不熟练，就象刻工用刀在石头上篆刻。"执书爱绨素"，是和用纸写的书相比较而言的。纸的正式发明和使用,东汉才开始,到魏晋时不过一二百年,产量低,质量也差,远不如帛书的美观。纨素"执书爱绨素"正表明她也自有其审美观。更为有趣而又耐人寻味的是"诵习矜所获"这一句。这里的"诵"指背诵,意思是说,纨素背得几句书,认得几个字,便洋洋得意地自矜起来。

第二段专写蕙芳。用"其姊"二字和第一段连贯,"其"即指纨素。写蕙芳外貌之美只一句,因为有的和纨素相同,故可从略。"粲"是美好的意思。蕙芳年龄较大,娇气虽同,娇的具体内容却不一样,一种女儿家特有的所谓"一生爱好是天然"的爱美心较强,同时也有一定的修饰能力,所以她肯在画眉上很下工夫,和妹妹的"黛眉类扫迹"不同,而是淡扫轻描。楼边向明,照镜时看得仔细,所以"喜楼边"。"举觯拟京兆,立的成易复"两句是说,蕙芳拿起画眉的笔给自己画眉时,那股子认真劲简直可以和那位京兆尹给他的夫人画眉相比拟。"立的成复易"的"的",是指女子用朱丹点面的一种面饰。"的"要求点得圆,越圆越好,而要把"的"点得很圆对一个小女孩说来是很不容易的,只好点成又抹,抹了又再点。"剧兼机杼役",主要也是指这件事说的。"剧"是"剧烈","兼"是"倍",是说蕙芳学着修饰面容的活动,比学织布还倍加紧张。蕙芳修饰好之后,不是去学织布,而是去学舞蹈,去学调弦弹琴和观赏屏风上的人物画。古代赵国以舞蹈著名,说"赵舞",表明是最优美的舞。"延袖"应是舞时展开两袖,故有似飞鸟的展翅。"上下弦"就是调弦。琴身很长,所以得把桌上的书籍卷叠在一边。东汉时,屏风上多画列女传的故事,这故事原来很有意义,但因日久尘暗,已辩认不清,人物形象也很模糊,仿佛"如见",但蕙芳已是不断地指指点点批评起来了,这是写小孩的稚气。

"第三段写纨素、蕙芳姊妹二人的共同活动。其实是共同捣乱。她们一年四季都在玩耍。春夏之际,百花盛开,她们便任意攀折花木,生摘果实,并用果子打仗,还看谁打得快,所谓"骤抵掷。"有时她们为了贪折花枝,在风雨中,一眨眼工夫就来回几百趟。"眲忽"即倏忽,快的意思。到了冬天呢,她们便在雪地游戏,用一道道带子把鞋子绑得紧紧的。她们姊妹俩有时安坐下来看似一心帮着料理食品,其实也是当作玩耍。笔墨都闲放在书桌上,她们离得远远的("离逖")。"动为鑢钲屈"以下,是写她们远离书桌的原因,丁福保《全晋诗》:"鑢钲屈三字,未详。"意思是说这三字不好理解。其实并不难解。"钲"是铙一类的乐器,"鑢"大概也是一种金属乐器,这里是说姊妹二人动不动就为大街上的锣鼓声所屈服,禁不起引诱,于是离开书桌拖着鞋子就往外跑。"止为荼荈据,吹吁对鼎𨥖"二句,写二女在家时双手按地对着正在烹茶的鼎𨥖吹火,其实是帮倒忙。"据"字,是按的意思。鼎类似三足的锅,俯身以手按地,才便于吹火,也正因为是以手按地,所以下文有:"脂腻漫白袖,

烟熏染阿锡"的描写。一身衣服,五颜六色,分不清哪是底子,所以说"皆重地"。"任其"二句,是说她们总是那样任性,爱怎么搞就怎么搞,大人还不能说。这两句写娇女的心理,总结性地点明了为什么会出现上述种种情况的原因。"瞥闻当与杖,掩泪俱向壁"这一结尾,很陡峭,很斩截,戛然而止,却又余音缭绕,似严厉而实风趣,并没有损害纨素、蕙芳的娇女形象。"瞥闻"即忽闻。暗示出纨素和蕙芳一直是"任其孺子意",从没挨过打,但这次却出乎意外地听说要挨打了,所以打还没有打,便先自掉眼泪了。掉泪还怕人看见,因而又用手捂着,并索性背过脸儿去对着墙壁站着,也不肯向父母讨一声饶。这个结尾,确是很别致。

陶渊明　饮酒（二十之五）

【作者介绍】

陶渊明(公元365年—427年),字元亮,号五柳先生,谥号靖节先生,入刘宋后改名潜。东晋末期南朝刘宋初期诗人、文学家、辞赋家、散文家。东晋浔阳柴桑(今江西省九江市)人。曾做过几年小官,后辞官回家,从此隐居,田园生活是陶渊明诗的主要题材,作品有《饮酒》《归园田居》《桃花源记》《五柳先生传》《归去来兮辞》等。陶诗以其冲淡清远之笔,写田园生活、墟里风光,为诗歌开辟一全新境界。

【原文】

结庐①在人境,而无车马喧。
问君②何能尔③,心远地自偏。
采菊东篱下,悠然④见南山。
山气⑥日夕佳,飞鸟相与⑧还。
此中有真意⑨,欲辨⑩已忘言。

【注释】

①结庐:构筑屋子。
②君:作者自己。
③尔:如此、这样。
④悠然:闲适超远的样子。
⑤南山:指庐山。

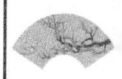

⑥山气:山间的云气。
⑦日夕:傍晚。
⑧相与:结伴。
⑨真意:自然真淳的意趣。
⑩辨:通"辩"。

【译析】

陶渊明是东晋开国元勋陶侃的后代。只是到了他这一代,这个家族已经衰落了。他也断断续续做了一阵官,由于看不惯官场中的逢迎拍马那一套,终于回家乡当隐士去了。《饮酒》诗一组二十首,就是归隐之初写的。本篇是其中最有名的一首。

诗的前四句表现一种避世的态度,也就是对权位、名利的否定。开头说,自己的住所虽然建造在人来人往的环境中,却听不到车马的喧闹。所谓"车马喧"是指有地位的人家门庭若市的情景。陶渊明说来也是贵族后代,但他跟那些沉浮于俗世中的人们却没有什么来往,门前冷寂得很。这便有些奇怪,所以下句自问:你怎么能做到这样呢?那是因为"心远地自偏"。精神上已经对这争名夺利的世界采取疏远、超脱、漠然的态度,所住的地方自然会变得僻静。

接下来四句,作者写人物的活动和自然景观,而把哲理寄寓在形象之中。诗中写到,自己在庭园中随意地采摘菊花,无意中抬起头来,目光恰好与南山(庐山)相会。"悠然见南山",这"悠然"既是人的清淡而闲适的状态,也是山的静穆而自在的情味,似乎在那一瞬间,有一种共同的旋律从人心和山峰中同时发出,融合成一支轻盈的乐曲。诗人好象完全融化在自然之中了,生命在那一刻达到了完美的境界。

最后二句,是全诗的总结:在这里可以领悟到生命的真谛,可是想要把它说出来,却已经找不到合适的语言来表达。实际的意思是说人与自然的和谐,根本上是生命的感受,逻辑的语言不足以表现它的微妙与整体性。

归园田居(五之一)

【原文】

少无适俗韵①,性本爱丘山。

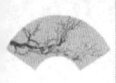

误落尘网②中,一去三十年。
羁鸟③恋旧林,池鱼思故渊。
开荒南野际④,守拙归田园。
方⑤宅十余亩,草屋八九间。
榆柳荫后檐,桃李罗⑥堂前。
暧暧⑦远人村,依依⑧墟里⑨烟。
狗吠深巷中,鸡鸣桑树颠。
户庭⑩无尘杂⑪,虚室⑫有余闲⑬。
久在樊⑭笼里,复得返自然。

【注释】

①适俗韵:适应世俗的气质、情调。
②尘网:指尘世,官府生活污浊而又拘束,犹如网罗。这里指仕途。
③羁鸟:笼中的鸟。
④南野:有的版本写作南亩。际:间。
⑤方:读作"旁"。这句是说住宅周围有土地十余亩。
⑥罗:罗列。
⑦暧暧:暗淡的样子。
⑧依依:轻柔的样子。
⑨墟里:村落。
⑩户庭:门庭。
⑪尘杂:尘俗杂事。
⑫虚室:闲静的屋子。
⑬余闲:闲暇。
⑭樊:篱笆。

【译析】

这是一首叙事诗。作者在晋安帝义熙元年(405年)十一月,主动辞去只做了83天的彭泽县令,决意退隐田园,从此不再出仕。次年写了《归园田居》组诗五首,描写自己离开官场时的愉快心情,赞美躬耕生活和田园风光。本诗是《归园田居》组诗第一首,叙述弃官归田的原因、归田之后的村居生活、重返自然的愉快心情。

诗的开篇说,年轻时就没有适应世俗的性格,生来就喜爱大自然的风物。"误落尘网中"，很有些自责追悔的意味。以"尘网"比官场，表现出诗人对污浊官场的鄙夷和厌恶。"羁鸟"、"池鱼"都是失去自由的动物，陶渊明用来自喻，表明他正像鸟恋旧林、鱼思故渊一样地思恋美好的大自然，回到自然，也即重获自由。那么生计如何维持呢？"开荒南野际"就可以弥补以前的过失，得以"守拙归园田"了。

接下来描述恬淡自然、清静安谧的田园风光。虽然陶渊明从小生活在庐山脚下，这里的丘山、村落原本十分熟悉，但这次是挣脱官场羁绊，从樊笼尘网中永远回到自由天地，所以有一种特殊的喜悦之情和清新之感。他后顾前瞻，远眺近观，方宅、草屋、榆柳、桃李、村落、炊烟，以至深巷狗吠、桑颠鸡鸣、无不是田园实景，又无一不构成诗人胸中的真趣。"暧暧"，远景模糊；"依依"，轻烟袅袅。在这冲淡静谧之中，加上几声鸡鸣狗吠，越发点染出乡居生活的宁静幽闲。

结尾四句由写景转到写心，"虚室"与"户庭"对应，既指空闲寂静的居室，又指诗人悠然常闲的心境。结尾两句"久在樊笼里，复得返自然"回应了诗的开头。这里显示的人格，既非别墅隐士，又非田野农夫。罢官归隐的士大夫有优越的物质生活，锄禾田间的农夫缺乏陶渊明的精神生活，所以陶渊明是真正能领略自然之趣、真正能从躬耕劳作中获得心灵安适的诗人和哲人。

全诗以追悔始，以庆幸终，追悔自己"误落尘网"、"久在樊笼"的压抑与痛苦，庆幸自己终"归园田"、"返自然"的惬意与欢欣，真切表达了诗人对污浊官场的厌恶，对山林隐居生活的无限向往与怡然陶醉。

谢灵运　泰山吟

【作者介绍】

谢灵运（公元385年—433年），浙江会稽人，原为陈郡谢氏士族。东晋名将谢玄之孙，小名"客"，人称谢客。又以袭封康乐公，称谢康公、谢康乐。好营园林，游山水，制作出一种"上山则去前齿，下山去其后齿"的木屐，后人称之为"谢公屐"。著名山水诗人，主要创作活动在刘宋时代，中国文学史上山水诗派的开创者。主要成就在于山水诗，有《谢康乐集》。

【原文】

平明登日观，举首开云关。
精神四飞扬，如出天地间。

黄河从西来,窈窕入远山。
凭崖望八极,目尽长空闲。
忽然值①青童,绿发双云鬟。
叹我晚学仙,蹉跎凋朱颜。
踌躇忽不见,浩荡难追攀。

【注释】

①值:遇见。

【译析】

这首诗可以分为两部分,前八句是第一部分,是说站在日观峰上观看四下景色,意境飘逸绝尘,如凌虚御风。"平明登日观,举首开云关"。"平明"是正明的意思。是说天色已经大明,登上日观峰去。"开"是通。云关,是说云天。这里是说举首高望,目光可上通云天,极言视线之远。"精神四飞扬,如出天地间"。是说站在日观峰上,精神四下飞扬,好象自己超出了天地之间。"黄河从西来,窈窕入远山"。是说看到黄河从西面蜿蜒流过来,又往东被青山遮住看不见了。"凭崖望八极,目尽长空闲"。"凭"是凭借,依托。"八极"是说八方极远之处。"闲"是宽阔博大的样子。这两句是说凭着山崖,眺望八极,看见宽博的天空。

后六句是第二段,是说遇着仙人,但又不可企及,发出学仙晚的慨叹,有爽然若失之感。"忽然值青童,绿发双云鬟"。"值"是遇到。"青童"是指仙童、神仙。"绿发"是说来的这位仙童是绿色的云鬟,黑而光亮的鬓发。云鬟是古代妇女如云的发髻。所遇到的仙人,好像是一位女神仙。"叹我晚学仙,蹉跎凋朱颜"。"蹉跎"是说失时和贻误了时光。"凋"是凋谢,零落。"朱颜"是说红颜,指青年时代。此句是说我没有及时学仙,浪费了青春时代,大好的时光过去了,难于得道成仙了。"踌躇忽不见,浩荡难追攀"。"踌躇"是犹豫。"浩荡"是广大的意思。这两句是说犹豫之间,仙人忽然不见了,在绵延不断的山区是难于追攀的了。

鲍照 拟行路难(十八之四)

【作者介绍】

鲍照(公元约414年—466年),字明远,东海(治所在今山东郯城)人。他的青少年时代,大约是在京口(今江苏镇江)一带度过的。宋文帝元嘉十六年(439年),鲍照20多岁时,为了谋求官职,去谒见临川王刘义庆,献诗言志,获得赏识,被任为国侍郎。鲍照是南朝诗坛最亮的一颗诗星,和当时的谢灵运、颜延之一起被誉为"元嘉三大家",被后人誉为"七言诗之祖"。鲍照的乐府歌行,直接影响了李白的乐府歌行,被李白尊崇为"先师"。鲍照的文学成就是多方面的。诗、赋、骈文都不乏名篇,而成就最高的则是诗歌,其中乐府诗在他现存的作品中所占的比重很大,而且多传诵名篇,最有名的是《拟行路难》18首。

【原文】

泻①水置平地,
各自东西南北流。
人生亦有命,
安能行叹复坐愁?
酌酒以自觉,
举杯断绝②歌路难。
心非木石岂无感!
吞声③踯躅④不敢言。

【注释】

①泻:倾,倒。
②断绝:停止。这句是说因要饮酒而中断了《行路难》的歌唱。
③吞声:声将发又止。
④踯躅(zhí zhú 值烛):徘徊不前。

【译析】

《行路难》,是乐府杂曲,本为汉代歌谣,晋人袁山松改变其音调,创制新词,流行一时。鲍照的《拟行路难》十八首,是作者自己出面直抒胸臆,着重表现诗人在门阀制度压抑下怀才不遇的愤懑与不平。歌咏人生的种种忧患,寄寓悲愤。

本篇是《拟行路难》十八首中的第四首。钟嵘《诗品》中说鲍照"才秀人微,取湮当代",这首诗就是诗人的不平之鸣。诗人拈出泻水流淌这一自然现象作为比兴,引出对社会人生的无限感慨。

诗歌开首两句由泻水于地起兴,以水流方向的不一,来喻指人生穷达的各殊。

它从平凡的日常生活现象中揭示深刻的哲理,耐人咀嚼,叫人感悟。次二句承接上文:既然人的贵贱穷达就好比水流的东西南北一样,是命运注定,那又何必烦愁苦怨、长吁短叹呢?表面上,这是叫人们放宽心胸,承认现实,其实内里蕴蓄着无限的辛酸与愤慨。把社会生活中一切不正常的现象归之于"命",这本身就包含着无言的控诉。

认了"命",就应设法自我宽解,而喝酒正是消愁解闷的好办法。我们的诗人于是斟满美酒,举起杯盏,大口大口地喝将起来,连歌唱《行路难》也暂时中断了,更不用说其余的牢骚和感叹。"心非木石岂无感"一句陡然翻转,用反诘语气强调指出:活着的心灵不同于无知的树木、石块,怎么可能没有感慨不平!简简单单七个字,把前面诸种自宽自解、认命听命的说法一笔抹掉,让久久掩抑在心底的悲愤之情如火山般喷射出来。

然而,结尾一句他却轻轻一掉,用"吞声踯躅不敢言"来收结全诗,硬是将已经爆发出来的巨大的悲愤重又吞咽下去。"不敢言"三字蕴藏着无穷的意蕴。

谢朓　玉阶怨

【作者介绍】

谢朓(公元464年—499年)字玄晖。陈郡阳夏(今河南太康县)人。南朝萧齐著名诗人。出身世家大族,祖、父辈皆刘宋王朝亲重,谢朓高祖谢据是谢安之兄,祖母是史学家范晔之姐。父谢纬,官散骑侍郎,母亲为宋文帝之女长城公主,与谢灵运同族,经历有些类似,时与谢灵运对举,亦称小谢。初任豫章王太尉行参军,后在随王萧子隆、竟陵王萧子良幕下任功曹、文学等职,颇得赏识,是"竟陵八友"之一。公元495年出任宣城太守,故有谢宣城之称。因告发岳父王敬则谋反事受赏,被提升为尚书吏部郎。后被诬陷,死于狱中。有《谢宣城集》。

【原文】

夕殿①下珠帘,流萤飞复息。
长夜缝罗②衣,思君此何极③。

【注释】

①夕殿:傍晚的宫殿。

②罗:一种丝织品。
③何极:哪有尽头啊。

【译析】

　　这是一首宫怨诗。早在谢朓之前,相传班婕妤作的《怨歌行》已开宫怨诗之先声。晋陆机有感于班婕妤被汉成帝遗弃的遭遇而作《婕妤怨》,遂形成真正的宫怨诗。陆诗中有"寄情在玉阶,托意唯团扇"之语,齐梁诗人拟作《婕妤怨》者多袭此意。谢朓不受故实局限,别出新意,从班婕妤的哀怨中提炼出它的普遍意义,写出了所有被封建君王遗弃的妇女共同的哀愁。

　　这首诗截取深宫夜景的一隅,令人从全诗展示的画面中体味抒情主人公的命运和愁思,便觉得兴象玲珑,意致深婉。首句"夕殿下珠帘",写出了日夕时分冷宫偏殿的幽凄情景。"殿"字照应题名"玉阶",交代出宫中的特定环境。"夕"字点出此刻正是暮色降临之时。黄昏本是一天之中最令人惆怅的时候,对于宫嫔们来说,又是决定她们今夜有无机缘得到君王恩宠的时刻。然而殿门的珠帘已经悄悄放下。这意味着君王的履迹不会再经过这里,今夕又将是一个和愁度过的不寐之夜。因此首句既是以富丽之笔写清冷之景,又暗示了主人公的身分和不幸处境。

　　第二句"流萤飞复息",从珠帘外飞舞的流萤着墨,点染长夜寂寞凄凉的气氛。点点闪烁的萤火在串串晶莹的珠帘外飘流,不但融和成清幽的意境,而且使华美的殿宇和凄清的氛围形成对照,令人想到被幽禁在这里的女子纵然能享受奢华的物质生活,也无法填补精神生活的空虚,更何况处在被冷落、遭遗弃的境遇之中? "飞复息"三字还暗示了人从日夕到夜半久久不能入眠的漫长过程。连流萤都停息了飞舞,那么珠帘内的人是否也该安歇了呢?这就自然引出了第三句"长夜缝罗衣"的主人公。

　　"长夜"点出已到夜深,又不露痕迹地将笔锋从帘外的飞萤转到帘内的人影。主人公打算以缝制罗衣来消磨长夜,其寂寞愁闷自可想见。此处着意选择自缝罗衣这一细节,还包含着希望邀得君王恩宠的一层深意。如果主人公是一个从未得到过恩幸的宫女,她穿着精心缝制的罗衣,或者能有偶然的机会引起君王的眷顾。那么,她在罗衣里缝入的便是借此改变命运的一丝幻想——这就愈见出她处境的可怜。

　　如果说"长夜缝罗衣"的动作暗含着主人公希求获宠的幻想,那么"思君此何极"就是她内心愁思的直接流露了。一个被冷落、遭遗弃的宫女,尽管满腔哀愁,却仍然不改思君之心,只能将改变目前处境的唯一希望寄托于君心的转变,这就愈加

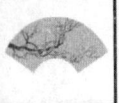

可悲了。因为在后宫上千佳丽中,不知有多少女子终生无缘得见君王一面,即使有幸获宠,也时时可能因君王的喜新厌旧而被贬入冷宫。在无数的长夜里,她们只能无穷尽地做着思君的幻梦,在痛苦无望的期待中度过余生。

卢照邻　长安古意

【作者介绍】

卢照邻(公元约636年—689年),字升之,自号幽忧子,幽州范阳(今河北省涿州市)人。"初唐四杰"之一。卢照邻年少时,从曹宪、王义方受小学及经史。高宗永徽五年(654年),为邓王李裕府典签,甚受器重。高宗乾封三年(668年)初,调任益州新都(今四川成都附近)尉。秩满,漫游蜀中。离蜀后,寓居洛阳。后染风疾,居长安附近太白山,因服丹药中毒,手足残废。徙居阳翟具茨山下,买园数十亩,疏凿颍水,环绕住宅,预筑坟墓,偃卧其中。由于政治上的坎坷失意和长期病痛的折磨,他终于自投颍水而死。有《卢升之集》。

【原文】

长安大道连狭斜①,青牛白马七香车②。
玉辇③纵横过主第④,金鞭络绎向侯家。
龙衔宝盖⑤承朝日,凤吐流苏⑥带晚霞。
百尺游丝⑦争绕树,一群娇鸟共啼花。
游蜂戏蝶千门⑧侧,碧树银台万种色。
复道交窗作合欢⑨,双阙连甍垂凤翼⑩。
梁家⑪画阁中天起,汉帝金茎⑫云外直。
楼前相望不相知,陌上相逢讵相识⑬?
借问吹箫向紫烟⑭,曾经学舞度芳年。
得成比目⑮何辞死,愿作鸳鸯不羡仙。
比目鸳鸯真可羡,双去双来君不见?
生憎帐额⑯绣孤鸾,好取门帘帖双燕。
双燕双飞绕画梁,罗帷翠被⑰郁金香。
片片行云着蝉翼⑱,纤纤初月上鸦黄⑲。
鸦黄粉白车中出,含娇含态情非一。

妖童宝马铁连钱[20],娼妇盘龙金屈膝[21]。
御史府中乌夜啼,廷尉门前雀欲栖。
隐隐朱城临玉道[22],遥遥翠幰没金堤[23]。
挟弹飞鹰杜陵[24]北,探丸借客[25]渭桥西。
俱邀侠客芙蓉剑[26],共宿娼家桃李蹊。
娼家日暮紫罗裙,清歌一啭口氛氲[27]。
北堂夜夜人如月,南陌朝朝骑似云。
南陌北堂连北里[28],五剧三条控三市[29]。
弱柳青槐拂地垂,佳气红尘[30]暗天起。
汉代金吾[31]千骑来,翡翠屠苏鹦鹉杯[32]。
罗襦[33]宝带为君解,燕歌赵舞[34]为君开。
别有豪华称将相,转日回天[35]不相让。
意气由来排灌夫[36],专权判不容萧相[37]。
专权意气本豪雄,青虬紫燕[38]坐春风。
自言歌舞长千载,自谓骄奢凌五公[39]。
节物风光[40]不相待,桑田碧海须臾改。
昔时金阶白玉堂[41],即今惟见青松在。
寂寂寥寥扬子[42]居,年年岁岁一床书[43]。
独有南山桂花发,飞来飞去袭人裾[44]。

【注释】

①狭斜:指小巷。
②七香车:用多种香木制成的华美小车。
③玉辇:本指皇帝所乘的车,这里泛指一般豪门贵族的车。
④第:房屋。
⑤龙衔宝盖:车上张着华美的伞状车盖,支柱上端雕作龙形,就像是衔车盖在口中。
⑥凤吐流苏:车盖上的立凤嘴端挂着流苏。流苏,以五彩羽毛或丝线制成的穗子。
⑦游丝:春天虫类所吐的飘扬于空中的丝。
⑧千门:指宫门。
⑨复道:又称阁道,宫苑中用木材架设在空中的通道。交窗:有花格图案的木

窗。合欢：马樱花，又称夜合花。这里指复道、交窗上的合欢花形图案。

⑩阙：宫门前的望楼。甍：屋脊。垂凤翼：双阙上饰有金凤，作垂翅状。

⑪梁家：指东汉外戚梁冀家。梁冀为顺帝梁皇后兄，以豪奢著名，曾在洛阳大兴土木，建造宅第。

⑫金茎：铜柱。汉武帝刘彻于建章宫内立铜柱，高二十丈，上置铜盘，名仙人掌，以承露水。

⑬"楼前"两句：写士女如云，难以辨识。讵：同"岂"。

⑭吹箫：用春秋时箫史吹箫的典故。《列仙传》中说："箫史善吹箫，秦穆公以女弄玉妻之，一旦随凤凰飞去。"向紫烟：指飞入天空。紫烟，指云气。

⑮比目：鱼名。古人喜欢用比目鱼、鸳鸯鸟比喻男女相伴相爱。

⑯生憎：最恨。帐额：帐子前的横幅。

⑰翠被：翡翠颜色的被子，或指以翡翠鸟羽毛为饰的被子。

⑱行云：形容发型蓬松美丽。蝉翼：古代妇女的一种发式，类似蝉翼的式样。

⑲初月上鸦黄：额上用黄色涂成弯弯的月牙形，是当时女性面部化妆的一种样式。鸦黄，嫩黄色。

⑳妖童：泛指浮华轻薄子弟。铁连钱：指马的毛色青而斑驳，有连环的钱状花纹。

㉑屈膝：铰链。

㉒朱城：宫城。玉道：指修筑得讲究漂亮的道路。

㉓翠幰：妇女车上镶有翡翠的帷幕。金堤：坚固的河堤。

㉔杜陵：在长安东南，汉宣帝陵墓所在地。

㉕借客：助人。

㉖芙蓉剑：古剑名，春秋时越国所铸。这里泛指宝剑。

㉗氤氲：香气浓郁。

㉘北里：即唐代长安平康里，是妓女聚居之处，因在城北，故称北里。

㉙"五剧"句：长安街道纵横交错，四通八达，与市场相连接。五剧：交错的路。三条：通达的道路。三市：许多市场。控：引，连接。其中数字均非实指。

㉚佳气红尘：指车马杂沓的热闹景象。

㉛金吾：即执金吾，汉代禁卫军官衔。此泛指禁军军官。

㉜翡翠：翡翠本为碧绿透明的美玉，这里形容美酒的颜色。屠苏：美酒名。鹦鹉杯：即海螺盏，用南洋出产的一种状如鹦鹉的海螺加工制成的酒杯。

㉝罗襦：丝绸短衣。

㉞燕歌赵舞:这里借指美妙的歌舞。

㉟转日回天:极言权势之大,可以左右皇帝的意志。"天"比喻皇帝。

㊱灌夫:字仲孺,汉武帝时期的一位将军,勇猛任侠,好使酒骂座,交结魏其侯窦婴,与丞相武安侯田蚡不和,终被田蚡陷害,诛族。

㊲萧相:指萧望之,字长倩,汉宣帝朝为御史大夫、太子太傅。

㊳青虬、紫燕:均指好马。

㊴五公:张汤、杜周、萧望之、冯奉世、史丹。皆汉代著名权贵。

㊵节物风光:指节令、时序。

㊶金阶白玉堂:形容豪华宅第。

㊷扬子:汉代扬雄,字子云。

㊸一床书:指以诗书自娱的隐居生活。庾信《寒园即目》中有:"隐士一床书"的句子。

㊹裾:衣襟。

【译析】

"古意"是六朝以来诗歌中常见的标题,表示这是拟古之作。汉魏六朝以来就有不少以长安洛阳一类名都为背景,描写上层社会骄奢豪贵生活的作品。卢照邻此诗即用传统题材以写当时长安现实生活中的形形色色,借"古意"抒今情。

全诗可分为四部分。第一部分从"长安大道连狭斜"到"娼妇盘龙金屈膝"。铺陈长安豪门贵族争竞豪奢、追逐享乐的生活。首句就极有气势地展开大长安的平面图,四通八达的大道与密如蛛网的小巷交织着。次句即入街景,那是无数的香车宝马,穿流不息。这样简劲地总提纲领,以后则洒开笔墨,恣肆汪洋地加以描写:玉辇纵横、金鞭络绎、龙衔宝盖、凤吐流苏……这些车饰华贵,出入于公主第宅、王侯之家的,当然不是等闲人物。在长安,不但人是忙碌的,连景物也繁富而热闹。作者并不是全面铺写,而是只展现出几个特写镜头:宫门,五颜六色的楼台,雕刻精工的合欢花图案的窗棂,饰有金凤的双阙的宝顶……使人通过这些接连闪过的金碧辉煌的局部,概见壮丽的宫殿的全景。这是上层社会的极乐世界,这部分花不少笔墨写出的市景,也构成全诗的背景。作者对豪贵的生活也没有全面铺写,却用大段文字写豪门的歌儿舞女,通过她们的情感、生活以概见豪门生活之一斑。

第二部分从"御史府中乌夜啼"到"燕歌赵舞为君开"。主要以市井娼家为中心,写形形色色人物的夜生活。"乌夜啼"与"隐隐朱城临玉道,遥遥翠幰没金堤"写出黄昏景象,表明时间进入暮夜。"雀欲栖"则暗示御史、廷尉一类执法官门庭冷

落,没有权力。夜长安遂成为"冒险家"的乐园,这里有挟弹飞鹰的浪荡公子,有暗算公吏的不法少年。汉代长安少年有谋杀官吏为人报仇的组织,行动前设赤白黑三种弹丸,摸取以分派任务,所以说"探丸借客",也有仗剑行游的侠客……,这些白天各在一方的人气味相投,似乎邀约好一样,夜来都在娼家聚会了。人们在这里迷恋歌舞,陶醉于氤氲的口香,拜倒在紫罗裙下。娼门内"北堂夜夜人如月",似乎青春可以永葆;娼门外"南陌朝朝骑似云",似乎门庭不会冷落。这里可以看出长安人的享乐是夜以继日,周而复始。长安街道纵横,市面繁荣,而娼家特多。除了上述几种逍遥人物,还有大批禁军"金吾"玩忽职守来此饮酒取乐。这简直是各种人物的大展览。

第三部分从"别有豪华称将相"至"即今惟见青松在"。写长安上层社会除追逐并难于满足情欲而外,别有一种权力欲,驱使着文武权臣互相倾轧。这些被称为将相的豪华人物,权倾天子,"转日回天"互不相让。灌夫是汉武帝时将军,因与窦婴相结,使酒骂座,为丞相武安侯田蚡族诛;萧何,为汉高祖时丞相,高祖封功臣以其居第一,武臣皆不悦。"意气"二句用此二典泛指文臣与武将之间的互相排斥、倾轧。"自言"而又"自谓",则讽意自足。以下趁势转折,"节物风光不相待,桑田碧海须臾改。昔时金阶白玉堂,即今惟见青松在"。这四句不仅是就"豪华将相"而言,实是一举扫空前两部分提到的各类角色。四句不但内容上与前面的长篇铺叙形成对比,形式上也尽洗藻绘,语言转为素朴了。因而词采亦有浓淡对比,更突出了那扫空一切的悲剧效果。

第四部分是结尾四句,在上文今昔纵向对比的基础上,再作横向的对比,以穷愁著书的扬雄自况,与长安豪华人物对照作结。前面内容丰富,画面宏伟。而最终以四句写扬雄,这里的对比在分量上似不称而效果更为显著。前面是长安市上,轰轰烈烈;而这里是终南山内,"寂寂寥寥"。前面是任情纵欲倚仗权势,这里是清心寡欲、不慕名利。而前者声名俱灭,后者却以文章流芳百世。这个结尾在迥然不同的生活情趣中寄寓了对骄奢庸俗生活的批判和带有不遇于时者的愤慨寂寥与自我宽解。

杨炯　从军行

【作者介绍】

杨炯(公元650年—约693年),弘农华阴(今属陕西)人,曾为盈川令(今四川

筠连县),世称"杨盈川","初唐四杰"之一。杨炯以边塞征战诗著名,所作如《从军行》、《出塞》、《战城南》、《紫骝马》等,都表现了为国立功的战斗精神,气势轩昂,风格豪放。今存诗33首,五律居多。

【原文】

烽火照西京①,心中自不平。
牙璋②辞凤阙③,铁骑绕龙城④。
雪暗凋⑤旗画,风多杂鼓声。
宁为百夫长⑥,胜作一书生。

【注释】

①西京:此指长安,今陕西西安。

②牙璋:玉制的调兵符。由两块合成,朝廷和主帅各执其半,嵌合处呈齿状,故名。这里指代奉命出征的将帅。

③凤阙:汉武帝所建的建章宫上有铜凤,故称凤阙。后来常用作帝王宫阙的泛称。

④铁骑:精锐的骑兵,指唐军。绕:围。龙城:又称龙庭,匈奴的名城,此借指敌人的重要都城。

⑤凋:原意是草木枯败凋零,此指失去了鲜艳的色彩。

⑥百夫长:率领一百名兵卒的下级军官。

【译析】

《从军行》是乐府旧题,大多为描写征战生活。此诗描写唐高宗时期青年士子向往奔赴边塞征战立功的心声,深刻反映了当时青年知识分子的时代风貌。

第一联"烽火照西京,心中自不平"意思是说边境上有敌人来犯,警报已传递到长安,使我心中起伏不平。为什么心中起伏不平呢?因为自己只是一个书生,没有能力为国家御敌。于是便有第四联的:"我宁可做一个小军官,也比做一个书生有用些。"

第二联说:领了兵符,辞别京城,率领骁勇的骑兵去围攻蕃人的京城。牙璋即牙牌,是皇帝调发军队用的符牌。凤阙,指京城而不是一般的城市,与城阙不同。汉朝时,大将军卫青远征匈奴,直捣龙城。这龙城是匈奴首领所在的地方,也是主力军所在的地方。匈奴是游牧民族,龙城并不固定在一个地方,唐人诗中常用龙城,

意思只是说敌人的巢穴。

第三联是形容在西域与敌人战斗的情景。围困了敌人之后,便发动歼灭战,当时大雪纷飞,使军旗上的彩画都凋残了,大风在四面八方杂着鼓声呼啸着。这时,正是百夫长为国效命的时候,一个书生能比得上他吗?

作者看到敌人逼近西京,奋其不平之气,拜命赴边,触雪犯风,以消灭敌人,建功立业,不像书生那样无用。

张九龄　望月怀远

【作者介绍】

张九龄(公元673年—740年)字子寿,又名博物,韶州曲江(今广东韶关)人。武则天长安二年(702年)进士,调校书郎,后又授左拾遗。唐玄宗即位(712年),由张说推荐为集贤院学士。开元二十二年(734年)任中书侍郎同平章事,迁中书令。他是"开元之治"的最后一位贤相。后为李林甫、牛仙客等所忌,于开元二十四年(736年)被排挤出朝,贬为荆州刺史。卒后谥文献,有《曲江集》留世。

【原文】

海上生明月,天涯共此时。
情人怨遥夜,竟夕①起相思。
灭烛②怜光满,披衣觉露滋。
不堪盈手③赠,还寝梦佳期④。

【注释】

①竟夕:整夜,通宵。
②灭烛:熄灭烛光。
③盈手:满手。
④佳期:美好的日期,指相见的日子。

【译析】

这是一首怀念远方情人或友人而借景抒情的诗。起句"海上生明月",点出"景",展现了雄浑阔大的境界。这与稍早诗人张若虚《春江花月夜》中的"春江潮

水连海平,海上明月共潮生。滟滟随波千万里,何处春江无月明",有异曲同工之妙。"天涯共此时",点出相隔两地之友,同是相思之时。

三四句写两地的"情人"彼此之"怨"与"思"。"情人怨遥夜","怨"长夜漫漫,彼此不能相见。"竟夕起相思",竟夕,通宵达旦,生起相思之"情"。

五六句写诗人徘徊月下的相思之状。"灭烛怜光满",长夜不能入睡,是烛光太明了吗?于是诗人"灭烛",但月色皎洁,浩渺无边。怜,爱惜;光满,满月之光。"披衣觉露滋",诗人于是披衣走出庭外,在那姣好圆月的光华之下,只觉夜深露湿,滋润沾衣。尽管如此,诗人仍伫留月下,"望月"思人。所以,"露滋"二字不仅照应了"竟夕"二字,同时暗示了滋生不已的遥思之情。

七八两句写期梦以自慰,收束相思之情。"不堪盈手赠",意谓在这相思不眠之夜,用什么相赠友人呢?我只有满手的月光,虽然月光饱含相思之意,但又不能送与。怎么办呢?我还是睡吧!也许睡梦之中还能与你有相聚之期呢!诗到此戛然而止,留下无限的相思。

全诗脱口而出,平易自然。由第一句的"月"到第三句的"望",第四句的"怀",再到五六两句的"望月",直到最后七八两句的"怀远",层层递进,秩序井然,景中生情,情中有景,情景交融,意韵悠悠。

王翰 凉州词

【作者介绍】

王翰(约公元687年—约726年),字子羽,并州晋阳(今山西太原)人。睿宗景云元年(710年)进士。据两唐书,王翰少年时豪健恃才,性格豪放,倜傥不羁,登进士第后,仍然每日以饮酒为事。《全唐诗》存其诗一卷,尤以《凉州词》为人传诵。

【原文】

葡萄美酒夜光杯①,
欲饮琵琶马上催。
醉卧沙场君莫笑,
古来征战几人回?

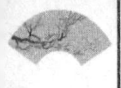

【注释】

①夜光杯：据《海内十洲记》记载，夜光杯为周穆王时西胡所献之宝。相传用白玉精制成，因"光明夜照"得名。这里用作酒杯的美称。

【译析】

凉州在今甘肃武威，唐时属陇右道，音乐多杂有西域龟兹（今新疆库车一带）诸国的胡音。唐陇右经略使郭知运在开元年间，把凉州曲谱进献给玄宗后，迅即流行，频有诗人依谱创作《凉州歌》、《凉州词》者，以抒写边塞风情。

边地荒寒艰苦的环境，紧张动荡的征戍生活，使得边塞将士很难得到一次欢聚的酒宴。有幸遇到那么一次，那激昂兴奋的情绪，那开怀痛饮、一醉方休的场面，是不难想象的。这首诗正是这种生活和情感的写照。诗中的酒，是西域盛产的葡萄美酒；杯，相传是周穆王时代，西胡以白玉精制成的酒杯；乐器则是胡人用的琵琶；还有"沙场"、"征战"等等词语。这一切都表现出一种浓郁的边地色彩和军营生活的风味。

诗人以饱蘸激情的笔触，用铿锵激越的音调，绮丽耀眼的词语，定下这开篇的第一句："葡萄美酒夜光杯"，犹如突然间拉开帷幕，在人们的眼前展现出五光十色、琳琅满目、酒香四溢的盛大筵席。这景象使人惊喜，使人兴奋，为全诗的抒情创造了气氛，定下了基调。第二句开头的"欲饮"二字，渲染出这美酒佳肴盛宴的不凡的诱人魅力，表现出将士们那种豪爽开朗的性格。正在大家"欲饮"未得之时，乐队奏起了琵琶，酒宴开始了，那急促欢快的旋律，象是在催促将士们举杯痛饮，使已经热烈的气氛顿时沸腾起来。

诗的三、四句是写筵席上的畅饮和劝酒。耳听着阵阵欢快、激越的琵琶声，将士们真是兴致飞扬，你斟我酌，一阵痛饮之后，便醉意微微了。也许有人想放杯了吧，这时座中便有人高叫：怕什么，醉就醉吧，就是醉卧沙场，也请诸位莫笑，"古来征战几人回"，我们不是早将生死置之度外了吗？"醉卧沙场"，表现出来的不仅是豪放、开朗、兴奋的感情，而且还有着视死如归的勇气。

王之涣　凉州词

【作者介绍】

王之涣（公元 688 年—742 年）字季陵，原籍晋阳（今山西太原），后迁居绛郡

(今山西新峰)。早年曾作冀州衡水县主簿,因遭人诬陷而去官,漫游山水十五年,足迹遍布黄河南北。晚年担任文安县尉。性格豪放,喜击剑悲歌。其诗意境壮阔,热情奔放,音乐性强,多被当时乐工制曲歌唱,轰动一时。与高适、王昌龄等唱和,是盛唐著名的边塞诗人之一。诗作大多失传,《全唐诗》仅存录有六首。

【原文】

黄河远上①白云间,
一片孤城万仞②山。
羌笛③何须怨杨柳④,
春风不度玉门关⑤。

【注释】

①黄河,一说"黄沙",远上:远远直上。
②万仞:一仞是八尺,万仞是形容山很高的意思。
③羌笛:古代羌人所制的一种管乐器,有二孔。
④杨柳:指北朝乐府(折杨柳歌辞),是一种哀怨的曲调。
⑤玉门关:关名,在今甘肃省敦煌县西南,是古代通西域的要道,当时凉州的最西境。

【译析】

这首诗的前两句描写了古代凉州一带荒凉辽阔的景象。诗人先描述远景:黄河汹涌澎湃波浪滔滔地入海,自下而上、由近及远地眺望过去,就像是一条丝带逶迤飞上云端。诗人的视觉与黄河的流向相反,突出了黄河源远流长的悠远仪态,也展示了边城大漠壮阔的风光,重在表现黄河的静态美。接着诗人又描述近景:征戍士兵居住的很小的城堡孤独地处在群山环抱之中。用四周的高山来反衬玉门关的地势险要、处境孤危。孤城是单薄和狭小的,而高山却是万仞高,这样的描述形成了鲜明的对比,造成了一种心理上的压力。

后两句借凄凉幽婉的笛声,表达了诗人对这种景象的感想。羌笛演奏的是《折杨柳》那幽怨的曲调,笛曲触动了人们的离仇别恨。不说"闻折柳"却说"怨杨柳",用词非常精确、到位,能引发许多的联想,深化诗意。戍守者们知道,天高皇帝远,朝廷的关心本来就不会度过玉门关的,这才有了玉门关外处境的孤危和环境的恶劣,才有了想要折杨柳寄情而不能的残酷现实。"何须怨"是自慰语,深沉含蓄,传达出戍守者在乡愁难禁时还依然卫国戍边的伟大情怀。

孟浩然　过故人庄

【作者介绍】

孟浩然(公元689年—740年),襄阳(今湖北襄阳)人,盛唐著名诗人。前半生主要居家侍亲读书,以诗自适。曾隐居鹿门山。40岁游京师,应进士不第,返襄阳。在长安时,与张九龄、王维交谊甚笃。后漫游吴越,穷极山水,以排遣仕途的失意。孟浩然诗歌绝大部分为五言短篇,题材不宽,多写山水田园和隐逸、行旅等内容。现通行的《孟浩然集》收其诗263首,但混有别人作品。

【原文】

故人具①鸡黍,
邀我至田家。
绿树村边合②,
青山郭外斜。
开轩③面场圃,
把酒话桑麻④。
待到重阳日,
还来就⑤菊花。

【注释】

①具:备办。
②合:围拢。
③轩:窗户。
④话桑麻:闲谈农作之事。
⑤就:靠近,引申为欣赏。

【译析】

这首有名的田园诗,是作者隐居鹿门山时到一位山村友人家作客时所写。前两句文字自然简朴,为互敞心扉铺设了一个合适的气氛。故人"邀"我"至",文字

上毫无渲染,招之即来,简单而随便。这正是至交之间不用客套的形式。而以"鸡黍"相邀,既显出田家特有风味,又见待客之简朴。正是这种不讲虚礼和排场的招待,朋友的心扉才能够为对方打开。

三四句"绿树村边合,青山郭外斜",为我们描绘了一个清淡幽静的山村,充满了浓烈的田园生活气息。诗人顾盼之间,竟是这样一种清新愉悦的感受,近处是绿树环抱,显得自成一统,别有天地;远处郭外青山依依相伴,使得村庄不显得孤独,并展示了一片开阔的远景。"故人庄"出现在这样幽静的自然环境中,所以宾主临窗举杯。

五六句"开轩面场圃,把酒话桑麻",更显得畅快,令人心旷神怡,宾主之间忘情在农事上。

末尾两句写诗人被农庄生活所深深吸引,于是临走时,向主人率真地表示将在秋高气爽的重阳节时再来赏菊。

诗篇把恬静秀美的农村风光和淳朴诚挚的情谊融成一片,语言平淡,出语洒脱,浑然一体,丝毫没有雕琢的痕迹。

王维　鹿柴

【作者介绍】

王维(公元701年—761年),字摩诘,原籍祁(今山西祁县),后迁居蒲州(今山西永济西)。他出身于官宦之家,能诗善画,精通音乐。开元九年(721年)进士,授大乐丞,累官至给事中。安史之乱,两京陷落,唐玄宗奔蜀,王维从驾不及为叛军所俘,并被逼任伪职。乱平后,以陷贼论罪,降为太子中允。后官至尚书右丞,故亦称王右丞。晚年居蓝田辋川,过着亦官亦隐的优游生活。王维是唐代山水田园诗派的代表人物。早年有着积极进取的精神,写了许多关于边塞、游侠的诗歌,大都情调昂扬,气概豪迈。但其最主要的作品则为山水诗,通过对田园山水的描绘,宣扬隐士生活和佛教禅理。

【原文】

空山不见人,
但①闻人语响。
返景②入深林,
复照青苔上。

【注释】

①但:只。
②景:通"影",指日光。

【译析】

这首诗作于王维隐居陕西蓝田辋川别业时,是王维后期山水诗的代表作——五绝组诗《辋川集》二十首中的第四首。鹿柴:"柴"通"寨"、"砦",即栅栏,篱障。鹿柴是辋川的一个地名,是王维当年经常游历的地方。

诗里表现的是鹿柴附近山林中傍晚的幽静景色。"空山不见人,但闻人语响。""空山"的"空"往往都不能简单地理解成"什么也没有",而含有"寂静、空明"之意。这首诗中也是这样,既然有人语,山就不是"空无一物之山",而是"空寂之山"。可见,这里的"空"字是为了强调山的宁静。既然是写山"空"寂,为何又写有"人语"呢?一个人处于这样一片寂静的森林之中,周围什么声音也没有,突然,远远地传来几声人语,再细听听,似乎又没有了,只剩下长久的空寂——这样的几声人语就更能提醒人身边的那份空寂。在这里,诗人以有声来反衬无声,那无声更能渗入人心。

"返景入深林,复照青苔上。"一束夕阳的余晖透过密林的缝隙,射在林中的青苔上。深林本已是阴暗,而林间树下的青苔,更突出一分阴暗。但在突出阴暗的同时,诗人笔下却闪出一缕斜照,投射在青苔上。这样的写法其实与上句相近,仍是用了反衬手法,阳光本是给人以温暖的感觉,可这是夕阳的余辉,已不再有太多热度;再有,在密密的深林之中,周围是大片的阴暗,被大片阴暗包围着的小小光斑更显得弱小,从而也更突出周围阴暗的强大。这是用有光来反衬无光。

王维本人不但精通诗画,而且擅长音律,在这首五言绝句中,他便以音乐家对声的感悟,画家对光的把握,诗人对语言的提炼,刻画了空谷人语、斜辉返照那一瞬间特有的寂静清幽,十分耐人寻味。

阳关三叠

【原文】

渭城①朝雨浥②轻尘,
客舍青青柳色新。

劝君更尽一杯酒，
西出阳关③无故人。

【注释】

①渭城：渭城：秦置咸阳县，汉代改称渭城县，唐时属京兆府咸阳县辖区，在今陕西咸阳市东北，渭水北岸。

②浥：湿润。

③阳关：汉朝设置的边关名，故址在今甘肃省敦煌县西南，古代跟玉门关同是出塞必经的关口。因在玉门关之南，所以称阳关。

【译析】

这是一首送别佳作。诗人的朋友元二将赴安西都护府（治所在龟兹城，今新疆库车），诗人在渭城相送，赋此诗。

首句"渭城朝雨浥轻尘"，描绘的是渭城雨后初晴的景象。这是春天的一个早晨，刚刚下过一场小雨，把空气中的浮尘都打湿了。这一句交代了送别的时间、地点。第二句"客舍青青柳色新"，是说雨水洗去叶上的浮尘，柳树显出它不同往日的青翠的本色。而在柳色的映衬下，客舍都显出了青青的颜色。

后两句笔调一转，单写酒席即将结束时主人的劝酒辞："劝君更进一杯酒，西出阳关无故人。"这一句劝酒辞蕴含了诗人强烈、深挚的惜别之情。这杯酒里是千头万绪，忧伤、惆怅、鼓励、劝慰，不知从何说起，还是干了这杯酒吧，一切尽在不言中。

李白　长干行

【作者介绍】

李白（公元701年2月8日—公元762年），字太白，号青莲居士。中国唐朝诗人，有"诗仙"，"诗侠"之称。有《李太白集》传世，诗作中多以醉时写的，代表作有《望庐山瀑布》、《行路难》、《蜀道难》、《将进酒》、《梁甫吟》、《早发白帝城》等多首。

【原文】

妾发初覆额，折花门前剧①。
郎骑竹马②来，绕床③弄青梅。

同居长干里,两小无嫌猜。
十四为君妇,羞颜未尝开。
低头向暗壁,千唤不一回。
十五始展眉,愿同尘与灰。
常存抱柱信⑤,岂上望夫台。
十六君远行,瞿塘滟滪堆⑥。
五月不可触,猿声天上哀。
门前旧行迹,一一生绿苔。
苔深不可扫,落叶秋风早。
八月蝴蝶黄,双飞西园草。
感此伤妾心,坐⑦愁红颜老。
早晚⑧下三巴,预将书报家。
相迎不道远,直至长风沙⑨。

【注释】

①剧:游戏。

②竹马:以竹竿当马骑。

③床:庭院中的井床,即打水的辘轳架。

④始展眉:意思是说情感在眉宇间显露出来。

⑤抱柱信:《庄子·盗跖》中记述,尾生等候相约的女子不来,坚守信约,河水上涨也不走开,最终抱着桥柱被水淹死。

⑥滟滪堆:三峡之一的瞿塘峡峡口的一块巨大礁石。

⑦坐:因。

⑧早晚:何时。

⑨长风沙:地名,距金陵七百里,水势湍险。

【译析】

长干是古代南京一个居民点。左思《吴都赋》刘渊林注曰:"建业(今南京)之南有山,其间平地,吏民杂居,故号为干,中有大长干、小长干。"从东吴建都建业以来,长干就已成为热闹的居民区。到了唐代,长干的商人颇为有名。有了商人,自然就有商人妇。长干的商人妇多起来了,反映商人妇生活的诗歌也出现了。其中最著名的就是李白的《长干行》。

　　本诗描写了一位少妇的爱情和离别的故事,抒写了少妇对出外经商的丈夫的思念。这首诗也可以归入"闺怨"一类题材里去。大凡写"闺怨"的诗,一般都是一入手就从少妇时期写起,而这首诗却别出心裁,从童年时期写起。开头六句像一组民间儿童风俗画。一个额前覆着留海的小女孩,手里拿着一枝花,站在门前玩耍;一个头上扎着丫角的小男孩,跨上竹马,在小路上又跳又跑……这些寻常的"儿嬉"经过诗人的筛选、提炼,一下子晶光夺目,化为"青梅竹马,两小无猜"的成语流传至今。

　　接着诗人叙写这对小儿女结成夫妇的情景,对只有十四岁的小新娘的娇憨情态的刻画惟妙惟肖。小新娘终于变成大人了,"展眉"二字,既是外貌的描写,更是心理的刻画。"愿同尘与灰"的深盟密誓,正是她"展眉"的主要原因。"常存"两句既说明自己至死不变的坚贞,又祈望夫妻永远厮守,两不分离,进一步表达了她对幸福的憧憬与渴望。

　　但是,长干里特殊的社会结构使她害怕的事情终于到来了——夫婿外出经商。主人公既然是长干人,当然知道长江的故事,最令她担心的就是那害人的滟滪堆和令人生悲的三峡猿了。如今夫婿却偏偏到那里去了,她的忧虑与挂念可想而知。"门前旧行迹,一一生绿苔",这是只有像长干这样的江南水乡才有的景色。从"行迹"和"绿苔"中,不难想象当时小两口依依惜别的情景,也不难推知时间的流逝。"苔深不能扫"包含着当初不忍扫,如今更是无法扫的心理状态。"落叶秋风早",写的不仅仅是节令,更重要的是人的情感,因为只有深陷离愁别绪中的人,才对时令如此敏感。

　　接着诗人又用蝴蝶双飞反衬闺人的孤独。不说"西园花"却说"西园草",不单是为了押韵,也与长干的地理环境相合。最后一句写思妇"相迎不道远,直至长风沙",是富于浪漫主义气息的构想,因为她一个人跑七百里去迎接夫婿是不可能做到的,但却显得痴情一片,尤为动人。

宣州谢朓楼饯别校书叔云

【原文】

弃我去者昨日之日不可留,
乱我心者今日之日多烦忧。
长风万里送秋雁,对此可以酣高楼。

蓬莱文章建安骨①,中间小谢②又清发。
俱怀逸兴壮思飞,欲上青天揽明月。
抽刀断水水更流,举杯销愁愁更愁。
人生在世不称意,明朝散发弄扁舟③。

【注释】

①蓬莱文章建安骨:蓬莱,汉时称中央政府的著述藏书处东观为道家蓬莱山,唐人用以代指秘书省。建安骨,指汉魏之际曹操父子和建安七子等人诗文的刚健遒劲的风格。建安是汉献帝的年号。

②小谢:即谢朓,与其先辈谢灵运分称大、小谢。

③散发弄扁舟:指避世隐居。散发,就是发不整束。扁舟:小船。

【译析】

谢朓楼在今天的安徽省宣城市,是南朝萧齐诗人谢朓作宣城太守时所建,又称谢公楼、北楼,唐末改名为叠嶂楼。"校书叔云",是说做秘书省校书郎的叔父李云。唐人同姓者常相互攀连亲戚,李云当较李白长一辈,但不一定是近亲。本诗于玄宗天宝末年作于宣城。李白素有"诗仙"之称,他的诗,诗思天马行空,豪放不羁,想象奇异,却能以此启彼,一气呵成,脉理不乱,气概凌云。本诗正是最能体现他这种特征的名作。

全诗以唱叹起调,感慨去日苦多,今日愁闷。因饯别友人,他秋日登上高楼,望长风飞雁,俯仰身世,感慨万端,于是对酒放歌。在这里,诗人的烦忧不是惜别,而是怀才不遇。

接下来"蓬莱"二句,从谢朓楼联想到汉魏六朝的著名诗人,用以暗喻叔云和自己以及在座诸人的才学和抱负。他称赞校书李云文章老成,得两汉蓬莱之风,且有建安风骨;又说自己则如建此楼的谢朓,诗文清新秀发,两人都有壮志逸兴,可共上青天揽取明月。至此,先前的烦忧在这想象中似已烟消云散。

但是,这逸兴来去皆匆匆,愁思又猛然袭来,诗人以"抽刀断水水更流"起兴,抒写了自己"举杯销愁愁更愁"的情怀,说明"酣高楼"反而让心中的烦愁更加深重了,不禁发出了"人生在世不称意"的感慨。这个"不称意"又对应了起首句的去日之苦和今日之烦忧,由此诗人便自然然地有了解冠泛舟,欲从此浪迹江湖的慨叹。

月下独酌（四之一）

【原文】

花间一壶酒，独酌无相亲。
举杯邀明月，对影成三人。
月既不解饮，影徒随我身。
暂伴月将①影，行乐须及春。
我歌月徘徊，我舞影零乱。
醒时同交欢，醉后各分散。
永结无情游②，相期邈云汉③。

【注释】

①将：偕，和。
②无情游：无情，指月亮、影子等没有知觉情感的事物，李白与之交游，故称无情游。
③云汉：天河。

【译析】

《月下独酌》一共四首，这是第一首。此诗抒写了诗人孤独寂寞、以酒浇愁的苦闷心情。

诗开头两句用"花间一壶酒，独酌无相亲"点出一个"独"字。"独酌"是此首诗的诗眼。诗人有酒无亲，只好邀请明月和自己的影子来作伴了。这是从陶渊明《杂诗》中的"欲言无予和，挥杯劝孤影"一句化出来的，不过李白多邀了一个明月，所以"对影成三人"了。明月自然是不会喝酒的，影子也只能默默地跟随着自己。但是有这样两个伴侣究竟不至于那么孤独，就暂且在月和影的伴随下，及时行乐吧！

接着诗人写歌舞行乐的情形。"月徘徊"意即月儿被诗人的歌声感动了，总在身边徘徊着不肯离去。"影零乱"意即影子也在随着自己的身体做着各种不很规范的舞姿。这时，诗人和它们已经达到情感交融的地步了。所以诗人希望趁醒着的时候三人结交成好朋友，唯恐醉后要各自分散。

孤独的诗人还进一步要求："永结无情游，相期邈云汉。""无情"既因为月亮、

影子等是没有知觉情感的事物,也含有不沾染世俗关系的意思,诗人认为这种摆脱了利害关系的交往,才是最纯洁最真诚的。他在人世间找不到这种友谊,便只好和月亮、影子相约,希望在银河相会。

常建　破山寺后禅院

【作者介绍】

常建(公元 708 年—约 765 年),长安(今陕西西安)人,唐玄宗开元十五年(727 年)与王昌龄同榜进士及第,曾任盱眙县尉,后辞官归隐于武昌樊山(即西山)。常建仕途不得意,退而寄情山水,讴歌隐逸,其诗多写山水寺院,情感曲折,意境清幽,语言清淡秀丽,有《常建集》。

【原文】

清晨入古寺①,
初日照高林。
曲径通幽处,
禅房花木深。
山光悦鸟性,
潭影空人心。
万籁②此皆寂,
惟闻钟磬音。

【注释】

①古寺:即诗题中的破山寺,也就是兴福寺,其位置在今江苏省常熟县境内的虞山北麓。
②万籁:自然界万物发出的响声;一切声音。

【译析】

这是作者游历虞山兴福寺时所写的一首寄托隐逸情怀的山水诗。诗中通过对古寺幽深寂静环境的描写,表现了诗人寄情山水、宁静淡泊的生活心境。

清晨进入古老的破山寺,初升的旭日映照着巍峨挺拔的山林。一二两句以白

描的手法勾勒出沐浴在晨辉中的古老的寺院、古木参天的茂密丛林的倩影,清新之气扑面而来。

曲折的小路通向幽深的处所,禅房掩映在花木葱茏中。三四两句描绘后禅院的景观。曲径、禅房、幽、深,抓住最有特色的景物,寥寥数字,渲染出后禅院的幽深静寂,似平平道来,却饱含玄机。"曲径通幽"留给人们无限的遐想。

青山明媚的翠色使鸟儿发出欢悦的鸣叫,深潭变幻的波影让人心灵澄澈透明。五六两句从客观描写转向主观感受,但仍以具体物象加以形象化的传递,古寺的清幽不仅赏心悦目,而且能荡涤一切世俗的烦恼,诗人置身其中感受到深深的喜悦。

此时,在古老的破山寺,一切声响俱已沉寂,只听见钟与磬的声音。钟与磬,是寺庙常用的法器。最后两句,杜绝了一切尘世的喧嚣,只有悠扬的钟声徐徐鸣响,伴着清越的磬音,在静寂的古寺回旋往复,余韵袅袅,渗入我们灵魂的深处,让人顿悟禅的境界。

杜甫　望岳

【作者介绍】

杜甫(公元712年—770年),字子美,原籍襄阳(今湖北襄樊市),生于河南巩县。因其曾任左拾遗、检校工部员外郎,因此后世称其杜拾遗、杜工部;又因为他搭草堂居住在长安城外的少陵,也称他杜少陵、杜草堂。杜甫与李白合称"李杜",为了与另两位诗人李商隐与杜牧即"小李杜"区别,杜甫与李白又合称"大李杜",杜甫也常被称为"老杜"。大历五年(770年),杜甫病死于湖南湘江中的那条与他相依数年的破船上。杜甫一生坎坷,因而他的诗歌较全面地反映了那个时代的社会生活,思想深厚,境界开阔,被后世誉为"诗史"。成为我国历史上伟大的现实主义诗人,被后人誉为"诗圣"。他有约1500首诗歌被保留了下来,作品集为《杜工部集》。

【原文】

岱宗①夫如何?
齐鲁青未了。
造化钟②神秀,
阴阳割昏晓。

荡胸③生层云,
决眦④入归鸟。
会当⑤凌⑥绝顶,
一览众山小。

【注释】

①岱宗:指泰山。宗是"长"的意思。泰山被称为"五岳"(东岳泰山、南岳衡山、西岳华山、北岳恒山、中岳嵩山)之首,故称泰山为岱宗。
②钟:聚集、赋予。
③荡胸:心中激荡,胸襟开阔。
④决眦(zì字):决,裂开。眦,上下眼睑的结合处。睁大眼睛极目远望。
⑤会当:一定要。
⑥凌:登临、攀登。

【译析】

唐玄宗开元二十三年(735年),杜甫到洛阳应进士试,落第。于是他在赵、齐(今河北、河南、山东)一带漫游了大约五年时间。《望岳》就是他游山东初经泰山时所作,是杜甫现存诗作中最早的一首。

第一二句写远望之貌。首句"岱宗夫如何?"以设问起句,写出了初见泰山时的那种喜悦、惊叹、仰慕之情。泰山为五岳之首,故称岱宗。"夫如何",就是说怎么样呢?"夫"作为虚字嵌入句中,别具赞叹之韵味。第二句"齐鲁青未了"是对"夫如何"的回答。诗人不直接回答泰山有多高、多大,而以古代齐、鲁两国之地来展示泰山跨越之宽广,泰山之高大也就不言自明。"青未了"写远望泰山的总体印象:郁郁葱葱。"未了"二字更有两层含义:就纵向时间而言,千百年来泰山都是如此葱绿不褪;就横向的空间而言,千百里的青绿盎然,绵延不断,展现了泰山的巍峨气势和壮美色彩。

第三四句写近望之景。"造化钟神秀"是说仿佛大自然都专门钟情于泰山,使它灵动而秀丽,巍峨而博大。"阴阳割昏晓",是说泰山由于本身高大,竟然能区分出阴阳昏晓来。因为泰山南为阳,泰山北为阴。山南向阳已晓之时,山北背阴仍为昏暗。这是由近望而显现泰山的山势特点。

第五六句写细望的感受。细望泰山,云层叠叠,盘旋缭绕,倦鸟归林,暮霭重重。正像陶渊明《归去来辞》中所说的:"云无心以出岫,鸟倦飞而知还。"如此从早

到晚的细望,壮美的山势山景触发了诗人的主体感受,由睁大眼睛专注地观赏层云、归鸟之时,胸中不免激起浩然之气,顿觉眼界大开,视野开阔。

第七八句写极望之情。登临而览的冲动油然而生!所以,诗人用"会当"二字来表登攀的决心,"凌绝顶",是说登攀到顶点。然后再俯望群山,体会孔子所说"登泰山而小天下"的豪情。

茅屋为秋风所破歌

【原文】

八月秋高风怒号,卷我屋上三重茅。
茅飞渡江洒江郊,高者挂罥①长林梢,
下者飘转沉塘坳②。南村群童欺我老无力,
忍能③对面为盗贼,公然抱茅入竹去,
唇焦口燥呼不得④,归来倚杖自叹息。
俄顷⑤风定云墨色,秋天漠漠向⑥昏黑。
布衾多年冷似铁,骄儿恶卧踏里⑦裂。
床头屋漏无干处,雨脚如麻未断绝。
自经丧乱少睡眠,长夜沾湿何由彻⑧!
安得⑨广厦千万间,大庇⑩天下寒士俱欢颜,
风雨不动安如山!
呜呼!何时眼前突兀⑪见此屋,
吾庐⑫独破受冻死亦足!

【注释】

①罥:挂着、挂住。
②塘坳:低洼积水的地方。
③忍能:怎么能忍心。
④呼不得:呵斥不住。
⑤俄顷:一瞬间,转眼间。
⑥向:将近。
⑦里:被子的里面。

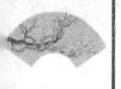

⑧何由彻：如何挨到天亮。彻，彻晓，到天亮。
⑨安得：哪得，怎么能够。
⑩庇：遮蔽、覆盖。
⑪突兀：高耸的样子。
⑫庐：房屋，此处指茅屋。

【译析】

这是杜甫写的一首古体诗。公元759年，陕西发生饥荒，安史之乱未平，杜甫弃官西行，最后抵达成都，年底在西郊浣花溪边盖起了一座茅屋栖身。不料次年八月，突遇大风，茅屋被吹破，大雨又接踵而至，杜甫饱经风雨，长夜难眠，感慨万千，写下了这首脍炙人口、千古传诵的诗篇。

全诗分为四个段落。前五句为第一段，描写"秋风破屋"的情景。首句先点明时间为"八月"，接着写"秋风怒号"，音响宏大，读之如闻秋风咆哮。"怒"字则把秋风拟人化，不仅使首两句富有动作性，而且富有感情色彩。好不容易盖起这座茅屋，刚刚定居下来，秋风却怒吼而来，卷走了屋顶的层层茅草，怎不令人万分焦急呢？

卷起的茅草到哪里去了？没有落到屋旁，而是随风飞过江去，有的分散地飘洒在江边上，有的高高地挂在树枝上，有的低低地散落在水塘边。"飞"字紧承上句"卷"字，加上接下来的"渡"、"洒"、"挂罥"、"飘转"等字，一个接一个的动词组成了一幅鲜明的图画——秋风怒号图。

接下来的五句为第二段，写"群童抱茅"。这是对第一段的发展，也是对第一段的补充。远处、高处、低处的茅草无法收回，那是不是还有落在附近平地上可以收回的呢？有的，然而却被"群童"抱跑了。全段以"群童欺我老无力"为着眼点。如果不是"我老无力"，而是正当壮年有气力，自然不会受这样的欺侮。现在这些顽童竟然敢当着我的面跟强盗一样胆大妄为，公开抱起我的茅草往竹林里跑去了。所以杜甫只是无可奈何地呼喊他们不要"抱"。喊得唇焦舌干不能再喊了，也不起作用，只好回到破屋中依着拐杖长久地叹息。"自叹息"一句为前两段的归总。表明这种遭遇只能自己叹息，这里一个"自"字，用得十分沉重！

再下八句为第三段，写"长夜沾湿"的苦痛。这是全诗的高潮。那密集的雨点即将从昏暗的天穹洒向地面，已在预料之中。气温也骤然降下来了。盖了多年的布被子冷得像铁块一样，那不懂事的孩子横躺竖卧地不老实，早就把被里子蹬破了。再下两句一纵一收，一纵，从眼前的凄凉处境扩展到安史之乱以来的种种痛苦经历,从风雨飘摇中的破茅屋扩展到战乱频仍、残破不堪的国家;一收,又回到"长夜沾湿"的现实,忧国忧民,加上整夜漏雨,怎能入睡呢?"何由彻"与前面的"未断绝"照应,表明了杜甫既盼雨停、又盼天亮的迫切心情。

最后六句为第四段,写忧国忧民的崇高理想。杜甫将自己的困境推己及人,表现了博大的襟怀。怎样才能盖得大厦千万间,庇护天下所有的穷苦百姓,使他们欢天喜地地在风雨中安稳如山!唉!眼前何时才能耸现这么多房屋,到那时即使我一家人的陋室破了受冻而死也心甘情愿、感到无限的满足!

无家别

【原文】

寂寞天宝后,园庐但①蒿藜。
我里百余家,世乱各东西。
存者无消息,死者为尘泥。
贱子因阵败,归来寻旧蹊②。
久行见空巷,日瘦气惨凄。
但对狐与狸,竖毛怒我啼。
四邻何所有?一二老寡妻。
宿鸟恋本枝,安辞且穷栖。
方春独荷锄,日暮还灌畦。
县吏知我至,召令习鼓鞞。
虽从本州役,内顾无所携。
近行止一身,远去终转迷。
家乡既荡尽,远近理亦齐。
永痛长病母,五年委沟溪。
生我不得力,终身两酸嘶③。
人生无家别,何以为蒸黎④!

【注释】

①但:只,只有。
②蹊:小路。

③酸嘶:哀鸣,悲叹。
④蒸黎:百姓,黎民。

【译析】

诗中的主人公是又一次被征去当兵,既无人为他送别,又无人可以告别,然而在踏上征途之际,依然情不自禁地自言自语,仿佛是对老天爷诉说他无家可别的悲哀。

"寂寞天宝后,园庐但蒿藜",这两句正面写今,但背后已藏着昔。"天宝后"如此,那么天宝前怎样呢?于是自然地引出下两句。那时候"我里百余家",应是园庐相望,鸡犬相闻,当然并不寂寞;"天宝后"则遭逢世乱,居人各自东西,园庐荒废,蒿藜(野草)丛生,自然就寂寞了。"存者无消息,死者为尘泥"两句,紧承"世乱各东西"而来,如闻"我"的叹息之声,强烈地表现了主人公的悲伤情绪。"贱子因阵败,归来寻旧蹊"承前启后,作为过渡。"寻"字刻画入微,家乡的"旧蹊"走过千百趟,闭着眼都不会迷路,如今却要"寻",见得已非旧时面貌。"久行见空巷,日瘦气惨凄。但对狐与狸,竖毛怒我啼。四邻何所有,一二老寡妻",写"贱子"由接近村庄到进入村巷,访问四邻。距离不远而需要久行,可见旧蹊极难辨认,寻来寻去,绕了许多弯路。"日瘦气惨凄"一句,用拟人化手法融景入情,烘托出主人公"见空巷"时的凄惨心境。当年"百余家"聚居,村巷中人来人往,笑语喧阗;如今却只与狐狸相对。而那些"狐与狸"竟反客为主,一见"我"就脊毛直竖,冲着我怒叫,好象责怪"我"不该闯入它们的家园。遍访四邻,发现只有"一二老寡妻"还活着!

"宿鸟恋本枝,安辞且穷栖。方春独荷锄,日暮还灌畦。"前两句,以宿鸟为喻,表现了留恋乡土的感情。后两句,写主人公怀着悲哀的感情又开始了披星戴月的辛勤劳动,希望能在家乡活下去!

"县吏知我至,召令习鼓鞞",波澜忽起。以下六句,层层转折。"虽从本州役,内顾无所携",这是第一层转折;上句自幸,下句自伤。这次虽然在本州服役,但内顾一无所有,既无人为"我"送行,又无东西可携带,怎能不令"我"伤心!"近行止一身,远去终转迷",这是第二层转折。"近行"孑然一身,已令人伤感;但既然当兵,将来终归要远去前线的,真是前途迷茫,未知葬身何处!"家乡既荡尽,远近理亦齐",这是第三层转折。回头一想,家乡已经荡然一空,"近行"与"远去",又有什么差别呢!

"永痛长病母,五年委沟溪。生我不得力,终身两酸嘶。"尽管强作达观,自宽自解,而最悲痛的事终于涌上心头:前次应征之前就已长期卧病的老娘在"我"五年从军期间死去了!死后又得不到"我"的埋葬,以致委骨沟溪!这使"我"一辈子都难过。这几句,写极母亡之痛、家破之惨。

于是紧扣题目,以反诘语作结:"人生无家别,何以为蒸黎!"既然已经没有了家,还要被抓走,叫人怎样做老百姓呢?

岑参　白雪歌送武判官归京

【作者介绍】

岑参(公元715年—769年),原籍南阳(今属河南新野),移居江陵(今湖北荆州)。出身于官僚家庭,曾祖父、伯祖父、伯父都官至宰相。与高适并称"高岑"。他父亲两任州刺史,但却早死,因而家道衰落。少时读书于嵩山,后漫游京洛河朔。天宝三年(744年)进士及第,授右内率府兵曹参军。两次深入边关,第一次是赴安西(新疆库车),为安西节度使高仙芝的僚属,第二次赴北庭(今新疆吉木萨尔北破城子),在封常清幕府任职,对边塞生活体验颇深。肃宗时,拜右补阙,长安收复后,出为虢州长史。代宗朝入蜀,两任嘉州刺史,罢官后客死成都旅舍。岑参以边塞诗著称,写边塞风光及将士生活,气势磅礴,昂扬奔放,尤其擅长七言歌行。

【原文】

北风卷地白草①折,胡天②八月即飞雪。
忽如一夜春风来,千树万树梨花开。
散入珠帘湿罗幕,狐裘不暖锦衾薄。
将军角弓不得控,都护③铁衣冷难着。
瀚海④阑干⑤百丈冰,愁云惨淡万里凝。
中军置酒饮归客,胡琴琵琶与羌笛。
纷纷暮雪下辕门⑥,风掣红旗冻不翻。
轮台东门送君去,去时雪满天山路。
山回路转不见君,雪上空留马行处。

【注释】

①白草:西域牧草名,秋天变白色。
②胡天:指西域的气候。

③都护:都护府的长官。
④瀚海:地名,今准噶尔盆地一带。
⑤阑干:纵横的样子。
⑥辕门:古代军营前以两车之辕相向交接成门,后遂称营门为辕门。

【译析】

这首诗是岑参任北庭节度使封常清的判官时的作品。武判官是岑参的前任,这首诗是岑参送他回京复命的送行诗。全诗意象异常雄壮,想象奇绝,堪称咏雪诗歌的代表作品。

全诗开篇就定下非常奇瑰的基调。1 至 4 句用盛开的梨花来比喻满树的雪花,一幅壮丽的北国冰雪风光顿时展现在读者眼前。"一夜春风"很写实,同时也暗含惊喜之意。平淡的北国经过一夜的银装素裹,让早起赏雪的诗人想起了观赏春天梨花盛开的好心情,梨花是在慢慢的等待中开放的,而雪花中的北国则是一夜即成,欣喜之情自然更胜一等! 然而这种想象又是何等的神奇! 春花烂漫本是春天的胜景,把冬天的肃杀无情换成春意盎然,实际上是诗人自己乐观人生态度的表现,同时也是盛唐时期中国人蓬勃向上、极度自信心理的自然流露。

5 至 8 句紧扣塞外风雪的奇冷,用具体的所见所闻来描写雪天的冰寒刺骨,读来亲切自然。"散入珠帘湿罗幕"把视线从室外拉到室内,雪花带着寒意"入珠帘"、"湿罗幕",场景过渡非常流畅自然。"狐裘不暖锦衾薄。将军角弓不得控,都护铁衣冷难着。"从出征将士自己的感受来写塞外的严寒,让人感同身受。将军和都护是互文见义,将军所处远好于普通将士,他尚且感觉"不得控"、"冷难着",何况衣着单寒的士兵呢? 但是非常奇特的是,我们读到这样的诗句,不仅不感到将士生活的艰苦,反而能体会到将士们驻守边塞的豪情壮志,原因就在于诗人"好奇"的诗风和昂扬的激情。

9 至 10 句让人赞叹。"瀚海"指沙漠的广阔,"百丈冰"形容冰川的高峻,再加上万里不散的愁云,给读者带来全新视角的体验。同时,诗人用一个"愁"字又为即将到来的送行做了情感的铺垫。

11 至 12 句开始进入正题,描写送别的情景,用"胡琴"、"琵琶"、"羌笛"这些非常典型的西域乐器形象地渲染出了送别的场景和气氛,让人感觉到迥异于中原内地的边塞送行气氛。

13 至 14 句写营门外的冰雪寒风,天气奇寒。"风掣红旗冻不翻"更是塞外才能感受到的奇妙景象,连红旗都被冻住了,在狂风中一动不动,多么地神奇! 而不动的红旗和狂风中飞舞的雪花正好成了绝妙的对比,动静相配,给人以"诗中有画,画中有诗"的美感。

15至18句写轮台东门送别的情景。从壮丽的雪景里回到送行的主旨,感情真切,韵味深长。

全诗句句咏雪,写出别前、饯别、临别、别后四个不同画面的雪景,用语绮丽,想象神奇,不愧是唐代边塞诗歌的代表力作。

张继　枫桥夜泊

【作者介绍】

张继(生卒年不详),字懿孙,襄州(今湖北襄阳)人。天宝十二年(753年)登进士,然铨选落第,归乡。曾任检校祠部员外郎、洪州盐铁判官。大历末年张继上任盐铁判官仅一年多即病逝于任上。其诗多登临纪行之作,"不雕不饰,丰姿清迥,有道者风"。有《张祠部诗集》。

【原文】

月落乌啼霜满天,江枫渔火对愁眠。
姑苏城①外寒山寺②,夜半钟声到客船。

【注释】

①姑苏城:苏州的别称。
②寒山寺:因名僧寒山而得名,位于苏州市城西,距枫桥约三里。

【译析】

枫桥在今天的苏州市城西。一千二百多年前,江南水乡的秋夜,一个游子从停泊在枫桥边的舟中醒来,四顾旷野茫茫,天霜水寒,耳畔钟声余音缭绕,凄清、惆怅、感动……诸般思绪涌上心头,不禁吟诗一首,成为千古传诵的名篇。

首句从视觉、听觉、感觉三方面写夜半时分的景象,月亮落下去了,树上的乌鸦啼叫,清寒的霜气弥漫在秋夜幽寂的天地。三个主谓短语并列,以简洁而鲜明的形象,细致入微的感受,静中有动地渲染出秋天夜幕下江南水乡的深邃、萧瑟、清远和夜宿客船的游子的孤寂。

枫桥所在水道,只是江南水乡纵横交错的狭窄河道之一,并无茫茫江面。"江枫渔火对愁眠"句,一说是当地有两座桥,一是江桥,一是枫桥,江枫指二桥。但"江枫"二字本身的美感和丰富的文化内涵,给了我们极大的想象空间。我们姑且想象出一片空阔浩淼的水面,岸边有经霜的红枫,水中渔火点点,舟中游子满怀愁绪入眠。山川风物自有它的情致,夜泊的主人公也自有他的情怀,主客体相对独立又巧妙地融合在一起,形成一个和谐而优美的艺术境界。

三四两句写半夜寒山寺的钟声传到客船。在深秋苍凉静谧的夜空,骤然响起悠远的钟声,该对愁卧舟中的游子的心灵造成多么大的震撼。而这钟声来自姑苏城外的寒山古寺,蕴含着丰厚的人文的积淀,包容着佛性的旷达,给人以一种古雅庄严的感受。

本诗语言明白晓畅、优美简洁,结构工整,情景交融,塑造了一个幽远的夜泊愁眠的艺术意境,极富韵味。

刘禹锡　元和十年自朗州至京戏赠看花诸君子

【作者介绍】

刘禹锡(公元772年—842年),字梦得,洛阳(今河南洛阳)人,贞元七年(791年)擢进士第,又中博学宏词科,官监察御使。曾和柳宗元等参加革新政治的王叔文集团的政治改革,革新失败后,被贬为朗州(今湖南常德)司马,迁连州刺史。后以裴度力荐,任太子宾客,加检校礼部尚书,世称刘宾客。他为人正直,有骨气,虽然长期被贬,也不放弃政治理想。他的诗歌语言明快活泼,节奏响亮和谐,风格雄浑爽朗,为时人所推崇,誉之为"诗豪"。尤其是仿民歌的《竹枝词》,于唐诗中别开生面。有《刘梦得文集》。

【原文】

紫陌①红尘②拂面来,
无人不道看花回。
玄都观里桃千树,
尽是刘郎去后栽。

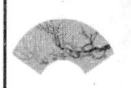

【注释】

①紫陌:紫,指草木;陌,本是田间小路,这里借用为道路之意。
②红尘:指灰土。

【译析】

永贞元年(805年),刘禹锡参加王叔文政治革新失败后,被贬为朗州司马,到了元和十年(815年),朝廷有人想起用他以及和他同时被贬的柳宗元等人。这首诗,就是他从朗州回到长安时所写的,由于刺痛了当权者,他和柳宗元等再度被外派为远州刺史。官是升了,政治环境却无改善。

这首诗表面上是描写人们去玄都观看桃花的情景,骨子里却是讽刺当时权贵的。前两句是写看花的盛况,人物众多,来往繁忙,而为了要突出这些现象,就先从描绘京城的道路着笔。一路上草木葱茏,尘土飞扬,衬托出了大道上人马喧闹、川流不息的盛况。写看花,又不写去而只写回,并以"无人不道"四字来形容人们看花以后归途中的满足心情和愉快神态,则桃花之繁荣美好,不用直接赞以一词了。它不写花本身之动人,而只写看花的人为花所动,真是又巧妙又简练。

后两句由物及人,玄都观里这些如此吸引人的、如此众多的桃花,自己十年前在长安的时候,根本还没有。离去十年,后栽的桃树都长大了,并且开花了,因此,回到京城,看到的又是另外一番春色,真是"树犹如此,人何以堪"了。

此诗通过人们在长安一座道士庙——玄都观中看花这样一件生活琐事,讽刺了当时的朝廷新贵。几度贬官,看到满朝新贵仅是攀龙附凤之辈,心中愤愤不平,于是写了这首诗,借桃花予以嘲讽:"尽是刘郎去后栽!"为此刘再度被贬。十四年后,刘再次复出,重游玄都观,感慨万千,又写下《再游玄都观》,表现了刘禹锡不屈不挠的坚强意志。

再游玄都观

【原文】

百亩庭①中半是苔②,
桃花净尽菜花开。
种桃道士③归何处,

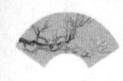

前度刘郎今又来。

【注释】

①庭:玄都观的庭院。
②苔:生长在潮湿地上的苔藓。
③种桃道士:传说玄都观中茂盛的桃树,是一个道士用仙桃栽种的。

【译析】

这首诗是《元和十年自朗州至京戏赠看花诸君子》的续篇。诗前有作者一篇小序。其文云:"余贞元二十一年为屯田员外郎时,此观未有花。是岁出牧连州(今广东省连县),寻贬朗州司马。居十年,召至京师。人人皆言,有道士手植仙桃满观,如红霞,遂有前篇,以志一时之事。旋又出牧。今十有四年,复为主客郎中,重游玄都观,荡然无复一树,惟兔葵、燕麦动摇于春风耳。因再题二十八字,以俟后游。时大和二年三月。"序文说得很清楚,诗人因写了看花诗讽刺权贵,再度被贬,一直过了十四年,才又被召回长安任职。在这十四年中,皇帝由宪宗、穆宗、敬宗而文宗,换了四个,人事变迁很大,但政治斗争仍在继续。作者写这首诗,是有意重提旧事,向打击他的权贵挑战,表示决不因为屡遭报复就屈服妥协。

此诗用比体。从表面上看,它只是写玄都观中桃花之盛衰存亡。道观中非常宽阔的广场已经一半长满了青苔。经常有人迹的地方,青苔是长不起来的。百亩广场,半是青苔,说明其地已无人来游览了。"如红霞"的满观桃花,"荡然无复一树",而代替了它的,乃是不足以供观赏的菜花。这两句写出一片荒凉的景色,并且是经过繁盛以后的荒凉。与第一次游玄都观的"玄都观里桃千树","无人不道看花回",形成强烈的对照。

下两句由花事之变迁,联想到:不仅桃花无存,游人绝迹,就是那一位辛勤种桃的道士也不知所终,可是,上次看花题诗而被贬的刘禹锡现在倒又回到长安,并且重游旧地了。这一切,哪能料得定呢?言下有无穷的感慨。

白居易 长恨歌

【作者介绍】

白居易(公元772年—846年),字乐天,号香山居士。下邽(今陕西渭南)人。

少时避战乱而流离,"衣食不充,冻馁并至",对其思想和创作影响较大。贞元十六年中进士,历任左拾遗、东宫赞善大夫、江州司马、杭州、苏州刺史、太傅等职。前期进取精神较强,主张"文章合为时而著,诗歌合为事而作",是唐代新乐府运动的倡导者。其诗有讽谕、闲适、感伤和杂律等类。他的诗歌题材广泛,形式多样,语言平易通俗。现存诗3000多首,有《白氏长庆集》。

【原文】

汉皇①重色思倾国,御宇②多年求不得。
杨家有女初长成,养在深闺人未识。
天生丽质难自弃③,一朝选在君王侧。
回眸一笑百媚生,六宫粉黛无颜色④。
春寒赐浴华清池,温泉水滑洗凝脂。
侍儿⑤扶起娇无力,始是新承恩泽⑥时。
云鬓花颜金步摇,芙蓉帐暖度春宵。
春宵苦短日高起,从此君王不早朝。
承欢侍宴⑦无闲暇,春从春游夜专夜⑧。
后宫佳丽三千人,三千宠爱在一身。
金屋⑨妆成娇侍夜,玉楼宴罢醉和春⑩。
姊妹弟兄皆列土⑪,可怜⑫光彩生门户。
遂令天下父母心,不重生男重生女。
骊宫高处入青云,仙乐风飘处处闻。
缓歌慢舞凝丝竹,尽日君王看不足。
渔阳鼙鼓⑬动地来,惊破霓裳羽衣曲。
九重城阙烟尘生,千乘万骑西南行。
翠华摇摇行复止,西出都门百余里。
六军不发无⑭奈何,宛转蛾眉⑮马前死。
花钿委地⑯无人收,翠翘金雀玉搔头⑰。
君王掩面救不得,回看血泪相和流。
黄埃散漫风萧索,云栈萦纡登剑阁。
峨嵋山下少人行,旌旗无光日色薄。
蜀江水碧蜀山青,圣主朝朝暮暮情。
行宫见月伤心色,夜雨闻铃肠断声。

天旋地转回龙驭[18],到此[19]踌躇不能去。
马嵬坡下泥土中,不见玉颜空死处。
君臣相顾尽沾衣,东望都门信马归。
归来池苑皆依旧,太液芙蓉未央柳。
芙蓉如面柳如眉,对此如何不泪垂?
春风桃李花开日,秋雨梧桐叶落时。
西宫南内多秋草,落叶满阶红不扫。
梨园弟子[20]白发新,椒房阿监青娥[21]老。
夕殿萤飞思悄然,孤灯挑尽未成眠。
迟迟钟鼓初长夜,耿耿星河[22]欲曙天。
鸳鸯瓦冷霜华重,翡翠衾寒谁与共?
悠悠生死别经年,魂魄不曾来入梦。
临邛道士鸿都客,能以精诚致魂魄。
为感君王辗转思,遂教方士殷勤觅。
排空驭气奔如电,升天入地求之遍。
上穷碧落下黄泉[23],两处茫茫皆不见。
忽闻海上有仙山,山在虚无缥缈间。
楼阁玲珑五云起,其中绰约多仙子。
中有一人字太真,雪肤花貌参差是。
金阙[24]西厢叩玉扃[25],转教小玉报双成[26]。
闻道汉家天子使,九华帐里梦魂惊。
揽衣[27]推枕起徘徊,珠箔[28]银屏迤逦[29]开。
云鬓半偏新睡觉,花冠不整下堂来。
风吹仙袂飘飘举,犹似霓裳羽衣舞。
玉容寂寞泪阑干,梨花一枝春带雨。
含情凝睇谢君王,一别音容两渺茫。
昭阳殿里恩爱绝,蓬莱宫中日月长。
回头下望人寰处,不见长安见尘雾。
惟将旧物表深情,钿合金钗寄将去。
钗留一股合一扇,钗擘黄金合分钿[30]。
但教心似金钿坚,天上人间会相见。
临别殷勤重[31]寄词,词中有誓[32]两心知。

七月七日长生殿,夜半无人私语时。
在天愿作比翼鸟㉝,在地愿为连理枝㉞。
天长地久有时尽,此恨绵绵无绝期㉟。

【注释】

①汉皇:汉朝的皇帝,这里借指唐玄宗。
②御宇:统治天下,即在位。
③难自弃:不能辜负自己。
④六宫粉黛无颜色:六宫,泛指后妃的住处。粉黛,原指妇女用的化妆品,此处借指宫中妃嫔。无颜色,失去光彩。
⑤侍儿:服侍杨贵妃的宫女。
⑥新承恩泽:开始得到皇帝的宠爱。
⑦承欢侍宴:承欢,承受玄宗的欢爱。侍宴,陪伴玄宗宴饮。
⑧夜专夜:指每夜都得专宠。
⑨金屋:指华丽的宫室。据《汉武故事》记载,汉武帝欲得阿娇为妇,许诺曰:"若得阿娇作妇,当作金屋藏之。"
⑩醉和春:醉意中又含着春情。
⑪姊妹弟兄皆列土:姊妹弟兄,指杨贵妃一家。列土,本指分封土地,此处的意思是得到封官进爵的奖赏。
⑫可怜:可羡。
⑬渔阳鼙(pí 皮)鼓:渔阳,郡名,在今天津蓟县一带,这里借指安禄山叛军起兵之处。鼙鼓,古代军用的战鼓,此处借指战争。
⑭六军不发:六军,泛指朝廷的军队。不发,不肯继续前进。
⑮宛转蛾眉:宛转,指杨贵妃临死时辗转悱恻的样子。蛾眉,美女的代称,此处指杨贵妃。
⑯花钿(diàn 电)委地:花钿,用金银珠宝做成的花朵状首饰。委地,抛弃在地上。
⑰翠翘金雀玉搔头:翠翘、金雀,形状像翠鸟、金雀的金钗。玉搔头,指玉簪。
⑱天旋地转回龙驭:天旋地转,比喻政局转变。龙驭,指皇帝的车驾。
⑲此:指杨贵妃的死处马嵬坡。
⑳梨园弟子:玄宗通晓音律爱歌舞,曾选教坊乐伎三百人,教习于梨园;又有宫女数百,习艺于宜春苑,称"皇帝梨园弟子"。

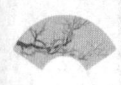

㉑椒房阿监青娥:椒房,指为后宫所住宫室。阿监,宫中女官。青娥,指少年宫女。

㉒耿耿星河:耿耿,明亮。星河,银河。

㉓上穷碧落下黄泉:穷,找遍。碧落,道家称天为碧落。黄泉,此处指地下。

㉔金阙:黄金做成的宫门门楼。

㉕玉扃(jiōng 坰):玉制的门。

㉖小玉报双成:小玉、双成:均指杨贵妃成仙后的侍女。

㉗揽衣:披起衣服。

㉘珠箔:珠帘。

㉙迤逦:形容曲折连绵的样子。

㉚"钗留"两句:钗有两股,钿有两扇,留下一半,另一半带给玄宗。

㉛重:多次。

㉜誓:誓言。

㉝比翼鸟:出双入对,相比飞行。

㉞连理枝:两棵不同根的树枝干交叉生长在一起。

㉟绵绵无绝期:绵绵,长久不断绝。无绝期,没有结束的时间。

【译析】

这是我国优秀长篇叙事诗的名篇。这首诗是诗人于宪宗元和元年(806 年)十二月游仙游寺,有感于唐明皇和杨贵妃的爱情故事,并参照传说逸闻而创作的。诗歌通过对唐明皇和杨贵妃曲折爱情故事的叙述,歌颂了爱情的真诚、专一,表达了对爱情悲剧的深切同情。诗人突破传统观念,把安禄山反叛的祸根和爱情悲剧的原因都归咎于唐明皇的"重色",唐明皇作为爱情的追求者和破坏者铸就了两个主人公的"长恨"。

全诗分为四个部分。诗的开篇至"不重生男重生女"是第一部分,叙写了杨贵妃的出身、超凡姿色和唐明皇的极度宠爱。杨贵妃天生丽质,六宫粉黛都被她比得黯然无色;杨贵妃宫廷生活的奢侈豪华,明皇集"三千宠爱在一身"而"不早朝";杨氏弟兄们的厚禄高官,姐妹们的荣华富贵,招惹得百官羡慕,人民仇恨。这便是爱情悲剧的基础,"长恨"的内因,更为变乱埋下了祸根。

从"骊宫高处入青云"至"不见玉颜空死处"是第二部分,以马嵬兵变的史实为背景,叙述了明皇的出奔、贵妃的惨死和明皇在蜀中的寂寞悲伤。渔阳战鼓传来动地的杀声,千骑万乘逃奔蜀川;"六军"愤于明皇迷恋女色、祸国殃民而哗变,要求处

死杨贵妃;马嵬坡下生离死别,"花钿委地无人收","君王掩面救不得",的确让人感动。诗人借"旌旗无光"、"日色薄"衬托明皇的寂寞悲思,又借"蜀江水碧蜀山青"的美景来写哀情,再借极富特征性的"行宫月色"和雨夜铃声把伤心人领进断肠的境界,以层层递进的方式渲染人物的悲情。

从"君臣相顾尽沾衣"至"魂魄不曾来入梦"是第三部分,写唐明皇在时局稳定后从蜀地回京城,途经马嵬坡勾起伤心事。返京以后,更是触景伤情,无法排遣朝思暮想的感伤情怀。回宫以后物是人非,白天睹物伤情,夜晚"孤灯挑尽"不"成眠",日思夜想都不能了却缠绵悱恻的相思,寄希望于梦境,一生一死分别了多少年月,"魂魄不曾来入梦"。"长恨"之"恨",动人心魄。

从"临邛道士鸿都客"至全文结束是第四部分,叙写道士在东海仙山找到杨贵妃,仙境中的杨贵妃生活寂寞、不忘旧情地托道士为唐明皇带回纪念品、重申永生永世愿做夫妻的誓言。唐明皇对爱情的真诚和专一,既感动了诗人,也感动了道士。诗人大胆想象,构思了一个能传递感情的妩媚动人的仙境,让故事更加曲折回环,让主人公的日思夜念有所比照。用"在天愿作比翼鸟,在地愿为连理枝"告慰读者对动人爱情故事的关注。结尾点明主题,照应开头,给读者丰富的联想和回味。

元稹　遣悲怀三首（之二）

【作者介绍】

元稹(公元779年—831年),字微之,河南(今河南洛阳)人,早年家贫。贞元九年(793年)举明经科,25岁登书判出类拔萃,授秘书省校书郎。曾任监察御史。因得罪宦官及守旧官僚遭贬。后转而依附宦官,官至同中书门下平章事,后以暴疾终于武昌军节度使任上。与白居易友善,常相唱和,世称"元白"。有《元氏长庆集》60卷,补遗6卷,存诗八百三十多首。

【原文】

昔日戏言身后意,今朝都到眼前来。
衣裳已施①行看尽②,针线犹存未忍开。
尚想旧情怜婢仆③,也曾因梦送钱财。
诚知此恨人人有,贫贱夫妻百事哀。

【注释】

①施:施舍于人。
②行看尽:行,快要。看尽,眼看不多了。
③怜婢仆:哀怜妻子生前的婢仆。

【译析】

这首诗主要写妻子死后诗人的"百事哀"。过去小两口随口玩笑说的话,不想今朝却真的应验了,竟成为悼念的情愫,因而便愈感真切沉痛。

爱妻仙逝,而遗物犹存。睹物思人,哀痛不已。为了尽量避免见物思人,稍减哀伤之情,便将妻子生前穿过的衣裳施舍出去,而对妻子生前做过的针线活却又原封不动地保存下来,不忍打开。一施一存,心情极为矛盾,这种消极的做法本身恰好证明诗人根本无法摆脱对亡妻的无尽怀念,真是"剪不断,理还乱"啊。

每当看见妻子身边的婢仆,也不禁引起哀思,因而对婢仆也顿生一种哀怜之情。白日里尚且如此触景伤情,夜晚更是梦魂飞越梦中相寻,甚至在梦中送钱给亡妻,看似荒唐难信,却正是一片感人的痴情。

末二句是对中间四句的概括总结,又是直抒胸意之辞,先从"诚知此恨人人有"的泛说,再落到"贫贱夫妻百事哀"的特指上。夫妻死别乃自然规律,人所难免,但对于同贫贱共患难却又未能同享富贵的夫妻来说,一旦永诀,实在是更为悲哀的。从泛说到特指,突出自己丧妻非同一般的深悲大恸之情。

贾岛 剑客

【作者介绍】

贾岛(公元779年—843年),字浪仙,范阳(今河北省涿县)人。早年出家为僧,号无本。元和五年(810年)冬,至长安,见张籍。次年春,至洛阳,始谒韩愈,以诗深得赏识。后还俗,屡举进士不第。文宗时,因诽谤,贬长江(今四川蓬溪)主簿。开成五年(840年),迁普州司仓参军。武宗会昌三年(843年),在普州去世。贾岛诗在晚唐形成流派,影响颇大。有《长江集》。

【原文】

十年磨一剑,霜①刃未曾试。
今日把②示君,谁有不平事?

【注释】

①霜:像霜一样的白色。
②把:拿给。

【译析】

诗题亦作《述剑》。诗人以剑客的口吻,着力刻画了"剑"和"剑客"的形象,托物言志,抒写自己兴利除弊的政治抱负。

"十年磨一剑",剑是剑客用了十年工夫精心磨制的。侧写一笔,已显出此剑非同一般。接着,正面一点:"霜刃未曾试。"写出此剑刃白如霜,闪烁着寒光,是一把锋利无比却还没有试过锋芒的宝剑。说"未曾试",便有跃跃欲试的意思包含在内。

现在得遇知音的"君",便充满自信地说:"今日把示君,谁有不平事?"今天将这利剑拿出来给你看看,告诉我,天下谁有冤屈不平的事?一种急欲施展才能,干一番事业的壮志豪情,跃然纸上。

在这里,"剑客"是诗人自喻,而"剑"则比喻自己的才能。此处,诗人没有描写自己十年寒窗刻苦读书的生涯,也没有表白自己出众的才能和宏大的理想,而是通过巧妙的艺术构思,把自己的意想,含而不露地融入"剑"和"剑客"的形象里。这种寓政治抱负于鲜明形象之中的表现手法,是古代的文人所常用的。

卢仝 走笔谢孟谏议寄新茶

【作者介绍】

卢仝(tóng 同)(公元约795年—835年),"初唐四杰"之一卢照邻的嫡系子孙。祖籍范阳(今河北涿县),生于河南济源市武山镇,早年隐少室山,自号玉川子。他刻苦读书,博览经史,工诗精文,不愿仕进。后迁居洛阳。家境贫困,仅破屋数间。但他刻苦读书,家中图书满架。卢仝性格狷介,颇类孟郊;但其狷介之性中更有一种雄豪之气,又近似韩愈。朝廷曾两度要起用他为谏议大夫,而他不愿仕进,均不

就。曾作《月食诗》讽刺当时宦官专权,受到韩愈称赞(时韩愈为河南令)。甘露之变时,因留宿宰相王涯家,与王同时遇害,时年四十岁。有《玉川子集》。

【原文】

日高丈五睡正浓,军将①打门惊周公。
口云谏议送书信,白绢斜封三道印。
开缄宛见②谏议面,手阅月团③三百片。
闻道新年入山里,蛰虫惊动春风起。
天子须尝阳羡茶④,百草不敢先开花。
仁风⑤暗结珠蓓蕾,先春抽出黄金芽⑥。
摘鲜焙芳⑦旋封裹,至精至好且不奢⑧。
至尊之馀合王公,何事便到山人⑨家?
柴门反关无俗客,纱帽笼头自煎吃。
碧云⑩引风吹不断,白花⑪浮光凝碗面。
一碗喉吻润⑫,二碗破孤闷。
三碗搜枯肠,惟有文字五千卷。
四碗发轻汗,平生不平事,尽向毛孔散。
五碗肌骨⑬清,六碗通仙灵。
七碗吃不得也,唯觉两腋习习清风生。
蓬莱山⑭,在何处?玉川子,乘此清风欲归去。
山上群仙司下土,地位⑮清高隔风雨。
安得知百万亿苍生命,堕在颠崖受辛苦!
便为谏议问苍生,到头合得苏息⑯否?

【注释】

①军将:低级武官。
②宛见:好像看到。
③月团:即茶饼。
④阳羡茶:产于江苏宜兴。
⑤仁风:温和的风,即春风。
⑥黄金芽:最早发出的一些茶芽,颜色微黄。
⑦焙芳:烘焙茶叶。封裹:把焙干的茶叶包裹起来。

⑧不奢:(茶叶数量)不多。
⑨山人:卢仝自称。
⑩碧云:形容茶的汤色碧绿。
⑪白花:指茶汤的饽沫。
⑫喉吻润:喉中感到滋润。
⑬肌骨:泛称身体。
⑭蓬莱山:古代传说中的"三神山"之一。
⑮地位:境地。
⑯苏息:困乏后得到休息。

【译析】

卢仝的这首诗就是同陆羽《茶经》齐名的《玉川茶歌》。这首诗被世人称为茶的千古绝唱,论茶者大多喜欢引述此诗,尤其"一至七碗"的句子,俗称《七碗茶歌》。

全诗可分为三个部分。第一部分从"日高丈五睡正浓"至"何事便到山人家",写的是军将受孟谏议之托来送书信与新茶,信中提到:最新的阳羡茶每年都要赶在清明节之前送到皇宫,以备宫中"清明宴"之用。"摘鲜焙芳旋封裹",最好、最新、最嫩的茶叶制好封存之后,马上送达皇宫,剩余的才是王公贵族享用,而后作者感慨道:好茶、新茶什么时候才能轮到这些种茶的人家喝呢?

第二部分从"柴门反关无俗客"至"玉川子,乘此清风欲归去"可以说是这首诗最精彩的部分,它写出了品饮新茶给人的美妙意境:"一碗喉吻润,二碗破孤闷",看似浅直,实则沉挚。第三碗进入素食者的枯肠,已不易忍受了,而茶水在肠中搜索的结果,却只有无用的文字五千卷!似已想入非非了,却又使人平添无限感慨。第四碗也是七碗中的要紧处。看他写来轻易,笔力却很厚重。心中郁积,发为深山狂啸,使人有在奇痒处着力一搔的快感。饮茶的快感以致于到"吃不得也"的程度,可以说是匪夷所思了。这虽也容或有之,但也应该说这是对孟谏议这位饮茶知音所送珍品的最高赞誉。同时,从结构上说,作者也要用这第七碗茶所造成的飘飘欲仙的感觉,转入下文为苍生请命的更明确的思想。

第三部分从"山上群仙司下土"至"到头还得苏息否",写蓬莱山上的仙人管着下界土地上的事物,那么他们是否知道无数的茶农,每日在山崖上辛勤地劳动,茶农为献贡茶所受的苦,有何人知晓呢?作者在蓬莱仙境为孟谏议替这些茶农问:这种辛苦的日子何时才是尽头?茶农何时才得以歇息?

这首诗写得挥洒自如,宛然毫不费力,从构思、语言、描绘到夸饰,都恰到好处,能于酣畅中求严紧,有节制,卢仝那种特有的别致的风格,获得完美的表现。

杜牧 秋夕

【作者介绍】

杜牧(公元803—约852年),字牧之,号樊川居士,汉族,京兆万年(今陕西西安)人,唐代诗人。杜牧人称"小杜",以别于杜甫。与李商隐并称"小李杜"。因晚年居长安南樊川别墅,故后世称"杜樊川",著有《樊川文集》。

【原文】

银烛①秋光冷画屏,轻罗小扇②扑流萤。
天阶③夜色凉如水,坐看牵牛织女星。

【注释】

①银烛:白蜡烛。
②轻罗小扇:轻巧的丝质团扇。
③天阶:一作"天街"。

【译析】

这首诗抒写了一个遭弃宫女的孤苦生活和凄清心境。前两句绘出一幅宫内凄凉生活图画:秋天晚上,烛光微颤,屏画幽暗。此时,一位形孤影茕的宫女正用一方小团扇扑打着飞来绕去的萤火虫。"轻罗小扇扑流萤"一句委婉含蓄,至少蕴有三层意思:一,萤常常生长于荒芜的草丛坟墓之间,宫女居住的庭院居然飞舞萤虫,可想而知宫女生活是何等孤苦凄清了;二,宫女扑萤之举可见其百无聊赖。她无所事事,只有以小扇扑萤,似乎欲赶跑困扰她的孤寂凄冷,又有何用? 三,宫女手中的小扇具有比拟意义。扇子本为夏日扇风取凉之用,秋日却无用处,因而古代诗人往往用秋扇比拟弃妇。传说汉成帝妃班婕妤被赵飞燕进谗言,失宠之后住于长信宫,写下《怨歌行》,有"裁为合欢扇,团团似明月","常恐秋节至,凉飚夺炎热。弃捐箧笥中,恩情中道绝"等诗句。这传说虽不足信,然而后来诗词中往往将团扇、秋扇同失去爱情的妇女串连为一体了。

290

第三四句紧承前两句,是说夜已深沉,凉气袭人,应当进屋睡了。然而宫女却依旧坐于石阶之上,注目天河两边的牵牛与织女。大概是牛郎织女的故事触动了她的心吧!哀惋自身之不幸,倾慕他人之有幸,心事全盘绕在这举首仰望之中了。

温庭筠　望江南

【作者介绍】

温庭筠(公元约812年—866年),唐代诗人、词人。本名岐,字飞卿,太原祁(今山西祁县)人,是花间词派的重要作家之一。唐初宰相温彦博的后裔。《新唐书》与《旧唐书》上皆有传。年轻时苦心学文,才思敏捷。晚唐考试律赋八韵一篇。据说他叉手一吟便成一韵,八叉八韵即告完稿,时人亦称为"温八叉"、"温八吟"。原有集,已散佚,后人辑有《温庭筠诗集》、《金荃词》。另著有传奇小说集《乾巽子》,原本不传,《太平广记》中多有引录。

【原文】

梳洗罢,
独倚望江楼。
过尽千帆皆不是,
斜晖脉脉水悠悠。
肠断白蘋洲①。

【注释】

①洲:河流中由泥沙淤积而成的小块陆地。

【译析】

这首小令,只有二十七个字。起句"梳洗罢",看似平平,实则内容丰富,给读者留了许多想像的余地。这不是一般人早晨起来的洗脸梳头,而是特定的人物(思妇),在特定条件(准备迎接久别的爱人归来)下,一种特定情绪(喜悦和激动)的反映。

"独倚望江楼。"江为背景,楼为主体,焦点是独倚的人。这时的女子,感情是复杂的;随着时间的推移,情绪是变化的。初登楼时的兴奋喜悦,久等不至的焦急,一

个"独"字用得很传神,意味深长。

"过尽千帆皆不是",是全词感情上的大转折。这句和起句的欢快情绪形成对照,鲜明而强烈;又和"独倚望江楼"的空寂焦急相连结,承上而启下。船尽江空,人何以堪!希望落空,幻想破灭,这时映入她眼帘的是"斜晖脉脉水悠悠",落日流水本是没有生命的无情物,但在此时此地的思妇眼里,成了多愁善感的有情者。

末句"肠断白萍洲"最当留意。与全词"不露痕迹"相比较,点出末句主题似乎太直,但在感情的高潮中结句,仍有"有余不尽之意"。

这首小令,情真意切,生动自然,别具一格。

李商隐　锦瑟

【作者介绍】

李商隐(公元约813年—约858年)字义山,号玉溪生,又号樊南子,怀州河内(今河南沁阳)人。唐文宗开成二年(837)进士。曾任弘农尉、佐幕府、东川节度使判官等职。早期,李商隐因文才深得牛党要员令狐楚的赏识,后李党的王茂元爱其才将女儿嫁给他,他因此受到牛党和李党的联合排斥。李商隐在牛李党争的夹缝中求生存,辗转于各藩镇幕府当幕僚,郁郁不得志,潦倒终身。晚唐诗在前辈的光芒照耀下有大不如前的趋势,而李商隐却将唐诗推向了又一次高峰。晚唐的另一诗人杜牧与他齐名,两人并称"小李杜"。现存约600首,有《李义山诗集》。

【原文】

锦瑟①无端五十弦,
一弦一柱②思华年③。
庄生晓梦迷蝴蝶④,
望帝⑤春心托杜鹃。
沧海月明珠有泪⑥,
蓝田⑦日暖玉生烟⑧。
此情可待成追忆,
只是当时已惘然⑨。

【注释】

①瑟:古乐器。古瑟五十弦。以花纹雕饰者谓锦瑟。

②柱：瑟上扣弦的支柱。

③华年：青春美好的年华。

④庄生：庄周。《庄子》："庄周梦为蝴蝶，栩栩然蝴蝶也。……不知周之梦为蝴蝶欤？蝴蝶之梦为周欤？"

⑤望帝：传说中周朝末年蜀地的君主，名杜宇。后禅让退位，不幸国亡身死，死后灵魂化为杜鹃鸟，春天则悲啼不止。

⑥月明珠有泪："南海外有鲛人，水居如鱼，不废绩织，其眼泣则能出珠。""月满则珠全，月亏则珠阙。"

⑦蓝田：蓝田山，在今陕西省蓝田县东南，产美玉。

⑧玉生烟：古人认为美玉在阳光的照耀下，会升腾起一种晶莹之气。唐诗人戴叔伦："诗家之景如蓝田日暖，良玉生烟，可望而不可置于眉睫之前也。"

⑨惘然：迷惘，不知所措。

【译析】

《锦瑟》是李商隐的代表作之一，也是评价不一的一首诗。本诗和李商隐其他一些内容晦涩的诗一样，之所以引得众说纷纭，一个重要原因是在传统的写作形式中加入了象征主义的元素和印象派的手法，用具体可感的物象表现抽象的情感，情感和物象之间有时并没有必然的联系，读李商隐的诗，我们更多是去感受客观物象给人的感觉和主观情感之间的相似之处。很显然，本诗是时过境迁之后，对往日一段刻骨铭心情感的追忆。或许当事人还在，或许有什么难言之痛，诗人有意以较多的典故作一种隐讳、婉曲的表达。标题取句首二字，并非全无意义，瑟音凄苦，《锦瑟》里蕴含着苦涩的回忆。

全诗可以分为三部分。首联是第一部分，以锦瑟起兴，引起一段无法忘怀的记忆。锦瑟啊，怎么平白无故有那么多弦啊？一弦一柱都蕴藏着对"华年"的追忆。锦瑟本来就有那么多弦，诗人的抱怨不过是找个借口罢了，以此来喻往事难忘、苦涩的情愁无穷无尽。次句明确说明追忆的是"华年"。那个忘不了的"华年"里有着怎样的精彩，怎样惊天动地的情爱，怎样铭心刻骨的故事啊？

颔联、颈联是第二部分，写所忆所思的"华年"留给诗人的感受。"庄生晓梦迷蝴蝶"是迷惘：庄周梦见自己变成蝴蝶，醒来后茫然自思，不知道是庄周梦为蝴蝶，还是蝴蝶梦为庄周。这是一种似幻似真的境界，朦胧而迷离。"望帝春心托杜鹃"是执著：蜀帝死了，但他的心没有死，到春天，他把灵魂化为杜鹃鸟，仍啼叫不止，直至叫得口中滴血。凄苦如此，还不回头，什么样的情怀这样痴迷不悟？"沧海月明

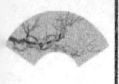

珠有泪"是寂寥：皓月当空，浩瀚的海面，黛青的波浪涌动起伏，月光下，张开的海蚌壳里的珍珠，晶莹剔透，清辉流转，是珠光，是泪光？辽阔、旷远、皓净而又孤清寂寥。"蓝田日暖玉生烟"是温馨：暖暖的阳光照耀下，蓝田美玉升腾起飘忽的烟霭。这是一种缥缈但非常美好的感觉。

尾联是第三部分。"此情可待成追忆"，诗人笔触急转，又回到现实中。诗人明白地提出"此情"照应开端的"华年"，于是，我们知道了，"华年"里有段惊心动魄、铭心刻骨的感情，那里有梦、有血、有泪、有沧海、有暖日、有凄苦、有温婉……有无言的结局。这样的情感，哪里需留待后来的日子去追忆，在当时就已经令人惆怅不已了。"只是当时已惘然"，似有无尽的伤痛和遗憾。读完全诗，我们也不禁怅然若失了。

罗隐　自遣

【作者介绍】

罗隐（公元833年—909年），字昭谏，新城（今浙江富阳市）人。大中十三年底至京师，应进士试，历七年不第。咸通八年乃自编其文为《谗书》，这样一来，更加被统治阶级所憎恶，所以罗衮赠诗说："谗书虽胜一名休。"后来又断断续续考了几年，总共考了十多次，自称"十二三年就试期"，最终还是铩羽而归，史称"十上不第"。黄巢起义后，避乱隐居九华山，55岁时归乡依吴越王钱镠，历任钱塘令、司勋郎中、给事中等职。罗隐著述甚丰，但散佚严重，今存诗歌约500首，有诗集《甲乙集》传世，散文名著《谗书》五卷60篇（残缺2篇），哲学名著《两同书》两卷（10篇），小说《广陵妖乱志》、《中元传》等，另有书启碑记等杂著约40篇。

【原文】

得即高歌失即休①，
多愁多恨亦悠悠。
今朝有酒今朝醉，
明日愁来明日愁。

【注释】

①休：停止，罢休。

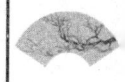

【译析】

乍看此诗无一景语,全属率直的抒情。但诗中所有的情语都不是抽象的抒情,而是能够给人一个具体完整的印象。

首句说不必患得患失,"得即高歌失即休"。这种半是自白、半是劝世的口吻,尤其是仰面"高歌"的情态,给人生动具体的感受。情而有"态",便形象化。次句不说"多愁多恨"太无聊,而说"亦悠悠"。悠悠,不尽,意谓太难熬受。也就收到具体生动之效,不特是趁韵而已。同样,不说得过且过而说"今朝有酒今朝醉,明日愁来明日愁",更将"得即高歌失即休"一语具体化,一个放歌纵酒的旷士形象便呼之欲出了。

李煜　浪淘沙

【作者介绍】

李煜(公元937年—978年),初名从嘉,字重光,号钟隐,莲峰居士。南唐中主第六子。彭城(今江苏徐州)人。宋建隆二年(961年)在金陵即位,在位十五年,世称李后主。他嗣位的时候,南唐已奉宋正朔,苟安于江南一隅。宋开宝七年(974年),宋太祖屡次遣人诏其北上,均辞去不去。同年十月,宋兵南下攻金陵。明年十一月城破,后主肉袒出降,被俘到汴京,封违命侯。太宗即位,进封陇西郡公。太平兴国三年(978年)七夕是他四十二岁生日,宋太宗恨他有"故国不堪回首月明中"的词句,命人在宴会上下药将他毒死。追封吴王,葬洛阳邙山。后主本有集,已失传。现存词四十四首,其中几首前期作品或为他人所作,可以确定者仅三十八首。

【原文】

帘外雨潺潺①,春意阑珊②。

罗衾③不耐五更寒。

梦里不知身是客④,一晌贪欢⑤。

独自莫凭栏,无限江山。

别时容易见时难。

流水落花春去也,天上人间。

【注释】

①潺潺:形容雨声。
②阑珊:将尽,衰落。
③罗衾(qīn 亲):绸子被褥。
④身是客:指被拘汴京,形同囚徒。
⑤一晌(shǎng 赏):一会儿,片刻。
⑥贪欢:指贪恋梦境中的欢乐。

【译析】

词的上阕用倒叙手法,帘外雨、五更寒,是梦后事;忘却身份、一晌贪欢,是梦中事。潺潺春雨和阵阵春寒,惊醒残梦,使抒情主人公回到了真实人生的凄凉景况中来。梦中梦后,实际上是今昔之比。

下阕首句"独自莫凭栏"是因凭栏而见故国江山,将引起无限伤感,深感"别时容易见时难"。"流水落花春去也",与上片"春意阑珊"相呼应,同时也暗喻来日无多,不久于人世。"天上人间"句,颇感迷离恍惚,语出白居易《长恨歌》:"但教心似金钿坚,天上人间会相见。"李煜用在这里,似指自己的最后归宿。

李煜的词善于从生活实感出发,抒写自己人生经历中的真切感受,自然明净,含蓄深沉。

虞美人

【原文】

春花秋月何时了①,往事知多少。
小楼昨夜又东风,故国不堪回首月明中。
雕阑玉砌②应犹在,只是朱颜改。
问君③能有几多愁,恰似一江春水向东流。

【注释】

①了:完结。
②雕阑玉砌:这里指远在金陵的南唐故宫。

③君:作者自称。

【译析】

这首词流露了李煜的故国之思,据说这是促使宋太宗下令毒死李煜的原因之一。

全词以问起,由问天、问人而到自问,使作者沛然莫御的愁思贯穿始终,形成沁人心脾的美感效应。诚然,李煜的故国之思也许并不值得同情,他所眷念的往事离不开"雕栏玉砌"的帝王生活和朝暮私情的宫闱秘事。但这首脍炙人口的名作,在艺术上确有独到的地方。"春花秋月"多么美好,但作者却企盼它早日了却,小楼"东风"带来春天的信息,却反而引起作者"不堪回首"的嗟叹,因为它们都勾发了作者物是人非的感触,衬托出他的囚居异邦之愁,用以描写由珠围翠绕,烹金馔玉的江南国主一变而为长歌当哭的阶下囚的作者的心境,是真切而又深刻的。结句"一江春水向东流",是以水喻愁的名句,含蓄地显示出愁思的长流不断,无穷无尽。

柳永　雨霖铃

柳永(公元987年—约1053年)字耆卿,初名三变,因排行第七,又称柳七。他自称"奉旨填词柳三变",以毕生精力作词,并以"白衣卿相"自许。福建崇安(今福建省崇安县)人。出身官宦之家,为人放荡不羁,留连于秦楼楚馆,终生潦倒。曾官至屯田员外郎,故又称柳屯田。创作慢词独多,对宋代慢词的发展颇有影响。擅长白描手法,铺叙刻划,情景交融,以俚语入词,多吸收生活中的语言。其词当时广为流传,影响颇大,在词史上占有重要地位。有《乐章集》,收词二百多首。

【原文】

寒蝉①凄切,对长亭②晚,骤雨初歇。都门帐饮③无绪,留恋处、兰舟④催发。执手相看泪眼,竟无语凝噎⑤。念去去、千里烟波,暮霭沉沉楚天⑥阔。

多情自古伤离别,更那堪、冷落清秋节!今宵酒醒何处?杨柳岸、晓风残月。此去经年⑦,应是良辰好景虚设。便纵有千种风情⑧,更与何人说?

【注释】

①寒蝉:似蝉而小,又名寒蜩,入秋始鸣。
②长亭:古时驿站上十里一长亭,五里一短亭,是行人休息或送别之处。

③都门帐饮：在京城郊外，设置帐幕宴饮送行。
④兰舟：泛指质地精良的船只。
⑤凝噎：喉咙里像是塞住，说不出话来。一作"凝咽"。
⑥楚天：古时楚国占有今鄂、湘、江、浙一带，这里泛指南方的天空。
⑦经年：年复一年。
⑧风情：情意，深情密意。

【译析】

　　这首词是柳永的代表作，以冷落的秋景作为衬托来表达恋人间难以割舍的离情。上阕首句点明送别的场景：在秋风阵阵，蝉鸣凄切的傍晚，潇潇雨歇之后，于长亭告别自己心爱的人。作者有意捕捉冷落的秋景来酝酿一种足以打动人心的、充满离情别绪的环境气氛。"都门"三句写离别情形，"帐饮"是别筵，"无绪"表明心绪错乱不安。"催"字勾出情侣被迫分离之状。正在留恋难舍之时，不解人意的舟子在催促出发了。"执手"两句，不仅写出了分手的情侣当时的情状，而且暗示了他们极其复杂微妙的内心活动。离别在即，本来有千言万语，却不知从何说起，便愈见心情的"无绪"，也愈见彼此情意的深切。下句用一"念"字，急转直下，引出了对别后情景的设想。"烟波"以"千里"形容，"暮霭"以"沉沉"形容，"楚天"以"阔"形容，都与"凝噎"的心情相契合。作者用融情入景、烘托点染的手法，达到了一般抒情语言所不能达到的艺术效果。

　　下阕宕开一笔，泛说离愁别恨，自古皆然。紧接着便转至眼前，自己在这冷落的清秋时节和恋人别离，内心的悲愁更甚。"今宵"两句，属虚景实写，是宋词中传婉约之神的千古名句。但设想今宵酒醒时，已不知在何处了，抬眼望去，也只有那拂晓时穿过岸边依依杨柳的袭人寒风和一弯残月相伴而已。作者借物抒怀，词、画、情融为一体，浑然天成，营造了一个凄清境界，历来备受推崇。"此去"四句，从别后长年落寞，相会无期到无人可说风情，既照应前文，又总结全词。词意始终回环往复，言有尽而情意无穷。

蝶恋花

【原文】

伫倚危楼①风细细，望极②春愁，黯黯生天际。

草色烟光残照里,无言谁会③凭阑意?
拟把疏狂④图一醉,对酒当歌⑤,强乐还无味。
衣带渐宽⑥终不悔,为伊消得⑦人憔悴。

【注释】

①伫倚危楼:伫,久立。危楼,高楼。
②望极:极目远望。
③会:理解。
④疏狂:狂放,不拘形迹。
⑤对酒当歌:语出曹操《短歌行》"对酒当歌,人生几何?"古人常指失意之人及时行乐、借酒浇愁。
⑥衣带渐宽:出自《古诗十九首》"相去日已远,衣带日已缓"。指因愁苦思念而日渐消瘦。
⑦消得:值得。

【译析】

这是一首怀人之作,写得很含蓄。作者把漂泊之苦与相思之情结在一起,抒发了对恋人的深沉思念和对爱情忠贞不渝的情怀。

词人从登楼所见写起:在微风中,他久立高楼,极目远望,春草萋萋向远方延伸着,延伸着,一股无法遏止的愁绪伴着无边的暮色弥漫开来。"风细细"给沉重的画面注入了一丝动意,使起句平直而不呆滞,静里有动,无形的"春愁"变得鲜活可感了。天际何物引起词人愁怀,"草色烟光残照里。"原来,"春愁"从一片凄景中来。作者在此借用春草来表达自己对于羁旅孤栖的厌倦。"残照"二字平添了一种消极感伤的色彩,自然引发"无言谁会凭阑意"的慨叹。登高望远,夕照与青草已引起悲伤,且又无人领会凭阑之意,其情其苦何堪?词至此已把词人的愁思描写得淋漓尽致。

下阕笔锋一转,写词人把杯问盏,酒中求乐,以此来反衬愁思的深重和无可排遣,实质是愁极之语。"拟把"三句正印证了"举杯消愁愁更愁",形象生动地揭示词人"春愁"的缠绵悱恻,欲罢不能的程度,但词人"衣带渐宽终不悔",他被折磨得憔悴了、消瘦了,却决不后悔。原来是自己心甘情愿的,词人的愁情原是一片痴情。"终不悔"似岩浆炽烈,道出词人心中浓郁的挚情。究竟是什么使他如此痴心,如此钟情?"为伊消得人憔悴。"原来是为她!这两句备受评家称赞,它是词人心底的挚

诗词部分

299

词,词人把自己对爱情的坚贞、专一和对心上人的钟情思念全都蕴含其中了。

八声甘州

【原文】

对潇潇①暮雨洒江天,一番洗清秋。
渐霜风凄紧②,关河冷落,残照③当楼。
是处红衰翠减④,苒苒物华休⑤。
惟有长江水,无语东流。
不忍登高临远,望故乡渺邈⑥,归思难收。
叹年来踪迹,何事苦淹留⑦?
想佳人、妆楼颙望⑧,误几回、天际识归舟?
争知我、倚阑干处,正恁⑨凝愁⑩?

【注释】

①潇潇:雨势急骤貌。
②凄紧:寒气逼人。凄紧,一作"凄惨"。
③残照:夕阳余辉。
④是处红衰翠减:是处,到处。红衰翠减,指花、叶凋零。
⑤苒苒物华休:景物逐渐凋残。
⑥渺邈:渺茫遥远。
⑦淹留:长期停留。
⑧颙望:抬头凝望。
⑨恁:这样。
⑩凝愁:忧愁凝结不解。

【译析】

《八声甘州》简称《甘州》,唐边塞曲,后用为词牌。因全词共八韵,故称"八声"、上下阕,九十七字,平韵。这是一首书写羁旅相思的名作。全词塑造的是一位游子形象。

上阕着意描绘登楼所见的深秋景色来点染离情别绪。以"对"字领起全词,劈头写出清秋暮雨给予作者的凄凉感受。特别一个"洗"字,把清秋的明丽、爽洁、纤尘不染的气氛写了出来。继而用三句写雨后暮景,由近及远地描绘了整个深秋的景象。"霜风凄紧"写作者的直接感受,突出了秋景肃杀的特点。以"冷落"、"残照"进一步渲染秋天傍晚的暗淡、凄清,从而也透视了游子心中的"秋"。这三句笔墨平淡,却极富表现力。接着四句写放眼望去,楼前花木凋零,一片荒芜、肃杀之景;远处,长江水无声无息地向东流去。在词人看来,一切景物都似乎在表达自己的感情,唯有长江水却无动于衷,默默无语地向东流去。以江水之无情,反衬人之有情。以这样一个暗喻作结,为下文抒情蓄势。

下阕即景抒情,深刻地抒写了词人思乡怀旧的心情,以及慨叹自己飘零异乡而功业无成的苦闷。"不忍"二字承上启下,将"归思"转进一层,意思更为委婉深曲。"望"字兴起思乡怀旧之情。此三句在词中至为重要,点明了"羁旅行役之苦"的题旨。"叹年来"两句,反躬自问,把无限辛酸愁苦融于一声慨叹之中,写出了千回百转的心思和回顾茫然的神态,含蓄蕴藉,耐人寻味。"想佳人"两句,由实入虚,别开一境,从怀乡思归者的对方着笔,设想妻子盼己回归望眼欲穿的情态,委婉深曲,真切感人。结尾以"争知我"三字,归结到自身,以"凝愁"收束,首尾圆合,前后贯通,文笔灵活跌宕,感情含蓄深沉。

晏殊 蝶恋花

【作者介绍】

晏殊(公元991年—1055年),字同叔,北宋前期婉约派词人之一。抚州临川(今南昌市)人。景德中赐同进士出身。之后到秘书省做正字,北宋仁宗即位之后,升官做了集贤殿大学士,仁宗至和二年,六十五岁时过世。谥元献。性刚简,自奉清俭。能荐拔人才,如范仲淹、欧阳修均出其门下。原有集,已散佚,仅存《珠玉词》及清人所辑《晏元献遗文》。

【原文】

槛①菊愁烟兰泣露,罗幕轻寒,燕子双飞去。
明月不谙②离恨苦,斜光到晓穿朱户。
昨夜西风凋碧树,独上高楼,望尽天涯路。
欲寄彩笺兼尺素③,山长水阔知何处!

【注释】

①槛：栏杆。

②谙：了解、知道、熟悉。

③尺素：书信。古人将书信写在长一尺左右的绢帛上，故称尺素。

【译析】

这是晏殊一首颇负盛名的伤离怀远之词。主角是一位闺中人。上阕主要写所见。起句写秋晓庭院中的景物。栏杆外的菊花笼罩着一层轻烟薄雾，看上去似乎在脉脉含愁；兰花上沾有露珠，看上去又像在默默饮泣。

次两句写深秋清晨，罗幕之间荡漾着一缕轻寒，燕子双双穿过帘幕飞走了。在充满哀愁，对季节特别敏感的闺中人眼中，燕子似乎是因为不耐罗幕之寒而离去的。这与其说是燕子的感觉，不如说是闺中人的感觉。闺中人不仅在生理上感到深秋的微寒，而且在心理上也荡漾着因孤孑凄清而引起的寒意。燕子"双飞"，更反衬出人的孤独。

后两句从今晨回溯到昨夜，点明"离恨"，表现情感也从隐微转为强烈。明月本是无知的自然景物，它不了解离恨之苦，而只顾将斜光照透朱户，直到天亮，原很自然。既如此，人们不应该去怨恨它，但闺中人却偏要去怨恨。这种仿佛无理的埋怨，正有力地表现了闺中人在"离恨"的煎熬中对月彻夜无眠的情景和由外界事物所引起的感触。

下阕主要写所思。前三句承上阕"到晓"，折回写今晨登上高楼远望的情景。"西风凋碧树"不仅是望之所见，而且也包含有对昨夜通宵未寐时卧听西风飘落叶情景的回忆。碧树因一夜西风而尽凋，足见西风之劲厉肃杀。"凋"字精确地传达出这一自然景象给予闺中人的强烈感受。景既萧瑟，人又孤独，似乎应接着抒发闺中人忧伤低回之音。但作者却出人意料地展现出一片无限广远寥阔的境界：一人独上高楼，望断天涯路。这样写，不仅能表达闺中人有登高望远的苍茫百感，也隐示闺中人有长久不见所思的空虚惆怅。而这种所向空阔、毫无窒碍的境界却又能给闺中人一种精神上的满足，使其从狭小的帘幕庭院的忧伤愁闷转向广远境界的驰望骋怀。这种意境从"望尽"二字中充分体现出来。

末尾两句紧承前面。高楼驰望不见所思，因而想到音书寄远。彩笺是题诗的诗笺，尺素指书信。两句一纵一收，将闺中人欲寄思念之诗书音讯这种强烈愿望，与所思之人远离故乡又不知宦游何处而音书无寄这种可悲现实对照起来描写，更加突出了"满目山河空念远"的悲慨,全词也就在这渺无着落的怅惘中结束。

晏几道　临江仙

【作者介绍】

晏几道(约公元1030年—约1106年)字叔原,号小山,临川(今江西抚州市)人,晏殊的第七子。监颖昌许田镇。性情孤傲耿介,所以虽出仕宦之门,却未有仕途作为。晚年家道中落,穷愁潦倒,几近衣食无着。擅作小令,工于言情。多写人生聚散无常之慨与诀别思念之苦,凄婉感伤,缠绵悱恻,有《小山词》,存词二百六十首。据黄庭坚为《小山词》作序介绍,晏几道四痴:一不依傍权贵;二是作文"不肯一作新进士语";三是"费资千百万,家人寒饥",不会理财;四是"人百负之而不恨,已信人,终不疑其欺己"。对其词作,词评家多有赞辞。

【原文】

梦后楼台高锁,酒醒帘幕低垂。
去年春恨却来①时。
落花人独立,微雨燕双飞②。
记得小蘋③初见,两重心字罗衣④。
琵琶弦上说相思。
当时明月在,曾照彩云⑤归。

【注释】

①却来:再次涌上心头。
②"落花"二句:化用翁宏《春残》诗中"落花人独立,微水燕双飞"的句子。
③小蘋(yù玉):当时一歌女的名字,深得作者欢心。作者在《小山词》的自跋中曾提到,沈廉叔、陈君宠二友人家中有莲、鸿、蘋、云等歌女,三人常作词供她们在席间歌唱。其友或病或殁后,小蘋等人不知去向。
④两重心字罗衣:指罗衣上有以重叠的心字纹组成的图案。
⑤彩云:比喻小蘋。

【译析】

这首词写怀念歌女小蘋的怅惘之情,也暗含对世事、人生无常的慨叹。

词中"梦后"两句为一层,"去年"三句为一层,"记得"三句为一层,"当时"两句为一层,分别描绘了四幅动人的画面,逐层表达了作者思绪起伏变化。词中无一字言愁,"梦后"、"酒醒"互文见义,将伤离怀人之愁写得荡气回肠。

上阕以春景烘托,写今日"梦后"、"酒醒"的相思。起首两句,描绘人去楼空的凄凉环境氛围,烘托出"此中人"的孤寂。"楼台高锁"、"帘幕低垂"既是当前写照,也暗示着当初楼台喧闹,帘幕高卷,狂歌醉舞的欢乐。"去年"三句写春恨的反复袭扰。落花、微雨、春景恼人,偏又"人独立","燕双飞",尤其让人落魄。

下阕写怀念的具体对象小蘋及与其"初见"时的幸福温馨时光。作者并没写出小蘋的容颜秋波,也没描绘其媚态娇姿,只写服饰与琵琶声两个细节,却已传神。"两重心字"、"弦上说相思",一色一艺,均是传情细节。结尾两句意谓当初曾经照着小蘋归去的明月仍在天上,而小蘋却不知所终,词尽而意无穷。

词中"落花人独立,微雨燕双飞"为千古名句。

宋祁　木兰花

【作者介绍】

宋祁(公元998年—1062年),字子京,安州安陆(今湖北安陆)人。徙居开封雍丘(今河南杞县)。天圣二年(1024年)与兄宋庠同举进士,当时称为"二宋"。累迁知制诰、国子监直讲、太常博士、工部尚书、翰林学士承旨,是《新唐书》编撰人之一。卒谥景文。有《宋景文公集》。

【原文】

东城渐觉风光好,縠皱波纹①迎客棹②。
绿杨烟外晓寒轻,红杏枝头春意闹。
浮生长恨欢娱少,肯爱③千金轻一笑。
为君持酒劝斜阳,且向花间留晚照。

【注释】

①縠(hú 胡)皱波纹:形容波纹细如皱纹。縠皱,有皱褶的纱。
②棹:船桨,这里代指船。
③肯爱:岂肯吝惜,即不吝惜。

【译析】

词牌《木兰花》又称《玉楼春》、《春晓曲》、《西湖曲》、《惜春容》、《归朝欢令》、《呈纤手》、《归风便》、《东邻妙》、《梦乡亲》、《续渔歌》等。

此词上片从游湖写起,讴歌春色,描绘出一幅生机勃勃、色彩鲜明的早春图;下片则一反上片的明艳色彩、健朗意境,言人生如梦,虚无缥缈,匆匆即逝,因而应及时行乐,反映出"浮生若梦,为欢几何"的寻欢作乐思想。作者宋祁因词中"红杏枝头春意闹"一句而名扬词坛,被世人称作"红杏尚书"。

"东城"句以叙述语气写春游时的总体感受是"风光好"。"渐"字写出了春天的脚步轻轻到来的感觉。"縠皱波纹"以下三句具体描述了"风光好"的景色之美:春水盈盈,碧波荡漾;杨柳依依,楚楚动人;火红的杏花在枝头绽放,透出勃勃生机、浓浓春意。"红杏枝头春意闹"是千古传诵的名句。王国维在《人间词话》中说:"'红杏枝头春意闹',著一'闹'字,而境界全出。"

下阕为感叹春光有限、人生苦短,流露出珍惜爱与美的感情来。"浮生"两句以一个反诘句表达珍惜欢乐时光和美人一笑的惜春之情。末尾"为君持酒"两句奇妙地将此情以奉劝斜阳"且向花间留晚照"来含蓄地表达,意味深长。

欧阳修 浪淘沙

【作者介绍】

欧阳修(公元1007年—公元1073年),字永叔,号醉翁,又号六一居士。汉族,吉安永丰(今属江西)人,自称庐陵(今永丰县沙溪人)。谥号文忠,世称欧阳文忠公,北宋卓越的文学家、史学家。

【原文】

把酒祝东风,且共从容①。
垂杨紫陌洛城东②,
总是当时携手处,游遍芳丛。
聚散苦匆匆,此恨无穷。
今年花胜去年红,
可惜明年花更好③,知与谁同?

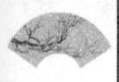

【注释】

①从容:留连。
②紫陌:专指洛阳郊野的道路。洛阳曾为东周、东汉的都城,用紫色土铺路,故云"紫陌"。
③可惜:可叹。

【译析】

这是一首赏春怀友之作。上阕是深情的回忆。想当年,大家一起把酒临风,欢快留连。起首两句源自司空图《酒泉子》中"黄昏把酒祝东风,且从容"句。"垂杨"句点明共游地点,同时暗含对高贵友情的骄傲。"携手处"写出感情的深厚,"游遍芳丛"充分表明当时游兴之高,心情之好。

下阕由回忆而感慨。"聚散苦匆匆,此恨无穷",既是具体情感体验的写照,也是一种普遍的人生慨叹。"今年花胜去年红",但景胜人去,只有暗底里惋叹。结句"可惜"递进一步,"知与谁同"包含无尽的感伤迷茫,一个问句强化感情,引起共鸣。

玉楼春

【原文】

尊①前拟把归期说。
未语春容②先惨咽。
人生自是有情痴,
此恨不关风与月。
离歌且莫翻新阕③,
一曲能教肠寸结。
直须看尽洛城花④,
始共春风容易别。

【注释】

①尊:通"樽"。古代的盛酒器具。

②春容:姣好的面容。

③新阕:新创作的诗歌。

④洛城花:指牡丹花。"洛城",即洛阳,洛阳以牡丹闻名于天下。

【译析】

这是欧阳修写的一首著名的送别诗。写的是在送别筵席上触发的对于人的感情的看法,在委婉的抒情中表达了一种人生的哲理。

上阕的前两句,是对眼前情事的直接叙写,同时在其遣辞造句的选择与结构之间,词中又显示出了一种独具的意境。"樽前",原该是何等欢乐的场合,"春容"又该是何等美丽的人物,而所要述说的却是指向离别的"归期",于是欢乐就一变而为伤心的"惨咽"了。在"归期说"之前,所用的乃是"拟把"两个字;而在"春容"、"惨咽"之前,所用的则是"欲语"两个字。此词表面虽似乎是重复,然而其间却实在含有两个不同的层次,"拟把"仍只是心中之想,而"欲语"则已是张口欲言之际。由此可看出对于指向离别的"归期",有多少不忍念及和不忍道出的宛转的深情。随后二句"人生自是有情痴,此恨不关风与月",是对眼前情事的一种理念上的反省和思考,而如此也就把对于眼前一件情事的感受,推广到了对于整个人世的认知。这二句虽是理念上的思索和反省,但事实上却是透过了理念才更见出深情之难解。

下阕开头开端"离歌且莫翻新阕,一曲能教肠寸结"二句,再由理念中的情痴重新返回到上阕的樽前话别的情事。"离歌"自当指樽前所演唱的离别的歌曲,所谓"翻新阕",应该是白居易《杨柳枝》所说的"古歌旧曲君休听,听取新翻杨柳枝"。《阳关》旧曲,已不堪听,离歌新阕,亦"一曲能教肠寸结"也。结尾"直须看尽洛城花,始共春风容易别"二句蕴含有很深重的离别的哀伤与春归的惆怅。在这二句中,他不仅要把"洛城花"完全"看尽",表现一种遣玩的意兴,而且他所用的"直须"和"始共"等口吻也极为豪宕有力。

周敦颐 题春晚

周敦颐(公元1017年—1073年),字茂叔,号濂溪,宋营道楼田堡(今湖南道县)人,北宋著名的哲学家。周敦颐的舅父郑向是衡阳人,官至龙图阁直学士,住衡阳西湖北岸。周敦颐幼年丧父,北宋天圣三年(1025年),与同母异父兄卢敦文随母投靠衡阳舅父,至1037年郑向调任两浙转运使疏蒜山漕河,周敦颐同母随迁润州丹徒县(今江苏镇江市丹徒区)。他曾建书堂于庐山之麓,因堂前有一溪,乃以其

家乡濂溪为之命名,又将其书堂取名为濂溪书堂,晚年定居于此,故后人又称他为濂溪先生,把他创立的学派称为"濂学"。周敦颐是我国理学的开山祖,他的理学思想在中国哲学史上起了承前启后的作用。谥号元,称元公。代表作有《周元公集》、《太极图说》、《通书》。

【原文】

花落柴门掩夕晖①,
昏鸦②数点傍林飞。
吟余小立③阑干④外,
遥见樵渔⑤一路归。

【注释】

①夕晖:夕阳的余晖。
②昏鸦:黄昏时的乌鸦。
③小立:短时间站立。
④阑干:栏杆。
⑤樵渔:樵夫、渔夫。

【译析】

起首"花落"写暮春时分,"昏鸦数点"写乌鸦绕林,距离较远,模糊不清。描写了诗人读书吟诗后傍晚稍立门外所看到的和谐、静谧的景色。然而并不清冷、空寂。因为"花"在"落","鸦"在"飞","人"在"归",静中有动。为这静谧的环境增添了活泼的生活气息,诗人就置身在这恬静而又富有生意的境界之中,饶有兴味地"小立"品味。

程颢 春日偶成

【作者介绍】

程颢(hào 浩)(公元 1032 年—1085 年),字伯淳,人称明道先生,原籍河南府(今河南洛阳),生于湖北黄陂县。宋代大儒,理学家、教育家,封"先贤",奉祀孔庙东庑第 38 位。与程颐为同胞兄弟,世称"二程"。其家历代仕宦,曾祖父程希振任

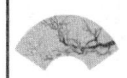

尚书虞部员外郎,祖父程遹曾任黄陂县令,赠开府仪同三司吏部尚书,父程珦曾任黄陂县尉,后官至太中大夫。自幼深受家学熏陶,在政治思想上尤其受父程珦影响,以非王安石新法著称。二程十五、六岁时,受学于理学创始人周敦颐。宋神宗赵顼时,建立起自己的理学体系。举进士后,历官京兆府都县主簿,江宁府上元县主簿,泽州晋城令。神宗初,任御史。因与王安石政见不合,不受重用,遂潜心于学术。程颢与其弟程颐同为宋代理学的主要奠基者,因二程兄弟长期讲学于洛阳,故世称其学为"洛学"。二程的著作有后人编成的《河南程氏遗书》、《河南程氏外书》、《明道先生文集》、《伊川先生文集》、《二程粹言》、《经说》等,程颐另著有《周易传》。二程的学说后来由南宋朱熹等理学家继承发展,成为"程朱"学派。

【原文】

云淡风轻过午天,
傍花随柳过前川。
时人不识余心乐,
将谓偷闲学少年。

【注释】

①傍:靠近。
②时人:当时的人。

【译析】

这首诗是作者在春日郊游中,即景生情,意兴所致写下来的。描写了风和日丽的春日景色,抒发了春日郊游的愉快心情。作者用白描的手法,勾勒出风和日丽的春日景色。前两句写景,后两句抒情。天空中,淡淡的白云,轻柔的春风,和煦的阳光;地面上,红花,绿柳,碧水。从上到下,互相映照,在十四个字中便勾勒出了一幅春景图。后两句抒发作者春日郊游的愉快心情,"偷闲学少年",出语新颖、俏皮,平淡中寓有深意。

苏轼　江城子

【作者介绍】

苏轼(公元1037年1月8日—公元1101年8月24日),字子瞻,又字和仲,号"东坡居士",世人称其为"苏东坡"。汉族,眉州(今四川眉山,北宋时为眉山城)人,祖籍栾城。北宋著名文学家、书画家、词人、诗人、美食家,唐宋八大家之一,豪放派词人代表。其诗、词、赋、散文,均成就极高,且善书法和绘画,是中国文学艺术史上罕见的全才,也是中国数千年历史上被公认文学艺术造诣最杰出的大家之一。其散文与欧阳修并称欧苏;诗与黄庭坚并称苏黄;词与辛弃疾并称苏辛;书法名列"苏、黄、米、蔡"北宋四大书法家之一;其画则开创了湖州画派。

【原文】

乙卯正月二十夜记梦

十年生死两茫茫,不思量,自难忘。
千里孤坟①,无处话凄凉。
纵使相逢应不识,尘满面,鬓如霜。
夜来幽梦忽还乡。
小轩窗,正梳妆。
相顾无言,惟有泪千行。
料得年年肠断处:明月夜,短松冈。

【注释】

①千里孤坟:王氏死后葬于四川眉山,而苏轼写这首词的地点是山东密州,所以说"千里孤坟"。

【译析】

这是一首悼亡词。作者结合自己十年来政治生涯中的不幸遭遇和无限感慨,形象地反映出对亡妻永难忘怀的真挚情感和深沉的忆念。

苏轼写这首词时正在密州(今山东诸城)任知州,他的妻子王弗在宋英宗治平

二年(1065年)死于开封。到此时(熙宁八年)为止,前后已整整十年之久了。词前小序明确指出本篇的题旨是"记梦"。

开篇点出了"十年生死两茫茫"这一悲惨的现实。这里写的是漫长岁月中的个人悲凉身世。生,指作者;死,指亡妻。这说明,生者与死者两方面都在长期相互怀念,但却消息不通,音容渺茫了。接下去写"不思量",实际上是以退为进,恰好用它来表明生者"自难忘"这种感情的深度。"千里孤坟,无处话凄凉"二句,阐明"自难忘"的实际内容。王氏死后葬于苏轼故乡眉山,所以自然要出现"千里孤坟"。

"纵使相逢"句笔锋顿转,以进为退,设想出纵使相逢却不相识这一出人意外的后果。这里揉进了作者十年来宦海沉浮的痛苦遭际,揉进了对亡妻长期怀念的精神折磨,揉进了十年的岁月与体态的衰老。设想:即使突破了时空与生死的界限,生者死者得以"相逢",但相逢时恐怕对方也难以"相识"了。因为十年之后的作者已"尘满面,鬓如霜",形同老人了。

词的下片写梦境的突然出现:"夜来幽梦忽还乡。小轩窗,正梳妆",以鲜明的形象使梦境带有真实感。仿佛新婚时,作者在王氏身旁,眼看她沐浴晨光对镜理妆时的神情仪态,心里满是蜜意柔情。然而,紧接着词笔由喜转悲。"相顾无言,惟有泪千行。"这两句上应"千里孤坟"两句,如今得以"还乡",本该是尽情"话凄凉"之时,然而,心中的千言万语却一时不知从哪里说起,只好"相顾无言",一任泪水涌流。

结尾三句是梦后的感叹,同时也是对死者的慰安。设想亡妻长眠于地下的孤独与哀伤,实际上两心相通,生者对死者的思念更是惓惓不已。

由于作者对亡妻怀有极其深厚的情感,所以即使在对方去世十年之后,作者还幻想在梦中相逢,并且通过梦境来酣畅淋漓地抒写了自己的真情实感。

水调歌头

【原文】

丙辰①中秋,欢饮达旦,大醉,作此篇,兼怀子由②。

明月几时有?把酒问青天③。
不知天上宫阙④,今夕是何年。
我欲乘风归去,又恐琼楼玉宇⑤,

高处不胜⑥寒。
起舞弄⑦清影,何似在人间!
转朱阁⑧,低绮户⑨,照无眠。
不应有恨,何事长向别时圆?
人有悲欢离合,月有阴晴圆缺,
此事古难全。
但愿人长久,千里共婵娟⑩。

【注释】

①丙辰:宋神宗熙宁九年(1076年)。

②子由:苏轼之弟苏辙,字子由。

③"明月"二句:化用李白《把酒问月》"青天有月来几时,我今停杯一问之。"

④天上宫阙:指月中宫殿。阙,古代宫殿前左右竖立的瞭望楼,泛指宫殿。

⑤琼楼玉宇:美玉建筑的楼宇,指月中宫殿。

⑥不胜:不堪承受。

⑦弄:把玩。

⑧朱阁:朱红的华丽楼阁。

⑨绮(qǐ 启)户:雕饰华美的门窗。

⑩婵娟:月里的嫦娥,这里指明月。谢庄《月赋》中有:"美人迈兮音尘绝,隔千里兮共明月。"唐许浑《怀江南同志》中有:"唯应洞庭月,万里共婵娟。"

【译析】

这是一首脍炙人口、流传千古的咏月怀人词。在对明月的追问和对兄弟的怀念中,词人完成了一次关于宇宙、时空和情怀的激情宣泄与心灵超越。

上阕写对月饮酒,思融于景。起句陡然发问,奇思妙语,破空而来,正是面对明月思绪万千而不得不发,更是激情喷涌而凝成一问。此词作于宋神宗熙宁九年(1076)中秋,时词人因与王安石意见相左,出任密州知州。但词人不问尘世荣辱而问明月几时,一笔将俗世排开,而代之以澄明之境。"明月几时有",既像是在追问明月的起源、宇宙的诞生,又好似是在惊叹造化的神妙,隐隐有美景何时的感慨。此时,其他的一切似乎都已经不复存在,而只剩下与月对话的我和高悬于天的月。在与月的对话中,词人的心向上飞升,似乎天上宫阙已近在眼前,即可看清青天之上是怎样一个与人间不同的世界。这个世界是怎样的让词人期待和向往啊! 越向往明月相伴,便越见对现实隐含的不满。"我欲乘风归去",是面对明月、追问明月的自然结果,也是词人面对现实时老庄思想的又一体现。常抱超然物外思想的苏轼似乎就要出世登仙,回到他的归宿——明月了;读者也随着他的乘风归去而见皎洁月色了。但词人笔锋一转,"又恐琼楼玉宇,高处不胜寒",似乎出世之途也充满艰辛。"起舞"两句,词意再转,似乎又该回到人间,但作者并不坐实,而让朦胧月下的清舞、似真似幻的境界、出世入世的迷茫交织融会,形成一个迷离飘渺的世界。

下阕转写对月怀人而情景交融。随着夜色渐深,明月安静地照着无眠的人。在月光"转朱阁,低绮户"的抚慰中,喷涌的激情和连绵的追问渐趋平缓。出世入世的困惑、宇宙洪荒的去来虽然一如既往,而更深夜阑之后,尤其是独对江湖之时,怀念亲人之思油然而生。苏轼早年与其弟苏辙曾有"功成身退、夜雨对床"之约,而今抱负难展,月下徘徊,而进退于出世入世之间,此处想念子由不是一般的思亲念友,更是对知己的深切怀念,对同道的殷殷呼唤。明月在天,而知己天涯,那曾经令人无限向往的明月也是可怨的了:"不应有恨,何事长向别时圆?"怨月越深,怀人之思越浓,孤独之意越厚。一个"长"字,将此情怀推至极端。心情至此,人何以堪?直欲让人"独怆然而涕下"。但苏轼是旷达的,也是笔致自由的,他在似乎无可转圜之地别开生面,仍然从月上翻出另一番天地。"人有悲欢离合,月有阴晴圆缺",这一旷古不变的事实使词人无言以对,也让词人情绪渐平。在时空的永恒中,词人完成了对自己内心的超越,而归于平静。"但愿人长久,千里共婵娟",在这超旷的祝福中,人的内心矛盾和怀人之思浑然莫辨,而又起于月归于月。全词构思巧妙,跌宕起伏而又浑然一体。历来人们对此词推崇备至。《苕溪渔隐丛话》中说:"中秋词,自东坡《水调歌头》一出,余词尽废"。

念奴娇·赤壁怀古

【原文】

大江^①东去,浪淘尽、千古风流人物。
故垒^②西边,人道是^③、三国周郎^④赤壁。
乱石穿空,惊涛拍岸,
卷起千堆雪。
江山如画,一时多少豪杰!
遥想公瑾当年,小乔^⑤初嫁了,

雄姿英发⑥,羽扇纶巾⑦,
谈笑间、樯橹⑧灰飞烟灭。
故国⑨神游,多情应笑我,
早生华发⑩。
人生如梦,一尊还酹⑪江月。

【注释】

①江:指长江。

②故垒:古代的营垒。

③人道是:据人们讲。

④周郎:周瑜,字公瑾,赤壁之战时的吴军主将。

⑤小乔:乔公的幼女,嫁给了周瑜。

⑥英发:指见识卓越,谈吐不凡。

⑦羽扇纶(guān 关)巾:鸟羽做的扇和丝带做的头巾,三国六朝时期儒将常有的打扮。

⑧樯橹:指曹操率领的魏军。樯,桅杆。橹,桨。

⑨故国:旧地。此指赤壁古战场。

⑩华发:花白的头发。

⑪酹:以酒浇地表示祭奠。

【译析】

　　这首词是苏轼豪放词的代表作。宋神宗元丰五年(1082年)七月,苏轼因诗文讽喻新法,被新派官僚罗织罪名贬谪到黄州。这首词就是他游赏黄州城外的赤壁矶时的借景怀古之作。

　　上阕侧重写景。开篇从滚滚东流的长江着笔,随即用"浪淘尽"将浩荡大江与千古人物联系起来,布置了一个极为广阔而悠久的空间时间背景。它既使人看到大江的汹涌奔腾,又使人想见风流人物的非凡气概,体味到作者兀立长江岸边对景抒情的壮怀,气魄极大,笔力超凡。面对眼前恢宏奇伟的江山景色,词人不禁联想到曾经发生的赤壁鏖战。紧接着"故垒"两句,点出这里是传说中的古代赤壁战场。当年周瑜以弱胜强大败曹兵的赤壁之战的所在地向来各说不一,苏轼在此不过是借景怀古的抒感而已。可见"人道是"说得极有分寸,而"周郎赤壁"也契合词题,并为下阕缅怀周瑜埋下伏笔。接下来"乱石"三句,集中描绘赤壁风景:陡峭的山崖

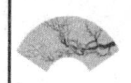

高插云霄,汹涌的骇浪搏击着江岸,翻滚的江流卷起万千堆澎湃的雪浪。词人从不同的角度而且又诉诸于不同感觉的浓墨健笔的生动描写,一扫平庸萎靡的氛围,把读者顿时带进一个奔马轰雷、动魄惊心的奇险境界,使人豁然开朗,精神抖擞。随后二句,总结上文,带起下阕。"江山如画",是作者和读者从前面艺术地摹写大自然的壮丽画卷中自然获得的感悟。如此多娇的锦绣山河,怎不孕育和吸引无数英雄。

下阕由"遥想"领起,用五句集中笔力塑造卓异不凡的青年将领周瑜的形象,表达了自己对前贤的追慕之情。词人在历史事实的基础上,经过艺术的提炼和加工,将周瑜的雄才伟略风流儒雅刻画得栩栩如生。尤其是在写赤壁之战前,忽插入"小乔初嫁了"这一生活细节,以妙龄美人辉映英俊将军,更显出周瑜的丰姿潇洒,韶华似锦,年轻有为。"雄姿英发"、"羽扇纶巾"是从肖像仪态上描写周瑜束装儒雅,风度翩翩。这样着力刻画其仪容装束,恰反映出作为指挥官的周瑜临战潇洒从容,成竹在胸,稳操胜券。"谈笑间,樯橹灰飞烟灭",抓住火攻水战的特点,精当地概括了整个战争场景。词人仅以"灰飞烟灭"四个字,就将曹军的惨败情景形容殆尽,这是何等的气势!然而词人"故国神游"后猛然跌入现实,联系自己的遭际:仕路蹭蹬,有志报国却壮怀难酬,白发早生,功名未就。因而顿生感慨,发出自笑多情、光阴虚掷的叹惋。"人生如梦,一尊还酹江月",结语看似消极,实是作者对自己怀才不遇的不平之鸣和自解自慰,可谓慷慨豪迈之情归于潇洒旷达之语,言近而意远,耐人寻味。

洗 儿

【原文】

人皆养子望聪明,
我被聪明误一生。
惟愿孩儿愚且鲁[①],
无灾无难到公卿[②]。

【注释】

①鲁:迟钝,笨拙。
②公卿:三公九卿的简称。此处泛指高官。

【译析】

苏东坡谪居黄州时,其小妾朝云生下一子,取名苏遁,小名干儿。干儿长得与苏轼极为相似,苏轼打内心喜爱。儿子满月时,苏轼为干儿举行了洗儿会,朋友前来祝贺。苏轼在洗儿会上,即兴作了这首诗《洗儿诗》。

这首诗语言浅白易懂,虽然仅28个字,情感却跌宕起伏,表面上是为孩儿写诗,而实际上是由感而发。既讽刺了当时的朝纲混乱、吏治腐败,又是"似诉平生不得志"的不堪心情之写照。其实读这首《洗儿诗》,不会感觉到苏轼真正希望孩儿"愚且鲁",而是借对孩儿智商和性格的期望,抒发自己的满腔激愤;借希望孩儿"无灾无难到公卿",讽刺当时"愚且鲁"的公卿们。

苏轼是诗词文俱佳的大文豪,他的作品讲究炼词炼意,这首七绝也是如此。一个"望"字,写尽了人们对孩子的期待;一个"误"字,道尽了自己一生的遭遇。诗中几处转折,情味全在其中:世人望子聪明,我却望子愚蠢,一转折也;人聪明就该一生顺利,我却因聪明误了一生,二转折也;愚鲁的人该无所作为,但却能"无灾无难到公卿",三转折也。苏轼的牢骚全在这些转折中。

定风波

【原文】

三月七日①沙湖②道中遇雨,雨具先去,同行皆狼狈,余独不觉。已而遂晴,故作此。

莫听穿林打叶声,何妨吟啸且徐行。
竹杖芒鞋③轻胜马,谁怕?
一蓑烟雨④任平生。
料峭春风吹酒醒,微冷,
山头斜照却相迎。
回首向来萧瑟处,归去,
也无风雨也无晴。

【注释】

①三月七日:宋神宗元丰五年(1082年)的三月七日。

②沙湖:在黄冈东三十里。时苏轼谪居黄州(即今湖北黄冈)。
③芒鞋:芒草编结的草鞋。
④一蓑烟雨:此处喻指人世的风雨烟波。蓑,蓑衣,雨具。

【译析】

上阕起句直抒面对风雨的态度。穿透树林、击打树叶沙沙成声的雨,堪可令人惊慌失措,或者狼狈不堪。但词人的态度不但是"莫听穿林打叶声",将外界风雨置之度外,甚至可以在风雨中安步徐行,吟诗作啸,其从容泰然,他人难及。"莫听"、"何妨"相互呼应,随口道出,更见超然态度。后三句承前细写。竹杖芒鞋本粗陋无以抗风雨,可在面对风云变幻安然处之的词人看来,比之高头大马甚至更加轻便。一句反问"谁怕",不但超然,更见傲然之态。最后一句收束上阕,言词人直欲"一蓑烟雨任平生",何况偶然途中遇雨? 此一超旷论说,使此前的雨中徐行不是一时兴起,而是苏轼基本人生态度的表达。

下阕一转,以料峭春风吹得酒醒转出另一境界。"酒醒",意味着前述傲然行动、超旷议论略带醉意。此时风之料峭,雨之冷洌,使词人在"微冷"中醉意顿消,前此态度似乎也颇值得怀疑。但作者以"山头斜照却相迎"的描写另推新境,产生柳暗花明之效果,词人也在自然风雨的阴晴变幻中获得更深沉的领悟,而非一时的醉中壮语。"回首"以下,表面写自然风物,实际写更深沉的人生态度。此时,词人心境已进入一个更为高妙的境界:不是傲然从容面对风雨,而是根本无风雨一念。人世浮沉荣辱,俱已不在词人的心灵范围内了。超然至此,已至极致。立意高远,非常人所能及。

秦观　鹊桥仙

【作者介绍】

秦观(公元1049年—1100年)字少游、太虚,号淮海居士,高邮(今属江苏)人。神宗元丰八年(1085年)进士,一生屡遭贬谪,病卒于放还途中。文辞为苏轼所赏,是"苏门四学士"之一。工诗词,尤以词负盛名。其词风格婉约,多写男女情爱。有《淮海集》。

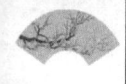

【原文】

纤云弄巧①,飞星②传恨,

银汉③迢迢暗渡。

金风玉露④一相逢,便胜却人间无数。

柔情似水,佳期⑤如梦,

忍顾鹊桥⑥归路。

两情⑦若是久长时,又岂在朝朝暮暮⑧。

【注释】

①纤云弄巧:纤细轻柔的云彩幻化精巧。

②飞星:流星。

③银汉:银河。

④金风:秋风。玉露:白露。

⑤佳期:指牛郎织女七月七日晚上在鹊桥相会的日子。

⑥鹊桥:相传王母用银河强行拆散牛郎织女的夫妻情,七夕无数喜鹊飞临银河,用身体架成一座桥让牛郎与织女每年见面一次。这就是鹊桥的传说。

⑦两情:夫妻二人的感情。

⑧朝朝暮暮:早早晚晚。意思是说两厢厮守。

【译析】

　　这是一首描写神话故事牛郎织女"天河配"的词。词牌即含仙鹊搭桥之意。"七夕"是一个美好而又充满神话色彩的节日,又名"乞巧节",是中国的情人节。

　　上阕主要写景。初秋纳凉时节,夜空美妙深邃,轻柔纤细的云彩,幻化出许多优美的图案,显示出织女的手艺精巧绝伦。可是,这样美丽能干的仙女,却不能与自己心爱的牛郎一同过美好的男耕女织的生活。那转瞬即逝的飞驰流星,也在为他们传递情意而奔忙。首两句写云彩,写流星,都是具有人的情意。那轻柔多姿的云彩,着意将"乞巧节"打扮得更加情意绵延;那飞驰长空的流星,迅速地传递着牛郎织女朝夕相思的离愁别恨。第三句写织女渡银河。本只盈盈一水,近在咫尺,这里却用"迢迢"二字形容银河水面的辽阔、牛女相距的遥远。这样一写,感情深沉了,突出了相思之苦。"暗渡"二字,既点明了"七夕鹊桥"的题意,同时又紧扣了一个"恨"字,把织女踽踽宵行、千里相会的深情挚意,表达得淋漓尽致。四五句写牛

郎织女相会的场面。作者不作实描,却宕开笔墨,以富有感情色彩的议论,赞叹这对久别的情侣,在"金风玉露"之夜相会于碧落银河之上。这是多么美好幸福的时刻!天上一次相逢,抵得上人间千遍万遍的朝夕相处。作者把这珍贵的相会时光,映衬于金风玉露、冰清玉洁的背景之下,热情地歌颂了一种理想的圣洁而永恒的爱情。

下阕主要写情。短暂的一夕佳期相会,接着又是长年的河汉分离。首句写两情相会的难舍场面,就像悠悠无声的银河流水,是那样的温柔缠绵。第二句写短暂的佳期竟然像梦幻一般倏然而逝。刚刚才匆匆相见,马上又要依依惜别,多么令人心碎!一二句中,"似水"照应"银汉迢迢",即景设喻,十分自然。"佳期如梦"除言相会时间短暂,还透出了爱侣久别后相会乍见疑是梦的复杂心情。第三句转写分别,刚才借以相会的鹊桥,转眼间又成了和爱人分别的归路。作者不说不忍离去,却说忍住眼泪一步一回头地顾看这条"鹊桥归路",婉转的语意中,含有至深的惜别之情和无限的辛酸之泪。写到这里,作者的感情似乎已和牛郎织女融为一片:回顾佳期幽会,疑真疑假,似梦似幻,及至鹊桥言别,恋恋之情,已至于极。然而结尾两句作者却又空隙转身,爆发出高亢的音响:"两情若是久长时,又岂在朝朝暮暮"!这使全词为之一振!它深刻地揭示了爱情的真谛:两情相悦要经得起长久分离的考验,只要是彼此真诚相爱,即使终年天各一方,但是心灵相通,不在乎那一朝一夕的两两相对。这一感情色彩异常浓烈的议论,与上阕"胜却人间无数"的议论遥相呼应。

全词句句在天上,句句写双星,又句句写人间,句句写人情。这种天人合一的词意成为千古的抒情绝唱。意境超绝,余味无穷。

贺铸 青玉案

【作者介绍】

贺铸(公元1052年—1125年)字方回,卫州共城(今河南汲县)人,祖籍会稽山阴(今浙江绍兴),宋孝惠皇后族孙。因长身耸目,面色铁青,人称贺鬼头。为人刚直不阿,仕途坎坷。晚年定居苏州,自号庆湖遗老。他诗、词、文皆善,尤长于作词度曲。有《庆湖遗老集》和《东山词》。

中国古典文学名篇精粹

【原文】

凌波①不过横塘②路,但目送、芳尘去。
锦瑟华年③谁与度?
月桥花院,琐窗朱户④,
只有春知处。
飞云冉冉蘅皋⑤暮,彩笔⑥新题断肠句。
试问闲愁都几许⑦?
一川烟草,满城风絮,
梅子黄时雨。

【注释】

①凌波:曹植《洛神赋》有"凌波微步,罗袜生尘"句,凌波形容女子步态轻盈。下句"芳尘"取"罗袜生尘"意,指美女的踪迹,这里指代美女。

②横塘:苏州一地名,作者住处附近。

③锦瑟华年:语出李商隐《锦瑟》开头两句"锦瑟无端五十弦,一弦一柱思华年"。这里指美好的时光。

④琐窗朱户:雕花窗户,红色大门。

⑤蘅皋:指长有香草的水边高地。蘅,香草。皋,水边的高地。

⑥彩笔:五色笔。形容人极有才情。《南史·江淹传》记载江淹晚年梦见郭璞对他说:"吾有笔在卿处多年,可以见还。"江淹掏出一只五色笔给郭璞,从此写诗作文缺乏文采,人称"江郎才尽"。

⑦都几许:共有多少。

【译析】

这首词又名《横塘路》,是贺铸晚年的作品。全词以江南暮春之景集中表现美人离去的"闲愁"。借明丽的春景,抒发了仕途坎坷的失意苦闷。

上阕以虚实相生的笔法写情之断阻。开篇三句即借曹植《洛神赋》之典故,用"不过"、"目送"、"去"写美人不至,自己只能以目光追随其芳踪而不能亲往的落寞无奈。美好的时光谁人与共?这一问既关涉作者自身的孤寂,又暗示作者所倾心的佳人的处境,并领起下文。良辰美景虽好,却无美人相伴左右,作者于是开始怜惜并试图寻找处于幽雅富丽的深院香闺中的佳人,然而爱慕、企盼带来的是只有春知晓的无限伤感。

下阕写愁思纷乱。晚霞中流云袅袅,河岸边香草遍地,好一幅黄昏图景。作者用以乐景写哀情的手法突现自己因眷恋佳人而悲苦不堪、愁情难遣的心绪。了无生趣之下,新题的都是让人伤心欲绝的词句。"试问"几句用联珠博喻具体渲染作者心中的"闲愁"。作者选取的烟草、风絮、梅雨分别存在于地上、人间、天上,这是极言愁思之多,无处不在;它们分别又是江南三、四、五月之景,这是极写愁绪之久,无时不有,并且诸种景物迷濛灰暗、苍茫凄迷的特征会使本已浓重的愁思更加浓重。草是一望无边的烟雾中的草,絮是空中飞动的絮,雨是如烟似雾的梅雨,它们在末句连用的综合效应,正是以相思写"美人迟暮"的身世感慨的"真绝唱"。

李清照 凤凰台上忆吹箫

【作者介绍】

李清照(公元 1084 年—1155 年),号易安居士,齐州章丘(今属山东省济南市)人。婉约派代表词人。父李格非为当时著名学者,夫赵明诚为金石考据家。早期生活优裕,与明诚共同致力于书画金石的搜集整理。金兵入据中原,流寓南方,明诚病死,境遇孤苦。善属文,于诗尤工。《宋史·艺文志》著录《易安居士文集》七卷,俱不传。清照创词"别是一家"之说,创"易安体",为宋词大家。有《易安居士文集》、《易安词》,已散佚。后人有《漱玉词》辑本。

【原文】

香冷金猊①,被翻红浪②,起来慵自梳头。
任宝奁③尘满,日上帘钩。
生怕离怀别苦,多少事、欲说还休。
新来瘦,非干病酒,不是悲秋。
休休,这回去也,千万遍阳关④,也即难留。
念武陵⑤人远,烟锁秦楼。
惟有楼前流水,应念我、终日凝眸。
凝眸处,从今又添,一段新愁。

【注释】

①金猊(ní 泥):狮子形状的铜香炉。

②红浪：红色的被褥乱摊在床上，犹如波浪。
③宝奁(lián 连)：华贵的梳妆镜匣。
④阳关：即《阳关三叠》，是唐宋时著名的送别曲。
⑤武陵：引用陶渊明《桃花源记》的典故，武陵渔人误入桃花源，离开后再回去便找不到路径了。

【译析】

　　这首词写了惜别的深情和刻骨铭心的怀念。上片写不忍丈夫离去，着意刻画慵懒的情态，下片着重写怀念和痴情。笔触细腻生动，抒情极凄婉。上片开头五句只写一个"慵"字。香冷而不再去换新香点燃；被也不叠，任凭胡乱摊堆床上；起床后连头也不愿梳，何谈化妆；梳妆匣上落满灰尘，也懒得擦；日上帘钩，人才起床。词人为何如此慵懒而没心情呢？原来是"生怕离怀别苦"。这句括上而启下，表现出夫妻离别前词人百无聊赖的神态、复杂矛盾的心理以及茫然若失的情绪。"多少事，欲说还休"。体现出主人公心地的善良和对丈夫的爱。因为告诉丈夫，也只能增添丈夫的烦恼而已，所以宁可把痛苦埋藏心底。"新来瘦，非干病酒，不是悲秋"。那是为了什么，不言已明了。

　　下片设想的是别后的情景。"休休"是幅度的跳跃，省略了如何分别如何饯行的过程，直接写别后的情景。"念武陵人远，烟锁秦楼"。以下三句近乎痴话。流水本是无情物，怎能"念"呢？但正因这样写，才突出词人的孤独与痴情。既写出了终日在楼前的远眺，又写出了楼前的流水可以映出她的凝眸。也只有流水方可证明体验她的痴情。结尾三句用连珠格将词意再度深化，"一段新愁"含蓄而又明确，与上片后三句的写法属同一手法。

声声慢

【原文】

寻寻觅觅，冷冷清清，凄凄惨惨戚戚。
乍暖还寒时候，最难将息①。
三杯两盏淡酒，怎敌他晚来风急？
雁过也，正伤心，却是旧时相识。
满地黄花堆积，憔悴损，如今有谁忺摘②？

守著窗儿独自,怎生③得黑!
梧桐更兼细雨,到黄昏、点点滴滴。
这次第④,怎一个愁字了得!

【注释】

①将息:调养休息,保养安宁。
②忺(qiān 迁)摘:乐意摘取。忺:所欲,想要。
③怎生:怎么。
④次第:情境,况味。

【译析】

慢词具有赋的铺叙特点,且蕴藉流利,匀整而富变化,堪称"赋之余"。李清照这首《声声慢》,脍炙人口数百年,就其内容而言,简直是一篇悲秋赋。

词的上片从一个人寻觅无着写到酒难浇愁;风送雁声,反而增加了思乡的惆怅。首句连用七组迭字,包含恍惚、寂寞、悲伤三层递进的意境,真有大珠小珠落玉盘之妙。"乍暖还寒时候,最难将息",是透过十月小阳春的冷暖无常,转写为忧愁伤神伤身。凸显结果,就可以省略原因,而且曲折有味。"三杯两盏淡酒,怎敌他、晚来风急",是写她藉酒浇愁,而又忧愁难遣。"雁过也,正伤心,却是旧时相识"。透过北雁南飞,曲写家破夫亡、漂泊南方的悲苦。

下片由秋日高空转入自家庭院。园中开满了菊花,秋意正浓。这里"满地黄花堆积"是指菊花盛开,而非残英满地。"憔悴损"是指自己因忧伤而憔悴瘦损,不是指菊花枯萎凋谢。正由于自己无心看花,虽值菊堆满地,却不想去摘它赏它,这才是"如今有谁忺摘"的确解。然而人不摘花,花当自萎;及花已损,则欲摘已不堪摘了。这里既写出了自己无心摘花的郁闷,又透露了惜花将谢的情怀。从"守著窗儿"以下,写独坐无聊,内心苦闷之状,比"寻寻觅觅"三句又进了一层。"怎生得黑"是说好象天有意不肯黑下来而使人尤为难过。"梧桐"两句兼用温庭筠《更漏子》"梧桐树,三更雨,不道离情正苦;一叶叶,一声声,空阶滴到明"的词意。最后以"怎一个愁字了得"句作收。是说自己思绪纷茫复杂,仅用一个"愁"字如何包括得尽?有"欲说还休"之势。

岳飞 小重山

【作者介绍】

岳飞(公元1103年—1142年),字鹏举,相州汤阴(今河南省汤阴县)人。著名军事家、民族英雄、抗金名将,南宋中兴四将(岳飞、韩世忠、张俊、刘光世)之一。孝宗淳熙六年(1179年)赐谥武穆。宁宗嘉定四年(1211年),追封鄂王。有《岳忠武王集》。岳飞生活在民族矛盾极其尖锐的时代,所作诗文,充满抗金复国的坚强决心和激烈昂扬之感情,历来为人所珍视。这些作品,大都散见其孙岳珂所撰《金陀粹编》中。其词仅存三首,却广为传诵。

【原文】

昨夜寒蛩①不住鸣。
惊回千里梦,已三更。
起来独自绕阶行。
人悄悄,帘外月胧②明。
白首为功名。
旧山松竹老,阻归程。
欲将心事付瑶筝。
知音少,弦断有谁听?

【注释】

①蛩(qióng 穷):蟋蟀。
②胧:天色微明的样子。

【译析】

岳飞抗金的志业,不但受到赵构、秦桧君臣的忌恨迫害,而同时其他的人,如大臣张浚,诸将张俊、杨沂中、刘光世等,也进行阻挠,故岳飞有曲高和寡、知音难遇之叹。此词约作于绍兴八年(1138年),正值南宋向金屈膝求和之后,当时岳飞极力反对,但因奸臣当道,朝廷仍是订签了丧权辱国的条约。

词的上阕说,因为担心家人,担心千里之外的国土,是夜回到中原的好梦却被

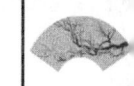

蟋蟀的叫声惊醒了。这时的周遭万籁俱寂,正是三更时分,也就是现在的清晨三四点钟。披衣起来,此时不仅环境清静,更是月色撩人。因为心中装着国事,难已再寝,沿着廊阶前徘徊思虑。如此担心,如此忧虑,正是愁闷的结果。想到远处的家乡被金兵占领,北方又传来入侵的消息,作为挂帅的将领,不能救亲人于危难,不能援助国家于水火之中,一种难能排泄的压力和苦痛积压在心头,教人痛不欲生。千里道路,万般阻隔。结合多少年来南征北战的出生入死,到现在朝廷的软弱无能,一种对比下的消极令他不仅感到愤慨,更是无可奈何的伤心。想到自己为国为民,屡建战功,直到白发两鬓,忠心如此时这半空中的明月一样清澈可见,只是较于求和的朝廷,比及自己想要收复中原的雄心,似乎形成了有力的撞击和对比。想到自己即使奋不顾身,忠贞不屈,何处又能得到朝廷的支持?自己一腔热血,满怀壮志,却得不到大家的认可,这其中多少难言之隐,又有哪个知晓?

全词表现了作者不满"和议",反对投降,以及受到掣肘时的惆怅,体现了作者强烈的爱国情感。

陆游　钗头凤

【作者介绍】

陆游(公元1125年—1210年),字务观,号放翁,越州山阴(今浙江绍兴)人。陆游"年十二能诗文",学剑,并钻研兵书。29岁赴临安省试,名列第一。次年参加礼部考试,因名次居于主和派权臣秦桧的孙子之前,又因不忘国耻"喜论恢复",要求"赋之事宜先富室,征税事宜覆大商",为秦桧所黜。秦桧死后,绍兴二十八年出任福州宁德县主簿。孝宗继位,赐进士出身。一生著述丰富,有《剑南诗稿》、《渭南文集》等数十种存世。陆游具有多方面文学才能,尤以诗的成就为最。自言"六十年间万首诗",今尚存九千三百余首。是我国现有存诗最多的诗人。

【原文】

红酥手,黄縢酒①,满城春色宫墙柳。
东风恶,欢情薄,一怀愁绪,几年离索②。
错,错,错!
春如旧,人空瘦,泪痕红浥③鲛绡④透。
桃花落,闲池阁,山盟虽在,锦书⑤难托。

莫,莫,莫!

【注释】

①黄藤酒:用黄纸封口的酒。
②离索:离群独居。
③浥(yì益):沾湿。
④鲛绡:丝帕。
⑤书:信件。

【译析】

这是一首"风流千古"的佳作,它描述了一个动人的爱情悲剧。据《历代诗馀》记述,陆游年轻时娶表妹唐婉为妻,感情深厚。但因陆母不喜唐婉,威逼二人各自另行嫁娶。十年之后的一天,陆游沈园春游,与唐婉不期而遇。此情此景,陆游"怅然久之,为赋《钗头凤》一词,题园壁间"。

词的上阕是陆游在追叙今昔之异。"红酥手,黄滕酒,满城春色宫墙柳。"这三句抚今追昔,所表现的情感是极其丰富而又复杂的。"红酥"是说细腻而红润。陆游用"红酥"来形容肤色,其中便寓有爱怜之意。词人借对手的描写来衬托唐氏仪容的婉丽,暗示唐氏捧酒相劝的殷勤之意。这一情境陡地唤起词人无限的感慨与回忆:当年的沈园和禹迹寺,曾是这一对恩爱夫妻携手游赏之地。曾几何时鸳侣分散,爱妻易嫁已属他人。满城春色依旧,而人事全非。"宫墙柳"虽然是写眼前的实景,但同时也暗含着可望而难近这一层意思。"东风恶,欢情薄"是借春风吹落繁花来比喻好景不常,欢情难再。"一怀愁绪"以下三句是紧承好景不常,欢情难再这一情感线索而来,是陆游在向前妻唐氏倾诉几年来的愁苦与寂寞。最后结以"错、错、错"三字,是一字一泪。但此错既已铸成,即便引咎自责也于事无补,只有含恨终身了。

词的下阕,用代言体直拟唐氏口吻,哭诉别后终日相思的苦情:"春如旧,人空瘦,泪痕红浥鲛绡透。"这三句词因为是拟唐氏口吻,所以仍从往日同赏春光写起,而丝毫没有复沓之感,反而令人觉得更加凄楚哀怨,如闻泣声。"春如旧"一句与上阕"满城春色"相对应,既写眼前春色,也是追忆往日的欢情,但已是物是人非了。"人空瘦"中一个"空"字,写出了徒唤奈何的相思之情,虽然自知相思无用,消瘦无益,但情之所钟却不能自已。"泪痕红浥鲛绡透",正是数年来终日以泪洗面的真实写照。"桃花落,闲池阁,山盟虽在,锦书难托。"这四句写出了改嫁后的无限幽怨:

任它花开花落,园林清幽,但却无心观赏登临。结句"莫、莫、莫"三字为一叠句,低徊幽咽,肝肠欲断。

传说,唐婉见了这首《钗头凤》词后,感慨万端,亦提笔和《钗头凤·世情薄》词一首。"世情薄,人情恶,雨送黄昏花易落。晓风乾,泪痕残,欲笺心事,独语斜栏。难,难,难!人成各,今非昨,病魂常似秋千索。角声寒,夜阑珊,怕人寻问,咽泪装欢。瞒,瞒,瞒!"过了不久,唐婉竟因愁怨而死。又过了四十年,陆游七十多岁了,仍怀念唐婉,重游沈园,并作成《沈园》诗二首。

病起书怀

【原文】

病骨支离①纱帽宽,
孤臣万里客江干②。
位卑未敢忘忧国,
事定犹须待阖棺③。
天地神灵扶庙社④,
京华父老望和銮⑤。
出师一表通今古,
夜半挑灯⑥更细看。

【注释】

①支离:身体衰弱。
②江干:江边,江岸。
③事定犹须待阖棺:本意是一个人的功过盖棺才能论定,这里是指自己死后才可能实现国家的统一。
④庙社:宗庙社稷,这里是指国家朝廷。
⑤和銮:皇帝的车驾。
⑥挑灯:拨动灯芯使灯光更明亮。

【译析】

这首诗作于宋孝宗淳熙三年(1176年)夏天,当时作者五十二岁。刚被免官后

病了二十多天，病愈后仍然为国家担忧，为了表示要效法诸葛亮北伐、统一中国的决心，挥笔泼墨，写下了这首名垂千古之作。

开篇两句写出了诗人的现实景况，身体刚刚病愈，并且因被罢官客居在万里之外的成都岷江江边，纵使有满腔报国之志，也只能身处江湖之远，客居江边，无力回天，心中的痛苦与烦恼可见一斑。

"位卑未敢忘忧国，事定尤须待阖棺"是在写自己的忧国心智，也不乏对眼下压抑情绪的抒发。诗人在当时不能向天下人呼吁，只能勉励自己，虽然自己地位低微，但是从没忘记忧国忧民的责任，这是一个被罢了官的普通百姓的爱国情怀。至于对自己的不公平，自己究竟是怎样的人，还要待盖棺方可定论。

"天地神灵扶庙社，京华父老望和銮"，这是诗人的企盼，也是天下百姓的企盼。当时因为宋朝朝廷腐败，君主昏庸，使大宋失落了半壁江山，老百姓处在水深火热之中，正如诗人写的那样：老百姓天天企盼天地神灵能好好地保佑国家和君王，天天盼望皇帝能早一天起兵讨伐侵略者，还百姓一个完整的国家和太平盛世，可事实上这些只是枉然。

"出师一表通今古，夜半挑灯更细看"。这对于诗人陆游自己来说也再明白不过了，毫无办法。只能独自一人挑灯细看诸葛亮的传世之作，希望皇帝能早日悟出"出师一表通今古"的道理。

作品贯穿了诗人忧国忧民的爱国情怀，表现了普通百姓热爱祖国的伟大精神，揭示了人民与国家的血肉关系。

冬夜读书示子聿

【原文】

古人学问无遗力①，少壮工夫老始成。
纸②上得来终觉浅③，绝知④此事要躬行⑤。

【注释】

①无遗力：用出全部力量，没有一点保留。
②纸：书本。
③浅：肤浅，浅薄；
④绝知：深入、透彻地理解。

⑤躬行:亲自实践。

【译析】

子聿是陆游的儿子。

诗的前两句,作者讲古人做学问总是竭尽全力。只有少年时加倍努力,将来才能成就一番事业。他从古人做学问入手,侃侃而谈,娓娓道来,使人倍感亲切清新,如沐春风。"无遗力"三个字,形容古人做学问勤奋用功、孜孜不倦的程度,既生动又形象。第二句阐述了做学问应当持之以恒的道理,同时也强调"少壮工夫"的重要性。他语重心长地告诫儿子,趁着年少精力旺盛,抓住美好时光奋力拼搏,莫让青春年华付诸东流。

诗的后两句,作者谈从书本得来的知识比较浅薄,只有经过亲身实践,才能变成自己的东西。他从书本知识和社会实践的关系着笔,强调实践的重要性,凸显其不凡的真知灼见。作者的意图非常明显,旨在激励儿子不要片面满足于书本知识,而应在实践中夯实和进一步获得升华。他的独到见解,不仅在古代对做学问、求知识之人是宝贵的经验之谈,即使在今天也仍然具有较强的现实意义。

朱熹　春日

【作者介绍】

朱熹(公元1130年—1200年),字元晦,一字仲晦,号晦庵,别称紫阳,南宋徽州婺源(今江西省婺源县)人。绍兴十八年(1148年)进士,历仕高宗、孝宗、光宗、宁宗四朝,曾任荆湖南路安抚使,仕至宝文阁待制。南宋著名的理学家和教育家,闽学派的代表人物,世称朱子,是孔子、孟子以来最杰出的儒学大师。谥"文",理宗宝庆三年(1227年),赠太师,追封信国公,改徽国公。诗作有《观书有感》、《春日》、《泛舟》等。

【原文】

胜日①寻芳②泗水③滨,
无边光景一时新。
等闲识得④东风⑤面,
万紫千红总是春。

【注释】

①胜日：天气晴朗的好日子。
②寻芳：游春，踏青。
③泗水：河名，在山东省南部。
④等闲识得：很容易就容易认得。"等闲"，平常、轻易。
⑤东风：春风。

【译析】

这是一首寓理趣于形象之中的哲理诗。

首句的"胜日"指晴日，点明天气。"泗水滨"点明地点。"寻芳"是说寻觅美好的春景，点明了主题。后面三句都是写"寻芳"所见所得。次句写观赏春景中获得的初步印象。用"无边"形容视线所及的全部风光景物。"一时新"，既写出了春回大地后自然景物的焕然一新，也写出了作者郊游时耳目一新的欣喜感觉。第三句中的"识"字承首句中的"寻"字。"等闲识得"是说春天的面容与特征很容易辨认。"东风面"借指春天。第四句是说这万紫千红的景象全是由春光点染而成的。

从字面上看，这首诗好像是写游春观感，但细究寻芳的地点是泗水之滨，而此地在宋南渡时早被金人侵占。朱熹未曾北上，当然不可能在泗水之滨游春吟赏。其实诗中的"泗水"是暗指孔门，因为春秋时孔子曾在洙、泗之间弦歌讲学，教授弟子。因此所谓"寻芳"即是指求圣人之道。"万紫千红"比喻孔学的丰富多彩。将圣人之道比作催发生机、点染万物的春风。

辛弃疾　南乡子·登京口北固亭有怀

【作者介绍】

辛弃疾（公元1140年—1207年），原字坦夫，改字幼安，中年名所居曰稼轩，因此自号"稼轩居士"。历城（今山东省济南市）人。他出生时家乡已被金所占领，二十一岁参加耿京领导的抗金起义军，任掌书记，绍兴三十二年（1162年）奉表南归，高宗召见，授承务郎，转江阴签判，他不顾官职低微，进《九议》、《美芹十论》等奏疏，提出加强实力、适时进兵、恢复中原的大计，均未被采纳。后任司农寺主簿，出知滁州、知江陵府兼湖北安抚使、知隆兴府兼江西安抚使、湖北转运副使、知潭州兼湖南安抚使等职。谥号忠敏。辛弃疾存词六百多首。强烈的爱国主义思想和战斗精神是辛词的基本思想内容。他是我国历史上伟大的豪放派词人、爱国者、军事家和政治家。有《稼轩长短句》。

【原文】

何处望神州①？满眼风光北固楼。
千古兴亡多少事？
悠悠。
不尽长江滚滚流！
年少万兜鍪②,坐断③东南战未休④。
天下英雄谁敌手？
曹刘⑤。
生子当如孙仲谋！

【注释】

①神州:这里指中原地区。
②兜鍪(móu谋):古代士兵的头盔,这里指士兵。
③坐断:占据,割据。
④战未休:指交战不息。
⑤曹刘:指曹操与刘备。

【译析】

辛弃疾在宋宁宗嘉泰三年(1203年)六月被起用为知绍兴府兼浙东安抚使后不久,即第二年的阳春三月,改派到镇江去做知府。镇江,在历史上曾是英雄用武和建功立业之地,此时成了与金人对垒的第二道防线。当他登临京口(即镇江)北固亭时,触景生情,写下了这首词。

"何处望神州？满眼风光北固楼。"极目远眺,我们的中原故土在哪里呢？哪里能够看到,映入眼帘的只有北固楼周遭一片美好的风光了！此时南宋与金以淮河分界,辛弃疾站在长江之滨的北固楼上,翘首遥望江北金兵占领区,大有风景不再、山河变色之感。

北固楼的"满眼风光",那壮丽的自然山水里似乎隐隐弥漫着历史的烟云,这不禁引起了词人千古兴亡之感。因此,词人接下来再问一句:"千古兴亡多少事？"世人们可知道,千年来在这块土地上经历了多少朝代的兴亡更替?这句问语纵观千古成败,意味深长,回味无穷。然而,往事悠悠,英雄往矣,只有这无尽的江水依旧滚滚东流。

"不尽长江滚滚流",千古多少兴亡事,逝者如斯乎?而词人胸中起伏的不尽愁思和感慨,又何尝不似这长流不息的江水呢!

接下来,辛弃疾异乎寻常地第三次发问,以提请人们注意:"天下英雄谁敌手?"若问天下英雄谁配称他的敌手呢?作者自问又自答说:"曹刘",只有曹操与刘备而已!据《三国志·蜀书·先主传》记载:曹操曾对刘备说:"今天下英雄,惟使君(刘备)与操耳。"辛弃疾便借用这段故事,把曹操和刘备请来给孙权当配角,说天下英雄只有曹操、刘备才堪与孙权争胜。

《三国志·吴书·吴主传》注引《吴历》说:曹操有一次与孙权对垒,见吴军乘着战船,军容整肃,孙权仪表堂堂,威风凛凛,乃喟然叹曰:"生子当如孙仲谋,刘景升(刘表)之子若豚犬耳!"一世之雄如曹操,对敢于与自己抗衡的强者,投以敬佩的目光,而对于那种不战而请降的懦夫若刘景升儿子刘琮者则十分轻视,斥为任人宰割的猪狗。曹操所一褒一贬的两种人,形成了极其鲜明、强烈的对照,在南宋摇摇欲坠的政局中,不也有着主战与主和两种人吗?这当然不便明言了。

水龙吟·登建康赏心亭

【原文】

楚天千里清秋,水随天去秋无际。
遥岑远目,献愁供恨,玉簪螺髻。
落日楼头,断鸿①声里,江南游子。
把吴钩②看了,栏杆拍遍,无人会、登临意。
休说鲈鱼堪脍,尽西风、季鹰归未?
求田问舍,怕应羞见,刘郎③才气。
可惜流年,忧愁风雨,树犹如此。
倩何人、唤取红巾翠袖,揾④英雄泪?

【注释】

①断鸿:失群孤雁。

②吴钩:吴地特产的弯形宝刀,此指剑。

③刘郎:即刘备。

④揾(wèn 问):擦试。

【译析】

此词作于乾道四至六年(1168年—1170年)间建康通判任上。当时作者南归已八、九年之久了,却被投闲置散,作一个建康通判,不得一遂报国之愿。故登临之际,一抒郁结在心头的悲愤。

词的上片由水写到山,由无情之景写到有情之景,很有层次。开头两句,"楚天千里清秋,水随天去秋无际",是作者在赏心亭上所见的景色。楚天千里,辽远空阔,秋色无边无际。大江流向天边,也不知何处是它的尽头。"楚"泛指长江中下游一带,这里战国时曾属楚国。"水"则指浩浩荡荡奔流不息的长江。"遥岑远目,献愁供恨,玉簪螺髻"三句,是写山。"遥岑"即远山。举目远眺,那一层层、一叠叠的远山,有的很象美人头上插戴的玉簪,有的很象美人头上螺旋形的发髻,景色算上美景,但只能引起词人的忧愁和愤恨。

"落日楼头,断鸿声里,江南游子"三句,虽然仍是写景,但无一语不是喻情。落日,本是日日皆见之景,辛弃疾用"落日"二字,比喻南宋国势衰颓。"断鸿",是失群的孤雁,比喻为"江南游子"的自己飘零的身世和孤寂的心境。辛弃疾渡江淮归南宋,原是以宋朝为自己的故国,以江南为自己的家乡的。可是南宋统治集团根本无北上收复失地之意,对于像辛弃疾一样的有志之士采取猜忌排挤的态度,致使辛弃疾觉得他在江南真的成了游子了。

"把吴钩看了,栏干拍遍,无人会、登临意"三句,是直抒胸臆,此时作者思潮澎湃心情激动。但作者不是直接用语言来渲染,而是选用具有典型意义的动作,淋漓尽致地抒发自己报国无路、壮志难酬的悲愤。"无人会、登临意",慨叹自己空有恢复中原的抱负,而南宋统治集团中没有人是他的知音。后几句一句句感情渐浓,达情更切,至最后"无人会"得一尽情抒发,可说"尽致"了。

下片十一句,分四层意思:"休说鲈鱼堪脍,尽西风、季鹰归未?"这里引用了一个典故:晋朝人张翰(字季鹰),在洛阳作官,见秋风起,想到家乡苏州味美的鲈鱼,便弃官回乡。现在深秋时令又到了,连大雁都知道寻踪飞回旧地,何况我这个漂泊江南的游子呢?然而自己的家乡如今还在金人统治之下,南宋朝廷却偏安一隅,自己想回到故乡,又谈何容易!"求田问舍,怕应羞见,刘郎才气",刘郎,指三国时刘备,这里泛指有大志之人。这也是用了一个典故。三国时许汜去

看望陈登,陈登对他很冷淡,独自睡在大床上,叫他睡下床。许汜去询问刘备,刘备说:"天下大乱,你忘怀国事,求田问舍,陈登当然瞧不起你。如果是我,我将睡在百尺高楼,叫你睡在地下,岂止相差上下床呢?"怕应羞见"的"怕应"二字,是辛弃疾为许汜设想,表示怀疑:象你(指许汜)这样的琐屑小人,有何面目去见象刘备那样的英雄人物? 这里的意思是说,既不学为吃鲈鱼脍而还乡的张季鹰,也不学求田问舍的许汜。"可惜流年,忧愁风雨,树犹如此"。"流年"即时光流逝,"风雨"指国家在风雨飘摇之中。"树犹如此"是一个典故,据《世说新语·言语》中记述,桓温北征,经过金城,见自己过去种的柳树已长到几围粗,便感叹地说:"木犹如此,人何以堪?"树已长得这么高大了,人怎么能不老呢! 这三句词包含的意思是:于此时,我心中确实想念故乡,但我决不会像张瀚、许汜一样贪图安逸。我所忧惧的,只是国事飘摇,时光流逝,北伐无期,恢复中原的夙愿不能实现。年岁渐增,恐再闲置便无力为国效命疆场了。"倩何人唤取,红巾翠袖,揾英雄泪。""倩"是请求,"红巾翠袖"是少女的装束,这里指代少女。在宋代,一般游宴娱乐的场合,都有歌妓在旁唱歌侑酒。这三句是写辛弃疾自叹抱负无法实现,世无知己,得不到同情与慰藉。与上片"无人会、登临意"的意思相近而且相互照应。

青玉案·元夕

【原文】

东风夜放花千树①,更吹落,星如雨②。
宝马雕车香满路。
凤箫③声动,玉壶④光转,一夜鱼龙舞⑤。
蛾儿雪柳黄金缕⑥,笑语盈盈暗香⑦去。
众里寻他⑧千百度⑨。
蓦然⑩回首,那人却在灯火阑珊⑪处。

【注释】

①花千树:花灯之多如千树开花。
②星如雨:指焰火纷纷,乱落如雨。
③凤箫:箫的美称。这里泛指音乐。
④玉壶:比喻明月。

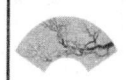

⑤鱼龙舞：指舞动鱼形、龙形的彩灯。

⑥蛾儿、雪柳、黄金缕：皆古代妇女元宵节时头上佩戴的各种装饰品。这里指盛装的妇女。

⑦暗香：本指花香，这里指女人们身上散发出来的香气。

⑧他：古时的没有"她"字，所以"他"男女皆包括。

⑨千百度：千百遍。

⑩蓦然：突然，猛然。

⑪阑珊：将尽，衰落。

【译析】

夏历的正月十五日为上元节，元宵节，这一天的夜晚称为元夕或元夜。

这首词的上半阕写元宵之夜的盛况。"东风夜放花千树，更吹落，星如雨"。一簇簇的礼花飞向天空，然后像星雨一样散落下来。一开始就把人带进"火树银花"的节日狂欢之中。"宝马雕车香满路"。达官显贵也携带家眷出门观灯。这一句与下句的"鱼龙舞"构成万民同欢的景象。"凤箫声动，玉壶光转，一夜鱼龙舞"。"凤箫"是排箫一类的吹奏乐器，这里泛指音乐；"玉壶"指明月；"鱼龙"是灯笼的形状。这句是说，在月华下，灯火辉煌，沉浸在节日里的人通宵达旦载歌载舞。

下阕仍然在写"元夕"的欢乐，不过不再写整个场面，而是写一个具体的人。"蛾儿雪柳黄金缕，笑语盈盈暗香去"。这一句写的是元宵观灯的女人，她们穿着美丽的衣服，戴着漂亮的首饰，欢天喜地朝前奔去，所过之处，阵阵暗香随风飘来。"众里寻她千百度"，这个人对着众多走过的女人逐一辨认，然而没有一个是他所等待的意中人。"蓦然回首，那人却在灯火阑珊处"。偶一回头，却发现自己的心上人站立在昏黑的幽暗之处。

整首词在最精彩的地方戛然而止，给读者留下了无比宽阔的想象空间。

姜夔　扬州慢

【作者介绍】

姜夔（公元1155年—1221年），字尧章，江西鄱阳人，因居住湖州乌程县南的苕溪村，且与弁山的白石洞毗邻，便自号"白石道人"，后人通称他"姜白石"。姜夔是南宋著名词人兼音乐家，多才多艺，工于诗词，长于书法，吹箫弹琴，精通律吕。

他的父亲曾做过宋朝的地方官吏,但在他十几岁时,父亲去世,他便一直寄居在汉阳的姐姐家中,将近有20年之久。姜夔精通音律,故其词与音乐配合独到,且他在音乐理论方面也有独特的研究。他的字也写得好,但却屡试不中,故一生不得志,浪迹江湖,广交诗友,当时的著名词家如杨万里、范成大、辛弃疾等都很器重他,给他经济上不少的帮助,姜夔也常寄居在他们家中。

【原文】

淳熙丙申①至日②,余过维扬③。夜雪初霁,荠麦④弥望⑤。入其城则四顾萧条,寒水自碧,暮色渐起,戍角⑥悲吟。予怀怆然,感慨今昔,因自度此曲。千岩老人⑦以为有《黍离》⑧之悲也。

淮左⑨名都,竹西佳处⑩,
解鞍少驻初程。
过春风十里⑪,尽荠麦青青。
自胡马窥江⑫去后,
废池⑬乔木,犹厌言兵。
渐黄昏,清角吹寒,
都在空城。
杜郎⑭俊赏⑮,算而今重到须惊。
纵豆蔻⑯词工,青楼⑰梦好,
难赋深情。
二十四桥⑱仍在,
波心荡、冷月无声。
念桥边红药⑲,年年知为谁生?

【注释】

【注释】

①淳熙丙申:淳熙三年,即1176年。
②至日:冬至日。
③维扬:即扬州。
④荠麦:荠菜和麦子。
⑤弥望:满眼。
⑥戍角:军中号角。

⑦千岩老人：南宋诗人萧德藻，字东夫，自号千岩老人。姜夔曾跟他学诗，又是他的侄女婿。

⑧《黍离》：《诗经·王风》篇名。周平王东迁后，周大夫经过西周故都见"宗室宫庙，尽为禾黍"，遂赋《黍离》诗志哀。后世即用"黍离"来表示亡国之痛。

⑨淮左：淮东。扬州是宋代淮南东路的首府，而中国古代的地图上方是南，左面是东，故称"淮左名都"。

⑩竹西佳处：杜牧《题扬州禅智寺》诗："谁知竹西路，歌吹是扬州"。宋人在此筑竹西亭。这里借指扬州。

⑪春风十里：杜牧《赠别》诗："春风十里扬州路，卷上珠帘总不如"。这里用以借指扬州。

⑫胡马窥江：指1161年金主完颜亮南侵，攻破扬州，直抵长江边的瓜洲渡，到淳熙三年姜夔过扬州时已十六年。

⑬废池：废毁的池台。

⑭杜郎：杜牧。唐文宗大和七年到九年，杜牧在扬州任淮南节度使掌书记。

⑮俊赏：俊逸清赏。

⑯豆蔻：形容少女美艳。

⑰青楼：妓院。杜牧《遣怀》诗中有："十年一觉扬州梦，赢得青楼薄幸名"的句子。

⑱二十四桥：杜牧《寄扬州韩绰判官》诗："二十四桥明月夜，玉人何处教吹箫。"二十四桥，有二说：一说唐时扬州城内有桥二十四座，皆为可纪之名胜。一说专指扬州西郊的吴家砖桥（一名红药桥）。"因古之二十四美人吹箫于此，故名。"

⑲红药：芍药。

【译析】

扬州慢是姜夔自己创作的曲调，后人多用以抒发怀古之思。

这首词写于宋孝宗淳熙三年（1176年）冬至日，词前的小序对写作时间、地点及写作动因均作了交待。姜夔因路过扬州，目睹了战争洗劫后扬州的萧条景象，抚今追昔，悲叹今日的荒凉，追忆昔日的繁华，发为吟咏，以寄托对扬州昔日繁华的怀念和对今日山河破碎的哀思。

上阕说："淮左名都，竹西佳处，解鞍少住初程。"宋朝设置淮南东路和淮南西路，淮南东路称淮左，扬州是淮南东路的治所。"竹西"是扬州城东的竹西亭，是扬州的一处古迹。词一开始就点出扬州是淮左的著名的都城，而竹西亭又是环境清

幽、景色迷人的名胜,这一切吸引着词人在开始的旅程中下马驻足停留。"过春风十里,尽荠麦青青。"词人想好好地游游名城,观赏古迹,但看到的却是一番凄凉荒芜的景象。杜牧《扬州》诗描写扬州是"街垂千步柳,霞映两重城。"在《赠别》诗中又说:"春风十里扬州路,卷上珠帘总不如。"昔日的扬州如此风光绮丽,而如今的扬州却是一片青青的荠菜和野麦了。"荠麦青青",衬托出昔日的亭台楼阁已荡然无存,这里的居民也已在战乱中死亡或逃散,无比萧条。"自胡马窥江去后,废池乔木,犹厌言兵。""胡马",指金朝的骑兵。"窥江",指金兵两次打到长江北岸。从此以后,扬州也只剩下荒废的池塘和高耸的古树,而劫后幸存的人们至今感到愤恨,不愿再提起这种残暴的战争,怕引起痛苦的回忆自己的心灵重新受到一次折磨。"犹厌言兵",表示对这种战争的极端憎恶,这一句话刻划出创伤痛深的人们的复杂心理状态。景况如此萧条,而暮色又悄悄降临。"渐黄昏,清角吹寒,都在空城。""清角",指发音凄凉的号角。戍楼上号角吹出的使人感到阵阵寒意的声音,震荡着空城。号角的声音更显出这座空城的可怕的寂静。

下阕说:"杜郎俊赏,算而今,重到须惊。"杜郎即指杜牧。姜夔料想他如果重来,看到古城的沧桑变化,也必定大吃一惊。这几句衬托出,扬州所遭受的破坏远远超出姜夔的意料,因而在精神上受到强烈刺激,心潮起伏,难以平静下来。"纵豆蔻词工,青楼梦好,难赋深情。"上引杜牧《赠别》诗中有"豆蔻梢头二月初"的句子,以初春枝头的豆蔻花比喻美丽的少女。青楼,指妓馆。杜牧的这两首诗是写他在扬州的荒唐生活的。姜夔在这里所说的"豆蔻词工,青楼梦好",是赞美杜牧的才华和作诗的表达能力的。"二十四桥仍在,波心荡,冷月无声。"二十四桥也见于杜牧《寄扬州韩绰判官》诗:"青山隐隐水迢迢,秋尽江南草木凋。二十四桥明月夜,玉人何处教吹箫。"二十四桥,桥名。当年的明月夜,有多少人在桥上赏月,不时听到美人吹箫的声音,而今桥仍然存在,水中微波正环绕着月影荡漾,但冰冷的月亮却默默无声。还有谁来欣赏月光!多么寂寞的月亮!"念桥边红药,年年知为谁生",可怜桥边的红芍药,仍然每年盛开,还有谁来欣赏呢?多么寂寞的芍药!物尚如此,人何以堪。语意含蓄,言有尽而意无穷。

文天祥　过零丁洋

【作者介绍】

文天祥(公元1236年—1283年),原名云孙,字履善,又字宋瑞,号文山,庐陵

(今江西省吉安市)人。宋理宗宝祐时进士。官至丞相,封信国公。临安危急时,他在家乡招集义军,坚决抵抗元兵的入侵。兵败被俘,始终不屈于元朝的威逼利诱,最后从容就义。他后期的诗作主要记述了抗击元兵的艰难历程,表现了坚贞的民族气节,慷慨悲壮,感人至深。有《文山先生全集》、《文山乐府》。名篇有《正气歌》、《过零丁洋》。

【原文】

辛苦遭逢起一经①,
干戈寥落②四周星。
山河破碎风飘絮,
身世浮沉雨打萍③。
惶恐滩④头说惶恐,
零丁洋里叹零丁⑤。
人生自古谁无死,
留取丹心照汗青⑥。

【注释】

①"辛苦"句:追述早年身世及为官以来的种种辛苦。遭逢,遭遇到朝廷选拔;起一经,指因精通某一经籍而通过科举考试得官。

②干戈寥落:寥落意为冷清,稀稀落落。在这里是指宋元间的战事已经接近尾声。

③"山河"句:指国家局势和个人命运都已经难以挽回。

④惶恐滩:在今江西万安县,水流湍急,为赣江十八滩之一。宋瑞宗景炎二年(1277年),文天祥在江西空院兵败,经惶恐滩退往福建。

⑤"零丁"句:零丁洋,在今广东中山市南面的珠江口。文天祥于宋末帝赵昺祥兴元年(1278年)十二月被元军所俘,囚于零丁洋的战船中。这一句是慨叹当前的处境以及自己的孤军勇战、孤立无援。

⑥汗青:史册。纸张发明之前,用竹简记事。制作竹简时,须用火烤去竹汗(水分),这一过程称为杀青。这里是代指史书。

【译析】

这首诗是文天祥被俘后为誓死明志而作。一二句诗人在面临生死关头时,回

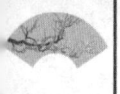

忆一生,感慨万千。他抓住了两件大事,一是以明经入仕,二是"勤王"。以此两端起笔,极好地写出了当时的历史背景和个人心境。"干戈寥落",是就国家整个局势而言。这四字,暗含着对苟且偷生者的愤激和对投降派的谴责。

如果说首联是从纵的方面追述,那么,颔联则是从横的方面渲染。作者用凄凉的自然景象喻国事的衰微,极深切地表现了他的哀恸。亡国孤臣有如无根的浮萍漂泊在水上,无所依附,这际遇本来就够惨了。而作者再在"萍"上加"雨打"二字,就更显凄苦。

五六句紧承前意,进一步渲染生发。景炎二年(1277年),文天祥的军队被元兵打败后,曾从惶恐滩一带撤退到福建。当时前临大海,后有追兵,如何闯过那九死一生的险境,转败为胜是他最忧虑、最惶悚不安的事情。而今军队溃败,身为俘虏,被押送过零丁洋,能不感到孤苦伶仃?

尾联是身陷敌手的诗人对自身命运的一种毫不犹豫的选择。"人生自古谁无死?留取丹心照汗青!"以磅礴的气势、高亢的情调收束全篇,表现出他的民族气节和舍生取义的生死观。这使得前面的感慨、遗恨平添了一种悲壮激昂的力量和底气,表现出独特的崇高美。

念奴娇·水天空阔

【原文】

水天空阔,恨东风,不借世间英物①。
蜀鸟吴花②残照里,忍见荒城颓壁!
铜雀春情,金人秋泪③,此恨凭谁雪!
堂堂剑气,斗牛空认奇杰④。
那信江海余生,南行万里,属扁舟齐发。
正为鸥盟⑤留醉眼,细看涛生云灭⑥。
睨柱吞嬴⑦,回旗走懿⑧,千古冲冠发。
伴人无寐,秦淮⑨应是孤月。

【注释】

①"恨东风"二句:恨东风不借给南宋抗元的英雄杰出人物。三国时吴将周瑜联合刘备大战曹操于赤壁,因东风有利火攻,取得了完全胜利,后人于是有诸葛亮

借东风的传说。

②蜀鸟吴花：蜀鸟指杜鹃鸟，鸣声凄厉，能动旅客愁思。吴花，指江南的花。

③"铜雀"二句：铜雀，台名，曹操所造，旧址在今河南临漳县西南；杜牧《赤壁》诗："东风不与周郎便，铜雀春深锁二乔"，说赤壁之战如果不是东风帮忙，曹操打了胜仗，就会把大乔、小乔姊妹俩掳往铜雀台了（大乔嫁孙策，小乔嫁周瑜）；这里指南宋亡后，皇后嫔妃都被元兵掳往北方。金人，铜人，传说东汉亡后，魏明帝把长安建章宫前的铜人运往洛阳，在迁运时，铜人眼里流出泪水，这里借比南宋亡国之惨。

④"堂堂"二句：古代传说好的宝剑有剑气直冲斗、牛（星宿名），观望斗、牛之间的剑气，能够根据方位推测宝剑的所在。奇杰，指宝剑。

⑤鸥盟：指抗元的志士结盟。

⑥涛生云灭：比喻时局变幻不定。

⑦睨柱吞嬴：是说蔺相如的气势震慑住了嬴秦。

⑧回旗走懿：是说诸葛亮死后，还能让司马懿回旗惊走。

⑨秦淮：即秦淮河，流经南京，是当年最繁华的地方。

【译析】

这首词是文天祥被俘的次年（1279年），元兵把他押往北方，路经金陵驿馆，与友人告别时所作的。全词气冲斗牛，风格豪迈。读起来气势磅礴，感情奔放，表现了作者至死不渝的气节和不屈不挠的斗争意志。

上阕是说，江水连天一派辽阔，可恨东风，不肯帮助人间的杰出英雄人物。蜀地的子规、金陵的花草都在夕阳斜照里，怎么能忍心去看这荒芜的都城，倾颓的墙壁！铜雀台的春恨之情，金铜仙人的秋日眼泪，这个亡国耻辱要靠谁来洗雪！光芒四射的剑气上冲云霄，辜负了它把自己作为特出的豪杰。

下阕是说，想不到前回脱险越过江海得到余生，历尽艰辛往南行程万里，把生命交付给小船一起出发。为的是与海鸥结成盟友才留下，这双醉眼仔细观察浪涛起伏烟云幻灭。要象蔺相如持璧睨柱的壮气压倒秦国，像诸葛亮回军惊走司马懿，千古流传的上冲冠的怒发。陪伴人们没有入睡的，应该是那秦淮河上孤零零照耀的明月。

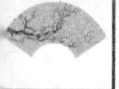

关汉卿　一枝花·不伏老

【作者介绍】

关汉卿(公元约1220年—约1300年),大都人,号已斋叟(一作一斋),曾任太医院尹。是元代最早从事剧本创作的作家之一,他长期生活于勾栏瓦肆,与一些著名艺人也相当熟悉,今尚存有他赠珠帘秀的套数。关于关汉卿的为人和个性,元人熊自得《析津志》说他"生而倜傥,博学能文,滑稽多智,蕴藉风流,为一时之冠"。与马致远、郑光祖、白朴并称为"元曲四大家",关汉卿位于"元曲四大家"之首。关汉卿编有杂剧67部,现存18部。个别作品是否出自关汉卿手笔,学术界尚有分歧。其中《窦娥冤》、《救风尘》、《望江亭》、《拜月亭》、《鲁斋郎》、《单刀会》、《调风月》等,是他的代表作。

【原文】

[一枝花]攀出墙朵朵花,折临路枝枝柳;花攀红蕊嫩,柳折翠条柔。浪子风流。凭着我折柳攀花手,直煞得花残柳败休。半生来折柳攀花,一世里眠花卧柳。

[梁州]我是个普天下郎君领袖,盖①世界浪子班头。愿朱颜不改常依旧,花中消遣,酒内忘忧。分茶②攧竹③,打马藏阄④,通五音六律⑤滑熟,甚⑥闲愁到我心头?伴的是银筝女,银台前、理银筝、笑倚银屏;伴的是玉天仙,携玉手、并玉肩、同登玉楼;伴的是金钗容,歌金缕、捧金樽、满泛金瓯。你道我老也,暂休。占排场风月功名首,更玲珑又剔透,我是个锦阵花营都帅头,曾玩府游州。

[隔尾]子弟每⑦是个茅草岗、沙土窝、初生的兔羔儿⑧,乍向围场⑨上走;我是个经笼罩,受索网、苍翎毛老野鸡,蹅踏⑩得阵马儿熟。经了些窝弓冷箭铁枪头,不曾落人后,恰不道人到中年万事休,我怎肯虚度了春秋。

[尾]我是个蒸不烂、煮不熟、槌不扁、炒不爆、响当当一粒铜豌豆;恁子弟每谁教你钻入他锄不断、斫不下、解不开、顿不脱、慢腾腾千层锦套头。我玩的是梁园⑪月,饮的是东京⑫酒,赏的是洛阳花⑬,攀的是章台柳⑭。我也会吟诗,会篆籀⑮;会弹丝⑯,会品竹⑰;我也会唱鹧鸪⑱,舞垂手⑲;会打围⑳,会蹴鞠㉑;会围棋,会双陆㉒。你便是落了我牙,歪了我嘴,瘸了我腿,折了我手,天赐与我这几般儿歹症候,尚兀自不肯休。则除是阎王亲自唤,神鬼自来勾,三魂归地府,七魄丧冥幽,天哪,那其间才不向烟花路儿上走!

【注释】

①盖:超过。

②分茶:一种茶艺。

③撚(diān 掂)竹:是"撚兰撚竹"的缩写,指画画。

④打马、藏阄(jiū 纠):是古代的两种博戏。

⑤五音六律,指音乐。

⑥甚:什么。

⑦每:同"们"。

⑧兔羔儿:即兔崽子。

⑨围场:打猎场。

⑩蹅踏:践踏。

⑪梁园:汉代梁孝王所建的兔园,遗址在现在的河南省开封市。

⑫东京:汴梁,即现在的河南省开封市。

⑬洛阳花:指牡丹,是洛阳的名产。

⑭章台:汉代长安街名,是乐坊妓院的集中地。

⑮篆籀:指书法篆刻。

⑯弹丝:指弹奏弦乐器。

⑰品竹:指吹箫吹笛。

⑱鹧鸪:指《鹧鸪天》、《瑞鹧鸪》等曲调。这里是说善于唱曲子。

⑲垂手:指大垂手、小垂手等古代舞蹈。这里是说会各种舞蹈。

⑳打围:打猎。

㉑蹴鞠(cù jū 促菊):即蹴鞠。足球运动的前身。

㉒双陆:古代一种类似下棋的游戏。

【译析】

关汉卿的这套《南吕·一枝花·不伏老》由[一枝花]、[梁州第七]、[隔尾]、[尾]四支曲子联缀而成。

它极其概括而精炼地写自己所谓的"浪子风流"。其中主要是与杂剧女演员们的交往。在当时的社会里,艺妓与其他各类妓女一样,被视为下贱之人,其艺术表演也仅仅被当作供人取笑的行当,因此,作者沿用历代文人的习惯,把这些女子比喻为任人攀折的出墙之花与临路之柳。在这首开场曲中,作者自始至终,反反复复

343

地夸张渲染自己攀花折柳的"浪子风流"生涯。封建正统文人越是不齿于这种生涯,作者越是要针锋相对地自我欣赏,津津乐道。在这里,字里行间已隐隐透露出桀骜不驯的风骨。

第二支曲子《梁州》篇幅比第一支曲子长,犹如涓涓细流突然衍变成波涛澎湃的大河。作者以大开大合的豪迈气度,纵笔抒情,慷慨言志,并将铺叙实事与议论人生融为一体,充分展现了自己作为梨园领袖的潇洒形象与坦荡胸怀。开头二句"我是个普天下郎君领袖,盖世界浪子班头",用对仗以自表身份,语势充畅而形象鲜明,作者自怜自爱、自豪自夸的音容笑貌开始洋溢于纸面。以下三句,"愿朱颜不改常依旧,花中消遣,酒内忘忧。"这里好像是在漫不经意地述说他的生活,其实是在流露他心底的难言之隐。"忘忧"二字透露了身为元代读书人遭受的时代与社会的折磨压抑。接下来四句,"分茶攧竹,打马藏阄,通五音六律滑熟,甚闲愁到我心头!"这几句具体叙述勾栏妓院流行的技艺,说他对这些都十分娴熟,并可用来消除忧愁。作者举这五项,以概指他对各项勾栏技艺的精通。"甚闲愁到我心头"的意思,是指通过以上种种娱乐方式,把忧愁排除了。古人用"闲愁"一语时,含义往往与字面相反,指社会人生的大愁苦。"伴的是银筝女,银台前、理银筝、笑倚银屏;伴的是玉天仙,携玉手、并玉肩、同登玉楼;伴的是金钗客,歌金缕、捧金樽、满泛金瓯。"在这里,作者特意使用最精美的字词、最华美的色彩和最优美的修辞手段来描写自己和艺妓之间的亲密交往。随后三句:"你道我老也暂休,占排场风月功名首,更玲珑又剔透。"假设一个年轻子弟对作者进行诘难,意思是说:要想在花柳场中占排场作首领,必须十分灵活,但你已经老了,应该退出。结尾两句:"我是个锦阵花营都帅头,曾玩府游州。"这是对上述诘难作出的反击。锦阵花营,指女人群,即众多的艺妓,都帅头,总头领之意。这两句的意思是说:我正适合做这些多才多艺女子的总头领啊,因为我曾到处玩游,阅历比你们这些年轻人丰富多了!

第三支曲子《隔尾》,字数又与第一首差不多。它承第二首末尾"不伏老"的意脉,夸自己比年轻子弟们更能胜任"风月场"的角逐。开头两句,"子弟每是个茅草岗、沙土窝、初生的兔羔儿,乍向围场上走;我是个经笼罩、受索网、苍翎毛老野鸡,踏踏得阵马儿熟。"用滑稽诙谐而又极为生动的比喻,来对比自己和那些子弟们的不同。在这里,作者讽刺那些嫌他老了的年轻弟子,说他们好似茅草岗沙土窝初生的兔崽子,傻乎乎初上猎场,一定要倒霉,而自己是久经各种笼罩与圈套的老野鸡,经验极为丰富。这组通俗而滑稽的比喻,表现出作者佻达而老辣的性格。接下来,"经了些窝弓冷箭铁枪头,不曾落人后"作者又将黑暗社会对自己的打击迫害比喻为"窝弓冷箭铁枪头",并进而宣称,虽然经过了这许多劫难,我却没有落在别人后头!接着:"恰不道人到中年万事休,我怎肯虚度了春秋。"在表面颓唐放浪中透露出了乐观积极的人生态度。

　　最后一支曲子是尾声,在全套中篇幅最长。作者连续使用了一组比喻加对仗的长句和三组排比句式,一层深似一层地把全曲推向了高潮。开头两句,巧喻惊人,作者自比为"蒸不烂、煮不熟、捶不扁、炒不爆、响当当一粒铜豌豆",而把社会的黑暗势力比为"锄不断、斫不下、解不开、顿不脱、慢腾腾千层锦套头。"喻义生动贴切。由这两个长句引发出下文三组大型排比句式。第一组排比句"我玩的是梁园月,饮的是东京酒,赏的是洛阳花,攀的是章台柳。"作者列举这些名胜,借以夸示自己游历之广,在文势上也与第二首的"玩府游州"呼应。第二组排比句,"我也会吟诗,会篆籀;会弹丝,会品竹;我也会唱鹧鸪,舞垂手;会打围,会蹴鞠;会围棋,会双陆。"这组排比由十个三字句组成,轻快流转,有如大珠小珠落玉盘。这里列举十种风流文人的技艺。排列了这么多项目,意在夸示技艺之博与才气之大。第三组排比句是"你便落了我牙,歪了我口,瘸了我腿,折了我手,天赐与我这几般儿歹症候,尚兀自不肯休。"这一组将排比与夸张并用,顽强地表示了作者不怕任何打击迫害,一定要按照自己的意志走下去的决心。接下来是全曲的结尾六句:"则除是阎王亲自唤,神鬼自来勾,三魂归地府,七魄丧冥幽,天哪,那其间才不向烟花路儿上走!"这里语意夸张而态度坚决,到死也不会改变既定的生活道路,从而最终完成了"不伏老"的形象塑造。

　　全曲虽然篇幅略长,但由于作者真情勃发,又有极高的抒写技巧,令人读后感到满纸生风。篇中虽有不少花柳风月之类的字眼,却没有一般封建文人的艳诗淫词那种低级庸俗气息,而是以真率豪迈之情感动人,充满稚洁的意趣。

马致远　天净沙·秋思

【作者介绍】

　　马致远(公元约1251年—约1321年),字千里,晚年号东篱,大都(今北京)人,他的年辈晚于关汉卿、白朴等人,马致远青年时期仕途坎坷,中年中进士,曾任江浙行省官吏,后在大都(今北京)任工部主事。马致远晚年不满时政,隐居田园,以衔杯击缶自娱,死后葬于祖茔。与关汉卿、郑光祖、白朴并称"元曲四大家"。

【原文】

枯藤老树昏鸦，
小桥流水人家，
古道西风瘦马，
夕阳西下，
断肠人①在天涯。

【注释】

①断肠人：指身在他乡的游子。

【译析】

马致远的《天净沙·秋思》历来被人们推崇为小令中出类拔萃的杰作，被誉为"秋思之祖"。

这首小令仅只28个字，寥寥数笔就勾画出一幅悲绪四溢的"游子思归图"，淋漓尽致地传达出漂泊羁旅的游子心。其中，前两句共十八个字，九个名词，其间无一虚词，却自然流畅而涵蕴丰富，作者以其娴熟的艺术技巧，让九种不同的景物在我们面前依次呈现，一下子就把读者带入深秋时节：几根枯藤缠绕着几颗凋零了黄叶的秃树，在秋风萧萧中瑟瑟地颤抖，天空中点点寒鸦，声声哀鸣……写出了一片萧飒悲凉的秋景，造成一种凄清衰颓的氛围，烘托出作者内心的悲戚。接下来，眼前呈现一座小桥，潺潺的流水，还有依稀袅起炊烟的农家小院。这种有人家安居其间的田园小景是那样幽静而甜蜜，安逸而闲致。这一切，不能不令浪迹天涯的游子想起自己家乡的小桥、流水和亲人。

后三句，我们可以看到，在萧瑟的秋风中，在寂寞的古道上，饱尝乡愁的游子却骑着一匹延滞归期的瘦马，在沉沉的暮色中向着远方踽踽而行。此时，夕阳正西沉，撒下凄冷的斜晖，本是鸟禽回巢、牛羊回圈、人儿归家的团圆时刻，而游子却仍是"断肠人在天涯"。

张养浩　山坡羊·潼关怀古

【作者介绍】

张养浩(公元1269年—1329年),字希孟,号云庄,山东济南人。元代著名散曲家。诗、文兼擅,而以散曲著称。曾任监察御史,因批评时政而免官,复官至礼部尚书,又辞官隐居济南云庄,天历二年(1329年),征拜陕西行台中丞,到官四月病卒。追封滨国公,谥文忠。其作品流传下来的有散曲小令160多首,诗近400首,各类文近百篇。

【原文】

峰峦如聚,波涛如怒,山河表里潼关路。
望西都①,意踌躇②。
伤心秦汉经行处③,宫阙万间都做了土。
兴,百姓苦;亡,百姓苦。

【注释】

①西都:长安。
②踌躇:犹豫不定。
③伤心秦汉经行处:伤心的是一路上经过秦汉的历史遗迹。

【译析】

天历二年(1329年),张养浩受命为陕西行台中丞,上任途中经过潼关、骊山等地,吊古伤今,用《山坡羊》曲牌写了一组小令,这是其中的一首。

这首小令起笔的"聚"字让读者眼前呈现出华山飞奔而来之势、群山攒立之状;潼关外黄河之水奔腾澎湃,"怒"字让读者耳边回响千古不绝的滔滔水声。为此景所动,"山河表里潼关路"之感便油然而生,至此潼关之气势雄伟窥见一斑,如此险要之地,历来为兵家必争之地,由此引发了下文的感慨。

诗人站在潼关要塞的山道上,眼前是华山群峰,脚下是黄河急流,河水在峡谷中奔腾着,咆哮着,就像暴怒疯狂的兽群。群峰高低参差地簇拥着,仿佛集合到这里来接受检阅。想起古代,诗人不禁向西方望去。落日苍茫之中,诗人一无所见,

却在脑海里浮现出一座座巍峨壮观的古都,一簇簇富丽堂皇的宫殿,多少帝王将相、英雄豪杰曾在那里龙争虎斗,威震一时,然而如今踪影全消,剩下来的只有黄土一片。西望长安,叫人彷徨,"兴,百姓苦;亡,百姓苦!"这是对几千年历史一针见血的概述。

山坡羊·骊山怀古

【原文】

骊山四顾,阿房一炬,当时奢侈今何处?
只见草萧疏,水萦纡。
至今遗恨迷烟树,列国周齐秦汉楚。
赢,都变做了土;输,都变做了土!

【注释】

①骊山:在今陕西省临潼县东南,是秦国经营宫殿的重点。
②阿房:秦宫殿名。也称作阿城。
③萦纡(yū 迂):形容水流旋绕弯曲。

【译析】

骊山在今天西安市的东北面,阿房宫的西面。公元前 206 年,项羽攻入咸阳后将阿房宫焚毁。开头的"骊山四顾,阿房一炬,当时奢侈今何处?"回顾了骊山的这段历史。曾是秦朝宫殿的所在,被大火焚烧之后,当时的歌台、金块珠砾都已不复存在,作者用"今何处"一个问句,强调了对从古到今历史所发生的巨大变化的感慨,并自然而然地引出了下文"只见草萧疏,水萦纡",再不见昔日豪华的宫殿,只有野草稀疏地铺在地上,河水在那里迂回地流淌。草的萧疏,水的萦纡,更加重了作者怀古伤今的情感分量。

紧接着六七句说:"至今遗恨迷烟树,列国周齐秦汉楚。"这几句是说,到如今,秦王朝因奢侈、残暴而亡国的遗恨已消失在烟树之间了。而这种亡国的遗恨不只是秦朝才有,周朝、战国列强直到汉楚之争,哪个不抱有败亡的遗恨呢? 在这里作者寄托了一种讽刺,是说后人都已遗忘了前朝败亡的教训。

结句"赢,都变做了土;输,都变做了土。"是说无论输赢,奢侈的宫殿最后都会归于灭亡,是对封建社会历史规律的概括。

睢景臣 般涉调·哨遍·高祖还乡

【作者介绍】

睢景臣(公元约1275年—约1320年),名舜臣,字景贤,又字嘉宾,维扬(今江苏扬州)人,后来移居杭州。元代钟嗣成在《录鬼簿》中,将其名列在"方今已亡名公才人,余相知者"之列。还"为之作传"。睢景臣大约只活了五十岁左右。与钟嗣成也基本是年辈相当,睢景臣可能稍长。睢景臣一生,只在书会才人之中生活,未能仕进。全部情感,亦倾之于曲作之中。其《高祖还乡》套数,名动当时。其《南吕·一枝花》《题情》:"人间燕子楼,被冷鸳鸯锦。酒空鹦鹉盏,钗折凤凰金。""亦为工巧,人所不及也"。

【原文】

社长排门告示,但有的差使无推故①,这差使不寻俗②。一壁厢③纳草也根,一边又要差夫,索应付④。又是言车驾,都说是銮舆⑤,今日还乡故。王乡老⑥执定瓦台盘,赵忙郎⑦抱着酒胡芦。新刷来的头巾,恰糨⑧来的绸衫,畅好是妆么大户⑨。

[耍孩儿]瞎王留引定火乔男妇⑩,胡踢蹬⑪吹笛擂鼓。见一彪⑫人马到庄门,匹⑬头里几面旗舒。一面旗白胡阑套住个迎霜兔⑭,一面旗红曲连打着个毕月乌⑮。一面旗鸡学舞⑯,一面旗狗生双翅⑰,一面旗蛇缠葫芦⑱。

[五煞]红漆了叉,银铮了斧⑲,甜瓜苦瓜黄金镀⑳,明晃晃马镫枪尖上挑㉑,白雪雪鹅毛扇上铺㉒。这些个乔人物㉓,拿着些不曾见的器仗,穿着些大作怪的衣服。

[四煞]辕条上都是马,套顶上不见驴,黄罗伞柄天生曲㉔,车前八个天曹判㉕,车后若干递送夫。更几个多娇女㉖,一般穿着,一样妆梳。

[三煞]那大汉下的车,众人施礼数,那大汉觑得人如无物。众乡老展脚舒腰拜,那大汉挪身着手扶。猛可里㉗抬头觑,觑多时认得,险气破我胸脯。

[二煞]你身须姓刘,你妻须姓吕,把你两家儿根脚㉘从头数:你本身做亭长㉙耽几杯酒,你丈人教村学读几卷书。曾在俺庄东住,也曾与我喂牛切草,拽坝㉚扶锄。

[一煞]春采了桑,冬借了俺粟,零支了米麦无重数。换田契强秤了麻三秤㉛,还酒债偷量了豆几斛,有甚糊突处㉜。明标着册历㉝,见㉞放着文书。

[尾声]少我的钱差发内旋拨还㉟,欠我的粟税粮中私准除㊱。只通刘三㊲谁肯

把你揪扯住,白甚么㉖改了姓、更了名、唤做汉高祖。

【注释】

①无推故:不要借故推辞。

②不寻俗:不寻常,不一般。

③一壁厢:一边。

④索应付:须认真对待。索,须。

⑤车驾、銮舆:都是帝王乘的车子,用来作为皇帝的代称。

⑥乡老:乡村中的头面人物。

⑦忙郎:一般农民的称谓。

⑧糨(jiàng匠)来:浆好,刷洗。用米汁给洗净的衣服上浆叫"糨"。

⑨"畅好"句:正好充装有身分的阔佬。畅好是,又作"常好是"、"畅是",是"真是"、"正是"的意思。

⑩"瞎王留"句:爱出风头的青年率领一伙装模作样的坏家伙。瞎,犹言坏,胡来。王留,元曲中常用以指好出风头的农村青年。火,同"伙"、"夥"。乔男女,坏家伙。丑东西。

⑪胡踢蹬:胡乱,胡闹。

⑫一彪(diū丢)人马:一大队人马。

⑬匹:通"劈"。

⑭"白胡阑"句:指月旗。

⑮"红曲连"句:指日旗。

⑯鸡学舞:这是指朱雀旗。

⑰狗生双翅:这里指白虎旗。

⑱蛇缠葫芦:这是指玄武旗。这些旗帜都是乡下人没有看到过的,只是根据自己的生活经验,随意加以解释的。

⑲银铮了斧:镀了银的斧。

⑳"甜瓜"句:这是说金瓜锤等。

㉑"明晃晃"句:这是说朝天镫。

㉒"白雪雪"句:这是写鹅毛宫扇。以上皆是帝王的仪仗。

㉓乔人物:怪人物。

㉔"黄罗伞"句:此指帝王仪仗中的"曲盖"。曲盖象伞,柄是曲的。

㉕天曹判:天上的判官。形容威风凛凛、表情呆板的侍从人员。

㉖多娇女：指美丽的宫女。

㉗猛可里：猛然间，忽然间。

㉘根脚：根基，就像现在所说的"出身"。

㉙亭长：刘邦曾经做过泗上亭长。

㉚坝：通"耙"。

㉛麻三秆：麻三十斤。一秆是十斤。

㉜糊突：糊涂，含混不清。

㉝册历：帐簿。

㉞见：通"现"。

㉟差发内旋拨还：在官差内立即偿还。差发，差拨，官家派的差役和钱粮。旋，立刻，马上。

㊱私准除：暗地里扣除。准除，抵偿，折算。

㊲刘三：刘邦在兄弟排行中第三。

㊳白甚么：为什么平白无故地。

【译析】

元代的散曲大多是文人创作的，我们知道文人在元代社会地位是很低下的，有所谓"八娼九儒十丐"的说法，可见读书人地位的低下。元代读书人失去了科举的精神支柱，心情是十分苦闷的，他们创作散曲的目的，是为了抒发在元蒙统治者重压之下的愁苦、郁闷，有的人把散曲作为逃避现实的工具，再加上元代统治者刑罚森严，知识分子虽有不满，却不能直言，这一切就造成了元代散曲的内容少有歌功颂德、粉饰太平的特点。《高祖还乡》是元散曲中现实性最强的作品，是同类题材之中的新奇之作，是元代散曲中的珍品。它不仅在元散曲中是一首具有特色的扛鼎之作，在中国文学史上也是绝无仅有的。

在开篇就开门见山说，听说有个大人物要还乡了，社长挨家挨户地通知每个差使："你们不能以任何借口来请假。"这些差使真不寻常，在缴纳草料时他们必须把草根除掉，又要差夫，还要应付公差，这事儿得认真对待。有的说是车驾，有的说是銮舆，今天要回乡。只见在喧闹的市集里，王乡老拿着个陶托盘，赵忙郎抱着一个酒葫芦，身光颈靓，装模作样充当有钱人，大摇大摆地走着，真讨厌！

你看那边，瞎王留叫来一伙不三不四的男女胡乱地吹笛打鼓，好像在欢迎什么人。一大队人马从村口进来，前头的人拿着几面旗子，颇威风似的。那些旗子上的图案千奇百怪：有的白圆圈里套住一只白兔，有的红圆圈里套着一只黑乌鸦，有的

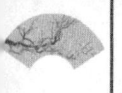

画着一只学跳舞的鸡,有的画着长翅膀的狗,有的画着蛇缠在葫芦上……这些乌七八糟的旗子,真是太好笑了!

那边还有用红漆刷过的叉,用银色镀过的斧头,连甜瓜苦瓜也镀了金色。枪尖挂着明晃晃的马镫,扇子铺了一层雪白的鹅毛。还有那几个穿着奇怪的人,手里拿着一些罕见的器仗。

辕条内套的没有驴,全是马,黄色丝绸做的伞的把是弯曲的。车前站着八个好像判官的人,车后的是随从。还有几个漂亮女子穿着艳装,一样的打扮。

终于等到那个大汉下车了,众人马上行礼,但他都没有看在眼里。见乡亲们跪拜在地,他赶紧用手扶。我突然抬起头一看,那个人我认识的,差点气死我了!

难道你不姓刘,你老婆不姓吕,你们的底细我可都晓得。你以前是亭长,喜欢喝酒。你的丈人在村里教书,你曾经在我村的东头住,和我一起割草喂牛,耕地。

还有,那年春天你摘了我家的桑叶,冬天你借了我家的米,我都不知有多少了。趁着换田契,强称了我的三十斤麻,还酒债时偷着少给了我几斛豆。这都是显而易见的,清清楚楚地写在账簿上,现成的放着字据文书。

哼!少着我的钱你在官差内赶紧偿还,欠我的粮食你要从粮税里暗地里给我扣出来。我琢磨着刘三:谁上来把你揪撮住,好好问一下你为什么改了姓、换了名,要称作什么汉高祖?

全文制作新奇、角度独特,具有强烈的喜剧性与讽刺性。

朱元璋 不惹庵示僧

【作者介绍】

朱元璋(公元 1328 年—1398 年),明王朝的开国皇帝。原名重八,后取名兴宗。濠州(今安徽凤阳县东)人,25 岁时参加郭子兴领导的红巾军反抗蒙元暴政,龙凤七年(1361)受封吴国公,十年自称吴王。元至正二十八年(1368 年),在基本击破各路农民起义军和扫平元的残余势力后,在南京称帝,国号大明,年号洪武,建立了全国统一的封建政权。朱元璋少时家贫失学,在当小和尚时,识了一些字,从军后以身边的知识分子为师,学问大有长进。

【原文】

杀尽江南百万兵,腰间宝剑血犹腥。

山僧不识英雄汉,只管哓哓^①问姓名。

【注释】

①哓哓(xiāo 消):争辩,扰攘的声音。

【译析】

相传当年朱元璋与陈友谅大战时,偶然路过一个寺庙。寺内知客僧不知他是什么人,招待之余,就喋喋不休地请他留下里贯姓名。朱元璋不动声色,临行之前,索要笔墨在墙上写下了这首诗。众和尚这才知道他是谁,大惊失色。朱元璋扬长而去。

朱元璋文才不高,这首诗可以算作一首打油诗,意思可以从字面上理解,全诗透出一股粗犷豪壮、气吞山河的气势。

杨慎　临江仙

【作者介绍】

杨慎(公元 1488 年—1559 年)明代文学家。字用修,号升庵,杨廷和之子,公认为明朝三大才子之一。新都(今属四川)人。正德六年(1511 年),殿试第一,授翰林院修撰。豫修"武宗实录",禀性刚直,每事必直书。武宗微行出居庸关,上疏抗谏。世宗继位,任经筵讲官。嘉靖三年(1524 年),众臣因"议大礼",违背世宗意愿受廷杖,杨慎谪戍云南永昌卫,居云南 30 余年,死于戍地。杨慎的著作很多。据《明史》记载,明代记诵之博,著作之富,推慎为第一。除诗文外,杂著多至 100 余种。四川省图书馆所编《杨升庵著述目录》达 298 种。他的主要作品收入《升庵集》。

【原文】

滚滚长江东逝水,浪花淘尽^①英雄。
是非成败转头空。
青山依旧在,几度^②夕阳红。
白发渔樵^③江渚^④上,惯看秋月春风。
一壶浊酒喜相逢。

古今多少事,都付笑谈中。

【注释】

①淘尽:荡涤一空。
②几度:多少次。
③渔樵:渔父和樵夫。
④渚:水中的小块陆地。

【译析】

这是杨慎所做《廿一史弹词》第三段《说秦汉》的开场词,后来毛宗岗父子评刻《三国演义》时把它放在了卷首。

词的开首两句令人想到杜甫的"无边落木萧萧下,不尽长江滚滚来"和苏轼的"大江东去,浪淘尽,千古风流人物",以一去不返的江水比喻历史的进程,用后浪推前浪来比喻英雄叱咤风云的丰功伟绩。然而这一切终将被历史的长河带走。"是非成败转头空"是对上两句历史现象的总结,从中也可看出作者旷达超脱的人生观。"青山依旧在,几度夕阳红",青山和夕阳象征着自然界和宇宙的亘古悠长,尽管历代兴亡盛哀、循环往复,但青山和夕阳都不会随之改变,一种人生易逝的悲伤感悄然而生。

下片为我们展现了一个白发渔樵的形象,任它惊涛骇浪、是非成败,他只着意于春风秋月,在握杯把酒的谈笑间,固守一份宁静与淡泊。而这位老者不是一般的渔樵,而是通晓古今的高士,就更见他淡泊超脱的襟怀,这正是作者所追求的理想人格。"惯"字表现出了莫名的孤独与苍凉。或许当一切都过去的时候,心中才会有这份凭吊古战场的苍凉而从容,沉郁而超然。"一壶浊酒喜相逢"使这份孤独与沧凉有了一份安慰,有朋自远方来的喜悦,给这首的词的宁静气氛增加了几份动感。"浊酒"显现出了主人与来客友谊的恬淡平和,其意本不在酒。在这些高山隐士心中,那些名垂千古的丰功伟绩只不过是人们茶余饭后的谈资,何足道哉!何足道哉!

纳兰性德 蝶恋花

【作者介绍】

纳兰性德(公元1655年—1685年)原名成德,字容若,号楞伽山人,满洲正黄旗人,康熙十二年进士。大学士明珠长子。他淡泊名利,善骑射,好读书,擅长于词。继承满人习武传统,精于骑射。在书法、绘画、音乐方面均有一定造诣。康熙十五年进士,授三等侍卫,寻晋一等,武官正三品。妻两广总督卢兴祖之女卢氏,赐淑人,诰赠一品夫人,婚后三年,妻子亡故,继娶官氏,赐淑人。妾颜氏,后纳江南沈宛,著有《选梦词》"风韵不减夫婿",亡佚。纳兰性德死时,年仅三十一岁,"文人祚薄,哀动天地",葬于京西皂荚屯。有三子四女,一女嫁与骁将年羹尧。纳兰性德与朱彝尊、陈维崧、顾贞观、姜宸英、严绳孙等汉族名士交游,在一定程度上为清廷笼络住了一批汉族知识分子。一生著作颇丰:《通志堂集》二十卷、《渌水亭杂识》四卷、《词林正略》等。纳兰性德以词闻名,现存349首,初名《侧帽》,后名《饮水》,现统称纳兰词。

【原文】

辛苦最怜天上月,一夕如环,夕夕都成玦[①]。
若似月轮终皎洁,不辞冰雪为卿热。
无那[②]尘缘容易绝,燕子依然,软踏帘钩说。
唱罢秋坟愁未歇,春丛认取双栖蝶。

【注释】

①玦:古时佩戴的玉器,半环形,有缺口。
②无那:无奈。

【译析】

前三句作者借天上的明月开篇,字面上是要同情月亮的阴晴不定,而其更深一层的含义自是要借着这样的自然现象来映衬自己不幸的婚姻生活:辛苦一生,到头来却只落得个聚少离多、阴阳相隔的下场。这与自然界的月亮又是何等的相似呵。"一夕"与"夕夕"的对比,不仅道出了天上明月的圆少缺多,同时也是对词人自己

与爱妻聚少离多,最终造成阴阳相隔的真实写照。

四至五句说虽然明月阴晴圆缺不定,但月轮却也总是皎洁无瑕。此刻,哪怕冰雪与严寒,我也要以自己的热血身躯为你带来温暖,带来快乐。作者由天上月写到人间情,把自己对爱妻的思念发挥到了极致。

下阕峰回路转,颇有英雄气短的哀叹。"无那尘缘容易绝"是正式将绵绵情思从天上拉回到了人间。此时纵有"不辞冰雪"的凌云壮志,但在心潮澎湃之后,现实的不幸却又浮现在眼前:爱妻的早逝使得尘世间的缘分是那样的脆弱不堪。作者内心的苦楚不言而喻,却哪知还会有"燕子依然,软踏帘钩说",在我伤痛欲绝的时候,堂前的燕子还依然轻柔地踩踏着卷帘的倒钩呢喃絮语,更衬托出了自己郁郁不振的精神状态。

末尾两句看似平淡无奇,却被认为是纳兰性德式的爱情的表现。"唱罢"一句有唐诗的影子,唐人李贺在《秋来》一诗中用"秋坟鬼唱鲍家诗,恨血千年土中碧"表明自己誓将恨血化为碧玉的雄心壮志,纳兰在此处援引,其用意自不待言。而"春丛认取双栖蝶"则又借用了流传已久的爱情典故,将思念之情发挥到了极致,让人读来顿觉豪气万丈!

郑板桥　沁园春·恨

【作者介绍】

郑燮(公元1693年—1766年),字克柔,号理庵,又号板桥,江苏兴化人,祖籍苏州。他的先祖于明洪武年间由苏州阊门迁居兴化城内,至郑板桥已是第十四代。乾隆时进士,曾任山东范县、潍县知县,有政声,"以岁饥为民请赈,忤大吏,遂乞病归"。做官前后,均居扬州,以书画营生。工诗、词,善书、画。诗词不屑作熟语。为"扬州八怪"之一,其诗、书、画世称"三绝",擅画兰竹。

【原文】

花亦无知,月亦无聊,酒亦无灵。
把夭桃斫断,煞他风景;
鹦哥煮熟,佐我杯羹。
焚砚烧书,椎①琴裂画,
毁尽文章抹尽名。

荥阳郑,有慕歌家世,乞食风情。
单寒骨相难更。
笑席帽青衫太瘦生。
看蓬门②秋草,年年破巷;
疏窗细雨,夜夜孤灯。
难道天公,还钳恨口,
不许长叹一两声?
颠狂③甚,取乌丝④百幅,细写凄清。

【注释】

①棰(chuí 垂):同"捶"。
②蓬门:用草、树枝等做成的门,形容所住房屋简陋。
③颠狂:同"癫狂"。
④乌丝:即乌丝栏,一种有格线的绢素或纸笺。

【译析】

郑板桥论诗的最高标准是"沉著痛快",然而,对板桥诗的这种风格,前人评价不一,分歧表现得最典型的正是对这首《沁园春·恨》的评价。

词的上片"花亦无知,月亦无聊,酒亦无灵",是说花也不知道人的恨事,月也不能帮助人解除心中得郁闷,就连平时能消愁解恨的酒也不灵了。接下来"把夭桃斫断,煞他风景;鹦哥煮熟,佐我杯羹。焚砚烧书,椎琴裂画,毁尽文章抹尽名。"是说把夭桃这般艳丽的春花也要砍断,鹦哥这样可爱的灵鸟也要煮熟了下酒吃,砚书琴画文章都要统统毁掉,一切虚名也都不要了。古人常以"焚琴煮鹤"来形容煞风景,这里更是大大地超越,几乎所有美好和值得怀念的东西,都成了发泄的对象,以解心中之痛,艺术的张力达到了极至。

"荥阳郑,有慕歌家世,乞食风情。"唐代传奇小说《李娃传》中写荥阳郑生本宦家之子,与妓女李娃恋爱,金钱被老鸨设计掏空,靠帮人唱丧歌糊口。后来又沦为乞丐。李娃于心不忍,不忘旧情,予以搭救,帮助他考上功名。而郑板桥在《道情十首》的小序中也曾经说:"我先世元和公(荥阳生)流落人间,教歌度曲。"这三句颇不将封建礼法放在眼里,意思是说,我荥阳郑家原本就是慕歌家世,乞食风情,不靠做官,只靠教歌度曲,乞食于人,也能自自在在地活下来。不羁之情,跃然纸上。

词的下片"单寒骨相难更,笑席帽青衫太瘦生"。旧时认为人的骨相可以决定

人的贵贱穷达,如方头大耳为福相,反之为薄相。席帽是以藤席为骨架的帽子。"青衫"为当时低级官员或一般文人所穿的服装。这里是说,自己天生的单寒骨相没法改变,头戴席帽,身着青衫的瘦弱寒酸相为人所笑。"看蓬门秋草,年年破巷;疏窗细雨,夜夜孤灯。"长期居住于破巷之中,住处蓬门秋草,窗户不严挡不住风雨,夜夜伴随孤灯度过。在描述居住环境简陋的同时,也反映了词人的心态,包含有恨世道不公的意味。"难道天公,还钳恨口,不许长叹一两声?"是说,境况都已经这样了,难道老天爷还要封住词人之口,连叹气都不允许吗?"癫狂甚?取乌丝百幅,细写凄清。"词人性格直率,癫狂得很,心有不平,岂能不鸣?于是取出乌丝栏百幅,细细写出心中凄清之恨。